U0052805

# 喻世明言　總目

引　言……………………一―一三
喻世明言考證……………………一―一六
敘……………………一―二
書　影……………………一―二
插　圖……………………一―二
卷　目……………………一―三
正　文……………………一―六六三

# 引言

徐文助

古今小說又名喻世明言，和警世通言、醒世恒言合稱為「三言」，是馮夢龍編著的眾多著作之一，也是研究中國最早白話短篇小說的重要資料。「三言」刊刻的時間是明天啟（熹宗年號）年間，但遲至最近幾十年才掀起研究的熱潮，原因是「三言」的原刻本一直未見，留在中國本土的，都是一些卷數零亂不全的殘本而已。魯迅在中國小說史略第二十一篇裡說：「『三言』『二拍』，印本今頗難覯。」但在日本的公私文庫中，卻有保留完整的全刻本，民國四十六年十一月，耶魯大學李田意博士到日本攝得「三言」的全刻本，交由世界書局在四十七年陸續出版，列入「珍本宋明話本叢刊」中，在臺灣的中國人才有幸得睹「三言」的全貌，而研究馮氏「三言」的學者也就一時興起了。

談到話本，不能不從唐朝流行民間的講唱文學談起，這些民間文學，使用通俗的白話，以韻文或散文講唱佛經的故事，稱為「變文」，「變文」用在講唱文學時稱為「轉變」，「轉變」是宋人白話小說「話本」的先驅，較著名的如唐太宗入冥記、秋胡小說等，都是韻散合併的通俗文體，後來宋、元、明話本喜歡以詩詞說明情節和人物心理，甚至還以詩詞作為故事的引子，這種特質就是繼承唐朝民間的通俗文學的。

所謂「話本」，就是說話人用做說書的底本，「話」在宋時做「故事」解，「說話」就是說故事的意思，把故事說在口頭上就是「說話」，和現在一般人所說的「說話」意義不一樣。話本每篇開頭大都以「話說」為始，意思是說：「這本故事在說……」。另外在故事進行中，話本又常常夾有「又說」、「卻說」、「再說」、「話說」、「話分兩頭」、「看官的」……等現代小說已不用的字眼，都是為講唱時方便的行文應用，在明代以後，文人擬作或自作的小說裡，仍然保有這種痕跡，說明宋人話本對中國小說影響之深。

除了以上所說的特質外，話本另有「入話」的體例，「入話」也是講唱文學的一種遺跡，「入話」產生的原因，是因為「話本」只以聽眾的趣味為主，在聽眾尚未到齊之前，說書人以一個引子做開場，等到聽眾到得差不多時，才「言歸正傳」。這個引子一般用的是故事，或者是詩詞，說話人稱之為「得勝頭迴」，例如京本通俗小說的錯斬崔寧開頭說：「這回書單說一個官人，只因酒後一時戲笑之言，遂至殺身破家，陷了幾條性命。且先引一個故事來，權做個『得勝頭迴』。」「得勝頭迴」命名的原因，是因為當時聽說話的人大都是軍人，冠以得勝，目的是表示吉利。就一般小說看，引子的故事大多與正文內容相近，如古今小說第七卷羊角哀捨命全交以「管、鮑」的知己交作為入話，和正文羊角哀、左伯桃的捨命全交，內容極為相似。另有一些入話卻以和正文相反的內容，讓聽眾對照比較，以收相反相成的效果。例如古今小說第八卷吳保安棄家贖友，入話以一篇詞為起，說明人心險薄，結交之難，正文卻敘述吳保安為郭仲翔被俘蠻洞而棄家經商，攢積十幾年，始得為郭仲翔贖身的故事，內容和入話正好相反。

現在一般人所用的「小說」這名詞，是包括長、中、短篇各型的小說在內，但在宋朝時，所指的「小說」卻單指「短篇」而言，和長篇的「講史」是有所區別的，據宋灌園耐得翁都城紀勝和吳自牧夢粱錄二十的記載，宋朝說話人所說的內容有四類：一是小說，即「銀字兒」，二是說經，三是講史，四是合生商謎。小說和講史是最通俗最普遍的題材，前者屬短篇，後者屬長篇；短篇的「銀字兒」又可分為煙粉、靈怪、傳奇、說公案、說鐵騎兒等幾種。長短篇小說在宋時同時流行，但競爭很激烈，短篇小說以其獨特的性質，頗能迎合一般人「急求兌現，早知結局」的不耐心理。吳自牧夢粱錄二十「小說講經史」條下說：「最畏小說人，蓋小說者能講一朝代故事，頃刻間捏合。」又據周密武林舊事六的記載，說小說的有五十二人，說史事的有二十三人，說佛事的有十七人，說合生的只有一人。看來競爭的結果是短篇小說占了上風。

元、明時，繼宋朝之後，講唱文學的興盛仍然不減，明朝時文士們又參與了話本的擬作，使得這種講唱文學更形發達，可惜這些流行民間的通俗文學，由於不受正統文人的重視，留傳後代的並不多。最早在明晁瑮的寶文堂書目子部雜類裡錄有小說好幾十種，錢曾也是園書目十收有宋人詞話十六種，但京本通俗小說、清平山堂話本和馮氏「三言」所收錄的寶文堂所列的小說，卻不到半數，其餘的已亡佚；也是園書目的十六種宋人詞話也只剩下八種，其他寶文堂、也是園未收錄的話本一定還更多，亡佚情形的嚴重可以想見。實際收錄話本、擬話本內容的，除了京本通俗小說、清平山堂話本之外，就是馮夢龍的「三言」，「三言」共收錄有短篇小說一百二十種，內容最完整，可說是研究短篇小說最完善的資料。

馮夢龍編撰「三言」的次序，根據日本所發現的明刊本古今小說，書前有書肆天許齋的一段廣告：

小說如三國志、水滸傳稱巨觀矣。其有一人一事可資談笑者，猶雜劇之於傳奇，不可偏廢也。本齋購得古今名人演義一百二十種，先以三之一為初刻云。

古今小說是初刻，但是初刻之後，續刻未聞。在日本所發現的明兼善堂警世通言和葉敬池本醒世恒言的序文，都沒有註明兩書是古今小說的續刻，但醒世恒言扉葉卻有書肆葉敬池的識語：

本坊重價購求古今通俗演義一百二十種，初刻為喻世明言，二刻為警世通言，海內均奉為鄴架珍玩矣。茲三刻為醒世恒言，種種典實，事事奇觀，總取木鐸醒世之意，並前刻共成完璧云。

把這篇廣告詞和古今小說廣告詞相互對照比較，可見出版書肆的名稱雖不同，但廣告用詞卻非常類似，可以說明古今小說和警世通言、醒世恒言就是葉敬池、凌濛初、笑花主人所說的「三言」，而警世通言和醒世恒言就是古今小說的續刻。

在醒世恒言之前，古今小說的書肆廣告和綠天館主人（馮氏化名）的序文，以及警世通言的書肆廣告和無礙居士（也是馮氏化名）的序文，都沒有提到喻世明言的名稱，到了葉敬池刊刻醒世恒言時，其廣告詞和可一居士的序文才正式提到喻世明言等「三言」，可見「三言」名稱的起始，也就是「古今小說」改為「喻世明言」，是遲至葉敬池刊刻醒世恒言時才做的。既然改名，沒有不加以重刻的道理，所以在當時一定會有葉敬池重刻古今小說的重刻本喻世明言出現，但這只是據理推測，中國本土和日本卻一直沒有見到這種本子的喻世明言；今日所見的喻世明言只有二十四卷，已是明朝末年衍慶堂所重刻的本子。衍慶堂可能處在明末動盪時代的關係，所刻的書都不精細，如刻二刻增補警世通言時，四十卷只剩二十四卷，內容又與古今小說相混；所刻醒世恒言，和葉敬池本相較，刪改甚多，頗失原文面目，又缺乏正文前所附的圖。所以衍慶堂重刻喻世明言時只剩下二十四卷，也就難怪了。至於重刻時所根據的底本應該是葉敬池喻世明言，因為衍慶堂不可能據古今小說收錄內容，再隨己意改為「喻世明言」這個名稱，馮氏也不可能把「喻世明言」這個名稱賜給他，而不賜給葉敬池。至於衍慶堂本喻世明言廣告語所說：「綠天館初刻古今小說四十種」，「古今小說」是通稱，並不是指初刻的古今小說這一本書而言，否則他應說「四十卷」，而不該說「四十種」才對。

除了以上的推測外，還有一些證據可以證明古今小說就是喻世明言：

第一、日本所見的衍慶堂本喻世明言（詳見下文）封面有書肆衍慶堂的廣告詞如下：

> 綠天館初刻古今小說□十種，見者侈為奇觀，聞者爭為擊節。而流傳未廣，閣置可惜。分版歸本坊，重加校訂，刊誤補遺，題曰「喻世明言」，取其明言顯易，可以開□人心，相勸於善，未必非世道之一助也。

古今小說四十種，把「四」挖去，以掩蓋篇數不足四十的痕跡，這反而是「欲蓋彌彰」，足見喻世明言原刻應不只二十四篇，而是和天許齋所刊印的古今小說卷數相同。

第二、如果衍慶堂本喻世明言二十四卷為原刻，那麼葉敬池在刻醒世恒言時，不可能有兩篇和喻世明言重複。只有重刻本才有可能重複。

第三、據鹽谷溫中國文學概論（開明書店五一四頁）所引錄的日本衍慶堂本喻世明言，天欄外橫題「重刻增補古今小說」，明白地說出了這二十四卷本是增補的重刻本，而不是喻世明言的原刻。

第四、姑蘇笑花主人序今古奇觀說：「至所纂喻世、警世、醒世三言，極摹人情之態，備寫悲歡離合之致，可謂欽異拔新，洞心駴目。而曲終奏雅，歸於厚俗。即空觀主人壺矢代興，爰有拍案驚奇兩刻。頗費搜獲，足供譚麈。合之共二百種。……而抱甕老人先得我心，選刻四十卷。」今通言四十卷，恒言四十卷，初刻拍案驚奇四十卷（原刻四十卷未見，今可見本作三十六卷），二刻拍案驚奇四十卷（實三十九卷，內附雜劇一卷），那麼喻世明言必也是四十卷，才能湊成二百卷之數，和古今小說四十卷正好相合。

第五、「古今小說」原來只是通稱，大概是古今小說一出，生意大好，其後出了警世通言，再出醒世恒言時，為求一致，以廣招徠，乃把「古今小說」改名為「喻世明言」，現存金閶葉敬池本醒世恒言右上題「繪像古今小說」，中央大書「醒世恒言」就是一個證明。

第六、據上文第四所引姑蘇笑花主人序今古奇觀，知今古奇觀四十卷有部分選自喻世明言，但以今古奇觀篇目看，第十二卷之羊角哀捨命全交，第十三卷之沈小霞相會出師表，第三十三卷之金玉奴棒打薄情郎等篇，衍慶堂本二十四卷喻世明言都沒有，而是出在古今小說第七、第二十七、第四十等三卷，足見抱甕老人所編的今古奇觀，所選用的喻世明言就是古今小說，這又是古今小說就是喻世明言的一證。

由於馮夢龍編撰「三言」時，時間先後不一，所以取材的標準也不一致。在第一次編古今小說時，有一百二十種材料可資選擇，由於是初刻，所以那時候很可能把銷路列為第一優先，所選的小說自然以通俗為主。古今小說敘有一段話說：

> 大抵唐人選言，入於文心；宋人通俗，諧於里耳。天下之文心少而里耳多，則小說之資於選言者少，而資於通俗者多。試今說話人當場描寫，可喜可愕，可悲可涕，可歌可舞；再欲捉刀，再欲

下拜，再欲決脰，再欲捐金；怯者勇，淫者貞，薄者敦，頑鈍者汗下。雖小誦孝經、論語，其感人未必如是之捷且深也。噫，不通俗而能之乎？

「通俗」既然可以深入人心，感動民意，促進銷路，對世教人心也有所助益，可說一舉兩得。馮氏為求達到通俗的目的，所選的材料當然以迎合民心為主。而在古代的民間社會裡，由於教育尚未普及，加上幾千年封建君權制度，一個人的富貴前途，都掌握在不可知的命運，和少數幾個當權者的手裡，所以「富貴奇遇」、「發跡變泰」等就變成百姓內心旦夕所希求的願望，有關「富貴奇遇」、「發跡變泰」的事跡，自然就變成說話人說話的最佳題材，古今小說搜集這一類的資料也就特別多。其次由於佛教從東漢時傳入中土，經過唐代變文講唱文學的傳播，有關佛教的「善惡相報」、「輪迴報應」等思想，可說已經深入民心，群眾對「輪迴果報」的事跡抱著既畏懼又有趣的態度，所以這方面的題材也最能吸引聽眾的心理，馮氏在編撰古今小說時，首先就搜集這方面的資料。另外由於劉、關、張桃園三結義的事跡在唐代時已經騰播於人人之口（李商隱驕兒詩（集一）：或謔張飛胡，或笑鄧艾吃），到了宋以後，民間對劉、關、張的義氣都寄以欽羨的嚮往之情，所以有關「捨命全交」的故事也頗能吸引聽眾。現在就古今小說四十卷的內容，大致分類如下：

1. 發跡變泰：第二十一卷。
2. 富貴奇遇：第五卷、第六卷、第十一卷、第十五卷。
3. 輪迴報應：第二十九卷、第三十卷、第三十七卷。

4.善惡相報：第一卷、第二卷、第二十卷、第二十二卷、第二十九卷、第三十四卷。
5.義氣知己：第七卷、第八卷、第十六卷、第十九卷。
6.豔遇私情：第四卷、第二十三卷、第二十七卷、第三十八卷。
7.色債殞身：第二卷。
8.妓女從良：第十七卷。
9.奇人異士：第九卷、第十二卷、第十四卷、第三十三卷。
10.神鬼相鬥：第十三卷、第二十四卷。
11.玩物喪志：第二十六卷。
12.浪子回頭：第三卷。
13.否極泰來：第十八卷。
14.忠孝節義：第四十卷。
15.古事今判：第三十一卷。

既然要通俗，神鬼思想就不能避免，民間的神鬼思想牽連到迷信問題，但有時候和宿命論也有關連，因為農業社會裡的百姓一向安分守己，對於分外的富貴既無能力追逐，也沒有野心尋求，但富貴的生活和困苦的現實對比之下，又是這麼令人羨慕，在這種心態下，雜有宿命觀念的神鬼思想自然產生，充分顯示民間對富貴的羨慕和敬畏心理，例如第十五卷史弘肇龍虎君臣會敘史弘肇和郭威發跡變泰、富貴奇遇的事跡，文中史弘肇和郭威的出身都帶有神祕的色彩，可說他們天生就不是常人，這種有前世來源的貴人身分，說明民間「富貴由命」的宿命思想，以現代眼光來看，這種內容可說鄙陋無比，但卻是道地的民間思想的流露。

神鬼思想在古今小說裡俯拾皆是，連第七卷羊角哀捨命全交這種刻劃朋友道義的故事，都要穿插上左伯桃死後靈魂和荊軻大戰的情節，使得原本可以純粹以人情細膩刻劃為長的小說，反而蒙上庸俗鄙陋的色彩；反看警世通言第一卷俞伯牙摔琴謝知音，內容也是描繪知己之情，但情節較近情理，也不夾雜神鬼之事，兩相比較，足見古今小說囿於通俗的要求，不像後編的警世通言、醒世恒言，較注意藝術上的技巧。又如第二十四卷楊思溫燕山逢故人，敘韓思厚娶妻鄭義娘，自己在金陵為官，夫婦難相見；在一件意外事中，義娘為他守節而死，後來思厚見義娘亡魂，向義娘發誓不再娶，但沒多久卻又娶劉金壇為妻。有一天，夫婦到了鎮江，下船要到金山一遊，在江中，夫婦俱被鄭義娘鬼魂拽入水裡而死。這篇小說和警世通言第三十二卷杜十娘怒沉百寶箱主題相同，雖然杜十娘是從良妓女，和鄭義娘良家婦女的身分不一樣，但兩篇小說都在刻劃薄情郎君的心態和結局；杜十娘怒沉百寶箱的結局是杜十娘負氣跳水而死，不摻雜任何鬼神成分。就寫作技巧的立場看，楊思溫燕山逢故人顯然比杜十娘怒沉百寶箱差得多了。

古今小說裡頭這些濃厚的神鬼觀念，也許會被視為是作者為了要吸引聽眾所作的低級趣味的描述，但在楊思溫燕山逢故人這一卷裡頭，鄭夫人（義娘）曾說過幾句話：「太平之世，人鬼相分；今日之世，人鬼相雜。」那麼作者塑造出那麼多的鬼神世界，或者是對當時社會人心的陷溺，所作的一種無言的抗議吧！

古今小說四十卷裡頭，以歷史公案為材料，取材別具慧眼，情節特殊，主題遠大，最值得提出討論的，是第三十一卷鬧陰司司馬貌斷獄，內容敘述司馬貌才學俱佳，只因家貧，無人提挈，滿腔積怨，酒後寫一首怨詞以抒忿，詞中責老天待其不公，被夜遊神察知，奏於玉帝，玉帝以司馬貌自負才學，存心要考考他，乃讓他權替閻羅王半日之位，視判案情形再行定罪。閻羅王要司馬貌代為判決的是漢初以來，凡三百五十年仍然未曾斷決的公案：

一宗屈殺忠臣事，

原告：韓信、彭越、英布。

被告：劉邦、呂氏。

一宗恩將仇報事，

原告：丁公。

被告：劉邦。

一宗專權奪位事，

原告：戚氏。

被告：呂氏。

一宗乘危逼命事，

原告：項羽。

被告：王翳、楊喜、夏廣、呂馬童、呂勝、楊武。

在審判的過程中，原告被告各執己見，以爭是非，議論縱橫，不失其趣味性，既合史實，又有作者個人主見，實在是一篇最好的歷史人物批判論。司馬貌判決的結果是：

第一案：

1. 韓信盡忠報國，銜冤而死，判他投胎為曹操，享有漢家山河之半。

2. 劉邦以君位而辜負其臣韓信，判投胎為獻帝，一生受曹操欺侮。

3. 呂后長樂宮殺韓信，判她投胎為獻帝之后，被曹操將紅羅勒死宮中，作為相報。

4. 判英布投胎孫家為孫權，享一國之富貴，以彌補被殺之冤。

5. 彭越以正直之故，判投胎為劉備，千人稱仁，萬人稱義，又判蒯通投胎為諸葛亮，許復為龐統，樊噲為張飛，項羽為關羽，紀信為趙雲，以輔佐彭越。

第二案：

丁公以背叛項羽，投靠劉邦而被劉邦所殺，判投胎為周瑜，被孔明三氣氣死。因事奉項羽不終，故事奉孫權也不得以終。

第三案：

戚氏受呂后之妒而被害死，判投胎為甘氏，為劉備（彭越投胎）正宮，令呂后（投胎為獻帝之后）

妒不得。

第四案：

王翳、楊喜、夏廣、呂馬童、呂勝、楊武無戰鬥之功，乘項羽之危而取其命，判投胎為卞喜（楊喜）、王植（王翳）、孔秀（夏廣）、韓福（呂勝）、秦琪（楊武）、蔡陽（呂馬童）等六將，而為關羽（項羽投胎）過五關時所斬，以為報應。

以上因果報應、循環相報的安排，雖說是虛妄附會，卻也不失公正，很具有說服力，這除了說明作者有豐富的史學知識外，也富有相當大的想像力。臧否古今人物原為知識分子所喜歡做的事，也是百姓樂於聽聞的趣事，何況此篇作者所取用批判的對象，是家喻戶曉的歷史人物，所以像這樣的文章，在四十卷古今小說裡，是具有相當大的可讀性的。

在古今小說裡，雖然有些故事的情節並不甚好，但文字的通俗和活潑，決不輸於其他小說。以第三十六卷宋四公大鬧禁魂張為例，內容不過是敘述一對專幹偷竊的師兄弟宋四公和趙正鬥智的事，主題已不夠遠大，情節構造也嫌紛雜不清，但就文字和口語運用來說，卻具有相當大的價值，例如描繪張員外的吝嗇時說：

這箇員外平日發下四條大願：一願衣裳不破，二願喫食不消，三願拾得物事，四願夜夢鬼交。是箇一文不使的真苦人。他還地上拾得一文錢，把來磨做鏡兒，捍做磬兒，掐做鋸兒，叫聲「我兒」，做箇嘴兒，放入篋兒。

描繪張員外的慳吝，以拾得一文錢的動作、神情加以刻劃，生動活潑如現眼前，像這樣的文字，在古今小說裡還很多，這也算是民間通俗文學的一大特色吧！

# 喻世明言考證

徐文助

馮夢龍編「三言」，採用三種方法：一是照錄話本、擬話本舊文，二是修改話本、擬話本，三是自作話本。所以他初刻的小說稱為古今小說，「古」指的就是第一、二類，「今」指的是第三類，古今並陳，說明他編撰「三言」的態度，這態度和他之前的人是不同的。

由於正統文人的不重視，使得宋、元時候流行民間的通俗小說大多亡佚，能夠留到後代的並不多；就短篇小說而言，在馮氏「三言」之前，只有京本通俗小說和洪楩清平山堂話本兩種而已。

發現京本通俗小說的人，是署名「江東老蟫」的繆荃孫，繆氏把他的京本通俗小說刊在他的煙畫東堂小品中。全書只剩下卷十到卷十六共七卷，卷名如下：

第十卷碾玉觀音　第十一卷菩薩蠻　第十二卷西山一窟鬼　第十三卷志誠張主管　第十四卷拗相公　第十五卷錯斬崔寧　第十六卷馮玉梅團圓

七卷之外，另有定山三怪一卷，繆氏認為破碎太甚，金主亮荒淫一卷，繆氏認為過於淫穢，都沒有傳摹。這七卷中的第十五卷錯斬崔寧出現在醒世恒言第三十三卷十五貫戲言成巧禍，未傳摹的金主亮荒淫出現在醒世恒言第二十三卷金海陵縱慾亡身，除這兩卷外，餘均出現在警世通言，未傳摹的定山三怪也出現在警世通言第十九卷崔衙內白鷂招妖，因為兼善堂本警世通言在該卷正文題名底下註云：「古本作定山三怪，又云新羅白鷂」，這種現象，令人值得注意的是：京本通俗小說的七卷和未傳摹的二卷都出現在「三言」的警世通言、醒世恒言裡，而「三言」初刻的古今小說，竟無一篇出自京本通俗小說，實在大為可疑。所以，近人鄭振鐸中國文學研究第二卷懷疑京本通俗小說不是如繆氏所說「影元本」，更不是葉德輝所說的「影宋本」。

京本通俗小說外，收集話本的本子就是明洪楩清平山堂話本，清平山堂是洪楩讀書的堂名，洪楩刊刻清平山堂話本的時間，據馬隅卿的研究，是在明嘉靖二十年到三十年之間（清平山堂話本序目）。清平山堂話本錄有話本十五種：

一、柳耆卿詩酒翫江樓記
二、簡帖和尚
三、西湖三塔記
四、合同文字記
五、風月瑞仙亭
六、藍橋記
七、快嘴李翠蓮記
八、洛陽三怪記
九、風月相思
十、張子房慕道記
十一、陰隲積善
十二、陳巡檢梅嶺失妻記
十三、五戒禪師私紅蓮記
十四、刎頸鴛鴦會
十五、楊溫攔路虎傳

其中第一柳耆卿詩酒翫江樓記和古今小說第十二卷衆名姬春風弔柳七內容相同。第十二陳巡檢梅嶺失妻記就是古今小說第二十卷陳從善梅嶺失渾家，第二簡帖和尚就是古今小說第三十五卷簡帖僧巧騙皇甫妻，第十三五戒禪師私紅蓮記就是古今小說第三十卷明悟禪師趕五戒。據顧修彙刻書目初編記清平山堂刊有話本六集：雨窗、長燈、隨航、欹枕、解閒、醒夢等，世界書局影印清平山堂話本另附雨窗集和欹枕集，原板為馬廉在民國二十三年六月影印天一閣所藏的明板，雨窗集收有話本五篇，欹枕集收七篇。古今小說第四卷閒雲菴阮三償冤債就是雨窗集上所收錄的戒指兒，第七卷的羊角哀捨命全交就是欹枕集上的羊角哀死戰荊軻，第十六卷范巨卿雞黍死生交就是欹枕集上的死生交范張雞黍，第三十四卷李公子救蛇獲稱心就是欹枕集下的李元吳江救朱蛇。加起來總共有八篇，但這八篇馮夢龍並不是原封不動照舊本全錄，而是加以修改的。第二簡帖和尚、第十二陳巡檢梅嶺失妻記、欹枕集上死生交范張雞黍、雨窗集上戒指兒、欹枕集上羊角哀死戰荊軻、欹枕集下李元吳江救朱蛇這六篇，馮氏在古今小說裡，文句、內容上只加了一些修正，大致和原作一樣，但第十三五戒禪師私紅蓮記馮氏在古今小說裡改寫成明悟禪師趕五戒（第三十卷）時，加上三生石的入話，關於蘇東坡和佛印的故事也是馮氏改造成的。其他如第一柳耆卿詩酒翫江樓記改寫在古今小說第十二卷衆名姬春風弔柳七時，改動的幅度更大。

除清平山堂話本外，清錢曾也是園書目裡，錄有宋人詞話十六種：

一、燈花婆婆　二、風吹轎　三、馮玉梅團圓　四、種瓜張老　五、錯斬崔寧　六、簡帖和尚　七、紫羅蓋頭　八、山亭兒　九、李煥生五陣雨　十、女報冤　十一、西湖三塔　十二、小金錢

十三、宣和遺事　十四、煙粉小說　十五、奇聞類記　十六、湖海奇聞

這十六種詞話中，種瓜張老即古今小說第三十三卷張古老種瓜娶文女，簡帖和尚即古今小說第三十五卷簡帖僧巧騙皇甫妻，簡帖和尚清平山堂話本收錄在第二種。種瓜張老也出現在寶文堂書目。

另外，明嘉靖年間藏書家晁瑮寶文堂書目裡有十五篇話本出現在古今小說裡：卷七羊角哀捨命全交寶文堂書目作羊角哀鬼戰荊軻，卷十一趙伯昇茶肆遇仁宗寶文堂書目作趙旭遇仁宗傳，卷十五史弘肇龍虎君臣會寶文堂書目作史弘肇傳，卷十六范巨卿雞黍死生交寶文堂書目作范張雞黍生死交，卷二十三張舜美燈宵得麗女寶文堂書目作綵鸞燈記，卷二十四楊思溫燕山逢故人寶文堂書目作燕山逢故人和燕人逢故人鄭義娘傳，卷二十五晏平仲二桃殺三士寶文堂書目作齊晏子二桃殺三士，卷二十六沈小官一鳥害七命寶文堂書目作沈鳥兒畫眉記，卷三十四李公子救蛇獲稱心寶文堂書目作李元吳江救朱蛇，卷二十陳從善梅嶺失渾家寶文堂書目作陳巡檢梅嶺失妻，卷三十明悟禪師趕五戒寶文堂書目作五戒禪師私紅蓮記，卷三十三張古老種瓜娶文女寶文堂書目作種瓜張老，卷三十五簡帖僧巧騙皇甫妻寶文堂書目作簡帖和尚；以上十三篇寶文堂書目名稱錄自孫楷第三言二拍源流考，而孫氏則據馬隅卿考證所得。另嚴敦易在「古今小說」四十篇的撰述時代一文（見鼎文書局民國六十九年版喻世明言後附），又以為卷三十八任孝子烈性為神就是寶文堂書目的任珪五顆頭，三十六卷宋四公大鬧禁魂張就是寶文堂書目的趙正侯興；又孫楷第三言二拍源流考引田汝成謂西湖遊覽志餘十所引平話有古今小說第二十九卷月明和尚度柳翠和第三十卷明悟禪師趕五戒，其中明悟禪師趕五戒也出現在寶文堂書目裡。

以上是古今小說出現在舊本的情形，如果把晁瑮寶文堂書目出現在古今小說裡的十五卷，加上西湖遊覽志餘一卷，扣除掉和清平山堂話本重複的二卷（卷二十陳從善梅嶺失渾家，卷三十明悟禪師趕五戒），剩下十四卷，加上清平山堂話本的八篇共二十二篇，這二十二篇舊本中，除清平山堂話本的八篇，因有原文可以和古今小說相互對照，以研究馮氏修改的痕跡外，餘十四篇則難以知悉。二十二篇舊本之外的十八篇，一定還會有出自舊本的，只不過因為資料不夠，無法確定哪幾卷而已。雖然這十八卷的舊本名稱無法指出，但如果能夠了解它的時代，進而探出和馮氏同時代的作品，那麼馮氏自作的篇名，應該可以擬測出，所以近人從鄭振鐸在中國文學研究開始，已在研究古今小說四十篇的寫作時代；已有舊本發現的二十二篇，較容易就所收錄的集刊，或所著的書目等的時代先後，擬測出原作或擬作的大概時間，其他目前沒有舊本可尋的十八篇，也可以根據話本本身的內容的提示，寫作的技巧、風格等，大致加以擬定。據嚴敦易在「古今小說」四十篇的撰述時代一文所示，他在研究古今小說的時代時，所用的方法有八種：

一、以同一名目內容的存見的其他傳本作旁證。
二、以藏書家的著錄作旁證。
三、現今所能掌握到的其他著述中的材料。
四、話本本身的敘說。
五、話本本身的體制、風格、語言及所引的詩詞。

六、故事情節的歷史演變。

七、地理、典章、制度等的沿革和體現。

八、各個不同時代的主要社會思想意識。

但根據這八種方法擬測出來的結果，和鄭氏所研究的卻大有出入。周妙中和嚴敦易先生商榷「古今小說」四十篇的撰述時代問題一文對嚴敦易八種方法中的二、三、六、八等四種頗有微辭，並以為剩下的第一、四、五、七種方法也並不全然可靠，而他重新擬測的結果和嚴敦易又大有不同。

近人孫楷第在三言二拍源流考裡提出另一種研究方法，就是根據情史推斷馮夢龍自作的篇名。蘇州府志卷一三六記馮夢龍著有情史二十四卷，情史原書作者署名「詹詹外史氏」，容肇祖在明馮夢龍的生平及其著述（嶺南學報二卷二期）一文中，以為「詹詹外史氏」就是馮夢龍本人，馮氏因情史所記近於穢褻，恐招謗議，才託名「詹詹外史氏」。情史所記的故事有很多可以在「三言」裡找到，就古今小說講，如情史卷十六「珍珠衫」條，故事和古今小說第一卷蔣興哥重會珍珠衫相同，卷四「裴晉公」條，故事和古今小說第九卷裴晉公義還原配相同，卷二「單飛英」條，故事和古今小說第十七卷單符郎全州佳偶相同，卷二「紹興士人」條，故事和古今小說第二十七卷金玉奴棒打薄情郎相同，卷十九「張果老」條，故事和古今小說第三十三卷張古老種瓜娶文女相同，卷四「沈小霞」條，故事和古今小說第四十卷沈小霞相會出師表相同。以上情史七卷中，卷十六的「珍珠衫」條結語云：「小說有珍珠衫記。」孫楷第以為情史凡附注見小說的，就口氣論，似乎馮氏著書時已有話本，才特別注出，其他的六卷都沒有附注見小說，所以孫楷第懷疑這六卷是馮氏所自演的話本。

以上所列出的參差不齊的研究結果，說明古今小說四十卷話本、擬話本的時代，已知的研究方法仍有未達理想之處，有待繼續開發和修正。

古今小說在中國本土一直未見，不只原刻本，連重刻本都未出現，雖然孫楷第在三言二拍源流考裡記有馬隅卿所藏的別本喻世明言，但卻只剩下卷四至卷六共三卷而已，幾近於全部亡佚。但全本的原刻本，和重刻本的殘本（即別本喻世明言）都在日本出現，警世通言和醒世恒言也有同樣的情形，這可能是明末戰亂頻仍，導致古書散佚，和日本當局有計劃地輸入中國古籍的緣故。

民國四十七年美國耶魯大學李田意博士把自日本攝得的「三言」珍本膠卷，託由臺灣世界書局影印出版，研究「三言」的風氣才逐漸興起。「三言」的初刻是喻世明言（即古今小說），李田意自日本送回的珍本膠卷是天許齋的全刻本，這是研究古今小說最珍貴的資料。現在將日本所見的版本，和目前臺灣所見的影印本、排印本，略為說明如下：

一、明天許齋本：這是目前所知時代最早、保留得最完整的本子，早在四十七年世界書局影印之前，鹽谷溫中國文學概論裡就已經提到；董康書舶庸談卷四錄有四十卷卷名，鄭振鐸和孫楷第並曾讀過原文，對古今小說的話本、擬話本的時代，和馮夢龍編撰古今小說的情形，都曾做過精闢的研究。孫楷第在日本東京所見中國小說書目（卷二，十頁）還提到除內閣文庫收藏有天許齋本外，另有尊經閣也藏有白紙的天許齋本，日人長澤先生曾以兩本對照互校，發現少數字間有異同。據楊家駱景印珍本宋明話本叢刊提要（附在世界書局影印古今小說書前）一文所述，世界書局所據以影印的，是以內閣文庫所藏的天許齋本為主，殘缺部分以尊經閣覆刻本補足。

此書在綠天館序文前，封面的裡面，有天許齋的一段廣告（原文已引在引言裡），廣告後面有綠天館主人序文，長達四頁，序文內容分兩段，首段敘宋話本興起的原因，兼論宋話本「鄙俚淺薄，齒牙弗馨」的缺點；次段說明明朝話本遠過宋人之處，結尾以「通俗」為小說的第一要件，序文後署名綠天館主人。按序文論理的宏達，和文筆的流暢看，綠天館主人應該是馮夢龍本人的化名。序文後沒有說明刊刻的日期，這是和其他二言：警世通言、醒世恒言最大的不同處。序文後是目次，目次下標題為「古今小說一刻總目」，下署「綠天館主人評次」。正文每卷前附有圖一葉二面，共有圖四十葉八十面，只有第三十七卷梁武帝累修歸極樂第二面圖內註明「素明刊」，蓋即刊工劉素明。正文半葉一面有十行，每行二十個字。版框上附有綠天館主人評語，大致還清楚可認。第三十七卷目次卷名為梁武帝累修成佛，正文卷名則為梁武帝累修歸極樂，按古今小說題目命名的原則是每兩卷成一對句，所以目次卷名大概是後來修正過的，以便和第三十八卷的任孝子烈性為神詞性相對。又第七卷正文題目「羊角哀捨命全交」下，另註明「一本作羊角哀一死戰荊軻」。

這個本子雖刊刻得最早，保留也最完整，但刻得並不甚精，漶漫之處甚多，例如：序文第一葉第一、二面都有缺字，第四葉第二面字體有缺損。卷二第五葉第二面左上角有缺字二，第六葉第一面右上角有數字空白和缺損，卷十五第十四葉第一面第一行有缺字二，卷十七第七葉第二面最後一行有缺損空白字二，卷二十一第三十二葉第一面第四行有缺損字一。下冊卷二十三第九葉第一面第三行有四字缺損，卷二十四第七葉第一面第三、四行有缺字三，卷二十九第十三葉第二面第五行有三字缺損，卷三十第十五葉第一面第六行有缺字二，卷三十三第二葉第二面最後一行有缺字五，第四葉第一面第四行有缺字二，卷三十六第二十五葉第一面第九行有缺字三，卷三十七第十七葉第一面第五行有缺字二，卷三十八第十五葉第一面第八行有缺字一，卷三十九第十五葉第一面右上角有數字缺損，第三十一葉第一面第七行有缺字一，卷四十第二十葉第一面最後一行有缺字一。以上這些字的缺損和空白，世界書局影印本都沒有修正，以存其真。

另外在文字方面，錯誤更多，最常見的錯字如：「己」作「已」，「已」作「巳」，「何」作「伺」（一卷十葉），「主」作「王」（一卷十五葉），「被」作「彼」（一卷三十葉），「卻」作「却」，「被」作「被」（二卷三葉），「宦」作「宧」（二卷六葉），「初」作「初」（二卷八葉），「母」作「毋」（二卷八葉），「段」作「叚」（二卷十三葉），「冒」作「胃」（二卷二十一葉），「裡」作「裡」（二卷二十二葉），「袖」作「袖」（三卷八葉），「討」作「詞」（三卷八葉），「款」作「欵」（三卷十四葉），「寵」作「寵」（九卷一葉），「奉」作「秦」（九卷四葉），「縫」作「縱」（十卷十六葉），「晌」作「晌」（十一卷三葉），「奮」作「奮」（十三卷十五葉），「諳」作「暗」（十五卷二十一葉），「讓」作「議」（二十八卷七葉），「染」作「染」（二十九卷十三葉），「土」作「上」（三十七卷一葉）。以上這些錯字大部分都反覆出現，可見不是偶然的筆誤而已。其他俗體字、簡體字、古體字更多，而且同樣一個字，卻各體字交互使用，如「葬」作「塟」（一卷四十葉），「兇」作「兇」（一卷四十二葉），「誤」作「悞」（一卷五葉），「往」作「徃」（二卷五葉），「怪」作「恠」（二卷六葉），「走」作「歪」（二卷六葉），「報」作「报」（二卷八葉），「趕」作「趕」（五卷七葉），「宜」作「宜」（五卷八頁），「弄」作「美」（六卷三葉），「趕」作「赶」（十五卷十葉），「吵」

作「炒」（二十七卷九葉），「吟」作「唫」（三十三卷一葉），「體」作「軆」（三十三卷三葉），「懼」作「惧」（四十卷三葉），這些字字體紊亂，前後不一；足見此版本要能清晰可讀，仍有大加整理的必要。

二、衍慶堂本：此本題名「喻世明言」，和天許齋本題名「古今小說」不一樣，但究其內容，實即古今小說，其理由已在引言裡詳述過。此版本共二十四卷，二十一卷錄自古今小說，二卷錄自醒世恒言，一卷錄自警世通言，原版存日本內閣文庫，中國本土一直未見，鹽谷溫中國文學概論提及此書，並附書肆衍慶堂廣告文，書後「宋明通俗小說流傳表」並附有二十四卷卷名。董康書舶庸談免部（卷一上）也錄有喻世明言二十四卷。由於古今小說四十卷已被證明即喻世明言，所以此二十四卷本鄭氏稱之為「別本喻世明言」。據李田意日本所見中國短篇小說略記（新清華學報一卷二期）「喻世明言」條所引，日人長澤規矩也稱此本為「削本明言」。「別本」或「削本」意思都是說此本是古今小說的殘本。據李田意的研究，此版正文半葉十行，每行二十字。版框高二十公分，寬一三・一公分。封面上端欄外橫署「重刻增補古今小說」八字。有圖二十四葉，其中第二十四卷楊八老越國奇逢即古今小說第十八卷，但圖卻不是第十八卷的圖，而是警世通言第二十八卷白娘子永鎮雷峰塔的圖，這點頗令人奇怪。王古魯在「古今小說」和「喻世明言」（見河洛圖書公司民國六十九年二月版喻世明言後附）一文裡，說明此版本圖文不能相配的地方尚有多處，不只第二十四卷而已。茲錄二十四卷卷名，下附所出原書書名卷數，並註明圖片來源如下：

第一卷　張廷秀逃生救父（醒世恒言第二十卷，用葉敬池本醒世恒言原圖）

第二卷　陳御史巧勘金釵鈿（古今小說第二卷，用古今小說原圖）

第三卷　滕大尹鬼斷家私（古今小說第十卷，用古今小說原圖）
第四卷　蔣興哥重會珍珠衫（古今小說第一卷，用古今小說原圖）
第五卷　白玉娘忍苦成夫（醒世恒言第十九卷，用醒世恒言原圖）
第六卷　新橋市韓五賣春情（古今小說第三卷，用古今小說原圖）
第七卷　閒雲菴阮三償冤債（古今小說第四卷，用古今小說原圖）
第八卷　沈小官一鳥害七命（古今小說第二十六卷，用古今小說第二十五卷圖）
第九卷　陳希夷四辭朝命（古今小說第十四卷，用古今小說第六卷圖）
第十卷　趙伯昇茶肆遇仁宗（古今小說第十一卷，用古今小說原圖）
第十一卷　窮馬周遭際賣䭔媼（古今小說第五卷，用古今小說原圖）
第十二卷　宋四公大鬧禁魂張（古今小說第三十六卷，用古今小說第七卷圖）
第十三卷　裴晉公義還原配（古今小說第九卷，用古今小說原圖）
第十四卷　楊謙之客舫遇俠僧（古今小說第十九卷，用古今小說第二十九卷圖）
第十五卷　鬧陰司司馬貌斷獄（古今小說第三十一卷，用古今小說原圖）
第十六卷　任孝子烈性為神（古今小說第三十八卷，用古今小說第三十卷圖）
第十七卷　遊酆都胡母迪吟詩（古今小說第三十二卷，用古今小說原圖）
第十八卷　李公子救蛇獲稱心（古今小說第三十四卷，用古今小說第三十三卷圖）
第十九卷　汪信之一死救全家（古今小說第三十九卷，用古今小說第十二卷圖）

第二十卷　史弘肇龍虎君臣會（古今小說第十五卷，用古今小說第十三卷圖）
第二十一卷　吳保安棄家贖友（古今小說第八卷，用古今小說原圖）
第二十二卷　陳從善梅嶺失渾家（古今小說第二十卷，用古今小說原圖）
第二十三卷　假神仙大鬧華光廟（警世通言第二十七卷，用警世通言原圖）
第二十四卷　楊八老越國奇逢（古今小說第十八卷，用古今小說原圖）

三、映雪齋藏版：此版藏大連圖書館，書名古今小說，題「七才子書」，只剩十四篇，今據孫楷第日本東京所見中國小說書目附大連圖書館所見小說書目（短篇總集一八〇頁）所記，錄其目錄，下並註明天許齋本古今小說卷數如下：

1. 張道陵七試趙昇（古今小說第十三卷）
2. 陳希夷四辭朝命（古今小說第十四卷）
3. 臨安里錢婆留發迹（古今小說第二十一卷）
4. 月明和尚度柳翠（古今小說第二十九卷）
5. 明悟禪師趕五戒（古今小說第三十卷）
6. 鬧陰司司馬貌斷獄（古今小說第三十一卷）
7. 簡帖僧巧騙皇甫妻（古今小說第三十五卷）
8. 宋四公大鬧禁魂張（古今小說第三十六卷）
9. 梁武帝累修成佛（古今小說第三十七卷）

10. 任孝子烈性成神（古今小說第三十八卷）

11. 汪信之一死救全家（古今小說第三十九卷）

12. 范巨卿雞黍死生交（古今小說第十六卷）

13. 晏平仲二桃殺三士（古今小說第二十五卷）

14. 沈小霞相會出師表（古今小說第四十卷）

四、馬隅卿藏本：此藏本書名喻世明言，所以孫楷第在三言二拍源流考一文題曰「別本喻世明言」，為馬隅卿所蒐得，不知其版刻源流，只剩下卷四到卷六共三卷。卷名如下：

卷四　蔣興哥重會珍珠衫

卷五　范巨卿雞黍死生交

卷六　新橋市韓五賣春情

由此看來，此殘本顯然和衍慶堂本並非同版。卷四即衍慶堂本喻世明言第四卷，卷六即衍慶堂本喻世明言第六卷，但卷五卻為衍慶堂本喻世明言所無，

五、排印本：民國四十七年天許齋本影印出版之後，臺灣研究「三言」的風氣一時興起，排印的通行本也就陸續出現。其中排印較佳的本子，首推鼎文書局六十三年十二月排印的古今小說，據篇首楊家駱古今小說識語，此本乃據王古魯本排印，而王古魯乃據內閣文庫藏本抄錄，以尊經閣藏本校訂之後，加以排印而成。王氏排印本已經改正甚多天許齋本的闕字漫漶處，但據楊家駱識語，該本也有缺點，共有八處刪節。此排印本已據世界書局影印的天許齋本將八處刪節補足。

此本雖為重新排印，但仍保留原刻本的版框、頁碼（即一葉兩面）、版心書名，和版框上原有的綠天館主人評語，以及上魚尾下面的卷名前三字，每面十三行，行三十字，每卷前有圖一葉二面，標點符號但圈不點，亦不劃分段落。識語後有綠天館主人敘，末附嚴敦易「古今小說」四十篇的撰述時代和「古今小說」所表現的兩篇文章。天許齋原刻所用的誤字、俗體字、古體字等都已改成正體字，有關較露骨的男女性愛描繪，全部照原刻本內容保留，不像後來的注釋本隨意刊削。

繼六十三年的初版之後，鼎文書局於六十九年九月將古今小說作第三次出版，大概認為古今小說就是喻世明言的論據已定，所以此次排版將書名改為「喻世明言」，版面大加變革，改以新式版面排印。據書前楊家駱識語所稱，此排印本乃就注釋本重印，但並沒有說明注釋者為誰。於識語後，列綠天館主人之敘，敘後即目錄、書影、圖片，其中圖片共四十葉八十面，全部集中一起，列在正文前，和天許齋本以及六十三年古今小說本大為不同。正文劃分段落，加上新式標點，並已去除六十三年古今小說保留的舊本版式。目次下的綠天館主人評次已刪除，所以原有版框上的眉批也全部廢棄。比較露骨的性事描繪也都刪削，甚至連描繪性事相當含蓄的詩詞也都去除，看起來理應乾淨才對，但就取捨的標準看，其實寬嚴不一，顯示刪除原文時，全憑興之所至，如第四卷閒雲菴阮三償冤債（八十九頁）保留「兩人摟做一團。說了幾句情話，雙雙解帶，其實暢快」，但在第十七卷單符郎全州佳偶（二四九頁）卻在「楊玉也識破三分，不敢固卻，只得順情」下，刪掉「兩個就在榻上，草草地雲雨一場」較含蓄的兩句話，這種隨意刪棄、輕重不分的情形，是很值得商榷的。

排印本最大的貢獻還是在文字方面，不論六十三年的古今小說或六十九年的喻世明言，已將天許齋本的誤字、俗體字、古體字改為正體字（見上文天許齋本下所列字體），雖然偶然仍會有錯誤如，第二卷陳御史巧勘金釵鈿：「明日只可早往，不可跪行。」（四十三頁）「跪」字天許齋本作「晚」，六十三年古今小說也作「晚」不誤，但六十九年版喻世明言作「跪」則顯然不通；另外第二十一卷臨安里錢婆留發跡：「方免喝，教亂棒打出」（三一六頁）為「方免，喝教亂棒打出」之誤，又第三十卷明悟禪師趕五戒：「我今勸省他，不可如此，也不說出。」（四四九頁）應為：「我今勸省他，不可如此。」也不說出。以上數例，足見此排印本仍有未盡理想之處，宜加補正。

在鼎文書局之前，河洛圖書公司於民國六十九年二月已排印過喻世明言，所據的本子和鼎文六十九年九月的喻世明言一樣，都是注釋本，但同樣的在第二卷陳御史巧勘金釵鈿的「明日只可早往，不可晚行。」（四十三頁）之處，「晚」字改作「曉」字，也顯然不通，可見在排印時，和鼎文書局一樣，也有隨意更動注釋本的嫌疑。此排印本河洛收在「白話中國古典小說大系」七、八兩冊，首第一、二頁為內閣文庫天許齋本書影，圖片八十面集中在前面三至八十二頁，目次、正文之間，有該社「喻世明言」提要一文，乃錄自鄭振鐸中國文學研究第二卷小說研究明清二代平話集的古今小說條（明倫出版社三八二—三八九頁）。綠天館主人之敘置於全文之後，敘後附嚴敦易「古今小說」所表現的、「古今小說」四十篇的撰述時代兩篇文章，和周妙中和嚴敦易先生商榷「古今小說」四十篇的撰述時代問題、王古魯「古今小說」和「喻世明言」、趙景深「喻世明言」的來源和影響、孔另境「三言」史料等數篇著作。

以上是臺灣目前可見的古今小說刊本情形；鑒於各刊本利弊互見，各有不盡理想之處，編者應三民書局之邀，將各刊本作一通盤研究，重擬一定本，以利讀者之需。其校訂原則為以明天許齋本為主，校其誤字，加上正確的標點，劃分段落，每回均附簡明的注釋。一般坊本所刪文字，悉加補足。相信此書一出，對讀者會更有裨益。

# 敘

綠天館主人題

史統散而小說興。始乎周季，盛於唐，而浸淫於宋。韓非、列禦寇諸人，小說之祖也。吳越春秋等書，雖出炎漢；然秦火之後，著述猶希。迨開元以降，而文人之筆橫矣。若通俗演義，不知何昉？按南宋供奉局，有說話人，如今說書之流。其文必通俗，其作者莫可考。泥馬倦勤，以太上享天下之養，仁壽清暇，喜閱話本，命內璫日進一帙，當意，則以金錢厚酬。於是內璫輩廣求先代奇蹟及閭里新聞，倩人敷演進御，以怡天顏。然一覽輒置，卒多浮沉內庭，其傳布民間者，什不一二耳。然如翫江樓、雙魚墜記等類，又皆鄙俚淺薄，齒牙弗馨焉。暨施、羅兩公，鼓吹胡元，而三國志、水滸、平妖諸傳，遂成巨觀。要以韞玉違時，銷鎔歲月，非龍見之日所暇也。

皇明文治既郁，靡流不波；即演義一斑，往往有遠過宋人者。而或以為恨乏唐人風致，謬矣。食桃者不費杏，絺縠毳錦，惟時所適。以唐說律宋，將有以漢說律唐，以春秋戰國說律漢，不至於盡掃羲聖之一畫不止，可若何！大抵唐人選言，入於文心；宋人通俗，諧於里耳。天下之文心少而里耳多，則小說之資於選言者少，而資於通俗者多。試今說話人當場描寫，可喜可愕，可悲可涕，可歌可舞；再欲捉刀，再欲下拜，再欲決脰，再欲捐金；怯者勇，淫者貞，薄者敦，頑鈍者汗下。雖小誦孝經、論語，其感人未必如是之捷且深也。噫，不通俗而能之乎？茂苑野史氏，家藏古今通俗小說甚富，因賈人之請，抽其可以嘉惠里耳者，凡四十種，畀為一刻。余顧而樂之，因索筆而弁其首。

全像古今小說

小說如三國志水滸傳稱巨觀矣其有一人一事可資談笑者猶雜劇之於傳奇不可偏廢也本齋購得古今名人演義一百二十種先以三之一爲初刻云

天許齋藏版

日本內閣文庫珍藏明天許齋本扉頁

第一卷

蔣興哥重會珍珠衫

仕至千鍾非貴、年過七十常稀、浮名身後有誰知、萬事空花遊戲○休逞少年狂蕩、莫貪花酒便宜脫離煩惱是和非、隨分安閒得意

這首詞名爲西江月、是勸人安分守己、隨緣作樂、莫爲酒色財氣四字、損却精神、虧了行止、求快活時非快活、得便宜處失便宜、說起那四字中、總到不得那色字利害、眼是情媒、心爲慾種、起手時牽腸掛肚、過後去、喪魄銷魂、假如墻花路柳、偶然適興、無損於事、



日本內閣文庫珍藏明天許齋本書影

臘盡愁難盡，春歸人未歸。

朝來嗔寂寞，不肯試新衣。（第一卷）

珠還合浦重生采，劍合豐城倍有神。（第一卷）

# 卷目


第一卷　蔣興哥重會珍珠衫……一
第二卷　陳御史巧勘金釵鈿……三九
第三卷　新橋市韓五賣春情……六四
第四卷　閒雲菴阮三償寃債……八三
第五卷　窮馬周遭際賣䭔媼……一〇〇
第六卷　葛令公生遣弄珠兒……一〇九
第七卷　羊角哀捨命全交……一一八
第八卷　吳保安棄家贖友……一二五
第九卷　裴晉公義還原配……一三九
第十卷　滕大尹鬼斷家私……一五〇
第十一卷　趙伯昇茶肆遇仁宗……一七一
第十二卷　眾名姬春風弔柳七……一八三

第十三卷　張道陵七試趙昇……一九五
第十四卷　陳希夷四辭朝命……二一〇
第十五卷　史弘肇龍虎君臣會……二二〇
第十六卷　范巨卿雞黍死生交……二五〇
第十七卷　單符郎全州佳偶……二五七
第十八卷　楊八老越國奇逢……二六七
第十九卷　楊謙之客舫遇俠僧……二八一
第二十卷　陳從善梅嶺失渾家……二九七
第二十一卷　臨安里錢婆留發跡……三〇九
第二十二卷　木綿菴鄭虎臣報冤……三三八
第二十三卷　張舜美燈宵得麗女……三六八
第二十四卷　楊思溫燕山逢故人……三八〇
第二十五卷　晏平仲二桃殺三士……三九八
第二十六卷　沈小官一鳥害七命……四〇五
第二十七卷　金玉奴棒打薄情郎……四一九
第二十八卷　李秀卿義結黃貞女……四三一

第二十九卷　月明和尚度柳翠……四四三
第三十卷　明悟禪師趕五戒……四五八
第三十一卷　鬧陰司司馬貌斷獄……四七五
第三十二卷　遊酆都胡母迪吟詩……四九一
第三十三卷　張古老種瓜娶文女……五〇二
第三十四卷　李公子救蛇獲稱心……五二〇
第三十五卷　簡帖僧巧騙皇甫妻……五二九
第三十六卷　宋四公大鬧禁魂張……五四三
第三十七卷　梁武帝累修歸極樂……五七一
第三十八卷　任孝子烈性為神……五九一
第三十九卷　汪信之一死救全家……六〇八
第四十卷　沈小霞相會出師表……六三三

# 第一卷　蔣興哥重會珍珠衫

仕至千鍾非貴，年過七十常稀。浮名身後有誰知？萬事空花遊戲。休逞少年狂蕩，莫貪花酒便宜。脫離煩惱是和非，隨分安閒得意。

這首詞，名為西江月，是勸人安分守己，隨緣❶作樂，莫為「酒」、「色」、「財」、「氣」四字，損卻精神，虧了行止。求快活時非快活，得便宜處失便宜。說起那四字中，總到不得那「色」字利害。眼是情媒，心為慾種。起手時，牽腸掛肚；過後去，喪魄銷魂。假如牆花路柳，偶然適興，無損於事；若是生心設計，敗俗傷風，只圖自己一時歡樂，卻不顧他人的百年恩義，——假如你有嬌妻愛妾，別人調戲上了，你心下如何？古人有四句道得好：

人心或可昧，天道不差移。我不淫人婦，人不淫我妻。

看官，則今日聽我說珍珠衫這套詞話❷，可見果報不爽，好教少年子弟做箇榜樣。

❶ 隨緣：順應環境。

❷ 詞話：宋元時民間流行的一種講唱文學，在平話中加上唱詞，所以叫「詞話」。

話中單表一人，姓蔣名德，小字興哥，乃湖廣襄陽府棗陽縣人氏。父親叫做蔣世澤，從小走熟廣東做客買賣。因為喪了妻房羅氏，止遺下這興哥，年方九歲，別無男女，這蔣世澤割捨不下，又絕不得廣東的衣食道路❸，千思百計，無可奈何，只得帶那九歲的孩子同行作伴，就教他學些乖巧。這孩子雖則年小，生得：

眉清目秀，齒白唇紅。行步端莊，言辭敏捷。聰明賽過讀書家，伶俐不輸長大漢。人人喚做粉孩兒，箇箇羡他無價寶。

蔣世澤怕人妒忌，一路上不說是嫡親兒子，只說是內姪羅小官人。原來羅家也是走廣東的，蔣家只走得一代，羅家倒走過三代了。那邊客店牙行❹，都與羅家世代相識，如自己親眷一般。這蔣世澤做客，起頭也還是丈人羅公領他走起的；因羅家近來屢次遭了屈官司，家道消乏❺，好幾年不曾走動。這些客店牙行見了蔣世澤，那一遍不動問羅家消息，好生牽掛！今番見蔣世澤帶箇孩子到來，問知是羅家小官人，且是生得十分清秀，應對聰明，想著他祖父三輩交情，如今又是第四輩了，那一箇不歡喜。

閒話休題。卻說蔣興哥跟隨父親做客，走了幾遍，學得伶俐乖巧，生意行中，百般都會，父親也喜不自勝。何期到一十七歲上，父親一病身亡。且喜剛在家中，還不做客途之鬼。興哥哭了一場，免不得揩乾淚眼，整理大事。殯殮之外，做些功德超度，自不必說。七七四十九日內，內外宗親，都來弔孝。

❸ 道路：生意；買賣。
❹ 牙行：舊時為買賣雙方說合交易，並從中收取佣金的個人或商行。
❺ 家道消乏：家境貧寒，生活困苦。

本縣有箇王公，正是興哥的新岳丈，也來上門祭奠，少不得蔣門親戚陪侍敘話。中間說起：興哥少年老成，這般大事，虧他獨力支持。因話隨話間，就有人攛掇❻道：「王老親翁，如今令愛也長成了，何不乘凶完配，教他夫婦作伴，也好過日。」王公未肯應承，當日相別去了。眾親戚等安葬事畢，又去攛掇興哥。興哥初時也不肯，卻被攛掇了幾番，自想孤身無伴，只得應允。央原媒人往王家去說，王公只是推辭，說道：「我家也要備些薄薄粧奩，一時如何來得？況且孝未期年，於禮有礙。便要成親，且待小祥❼之後再議。」媒人回話，興哥見他說得正理，也不相強。

光陰如箭，不覺週年已到。興哥祭過了父親靈位，換去粗蔴衣服，再央媒人王家去說，方纔依允。不隔幾日，六禮❽完備，娶了新婦進門。有西江月為證：

孝幕翻成紅幕，色衣換去蔴衣。畫樓結綵燭光輝，合巹花筵齊備。那羨粧奩富盛，難求麗色嬌妻。今宵雲雨足歡娛，來日人稱恭喜。

說這新婦是王公最幼之女，小名喚做三大兒；因他是七月七日生的，又喚做三巧兒。王公先前嫁過的兩箇女兒，都是出色標致的。棗陽縣中，人人稱羨，造出四句口號❾，道是：

---

❻ 攛掇：慫恿。

❼ 小祥：人死後之周年祭。

❽ 六禮：婚禮所包括的納采、問名、納吉、納徵、請期、親迎等六種禮數。

❾ 口號：指打油詩、順口溜或俗諺之類。

天下婦人多，王家美色寡。有人娶著他，勝似為駙馬。

常言道：「做買賣不著，只一時；討老婆不著，是一世。」若干官宦大戶人家，單揀門戶相當，或是貪他嫁資豐厚，不分皁白，定了親事。後來娶下一房奇醜的媳婦，十親九眷面前，出來相見，做公婆的好沒意思。又且丈夫心下不喜，未免私房走野⑩。偏是醜婦極會管老公，若是一般見識的，便要反目；若使顧惜體面，讓他一兩遍，他就做大⑪起來。有此數般不妙，所以蔣世澤聞知王公慣生得好女兒，從小便送過財禮，定下他幼女與兒子為婚。今日娶過門來，果然嬌姿豔質，說起來，比他兩箇姐兒加倍標致。正是：

吳宮西子不如，楚國南威難賽。若比水月觀音，一樣燒香禮拜。

蔣興哥人才本自齊整，又娶得這房美色的渾家⑫，分明是一對玉人，良工琢就，男歡女愛，比別箇夫妻更勝十分。三朝之後，依先換了些淺色衣服，只推制中⑬，不與外事，專在樓上與渾家成雙捉對，朝暮取樂。真箇行坐不離，夢魂作伴。自古苦日難熬，歡時易過，暑往寒來，早已孝服完滿。起靈除孝，不在話下。

⑩ 私房走野：私下亂搞男女關係。私房，瞞別人。走野，走野路。
⑪ 做大：擺架子。
⑫ 渾家：妻子。
⑬ 制中：守喪。

興哥一日間想起父親存日廣東生理，如今耽擱三年有餘了，那邊還放下許多客帳，不曾取得，夜間與渾家商議，欲要去走一遭。渾家初時也答應道「該去」，後來說到許多路程，恩愛夫妻，何忍分離？不覺兩淚交流。興哥也自割捨不得，兩下悽慘一場，又丟開了。如此已非一次。

光陰荏苒，不覺又捱過了二年。那時興哥決意要行，瞞過了渾家，在外面暗暗收拾行李。揀了箇上吉的日期，五日前方對渾家說知，道：「常言『坐喫山空』，我夫妻兩口，也要成家立業，終不然⓮拋了這行衣食道路？如今這二月天氣，不寒不煖，不上路更待何時？」渾家料是留他不住了，只得問道：「丈夫此去幾時可回？」興哥道：「我這番出外，甚不得已，好歹一年便回，寧可第二遍多去幾時罷了。」渾家指著樓前一棵椿樹道：「明年此樹發芽，便盼著官人回也。」說罷，淚下如雨。興哥把衣袖替他揩拭，不覺自己眼淚也掛下來。兩下裡怨離惜別，分外恩情，一言難盡。

到第五日，夫婦兩箇啼啼哭哭，說了一夜的說話，索性不睡了。五更時分，興哥便起身收拾，將祖遺下的珍珠細軟，都交付與渾家收管，自己只帶得本錢銀兩、帳目底本及隨身衣服、鋪陳⓯之類，又有預備下送禮的人事⓰，都裝疊得停當。原有兩房家人，只帶一箇後生⓱些的去；留一箇老成的在家，聽渾家使喚，買辦日用。兩箇婆娘，專管廚下。又有兩箇丫頭，一箇叫晴雲，一箇叫煖雪，專在樓中伏侍，

⓮ 終不然：難道。
⓯ 鋪陳：鋪蓋；棉被。
⓰ 人事：禮物。
⓱ 後生：比喻年輕。

不許遠離。吩咐停當了，對渾家說道：「娘子耐心度日。地方輕薄子弟不少，你又生得美貌，莫在門前窺瞰，招風攬火⑱。」渾家道：「官人放心，早去早回。」兩下掩淚而別。正是：

世上萬般哀苦事，無非死別與生離。

興哥上路，心中只想著渾家，整日的不偢不倸。不一日，到了廣東地方，下了客店。這夥舊時相識都來會面，興哥送了些人事，排家⑲的治酒接風，一連半月二十日，不得空閒。興哥在家時，原是淘虛了的身子，一路受些勞碌，到此未免飲食不節，得了箇瘧疾，一夏不好，秋間轉成水痢。每日請醫切脈，服藥調治，直延到秋盡，方得安痊。把買賣都耽擱了，眼見得一年回去不成。正是：

只為蠅頭微利，拋卻鴛被良緣。

興哥雖然想家，到得日久，索性把念頭放慢了。

不題興哥做客之事，且說這裡渾家王三巧兒，自從那日丈夫吩咐了，果然數月之內，目不窺戶，足不下樓。光陰似箭，不覺殘年將盡，家家戶戶，鬧轟轟的煖火盆⑳，放爆竹，喫合家歡㉑耍子。三巧兒

⑱ 招風攬火：比喻招惹是非。
⑲ 排家：挨家挨戶。
⑳ 煖火盆：舊時風俗，大除夕在庭院架起松柏樹枝，點火焚燒，稱為「煖火盆」。
㉑ 喫合家歡：大除夕全家團坐吃年夜飯。

觸景傷情，思想丈夫，這一夜好生淒楚！正合古人的四句詩，道是：

臘盡愁難盡，春歸人未歸。朝來嗔寂寞，不肯試新衣。

明日正月初一日，是箇歲朝。晴雲、煖雪兩箇丫頭，一力勸主母在前樓去看看街坊景象。原來蔣家住宅前後通連的兩帶樓房，第一帶臨著大街，第二帶方做臥室，三巧兒閒常只在第二帶中坐臥。這一日被丫頭們攛掇不過，只得從邊廂裡走過前樓，吩咐推開窗子，把簾兒放下，三口兒在簾內觀看。這日街坊上好不鬧雜！三巧兒道：「多少東行西走的人，偏沒箇賣卦先生在內；若有時，喚他來卜問官人消息也好。」晴雲道：「今日是歲朝，人人要閒耍的，那箇出來賣卦？」煖雪叫道：「娘限在我兩箇身上，五日內包喚一箇來占卦便了。」

到初四日早飯過後，煖雪下樓小解，忽聽得街上噹噹的敲響。響的這件東西，喚做「報君知㉒」，是瞎子賣卦的行頭。煖雪等不及解完，慌忙檢了褲腰，跑出門外，叫住了瞎先生，撥轉腳頭一口氣跑上樓來，報知主母。三巧兒吩咐：喚在樓下坐啟㉓內坐著。討他課錢，通陳㉔過了，走下樓梯，聽他剖斷。那瞎先生占成一卦，問是何用。那時廚下兩箇婆娘，聽得熱鬧，也都跑將來了，替主母傳語道：「這卦是問行人的。」瞎先生道：「可是妻問夫麼？」婆娘道：「正是。」先生道：「青龍治世財爻發動，若

㉒ 報君知：算命人敲打圓銅片，報給人知。

㉓ 坐啟：便廳。

㉔ 通陳：即「通誠」。祝告。

是妻問夫，行人在半途，金帛千箱有，風波一點無。青龍屬木，木旺於春，立春前後，已動身了。月盡月初，必然回家，更兼十分財采。」三巧兒叫買辦的，把三分銀子打發他去，歡天喜地，上樓去了。真所謂「望梅止渴」、「畫餅充饑」。

大凡人不做指望，到也不在心上；一做指望，便癡心妄想，時刻難過。三巧兒只為信了賣卦先生之語，一心只想丈夫回來，從此時常走向前樓，在簾內東張西望。直到二月初旬，椿樹抽芽，不見些兒動靜。三巧兒思想丈夫臨行之約，愈加心慌，一日幾遍，向外探望。也是合當有事，遇著這箇俊俏後生。正是：

有緣千里能相會，無緣對面不相逢。

這箇俊俏後生是誰？原來不是本地，是徽州新安縣人氏，姓陳名商，小名叫做大喜哥，後來改口呼為大郎。年方二十四歲，且是生得一表人物，雖勝不得宋玉、潘安，也不在兩人之下。這大郎也是父母雙亡，湊了二三千金本錢，來走襄陽販糴些米荳之類，每年常走一遍。他下處自在城外，偶然這日進城來，要到大市街汪朝奉典舖中問箇家信。那典舖正在蔣家對門，因此經過。你道怎生打扮？頭上帶一頂蘇樣的百柱騣帽，身上穿一件魚肚白的湖紗道袍，又恰好與蔣興哥平昔穿著相像。三巧兒遠遠瞧見，只道是他丈夫回了，揭開簾子，定睛而看。陳大郎抬頭，望見樓上一箇年少的美婦人，目不轉睛的，只道心上歡喜了他，也對著樓上丟箇眼色㉕。誰知兩箇都錯認了。三巧兒見不是丈夫，羞得兩頰通紅，忙忙

㉕ 丟箇眼色：用目光示意。

把窗兒拽轉，跑在後樓，靠著床沿上坐地㉖，兀自心頭突突的跳一箇不住。誰知陳大郎的一片精魂，早被婦人眼光兒攝上去了。回到下處，心心念念的放他不下，肚裡想道：「家中妻子，雖是有些顏色，怎比得婦人一半？欲待通箇情款，爭奈無門可入。若得謀他一宿，就消花這些本錢，也不枉為人在世。」嘆了幾口氣，忽然想起大市街東巷，有箇賣珠子的薛婆，曾與他做過交易。這婆子能言快語，況且日逐串街走巷，那一家不認得？須是與他商議，定有道理。

這一夜翻來覆去，勉強過了。次日起箇清早，只推有事，討些涼水梳洗，取了一百兩銀子、兩大錠金子，急急的跑進城來。這叫做：

欲求生受用，須下死工夫。

陳大郎進城，一逕來到大市街東巷，去敲那薛婆的門。薛婆蓬著頭，正在天井裡揀珠子，聽得敲門，一頭收過珠包，一頭問道：「是誰？」纔聽說出「徽州陳」三字，慌忙開門請進，道：「老身未曾梳洗，不敢為禮了。大官人起得好早！有何貴幹？」陳大郎道：「特特而來，若遲時，怕不相遇。」薛婆道：「可是作成老身出脫些珍珠首飾麼？」陳大郎道：「珠子也要買，還有大買賣作成你。」薛婆道：「老身除了這一行貨，其餘都不熟慣。」陳大郎道：「這裡可說得話麼？」薛婆便把大門關上，請他到小閣兒坐著，問道：「大官人有何吩咐？」大郎見四下無人，便向衣袖裡摸出銀子，解開布包，攤在桌上，道：「這一百兩白銀，乾娘收過了，方纔敢說。」婆子不知高低，那裡肯受。大郎道：「莫非嫌少？」

---

㉖ 坐地：坐著。

慌忙又取出黃燦燦的兩錠金子，也放在桌上，道：「這十兩金子，一併奉納。若乾娘再不收時，便是故意推調㉗了。今日是我來尋你，非是你來求我。只為這樁大買賣，不是老娘成不得，所以特地相求。便說做不成時，這金銀你只管受用，終不然我又來取討，日後再沒相會的時節了，我陳商不是恁般小樣㉘的人！」看官，你說從來做牙婆㉙的那箇不貪錢鈔？見了這般黃白之物，如何不動火㉚？薛婆當時滿臉堆下笑來，便道：「大官人休得錯怪，老身一生不曾要別人一釐一毫不明不白的錢財。今日既承大官人吩咐，老身權且留下；若是不能效勞，依舊奉納。」說罷，將金錠放銀包內，一齊包起，叫聲：「老身大膽了。」拿向臥房中藏過，忙踅㉛出來，道：「大官人，老身且不敢稱謝，你且說甚麼買賣，用著老身之處？」大郎道：「急切要尋一件救命之寶，是處㉜都無；只大市街上一家人家方有，特央乾娘去借借。」婆子笑將起來，道：「又是作怪！老身在這條巷住過二十多年，不曾聞大市街有甚救命之寶。大官人你說，有寶的還是誰家？」大郎道：「敝鄉里汪三朝奉典舖對門高樓子內是何人之宅？」婆子想了一回，道：「這是本地蔣興哥家裡。他男子出外做客，一年多了，止有女眷在家。」大郎道：「我這救命之寶，正要問他女眷借借。」便把椅兒掇近了婆子身邊，向他訴出心腹，如此如此。婆子聽罷，連忙

㉗ 推調：推託。

㉘ 小樣：小家子氣。

㉙ 牙婆：為買賣人口作居間人的老婦人。

㉚ 動火：動心。

㉛ 踅：轉折。

㉜ 是處：到處。

搖首道：「此事大難！蔣興哥新娶這房娘子，不上四年，夫妻兩箇如魚似水，寸步不離。如今沒奈何出去了，這小娘子足不下樓，甚是貞節。因興哥做人有些古怪，容易嗔嫌，老身輩從不曾上他的堦頭。連這小娘子面長面短，老身還不認得，如何應承得此事？方纔所賜，是老身薄福，受用不成了。」陳大郎聽說，慌忙雙膝跪下。婆子去扯他時，被他兩手拿住衣袖，緊緊按定在椅上，動彈不得。口裡說：「我陳商這條性命，都在乾娘身上。你是必思量箇妙計，作成我入馬㉝，救我殘生。事成之日，再有白金百兩相酬。若是推阻，即今便是箇死。」慌得婆子沒理會處，連聲應道：「是，是，莫要折殺老身，大官人請起，老身有話講。」陳大郎方纔起身，拱手道：「有何妙策，作速見教。」薛婆道：「此事須從容圖之，只要成就，莫論歲月。若是限時限日，老身決難奉命。」陳大郎道：「若果然成就，便遲幾日何妨？只是計將安出？」薛婆道：「明日不可太早，不可太遲，早飯後，相約在汪三朝奉典舖中相會。大官人可多帶銀兩，只說與老身做買賣，其間自有道理。若是老身這兩隻腳跨進得蔣家門時，便是大官人的造化。大官人便可急回下處，莫在他門首盤桓，被人識破，誤了大事。討得三分機會，老身自來回覆。」陳大郎道：「謹依尊命。」唱了箇肥喏㉞，欣然開門而去。正是：

未曾滅項興劉，先見築壇拜將。

當日無話。到次日，陳大郎穿了一身齊整衣服，取上三四百兩銀子，放在箇大皮匣內，喚

㉝ 入馬：俗稱勾搭上女人。

㉞ 肥喏：大喏。唱喏時打躬的幅度大，抱拳高拱，彎腰揚聲，表示格外恭敬。

小郎㉟背著，跟隨到大市街汪家典舖來。瞧見對門樓窗緊閉，料是婦人不在，便與管典的拱了手，討箇木櫈兒坐在門前，向東而望。不多時，只見薛婆抱著一箇篋絲箱兒來了。陳大郎喚住，問道：「箱內何物？」薛婆道：「珠寶首飾，大官人可用麼？」大郎道：「我正要買。」薛婆進了典舖，與管典的相見了，叫聲聒噪，便把箱兒打開。內中有十來包珠子，又有幾箇小匣兒，都盛著新樣簇花點翠的首飾，奇巧動人，光燦奪目。陳大郎揀幾弔極粗極白的珠子，和那些簪珥之類，做一堆兒放著，道：「這些我都要了。」婆子便把眼兒瞅著，說道：「大官人要用時儘用，只怕不肯出這樣大價錢。」陳大郎已自會意，開了皮匣，把這些銀兩白華華的，攤做一臺，高聲的叫道：「有這些銀子，難道買你的貨不起！」此時鄰舍閒漢已自走過七八箇人，在舖前站著看了。婆子道：「老身取笑，豈敢小覷大官人。這銀兩須要仔細，請收過了，只要還得價錢公道便好。」兩下一邊的討價多，一邊的還錢少，差得天高地遠。那討價的一口不移。這裡陳大郎拿著東西，又不放手，又不增添，故意走出屋簷，件件的翻覆認看，言真道假、彈觔估兩㊱的在日光中烜耀。惹得一市人都來觀看，不住聲的有人喝采。婆子亂嚷道：「買便買，不買便罷，只管耽擱人則甚！」陳大郎道：「怎麼不買？」兩箇又論了一番價。正是：

只因酧價爭錢口，驚動如花似玉人。

王三巧兒聽得對門喧嚷，不覺移步前樓，推窗偷看。只見珠光閃爍，寶色輝煌，甚是可愛。又見婆

㉟ 小郎：年輕的奴僕。
㊱ 彈觔估兩：批評挑剔。

子與客人爭價不定，便吩咐丫鬟去喚那婆子，借他東西看看。晴雲領命，走過街去，把薛婆衣袂一扯，道：「我家娘請你。」婆子故意問道：「是誰家？」晴雲道：「對門蔣家。」婆子把珍珠之類，劈手奪將過來，忙忙的包了，道：「老身沒有許多空閒，與你歪纏！」陳大郎道：「再添些賣了罷。」婆子道：「不賣不賣，像你這樣價錢，老身賣去多時了。」一頭說，一頭放入箱兒裡，依先關鎖了，抱著便走。晴雲道：「我替你老人家拿罷。」婆子道：「不消。」頭也不回，逕到對門去了。陳大郎心中暗喜，也收拾銀兩，別了管典的，自回下處。正是：

眼望捷旌旗，耳聽好消息。

晴雲引薛婆上樓，與三巧兒相見了。婆子看那婦人，心下想道：「真天人也！怪不得陳大郎心迷，若我做男子，也要渾了。」當下說道：「老身久聞大娘賢慧，但恨無緣拜識。」三巧兒問道：「你老人家尊姓？」婆子道：「老身姓薛，只在這裡東巷住，與大娘也是箇鄰里。」三巧兒道：「你方纔這些東西，如何不賣？」婆子笑道：「若不賣時，老身又拿出來怎的？只笑那下路客人，空自一表人才，不識貨物。」說罷便去開了箱兒，取出幾件簪珥，遞與那婦人看，叫道：「大娘，你道這樣首飾，便工錢也費多少！他們還得忒不像樣，教老身在主人家面前，如何告得許多消乏？」又把幾串珠子提將起來，道：「這般頭號的貨，他們還做夢哩。」三巧兒問了他討價還價，便道：「真箇虧你些兒。」婆子道：「還是大家寶眷，見多識廣，比男子漢眼力，倒勝十倍。」三巧兒喚丫鬟看茶，婆子道：「不擾茶了。老身有件要緊的事，欲往西街走走，遇著這箇客人！纏了多時，正是：『買賣不成，耽誤工程。』這箱兒連鎖放在這裡，權煩大娘收拾。老身暫去，少停就來。」說罷，便走。三巧兒叫晴雲送他下樓，出門向西去了。

三巧兒心上愛了這幾件東西，專等婆子到來酧價，一連五日不至。到第六日午後，忽然下一場大雨。雨聲未絕，鬧鬧的敲門聲響。三巧兒喚丫鬟開看，只見薛婆衣衫半溼，提箇破傘進來，口兒道：

晴乾不肯走，直待雨淋頭。

把傘兒放在樓梯邊，走上樓來萬福道：「大娘，前晚失信了。」三巧兒慌忙答禮道：「這幾日在那裡去了？」婆子道：「小女托賴新添了箇外孫，老身去看看，留住了幾日，今早方回。半路上下起雨來，在一箇相識人家借得把傘，又是破的，卻不是晦氣！」三巧兒道：「你老人家幾箇兒女？」婆子道：「只一箇兒子，完婚過了。女兒到有四箇，這是我第四箇了，嫁與徽州朱八朝奉做偏房，就在這北門外開鹽店的。」三巧兒道：「你老人家女兒多，不把來當事了。本鄉本土少什麼一夫一婦的，怎捨得與異鄉人做小？」婆子道：「大娘不知，倒是異鄉人有情懷。雖則偏房，他大娘子只在家裡，小女自在店中，呼奴使婢，一般受用。老身每遍去時，他當箇尊長看待，更不怠慢。如今養了箇兒子，愈加好了。」三巧兒道：「也是你老人家造化，嫁得著。」說罷，恰好晴雲討茶上來，兩箇喫了。婆子道：「今日雨天沒事，老身大膽，敢求大娘的首飾一看，看些巧樣兒在肚裡也好。」三巧兒道：「也只是平常生活，你老人家莫笑話。」就取一把鑰匙，開了箱籠，陸續搬出許多釵、鈿、纓絡之類。薛婆看了，誇美不盡，道：「大娘有恁般珍異，把老身這幾件東西，看不在眼了。」三巧兒道：「好說，我正要與你老人家請箇實價。」婆子道：「娘子是識貨的，何消老身費嘴？」三巧兒把東西檢過，取出薛婆的篋絲箱兒來，放在桌上，將鑰匙遞與婆子道：「你老人家開了，檢看箇明白。」婆子道：「大娘忒精細了。」當下開了箱兒，把東西逐件搬出。三巧兒品評價錢，都不甚遠。婆子並不爭論，歡歡喜喜的道：「恁地，便不枉了人。老身就少賺幾貫錢，也是快活的。」三巧兒道：「只是一件，目下湊不起價錢，只好現奉一半。等待我家官人回來，一併清楚。他也只在這幾日回了。」婆子道：「便遲幾日，也不妨事。只是價錢上相讓多了，銀水要足紋㊲的。」三巧兒道：「這也小事。」便把心愛的幾件首飾及珠子收起。喚晴雲取盃見成酒來，與老人家坐坐。婆子道：「造次如何好攪擾？」三巧兒道：「時常清閒，難得你老人家到此，作伴扳話㊳，你老人家若不嫌怠慢，時常過來走走。」婆子道：「多謝大娘錯愛，老身家裡當不過㊴嘈雜，像宅上又忒清閒了。」三巧兒道：「你家兒子做甚生意？」婆子道：「也只是接些珠寶客人，每日的討酒討漿，刮㊵的人不耐煩。老身虧殺各宅們走動，在家時少，還好。若只在六尺地上轉，怕不燥死了人。」三巧兒道：「我家與你相近，不耐煩時，就過來閒話。」婆子道：「只不敢頻頻打攪。」三巧兒道：「老人家說那裡話。」

只見兩箇丫鬟輪番的走動，擺了兩副盃筯，兩碗臘雞，兩碗臘肉，兩碗鮮魚，連菓碟素菜，共一十

---

㊲ 足紋：成色十足的銀子。

㊳ 扳話：搭話；隨意聊天。

㊴ 當不過：受不了。

㊵ 刮：同「聒」。吵鬧。

六箇碗。婆子道：「如何盛設！」三巧兒道：「見成的，休怪怠慢。」說罷，斟酒遞與婆子，婆子將盃回敬，兩下對坐而飲。原來三巧兒酒量儘去得，那婆子又是酒壺酒甕，喫起酒來，一發相投了，只恨會面之晚。那日直喫到傍晚，剛剛雨止，婆子作謝要回。三巧兒又取出大銀鍾來，勸了幾鍾，又陪他喫了晚飯，說道：「你老人家再寬坐一時，我將這一半價錢付你去。」婆子道：「天晚了，大娘請自在，不爭㊶這一夜兒，明日卻來領罷。連這篋絲箱兒，老身也不拿去了，省得路上泥滑滑的不好走。」三巧兒道：「明日專專望你。」婆子作別下樓，取了破傘，出門去了。正是：

世間只有虔婆嘴，哄動多多少少人。

卻說陳大郎在下處呆等了幾日，並無音信。見這日天雨，料是婆子在家，拖泥帶水的進城來問箇消息，又不相值。自家在酒肆中喫了三盃，用了些點心，又到薛婆門首打聽，只是未回。看看天晚，卻待轉身，只見婆子一臉春色，腳略斜的走入巷來。陳大郎迎著他，作了揖，問道：「所言如何？」婆子搖手道：「尚早。如今方下種，還沒有發芽哩。再隔五六年，開花結果，纔到得你口。你莫在此探頭探腦，老娘不是管閒事的。」陳大郎見他醉了，只得轉去。

次日，婆子買了些時新菓子，鮮雞、魚、肉之類，喚箇廚子安排停當，裝做兩箇盒子，又買一甕上好的釃酒，央間壁小二挑了，來到蔣家門首。三巧兒這日，不見婆子到來，正教晴雲開門出來探望，恰好相遇。婆子教小二挑在樓下，先打發他去了。晴雲已自報知主母，三巧兒把婆子當箇貴客一般，直到

---

㊶ 不爭：不在乎。

樓梯口邊迎他上去。婆子千恩萬謝的福㊷了一回，便道：「今日老身偶有一盃水酒，將來與大娘消遣。」三巧兒道：「倒要你老人家賠鈔，不當受了。」婆子央兩箇丫鬟搬將上來，擺做一桌子。三巧兒道：「你老人家忒迂闊了，恁般大弄起來。」婆子笑道：「小戶人家，備不出甚麼好東西，只當一茶奉獻。」晴雲便去取盃筯，煖雪便吹起水火爐㊸來。霎時酒煖，婆子道：「今日是老身薄意，還請大娘轉坐客位。」三巧兒道：「雖然相擾，在寒舍豈有此理？」兩下謙讓多時，薛婆只得坐了客席。這是第三次相聚，更覺熟分㊹了。

飲酒中間，婆子問道：「官人出外好多時了，還不回，虧他撇得大娘下。」三巧兒道：「便是，說過一年就轉，不知怎地耽擱了？」婆子道：「依老身說，放下了恁般如花似玉的娘子，便博箇堆金積玉也不為罕。」婆子又道：「大凡走江湖的人，把客當家，把家當客。比如我第四箇女壻朱八朝奉，有了小女，朝歡暮樂，那裡想家？或三年四年，纔回一遍，住不上一兩箇月，又來了。家中大娘子替他擔孤受寡，那曉得他外邊之事？」三巧兒道：「我家官人倒不是這樣人。」婆子道：「老身只當閒話講，怎敢將天比地？」當日兩箇猜謎擲色㊺，喫得酩酊而別。

第三日，同小二來取家火㊻，就領這一半價錢。三巧兒又留他喫點心。

---

㊷ 福：即「萬福」。明代婦人行禮下拜的禮節。

㊸ 水火爐：一種可供酒熱水的小火爐，移動方便。

㊹ 熟分：相熟。

㊺ 擲色：擲骰子。

從此以後，把那一半賒錢為由，只做問興哥的消息，不時行走。這婆子俐齒伶牙，能言快語，又半癡不顛的慣與丫鬟們打諢，所以上下都歡喜他。三巧兒一日不見他來，便覺寂寞，叫老家人認了薛婆家裡，早晚常去請他，所以一發來得勤了。世間有四種人惹他不得，引起了頭，再不好絕他。是那四種？

遊方僧道，乞丐，閒漢，牙婆。

上三種人猶可，只有牙婆是穿房入戶的，女眷們怕冷靜時，十箇九箇到要扳他來往。今日薛婆本是箇不善之人，一般甜言軟語，三巧兒遂與他成了至交，時刻少他不得。正是：

畫虎畫皮難畫骨，知人知面不知心。

陳大郎幾遍討箇消息，薛婆只回言尚早。其時五月中旬，天漸炎熱。婆子在三巧兒面前，偶說起家中蝸窄，又是朝西房子，夏月最不相宜，不比這樓上高廠風涼。三巧兒道：「你老人家若撇得家下，到此過夜也好。」婆子道：「好是好，只怕官人回來。」三巧兒道：「他就回，料道不是半夜三更。」婆子道：「大娘不嫌蒿惱㊼，老身慣是搃相知㊽的，只今晚就取鋪陳過來，與大娘作伴，何如？」三巧兒道：「鋪陳儘有，也不須拿得。你老人家回覆家裡一聲，索性在此過了一夏家去不好？」婆子真箇對家

㊻ 家火：用具。
㊼ 蒿惱：打攪；吵鬧。
㊽ 搃相知：硬要和別人結交。

裡兒子媳婦說了，只帶箇梳匣兒過來。三巧兒道：「你老人家多事，難道我家油梳子也缺了，你又帶來怎地？」婆子道：「老身一生怕的是同湯洗臉，合具梳頭。大娘怕沒有精緻的梳具，老身如何敢用？其他姐兒們的，老身也怕用得，還是自家帶了便當。只是大娘吩咐在那一門房安歇？」三巧兒指著床前一箇小小藤榻兒，道：「我預先排下你的臥處了，我兩箇親近些，夜間睡不著好講些閒話。」說罷，檢出一頂青紗帳來，教婆子自家掛了，又同喫了一會酒，方纔歇息。兩箇丫鬟原在床前打舖相伴，因有了婆子，打發他在間壁房裡去睡。

從此為始，婆子日間出去串街做買賣，黑夜便到蔣家歇宿。時常攜壺挈榼的殷勤熱鬧，不一而足。床榻是丁字樣鋪下的，雖隔著帳子，卻像是一頭同睡。夜間絮絮叨叨，你問我答，凡街坊穢褻之談，無所不至。這婆子或時裝醉詐風起來，到說起自家少年時偷漢的許多情事，去勾動那婦人的春心。害得那婦人嬌滴滴一副嫩臉，紅了又白，白了又紅。婆子已知婦人心活，只是那話兒不好啟齒。

光陰迅速，又到七月初七日了，正是三巧兒的生日。婆子清早備下兩盒禮，與他做生㊾。三巧兒稱謝了，留他喫麵。婆子道：「老身今日有些窮忙，晚上來陪大娘，看牛郎織女做親。」說罷，自去了。

下得堦頭不幾步，正遇著陳大郎。路上不好講話，隨到箇僻靜巷裡。陳大郎攢著兩眉，埋怨婆子道：「乾娘，你好慢心腸！春去夏來，如今又立過秋了。你今日也說尚早，明日也說尚早，卻不知我度日如年。再延捱幾日，他丈夫回來，此事便付東流，卻不活活的害死我也！陰司去少不得與你索命。」婆子道：「你且莫猴急，老身正要相請，來得恰好。事成不成，只在今晚，須是依我而行。」如此如此，這

㊾ 做生：慶祝生日。

般這般，「全要輕輕悄悄，莫帶累人。」陳大郎點頭道：「好計，好計！事成之後，定當厚報。」說罷，欣然而去。正是：

排成竊玉偷香陣，費盡攜雲握雨心。

卻說薛婆約定陳大郎這晚成事，午後細雨微茫，到晚卻沒有星月。婆子黑暗裡引著陳大郎埋伏在左近，自己卻去敲門。晴雲點箇紙燈兒，開門出來。婆子故意把衣袖一摸，說道：「失落了一條臨清汗巾兒。姐姐，勞你大家尋一尋。」哄得晴雲便把燈向街上照去。這裡婆子捉箇空㊿，招著陳大郎一溜溜進門來，先引他在樓梯背後空處伏著。婆子便叫道：「有了，不要尋了。」晴雲道：「恰好火也沒了，我再去點箇來照你。」婆子道：「走熟的路，不消用火。」兩箇黑暗裡關了門，摸上樓來。三巧兒問道：「你沒了什麼東西？」婆子袖裡扯出箇小帕兒來，道：「就是這箇冤家，雖然不值甚錢，是一箇北京客人送我的，卻不道：『禮輕人意重。』」三巧兒取笑道：「莫非是你老相交送的表記。」婆子笑道：「也差不多。」當夜兩箇耍笑飲酒。婆子道：「酒肴儘多，何不把些賞廚下男女[51]？也教他鬧轟轟，像箇節夜。」三巧兒真箇把四碗菜，兩壺酒，吩咐丫鬟，拿下樓去。那兩箇婆娘，一箇漢子，喫了一回，各去歇息，不題。

再說婆子飲酒中間，問道：「官人如何還不回家？」三巧兒道：「便是算來一年半了。」婆子道：

---

[50] 捉箇空：乘人不備。

[51] 廚下男女：廚房奴僕。

「牛郎織女，也是一年一會，你比他倒多隔了半年。常言道：『一品官，二品客。』做客的那一處沒有風花雪月？只苦了家中娘子。」三巧兒歎了口氣，低頭不語。婆子道：「是老身多嘴了。今夜牛女佳期，只該飲酒作樂，不該說傷情話兒。」說罷，便斟酒去勸那婦人。

約莫半酣，婆子又把酒去勸兩箇丫鬟，說道：「這是牛郎織女的喜酒，勸你多喫幾盃。後日嫁箇恩愛的老公，寸步不離。」兩箇丫鬟被纏不過，勉強喫了，各不勝酒力，東倒西歪。三巧兒吩咐關了樓門，發放他先睡。他兩箇自在喫酒。

婆子一頭喫，口裡不住的說囉說皁52道：「大娘幾歲上嫁的？」三巧兒道：「十七歲。」婆子道：「破得身遲，還不喫虧；我是十三歲上就破了身。」三巧兒道：「嫁得恁般早？」婆子道：「論起嫁，倒是十八歲了。不瞞大娘說，因是在間壁人家學針帶，被他家小官人調誘，一時間貪他生得俊俏，就應承與他偷了。初時好不疼痛，兩三遍後，就曉得快活。大娘你可也是這般麼？」三巧兒只是笑。婆子又道：「那話兒倒是不曉得滋味的倒好，嘗過的便丟不下，心坎裡時時發癢。日裡還好，夜間好難過哩。」三巧兒道：「想你在娘家時閱人多矣，虧你怎生充得黃花女兒嫁去？」婆子道：「我的老娘也曉得些影像，生怕出醜，教我一箇童女方，用石榴皮、生礬兩味煎湯，洗過那東西，就𤸇緊了，我只做張做勢53的叫疼，就遮過了。」三巧兒道：「你做女兒時，夜間也少不得獨睡。」婆子道：「還記得在娘家時節，哥哥出外，我與嫂嫂一頭同睡，兩下輪番在肚子上學男子漢的行事。」三巧兒道：「兩箇女人做對，有

52 說囉說皁：信口胡說。

53 做張做勢：裝模作樣。

甚好處？」婆子走過三巧兒那邊，挨肩坐了，說道：「大娘，你不知，只要大家知音，一般有趣，也撒得火。」三巧兒舉手把婆子肩胛上打一下，說道：「我不信，你說謊。」婆子見他慾心已動，有心去挑撥他，又道：「老身今年五十二歲了，夜間常癡性發作，打熬不過，虧得你少年老成。」三巧兒道：「你老人家打熬不過，終不然還去打漢子[54]。」婆子道：「敗花枯柳，如今那箇要我了？不瞞大娘說，我也有箇自取其樂，救急的法兒。」三巧兒道：「你說謊，又是甚麼法兒？」婆子道：「少停到床上睡了，與你細講說罷。」

只見一箇飛蛾在燈上旋轉，婆子便把扇來一撲，故意撲滅了燈，叫聲：「阿呀！老身自去點箇燈來。」便去開樓門。陳大郎已自走上樓梯，伏在門邊多時了。——都是婆子預先設下的圈套。婆子道：「忘帶箇取燈兒[55]去了。」又走轉來，便引著陳大郎到自己榻上伏著。婆子下樓去了一回，復上來道：「夜深了，廚下火種都熄了，怎麼處？」三巧兒道：「我點燈睡慣了，黑魆魆地，好不怕人！」婆子道：「老身伴你一床睡何如？」三巧兒正要問他救急的法兒，應道：「甚好。」婆子道：「大娘，你先上床，我關了門就來。」三巧兒先脫了衣服，床上去了，叫道：「你老人家快睡罷。」婆子應道：「就來了。」卻在榻上拖陳大郎上來，赤條條的攙在三巧兒床上去。三巧兒摸著身子，道：「你老人家許多年紀，身上恁般光滑！」那人並不回言，鑽進被裡就捧著婦人做嘴，婦人還認是婆子，雙手相抱，那人驀地騰身而上，就幹起事來。那婦人一則多了盃酒，醉眼朦朧；二則被婆子挑撥，春心飄蕩，到此不暇致詳，憑

[54] 打漢子：偷漢子。

[55] 取燈兒：打火之具，猶今之火柴。

他輕薄。

一箇是閨中懷春的少婦，一箇是客邸慕色的才郎。一箇打熬許久，如文君初遇相如；一箇盼望多時，如必正初諧陳女56。分明久旱逢甘雨，勝過他鄉遇故知。

陳大郎是走過風月場的人，顛鸞倒鳳，曲盡其趣，弄得婦人魂不附體。雲雨畢後，三巧兒方問道：「你是誰？」陳大郎把樓下相逢，如此相慕，如此苦央薛婆用計，細細說了：「今番得遂平生，便死瞑目。」婆子走到床間，說道：「不是老身大膽，一來可憐大娘青春獨宿，二來要救陳郎性命。你兩箇也是宿世姻緣，非干老身之事。」三巧兒道：「事已如此，萬一我丈夫知覺，怎麼好？」婆子道：「此事你知我知，只買定了晴雲、煖雪兩箇丫頭，不許他多嘴，再有誰人漏洩？在老身身上，管成你夜夜歡娛，一些事也沒有；只是日後不要忘記了老身。」三巧兒到此，也顧不得許多了，兩箇又狂蕩起來。直到五更鼓絕，天色將明，兩箇兀自不舍。婆子催促陳大郎起身，送他出門去了。

自此無夜不會，或是婆子同來，或是漢子自來。兩箇丫鬟被婆子把甜話兒偎57他，又把利害話兒嚇他，又教主母賞他幾件衣服，漢子到時，不時把些零碎銀子賞他們買菓兒喫，騙得歡歡喜喜，已自做了一路。夜來明去，一出一入，都是兩箇丫鬟迎送，全無阻隔。真箇是你貪我愛，如膠似漆，勝如夫婦一般。陳大郎有心要結識這婦人，不時的製辦好衣服、好首飾送他，又替他還了欠下婆子的一半價錢。又

56 必正初諧陳女：宋時河南人潘必正與女道士陳妙常戀愛而結成夫婦。

57 偎：哄騙。

將一百兩銀子謝了婆子。往來半年有餘，這漢子約有千金之費。三巧兒也有三十多兩銀子東西，送那婆子。婆子只為圖這些不義之財，所以肯做牽頭58。這都不在話下。

古人云：「天下無不散的筵席。」

纔過十五元宵夜，又是清明三月天。

陳大郎思想蹉跎了多時生意，要得還鄉。夜來與婦人說知，兩下恩深義重，各不相捨。婦人倒情願收拾了些細軟，跟隨漢子逃走，去做長久夫妻。陳大郎道：「使不得。我們相交始末，都在薛婆肚裡。就是主人家呂公，見我每夜進城，難道沒有些疑惑？況客船上人多，瞞得那箇？兩箇丫鬟又帶去不得。你丈夫回來，跟究出情由，怎肯干休？娘子權且耐心，到明年此時，我到此，覓箇僻靜下處，悄悄通箇信兒與你，那時兩口兒同走，神鬼不覺，卻不安穩？」婦人道：「萬一你明年不來，如何？」陳大郎就設起誓來。婦人道：「既然你有真心，奴家也決不相負。你若到了家鄉，倘有便人，托他捎箇書信到薛婆處，也教奴家放意59。」陳大郎道：「我自用心，不消吩咐。」

又過幾日，陳大郎雇下船隻，裝載糧食完備，又來與婦人作別。這一夜倍加眷戀，兩下說一會，哭一會，又狂蕩一會，整整的一夜不曾合眼。到五更起身，婦人便去開箱，取出一件寶貝，叫做「珍珠衫」，遞與陳大郎道：「這件衫兒，是蔣門祖傳之物，暑天若穿了他，清涼透骨。此去天道漸熱，正用得著。

58 牽頭：拉攏人搞不正常男女關係的人。

59 放意：放心。

奴家把與你做箇記念，穿了此衫，就如奴家貼體一般。」陳大郎哭得出聲不得，軟做一堆。婦人就把衫兒親手與漢子穿下，叫丫鬟開了門戶，親自送他出門，再三珍重而別。詩曰：

昔年含淚別夫郎，今日悲啼送所歡。堪恨婦人多水性，招來野鳥勝文鸞。

話分兩頭。卻說陳大郎有了這珍珠衫兒，每日貼體穿著，便夜間脫下，也放在被窩中同睡，寸步不離。一路遇了順風，不兩月行到蘇州府楓橋地面。那楓橋是柴米牙行聚處，少不得投箇主家脫貨，不在話下。

忽一日，赴箇同鄉人的酒席。席上遇箇襄陽客人，生得風流標致。那人非別，正是蔣興哥。原來興哥在廣東販了些珍珠、玳瑁、蘇木、沉香之類，搭伴起身。那夥同伴商量，都要到蘇州發賣。興哥久聞得「上說天堂，下說蘇杭」，好箇大馬頭所在，有心要去走一遍，做這一回買賣，方纔回去。還是去年十月中到蘇州的。因是隱姓為商，都稱為羅小官人，所以陳大郎更不疑惑。他兩箇萍水相逢，年相若，貌相似，談吐應對之間，彼此敬慕。即席間問了下處，互相拜望，兩下遂成知己，不時會面。

興哥討完了客帳，卻待起身，走到陳大郎寓所作別。大郎置酒相待，促膝談心，甚是款洽。此時五月下旬，天氣炎熱。兩箇解衣飲酒，陳大郎露出珍珠衫來。興哥心中駭異，又不好認他的，只誇獎此衫之美。陳大郎恃了相知，便問道：「貴縣大市街有箇蔣興哥家，羅兄可認得否？」興哥倒也乖巧，回道：「在下出外日多，里中雖曉得有這箇人，並不相認。陳兄為何問他？」陳大郎道：「不瞞兄長說，小弟與他有些瓜葛。」便把三巧兒相好之情，告訴了一遍。扯著衫兒看了，眼淚汪汪道：「此衫是他所贈。

兄長此去，小弟有封書信，奉煩一寄，明日侵早送到貴寓。」興哥口裡答應道：「當得，當得。」心下沉吟：「有這等異事！現在珍珠衫為證，不是箇虛話了。」當下如針刺肚，推故不飲，急急起身別去。回到下處，想了又惱，惱了又想，恨不得學箇縮地法兒，頃刻到家。連夜收拾，次早便上船要行。

只見岸上一箇人氣吁吁的趕來，卻是陳大郎。親把書信一大包，遞與興哥，叮囑千萬寄去。氣得興哥面如土色，說不得，話不得，死不得，活不得。只等陳大郎去後，把書看時，面上寫道：「此書煩寄大市街東巷薛媽媽家。」興哥性起，一手扯開，卻是八尺多長一條桃紅縐紗汗巾。又有箇紙糊長匣兒，內有羊脂玉鳳頭簪一根。書上寫道：「微物二件，煩乾娘轉寄心愛娘子三巧兒親收，聊表記念。相會之期，准在來春。珍重，珍重。」興哥大怒！把書扯得粉碎，撇在河中；提起玉簪在船板上一摜，折做兩段，一念想起道：「我好糊塗！何不留此做箇證見也好。」便檢起簪兒和汗巾，做一包收拾，催促開船。急急的趕到家鄉，望見了自家門首，不覺墮下淚來。想起：「當初夫妻何等恩愛，只為我貪著蠅頭微利，撇他少年守寡，弄出這場醜來，如今悔之何及！」在路上性急，巴不得趕回。及至到了，心中又苦又恨，行一步，懶一步。進得自家門裡，少不得忍住了氣，勉強相見。興哥並無言語，三巧兒自己心虛，覺得滿臉慚愧，不敢殷勤上前扳話。興哥搬完了行李，只說去看看丈人丈母，依舊到船上住了一晚。

次早回家，向三巧兒說道：「你的爹娘同時害病，勢甚危篤。昨晚我只得住下，看了他一夜。他心中只牽掛著你，欲見一面。我已雇下轎子在門首，你可作速⑥⓪回去，我也隨後就來。」三巧兒見丈夫一夜不回，心裡正在疑慮；聞說爹娘有病，卻認真了，如何不慌？慌忙把箱籠上匙鑰遞與丈夫，喚箇婆娘

---

⑥⓪ 作速：快速。

跟了，上轎而去。興哥叫住了婆娘，向袖中摸出一封書來，吩咐他送與王公：「送過書，你便隨轎回來。」卻說三巧兒回家，見爹娘雙雙無恙，喫了一驚。王公見女兒不接而回，也自駭然。在婆子手中接書，拆開看時，卻是休書一紙。上寫道：

立休書人蔣德，係襄陽府棗陽縣人，從幼憑媒聘定王氏為妻，豈期過門之後，本婦多有過失，正合七出之條61。因念夫妻之情，不忍明言，情願退還本宗，聽憑改嫁，並無異言。休書是實。

成化二年　月　日　手掌為記。

書中又包著一條桃紅汗巾，一枝打折的羊脂玉鳳頭簪。王公看了，大驚，叫過女兒問其緣故。三巧兒聽說丈夫把他休了，一言不發，啼哭起來。王公氣忿忿的一逕跟到女壻家來，蔣興哥連忙上前作揖，王公回禮，便問道：「賢壻，我女兒是清清白白嫁到你家的，如今有何過失，你便把他休了？須還我箇明白。」蔣興哥道：「小壻不好說得，但問令愛便知。」王公道：「他只是啼哭，不肯開口，教我肚裡好悶！小女從幼聰慧，料不到得62犯了淫盜。若是小小過失，你可也看老漢薄面，恕了他罷。你兩箇是七八歲上定下的夫妻，完婚後並不曾爭論一遍兩遍，且是和順。你如今做客纔回，又不曾住過三朝五日，有什麼破綻落在你眼裡？你直如此狠毒，也被人笑話，說你無情無義。」蔣興哥道：「丈人在上，小壻也不敢多講。家下有祖遺下珍珠衫一件，是令愛收藏，只問他如今在否。若在時，半字休題；若不在，

61 七出之條：古代休妻的七條件，即無子、淫佚、不事舅姑、口舌、盜竊、妒忌、惡病。

62 不到得：不至於。

只索[63]休怪了。」王公忙轉身回家，問女兒道：「你丈夫只問你討什麼珍珠衫，你端的[64]拿與何人去了？」那婦人聽得說著了他緊要的關目[65]，羞得滿臉通紅，開不得口，一發號啕大哭起來，慌得王公沒做理會處。王婆勸道：「你不要只管啼哭，實實的說箇真情與爹媽知道，也好與你分剖。」婦人那裡肯說，悲悲咽咽，哭一箇不住。王公只得把休書和汗巾簪子，都付與王婆，教他慢慢的偎著女兒，問他箇明白。

王公心中納悶，走在鄰家閒話去了。王婆見女兒哭得兩眼赤腫，生怕苦壞了他，安慰了幾句言語，走往廚房下去煖酒，要與女兒消愁。三巧兒在房中獨坐，想著珍珠衫洩漏的緣故，好生難解！這汗巾簪子，又不知那裡來的。沉吟了半晌道：「我曉得了：這折簪是鏡破釵分之意，這條汗巾，分明教我懸梁自盡。他念夫妻之情，不忍明言，是要全我的廉恥。可憐四年恩愛，一旦決絕，是我做的不是，負了丈夫恩情。便活在人間，料沒有箇好日，不如縊死，倒得乾淨。」說罷，又哭了一回，把箇坐兀子[66]填高，將汗巾兜在梁上，正欲自縊。也是壽數未絕，不曾關上房門。恰好王婆煖得一壺好酒走進房來，見女兒安排這事，急得他手忙腳亂，不放酒壺，便上前去拖拽。不期一腳踢番坐兀子，娘兒兩箇跌做一團，酒壺都潑翻了。王婆爬起來，扶起女兒，說道：「你好短見！二十多歲的人，一朵花還沒有開足，怎做這沒下梢[67]的事？莫說你丈夫還有回心轉意的日子，便真箇休了，恁般容貌，怕沒人要你？少不得別選良

[63] 只索：只得；只好。
[64] 端的：究竟；到底。
[65] 關目：關鍵。
[66] 坐兀子：小凳子。

姻，圖箇下半世受用。你且放心過日子去，休得愁悶。」王公回家，知道女兒尋死，也勸了他一番，又囑咐王婆用心提防。過了數日，三巧兒沒奈何，也放下了念頭。正是：

夫妻本是同林鳥，大限來時各自飛。

再說蔣興哥把兩條索子，將晴雲、煖雪捆縛起來，拷問情由。那丫頭初時抵賴，喫打不過，只得從頭至尾，細細招將出來，已知都是薛婆勾引，不干他人之事。到明朝，興哥領了一夥人，趕到薛婆家裡，打得他雪片相似，只饒他拆了房子。薛婆情知自己不是，躲過一邊，並沒一人敢出頭說話。興哥見他如此，也出了這口氣。回去喚箇牙婆，將兩箇丫頭都賣了。樓上細軟箱籠，大小共十六隻，寫三十二條封皮，打叉封了，更不開動。這是甚意兒？只因興哥夫婦，本是十二分相愛的。雖則一時休了，心中好生痛切。見物思人，何忍開看？

話分兩頭。卻說南京有箇吳傑進士，除授廣東潮陽縣知縣，水路上任，打從襄陽經過。不曾帶家小，有心要擇一美妾。一路看了多少女子，並不中意。聞得棗陽縣王公之女，大有顏色，一縣聞名，出五十金財禮，央媒議親。王公倒也樂從，只怕前壻有言，親到蔣家，與興哥說知。興哥並不阻擋。臨嫁之夜，興哥雇了人夫，將樓上十六箇箱籠，原封不動，連匙鑰送到吳知縣船上，交割與三巧兒，當箇陪嫁。婦人心上到過意不去。旁人曉得這事，也有誇興哥做人忠厚的，也有笑他癡騃的，還有罵他沒志氣的：正是人心不同。

67 沒下梢：比喻人沒有好下場或事情沒有好結果。

閒話休題。再說陳大郎在蘇州脫貨完了，回到新安，一心只想著三巧兒。朝暮看了這件珍珠衫，長吁短歎。老婆平氏心知這衫兒來得蹺蹊，等丈夫睡著，悄悄的偷去，藏在天花板上。陳大郎早起要穿時，不見了衫兒，與老婆取討。平氏那裡肯認。急得陳大郎性發(68)，傾箱倒篋的尋箇遍，只是不見，便破口罵老婆起來。惹得老婆啼啼哭哭，與他爭嚷，鬧吵了兩三日。陳大郎情懷撩亂，忙忙的收拾銀兩，帶箇小郎，再望襄陽舊路而進。

將近棗陽，不期遇了一夥大盜，將本錢盡皆劫去，小郎也被他殺了。陳商眼快，走向船梢舵上伏著，幸免殘生。思想還鄉不得，且到舊寓住下，待會了三巧兒，與他借些東西，再圖恢復。歎了一口氣，只得離船上岸。

走到棗陽城外主人呂公家，告訴其事；又道如今要央賣珠子的薛婆，與一箇相識人家借些本錢營運。呂公道：「大郎不知，那婆子為勾引蔣興哥的渾家，做了些醜事。去年興哥回來，問渾家討什麼『珍珠衫』，原來渾家贈與情人去了，無言回答，興哥當時休了渾家回去，如今轉嫁與南京吳進士做第二房夫人了。那婆子被蔣家打得箇片瓦不留，婆子安身不牢，也搬在隔縣去了。」陳大郎聽得這話，好似一桶冷水沒頭淋下，這一驚非小。當夜發寒發熱，害起病來。這病又是鬱症，又是相思症，也帶些怯症(69)，又有些驚症，床上臥了兩箇多月，翻翻覆覆只是不癒，連累主人家小廝，伏侍得不耐煩。陳大郎心上不安，打熬起精神，寫成家書一封，請主人來商議，要覓箇便人梢信往家中，

(68) 性發：發脾氣。

(69) 怯症：中醫稱血氣衰退，心內常恐怯不安的一種病。俗稱「虛勞病」。

取些盤纏，就要箇親人來看覷[70]同回。這幾句正中了主人之意，恰好有箇相識的承差，奉上司公文要往徽寧一路，水陸驛遞，極是快的。呂公接了陳大郎書札，又替他應出五錢銀子，送與承差，央他乘便寄去。果然的「自行由得我，官差急如火」，不勾幾日，到了新安縣。問著陳商家裡，送了家書，那承差飛馬去了。正是：

只為千金書信，又成一段姻緣。

話說平氏拆開家信，果是丈夫筆跡，寫道：

陳商再拜，賢妻平氏見字：別後襄陽遇盜，劫資殺僕。某受驚患病，見臥舊寓呂家，兩月不愈。字到可央一的當[71]親人，多帶盤纏，速來看視。伏枕草草。

平氏看了，半信半疑，想道：「前番回家，虧折了千金貲本。據這件珍珠衫，一定是邪路上來的。今番又推被盜，多討盤纏，怕是假話。」又想道：「他要箇的當親人，速來看視，必然病勢利害。這話是真，也未可知。如今央誰人去好？」左思右想，放心不下。與父親平老朝奉商議。收拾起細軟家私，帶了陳旺夫婦，就請父親作伴，雇箇船隻，親往襄陽看丈夫去。到得京口，平老朝奉痰火病發，央人送回去了。平氏引著男女，上水前進。

[70] 看覷：照顧。

[71] 的當：妥當。

不一日，來到棗陽城外，問著了舊主人呂家。原來十日前，陳大郎已故了。呂公賠些錢鈔，將就入殮。平氏哭倒在地，良久方醒。慌忙換了孝服，再三向呂公說，欲待開棺一見，另買副好棺材，重新殮過。呂公執意不肯。平氏沒奈何，只得買木做箇外棺包裹，請僧做法事超度，多焚冥資。呂公已自索了他二十兩銀子謝儀，隨他鬧吵，並不言語。

過了一月有餘，平氏要選箇好日子，扶柩而回。呂公見這婦人年少姿色，料是守寡不終，又且囊中有物，思想兒子呂二，還沒有親事，何不留住了他，完其好事，可不兩便？呂公買酒請了陳旺，央他老婆委曲進言，許以厚謝。陳旺的老婆是箇蠢貨，那曉得什麼委曲？不顧高低，一直的對主母說了。平氏大怒，把他罵了一頓，連打幾箇耳光子，連主人家也數落72了幾句。呂公一場沒趣，敢怒而不敢言。正是：

羊肉饅頭沒的喫，空教惹得一身騷。

呂公便去攛掇陳旺逃走。陳旺也思量沒甚好處了，與老婆商議，教他做腳，裡應外合，把銀兩首飾，偷得罄盡，兩口兒連夜走了。呂公明知其情，反埋怨平氏道：不該帶這樣歹人出來，幸而偷了自家主母的東西，若偷了別家的，可不連累人！又嫌這靈柩礙他生理，教他快些抬去。又道後生寡婦，在此住居不便，催促他起身。平氏被逼不過，只得別賃下一間房子住了。雇人把靈柩移來，安頓在內。這淒涼景象，自不必說。

間壁有箇張七嫂，為人甚是活動。聽得平氏啼哭，時常走來勸解。平氏又時常央他典賣幾件衣服用

---

72 數落：責罵。

度，極感其意。不勾幾月，衣服都典盡了。從小學得一手好針線，思量要到箇大戶人家，教習女紅度日，再作區處[73]，正與張七嫂商量這話，張七嫂道：「老身不好說得，這大戶人家，不是你少年人走動的。死的沒福自死了，活的還要做人。你後面日子正長哩，終不然做針線娘了得你下半世？況且名聲不好，被人看得輕了。還有一件，這箇靈柩，如何處置？也是你身上一件大事。便出賃房錢，終久是不了之局。」平氏道：「奴家也都慮到，只是無計可施了。」張七嫂道：「老身倒有一策，娘子莫怪我說。你千里離鄉，一身孤寡，手中又無半錢，想要搬這靈柩回去，多是虛了。莫說你衣食不周，到底難守；便多守得幾時，亦有何益？依老身愚見，莫若趁此青年美貌，尋箇好對頭，一夫一婦的，隨了他去。得些財禮，就買塊土來葬了丈夫，你的終身又有所托，可不生死無憾？」平氏見他說得近理，沉吟了一會，歎口氣道：「罷，罷，奴家賣身葬夫，旁人也笑我不得。」張七嫂道：「娘子若定了主意時，老身現有箇主兒在此。年紀與娘子相近，人物齊整，又是大富之家。」平氏道：「他既是富家，怕不要二婚的。」張七嫂道：「他也是續絃了，原對老身說：不拘頭婚二婚，只要人才出眾。似娘子這般丰姿，怕不中意。」原來張七嫂曾受蔣興哥之托，央他訪一頭好親。因是前妻三巧兒出色標致，所以如今只要訪箇美貌的。那平氏容貌，雖不及得三巧兒，論起手腳伶俐，胸中涇渭[74]，又勝似他。

張七嫂次日就進城，與蔣興哥說了。興哥聞得是下路人[75]，愈加歡喜。這裡平氏分文財禮不要，只

[73] 區處：處理；籌劃安排。

[74] 胸中涇渭：心中是非清楚。

[75] 下路人：稱長江下游一帶的人。猶言下江人。

要買塊好地殯葬丈夫要緊。張七嫂往來回覆了幾次，兩相依允。

話休煩絮。卻說平氏送了丈夫靈柩入土，祭奠畢了，大哭一場，免不得起靈除孝。臨期，蔣家送衣飾過來，又將他典下的衣服都贖回了。成親之夜，一般大吹大擂，洞房花燭。正是：

規矩熟閑雖舊事，恩情美滿勝新婚。

蔣興哥見平氏舉止端莊，甚相敬重。一日，從外而來，平氏正在打疊衣箱，內有珍珠衫一件。興哥認得了，大驚問道：「此衫從何而來？」平氏道：「這衫兒來得蹺蹊。」便把前夫如此張緻76，夫妻如此爭嚷，如此賭氣分別，述了一遍。又道：「前日艱難時，幾番欲把他典賣，只愁來歷不明，怕惹出是非，不敢露人眼目。連奴家至今，不知這物事那裡來的。」興哥道：「你前夫陳大郎名字，可叫做陳商？可是白淨面皮，沒有鬚，左手長指甲的麼？」平氏道：「正是。」蔣興哥把舌頭一伸，合掌對天道：「如此說來，天理昭彰，好怕人也！」平氏問其緣故，蔣興哥道：「這件珍珠衫，原是我家舊物。你丈夫奸騙了我的妻子，得此衫為表記。我在蘇州相會，見了此衫，始知其情，回來把王氏休了。誰知你丈夫客死，我今續絃，但聞是徽州陳客之妻，誰知就是陳商！卻不是一報還一報！」平氏聽罷，毛骨竦然。從此恩情愈篤。這纔是「蔣興哥重會珍珠衫」的正話77。詩曰：

76 張緻：模樣；樣子。

77 正話：正文。

天理昭昭不可欺，兩妻交易孰便宜？分明欠債償他利，百歲姻緣暫換時。

再說蔣興哥有了管家娘子，一年之後，又往廣東做買賣。也是合當有事，一日到合浦縣販珠，價都講定。主人家老兒，只揀一粒絕大的偷過了，再不承認。興哥不忿[78]，一把扯他袖子要搜。何期去得勢重，將老兒拖翻在地，跌下便不做聲。忙去扶時，氣已斷了。兒女親鄰，哭的哭，叫的叫，一陣的簇擁將來，把興哥捉住。不由分說，痛打一頓，關在空房裡。連夜寫了狀詞，只等天明，縣主早堂，連人進狀。縣主准了，因這日有公事，吩咐把凶身鎖押，次日候審。

你道這縣主是誰？姓吳名傑，南畿進士，正是三巧兒的晚老公。初選原在潮陽，上司因見他清廉，調在這合浦縣採珠的所在來做官。是夜，吳傑在燈下將准過的狀詞細閱。三巧兒正在旁邊閒看，偶見宋福所告人命一詞，凶身羅德，棗陽縣客人，不是蔣興哥是誰！想起舊日恩情，不覺痛酸，哭告丈夫道：「這羅德是賤妾的親哥，出嗣在母舅羅家的。不期客邊，犯此大辟。官人可看妾之面，救他一命還鄉。」縣主道：「且看臨審如何。若人命果真，教我也難寬宥。」三巧兒兩眼噙淚，跪下苦苦哀求。縣主道：「你且莫忙，我自有道理。」明早出堂，三巧兒又扯住縣主衣袖哭道：「若哥哥無救，賤妾亦當自盡，不能相見了。」

當日縣主升堂，第一就問這起。只見宋福、宋壽弟兄兩個，哭啼啼的與父親執命，稟道：「因爭珠懷恨，登時打悶，仆地身死。望爺爺做主。」縣主問眾干證[79]口詞，也有說打倒的，也有說推跌的。蔣

---

[78] 不忿：氣忿的反語。

興哥辯道：「他父親偷了小人的珠子，人人不忿，與他爭論。他因年老腳踸，自家跌死，不干小人之事。」縣主問宋福道：「你父親幾歲了？」宋福道：「六十七歲了。」縣主道：「老年人容易昏絕，未必是打。」宋福、宋壽堅執是打死的。縣主道：「有傷無傷，須憑檢驗。既說打死，將屍發在漏澤園80去，俟晚堂聽檢。」原來宋家也是箇大戶，有體面的，老兒曾當過里長，兒子怎肯把父親在屍場剔骨？兩箇雙雙叩頭道：「父親死狀，眾目共見，只求爺爺到小人家裡相驗，不願發檢。」縣主道：「若不見貼骨傷痕，凶身怎肯伏罪？沒有屍格81，如何申得上司過？」弟兄兩箇只是求告，縣主發怒道：「你既不願檢，我也難問。」慌的他弟兄兩箇連連叩頭道：「但憑爺爺明斷。」縣主道：「望七82之人，死是本等83。倘或不因打死，屈害了一箇平人，反增死者罪過。就是你做兒子的，巴得父親到許多年紀，又把箇不得善終的惡名與他，心中何忍？但打死是假，推仆是真，若不重罰羅德，也難出你的氣。我如今教他披蔴戴孝，與親兒一般行禮；一應殯殮之費，都要他支持。你可服麼？」弟兄兩箇道：「爺爺吩咐，小人敢不遵依。」興哥見縣主不用刑罰，斷得乾淨，喜出望外。當下原被告都叩頭稱謝。縣主道：「我也不寫審單，著差人押出，待事完回話，把原詞與你銷訖便了。」正是：

79 干證：證人。
80 漏澤園：驗屍所。
81 屍格：驗屍單。
82 望七：近七十歲。
83 本等：本來。

公堂造業真容易，要積陰功亦不難。試看今朝吳大尹，解冤釋罪兩家歡。

卻說三巧兒自丈夫出堂之後，如坐針氈。一聞得退衙，便迎住問箇消息。縣主道：「我……如此如此斷了，看你之面，一板也不曾責他。」三巧兒千恩萬謝，又道：「妾與哥哥久別，渴思一會，問取爹娘消息。官人如何做箇方便，使妾兄妹相見，此恩不小。」縣主道：「這也容易。」看官們，你道三巧兒被蔣興哥休了，恩斷義絕，如何恁地用情？他夫婦原是十分恩愛的，因三巧兒做下不是，興哥不得已而休之，心中兀自不忍；所以改嫁之夜，把十六隻箱籠，完完全全的贈他。只這一件，三巧兒的心腸，也不容不軟了。今日他身處富貴，見興哥落難，如何不救？這叫做知恩報恩。

再說蔣興哥遵了縣主所斷，著實小心盡禮，更不惜費，宋家弟兄都沒話了。喪葬事畢，差人押到縣中回覆，縣主喚進私衙賜坐，說道：「尊舅這場官司，若非令妹再三哀懇，下官幾乎得罪了。」興哥不解其故，回答不出。少停茶罷，縣主請入內書房，教小夫人出來相見。你道這番意外相逢，不像箇夢景麼？他兩箇也不行禮，也不講話，緊緊的你我相抱，放聲大哭。就是哭爹哭娘，從沒見這般哀慘，連縣主在旁，好生不忍，便道：「你兩人且莫悲傷，我看你不像哥妹，快說真情，下官有處。」兩箇哭得半休不休的，那箇肯說？卻被縣主盤問不過，三巧兒只得跪下，說道：「賤妾罪當萬死，此人乃妾之前夫也。」蔣興哥料瞞不得，也跪下來，將從前恩愛，及休妻再嫁之事，一一訴知。說罷，兩人又哭做一團，連吳知縣也墮淚不止，道：「你兩人如此相戀，下官何忍拆開？幸然[84]在此三年，不曾生育，即刻領去

---

[84] 幸然：幸而。

完聚。」兩箇插燭也似拜謝。

縣主即忙討箇小轎，送三巧兒出衙；又喚集人夫，把原來陪嫁的十六箇箱籠抬去，都教興哥收領；又差典吏一員，護送他夫婦出境。——此乃吳知縣之厚德。正是：

珠還合浦㊽重生采，劍合豐城㊾倍有神。堪羡吳公存厚道，貪財好色竟何人？

此人向來艱子㊿，後行取到吏部，在北京納寵，連生三子，科第不絕，人都說陰德之報，這是後話。

再說蔣興哥帶了三巧兒回家，與平氏相見。論起初婚，王氏在前；只因休了一番，這平氏倒是明媒正娶，又且平氏年長一歲，讓平氏為正房，王氏反做偏房。兩箇姊妹相稱，從此一夫二婦，團圓到老。有詩為證：

恩愛夫妻雖到頭，妻還作妾亦堪羞。殃祥果報無虛謬，咫尺青天莫遠求。

---

85 珠還合浦：東漢合浦產珠，太守無道，珠移別處，後孟嘗為太守，珠復回歸。

86 劍合豐城：晉時張華、雷煥在豐城掘得二劍，張、雷死後二劍復合。

87 艱子：生不出兒子。

# 第二卷　陳御史巧勘金釵鈿

世事翻騰似轉輪，眼前凶吉未為真。請看久久分明應，天道何曾負善人？

聞得老郎❶們相傳的說話，不記得何州甚縣，單說有一人，姓金名孝，年長未娶。家中只有箇老母，自家賣油為生。一日挑了油擔出門，中途因裡急，走上茅廁大解，拾得一箇布裹肚，內有一包銀子，約莫有三十兩。金孝不勝歡喜，便轉擔回家，對老娘說道：「我今日造化，拾得許多銀子。」老娘看見，倒吃了一驚，道：「你莫非做下歹事偷來的麼？」金孝道：「我幾曾偷慣了別人的東西？卻恁般說！早是❷鄰舍不曾聽得哩。這裹肚，其實不知什麼人遺失在茅坑傍邊，喜得我先看見了，拾取回來。我們做窮經紀的人，容易得這主大財？明日燒箇利市❸，把來做販油的本錢，不強似賒別人的油賣？」老娘道：「我兒，常言道：『貧富皆由命。』你若命該享用，不生在挑油擔的人家來了。依我看來，這銀子雖非是你設心❹謀得來的，也不是你辛苦掙來的。只怕無功受祿，反受其殃。這銀子，不知是本地人的，遠

❶老郎：元明時說話藝人對前輩的尊稱。

❷早是：幸而。

❸燒箇利市：舊時商人開始營業時，燒紙祭神，求個吉利，名為「燒利市」。

❹設心：存心。

方客人的？又不知是自家的，或是借貸來的？一時間失脫了，抓尋❺不見，這一場煩惱非小。連性命都失圖❻了，也不可知。曾聞古人裴度還帶積德❼，你今日原到拾銀之處，看有甚人來尋，便引來還他原物，也是一番陰德，皇天必不負你。」

金孝是箇本分的人，被老娘教訓了一場，連聲應道：「說得是，說得是。」放下銀包裹肚，跑到那茅廁邊去。只見鬧嚷嚷的一叢人圍著一箇漢子，那漢子氣忿忿的叫天叫地。金孝上前問其緣故。原來那漢子是他方客人，因登東❽，解脫了裹肚，失了銀子，找尋不見。只道卸下茅坑，喚幾箇潑皮❾來，正要下去淘摸。街上人都擁著閒看。金孝便問客人道：「你銀子有多少？」客人胡亂應道：「有四五十兩。」金孝老實，便道：「可有箇白布裹肚麼？」客人一把扯住金孝，道：「正是，正是。是你拾著，還了我，情願出賞錢。」眾人中有快嘴的便道：「依著道理，平半分也是該的。」金孝道：「真箇是我拾得，放在家裡，你只隨我去便有。」眾人都想道：拾得錢財，巴不得瞞過了人，那曾見這箇人倒去尋主兒還他？也是異事。金孝和客人動身時，這夥人一鬨都跟了去。

金孝到了家中，雙手兒捧出裹肚，交還客人。客人檢出銀包看時，曉得原物不動；只怕金孝要他出

❺抓尋：找尋。
❻失圖：喪失。專指喪失生命。
❼裴度還帶積德：唐裴度遊香山寺，拾得玉帶和犀帶，還給失主以救獄中父親，因積了陰德，後官至宰相。
❽登東：上廁所。
❾潑皮：無賴。

賞錢，又怕眾人喬主張❿他平分，反使欺心，賴著金孝，道：「我的銀子，原說有四五十兩，如今只剩得這些。你匿過一半了，可將來還我！」金孝道：「我纔拾得回來，就被老娘逼我出門，尋訪原主還他，何曾動你分毫？」那客人賴定短少了他的銀兩，金孝負屈忿恨，一箇頭肘子撞去。那客人力大，把金孝一把頭髮提起，像隻小雞一般，放番⓫在地，捻著拳頭便要打。引得金孝七十歲的老娘，也奔出門前叫屈。眾人都有些不平，似殺陣般嚷將起來。

恰好縣尹相公在這街上過去，聽得喧嚷，歇了轎，吩咐做公的拿來審問。眾人怕事的，四散走開去了。也有幾箇大膽的，站在旁邊看縣尹相公怎生斷這公事。

卻說做公的，將客人和金孝母子拿到縣尹面前，當街跪下，各訴其情。一邊道：「他拾了小人的銀子，藏過一半不還。」一邊道：「小人聽了母親言語，好意還他，他反來圖賴小人。」縣尹問眾人：「誰做證見？」眾人都上前稟道：「那客人脫了銀子，正在茅廁邊抓尋不著，卻是金孝自走來承認了，引他回去還他。這是小人們眾目共覩。只銀子數目多少，小人不知。」縣令道：「你兩下不須爭嚷，我自有道理。」教做公的帶那一干人到縣來。

縣尹升堂，眾人跪在下面。縣尹教取裹肚和銀子上來，吩咐庫吏，把銀子兌准⓬回覆。庫吏覆道：「有三十兩。」縣主又問客人道：「你銀子是許多？」客人道：「五十兩。」縣主道：「你看見他拾取

❿ 喬主張：不經當事人同意而強作主。
⓫ 放番：摔倒。
⓬ 兌准：即稱準了銀子。兌，稱金銀。

的，還是他自家承認的？」客人道：「實是他親口承認的。」縣主道：「他若是要賴你的銀子，何不全包都拿了？卻止藏一半，又自家招認出來？他不招認，你如何曉得？可見他沒有賴銀之情了。你失的銀子是五十兩，他拾的是三十兩，這銀子不是你的，必然另是一箇人失落的。」客人道：「這銀子實是小人的，小人情願只領這三十兩去罷。」縣尹道：「數目不同，如何冒認得去？這銀兩合斷與金孝領去，奉養母親；你的五十兩，自去抓尋。」金孝得了銀子，千恩萬謝的，扶著老娘去了。那客人已經官斷，如何敢爭？只得含羞噙淚而去。眾人無不稱快。這叫做：

欲圖他人，翻失自己。自己羞慚，他人歡喜。

看官，今日聽我說「金釵鈿」這樁奇事。有老婆的反沒了老婆，沒老婆的反得了老婆。只如金孝和客人兩箇，圖銀子的反失了銀子，不要銀子的反得了銀子。事跡雖異，天理則同。

卻說江西贛州府石城縣，有箇魯廉憲，一生為官清介，並不要錢，人都稱為「魯白水」。那魯廉憲與同縣顧僉事累世通家。魯家一子，雙名學曾；顧家一女，小名阿秀，兩下面約為婚。來往間親家相呼，非止一日。因魯奶奶病故，廉憲攜著孩兒在于任所，一向遷延，不曾行得大禮。誰知廉憲在任，一病身亡。學曾扶柩回家，守制三年，家事愈加消乏，止存下幾間破房子，連口食都不周了。

顧僉事見女壻窮得不像樣，遂有悔親之意，與夫人孟氏商議道：「魯家一貧如洗，眼見得六禮難備，婚娶無期；不若別求良姻，庶不誤女兒終身之托。」孟夫人道：「魯家雖然窮了，從幼許下的親事，將何辭以絕之？」顧僉事道：「如今只差人去說男長女大，催他行禮。兩邊都是宦家，各有體面，說不得

『沒有』兩箇字，也要出得他的門，人的我的戶。那窮鬼自知無力，必然情願退親。我就要了他休書，卻不一刀兩斷？」孟夫人道：「我家阿秀性子有些古怪，只怕他倒不肯。」顧僉事道：「在家從父，這也由不得他。你只慢慢的勸他便了。」

當下孟夫人走到女兒房中，說知此情。阿秀道：「婦人之義，從一而終；婚姻論財，夷虜之道。爹爹如此欺貧重富，全沒人倫，決難從命。」孟夫人道：「如今爹去催魯家行禮，他若行不起禮，倒願退親，你只索罷休。」阿秀道：「說那裡話！若魯家貧不能聘，孩兒情願守志⑬終身，決不改適。當初錢玉蓮投江全節⑭，留名萬古。爹爹若是見逼，孩兒就拚卻一命，亦有何難！」孟夫人見女執性，又苦他，又憐他。心生一計：除非瞞過僉事，密地喚魯公子來，助他些東西，教他作速行聘，方成其美。

忽一日，顧僉事往東莊收租，有好幾日耽擱。孟夫人與女兒商量停當了，喚園公⑮老歐到來。夫人當面吩咐，教他去請魯公子，後門相會，如此如此，「不可洩漏，我自有重賞。」老園公領命，來到魯家。但見：

門如敗寺，屋似破窰。窗槅離披，一任風聲開閉；廚房冷落，絕無煙氣蒸騰。頹牆漏瓦權棲足，只怕雨來；舊椅破床便當柴，也少火力。盡說宦家門戶倒，誰憐清吏子孫貧？

---

⑬ 守志：守節。

⑭ 錢玉蓮投江全節：宋王十朋妻錢玉蓮，繼母逼其改嫁，不從，投江而死，全其貞節。

⑮ 園公：管花園的僕人。

說不盡魯家窮處。

卻說魯學曾有箇姑娘⑯，嫁在梁家，離城將有十里之地。姑夫已死，止存一子梁尚賓，新娶得一房好娘子，三日兒一處過活，家道粗足。這一日魯公子恰好到他家借米去了，只有箇燒火的白髮婆婆在家。老管家只得傳了夫人之命，教他作速寄信去請公子回來：「此是夫人美情，趁這幾日老爺不在家中，專等專等，不可失信。」囑罷自去了。這裡老婆子想道：此事不可遲緩，也不好轉托他人傳話。當初奶奶存日，曾跟到姑娘家去，有些影像在肚裡。當下囑咐鄰人看門，一步一跌的問到梁家。梁媽媽正留著姪兒在房中吃飯，婆子向前相見，把老園公言語細細述了。姑娘道：「此是美事。」攛掇姪兒快去。

魯公子心中不勝歡喜，只是身上藍縷，不好見得岳母，要與表兄梁尚賓借件衣服遮醜。原來梁尚賓是箇不守本分的歹人，早打下欺心草稿，便答應道：「衣服自有，只是今日進城，天色已晚了；宦家門牆，不知深淺，令岳母夫人雖然有話，眾人未必盡知，去時也須仔細。憑著愚見，還屈賢弟在此草榻，明日只可早往，不可晚行。」魯公子道：「哥哥說得是。」梁尚賓道：「愚兄還要到東村一箇人家，商量一件小事，回來再得奉陪。」又囑咐梁媽媽道：「婆子走路辛苦，一發留他過宿，明日去罷。」媽媽也只道孩兒是箇好意，真箇把兩人都留住了。誰知他是箇奸計，只怕婆子回去時，那邊老園公又來相請，露出魯公子不曾回家的消息，自己不好去打脫冒⑰了。正是：

⑯ 姑娘：指姑母。
⑰ 打脫冒：假冒。

欺天行當人難識，立地機關鬼不知。

梁尚賓背卻公子，換了一套新衣，悄地出門，逕投城中顧僉事家來。

卻說孟夫人是晚教老園公開了園門伺候。看看日落西山，黑影裡只見一箇後生，身上穿得齊齊整整，腳兒走得慌慌張張，望著園門欲進不進的。老園公問道：「郎君可是魯公子麼？」梁尚賓連忙鞠箇躬應道：「在下正是。因老夫人見召，特地到此，望乞通報。」老園公慌忙請到亭子中暫住，急急的進去，報與夫人。孟夫人就差箇管家婆出來傳話，請公子到內室相見。纔下得亭子，又有兩箇丫鬟，提著兩碗紗燈來接。彎彎曲曲行過多少房子，忽見朱樓畫閣，方是內室。孟夫人揭起朱簾，秉燭而待。那梁尚賓一來是箇小家出身，不曾見恁般富貴樣子；二來是箇村郎⑱，不通文墨；三來自知假貨，終是懷著箇鬼胎，意氣不甚舒展。上前相見時，跪拜應答，眼見得禮貌粗疏，語言澀滯。孟夫人心下想道：「好怪！全不像宦家子弟。」一念又想道：「常言『人貧智短』，他恁地貧困，如何怪得他失張失智⑲？」轉了第二箇念頭，心下愈加可憐起來。

茶罷，夫人吩咐忙排夜飯，就請小姐出來相見。阿秀初時不肯，被母親逼了兩三次，想著：父親有賴婚之意，萬一如此，今宵便是永訣；若得見親夫一面，死亦甘心。當下離了繡閣，含羞而出。孟夫人道：「我兒過來見了公子，只行小禮罷。」假公子朝上連作兩箇揖，阿秀也福了兩福，便要回步。夫人

---

⑱ 村郎：粗人。

⑲ 失張失智：舉止失常的樣子。

道：「既是夫妻，何妨同坐。」便教他在自己肩下坐了。假公子兩眼只瞧那小姐，見他生得端麗，骨髓裡都發癢起來。這裡阿秀只道見了真丈夫，低頭無語，滿腹恓惶，只饒得⑳哭下一場。正是：真假不同，心腸各別。

少頃，飲饌已到，夫人教排做兩桌，上面一桌請公子坐，打橫一桌娘兒兩箇同坐。夫人道：「今日倉卒奉邀，只欲周旋公子姻事，殊不成禮，休怪休怪。」假公子剛剛謝得箇「打攪」二字，面皮都急得通紅了。席間夫人把女兒守志一事，略敘一敘。假公子應了一句，縮了半句。夫人也只認他害羞，全不為怪。那假公子在席上自覺局促，本是能飲的，只推量窄，夫人也不強他。又坐了一回，夫人吩咐收拾鋪陳在東廂下，留公子過夜。假公子也假意作別要行，夫人道：「彼此至親，何拘形跡？我母子還有至言相告。」假公子心中暗喜。只見丫鬟來稟，東廂內鋪設已完，請公子安置。假公子作揖謝酒，丫鬟掌燈送到東廂去了。

夫人喚女兒進房，趕去侍婢，開了箱籠，取出私房銀子八十兩，又銀盃二對，金首飾一十六件，約值百金，一手交付女兒，說道：「做娘的手中只有這些，你可親去交與公子，助他行聘完婚之費。」阿秀道：「羞答答如何好去？」夫人道：「我兒，禮有經權，事有緩急。如今尷尬之際，不是你親去囑咐，把夫妻之情打動他，他如何肯上緊㉑？窮孩子不知世事，倘或與外人商量，被人哄誘，把東西一時花了，不枉了做娘的一片用心？那時悔之何及！這東西也要你袖裡藏去，不可露人眼目。」阿秀聽了這一般道

⑳ 饒得：少得。
㉑ 上緊：加緊。

理，只得依允，便道：「娘，我怎好自去？」夫人道：「我教管家婆跟你去。」當下喚管家婆來到，吩咐他只等夜深，密地送小姐到東廂，與公子敘話。又附耳道：「送到時，你只在門外等候，省得兩下礙眼，不好交談。」管家婆已會其意了。

再說假公子獨坐在東廂，明知有箇蹺蹊緣故，只是不睡。果然一更之後，管家婆捱門而進，報道：「小姐自來相會。」假公子慌忙迎接，重新敘禮。有這等事：那假公子在夫人前一箇字也講不出，及至見了小姐，偏會溫存絮話！這裡小姐，起初害羞，遮遮掩掩。今番背卻夫人，一般也老落㉒起來。兩箇你問我答，敘了半晌。阿秀話出衷腸，不覺兩淚交流。那假公子也裝出捶胸歎氣，揩眼淚縮鼻涕，許多醜態。又假意解勸小姐，抱持綽趣㉓，儘他受用。管家婆在房門外，聽見兩下悲泣，連累他也悽惶，墮下幾點淚來。誰知一邊是真，一邊是假。阿秀在袖中摸出銀兩首飾，遞與假公子，再三囑咐，自不必說。假公子收過了，便一手抱住小姐把燈兒吹滅，苦要求歡。阿秀怕聲張起來，被丫鬟們聽見了，壞了大事，只得勉從。有人作如夢令詞云：

可惜名花一朵，繡幙深閨藏護。不遇探花郎，抖被狂蜂殘破。錯誤，錯誤！怨殺東風分付。

常言：「事不三思，終有後悔。」孟夫人要私贈公子，玉成親事，這是錦片的一團美意，也是天大的一樁事情，如何不教老園公親見公子一面？及至假公子到來，只合當面囑咐一番，把東西贈他，再教

㉒ 老落：老練。
㉓ 綽趣：逗趣；取樂。

老園公送他回去，看箇下落，萬無一失。千不合，萬不合，教女兒出來相見，又教女兒自往東廂敘話，這分明放一條方便路，如何不做出事來？莫說是假的，就是真的，也使不得，枉做了一世牽扳的話柄。這也算做姑息之愛，反害了女兒的終身。

閒話休題。且說假公子得了便宜，放鬆那小姐去了。五鼓時，夫人教丫鬟催促起身梳洗，用些茶湯點心之類。又囑咐道：「拙夫不久便回，賢壻早做準備，休得怠慢。」假公子別了夫人，出了後花園門，一頭走一頭想道：「我白白裡騙了一箇宦家閨女，又得了許多財帛，不曾露出馬腳，萬分僥倖。只是今日魯家又來，不為全美。聽得說顧僉事不久便回，我如今再耽擱他一日，待明日纔放他去。若得顧僉事回來，他便不敢去了，這事就十分乾淨了。」計較已定，走到箇酒店上自飲三盃，吃飽了肚裡，直延捱到午後方纔回家。

魯公子正等得不耐煩，只為沒有衣服，轉身不得。姑娘也焦燥起來，教莊家往東村尋取兒子，並無蹤跡。走向媳婦田氏房前問道：「兒子衣服有麼？」田氏道：「他自己檢在箱裡，不曾留得鑰匙。」原來田氏是東村田貢元㉔的女兒，倒有十分顏色，又且通書達禮。田貢元原是石城縣中有名的一箇豪傑，只為一箇有司官與他做對頭，要下手害他，卻是梁尚賓的父親與他舅子魯廉憲說了，廉憲也素聞其名，替他極口分辯，得免其禍。因感激梁家之恩，把這女兒許他為媳。那田氏像了父親，也帶三分俠氣，見丈夫是箇蠢貨，又且不幹好事，心下每每不悅，開口只叫做「村郎」。以此夫婦兩不和順，連衣服之類，都是那「村郎」自家收拾，老婆不去管他。

㉔ 貢元：貢生。

卻說姑姪兩箇正在心焦，只見梁尚賓滿臉春色回家。老娘便罵道：「兄弟在此專等你的衣服，你卻在那裡噇㉕酒，整夜不歸？又沒尋你去處！」梁尚賓不回娘話，一逕到自己房中，把袖裡東西都藏過了，纔出來對魯公子道：「偶為小事纏住身子，耽擱了表弟一日，休怪休怪。今日天色又晚了，明日回宅罷。」老娘罵道：「你只顧把件衣服借與做兄弟的，等他自己幹正務，管他今日明日！」魯公子道：「不但衣服，連鞋襪都要告借。」梁尚賓道：「有一雙青段子鞋在間壁皮匠家尣底㉖，今晚催來，明日早奉穿去。」魯公子沒奈何，只得又住了一宿。

到明朝，梁尚賓只推頭疼，又睡箇日高三丈。早飯都吃過了，方纔起身，把道袍、鞋、襪慢慢的逐件搬將出來，無非要延捱時刻，誤其美事。魯公子不敢就穿，又借箇包袱兒包好，付與老婆子拿了。姑娘收拾一包白米和些瓜菜之類，喚箇莊客送公子回去，又囑咐道：「若親事就緒，可來回覆我一聲，省得我牽掛。」魯公子作揖轉身，梁尚賓相送一步，又說道：「兄弟你此去須是仔細，不知他意兒好歹，真假何如。依我說，不如只往前門硬挺著身子進去，怕不是他親女壻，趕你出來？又且他家差老園公請你，有憑有據，須不是你自輕自賤。他有好意，自然相請；若是翻轉臉來，你拚得與他訴落㉗一場，也教街坊上人曉得。倘到後園曠野之地，被他暗算，你卻沒有箇退步。」魯公子又道：「哥哥說得是。」正是：

㉕ 噇：大吃大喝。

㉖ 尣底：上鞋底。尣，音ㄓㄤˇ。

㉗ 訴落：即「數落」。責備。

背後害他當面好，有心人對沒心人。

魯公子回到家裡，將衣服鞋襪裝扮起來。只有頭巾分寸不對，不曾借得。把舊的脫將下來，用清水擺淨，教婆子在鄰舍家借箇熨斗，吹些火來熨得直直的；有些磨壞的去處，再把些飯兒粘得硬硬的，墨兒塗得黑黑的。只是這頂巾，也弄了一箇多時辰，左帶右帶，只怕不正。教婆子看得件件停當了，方纔移步逕投顧僉事家來。門公認是生客，回道：「老爺東莊去了。」魯公子終是宦家的子弟，不慌不忙的說道：「可通報老夫人，說道：魯某在此。」門公方知是魯公子，卻不曉得來情，便道：「老爺不在家，小人不敢亂傳。」魯公子道：「老夫人有命，喚我到求。你去通報自知，須不連累你們。」門公傳話進去，稟說：「魯公子在外要見，還是留他進來，還是辭他？」

孟夫人聽說，吃了一驚。想：他前日去得，如何又來？且請到正廳坐下。先教管家婆出去，問他有何話說。管家婆出來瞧了一瞧，慌忙轉身進去，對老夫人道：「這公子是假的，不是前夜的臉兒。前夜是胖胖兒的，黑黑兒的；如今是白白兒的，瘦瘦兒的。」夫人不信道：「有這等事！」親到後堂，從簾內張看，果然不是了。孟夫人心上委決不下，教管家婆出去，細細把家事盤問，他答來一字無差。孟夫人初見假公子之時，心中原有些疑惑；今番的人才清秀，語言文雅，倒像真公子的樣子。再問他今日為何而來，答道：「前蒙老園公傳語呼喚，因魯某羈滯鄉間，今日纔回，特來參謁，望恕遲誤之罪。」夫人道：「這是真情無疑了。只不知前夜打脫冒的冤家，又是那裡來的？」慌忙轉身進房，與女兒說其緣故，又道：「這都是做爹的不存天理，害你如此，悔之不及！幸而沒人知道，往事不須題起了。如今女壻在外，是我特地請來的，無物相贈，如之奈何？」正是：

只因一著錯，滿盤都是空。

阿秀聽罷，呆了半晌。那時一肚子情懷，好難描寫：說慌又不是慌，說羞又不是羞，說惱又不是惱，說苦又不是苦。分明似亂針刺體，痛癢難言。喜得他志氣過人，早有了三分主意，便道：「母親且與他相見，我自有道理。」孟夫人依了女兒言語，出廳來相見公子。公子掇一把校椅㉘，朝上放下：「請岳母大人上坐，待小壻魯某拜見。」孟夫人謙讓了一回，從傍站立，受了兩拜，便教管家婆扶起看坐。公子道：「魯某只為家貧，有缺禮數。蒙岳母大人不棄，此恩生死不忘。」夫人自覺惶愧，無言可答。忙教管家婆把廳門掩上，請小姐出來相見。

阿秀站住簾內，如何肯移步。只教管家婆傳語道：「公子不該耽擱鄉間，負了我母子一片美意。」公子推故道：「某因患病鄉間，有失奔趨。今方踐約，如何便說相負？」阿秀在簾內回道：「三日以前，此身是公子之身；今遲了三日，不堪服侍巾櫛，有玷清門。便是金帛之類，亦不能相助了。所存金釵二股，金鈿一對，聊表寸意。公子宜別選良姻，休得以妾為念。」管家婆將兩般首飾遞與公子，公子還疑是悔親的說話，那裡肯收。阿秀又道：「公子但留下，不久自有分曉。公子請快轉身，留此無益。」說罷，只聽得哽哽咽咽的哭了進去。

魯學曾愈加疑惑，向夫人發作道：「小壻雖貧，非為這兩件首飾而來。今日小姐似有決絕之意，老

㉘ 校椅：交椅。

夫人如何不出一語？既如此相待，又呼喚魯某則甚？」夫人道：「我母子並無異心。只為公子來遲，不將姻事為重，所以小女心中憤怨，公子休得多疑。」魯學曾只是不信，敘起父親存日許多情分，「如今一死一生，一貧一富，就忍得改變了？魯某只靠得岳母一人做主，如何三日後，也生退悔之心？」勞勞叨叨的說箇不休。孟夫人有口難辯，倒被他纏住身子，不好動身。

忽聽得裡面亂將起來。丫鬟氣喘喘的奔來報道：「奶奶，不好了！快來救小姐！」唬得孟夫人一身冷汗，巴不得再添兩隻腳在肚下。管家婆扶著左腋，跑到繡閣，只見女兒將羅帕一幅，縊死在床上。急急解救時，氣已絕了，叫喚不醒，滿房人都哭起來。魯公子聽小姐縊死，還道是做成的圈套，撚㉙他出門，兀自在廳中嚷刮㉚。孟夫人忍著疼痛，傳話請公子進來。公子來到繡閣，只見牙床錦被上，直挺挺躺著箇死小姐。夫人哭道：「賢壻，你今番認一認妻子。」公子當下如萬箭攢心，放聲大哭。夫人道：「賢壻，此處非你久停之所，怕惹出是非，貽累不小，快請回罷。」教管家婆將兩般首飾，納在公子袖中，送他出去。魯公子無可奈何，只得揾淚出門去了。

這裡孟夫人一面安排入殮，一面東莊去報顧僉事回來。只說女兒不願停婚，自縊身死。顧僉事懊悔不迭，哭了一場，安排成喪出殯不題。後人有詩贊阿秀云：

死生一諾重千金，誰料奸謀禍穽深？三尺紅羅報夫主，始知汙體不汙心。

㉙ 撚：「攆」的本字。驅逐。
㉚ 嚷刮：大聲吵鬧。

卻說魯公子回家看了金釵鈿，哭一回，嘆一回，疑一回，又解一回，正不知什麼緣故，也只是自家命薄所致耳。過了一晚，次日把借來的衣服鞋襪，依舊包好，親到姑娘家去送還。梁尚賓曉得公子到來，倒躲了出去。公子見了姑娘，說起小姐縊死一事，梁媽媽連聲感嘆，留公子酒飯去了。

梁尚賓回來，問道：「方纔表弟到此，說曾到顧家去不曾？」梁媽媽道：「昨日去的，不知甚麼緣故，那小姐嗔怪他來遲三日，自縊而死。」梁尚賓不覺失口叫聲：「呵呀！可惜好箇標致小姐！」梁媽媽道：「你那裡見來？」梁尚賓遮掩不來，只得把自己打脫冒事，述了一遍。梁媽媽大驚，罵道：「沒天理的禽獸，做出這樣勾當！你這房親事還虧母舅作成你的，你今日恩將仇報，反去破壞了做兄弟的姻緣，又害了顧小姐一命，汝心何安？」千禽獸，萬禽獸，罵得梁尚賓開口不得。走到自己房中，田氏閉了房門，在裡面罵道：「你這樣不義之人，不久自有天報，休想善終！從今你自你，我自我，休得來連累人！」梁尚賓一肚氣，正沒出處。又被老婆訴說，一腳跌㉛開房門，揪了老婆頭髮便打。又是梁媽媽走來，喝了兒子出去。田氏搥胸大哭，要死要活。梁媽媽勸他不住，喚箇小轎抬回娘家去了。

梁媽媽又氣又苦，又受了驚，又愁事跡敗露，當晚一夜不睡，發寒發熱。病了七日，嗚呼哀哉。田氏聞得婆婆死了，特來奔喪帶孝。梁尚賓舊憤不息，便罵道：「賊潑婦！只道你住在娘家一世，如何又有回家的日子？」兩下又爭鬧起來。田氏道：「你幹了虧心的事，氣死了老娘，又來消遣㉜我！我今日若不是婆死，永不見你村郎之面！」梁尚賓道：「怕斷了老婆種，要你這潑婦見我！只今日便休了你去，

---

㉛ 跌：蹬；踢。

㉜ 消遣：捉弄。

再莫上門！」田氏道：「我寧可終身守寡，也不願隨你這樣不義之徒。若是休了倒得乾淨，回去燒箇利市。」梁尚賓一向夫妻無緣，到此說了盡頭話㉝，癓一口氣㉞，真箇就寫了離書手印，付與田氏。田氏拜別婆婆靈位，哭了一場，出門而去。正是：

有心去調他人婦，無福難招自己妻。可惜田家賢慧女，一場相罵便分離。

話分兩頭。再說孟夫人追思女兒，無日不哭。想道：信是老歐寄去的，那黑胖漢子，又是老歐引來的，若不是通同作弊，也必然漏洩他人了。等丈夫出門拜客，喚老歐到中堂，再三訊問。卻說老歐傳命之時，其實不曾洩漏，是魯學曾自家不合借衣，惹出來的奸計。當夜來的是假公子，三日後來的是真公子，孟夫人肚裡明明曉得有兩箇人，那老歐肚裡還自認做一箇人，隨他分辨，如何得明白？夫人大怒，喝教手下把他拖翻在地，重責三十板子，打得皮開血噴。

顧僉事一日偶到園中，叫老園公掃地，聽說被夫人打壞，動彈不得。教人扶來，問其緣故。老歐將夫人差去約魯公子來家，及夜間房中相會之事，一一說了。顧僉事大怒道：「原來如此！」便叫打轎，親到縣中，與知縣訴知其事，要將魯學曾抵償女兒之命。知縣教補了狀詞，差人拿魯學曾到來，當堂審問。魯公子是老實人，就把實情細細說了：「見有金釵鈿兩般，是他所贈；其後園私會之事，其實沒有。」知縣就喚園公老歐對證。這老人家兩眼模糊，前番黑夜裡認假公子的面龐不真，又且今日家主吩咐了說

㉝ 盡頭話：無可轉圜的絕話。

㉞ 癓一口氣：賭一口氣。癓，同「彆」。

話，一口咬定魯公子，再不鬆放。知縣又徇了顧僉事人情，著實用刑拷打。魯公子吃苦不過，只得招道：「顧奶奶好意相喚，將金釵鈿助為聘資。偶見阿秀美貌，不合輒起淫心，強逼行奸。到第三日，不合又往，致阿秀羞憤自縊。」知縣錄了口詞，審得魯學曾與阿秀空言議婚，尚未行聘過門，難以夫妻而論。既因奸致死，合依威逼律問絞。一面發在死囚牢裡，一面備文書申詳上司。孟夫人聞知此信大驚，又訪得他家，只有一箇老婆子也嚇得病倒，無人送飯，想起：「這事與魯公子全沒相干，倒是我害了他。」私下處些銀兩，吩咐管家婆央人替他牢中使用，又屢次勸丈夫保全公子性命，顧僉事愈加忿怒。石城縣把這件事當做新聞，沿街傳說。正是：

好事不出門，惡事行千里。

顧僉事為這聲名不好，必欲置魯學曾於死地。

再說有箇陳廉御史，湖廣籍貫，父親與顧僉事是同榜進士，以此顧僉事叫他是年姪。此人少年聰察，專好辨冤析枉，其時正奉差巡按江西。未入境時，顧僉事先去囑托此事。陳御史口雖領命，心下不以為然。蒞任三日，便發牌㉟按臨贛州，嚇得那一府官吏尿流屁滾。審錄日期，各縣將犯人解進。陳御史審到魯學曾一起，閱了招詞，又把金釵鈿看了，叫魯學曾問道：「這金釵鈿是初次與你的麼？」魯學曾道：「小人只去得一次，並無二次。」御史道：「招上說三日後又去，是怎麼說？」魯學曾口稱「冤枉」，訴道：「小人的父親存日，定下顧家親事。因父親是箇清官，死後家道消乏，小人無力行聘。岳父顧僉事

---

㉟ 發牌：舊指官吏向下屬發送公文。

欲要悔親，是岳母不肯，私下差老園公來喚小人去，許贈金帛。小人羈身在鄉，三日後方去。那日只見得岳母，並不曾見小姐之面，這奸情是屈招的。」御史道：「既不曾見小姐，這金釵鈿何人贈你？」魯學曾道：「小姐立在簾內，只責備小人來遲誤事，莫說婚姻，連金帛也不能相贈了，這金釵鈿權留箇憶念。小人還只認做悔親的話，與岳母爭辯。不期小姐房中縊死，小人至今不知其故。」御史道：「恁般說，當夜你不曾到後園去了。」魯學曾道：「實不曾去。」御史想了一回：若特地喚去，豈止贈他釵鈿二物？詳阿秀抱怨口氣，必然先有人冒去東西，連奸騙都是有的，以致羞憤而死。便叫老歐問道：「你到魯家時，可曾見魯學曾麼？」老歐道：「小人不曾面見。」御史道：「既不曾面見，夜間來的你如何就認得是他？」老歐道：「他自稱魯公子，特來赴約，小人奉主母之命，引他進見的，怎賴得沒有？」御史道：「相見後，幾時去的？」老歐道：「聞得裡面夫人留酒，又贈他許多東西，五更時去的。」魯學曾又叫屈起來。御史喝住了，又問老歐：「那魯學曾第二遍來，可是你引進的？」老歐道：「他第二遍是前門來的，小人並不知。」御史道：「他第一次如何不到前門，卻到後園來尋你？」老歐道：「我家奶奶著小人寄信，原教他在後園來的。」御史喚魯學曾問道：「你岳母原教你到後園來，你卻如何往前門去？」魯學曾道：「他雖然相喚，小人不知意兒真假，只怕園中曠野之處，被他暗算，所以逕奔前門，不曾到後園去。」御史想來，魯學曾與園公，分明是兩樣說話，其中必有情弊。御史又指著魯學曾問老歐道：「那後園來的，可是這箇嘴臉，你可認得真麼？不要胡亂答應。」老歐道：「昏黑中小人認得不十分真，像是這箇臉兒。」御史道：「魯學曾既不在家，你的信卻寄與何人的？」老歐道：「他家只有箇老婆婆，小人對他說的，並無閒人在旁。」御史道：「畢竟還對何人說來？」老歐道：「並沒第二箇人知覺。」御史沉吟半晌，想道：「不究出根由，如何定罪？怎好回覆老年伯？」又問魯學曾道：「你說在鄉，離城多少？家中幾時寄到的信？」魯學曾道：「離北門外只十里，是本日得信的。」御史拍案叫道：「魯學曾，你說三日後方到顧家，是虛情了。既知此信，有恁般好事，路又不遠，怎麼遲延三日？理上也說不去！」魯學曾道：「爺爺息怒，小人細稟：小人因家貧，往鄉間姑娘家借米。聞得此信，便欲進城。怎奈衣衫藍縷，與表兄借件遮醜，已蒙許下。怎奈這日他有事出去，直到明晚方歸。小人專等衣服，所以遲了兩日。」御史道：「你表兄曉得你借衣服的緣故不？」魯學曾道：「曉得的。」御史道：「你表兄何等人？叫甚名字？」魯學曾道：「名喚梁尚賓，莊戶人家。」御史聽罷，喝散眾人，明日再審。正是：

如山巨筆難輕判，似佛慈心待細參。公案見成翻者少，覆盆何處不冤含？

次日，察院小開門，掛一面憲牌㊱出來。牌上寫道：

本院偶染微疾，各官一應公務，俱候另示施行。

本月　日

府縣官朝暮問安，自不必說。

話分兩頭。再說梁尚賓自聞魯公子問成死罪，心下倒寬了八分。一日，聽得門前喧嚷，在壁縫張看

---

㊱憲牌：舊時官府的告示牌或捕人的票牌。

時，只見一箇賣布的客人，頭上帶一頂新孝頭巾，身穿舊白布道袍，口內打江西鄉談㊲，說是南昌府人，在此販布買賣。聞得家中老子身故，星夜要趕回。存下幾百疋布，不曾發脫㊳，急切要投箇主兒，情願讓些價錢。眾人中有要買一疋的，有要兩疋三疋的，客人都不肯，道：「恁地零星賣時，再幾時還不得動身。那箇財主家一總脫去，便多讓他些也罷。」梁尚賓聽了多時，便走出門來問道：「你那客人存下多少布？值多少本錢？」客人道：「有四百餘疋，本錢二百兩。」梁尚賓道：「一時間那得箇主兒？須是肯折㊴些，方有人貪你。」客人道：「便折十來兩，也說不得。只要快當㊵，輕鬆了身子，好走路。」梁尚賓看了布樣，又到布船上去翻復細看，口裡只誇：「好布，好布！」客人道：「你又不做箇要買的，只管翻亂了我的布包，耽擱人的生意。」梁尚賓道：「怎見得我不像箇買的？」客人道：「你要買時，借銀子來看。」梁尚賓道：「你若加二㊶肯折，我將八十兩銀子，替你出脫了一半。」客人道：「你也是歇話，做經紀的，那裡折得起加二？況且只用一半，這一半我又去投誰？一般樣耽擱了。我說不像要買的！」又冷笑道：「這北門外許多人家，就沒箇財主，四百疋布便買不起！罷，罷，搖到東門尋主兒去。」梁尚賓聽說，心中不忿，又見價錢相因㊷，有些出息，放他不下。便道：「你這客人好欺負人！

---

㊲鄉談：方言。
㊳發脫：賣出。
㊴肯折：願意虧損。
㊵快當：快速。
㊶加二：二成。
㊷相因：價錢便宜。

我偏要都買了你的，看如何？」客人道：「你真箇都買我的，我便讓你二十兩。」梁尚賓定要折四十兩，客人不肯。眾人道：「客人，你要緊脫貨，這位梁大官，又是貪便宜的，依我們說，從中酌處，一百七十兩，成了交易罷。」客人初時也不肯，被眾人勸不過，道：「罷，這十兩銀子，奉承列位面上。快些把銀子兌過，我還要連夜趕路。」梁尚賓道：「銀子湊不來許多，有幾件首飾，可用得著麼？」客人道：「首飾也就是銀子，只要公道作價。」梁尚賓邀入客坐㊸，將銀子和兩對銀鍾，共兌准了一百兩；又金首飾盡數搬來，眾人公同估價，勾了七十兩之數。與客收訖，交割了布疋。梁尚賓看這場交易，儘有便宜，歡喜無限。正是：

貪癡無底蛇吞象，禍福難明螳捕蟬。

原來這販布的客人，正是陳御史裝的。他托病關門，密密吩咐中軍官聶千戶，安排下這些布疋，先僱下小船，在石城縣伺候。他悄地帶箇門子㊹私行到此，聶千戶就扮做小郎跟隨，門子只做看船的小廝，並無人識破，這是做官的妙用。

卻說陳御史下了小船，取出見成寫就的憲牌填上梁尚賓名字，就著聶千戶密拿。又寫書一封，請顧僉事到府中相會。比及御史回到察院，說病好開門，梁尚賓已解到了，顧僉事也來了。御史忙教擺酒後堂，留顧僉事小飯。

---

㊸ 客坐：客廳。

㊹ 門子：官府中親侍左右的僕役。

坐間，顧僉事又提起魯學曾一事。御史笑道：「今日奉屈老年伯到此，正為這場公案，要剖箇明白。」便教門子開了護書匣，取出銀鍾二對，及許多首飾，送與顧僉事看。顧僉事認得是家中之物，大驚問道：「那裡來的？」御史道：「令愛小姐致死之由，只在這幾件東西上。老年伯請寬坐，容小姪出堂，問這起數與老年伯看，釋此不決之疑。」

御史吩咐開門，仍喚魯學曾一起覆審。御史且教帶在一邊，喚梁尚賓當面㊺。御史喝道：「梁尚賓，你在顧僉事家，幹得好事！」梁尚賓聽得這句，好似青天裡聞了箇霹靂，正要硬著嘴分辯。只見御史教門子把銀鍾、首飾與他認贓，問道：「這些東西那裡來的？」梁尚賓抬頭一望，那御史正是賣布的客人，唬得頓口無言，只叫：「小人該死。」御史道：「我也不動夾棍，你只將實情寫供狀來。」梁尚賓料賴不過，只得招稱了。你說招詞怎麼寫來？有詞名鎖南枝一隻為證：

寫供狀，梁尚賓。只因表弟魯學曾，岳母念他貧，約他助行聘。為借衣服知此情，不合使欺心，緩他行。乘昏黑，假學曾，園公引入內室門，見了孟夫人，把金銀厚相贈。因留宿，有了奸騙情。

三日後學曾來，將小姐送一命。

御史取了招詞，喚園公老歐上來：「你仔細認一認，那夜間園上假裝魯公子的，可是這箇人？」老歐睜開兩眼看了，道：「爺爺，正是他。」御史喝教皁隸，把梁尚賓重責八十，將魯學曾枷杻打開，就套在梁尚賓身上。合依強奸論斬，發本縣監候處決。布四百疋，追出，仍給舖戶取價還庫。其銀兩、首

㊺ 當面：面對面的受審或對質；上堂見官。

飾，給與老歐領回。金釵、金鈿，斷還魯學曾。俱釋放寧家㊻。魯學曾拜謝活命之恩。正是：

奸如明鏡照，恩喜覆盆開。生死俱無憾，神明御史臺。

卻說顧僉事在後堂，聽了這番審錄，驚駭不已。候御史退堂，再三稱謝道：「若非老公祖神明燭照，小女之冤，幾無所伸矣。但不知銀兩、首飾，老公祖何由取到？」御史附耳道：「小姪……如此如此。」顧僉事道：「妙哉！只是一件，梁尚賓妻子，必知其情，寒家首飾，定然還有幾件在彼，再望老公祖一併逮問。」御史道：「容易。」便行文書，仰石城縣提梁尚賓妻嚴審，仍追餘贓回報。顧僉事別了御史自回。

卻說石城縣知縣見了察院文書，監中取出梁尚賓問道：「你妻子姓甚？這一事曾否知情？」梁尚賓正懷恨老婆，答應道：「妻田氏，因貪財物，其實同謀的。」知縣當時僉稟差人提田氏到官。

話分兩頭。卻說田氏父母雙亡，只在哥嫂身邊，針黹度日。這一日，哥哥田重文正在縣前，聞知此信，慌忙奔回，報與田氏知道。田氏道：「哥哥休慌，妹子自有道理。」當時帶了休書上轎，逕抬到顧僉事家，來見孟夫人。夫人發一箇眼花，分明看見女兒阿秀進來。及至近前，卻是箇驀生㊼標緻婦人，吃了一驚，問道：「是誰？」田氏拜倒在地，說道：「妾乃梁尚賓之妻田氏，因惡夫所為不義，只恐連累，預先離異了。貴宅老爺不知，求夫人救命。」說罷，就取出休書呈上。

㊻ 寧家：回家。

㊼ 驀生：陌生。

夫人正在觀看，田氏忽然扯住夫人衫袖，大哭道：「母親，俺爹害得我好苦也！」夫人聽得是阿秀的聲音，也哭起來。便叫道：「我兒，有甚話說？」只見田氏雙眸緊閉，哀哀的哭道：「孩兒一時錯誤，失身匪人，羞見公子之面，自縊身亡，以完貞性。何期爹爹不行細訪，險些反害了公子性命。幸得暴白了，只是他無家無室，終是我母子耽誤了他。母親若念孩兒，替爹爹說聲，周全其事，休絕了一脈姻親。孩兒在九泉之下，亦無所恨矣。」說罷，跌倒在地。夫人也哭昏了。

管家婆和丫鬟、養娘都團聚將來，一齊喚醒。那田氏還呆呆的坐地，問他時全然不省。夫人看了田氏，想起女兒，重復哭起，眾丫鬟勸住了。夫人悲傷不已，問田氏：「可有爹娘？」田氏回說：「沒有。」夫人道：「我舉眼無親，見了你，如見我女兒一般。你做我的義女肯麼？」田氏拜道：「若得服侍夫人，賤妾有幸。」夫人歡喜，就留在身邊了。

顧僉事回家，聞說田氏先期離異，與他無干，寫了一封書帖，和休書送與縣官，求他免提，轉回察院。又見田氏賢而有智，好生敬重，依了夫人收為義女。夫人又說起女兒阿秀負魂㊽一事，他千叮萬囑，休絕了魯家一脈姻親。如今田氏少艾㊾，何不就招魯公子為壻？以續前姻。顧僉事見魯學曾無辜受害，甚是懊悔。今番夫人說話有理，如何不依？只怕魯公子生疑，親到其家，謝罪過了，又說續親一事。魯公子再三推辭不過，只得允從。就把金釵鈿為聘，擇日過門成親。

原來顧僉事在魯公子面前，只說過繼的遠房姪女；孟夫人在田氏面前，也只說贅箇秀才，並不說真

---

㊽ 負魂：死人魂魄附在活人身上。

㊾ 少艾：年輕貌美。孟子萬章上：「知好色，則慕少艾。」

名真姓。到完婚以後，田氏方纔曉得就是魯公子，公子方纔曉得就是梁尚賓的前妻田氏。自此夫妻兩口和睦，且是十分孝順。顧僉事無子，魯公子承受了他的家私，發憤攻書。顧僉事見他三場通透，送入國子監，連科及第。所生二子，一姓魯，一姓顧，以奉兩家宗祀。梁尚賓子孫遂絕。詩曰：

一夜歡娛害自身，百年姻眷屬他人。世間用計行奸者，請看當時梁尚賓。

# 第三卷　新橋市韓五賣春情

情寵嬌多不自由，驪山舉火戲諸侯。祇知一笑傾人國，不覺胡塵滿玉樓。

這四句詩，是胡曾❶詠史詩，專道著昔日周幽王寵一箇妃子，名曰褒姒，千方百計的媚他。因要取褒姒一笑，向驪山之上，把與諸侯為號的烽火燒起來。諸侯只道幽王有難，都舉兵來救。及到幽王殿下，寂然無事。褒姒呵呵大笑。後來犬戎起兵來攻，諸侯皆不來救，犬戎遂殺幽王於驪山之下。又春秋時，有箇陳靈公，私通於夏徵舒之母夏姬，與其臣孔寧、儀行父日夜往其家，飲酒作樂。徵舒心懷愧恨，射殺靈公。後來六朝時，陳後主寵愛張麗華、孔貴嬪，自製後庭花曲，姱美其色，沉湎淫逸，不理國事。被隋兵所追，無處躲藏，遂同二妃投入井中，為隋將韓擒虎所獲，遂亡其國。詩云：

懽娛夏廄❷忽興戈，眢井❸猶聞玉樹歌。試看二陳同一律，從來亡國女戎❹多。

❶ 胡曾：唐邵陽人，著有詠史詩。
❷ 夏廄：春秋時，陳靈公私通夏徵舒母夏姬，夏徵舒於馬廄射殺陳靈公。
❸ 眢井：隋滅陳時，陳後主與妃躲在枯井中，終被殺。眢，音ㄩㄢ。乾枯無水的。
❹ 女戎：由女人引起的兵禍。

當時隋煬帝，也寵蕭妃之色。要看揚州景，用麻叔度為帥，起天下民夫百萬，開汴河一千餘里，役死人夫無數。造鳳艦龍舟，使宮女牽之，兩岸樂聲聞於百里。後被宇文化及造反江都，斬煬帝於吳公臺下，其國亦傾。有詩為證：

千里長河一旦開，亡隋波浪九天來。錦帆未落干戈起，惆悵龍舟更不回。

至於唐明皇寵愛楊貴妃之色，春縱春遊，夜專夜寵。誰想楊妃與安祿山私通，卻抱祿山做孩兒。一日雲雨方罷，楊妃釵橫鬢亂，被明皇撞見，支吾過了。明皇從此疑心，將祿山除出在漁陽地面做節度使。那祿山思戀楊妃，舉兵反叛。正是：

漁陽鼙鼓動地來，驚破霓裳羽衣曲。

那明皇無計奈何，只得帶取百官逃難。馬嵬山下兵變，逼死了楊妃。明皇直走到西蜀，虧了郭令公❺血戰數年，纔恢復得兩京。

且如說這幾箇官家❻，都只為貪愛女色，致於亡國捐軀；如今愚民小子，怎生不把色慾警戒！說話的❼，你說那戒色慾則甚？自家今日說一箇青年子弟，只因不把色慾警戒，去戀著一箇婦人，險些兒壞了堂堂六尺之軀，丟了潑天的家計，驚動新橋市上，變成一本風流說話。正是：

---

❺ 郭令公：郭子儀。

❻ 官家：皇帝。

❼ 說話的：說書的人。

好將前事錯，傳與後人知。

說這宋朝臨安府，去城十里，地名湖墅；出城五里，地名新橋。那市上有箇富戶吳防禦❽，媽媽潘氏，止生一子，名喚吳山，娶妻余氏，生得四歲一箇孩兒。防禦門首開箇絲綿舖，家中放債積穀，果然是金銀滿篋，米穀成倉。去新橋五里地名灰橋市上，新造一所房屋，令子吳山，再撥主管❾幫扶，也好開一箇舖。家中收下的絲綿，發到舖中，賣與在城機戶❿。吳山生來聰俊，粗知禮義，幹事樸實，不好花哄⓫，因此防禦不慮他在外邊閒理會⓬。

且說吳山每日蚤晨到舖中賣貨，天晚回家。這舖中房屋，只占得門面，裡頭房屋都是空的。忽一日，吳山在家有事，至晌午纔到舖中。走進看時，只見屋後河邊泊著兩隻剝船⓭，船上許多箱籠、桌、櫈、家伙⓮，四五箇人盡搬入空屋裡來。船上走起三箇婦人，一箇中年胖婦人，一箇老婆子，一箇小婦人，盡走入屋裡來。只因這婦人入屋，有分⓯教吳山：

---

❽ 防禦：本為官名，後為對士紳的尊稱，與員外、朝奉相似。

❾ 主管：富貴人家的管事僕人。

❿ 機戶：織戶。

⓫ 花哄：胡弄瞎搞。

⓬ 閒理會：惹事生非。

⓭ 剝船：即「駁船」。載運貨物的小船。

⓮ 家伙：傢俱。或作「家火」、「傢伙」、「傢火」。

身如五鼓銜山月，命似三更油盡燈。

吳山問主管道：「甚麼人不問事由，擅自搬入我屋來？」主管道：「在城人家，為因里役，一時間無處尋屋，央此間鄰居范老來說，暫住兩三日便去。正欲報知，恰好官人自來。」吳山正欲發怒，見那小娘子斂袂向前深深的道箇萬福：「告官人息怒，非干主管之事，是奴家大膽，一時事急，出於無奈，不及先來宅上稟知，望乞恕罪，容住三四日尋了屋就搬去，房金依例拜納。」吳山便放下臉來道：「既如此，便多住些時也不妨。請自穩便⑯。」婦人說罷，就去搬箱運籠。吳山看得心癢，也替他搬了幾件家伙。

說話的，你說吳山平生鯁直，不好花哄，因何見了這箇婦人，回嗔作喜，又替他搬家伙？你不知道：吳山在家時，被父母拘管得緊，不容他閒走。他是箇聰明俊俏的人，幹事活動，又不是一箇木頭的老實；況且青春年少，正是他的時節，父母又不在面前，浮舖⑰中見了這箇美貌的婦人，如何不動心？

那胖婦人與小婦人都道：「不勞官人用力。」吳山道：「在此間住，就是自家一般，何必見外？」彼此俱各歡喜。天晚，吳山回家，吩咐主管與裡面新搬來的說：「寫紙房契來與我。」主管答應了，不在話下。

且說吳山回到家中，並不把搬來一事說與父母知覺。當夜心心念念，想著那小婦人。次日早起，換身好衣服，打扮齊整，叫箇小廝壽童跟著，搖擺到店中來。正是：

⑮ 有分：有可能。
⑯ 穩便：穩當。這裡是方便的意思。
⑰ 浮舖：店舖。

沒興⑱店中賒得酒，命衰撞著有情人。

吳山來到鋪中，賣了一回貨，裡面走動的八老⑲來接喫茶，要納房狀⑳。吳山心下，正要進去。恰好得八老來接，便起身入去。只見那小婦人笑容可掬，接將出來萬福：「官人請裡面坐。」吳山到中間軒子內坐下。那老婆子和胖婦人都來相見陪坐，坐間只有三箇婦人。吳山動問道：「娘子高姓？怎麼你家男兒漢不見一箇？」胖婦人道：「拙夫姓韓，與小兒在衙門跟官，蚤去晚回，官身㉑不得相會。」坐了一回，吳山低著頭睃㉒那小婦人，這小婦人一雙俊俏眼覷著吳山道：「敢問官人青春多少？」吳山道：「虛度二十四歲，拜問娘子青春？」小婦人道：「與官人一緣一會㉓，奴家也是二十四歲。城中搬下來，偶輳遇官人，又是同歲，正是有緣千里能相會。」那老婦人和胖婦人看見關目，推箇事故起身去了。止有二人對坐，小婦人倒把些風流話兒挑引吳山。吳山初然㉔只道好人家，容他住，不過砑光㉕而已。誰

---

⑱ 沒興：即「沒興頭」。倒楣之意。

⑲ 八老：在妓館打雜的人。

⑳ 房狀：房屋契約書。

㉑ 官身：官務在身。

㉒ 睃：音ㄙㄨㄛ。斜著眼睛看。

㉓ 一緣一會：天緣湊巧。

㉔ 初然：起初。

㉕ 砑光：調情。砑，音ㄧㄚˋ。

想見面，倒來刮涎㉖，纔曉得是不停當㉗的。欲待轉身出去，那小婦人又走過來挨在身邊坐定，作嬌作癡㉘，說道：「官人，你將頭上金簪子來借我看一看。」吳山除下帽子，正欲拔時，被小婦人一手按住吳山頭髻，一手拔了金簪，就便起身道：「官人，我和你去樓上說句話。」一頭說，逕走上樓去了，吳山隨後跟上樓來討簪子。正是：

由你奸似鬼，也喫洗腳水。

吳山走上樓來，叫道：「娘子，還我簪子，家中有事，就要回去。」婦人道：「我與你是宿世姻緣，你不要裝假，願諧枕席之歡。」吳山道：「行不得！倘被人知覺，卻不好看，況此間耳目較近。」待要下樓，怎奈那婦人放出那萬種妖嬈，摟住吳山，倒在懷中，將尖尖玉手，扯下吳山裙褲，情興如火，按捺不住，攜手上床，成其雲雨。霎時雲收雨散，兩箇起來偎倚而坐。吳山且驚且喜，問道：「姐姐，你叫做甚麼名字？」婦人道：「奴家排行第五，小字賽金。長大，父母順口叫道金奴。敢問官人排行第幾？宅上做甚行業？」吳山道：「父母止生得我一身，家中收絲放債，新橋市上出名的財主。此間門前鋪子，是我自家開的。」金奴暗喜道：「今番纏得這箇有錢的男兒，也不枉了。」

㉖ 刮涎：用言語勾搭、挑逗。
㉗ 不停當：不妥當。
㉘ 作嬌作癡：撒嬌。

原來這人家是隱名的娼妓，又叫做「私窠子㉙」，是不當官㉚喫衣飯的。家中別無生意，只靠這一本帳㉛。那老婦人是胖婦人的娘，金奴是胖婦人的女兒。在先胖婦人也是好人家出來的，因為丈夫無用，闒闠㉜不得已幹這般勾當。金奴自小生得標致，又識幾箇字，當時已自嫁與人去了。只因在夫家不跕疊㉝做出來，發回娘家。事有湊巧，物有偶然，此時胖婦人年紀約近五旬，孤老㉞來得少了，恰好得女兒來接代，也不當斷這樣行業，索性大做了。原在城中住，只為這樣事，被人告發，慌了，搬下來躲避。卻恨吳山偶然撞在他手裡，圈套都安排停當，漏㉟將入來，不由你不落水㊱。怎地男兒漢不見一箇？但看有人來，父子們都迴避過了，做成的規矩。這箇婦人，但貪他的，便著他的手，不止陷了一箇漢子。

當時金奴道：「一時慌促搬來，缺少盤費。告官人，有銀子乞借應五兩，不可推故。」吳山應允了，起身整了衣冠，金奴依先還了金簪。兩箇下樓，依舊坐在軒子內。吳山自思道：「我在此耽擱了半晌，慮恐鄰舍們譚論。」又喫了一盃茶，金奴留喫午飯，吳山道：「我耽擱長久，不喫飯了。少間就送盤纏

㉙ 私窠子：私娼。

㉚ 不當官：未經政府審核、批准。

㉛ 一本帳：一項生意。

㉜ 闒闠：掙扎；勉力支持。

㉝ 不跕疊：不檢點。

㉞ 孤老：妓女、小販等的老主顧。

㉟ 漏：引誘。

㊱ 落水：比喻陷入圈套、中計。

來與你。」金奴道：「午後特備一盃菜酒，官人不要見卻。」說罷，吳山自出鋪中。

原來外邊近鄰見吳山進去。那房屋卻是兩間六椽的樓屋，金奴只占得一間做房，這邊一間就是絲鋪，上面卻是空的。有好事哥哥，見吳山半晌不出來，伏在這間空樓壁邊，入馬㊲之時，都張見明白。比及吳山出來，坐在鋪中。只見幾箇鄰人都來和哄㊳道：「吳小官人，恭喜恭喜！」吳山初時已自心疑他們知覺，次後見眾人來取笑，他通紅了臉皮，說道：「好沒來由㊴！有甚麼喜賀！」內中有原張見的，是對門開雜貨鋪的沈二郎，叫道：「你兀自賴哩，拔了金簪子，走上樓去做甚麼？」吳山被他一句說著了，頓口無言，推箇事故，起身便走。眾人攔住道：「我們鬬分銀子㊵，與你作賀。」吳山也不顧眾說，使性子往西走了。

去到娘舅潘家，討午飯喫了。踱到門前，向一箇店家借過等子，將身邊買絲銀子秤了二兩，放在袖中。又閒坐了一回，捱到半晚，復到鋪中來。主管道：「裡面住的正在此請官人喫酒。」恰好八老出來道：「官人，你那裡閒耍？教老子㊶沒處尋。家中特備菜酒，止請主管相陪，再無他客。」吳山就同主管走到軒子下，已安排齊整，無非魚、肉、酒、果之類。吳山正席，金奴對坐，主管在旁，三人坐定，

---

㊲ 入馬：俗稱宿妓或勾搭女人上手。

㊳ 和哄：趕熱鬧；湊趣。

㊴ 沒來由：沒有道理。

㊵ 鬬分銀子：湊合些銀子。

㊶ 老子：老人家。

八老篩酒㊷。喫過幾盃，主管會意，只推要收舖中，脫身出來。吳山平日酒量淺，主管去了，開懷與金奴喫了十數盃，便覺有些醉來。將袖中銀子送與金奴，便起身挽了金奴手，道：「我有一句話和你說：這樁事，卻有些不諧當㊸。鄰舍們都知了，來打和哄。倘或傳到我家去，父母知道，怎生是好？此間人眼又緊，口嘴又歹，容不得人。倘有人不愜氣㊹，在此飛磚擲瓦，安身不穩。姐姐，依著我口，尋箇僻靜所在去住，我自常來看顧你。」金奴道：「說得是，奴家就與母親商議。」說罷，那老子又將兩盃茶來。喫罷，免不得又做些乾生活。吳山辭別動身，囑咐道：「我此去未來哩，省得眾人口舌。待你尋得所在，八老來說知，我來送你起身。」說罷，吳山出來舖中，吩咐主管說話，一逕自回，不在話下。

且說金奴送吳山去後，天色已晚，上樓卸了濃粧，下樓來喫了晚飯，將吳山所言移屋一節，備細說與父母知道，當夜各自安歇。次早起來，胖婦人吩咐八老，悄地打聽鄰舍消息。八老到門前站了一回，蹔到間壁糶米張大郎門前，閒坐了一回。只聽得這幾家鄰舍指指搠搠㊺只說這事。八老回家，對這胖婦人說道：「街坊上嘴舌不是養人㊻的去處。」胖婦人道：「因為在城中被人打攪，無奈搬來。指望尋箇好處安身，久遠居住，誰想又撞這般的鄰舍！」說罷嘆了口氣。一面教老公去尋房子，一面看鄰舍動靜

---

㊷ 篩酒：斟酒。

㊸ 不諧當：不妥當。

㊹ 不愜氣：忍不住；不服氣。

㊺ 指指搠搠：在背後指指點點。

㊻ 養人：安身立命。

計較。

卻說吳山自那日回家，怕人嘴舌，瞞著父母，只推身子不快，一向不到店中來。主管自行賣貨。金奴在家清閒不慣，八老又去招引舊時主顧，一般來走動。那幾家鄰舍初然只曉得吳山行踏㊼，次後見往來不絕，方曉得是箇大做的。內中有生事的道：「我這裡都是好人家，如何容得這等鏖糟㊽的在此住？常言道：『近姦近殺。』倘若爭鋒起來，致傷人命，也要帶累鄰舍。」說罷，卻早那八老聽得，進去說：「今日鄰舍們又如此如此說。胖婦人聽得八老說了，沒出氣處，碾那老婆子道：「你七老八老，怕兀誰㊾？不出去門前叫罵這短命多嘴的鴨黃兒㊿！」婆子聽了，果然就起身走到門前叫罵道：「那箇多嘴賊鴨黃兒，在這裡學放屁！若還敢來應我的，做這條老性命結識他。那箇人家沒親眷來往？」鄰舍們聽得，道：「這箇賊做大的出精老狗，不說自家幹這般沒理的事，倒來欺鄰罵舍！」開雜貨店沈二郎正要應那婆子，中間又有守本分的勸道：「且由他，不要與這半死的爭好歹，趕他起身便了。」婆子罵了幾聲，見無人來睬他，也自入去。

卻說眾鄰舍都來與主管說：「是你沒分曉51，容這等不明不白的人在這裡住。不說自家理短，反教

---

㊼ 行踏：走動。

㊽ 鏖糟：音ㄠˊ ㄗㄠ。骯髒。

㊾ 兀誰：即「誰」。兀，發語詞，無義。

㊿ 鴨黃兒：罵人的言語。宋時浙江人忌諱「鴨」字，鴨的含義等同烏龜，罵人鴨黃兒等於罵人王八蛋。

51 沒分曉：糊塗。

老婆子叫罵鄰舍，你耳內須聽得。我們都到你主家說與防禦知道，你身上也不好看。」主管道：「列位高鄰息怒，不必說得，蚤晚就著他搬去。」眾人說罷，自去了。主管當時到裡面對胖婦人說道：「你們可快快尋箇所在搬去，不要帶累我。看這般模樣，住也不秀氣㊾。」胖婦人道：「不勞吩咐，拙夫已尋屋在城，只在旦晚就搬。」說罷，主管出來。

胖婦人與金奴說道：「我們明蚤搬入城，今日可著八老悄地與吳小官說知，只莫教他父母知覺。」八老領語，走到新橋市上吳防禦絲綿大舖，不敢逕進，只得站在對門人家簷下蹔去，一眼只看著舖裡。不多時，只見吳山踱將出來，看見八老，慌忙走過來，引那老子離了自家門首，借一箇織熟絹人家坐下，問道：「八老有甚話說？」八老道：「家中五姐領官人尊命，明日搬入城去居住，特著老漢來與官人說知。」吳山道：「如此最好，不知搬在城中何處？」八老道：「搬在遊奕營羊毛寨南橫橋街上。」吳山就身邊取出一塊銀子，約有二錢，送與八老道：「你自將去買盃酒喫。明日晌午，我自來送你家起身。」八老收了銀子，作謝了，一逕自回。

且說吳山到次日巳牌時分，喚壽童跟隨出門，走到歸錦橋邊南貨店裡，買了兩包乾果，與小廝拿著，來到灰橋市上舖裡。主管相叫㊿罷，將日逐賣絲的銀子帳來算了一回。吳山起身，入到裡面與金奴母子敘了寒溫，將壽童手中果子，身邊取出一封銀子，說道：「這兩包粗果，送與姐姐泡茶(54)；銀子三兩，權助搬屋之

---

(52) 不秀氣：沒面子；不光采。

(53) 相叫：作揖；打招呼。

(54) 泡茶：宋元明人喝茶，往往把乾果、蜜餞等沏在茶裡，叫作「泡茶」。

費。待你家過屋後，再來看你。」金奴接了果子併銀兩，母子兩箇起身謝道：「重蒙見惠，何以克當！」吳山道：「不必謝，日後正要往來哩。」說罷，起身看時，箱籠家伙已自都搬下船了。金奴道：「官人，去後幾時來看我？」吳山道：「只在三五日間便來相望。」金奴一家別了吳山，當日搬入城去了。正是：

此處不留人，自有留人處。

且說吳山原有害夏(55)的病，每過炎天時節，身體便覺疲倦，形容清減。此時正值六月初旬，因此請箇針灸醫人，背後灸了幾穴火，在家調養，不到店內。心下常常思念金奴，爭奈灸瘡疼，出門不得。

卻說金奴從五月十七搬移在橫橋街上居住，那條街上俱是營裡軍家，不好此事，路又僻拗(56)，一向沒人走動。胖婦人向金奴道：「那日吳小官許下我們三五日間就來，到今一月，緣何不見來走一遍？若是他來，必然也看覷我們。」金奴道：「可著八老去灰橋市上鋪中探望他。」

當時八老去，就出艮山門到灰橋市上絲舖裡見主管。八老相見罷，主管道：「阿公來有甚事？」八老道：「特來望吳小官。」主管道：「官人灸火在家未痊，向不到此。」八老道：「主管若是回宅，煩寄箇信，說老漢到此不遇。」八老也不耽擱，辭了主管便回家中，回覆了金奴。金奴道：「可知不來，原來灸火在家。」

當日金奴與母親商議，教八老買兩箇豬肚磨淨，把糯米蓮肉灌在裡面，安排爛熟。次蚤，金奴在房中磨墨揮筆，拂開鸞箋，寫封簡道：

---

(55) 害夏：怕熱。因夏天天氣炎熱而感覺精神不振、胃口不佳。

(56) 僻拗：偏僻。

賤妾賽金再拜，謹啟情郎吳小官人：自別尊顏，思慕之心，未嘗少怠，懸懸不忘於心。向蒙期約，妾倚門凝望，不見降臨。昨遣八老探拜，不遇而回。妾移居在此，甚是荒涼。聽聞貴恙灸火疼痛，使妾坐臥不安。空懷思憶，不能代替。謹具豬肚二枚，少申問安之意，幸希笑納。情照不宣。仲夏二十一日，賤妾賽金再拜。

寫罷，摺成簡子，將紙封了。豬肚裝在盒裡，又用帕子包了，都交付八老，叮囑道：「你到他家，尋見吳小官，須索與他親收。」

八老提了盒子，懷中揣著簡帖[57]，出門逕往大街，走出武林門，直到新橋市上吳防禦門首，坐在街簷石上。只見小廝壽童走出，看見叫道：「阿公，你那裡來，坐在這裡？」八老扯壽童到人靜去處說：「我特來見你官人說話。我只在此等，你可與我報與官人知道。」壽童隨即轉身，去不多時，只見吳山踱將出來。八老慌忙作揖：「官人，且喜貴體康安。」吳山道：「好，阿公，你盒子裡什麼東西？」八老道：「五姐記掛官人灸火，沒甚好物，只安排得兩箇豬肚，送來與官人喫。」吳山遂引那老子到箇酒店樓上坐定，問道：「你家搬在那裡好麼？」八老道：「甚是消索。」懷中將柬帖子遞與吳山，吳山接柬在手，拆開看畢，依先摺了藏在袖中。揭開盒子拿一箇肚子，教酒博士[58]切做一盤，吩咐盪[59]兩壺酒

[57] 簡帖：信簡。
[58] 酒博士：酒店的夥計。
[59] 盪：同「燙」。煖酒。

來。吳山道：「阿公，你自在這裡喫，我家去寫回字與你。」八老道：「官人請穩便。」吳山來到家裡臥房中，悄悄的寫了回簡，又秤五兩白銀，復到酒店樓上，又陪八老喫了幾盃酒。八老道：「多謝官人好酒，老漢喫不得了。」起身回去。吳山遂取銀子並回柬說道：「這五兩銀子，送與你家盤纏。多多拜覆五姐：過三兩日，定來相望。」八老收了銀簡，起身下樓，吳山送出酒店。

卻說八老走到家中，天晚入門，將銀簡都付與金奴收了。將簡拆開燈下看時，寫道：

山頓首，字覆愛卿韓五娘粧次：向前會間，多蒙厚款。又且雲情雨意，枕蓆鍾情，無時少忘。所期正欲趨會，生因賤軀灸火，有失卿之盼望。又蒙遣人垂顧，兼惠可口佳殽，不勝感感。二三日間，容當面會。白金五兩，權表微情，伏乞收入。吳山再拜。

看簡畢，金奴母子得了五兩銀子，千歡萬喜，不在話下。

且說吳山在酒店裡，捱到天晚，拿了一箇豬肚，悄地裡到自臥房，對渾家說：「難得一箇識熟機戶，聞我灸火，今日送兩箇熟肚與我。在外和朋友喫了一箇，拿一箇回來與你喫。」渾家道：「你明日也用作謝他。」當晚吳山將肚子與妻在房喫了，全不教父母知覺。

過了兩日，第三日，是六月二十四日。吳山起蚤，告父母道：「孩兒一向不到舖中，喜得今日好了，去走一遭。況在城神堂巷有幾家機戶賒帳要討，入城便回。」防禦道：「你去不可勞碌。」吳山辭父，討一乘兜轎抬了，小廝壽童打傘跟隨。只因吳山要進城，有分教金奴險送他性命。正是：

二八佳人體似酥，腰間仗劍斬愚夫。雖然不見人頭落，暗裡教君骨髓枯。

吳山上轎，不覺蚤到灰橋市上。下轎進舖，主管相見。吳山一心只在金奴身上，少坐，便起身吩咐主管：「我入城收拾機戶賒帳，回來算你日逐賣帳。」主管明知到此處去，只不敢阻，但勸：「官人貴體新痊，不可別處閒走，空受疼痛。」吳山不聽，上轎預先吩咐轎夫，逕進艮山門。迤邐到羊毛寨南橫橋，尋問湖市搬來韓家。旁人指說：藥舖間壁就是。吳山來到門首下轎，壽童敲門。裡面八老出來開門，見了吳山，慌入去說知。吳山進門，金奴母子兩箇堆下笑來迎接，說道：「貴人難見面，今日甚風吹得到此？」吳山與金奴母子相喚(60)罷，到裡面坐定喫茶。金奴道：「官人認認奴家房裡。」吳山同金奴到樓上房中。正所謂：

合意友來情不厭，知心人至話相投。

金奴與吳山在樓上，如魚得水，似漆投膠，兩箇無非說些深情密意的話。少不得安排酒殽，八老搬上樓來，掇過鏡架，就擺在梳粧桌上。八老下來，金奴討酒，纔敢上去。兩箇並坐，金奴篩酒一盃，雙手敬與吳山道：「官人灸火，妾心無時不念。」吳山接酒在手道：「小生為因灸火，有失期約。」酒盡，也篩一盃回敬與金奴。喫過十數盃，二人情興如火，免不得再把舊情一敘。交歡之際，無限恩情。事畢起來，洗手更酌。又飲數盃，醉眼朦朧，餘興未盡。吳山因灸火在家，一月不曾行事。見了金奴，如何

(60) 相喚：同「相叫」。

這一次便罷？吳山合當死，魂靈都被金奴引散亂了，情興復發，又弄一火。正是：

爽口物多終作疾，快心事過必為殃。

吳山重復自覺神思散亂，身體困倦，打熬不過，飯也不喫，倒身在床上睡了。金奴見吳山睡著，走下樓到外邊，說與轎夫道：「官人喫了幾盃酒，睡在樓上。二位太保(61)寬坐(62)等一等，不要催促。」轎夫道：「小人不敢來催。」金奴吩咐畢，走上樓來，也睡在吳山身邊。

且說吳山在床上方合眼，只聽得有人叫：「吳小官好睡！」連叫數聲。吳山醉眼看見一箇胖大和尚，身披一領舊褊衫(63)，赤腳穿雙僧鞋，腰繫著一條黃絲縧，對著吳山打箇問訊。吳山跳起來還禮道：「師父上剎何處？因甚喚我？」和尚道：「貧僧是桑菜園水月寺住持，因為死了徒弟，特來勸化官人。貧僧看官人相貌，生得福薄，無緣受享榮華，只好受些清淡，棄俗出家，與我做箇徒弟。」吳山道：「和尚好沒分曉，我父母半百之年，止生得我一人，成家接代，創立門風，如何出家？」和尚道：「你只好出家，若還貪享榮華，即當命夭。依貧僧口，跟我去罷。」吳山道：「亂話！此間是婦人臥房，你是出家人，到此何幹？」那和尚睜著兩眼，叫道：「你跟我去也不？」吳山道：「你這禿驢，好沒道理！只顧

(61) 太保：指轎夫。
(62) 寬坐：請人多坐一會兒的客套話。
(63) 褊衫：僧侶的外衣。

來纏我做甚?」和尚大怒，扯了吳山便走。到樓梯邊，吳山叫起屈[64]來，被和尚盡力一推，望樓梯下面倒撞下來。撒然[65]驚覺，一身冷汗。開眼時，金奴還睡未醒，原來做一場夢。覺得有些恍惚，爬起坐在床上，呆了半晌。金奴也醒來，道：「官人好睡。難得你來，且歇了，明蚤去罷。」吳山道：「家中父母記掛，我要回去，別日再來望你。」金奴起身，吩咐安排點心。吳山道：「我身子不快[66]，不要點心。」金奴見吳山臉色不好，不敢強留。吳山整了衣冠，下樓辭了金奴母子，急急上轎。

天色已晚，吳山在轎思量：白日裡做場夢，甚是作怪。又驚又憂，肚裡漸覺疼起來。在轎過活不得，巴不得到家，吩咐轎夫快走。捱到自家門首，肚疼不可忍，跳下轎來，走入裡面，逕奔樓上。坐在馬桶上，疼一陣，撒一陣，撒出來都是血水。半晌方上床，頭眩眼花，倒在床上，四肢倦怠，百骨酸疼。大抵是本身元氣微薄，況又色慾過度。

防禦見吳山面青失色，奔上樓來，吃了一驚，道：「孩兒因甚這般模樣?」吳山應道：「因在機戶人家多喫了幾盃酒，就在他家睡。一覺醒來熱渴，又喫了一碗冷水，身體便覺拘急[67]，如今作起瀉來。」說未了，咬牙寒噤，渾身冷汗如雨，身如炭火一般。防禦慌急下樓，請醫來看，道：「脈氣將絕，此病難醫。」再三哀懇太醫[68]，乞用心救取。醫人道：「此病非干泄瀉之事，乃是色慾過度，耗散元氣，為

[64] 叫起屈：呼冤。

[65] 撒然：同「洒然」。忽然。

[66] 不快：不舒服。

[67] 拘急：因感染風寒而身體痙攣、抽搐。

[68] 太醫：原為御醫。此作一般醫生解。

脫陽之症，多是不好。我用一帖藥，與他扶助元氣。若是服藥後，熱退脈起，則有生意。」醫人撮了藥自去。父母再三盤問，吳山但搖頭不語。

將及初更，吳山服了藥，伏枕而臥。忽見日間和尚又來，立在床邊，叫道：「吳山，你強熬做甚？不如早隨我去。」吳山道：「你快去，休來纏我！」那和尚不由分說，將身上黃絲縧縛在吳山項上，扯了便走。吳山攀住床欞，大叫一聲，驚醒，又是一夢。開眼看時，父母渾家皆在面前。父母問道：「我兒因甚驚覺？」吳山自覺神思散亂，料捱不過，只得將金奴之事，並夢見和尚，都說與父母知道。說罷，哽哽咽咽哭將起來。父母渾家，盡皆淚下。防禦見吳山病勢危篤，不敢埋怨他，但把言語來寬解。

吳山與父母說罷，昏暈數次。復甦，立調渾家道：「你可善侍公姑，好看幼子。絲行資本，儘彀盤費69。」渾家哭道：「且寬心調理，不要多慮。」吳山歎了氣一口，喚丫環扶起，對父母說道：「孩兒不能復生矣，爹娘空養了我這箇忤逆子。也是年災命厄，逢著這箇冤家。今日雖悔，噬臍何及！傳與少年子弟，不要學我幹這等非為的事，害了自己性命。男子六尺之軀，實是難得，要貪花戀色的，將我來做箇樣。孩兒死後，將身屍丟在水中，方可謝拋妻棄子不養父母之罪。」言訖，方纔合眼，和尚又在面前。吳山哀告：「我師，我與你有甚冤仇，不肯放捨我？」和尚道：「貧僧只因犯了色戒，死在彼處，久滯幽冥，不得脫離鬼道。向日偶見官人，白晝交歡，貧僧一時心動，欲要官人做箇陰魂之伴。」言罷而去。

吳山醒來，將這話對父母說知。吳防禦道：「原來被冤魂來纏。」慌忙在門外街上，焚香點燭，擺

69 盤費：開銷；支用。

列羹飯，望空拜告：「慈悲放捨我兒生命，親到彼處設醮追拔。」祝畢，燒化紙錢。

防禦回到樓上，天晚，只見吳山朝著裡床睡著。猛然翻身坐將起來，睜著眼道：「防禦，我犯如來色戒，在羊毛寨裡尋了自盡。你兒子也來那裡淫慾，不免把我前日的事，陡然想起，要你兒子做箇替頭，不然求他超度。適纔承你羹飯紙錢，許我薦拔，我放捨了你的兒子，不在此作祟。我還去羊毛寨裡等你超拔，若得脫生，永不來了。」說話方畢，吳山雙手合掌作禮，洒然而覺，顏色復舊。渾家摸他身上，已住了熱。起身下床解手，又不瀉了。一家歡喜。復請原日醫者來看，說道：「六脈已復，有可救生路。」撮下了藥，調理數日，漸漸好了。

防禦請了幾眾僧人，在金奴家做了一晝夜道場。只見金奴一家做夢，見箇胖和尚拿了一條拄杖去了。吳山將息半年，依舊在新橋市上生理。一日，與主管說起舊事，不覺追悔道：「人生在世，切莫為昧己勾當。真箇明有人非，幽有鬼責，險些兒丟了一條性命。」從此改過前非，再不在金奴家去。親鄰有知道的，無不欽敬。正是：

癡心做處人人愛，冷眼觀時箇箇嫌。覷破關頭邪念息，一生出處自安恬。

# 第四卷　閒雲菴阮三償冤債

好姻緣是惡姻緣，莫怨他人莫怨天。但願向平❶婚嫁早，安然無事度餘年。

這四句，奉勸做人家的，早些畢了兒女之債。常言道：「男大須婚，女大須嫁；不婚不嫁，弄出醜吒❷。」多少有女兒的人家，只管要揀門擇戶，扳高嫌低，耽誤了婚姻日子。情竇開了，誰熬得住？男子便去偷情闞院❸，女兒家拿不定定盤星❹，也要走差了道兒，那時悔之何及！

則今日說箇大大官府，家住西京河南府梧桐街兔演巷，姓陳，名太常。自是小小出身，累官至殿前太尉之職。年將半百，娶妾無子，只生一女，叫名玉蘭。那女孩兒生於貴室，長在深閨，青春二八，真有如花之容，似月之貌；況描繡針線，件件精通，琴棋書畫，無所不曉。那陳太常常與夫人說，我位至

❶ 向平：東漢向長字子平。子女婚嫁完畢即隱居不仕，後不知所終，故俗稱子女婚嫁為「向平之願」。

❷ 醜吒：醜事。

❸ 闞院：嫖妓。

❹ 定盤星：本指稱盤上稱錘可以平衡之點。俗稱做事的準繩為「定盤星」。

大臣，家私萬貫，止生得這箇女兒，況有才貌，若不尋箇名目相稱❺的對頭❻，枉居朝中大臣之位。便喚官媒婆吩咐道：「我家小姐年長，要選良姻。須是三般全的方可來說：一要當朝將相之子，二要才貌相當，三要名登黃甲❼。有此三者，立贅為壻；如少一件，枉自勞力。」因此往往選擇，或有登科及第的，又是小可❽出身；或門當戶對，又無科第；及至兩事俱全，年貌又不相稱了，以此蹉跎下去。光陰似箭，玉蘭小姐不覺一十九歲了，尚沒人家。

時值正和二年上元令節，國家有旨慶賞元宵。五鳳樓前架起鰲山❾一座，滿地華燈，喧天鑼鼓。自正月初五日起，至二十日止，禁城不閉，國家與民同樂。怎見得？有隻詞兒，名瑞鶴仙，單道著上元佳景：

瑞煙浮禁苑，正絳闕春回，新正方半，冰輪桂華滿。溢花衢歌市，芙蓉開遍。龍樓兩觀，見銀燭星毬❿燦爛。捲珠簾，盡日笙歌，盛集寶釵金釧。 堪羨！綺羅叢裡，蘭麝香中，正宜遊玩。風柔夜煖，花影亂，笑聲喧。鬧蛾兒⓫滿地，成團打塊，簇著冠兒⓬鬬轉。喜皇都，舊日風光，太

❺ 名目相稱：名位相當。
❻ 對頭：對象；配偶。
❼ 黃甲：用黃色紙書寫的進士名冊。
❽ 小可：出身低微的小戶人家。
❾ 鰲山：元宵節紙燈粧飾的綵山。
❿ 星毬：圓形燈籠。
⓫ 鬧蛾兒：元宵節時婦女插在頭上的飾物。
⓬ 冠兒：婦女所戴之冠。

平再見。

只為這元宵佳節，處處觀燈，家家取樂，引出一段風流的事來。

話說這兔演巷內，有箇年少才郎，姓阮名華，排行第三，喚做阮三郎。他哥哥阮大，與父親專在兩京商販。阮二專一管家。那阮三年方二九，一貌非俗，詩詞歌賦，般般皆曉，篤好吹簫；結交幾箇豪家子弟，每日向歌館娼樓，留連風月。時遇上元燈夜，知會幾箇弟兄來家，笙簫彈唱，歌笑賞燈。這夥子弟在阮三家，吹唱到三更方散。阮三送出門，見行人稀少，靜夜月明如晝，向眾人說道：「恁般良夜，何忍便睡？再舉一曲何如？」眾人依允，就在階沿石上向月而坐，取出笙、簫、象板，口吐清音，嗚嗚咽咽的又吹唱起來。正是：

隔牆須有耳，窗外豈無人？

那阮三家，正與陳太尉對衙。衙內小姐玉蘭，歡耍賞燈，將次要去歇息。忽聽得街上樂聲縹緲，響徹雲際。料得夜深，眾人都睡了，忙喚梅香⑬，輕移蓮步，直至大門邊，聽了一回，情不能已。有箇心腹的梅香，名曰碧雲，小姐低低吩咐道：「你替我去街上看甚人吹唱。」梅香巴不得趨承小姐，聽得使喚這事，輕輕地走到街邊，認得是對鄰子弟，忙轉身入內，回覆小姐道：「對鄰阮三官與幾箇相識，在他門首吹唱。」那小姐半晌之間，口中不道，心下思量：「數日前，我爹曾說阮三點報朝中駙馬，因使

⑬ 梅香：婢女的代稱。

用不到，退回家中，想就是此人了，才貌必然出眾。」又聽了一箇更次，各人分頭散去。小姐回轉香房，一夜不曾合眼，心心念念，只想著阮三：「我若嫁得恁般風流子弟，也不枉一生夫婦。怎生得會他一面也好？」正是：

鄰女乍萌窺玉意⓮，文君早亂聽琴心。

且說次日天曉，阮三同幾箇子弟到永福寺中遊玩，見燒香的士女佳人，來往不絕，自覺心性蕩漾。到晚回家，仍集昨夜子弟，吹唱消遣。每夜如此，迤邐至二十日。這一夜，眾子弟們各有事故，不到阮三家裡。阮三獨坐無聊，偶在門側臨街小軒內，拿壁間紫玉鸞簫，手中按著宮、商、角、徵、羽，將時樣新詞曲調，清清地吹起。吹不了半隻曲兒，忽見箇侍女推門而入，深深地向前道箇萬福。阮三停簫問道：「你是誰家的姐姐？」丫鬟道：「賤妾碧雲，是對鄰陳衙小姐貼身服侍的。小姐私慕官人，特地著奴請官人一見。」那阮三心下思量道：「他是箇官宦人家，守闇⓯耳目不少，進去易，出來難。被人瞧見盤問時，將何回答？卻不枉受凌辱？」當下回言道：「多多上覆小姐，怕出入不便，不好進來。」碧雲轉身回覆小姐。小姐想起夜來音韻標格，一時間春心搖動，便將手指上一箇金鑲寶石戒指兒，褪將下來，付與碧雲，吩咐道：「你替我將這件物事，寄與阮三郎，將帶他來見我一見，萬不妨事。」碧雲接得在手，一心忙似箭，兩腳走如飛，慌忙來到小軒。阮三官還在那裡，碧雲手兒內托出這箇物來，致了

⓮ 鄰女乍萌窺玉意：宋玉在登徒子好色賦中，自言鄰女偷窺宋玉三年。

⓯ 守闇：守門之僕人。

小姐之意。阮三口中不道，心下思量：「我有此物為證，又有梅香引路，何怕他人？」隨即與碧雲前後而行，到二門⑯外，小姐先在門旁守候，覷著阮三目不轉睛，阮三看得女子也十分仔細。正欲交言，門外吆喝道：「太尉回衙。」小姐慌忙迴避歸房，阮三郎火速回家。

自此把那戒指兒緊緊的戴在左手指上，想那小姐的容貌，一時難捨。只恨閨閣深沉，難通音信。或在家，或出外，但是看那戒指兒，心中十分慘切。無由再見，追憶不已。那阮三雖不比宦家子弟，亦是富室伶俐的才郎。因是相思日久，漸覺四肢羸瘦，以致廢寢忘餐。忽經兩月有餘，懨懨成病。父母再三嚴問，並不肯說。正是：

口含黃柏味，有苦自家知。

卻說有一箇與阮三一般的豪家子弟，姓張名遠，素與阮三交厚。聞得阮三有病月餘，心中懸掛。一日早，到阮三家內詢問起居。阮三在臥榻上，聽得堂中有似張遠的聲音，喚僕邀入房內。張遠看著阮三面黃肌瘦，咳嗽吐痰，心中好生不忍，嗟歎不已，坐向榻床上去問道：「阿哥，數日不見，怎麼染著這般晦氣？你害的是甚麼病？」阮三只搖頭不語。張遠道：「阿哥，借你手我看看脈息。」阮三一時失於計較，便將左手抬起，與張遠察脈。張遠按著寸關尺⑰，正看脈間，一眼瞧見那阮三手指上戴著箇金嵌寶石的戒指。張遠口中不說，心下思量：「他這等害病，還戴著這箇東西。況又不是男子之物，必定是

⑯ 二門：官府的旁門。

⑰ 寸關尺：寸口、關、尺澤，皆中醫脈絡部位。

婦人的表記，料得這病根從此而起。」也不講脈理，便道：「阿哥，你手上戒指從何而來？恁般病症，不是當耍。我與你相交數年，重承不棄，日常心腹，各不相瞞。我知你心，你知我意，你可實對我說。」阮三見張遠參到八九分的地步，況兼是心腹朋友，只得將來歷因依⓲，盡行說了。張遠道：「阿哥，他雖是箇宦家的小姐，若無這箇表記，便對面相逢，未知他肯與不肯；既有這物事，心下已允。待阿哥將息貴體，稍健旺時，在小弟身上，想箇計策，與你成就此事。」阮三道：「賤恙只為那事而起，若要我病好，只求早圖良策。」枕邊取出兩錠銀子，付與張遠道：「倘有使用，莫惜小費。」張遠接了銀子道：「容小弟從容計較，有些好音，卻來奉報。你可寬心保重。」張遠作別出門，到陳太尉衙前站了兩箇時辰，內外出入人多，並無相識，張遠悶悶而回。

次日，又來觀望，絕無機會。心下想道：「這事難以啟齒，除非得他梅香碧雲出來，纔可通信。」看看到晚，只見一箇人捧著兩箇磁甕，從衙裡出來，叫喚道：「門上那箇走差的閒在那裡？奶奶著你將這兩甕小菜送與閒雲菴王師父去。」張遠聽得了，便想道：「這閒雲菴王尼姑，我平昔相認的。奶奶送他小菜，一定與陳衙內往來情熟⓳。他這般人，出入內裡，極好傳消遞息，何不去尋他商議？」又過了一夜，到次早，取了兩錠銀子，逕投閒雲菴來。這菴兒雖小，其實幽雅。怎見得？有詩為證：

短短橫牆小小亭，半簷疎玉響玲玲。塵飛不到人長靜，一篆爐煙兩卷經。

---

⓲ 因依：緣由。

⓳ 情熟：熟悉。

菴內尼姑，姓王名守長，他原是箇收心⑳的弟子。因師棄世日近，不曾接得徒弟，止有兩箇燒香上竈燒火的丫頭。專一向富貴人家布施，佛殿後新塑下觀音、文殊、普賢三尊法像，中間觀音一尊，虧了陳太尉夫人發心喜捨，粧金完了，缺那兩尊未有施主。這日正出菴門，恰好遇著張遠，尼姑道：「張大官何往？」張遠答道：「特來。」尼姑回身請進，邀入菴堂中坐定。

茶罷，張遠問道：「適間師父要往那裡去？」尼姑道：「多蒙陳太尉家奶奶布施，完了觀音聖像，不曾去回覆他。昨日又承他差人送些小菜來看我，作意㉑備些薄禮，來日到他府中作謝。後來那兩尊，還要他大出手㉒哩。因家中少替力的人，買幾件小東西，也只得自身奔走。」張遠心下想道：「又好箇機會。」便向尼姑道：「師父，我有箇心腹朋友，是箇富家。這二尊聖像，就要他獨造也是容易，只要煩師父幹一件事。」張遠在袖兒裡摸出兩錠銀子，放在香桌上道：「這銀子權當開手㉓，事若成就，蓋菴蓋殿，隨師父的意。」那尼姑貪財，見了這兩錠細絲白銀，眉花眼笑道：「大官人，你相識是誰？委我幹甚事來？」張遠道：「師父，這事是件機密事，除是你幹得，況是順便，可與你到密室說知。」說罷，就把二錠銀子，納入尼姑袖裡，尼姑半推不推收了。二人進一箇小軒內竹榻前坐下，張遠道：「師父，我那心腹朋友阮三官，於今歲正月間，蒙陳太尉小姐使梅香寄箇表記來與他，至今無由相會。明日

⑳ 收心：改邪歸正。

㉑ 作意：有意；打算。

㉒ 大出手：大手筆；出大錢。

㉓ 開手：請人辦事的酬勞。

師父到陳府中去見奶奶，乘這箇便，倘到小姐房中，善用一言，約到菴中與他一見，便是師父用心之處。」尼姑沉吟半晌，便道：「此事未敢輕許，待會見小姐，看其動靜，再作計較。你且說甚麼表記？」張遠道：「是箇嵌寶金戒指。」尼姑道：「借過這戒指兒來暫時，自有計較。」張遠見尼姑收了銀子，又不推辭，心中大喜。當時作別，便到阮三家來，要了他的金戒指，連夜送到尼姑處了。

卻說尼姑在床上想了半夜，次日天曉起來，梳洗畢，將戒指戴在左手上，收拾禮盒，著女童挑了，迤邐來到陳衙，直至後堂歇了。夫人一見，便道：「出家人如何煩你壞鈔？」尼姑稽首道：「向蒙奶奶布施，今觀音聖像已完，出門有幸。貧僧正要來回覆奶奶，昨日又蒙厚賜，感謝不盡。」夫人道：「我見你說沒有好小菜喫粥，恰好江南一位官人，送得這幾甕瓜菜來，我分兩甕與你。這些小東西，也謝什麼！」尼姑合掌道：「阿彌陀佛！滴水難消，雖是我僧家口喫十方，難說是應該的。」夫人道：「這聖像完了中間一尊，也就好看了。那兩尊以次而來，少不得還要助些工費。」尼姑道：「全仗奶奶做箇大功德，今生恁般富貴，也是前世布施上修來的。如今再修去時，那一世還你榮華受用。」夫人教丫鬟收了禮盒，就吩咐廚下辦齋，留尼姑過午。

少間，夫人與尼姑喫齋，小姐也坐在側邊相陪。齋罷，尼姑開言道：「貧僧斗膽，還有句話相告：小菴聖像新完，涓選㉔四月初八日，我佛誕辰，啟建道場，開佛光明㉕。特請奶奶小姐光降隨喜，光輝山門則箇。」夫人道：「老身定來拜佛，只是小姐怎麼來得？」那尼姑眉頭一蹙，計上心來，道：「前

---

㉔ 涓選：選擇吉日。涓，選擇。

㉕ 開佛光明：佛像塑成之開光禮。

日壞腹㉖，至今未好，借解一解。」那小姐因為牽掛阮三，心中正悶，無處可解情懷。忽聞尼姑相請，喜不自勝。正要行動，仍聽夫人有阻，巴不得與那尼姑私下計較。因見尼姑要解手，便道：「奴家陪你進房。」兩箇直至閨室。正是：

背地商量無好話，私房計較有奸情。

尼姑坐在觸桶㉗上，道：「小姐，你到初八日同奶奶到我小菴覷一覷，若何？」小姐道：「我巴不得來，只怕爹媽不肯。」尼姑道：「若是小姐堅意要去，奶奶也難固執。奶奶若肯時，不怕太尉不容。」尼姑一頭說話，一頭去拿粗紙，故意露出手指上那箇寶石嵌的金戒指來。小姐見了大驚，便問道：「這箇戒指那裡來的？」尼姑道：「兩月前，有箇俊雅的小官人進菴，看粧觀音聖像，手中褪下這箇戒指兒來，帶在菩薩手指上，禱祝道：『今生不遂來生願，願得來生逢這人。』半日間對著那聖像，潸然揮淚。被我再四嚴問，他道：『只要你替我訪這戒指的對兒，我自有話說。』」小姐見說了意中之事，滿面通紅。停了一會，忍不住又問道：「那小官人姓甚？常到你菴中麼？」尼姑回道：「那官人姓阮，不時來菴閒觀遊玩。」小姐道：「奴家有箇戒指，與他倒是一對。」說罷，連忙開了粧盒，取出箇嵌寶戒指，遞與尼姑。尼姑將兩箇戒指比看，果然無異，笑將起來。小姐道：「你笑什麼？」尼姑道：「我笑這箇小官人，癡癡的只要尋這戒指的對兒；如今對倒尋著了，不知有何話說？」小姐道：「師父，我要……」說

㉖ 壞腹：吃壞肚子。

㉗ 觸桶：馬桶。

了半句，又住了口。尼姑道：「我們出家人，第一口緊。小姐有話，不妨吩咐。」小姐道：「師父，我要會那官人一面，不知可見得麼？」尼姑道：「那官人求神禱佛，一定也是為著小姐了。要見不難，只在四月初八這一日，管你相會。」小姐道：「便是爹媽容奴去時，母親在前，怎得方便？」尼姑附耳低言道：「到那日來我菴中，倘齋罷閒坐，便可推睡，此事就諧了。」小姐點頭會意，便將自己的戒指都捨與尼姑。尼姑道：「這金子好把做粧佛用，保小姐百事稱心。」說罷，兩箇走出房來。夫人接著，問道：「你兩箇在房裡多時，說甚麼樣話？」驚得那尼姑心頭一跳，忙答道：「小姐因問我浴佛㉘的故事，以此講說這一晌㉙。」又道：「小姐也要瞻禮佛像，奶奶對太尉老爺說聲，至期專望同臨。」夫人送出廳前，尼姑深深作謝而去。正是：

慣使牢籠計，安排年少人。

再說尼姑出了太尉衙門，將了小姐捨的金戒指兒，一直逕到張遠家來。張遠在門首伺候多時了，遠遠地望見尼姑，口中不道，心下思量：「家下耳目眾多，怎麼言得此事？」提起腳兒，慌忙迎上一步，道：「煩師父回菴去，隨即就到。」尼姑回身轉巷，張遠穿徑尋菴，與尼姑相見，邀入松軒，從頭細話，將一對戒指兒度與張遠，張遠看見，道：「若非師父，其實難成，阮三官還有重重相謝。」張遠轉身就去回復阮三，阮三又收了一箇戒指，雙手帶著，歡喜自不必說。

㉘ 浴佛：佛教節日，四月八日為佛生日，以小盆水浴佛。

㉙ 一晌：短時間。

至四月初七日，尼姑又自到陳衙邀請，說道：「因夫人小姐光臨，各位施主人家，貧僧都預先回了。明日更無別人，千萬早降。」夫人已自被小姐朝暮聒絮㉚的要去拜佛，只得允了。那晚，張遠先去期約阮三。到黃昏人靜，悄悄地用一乘女轎抬到菴裡。尼姑接入，尋箇窩窩凹凹㉛的房兒，將阮三安頓了。分明正是：

豬羊送屠戶之家，一腳腳來尋死路。

尼姑睡到五更時分，喚女童起來，佛前燒香點燭，廚下準備齋供。天明便去催那采畫匠來，與聖像開了光明，早齋就打發去了：少時陳太尉女眷到來，怕不穩便。單留同輩女僧，在殿上做功德誦經。將次到巳牌時分，夫人與小姐兩箇轎兒來了。尼姑忙出迎接，邀入方丈。茶罷，去殿前、殿後拈香禮拜。夫人見旁無雜人，心下歡喜。尼姑請到小軒中寬坐，那夥隨從的男女各有箇坐處。尼姑支分㉜完了，來陪夫人小姐前後行走，觀看了一回，纔回到軒中喫齋。齋罷，夫人見小姐飯食稀少，洋洋瞑目作睡。夫人道：「孩兒，你今日想是起得早了些。」尼姑慌忙道：「告奶奶，我菴中絕無閒雜之輩，便是志誠㉝老實的女娘們，也不許他進我的房內。小姐去我房中拴上房門睡一睡，自取箇穩便，等奶奶閒步

㉚聒絮：嚕囌。
㉛窩窩凹凹：幽深僻靜的地方。
㉜支分：處置；應付。
㉝志誠：誠懇老實。

一步。你們幾年何月來走得一遭！」夫人道：「孩兒，你這般困倦，不如在師父房內睡睡。」

小姐依了母命，走進房內。剛拴上門，只見阮三從床背後走出來，看了小姐，深深的作揖道：「姐姐，候之久矣。」小姐慌忙搖手，低低道：「莫要則聲34！」阮三倒退幾步，候小姐近前，兩手相挽，轉過床背後，開了側門，又到一箇去處，小巧漆桌藤床，隔斷了外人耳目。兩人摟做一團。說了幾句情話，雙雙解帶，好似渴龍見水，這場雲雨，其實暢快。有西江月為證：

一箇想著吹簫風韻，一箇想著戒指恩情，相思半載欠安寧，此際相逢僥倖，一箇難辭病體，一箇敢惜童身，枕邊吁喘不停聲，還嫌道歡娛俄頃。

原來阮三是箇病久的人，因為這女子，七情所傷，身子虛弱。這一時相逢，情興酷濃，不顧了性命。那女子想起日前要會不能，今日得見，倒身奉承，盡情取樂。不料樂極悲生，為好成歉，一陽失去，片時氣斷丹田，七魄分飛，頃刻魂歸陰府。正所謂：

天有不測風雲，人有旦夕禍福。

小姐見阮三伏在身上，寂然不動，用雙手摟定郎腰，吐出丁香，只見牙關緊咬難開，摸著遍身冰冷，驚慌了雲雨嬌娘，頂門上不見了三魂，腳底下蕩散了七魄。翻身推在裡床，起來忙穿襟襖，帶轉了側門，走出前房。喘息未定，怕娘來喚，戰戰兢兢，向粧臺重整花鈿，對鸞鏡再勻粉黛。恰纔整理完備，早聽

34 則聲：開口發言；出聲。

得房外夫人聲喚。小姐慌忙開門，夫人道：「孩兒，殿上功德也散了，你睡纔醒？」小姐道：「我睡了半晌，在這裡整頭面㉟，正要出來和你回衙去。」夫人道：「轎夫伺候多時了。」小姐與夫人謝了尼姑，上轎回衙去不題。

且說尼姑王守長送了夫人起身，回到菴中，廚房裡洗了盤碗器皿，佛殿上收了香火供食，一應都收拾已畢。只見那張遠同阮二哥進菴，與尼姑相見了，稱謝不已，問道：「我家三官今在那裡？」尼姑道：「還在我裡頭房裡睡著。」尼姑便引阮二與張遠開了側房門，來臥床邊叫道：「三哥，你恁的好睡還未醒！」連叫數次不應。阮二用手搖也不動，口鼻全無氣息，仔細看時，嗚呼哀哉了。阮二喫了一驚，便道：「師父，怎地把我兄弟壞了性命？這事不得乾淨㊱！」尼姑慌道：「小姐喫了午齋便推要睡，就入房內，約有兩箇時辰，殿上功德完了，老夫人叫醒來，恰纔去得不多時。我只道睡著，豈知有此事。」阮二道：「說便是這般說，卻是怎了？」尼姑道：「阮二官，今日幸得張大官在此，向蒙張大官吩咐，實望你家做檀越施主，因此用心，終不成要害你兄弟性命？張大官，今日之事，卻是你來尋我，非是我來尋你。告到官司，你也不好，我也不好。向日蒙施銀二錠，一錠我用去了，止存一錠不敢留用，將來與三官人湊買棺木盛殮。只說在菴養病，不料死了。」說罷，將出這錠銀子，放在桌上，道：「你二位，憑你怎麼處置。」張遠與阮二默默無言，呆了半晌。阮二道：「且去買了棺木來再議。」張遠收了銀子，與阮二同出菴門，迤邐路上行著。張遠道：「二哥，這箇事本不干尼姑事，三哥是箇病弱的人，想是與

---

㉟ 頭面：首飾。

㊱ 乾淨：完結；了結。

女子交會，用過了力氣，陽氣一脫，就是死的。我也只為令弟面上情分好，況令弟前日，在床前再四叮嚀，央浼不過，只得替他幹這件事。」阮二回言道：「我論此事，人心天理，也不干著那尼姑事，亦不干你事。只是我這小官人年命如此，神作禍作㊲作出這場事來。我心裡也道罷了，只愁大哥與老官人回來怨暢㊳，怎的了？」連晚與張遠買了一口棺木，抬進菴裡，盛殮了，就放在西廊下，只等阮員外、大哥回來定奪。正是：

酒到散筵歡趣少，人逢失意歎聲多。

忽一日，阮員外同大官人商販回家，與阮君㊴相見，合家歡喜。員外動問三兒病症，阮二只得將前後事情，細細訴說了一遍。老員外聽得說三郎死了，放聲大哭了一場，要寫起詞狀，與陳太尉女兒索命：「你家賤人來惹我的兒子！」阮大、阮二再四勸道：「爹爹，這箇事想論來，都是兄弟作出來的事，以致送了性命。今日爹爹與陳家討命，一則勢力不敵，二則非干太尉之事。」勉勸老員外選箇日子，就菴內修建佛事，送出郊外安厝了。

卻說陳小姐自從閒雲菴歸後，過了月餘，常常惡心氣悶，心內思酸，一連三箇月經脈不舉。醫者用行經順氣之藥，如何得應？夫人暗地問道：「孩兒，你莫是與那箇成這等事麼？可對我實說。」小姐曉

㊲ 神作禍作：一切禍事都是命中注定，有神鬼在暗中主使，使人身不由己。

㊳ 怨暢：怨恨。

㊴ 阮君：舊時有錢人家女主人的稱呼。

得事露了，沒奈何，只得與夫人實說。夫人聽得呆了，道：「你爹爹只要尋箇有名目的才郎，靠你養老送終。今日弄出這醜事，如何是好？只怕你爹爹得知這事，怎生奈何？」小姐道：「母親，事已如此，孩兒只是一死，別無計較。」夫人心內又惱又悶。

看看天晚，陳太尉回衙，見夫人面帶憂容，問道：「夫人，今日何故不樂？」夫人回道：「我有一件事惱心。」太尉便問：「有甚麼事惱心？」夫人見問不過，只得將情一一訴出。太尉不聽說萬事俱休，聽得說了，怒從心上起，道：「你做母的不能看管孩兒，要你做甚？」急得夫人閣淚㊵汪汪，不敢回對。太尉左思右想，一夜無寐。

天曉出外理事，回衙與夫人計議：「我今日用得買實做了。如官府去，我女孩兒又出醜，我府門又不好看；只得與女孩兒商量作何理會。」女兒撲簌簌掉下淚來，低頭不語。半晌間，扯母親於背靜處，說道：「當初原是兒的不是，坑了阮三郎的性命。欲要尋箇死，又有三箇月遺腹在身；若不尋死，又恐人笑。」一頭哭著，一頭說：「莫若等待十箇月滿足，生得一男半女，也不絕了阮三後代，也是當日相愛情分。婦人從一而終，雖是一時苟合，亦是一日夫妻，我斷然再不嫁人。若天可憐見，生得一箇男子，守他長大，送還阮家，完了夫妻之情。那時尋箇自盡，以贖玷辱父母之罪。」夫人將此話說與太尉知道，太尉只歎了一口氣，也無奈何，暗暗著人請阮員外來家計議，說道：「當初是我閨門不謹，以致小女背後做出天大事來，害了你兒子性命，如今也休題了。但我女兒已有三箇月遺腹，如何出活㊶？如今只說

---

㊵ 閣淚：含淚而不使淚水流下。

㊶ 出活：解決。

我女曾許嫁你兒子，後來在閒雲菴相遇，為想我女，成病幾死，因而彼此私情。庶他日生得一男半女，猶有許嫁情由，還好看相㊷。」阮員外依允，從此就與太尉兩家來往。

十月滿足，阮員外一般遣禮催生，果然生箇孩兒。到了三歲，小姐對母親說，欲待領了孩兒，到阮家拜見公婆，就去看看阮三墳墓。夫人對太尉說知，俱依允了。揀箇好日，小姐備禮過門，拜見了阮員外夫婦。次日，到阮三墓上哭奠了一回；又取出銀兩，請高行真僧，廣設水陸道場，追薦亡夫阮三郎。其夜夢見阮三到來，說道：「小姐，你曉得夙因麼？前世你是箇揚州名妓，我是金陵人，到彼訪親，與你相處情厚，許定一年之後再來，必然娶你為妻。及至歸家，懼怕父親，不敢稟知，別成姻眷。害你終朝懸望，鬱鬱而死。因是夙緣未斷，今生乍會之時，兩情牽戀。閒雲菴相會，是你來索冤債，我登時身死，償了你前生之命。多感你誠心追薦，今已得往好處托生。你前世抱志節而亡，今世合享榮華。所生孩兒，他日必大貴，煩你好好撫養教訓。從今你休懷憶念。」玉蘭小姐夢中一把扯住阮三，正要問他托生何處，被阮三用手一推，驚醒將來，嗟歎不已。方知生死恩情，都是前緣夙債。

從此小姐放下情懷，一心看覷孩兒。光陰似箭，不覺長成六歲，生得清奇，與阮三一般標致，又且資性聰明。陳太尉愛惜真如掌上之珠，用自己姓，取名陳宗阮，請箇先生教他讀書。到一十六歲，果然學富五車，書通二酉㊸。十九歲上，連科及第，中了頭甲狀元，奉旨歸娶。陳、阮二家爭先迎接回家，賓朋滿堂，輪流做慶賀筵席。當初陳家生子時，街坊上曉得些風聲來歷的，免不得點點搠搠，背後譏誚。

---

㊷ 看相：體面；面子。

㊸ 書通二酉：喻書讀得多。二酉指大酉山，小酉山，山洞藏書豐富。

到陳宗阮一舉成名，反誇獎玉蘭小姐貞節賢慧，教子成名，許多好處。世情以成敗論人，大率如此。後來陳宗阮做到吏部尚書留守官，將他母親十九歲上守寡，一生不嫁，教子成名等事，表奏朝廷，啟建賢節牌坊。正所謂：貧家百事百難做，富家差得鬼推磨。雖然如此，也虧陳小姐後來守志，一床錦被遮蓋了，至今河南府傳作佳話。有詩為證，詩曰：

兔演巷中擔病害，閒雲菴裡償冤債。周全末路仗貞娘，一床錦被相遮蓋。

# 第五卷　窮馬周遭際賣䭔媪

前程暗漆本難知，秋月春花各有時，靜聽天公吩咐去，何須昏夜苦奔馳？

話說大唐貞觀改元，太宗皇帝仁明有道，信用賢臣。文有十八學士，武有十八路總管。真箇是鴛班濟濟，鷺序彬彬。凡天下有才有智之人，無不舉薦在位，盡其抱負。所以天下太平，萬民安樂。

就中單表一人，姓馬名周，表字賓王，博州茌平人氏。父母雙亡，一貧如洗，年過三旬，尚未娶妻，單單只剩一身。自幼精通書史，廣有學問，志氣謀略，件件過人。只為孤貧無援，沒有人薦拔他，分明是一條神龍困於泥淖之中，飛騰不得。眼見別人才學萬倍不如他的，一箇箇出身通顯，享用爵祿，偏則自家懷才不遇，每日鬱鬱自嘆道：「時也，運也，命也。」一生掙得一副好酒量，悶來時只是飲酒，盡醉方休。日常飯食，有一頓，沒一頓，都不計較，單少不得杯中之物。若自己沒錢買時，打聽鄰家有酒，便去嗹喫。卻又大模大樣，不謹慎，酒後又要狂言亂叫，發風罵坐。這夥三鄰四舍被他聒噪的不耐煩，沒一箇不厭他，背後喚他做「窮馬周」，又喚他是「酒鬼」。那馬周曉得了，也全不在心上。正是：

未逢龍虎會，一任馬牛呼。

且說博州刺史姓達，名奚，素聞馬周明經有學，聘他為本州助教之職。到任之日，眾秀才攜酒稱賀，不覺喫得大醉。次日刺史親到學宮請教，馬周兀自中酒，爬身不起，刺史大怒而去。馬周醒後，曉得刺史曾到，特往州衙謝罪，被刺史責備了許多說話。馬周口中唯唯，只是不能悛改。每遇門生執經問難，便留住他同飲。支得俸錢，都付與酒家；兀自不敷，依舊在門生家噇酒。一日喫醉了，兩箇門生左右扶住，一路歌詠而回，恰好遇著刺史前導，喝他迴避，馬周那裡肯退步？瞋著雙眼倒罵人起來，又被刺史當街發作了一場。馬周當時酒醉不知，次日醒後，門生又來勸馬周，在刺史處告罪。馬周嘆口氣道：「我只為孤貧無援，欲圖箇進身之階，所以屈志於人。今因酒過，屢被刺史責辱，何面目又去鞠躬取憐？古人不為五斗米折腰，這箇助教官兒，也不是我終身養老之事。」便把公服交付門生，教他繳還刺史，仰天大笑，出門而去。正是：

此去好憑三寸舌，再來不值一文錢。

自古道：「水不激不躍，人不激不奮。」馬周只為喫酒上受刺史責辱不過，嘆口氣出門，到一箇去處，遇了一箇人提攜，直做到吏部尚書地位，此是後話。

且說如今到那裡去？他想著衡州撞府❶，沒甚大遭際❷，則除是長安帝都，公侯卿相中，有箇能舉薦的蕭相國，識賢才的魏無知❸，討箇出頭日子，方遂平生之願。望西迤邐而行，不一日，來到新豐。

❶ 衝州撞府：到處闖蕩。
❷ 遭際：際遇。

原來那新豐城是漢高皇所築。高皇生於豐里，後來起兵，誅秦滅項，做了大漢天子，尊其父為太上皇。太上皇在長安城中，思想故鄉風景；高皇命巧匠照依故豐，建造此城，遷豐人來居住。凡街市屋宇，與豐里制度，一般無二，把張家雞兒，李家犬兒，縱放在街上，那雞犬也都認得自家門首，各自歸家。太上皇大喜，賜名新豐。今日大唐仍建都於長安，這新豐總是關內之地，市井稠密，好不熱鬧！只這招商旅店，也不知多少！

馬周來到新豐市上，天色已晚，只揀箇大大客店，踱將進去。但見紅塵滾滾，車馬紛紛，許多商販客人，馱著貨物，挨三頂五❹的進店安歇。店主王公迎接了，慌忙指派房頭❺，堆放行旅❻。眾客人尋行逐隊，各據坐頭❼，討漿索酒。小二哥搬運不迭，忙得似走馬燈一般。馬周獨自箇冷清清地坐在一邊，並沒半箇人睬他。馬周心中不忿，拍案大叫道：「主人家，你好欺負人！偏俺不是客，你就不來照顧？是何道理！」王公聽得發作，便來收科❽道：「客官不須發怒，那邊人眾，只得先安放他；你只一位，卻容易答應。但是用酒用飯，只管吩咐老漢就是。」馬周道：「俺一路行來，沒有洗腳，且討些乾淨熱水用用。」王公道：「鍋子不方便，要熱水再等一會。」馬周：「既如此，先取酒來。」王公道：「用

---

❸ 魏無知：漢人，曾推薦陳平予劉邦。

❹ 挨三頂五：接連不斷。

❺ 房頭：房間。

❻ 行旅：行李。

❼ 坐頭：座位。也作「座頭」。

❽ 收科：打圓場。

多少酒？」馬周指著對面大座頭上一夥客人，問主人家道：「他們用多少，俺也用多少。」王公道：「他們五位客人，每人用一斗好酒。」馬周道：「論起來還不勾俺半醉，但俺途中節飲，也只用五斗罷。有好嗄飯❾儘你搬來。」王公吩咐小二過了，一連燙五斗酒，放在桌上，擺一隻大磁甌，幾碗肉菜之類。馬周舉甌獨酌，旁若無人。約莫喫了三斗有餘，討箇洗腳盆來，把剩下的酒，都傾在裡面，躧脫❿雙靴，便伸腳下去洗濯。眾客見了，無不驚怪。王公暗暗稱奇，知其非常人也。同時岑文本畫得有馬周濯足圖，後有煙波釣叟⓫題贊於上，贊曰：

世人尚口，吾獨尊足。口易興波，足能踄陸。處下不傾，千里可逐。勞重賞薄，無言忍辱。酬之以酒，慰爾僕僕。令爾忘憂，勝吾厭腹。吁嗟賓王，見超凡俗。

當夜安歇無話。次日王公早起會鈔，打發行客登程。馬周身無財物，想天氣漸熱了，便脫下狐裘與王公當酒錢。王公見他是箇慷慨之士，又嫌狐裘價重，再四推辭不受。馬周索筆，題詩壁上。詩云：

古人感一飯，千金棄如屣；匕箸安足酬？所重在知己。我飲新豐酒，狐裘不用抵；賢哉主人翁，意氣傾閭里！

❾ 嗄飯：下飯的菜餚。嗄，音ㄕㄚˋ。
❿ 躧脫：踏腳脫靴。
⓫ 煙波釣叟：唐詩人張志和的號。

後寫「茌平人馬周題」。王公見他寫作⓬俱高，心中十分敬重。便問：「馬先生如今何往？」馬周道：「欲往長安求名。」王公道：「曾有相熟寓所否？」馬周回道：「沒有。」王公道：「馬先生大才，此去必然富貴。但長安乃米珠薪桂之地，先生資釜⓭既空，將何存立？老夫有箇外甥女，嫁在彼處萬壽街賣䭔⓮趙三郎家。老夫寫封書，送先生到彼作寓，比別家還省事。更有白銀一兩，權助路資，休嫌菲薄。」馬周感其厚意，只得受了。王公寫書已畢，遞與馬周。馬周道：「他日寸進，決不相忘。」作謝而別。

行至長安，果然是花天錦地⓯，比新豐市又不相同。馬周逕問到萬壽街趙賣䭔家，將王公書信投遞。原來趙家積世賣這粉食為生，前年趙三郎已故了；他老婆在家守寡，接管店面，這就是新豐店中王公的外甥女兒。年紀雖然三十有餘，兀自豐豔勝人，京師人順口都喚他做「賣䭔媼」。北方的「媼」字，即如南方的「媽」字一般。這王媼初時坐店賣䭔，神相袁天罡一見大驚，嘆道：「此媼面如滿月，脣若紅蓮，聲響神清，山根⓰不斷，乃大貴之相，他日定為一品夫人，如何屈居此地？」偶在中郎將常何面前，談及此事，常何深信袁天罡之語，吩咐蒼頭，只以買䭔為名，每日到他店中閒話，說發⓱王媼嫁人，欲娶

⓬寫作：寫字作文。
⓭資釜：旅費。
⓮䭔：音ㄉㄨㄟ。蒸餅。
⓯花天錦地：繁華的都市。
⓰山根：鼻梁。
⓱說發：遊說。

為妾。王媼只是乾笑，全不統口⑱。正是：

姻緣本是前生定，不是姻緣莫強求。

卻說王媼隔夜得一異夢，夢見一匹白馬，自東而來，到他店中，把粉餡一口喫盡。自己執箠趕逐，不覺騰上馬背。那馬化為火龍，沖天而去。醒來滿身都熱，思想此夢非常。恰好這一日，接得母舅王公之信，送箇姓馬的客人到來，又馬周身穿白衣。王媼心中大疑，就留住店中作寓。一日三餐，殷勤供給。那馬周恰似理之當然一般，絕無謙遜之意，這裡王媼也始終不怠。叵耐⑲鄰里中有一班浮蕩子弟，平日見王媼是箇俏麗孤孀，閒常時倚門靠壁，不三不四，輕嘴薄舌的狂言挑撥。王媼全不招惹，眾人倒也道他正氣。今番見他留箇遠方單身客在家，未免言三語四，造出許多議論。王媼是箇精細的人，早已察聽在耳朵裡，便對馬周道：「賤妾本欲相留，奈孀婦之家，人言不雅。先生前程遠大，宜擇高枝棲止，以圖上進。若埋沒大才於此，枉自可惜。」馬周道：「小生情願為人館賓，但無路可投耳。」

言之未已，只見常中郎家蒼頭，又來買餡。王媼想著常何是箇武臣，必定少不得文士相幫，乃向蒼頭問道：「有箇薄親馬秀才，飽學之士，在此覓一館舍，未知你老爺用得著否？」蒼頭答應道：「甚好。」原來那時正值天旱，太宗皇帝詔五品以上官員，都要悉心竭慮，直言得失，以憑採用。論常何官職也該具奏，正欲訪求飽學之士，請他代筆。恰好王媼說起馬秀才，分明是饑時飯，渴時漿，正搔著癢處。蒼

---

⑱ 統口：應允。

⑲ 叵耐：不可耐；可恨。叵，同「叵」。音ㄆㄛˇ。「不可」二字的合音。

頭回去稟知常何，常何大喜，即刻遣人備馬來迎。馬周別了王媼，來到常中郎家裡。常何見馬周一表非俗，好生欽敬。當日置酒相待，打掃書館，留馬周歇宿。

次日，常何取白金二十兩，彩絹十端，親送到館中，權為贄禮。就將聖旨求言一事，與馬周商議。馬周索取筆研，拂開素紙，手不停揮，草成便宜二十條，常何嘆服不已。連夜繕寫齊整，明日早朝進呈御覽。太宗皇帝看罷，事事稱善，便問常何道：「此等見識議論，非卿所及，卿從何處得來？」常何拜伏在地，口稱：「死罪！這便宜二十條，臣愚實不能建白，此乃臣家客馬周所為也。」太宗皇帝道：「馬周何在？可速宣來見朕。」黃門官奉了聖旨，逕到常中郎家，宣馬周。馬周喫了早酒，正在鼾睡，呼喚不醒。又是一道旨意下來，催促到第三遍，常何自來了，此見太宗皇帝愛才之極也。史官有詩云：

三道徵書絡繹催，貞觀天子惜賢才。朝廷愛士皆如此，安得英雄困草萊？

常何親到書館中，教館童扶起馬周，用涼水噴面，馬周方纔甦醒。聞知聖旨，慌忙上馬。常何引到金鑾見駕，拜舞已畢，太宗玉音問道：「卿何處人氏？曾出仕否？」馬周奏道：「臣乃茌平縣人，曾為博州助教。因不得其志，棄官來遊京都。今獲覲天顏，實出萬幸。」太宗大喜，即日拜為監察御史，欽賜袍笏官帶。馬周穿著了，謝恩而出，仍到常何家，拜謝舉薦之德。常何重開筵席，把酒稱賀。

至晚酒散，常何不敢屈留馬周在書館住宿，欲備轎馬，送到令親王媼家去。馬周道：「王媼原非親戚，不過借宿其家而已。」常何大驚問道：「御史公有宅眷否？」馬周道：「慚愧，實因家貧未娶。」常何道：「袁天罡先生曾相王媼有一品夫人之貴，只怕是令親，或有妨礙；既然萍水相逢，便是天緣。

御史公若不嫌棄，下官即當作伐⑳。」馬周感王媼殷勤，亦有此意，便道：「若得先輩玉成，深荷大德。」是晚，馬周仍在常家安歇。

次早，馬周又同常何面君。那時韃虜突厥反叛，太宗皇帝正遣四大總管出兵征勦，命馬周獻平虜策。馬周在御前，口誦如流，句句中了聖意，改為給事中之職。常何舉賢有功，賜絹百疋。常何謝恩出朝，吩咐馬上就引到賣䭔店中，要請王媼相見。王媼還只道常中郎強要娶他，慌忙躲過，那裡肯出來。常何坐在店中，叫蒼頭去尋箇老年鄰媼，替他傳話：今日常中郎來此，非為別事，專為馬給諫求親。王媼問其情由，方知馬給諫就是馬周，向時白馬化龍之夢，今已驗矣。此乃天付姻緣，不可違也。常何見王媼允從了，便將御賜絹匹，替馬周行聘；賃下一所空宅，教馬周住下。擇箇吉日，與王媼成親，百官都來慶賀。正是：

分明乞相㉑寒儒，忽作朝家貴客。

王媼嫁了馬周，把自己一家一火㉒，都搬到馬家來了。里中無不稱羨，這也不在話下。

卻說馬周自從遇了太宗皇帝，言無不聽，諫無不從，不上三年，直做到吏部尚書，王媼封做夫人之職。那新豐店主人王公，知馬周發跡榮貴，特到長安望他，就便先看看外甥女。行至萬壽街，已不見了

---

⑳ 作伐：作媒。

㉑ 乞相：乞丐相。

㉒ 一家一火：一切家具。

賣餛店，只道遷居去了。細問鄰舍，纔曉得外甥女已寡，晚嫁的就是馬尚書，王公這場歡喜非通小可。問到尚書府中，與馬周夫婦相見，各敘些舊話。住了月餘，辭別要行。馬周將千金相贈，王公那裡肯受。馬周道：「壁上詩句猶在，一飯千金，豈可忘也？」王公方纔收了，作謝而回，遂為新豐富民。此乃投瓜報玉，施恩報恩，也不在話下。

再說達奚刺史，因丁憂回籍，服滿到京。聞馬周為吏部尚書，自知得罪，心下憂惶，不敢補官。馬周曉得此情，再三請他相見。達奚拜倒在地，口稱：「有眼不識泰山，望乞恕罪。」馬周慌忙扶起道：「刺史教訓諸生，正宜取端謹之士。嗜酒狂呼，此乃馬周之罪，非賢刺史之過也。」即日舉薦達奚為京兆尹。京師官員見馬周度量寬洪，無不敬服。馬周終身富貴，與王媼偕老。後人有詩嘆云：

一代名臣屬酒人，賣餛王媼亦奇人。時人不具波斯眼㉓，枉使明珠混俗塵。

---

㉓ 波斯眼：波斯人擅長作珠寶生意，波斯眼即謂能辨識珠寶的眼睛。

# 第六卷　葛令公生遺弄珠兒

當時五霸說莊王，不但強梁壓上邦。多少傾城因女色，絕纓一事已無雙。

話說春秋時，楚國有箇莊王，姓芈，名旅，是五霸中一霸。那莊王曾大宴群臣於寢殿，美人俱侍。偶然風吹燭滅，有一人從暗中牽美人之衣。美人扯斷了他繫冠的纓索，訴與莊王，要他查名治罪。莊王想道：「酒後疎狂，人人常態，我豈為一女子上坐人罪過，使人笑戲？輕賢好色，豈不可恥。」於是出令曰：「今日飲酒甚樂，在坐不絕纓者不歡。」比及燭至，滿座的冠纓都解，竟不知調戲美人的是那一箇。後來晉楚交戰，莊王為晉兵所困，漸漸危急。忽有一將，殺入重圍，救出莊王。莊王得脫，問：「救我者為誰？」那將俯伏在地，道：「臣乃昔日絕纓之人也。蒙吾王隱蔽，不加罪責，臣今願以死報恩。」莊王大喜道：「寡人若聽美人之言，幾喪我一員猛將矣。」後來大敗晉兵，諸侯都叛晉歸楚，號為一代之霸。有詩為證：

美人空自絕冠纓，豈為蛾眉失虎臣？莫怪荊襄多霸氣，驪山戲火是何人？

世人度量狹窄，心術刻薄，還要搜他人的隱過，顯自己的精明；莫說犯出不是來，他肯輕饒了你！

這般人一生有怨無恩，但有緩急，也沒人與他分憂替力了。像楚莊王恁般棄人小過，成其大業，真乃英雄舉動，古今罕有。

說話的，難道真箇沒有第二箇了？看官，我再說一箇與你聽。你道是那一朝人物。卻是唐末五代時人。那五代？梁、唐、晉、漢、周，是名五代。梁乃朱溫，唐乃李存勗，晉乃石敬瑭，漢乃劉知遠，周乃郭威。方纔要說的，正是梁朝中一員虎將，姓葛名周，生來胸襟海闊，志量❶山高；力敵萬夫，身經百戰。他原是芒碭山中同朱溫起手做事的，後來朱溫受了唐禪，做了大梁皇帝，封葛周中書令兼領節度使之職，鎮守兗州。這兗州，與河北逼近，河北便是後唐李克用地面。所以梁太祖特著親信的大臣鎮守，彈壓山東，虎視那河北。河北人仰他的威名，傳出箇口號來，道是：

山東一條葛，無事莫撩撥❷。

從此人都稱為「葛令公」。手下雄兵十萬，戰將如雲，自不必說。

其中單表一人，覆姓申徒，名泰，泗水人氏，身長七尺，相貌堂堂，輪的好刀，射的好箭。先前未曾遭際，只在葛令公帳下做箇親軍。後來葛令公在甑山打圍❸，申徒泰射倒一鹿，當有三班教師前來爭奪。申徒泰隻身獨臂，打贏了三班教師，手提死鹿，到令公面前告罪。令公見他膽勇，並不計較，倒有

❶ 志量：志氣。
❷ 撩撥：招惹。
❸ 打圍：打獵。

心抬舉他。次日，教場演武，誇他弓馬熟閑，補他做箇虞候❹，隨身聽用。一應軍情大事，好生重托。他為自家貧未娶，只在府廳耳房❺內棲止，這夥守廳軍壯都稱他做「廳頭」；因此上下人等，順口也都喚做「廳頭」。正是：

蕭何治獄為秦吏，韓信曾官執戟郎。蠖屈龍騰皆運會，男兒出處又何常？

話分兩頭。卻說葛令公姬妾眾多，嫌宅院狹窄，教人相了地形，在東南角旺地上另創箇衙門，極其宏麗，限一年內務要完工，每日差廳頭去點閘❻兩次。時值清明佳節，家家士女踏青，處處遊人玩景。葛令公吩咐設宴嶽雲樓上。這箇樓是兗州城中最高之處，葛令公引著一班姬妾，登樓玩賞。原來令公姬妾雖多，其中只有一人出色，名曰弄珠兒。那弄珠兒生得如何？

目如秋水，眉似遠山。小口櫻桃，細腰楊柳。妖豔不數太真，輕盈勝如飛燕。恍疑仙女臨凡世，西子南威總不如。

葛令公十分寵愛，日則侍側，夜則專房，宅院中稱為「珠娘」。這一日，同在嶽雲樓飲酒作樂。

---

❹ 虞候：跟隨將帥的小軍官。

❺ 耳房：堂屋兩邊的小房。

❻ 點閘：查點。

那申徒泰在新府點閘了人工，到樓前回話。令公喚他上樓，把金蓮花巨盃賞他三盃美酒。申徒泰喫了，拜謝令公賞賜，起在一邊。忽然抬頭，見令公身邊立箇美妾，明眸皓齒，光豔照人。心中暗想：「世上怎有恁般好女子？莫非天上降下來的神仙麼？」那申徒泰正當壯年慕色之際，況且不曾娶妻，平昔間也曾聽得人說，令公有箇美姬，叫做珠娘，十分顏色，只恨難得見面。今番見了這出色的人物，料想是他了，不覺三魂飄蕩，七魄飛揚，一對眼睛光射定在這女子身上。真箇是觀之不足，看之有餘。不提防葛令公有話問他，叫道：「廳頭，這工程幾時可完？呀，申徒泰，申徒泰！問你工程幾時可完！」連連喚了幾聲，全不答應。自古道心無二用，原來申徒泰一心對著那女子身上出神去了，這邊呼喚，都不聽得，也不知吩咐的是甚話。葛令公看見申徒泰目不轉睛，已知其意，笑了一笑，便教撤了筵席，也不叫喚他，也不說破他出來。

卻說服侍的眾軍校看見令公叫呼不應，倒替他揑兩把汗。幸得令公不加嗔責，正不知甚麼意思，少不得學與申徒泰知道。申徒泰聽罷，大驚，想道：「我這條性命，只在早晚，必然難保。」整整愁了一夜。正是：

是非只為閒撩撥，煩惱皆因不老成。

到次日，令公升廳理事，申徒泰遠遠跕著，頭也不敢抬起。巴得散衙❼，這日就無事了。一連數日，神思恍惚，坐臥不安。葛令公曉得他心下憂惶，倒把幾句好言語安慰他；又差他往新府，專管催督工程，

❼ 巴得散衙：等到退堂。

遣他聞去。申徒泰離了令公左右，分明拾了性命一般。纔得三分安穩，又怕令公在這場差使內尋他罪罰，到底有些疑慮，十分小心勤謹，早夜督工，不辭辛苦。

忽一日，葛令公差虞候許高，來替申徒泰回衙。申徒泰聞知，又是一番驚恐，戰戰兢兢的離了新府，到衙門內參見，稟道：「承恩相呼喚，有何差使？」葛令公道：「主上在夾寨失利，唐兵分道入寇。李存璋引兵侵犯山東境界，見有本地告急文書到來。我待出師拒敵，因帳下無人，要你同去。」申徒泰道：「恩相鈞旨，小人敢不遵依。」令公吩咐甲仗庫內，取熟銅盔甲一副，賞了申徒泰。申徒泰拜謝了，心中一喜一憂：喜的是跟令公出去，正好立功；憂的怕有小小差遲，令公記其前過，一併治罪。正是：

青龍白虎同行❽，吉凶全然未保。

卻說葛令公簡兵選將，即日興師。真箇是旌旗蔽天，鑼鼓震地。一行來到郯城，唐將李存璋正待攻城，聞得兗州大兵將到，先占住瑯琊山高阜去處，大小下了三箇寨。葛周兵到，見失了地形，倒退三十里屯扎，以防衝突。一連四五日挑戰，李存璋牢守寨柵，只不招架。到第七日，葛周大軍拔寨都起，直逼李家大寨搦戰。李存璋早做準備，在山前結成方陣，四面迎敵。陣中埋伏著弓箭手，但去衝陣的，都被射回。葛令公親自引兵陣前，看了一回，見行列齊整，如山不動，嘆道：「人傳李存璋柏鄉大戰，今觀此陣，果大將之才也。」這箇方陣，一名「九宮八卦陣」，昔日吳王夫差與晉公會於黃池，用此陣以取勝。須俟其倦怠，陣腳稍亂，方可乘之，不然實難攻矣。當下出令，吩咐嚴陣相持，不許妄動。

---

❽ 青龍白虎同行：喻吉凶難測。青龍為吉神，白虎為凶神。

看看申牌時分，葛令公見軍士們又饑又渴，漸漸立腳不定，欲待退軍，又怕唐兵乘勝追趕，躊躇不決。忽見申徒泰在旁，便問道：「廳頭，你有何高見？」申徒泰道：「據泰愚意，彼軍雖整，然以我軍比度，必然一般疲困。誠得亡命勇士數人，出其不意，疾馳赴敵。倘得陷入其陣，大軍繼之，庶可成功耳。」令公撫其背道：「我素知汝驍勇，能為我陷此陣否？」申徒泰即便掉刀上馬，叫一聲：「有志氣的快跟我來破賊！」帳前並無一人答應。申徒泰也不回顧，逕望敵軍奔去。

葛周大驚，急領眾將，親出陣前接應。只見申徒泰一匹馬一把刀，馬不停蹄，刀不停手。馬不停蹄，疾如電閃；刀不停手，快若風輪。不管三七二十一，直殺入陣中去了。原來對陣唐兵，初時看見一人一騎，不將他為意。誰知申徒泰拚命而來，這把刀神出鬼沒，遇著他的，就如砍瓜切菜一般，往來陣中，如入無人之境。恰好遇著先鋒沈祥，只一合斬於馬下，跳下馬來，割了首級；復飛身上馬，殺出陣來，無人攔擋。葛周大軍已到，申徒泰大呼道：「唐兵陣亂矣！要殺賊的快來！」說罷，將首級擲於葛周馬前，翻身復殺入對陣去了。

葛周將令旗一招，大軍一齊并力，長驅而進。唐兵大亂，李存璋禁押不住，只得鞭馬先走。唐兵被梁家殺得七零八落，走得快的，逃了性命；略遲慢些，就為沙場之鬼。李存璋唐朝名將，這一陣，殺得大敗虧輸，望風而遁，棄下器械馬匹，不計其數。梁家大獲全勝。葛令公對申徒泰道：「今日破敵，皆汝一人之功。」申徒泰叩頭道：「小人有何本事？皆仗令公虎威耳！」令公大喜，一面寫表申奏朝廷；傳令犒賞三軍，休息他三日，第四日班師回兗州去。果然是：

喜孜孜鞭敲金鐙響，笑吟吟齊唱凱歌回。

卻說葛令公回衙，眾侍妾羅拜稱賀。令公笑道：「為將者出師破賊，自是本分常事，何足為喜？」指著弄珠兒對眾妾說道：「你們眾人只該賀他的喜。」眾妾道：「相公今日破敵，保全地方，朝廷必有恩賞。凡侍巾櫛的，均受其榮，為何只是珠娘之喜？」令公道：「此番出師，全虧帳下一人力戰成功。無物酬賞他，欲將此姬贈與為妻。他終身有托，豈不可喜？」弄珠兒恃著平日寵愛，還不信是真，帶笑的說道：「相公休得取笑。」令公道：「我生平不作戲言，已曾取庫上六十萬錢，替你具辦資粧去了。只今晚便在西房獨宿，不敢勞你侍酒。」弄珠兒聽罷，大驚，不覺淚如雨下，跪稟道：「賤妾自侍巾櫛，累年以來，未曾得罪。今一旦棄之他人，賤妾有死而已，決難從命。」令公大笑道：「癡妮子，我非木石，豈與你無情？但前日嶽雲樓飲宴之時，我見此人目不轉睛，曉得他鍾情於汝。此人少年未娶，新立大功，非汝不足以快其意耳。」弄珠兒扯住令公衣袂，撒嬌撒癡，千不肯，萬不肯，只是不肯從命。令公道：「今日之事，也由不得你。做人的妻，強似做人的妾。此人將來功名，不弱於我，乃汝福分當然。我又不曾誤你，何須悲怨！」教眾妾扶起珠娘，莫要啼哭。眾妾為平時珠娘有專房之寵，滿肚子恨他，巴不得攛他出去。今日聞此消息，正中其懷，一擁上前，拖拖拽拽，扶他到西房去，著實窩伴❾他，勸解他。弄珠兒此時也無可奈何，想著令公英雄性子，在兒女頭上不十分留戀，嘆了口氣，只得罷了。從此日為始，令公每夜輪遣兩名姬妾，陪珠娘西房宴宿，再不要他相見。有詩為證：

❾ 窩伴：陪伴安慰。

昔日專房寵，今朝召見稀。非關情太薄，猶恐動情癡。

再說申徒泰自郯城回後，口不言功，稟過令公，依舊在新府督工去了。這日工程報完，恰好庫吏也來稟道：「六十萬錢資粧，俱已備下，伏乞鈞旨。」令公道：「權且寄下，待移府後取用。」一面吩咐陰陽生擇箇吉日，闔家遷在新府住居，獨留下弄珠兒及丫鬟、養娘數十人。庫吏奉了鈞帖，將六十萬錢資粧，都搬來舊衙門內，擺設得齊齊整整，花堆錦簇。眾人都疑道令公留這舊衙門做外宅，故此重新擺設，誰知其中就裡！

這日，申徒泰同著一般虞候，正在新府聲喏❿慶賀。令公獨喚申徒泰上前，說道：「郯城之功，久未圖報。聞汝尚未娶妻，小妾頗工顏色，特奉贈為配。薄有資粧，都在舊府。今日是上吉之日，便可就彼成親，就把這宅院判與你夫妻居住。」申徒泰聽得，倒唬得面如土色，不住的磕頭，只道得箇「不敢」二字，那裡還說得出什麼說話！令公又道：「大丈夫意氣相許，頭顱可斷，何況一妾？我主張已定，休得推阻。」申徒泰兀自謙讓，令公吩咐眾虞候，替他披紅插花，隨班樂工奏動鼓樂。眾虞候喝道：「申徒泰，拜謝了令公！」申徒泰恰似夢裡一般，拜了幾拜，不由自身做主，眾人擁他出府上馬，樂人迎導而去，直到舊府。只見舊時一班直廳⓫的軍壯，預先領了鈞旨，都來參謁。前廳後堂，懸花結綵。丫鬟、養娘等引出新人交拜，鼓樂喧天，做起花燭筵席。申徒泰定睛看時，那女子正是嶽雲樓中所見。當時只

---

❿ 聲喏：唱喏。相見時雙手作揖，口唸頌詞，曰聲喏。

⓫ 直廳：輪值守廳的差役。

道是天上神仙霎時出現，因為貪看他顏色，險些兒獲其大禍，喪了性命。誰知今日等閒間做了百年眷屬，豈非僥倖！進到內宅，只見器用供帳，件件新，色色備，分明鑽入錦繡窩中，好生過意不去。當晚就在西房安置，夫妻歡喜，自不必說。

次日，雙雙兩口兒都到新府拜謝葛令公。令公吩咐掛了迴避牌，不消相見。剛纔轉身回去，不多時門上報到令公自來了，申徒泰慌忙迎著馬頭下跪迎接。葛令公下馬扶起，直至廳上。令公捧出告身⑫一道，請申徒泰為參謀之職。原來那時做鎮使的，都請得有空頭告身⑬，但是軍中合用官員，隨他填寫取用，然後奏聞朝廷，無有不依。況且申徒泰已有功績，申奏去了，朝廷自然優錄的。令公教取官帶與申徒泰換了，以禮相接。自此申徒泰洗落了「廳頭」二字，感謝令公不盡。

一日，與渾家閒話，問及令公平日恁般寵愛，如何割捨得下？弄珠兒敘起嶽雲樓目不轉睛之語，令公說你鍾情於妾，特地割愛相贈。申徒泰聽罷，纔曉得令公體悉人情，重賢輕色，真大丈夫之所為也。這一節，傳出軍中，都知道了，沒一箇人不誇揚令公仁德，都願替他出力盡死。終令公之世，人心悅服，地方安靜。後人有詩贊云：

> 重賢輕色古今稀，反怨為恩事更奇。試借兗州功簿看，黃金臺⑭上有名姬。

---

⑫ 告身：任命狀。

⑬ 空頭告身：空白的任命狀。

⑭ 黃金臺：戰國時，燕昭王置千金於臺上，以招賢士，曰黃金臺。

# 第七卷 羊角哀捨命全交❶

背手為雲覆手雨，紛紛輕薄何須數？君看管鮑貧時交，此道今人棄如土。

昔時齊國有管仲，字夷吾；鮑叔，字宣子，兩箇自幼時以貧賤結交。後來鮑叔先在齊桓公門下，信用顯達，舉薦管仲為首相，位在己上。兩人同心輔政，始終如一。管仲曾有幾句言語道：「吾嘗三戰三北，鮑叔不以我為怯，知我有老母也；吾嘗三仕三見逐，鮑叔不以我為不肖，知我不遇時也；吾嘗與鮑叔談論，鮑叔不以我為愚，知時有利不利也；吾嘗與鮑叔為賈，分利多，鮑叔不以我為貪，知我貧也。生我者父母，知我者鮑叔。」所以古今說知心結交，必曰「管鮑」。今日說兩箇朋友，偶然相見，結為兄弟，各捨其命，留名萬古。

春秋時，楚元王崇儒重道，招賢納士。天下之人聞其風而歸者，不可勝計。西羌積石山，有一賢士，姓左，雙名伯桃，幼亡父母，勉力攻書，養成濟世之才，學就安民之業。年近四旬，因中國諸侯互相吞併，行仁政者少，恃強霸者多，未嘗出仕。後聞得楚元王慕仁好義，遍求賢士，乃攜書一囊，辭別鄉中鄰友，逕奔楚國而來。迤邐來到雍地，時值隆冬，風雨交作。有一篇西江月詞，單道冬天雨景：

❶ 羊角哀捨命全交：一本作「羊角哀一死戰荊軻」。

習習悲風割面，濛濛細雨侵衣。催冰釀雪逞寒威，不比他時和氣。　山色不明常暗，日光偶露還微。天涯遊子盡思歸，路上行人應悔。

左伯桃冒雨盪風❷，行了一日，衣裳都沾濕了。看看天色昏黃，走向村間，欲覓一宵宿處❸。遠遠望見竹林之中，破窗透出燈光。逕奔那箇去處，見矮矮籬笆圍著一間草屋。乃推開籬障，輕叩柴門。中有一人，啟戶而出。左伯桃立在簷下，慌忙施禮曰：「小生西羌人氏，姓左，雙名伯桃。欲往楚國，不期中途遇雨，無覓旅邸之處，求借一宵，來早便行，未知尊意肯容否？」那人聞言，慌忙答禮，邀入屋內。伯桃視之，只有一榻。榻上堆積書卷，別無他物。伯桃已知亦是儒人，便欲下拜。那人云：「且未可講禮，容取火烘乾衣服，卻當會話。」當夜燒竹為火，伯桃烘衣。那人炊辦酒食，以供伯桃，意甚勤厚。伯桃乃問姓名。其人曰：「小生姓羊，雙名角哀，幼亡父母，獨居於此。平生酷愛讀書，農業盡廢。今幸遇賢士遠來，但恨家寒，乏物為款，伏乞恕罪。」伯桃曰：「陰雨之中，得蒙遮蔽，更兼一飲一食，感佩何忘！」當夜二人抵足而眠，共話胸中學問，終夕不寐。

比及天曉，淋雨不止。角哀留伯桃在家，盡其所有相待。結為昆仲，伯桃年長角哀五歲，角哀拜伯桃為兄。一住三日，雨止道乾。伯桃曰：「賢弟有王佐之才，抱經綸之志；不圖竹帛，甘老林泉，深為可惜。」角哀曰：「非不欲仕，奈未得其便耳。」伯桃曰：「今楚王虛心求士，賢弟既有此心，何不同

❷ 盪風：冒風。

❸ 宵宿處：夜宿的處所。

往？」角哀曰：「願從兄長之命。」遂收拾些小路費糧米，棄其茅屋，二人同望南方而進。

行不兩日，又值陰雨，羈身旅店中，盤費罄盡。止有行糧一包，二人輪換負之，冒雨而走。其雨未止，風又大作，變為一天大雪。怎見得？你看：

風添雪冷，雪趁風威。紛紛柳絮狂飄，片片鵝毛亂舞。團空攪陣，不分南北西東；遮地漫天，變盡青黃赤黑。探梅詩客多清趣，路上行人欲斷魂。

二人行過岐陽，道經梁山路，問及樵夫，皆說：從此去百餘里，並無人煙，盡是荒山曠野，狼虎成群，只好休去。伯桃與角哀曰：「賢弟心下如何？」角哀曰：「自古道：『死生有命。』既然到此，只顧前進，休生退悔。」又行了一日，夜宿古墓中。衣服單薄，寒風透骨。

次日，雪越下得緊，山中彷彿盈尺。伯桃受凍不過，曰：「我思此去百餘里，絕無人家，行糧不敷，衣單食缺。若一人獨往，可到楚國；二人俱去，縱然不凍死，亦必餓死於途中。與草木同朽，何益之有？我將身上衣服，脫與賢弟穿了，賢弟可獨賚此糧，於途強掙而去。我委的行不動了，寧可死於此地。待賢弟見了楚王，必當重用，那時卻來葬我未遲。」角哀曰：「焉有此理！我二人雖非一父母所生，義氣過於骨肉，我安忍獨去而求進身耶？」遂不許。扶伯桃而行，行不十里，伯桃曰：「風雪越緊，如何去得？且於道傍尋個歇處。」見一株枯桑，頗可避雪。那桑下只容得一人，角哀遂扶伯桃入去坐下。伯桃命角哀敲石取火，爇些枯枝，以禦寒氣。比及角哀取了柴火到來，只見伯桃脫得赤條條地，渾身衣服，都做一堆放著。角哀大驚曰：「吾兄何為如此？」伯桃曰：「吾尋思無計，賢弟勿自誤了，速穿此衣服，負糧前去，我只在此守死。」角哀抱持大哭曰：「吾二人死生同處，安可分離？」伯桃曰：「若皆餓死，白骨誰埋？」角哀曰：「若如此，弟情願解衣與兄穿了，兄可賷糧去，弟寧死於此。」伯桃曰：「我平生多病，賢弟少壯，比我甚強；更兼胸中之學，我所不及。若見楚君，必登顯宦。我死何足道哉？弟勿久滯，可宜速往。」角哀曰：「今兄餓死桑中，弟獨取功名，此大不義之人也，我不為之。」伯桃曰：「我自離積石山，至弟家中，一見如故。知弟胸次不凡，以此勸弟求進。不幸風雨所阻，此吾天命當盡。若使弟亦亡於此，乃吾之罪也。」言訖欲跳前溪覓死。角哀抱住痛哭，將衣擁護，再扶至桑中，伯桃把衣服推開。角哀再欲上前勸解時，但見伯桃神色已變，四肢厥冷，口不能言，以手揮令去。角哀尋思：「我若久戀，亦凍死矣。死後誰葬吾兄？」乃於雪中再拜伯桃而哭曰：「不肖弟此去，望兄陰力相助。但得微名，必當厚葬。」伯桃點頭半答，角哀取了衣糧，帶泣而去。伯桃死於桑中。後人有詩贊云：

寒來雪三尺，人去途千里。長途苦雪寒，何況囊無米？并糧一人生，同行兩人死；兩死誠何益？一生尚有恃。賢哉左伯桃！隕命成人美。

角哀捱著寒冷，半饑半飽，來至楚國，於旅邸中歇定。次日入城，問人曰：「楚君招賢，何由而進？」人曰：「宮門外設一賓館，令上大夫裴仲接納天下之士。」角哀逕投賓館前來，正值上大夫下車，角哀乃向前而揖。裴仲見角哀衣雖藍縷，器宇不凡，慌忙答禮，問曰：「賢士何來？」角哀曰：「小生姓羊，雙名角哀，雍州人也。聞上國招賢，特來歸投。」裴仲邀入賓館，具酒食以進，宿於館中。

次日，裴仲到館中探望，將胸中疑義，盤問角哀，試他學問如何。角哀百問百答，談論如流。裴仲大喜，入奏元王。王即時召見，問富國強兵之道，角哀首陳十策，皆切當世之急務。元王大喜，設御宴以待之，拜為中大夫，賜黃金百兩，彩段百疋。角哀再拜流涕。元王大驚而問曰：「卿痛哭者何也？」角哀將左伯桃脫衣併糧之事，一一奏知。元王聞其言，為之感傷，諸大臣皆為痛惜。元王曰：「卿欲如何？」角哀曰：「臣乞告假到彼處，安葬伯桃已畢，卻回來事大王。」元王遂贈已死伯桃為中大夫，厚賜葬資，仍差人跟隨角哀車騎同去。

角哀辭了元王，逕奔梁山地面。尋舊日枯桑之處，果見伯桃死屍尚在，顏貌如生前一般。角哀乃再拜而哭，呼左右喚集鄉中父老，卜地於浦塘之原。前臨大溪，後靠高崖，左右諸峰環抱，風水甚好。遂以香湯沐浴伯桃之屍，穿戴大夫衣冠，置內棺外槨，安葬起墳。四圍築牆栽樹，離墳三十步建享堂❹，塑伯桃儀容，立華表，柱上建牌額。牆側蓋瓦屋，令人看守。造畢，設祭於享堂，哭泣甚切。鄉老❺從人，無不下淚。祭罷，各自散去。

角哀是夜明燈燃燭而坐，感嘆不已。忽然一陣陰風颯颯，燭滅復明。角哀視之，見一人於燈影中或進或退，隱隱有哭聲。角哀叱曰：「何人也？輒敢夤夜而入！」其人不言。角哀起而視之，乃伯桃也。角哀大驚，問曰：「兄陰靈不遠，今來見弟，必有事故。」伯桃曰：「感賢弟記憶，初登仕路，奏請葬吾，更贈重爵，併棺槨衣衾之美，凡事十全。但墳地與荊軻墓相連近，此人在世時，為刺秦王不中被戮，高漸離以其屍葬於此處。神極威猛，每夜仗劍來罵吾曰：『汝是凍死餓殺之人，安敢建墳居吾上肩，奪

❹ 享堂：祭祀的廳堂。

❺ 鄉老：地方父老。

吾風水？若不遷移他處，吾發墓取屍，擲之野外！』有此危難，特告賢弟。望改葬於他處，以免此禍。」角哀再欲問之，風起，忽然不見。角哀在享堂中一夢驚覺，盡記其事。

天明，再喚鄉老，問此處有墳相近否。鄉老曰：「松陰中有荊軻墓，墓前有廟。」角哀曰：「此人昔刺秦王不中被殺，緣何有墳於此？」鄉老曰：「高漸離乃此間人，知荊軻被害，棄屍野外，乃盜其屍，葬於此地。每每顯靈。土人建廟於此，四時享祭，以求福利。」角哀聞其言，遂信夢中之事，引從者逕奔荊軻廟，指其神而罵曰：「汝乃燕邦一匹夫，受燕太子奉養，名姬重寶，儘汝受用。不思良策以副重托，入秦行事，喪身誤國。卻來此處驚惑鄉民，而求祭祀！吾兄左伯桃，當代名儒，仁義廉潔之士，汝安敢逼之？再如此，吾當毀其廟，而發其塚，永絕汝之根本！」罵訖，卻來伯桃墓前祝曰：「如荊軻今夜再來，兄當報我。」

歸至享堂，是夜秉燭以待。果見伯桃哽咽而來，告曰：「感賢弟如此，奈荊軻從人極多，皆土人所獻。賢弟可束草為人，以彩為衣，手執器械，焚於墓前。吾得其助，使荊軻不能侵害。」言罷不見。角哀連夜使人束草為人，以彩為衣，各執刀鎗器械，建數十於墓側，以火焚之。祝曰：「如其無事，亦望回報。」

歸至享堂，是夜聞風雨之聲，如人戰敵。角哀出戶觀之，見伯桃奔走而來，言曰：「弟所焚之人，不得其用。荊軻又有高漸離相助，不久吾屍必出墓矣。望賢弟早與遷移他處殯葬，免受此禍。」角哀曰：「此人安敢如此欺凌吾兄！弟當力助以戰之。」伯桃曰：「弟陽人也，我皆陰鬼；陽人雖有勇烈，塵世相隔，焉能戰陰鬼也？雖蒭草之人，但能助喊，不能退此強魂。」角哀曰：「兄且去，弟來日自有區處。」

次日，角哀再到荊軻廟中大罵，打毀神像。方欲取火焚廟，只見鄉老數人，再四哀求，曰：「此乃一村香火，若觸犯之，恐貽禍於百姓。」須臾之間，土人聚集，都來求告。角哀拗他不過，只得罷了。

回到享堂，修一道表章，上謝楚王，言：「昔日伯桃併糧與臣，因此得活，以遇聖主。重蒙厚爵，平生足矣，容臣後世盡心圖報。」詞意甚切。表付從人，然後到伯桃墓側，大哭一場。與從者曰：「吾兄被荊軻強魂所逼，去往無門，吾所不忍。欲焚廟掘墳，又恐拂土人之意。寧死為泉下之鬼，力助吾兄戰此強魂。汝等可將吾屍葬於此墓之右，生死共處，以報吾兄併糧之義。回奏楚君，萬乞聽納臣言，永保山河社稷。」言訖，掣取佩劍，自刎而死。從者急救不及，速具衣棺殯殮，埋於伯桃墓側。

是夜二更，風雨大作，雷電交加，喊殺之聲聞數十里。清曉視之，荊軻墓上，震烈如發，白骨散於墓前，墓邊松柏，和根拔起。廟中忽然起火，燒做白地。鄉老大驚，都往羊左二墓前，焚香展拜。從者回楚國，將此事上奏元王，元王感其義重，差官往墓前建廟，加封上大夫，敕賜廟額，曰「忠義之祠」，就立碑以記其事，至今香火不斷。荊軻之靈，自此絕矣。土人四時祭祀，所禱甚靈。有古詩云：

古來仁義包天地，只在人心方寸間。二士廟前秋日淨，英魂常伴月光寒。

# 第八卷　吳保安棄家贖友

古人結交惟結心，今人結交惟結面。結心可以同死生，結面那堪共貧賤？九衢鞍馬日紛紜，追攀送謁無晨昏。座中慷慨出妻子，酒邊拜舞猶弟兄。一關微利已交惡，況復大難肯相親？君不見當年羊左稱死友，至今史傳高其人。

這篇詞，名為結交行，是嘆末世人心險薄，結交最難。平時酒杯往來，如兄若弟；一遇虱大❶的事，纔有些利害相關，便爾我不相顧了。真箇是：酒肉弟兄千箇有，落難之中無一人。還有朝兄弟，暮仇敵，纔放下酒杯，出門便彎弓相向的。所以陶淵明欲息交❷，嵇叔夜欲絕交❸，劉孝標又做下廣絕交論❹，都是感慨世情，故為忿激之譚耳。如今我說的兩箇朋友，卻是從無一面的。只因一點意氣上相許，後來患難之中，死生相救，這纔算做心交至友。正是：

❶ 虱大：比喻很小。

❷ 陶淵明欲息交：陶淵明歸去來辭中有：「歸去來兮，請息交以絕游。」一句。

❸ 嵇叔夜欲絕交：嵇康，三國魏人，字叔夜。山濤欲舉薦嵇康為選曹郎，嵇康作絕交書，與山濤絕交。

❹ 劉孝標又做下廣絕交論：劉峻，字孝標，梁人，以後漢朱穆絕交論為本，作廣絕交論。

說來貢禹冠塵動❺，道破荊卿劍氣寒。

話說大唐開元年間，宰相代國公郭震，字元振，河北武陽人氏，有姪兒郭仲翔，才兼文武，一生豪俠尚氣，不拘繩墨，因此沒人舉薦。他父親見他年長無成，寫了一封書，教他到京參見伯父，求箇出身之地。元振謂曰：「大丈夫不能掇巍科❻，登上第，致身青雲，亦當如班超、傅介子❼，立功異域，以博富貴。若但借門第為階梯，所就豈能遠大乎？」仲翔唯唯。

適邊報到京：南中洞蠻作亂。原來武則天娘娘革命之日，要買囑人心歸順，只這九溪十八洞蠻夷，每年一小犒賞，三年一大犒賞。到玄宗皇帝登極，把這犒賞常規都裁革了。為此群蠻一時造反，侵擾州縣。朝廷差李蒙為姚州都督，調兵進討。李蒙領了聖旨，臨行之際，特往相府辭別，因而請教。郭元振曰：「昔諸葛武侯七擒孟獲，但服其心，不服其力。將軍宜以慎重行之，必當制勝。舍姪郭仲翔頗有才幹，今遣與將軍同行。俟破賊立功，庶可附驥尾以成名耳。」即呼仲翔出，與李蒙相見。李蒙見仲翔一表非俗，又且當朝宰相之姪，親口囑托，怎敢推委？即署仲翔為行軍判官之職。仲翔別了伯父，跟隨李蒙起程。

行至劍南地方，有同鄉一人，姓吳，名保安，字永固，見任東川遂州方義尉。雖與仲翔從未識面，

---

❺ 貢禹冠塵動：貢禹，漢人，元帝時官至御史大夫，與王吉友善，兩人進退相同。王吉任官，則貢禹必彈冠出仕。冠塵動，即彈冠，欲出仕也。

❻ 掇巍科：謂得最高科第。巍科，指科甲名次居高。

❼ 傅介子：漢人，昭帝時出使西域，封義陽侯。

然素知其為人義氣深重，肯扶持濟拔人的。乃修書一封，特遣人馳送於仲翔。仲翔拆書讀之，書曰：

吳保安不肖，幸與足下生同鄉里，雖缺展拜，而慕仰有日。以足下大才，輔李將軍以平小寇，成功在旦夕耳。保安力學多年，僅官一尉。僻在劍外，鄉關夢絕。況此官已滿，後任難期，恐厄選曹❽之格限也。稔聞足下分憂急難，有古人風。今大軍征進，正在用人之際。儻垂念鄉曲，錄及細微，使保安得執鞭從事，樹尺寸於幕府，足下丘山之恩，敢忘銜結❾？

仲翔玩其書意，嘆曰：「此人與我素昧平生，而驟以緩急相委，乃深知我者。大丈夫遇知己而不能與之出力，寧不負愧乎？」遂向李蒙誇獎吳保安之才，乞徵來軍中效用。李都督聽了，便行下文帖，到遂州去，要取方義尉吳保安為管記❿。

纔打發差人起身，探馬報蠻賊猖獗，逼近內地。李都督傳令，星夜趲行⓫。來到姚州，正遇著蠻兵搶擄財物，不做準備，被大軍一掩，都四散亂竄，不成隊伍，殺得他大敗全輸。李都督恃勇，招引大軍，乘勢追逐五十里。天晚下寨，郭仲翔諫曰：「蠻人貪詐無比，今兵敗遠遁，將軍之威已立矣，宜班師回州，遣人宣播威德，招使內附，不可深入其地，恐墮詐謀之中。」李蒙大喝曰：「群蠻今已喪膽，不乘

---

❽ 選曹：吏部。

❾ 銜結：銜環結草。比喻感恩圖報之意。

❿ 管記：書記。

⓫ 趲行：趕路。

此機掃清溪洞，更待何時？汝勿多言，看我破賊！」

次日，拔寨都起。行了數日，直到烏蠻界上。只見萬山疊翠，草木蒙茸，正不知那一條是去路。李蒙心中大疑，傳令暫退平衍處屯扎，一面尋覓土人，訪問路徑。忽然山谷之中，金鼓之聲四起，蠻兵瀰山遍野而來。洞主姓蒙名細奴邏，手執木弓藥矢，百發百中。驅率各洞蠻酋穿林渡嶺，分明似鳥飛獸奔，全不費力。唐兵陷於伏中，又且路生力倦，如何抵敵？李督雖然驍勇，奈英雄無用武之地。手下爪牙看看將盡，嘆曰：「悔不聽郭判官之言，乃為犬羊所侮。」拔出靴中短刀，自刺其喉而死，全軍皆沒於蠻中。後人有詩云：

馬援銅柱⓬標千古，諸葛旗臺鎮九溪。何事唐師皆覆沒？將軍姓李數偏奇。

又有一詩，專咎李都督不聽郭仲翔之言，以自取敗。詩云：

不是將軍數獨奇，懸軍深入總堪危。當時若聽還師策，總有群蠻誰敢窺？

其時郭仲翔也被擄去，細奴邏見他丰神不凡，叩問之，方知是郭元振之姪，遂給與本洞頭目烏羅部下。原來南蠻從無大志，只貪圖中國財物。擄掠得漢人，都分給與各洞頭目。功多的，分得多；功少的，分得少。其分得人口，不問賢愚，只如奴僕一般，供他驅使，斫柴割草，飼馬牧羊。若是人口多的，又可轉相買賣。漢人到此，十箇九箇只願死，不願生。卻又有蠻人看守，求死不得，有恁般苦楚。這一陣

⓬ 馬援銅柱：東漢馬援征服交趾，在邊界上立銅柱以表功。

廝殺，擄得漢人甚多。其中多有有職位的，蠻酋一一審出，許他寄信到中國去，要他親戚來贖，獲其厚利。你想被擄的人，那一箇不思想還鄉的？一聞此事，不論富家貧家，都寄信到家鄉來了。就是各人家屬，十分沒法處置的，只得罷了。若還有親有眷，挪移補湊得來，那一家不想借貸去取贖？那蠻酋忍心貪利，隨你孤身窮漢，也要勒取好絹三十疋，方准贖回。若上一等的，憑他索詐。烏羅聞知郭仲翔是當朝宰相之姪，高其贖價，索絹一千疋。

仲翔想道：「若要千絹，除非伯父處可辦。只是關山迢遞，怎得寄箇信去？」忽然想著：「吳保安是我知己，我與他從未會面，只為見他數行之字，便力薦於李都督，召為管記。我之用情，他必諒之。幸他行遲，不與此難，此際多應⓭已到姚州。誠央他附信於長安，豈不便乎？」乃修成一書，逕致保安。書中具道苦情，及烏羅索價詳細：「倘永固不見遺棄，傳語伯父，早來見贖，尚可生還。不然，生為俘囚，死為蠻鬼，永固其忍之乎？」永固者，保安之字也。書後附一詩云：

箕子為奴⓮仍異域，蘇卿受困在初年。知君義氣深相憫，願脫征驂學古賢。

仲翔修書已畢，恰好有箇姚州解糧官，被贖放回。仲翔乘便就將此書付之，眼盼盼看著他人去了，自己不能奮飛，萬箭攢心，不覺淚如雨下。正是：

---

⓭ 多應：大概。

⓮ 箕子為奴：商箕子因紂暴虐無道，屢勸不聽，乃佯狂為奴。

眼看他鳥高飛去，身在籠中怎出頭？

不題郭仲翔蠻中之事。且說吳保安奉了李都督文帖，已知郭仲翔所薦，留妻房張氏和那新生下未週歲的孩兒在遂州住下，一主一僕飛身上路，趕來姚州赴任。聞知李都督陣亡消息，喫了一驚。尚未知仲翔生死下落，不免留身打探。恰好解糧官從蠻地放回，帶得有仲翔書信。吳保安拆開看了，好生淒慘。便寫回書一紙，書中許他取贖，留在解糧官處，囑他覷便寄到蠻中，以慰仲翔之心。忙整行囊，便望長安進發。這姚州到長安三千餘里，東川正是箇順路。保安逕不回家，直到京都，求見郭元振相公。誰知一月前元振已薨，家小都扶柩而回了。

吳保安大失所望，盤纏罄盡，只得將僕馬賣去，將來使用。覆身回到遂州，見了妻兒，放聲大哭。張氏問其緣故。保安將郭仲翔失陷南中之事，說了一遍，「如今要去贖他，爭奈⓯自家無力，使他在窮鄉懸望，我心何安？」說罷又哭。張氏勸止之曰：「常言『巧媳婦煮不得沒米粥』，你如今力不從心，只索付之無奈了。」保安搖首曰：「吾向者偶寄尺書，即蒙郭君垂情薦拔；今彼在死生之際，以性命托我，我何忍負之？不得郭回，誓不獨生也。」

於是傾家所有，估計來止直得絹二百疋。遂撇了妻兒，欲出外為商。又怕蠻中不時有信寄來，只在姚州左近營運⓰。朝馳暮走，東趁西奔；身穿破衣，口喫粗糲。雖一錢一粟，不敢妄費，都積來為買絹

⓯ 爭奈：怎奈。

⓰ 營運：經營。

之用。得一望十，得十望百；滿了百足，就寄放姚州府庫。眠裡夢裡只想著「郭仲翔」三字，連妻子都忘記了。整整的在外過了十箇年頭，剛剛的湊得七百足絹，還未足千足之數。正是：

離家千里逐錐刀⑰，只為相知意氣饒。十載未償蠻洞債，不知何日慰心交？

話分兩頭。卻說吳保安妻張氏，同那幼年孩子，孤孤悽悽的住在遂州，初時還有人看縣尉面上，小意兒周濟他，一連幾年不通音耗⑱，就沒人理他了。家中又無積蓄，捱到十年之外，衣單食缺，萬難存濟⑲，只得併迭⑳幾件破家火，變賣盤纏，領了十一歲的孩兒，親自問路，欲往姚州，尋取丈夫吳保安。夜宿朝行，一日只走得三四十里。比到得戎州界上，盤費已盡，計無所出。欲待求乞前去，又含羞不慣。思量薄命，不如死休；看了十一歲的孩兒，又割捨不下。左思右想，看看天晚，坐在烏蒙山下，放聲大哭，驚動了過往的官人㉑。那官人，姓楊名安居，新任姚州都督，正頂著李蒙的缺。從長安馳驛到任，打從烏蒙山下經過，聽得哭聲哀切，又是箇婦人，停了車馬，召而問之。張氏手攙著十一歲的孩兒，上前哭訴曰：「妾乃遂州方義尉吳保安之妻，此孩兒即妾之子也。妾夫因友人郭仲翔陷沒蠻中，欲營求千

⑰ 錐刀：微小的利潤。
⑱ 音耗：消息。
⑲ 存濟：生存；安身。
⑳ 併迭：收拾。
㉑ 官人：官吏。

疋絹往贖，棄妾母子，久住姚州，十年不通音信。妾貧苦無依，親往尋取。糧盡路長，是以悲泣耳。」安居暗暗歎異道：「此人真義士，恨我無緣識之。」乃謂張氏曰：「夫人休憂，下官忝任姚州都督，一到彼郡，即差人尋訪尊夫。夫人行李之費，都在下官身上。請到前途館驛中，當與夫人設處。」張氏收淚拜謝。雖然如此，心下尚懷惶惑。楊都督車馬如飛去了。

張氏母子相扶，一步步捱到驛前。楊都督早已吩咐驛官伺候，問了來歷，請到空房飯食安置。次日五鼓，楊都督起馬先行。驛官傳楊都督之命，將十千錢贈為路費，又備下一輛車兒，差人夫送至姚州普淜驛中居住。張氏心中感激不盡。正是：

好人還遇好人救，惡人自有惡人磨。

且說楊安居一到姚州，便差人四下尋訪吳保安下落。不三四日，便尋著了。安居請到都督府中，降堦迎接，親執其手，登堂慰勞。因謂保安曰：「下官常聞古人有死生之交，今親見之足下矣。尊夫人同令嗣遠來相覓，見在驛舍。足下且往，暫敘十年之別。所需絹疋若干，吾當為足下圖之。」保安曰：「僕為友盡心，固其分內，奈何累及明公乎？」安居曰：「慕公之義，欲成公之志耳。」保安叩首曰：「既蒙明公高誼，僕不敢固辭。所少尚三分之一，如數即付，僕當親往蠻中，贖取吾友。然後與妻孥相見，未為晚也。」時安居初到任，乃於庫中撮借官絹四百疋，贈與保安，又贈他全副鞍馬，保安大喜，領了這四百疋絹，並庫上七百疋，共一千一百之數，騎馬直到南蠻界。只尋箇熟蠻，往蠻中通話，將所餘百疋絹，盡數托他使費。只要仲翔回歸，心滿意足。正是：

應時還得見，勝是岳陽金。

卻說郭仲翔在烏羅部下，烏羅指望他重價取贖，初時好生看待，飲食不缺。過了一年有餘，不見中國人來講話。烏羅心中不悅，把他飲食都裁減了，每日一食，著他看養戰象。仲翔打熬不過，思鄉念切，乘烏羅出外打圍，拽開腳步，望北而走。那蠻中都是險峻的山路，仲翔走了一日一夜，腳底都破了，被一般看象的蠻子，飛也似趕來，捉了回去。烏羅大怒，將他轉賣與南洞主新丁蠻為奴，離烏羅部二百里之外。那新丁最惡，差使小不遂意，整百皮鞭，鞭得背都青腫，如此已非一次。仲翔熬不得痛苦，捉個空，又想逃走。爭奈路徑不熟，只在山凹內盤旋，又被本洞蠻子追著了，拿去獻與新丁。新丁不用了，又賣到南方一洞去，一步遠一步了。那洞主號菩薩蠻，更是利害。曉得郭仲翔屢次逃走，乃取木板兩片，各長五六尺厚三四寸，教仲翔把兩隻腳立在板上，用鐵釘釘其腳面，直透板內，日常帶著二板行動。夜間納土洞中，洞口用厚木板門遮蓋。本洞蠻子就睡在板上看守，一毫轉動不得。兩腳被釘處，常流膿血，分明是地獄受罪一般。有詩為證：

身賣南蠻南更南，土牢木鎖苦難堪。十年不達中原信，夢想心交不敢譚。

卻說熟蠻領了吳保安言語，來見烏羅，說知求贖郭仲翔之事。烏羅曉得絹足千疋，不勝之喜，便差人往南洞轉贖郭仲翔回來。南洞主新丁，又引至菩薩蠻洞中，交割了身價，將仲翔兩腳釘板，用鐵鉗取出釘來。那釘頭入肉已久，膿水乾後，如生成一般，今番重復取出，這疼痛比初釘時，更自難忍，血流滿地，仲翔登時悶絕。良久方醒，寸步難移。只得用皮袋盛了，兩箇蠻子扛抬著，直送到烏羅帳下。烏羅收足了絹疋，不管死活，把仲翔交付熟蠻，轉送吳保安收領。

吳保安接著，如見親骨肉一般。這兩箇朋友，到今日方纔識面。未暇敘話，各睜眼看了一看，抱頭而哭，皆疑以為夢中相逢也。郭仲翔感謝吳保安，自不必說。保安見仲翔形容憔悴，半人半鬼，兩腳又動彈不得，好生淒慘，讓馬與他騎坐，自己步行隨後，同到姚州城內，回覆楊都督。

原來楊安居曾在郭元振門下做箇幕僚，與郭仲翔雖未廝認，卻有通家之誼；又且他是箇正人君子，不以存亡易心，一見仲翔，不勝之喜，教他洗沐過了，將新衣與他更換，又教隨軍醫生醫他兩腳瘡口。好飲好食將息，不勾一月，平復如故。

且說吳保安從蠻界回來，方纔到普淜驛中，與妻兒相見。初時分別，兒子尚在襁褓，如今十一歲了。光陰迅速，未免傷感於懷。楊安居為吳保安義氣上，十分敬重。他每對人誇獎，又寫書與長安貴要，稱他棄家贖友之事；又厚贈資糧，送他往京師補官。凡姚州一郡官府，見都督如此用情，無不厚贈。仲翔仍留為都督府判官。保安將眾人所贈，分一半與仲翔，留下使用。仲翔再三推辭，保安那裡肯依，只得受了。吳保安謝了楊都督，同家小往長安進發。仲翔送出姚州界外，痛哭而別。保安仍留家小在遂州，單身到京，陞補嘉州彭山丞之職。那嘉州仍是西蜀地方，迎接家小又方便，保安歡喜赴任去訖，不在話下。

再說郭仲翔蠻中日久，深知款曲㉒。蠻中婦女，儘有姿色，價反在男子之下。仲翔在任三年，陸續差人到蠻洞購求年少美女，共有十人，自己教成歌舞，鮮衣美飾，特獻與楊安居服侍，以報其德。安居

㉒款曲：內中情況。

笑曰：「吾重生高義，故樂成其美耳。言及相報，得無以市井見待耶？」仲翔曰：「荷明公仁德，微軀再造，特求此蠻口奉獻，以表區區。明公若見辭，仲翔死不瞑目矣。」安居見他誠懇，乃曰：「僕有幼女，最所鍾愛。勉受一小口為伴，餘則不敢如命。」仲翔把那九箇美女，贈與楊都督帳下九箇心腹將校，以顯楊公之德。

時朝廷正追念代國公軍功，要錄用其子姪。楊安居表奏：「故相郭震嫡姪仲翔，始進諫於李蒙，預知勝敗；繼陷身於蠻洞，備著堅貞。十年復返於故鄉，三載效勞於幕府。蔭既可敘，功亦宜酧。」於是郭仲翔得授蔚州錄事參軍。自從離家到今，共一十五年了，他父親和妻子在家聞得仲翔陷沒蠻中，杳無音信，只道身故已久，忽見親筆家書，迎接家小臨蔚州任所，舉家歡喜無限。

仲翔在蔚州做官兩年，大有聲譽，陞遷代州戶曹參軍。又經三載，父親一病而亡，仲翔扶柩回歸河北。喪葬已畢，忽然嘆曰：「吾賴吳公見贖，得有餘生。因老親在堂，方謀奉養，未暇圖報私恩；今親歿服除，豈可置恩人於度外乎？」訪知吳保安在宦所未回，乃親到嘉州彭山縣看之。

不期保安任滿家貧，無力赴京聽調，就便在彭山居住；六年之前，患了疫症，夫婦雙亡，藁葬在黃龍寺後隙地。兒子吳天祐從幼母親教訓，讀書識字，就在本縣訓蒙度日。仲翔一聞此信，悲啼不已。因製縗麻之服，腰絰執杖，步至黃龍寺內，向塚號泣，具禮祭奠。奠畢，尋吳天祐相見，即將自己衣服，脫與他穿了，呼之為弟，商議歸葬一事。乃為文以告於保安之靈，發開土堆，只存枯骨二具。仲翔痛哭不已，旁觀之人，莫不墮淚。仲翔預製下練囊㉓二箇，裝保安夫婦骸骨。又恐失了次第，斂葬時一時難

㉓ 練囊：一種白絹做成的口袋。

認，逐節用墨記下，裝入練囊，總貯一竹籠之內，親自背負而行。吳天祐道是他父母的骸骨，理合他馱，來奪那竹籠。仲翔那肯放下，哭曰：「永固為我奔走十年，今我暫時為之負骨，少盡我心而已。」一路且行且哭，每到旅店，必置竹籠於上坐，將酒飯澆奠過了，然後與天祐同食。夜間亦安置竹籠停當，方敢就寢。自嘉州到魏郡，凡數千里，都是步行。他兩腳曾經釘板，雖然好了，終是血脈受傷，一連走了幾日，腳面都紫腫起來，內中作痛。看看行走不動，又立心不要別人替力，勉強捱去。有詩為證：

酧恩無地只奔喪，負骨徒行日夜忙。遙望平陽數千里，不知何日到家鄉？

仲翔思想：前路正長，如何是好？天晚就店安宿，乃設酒飯於竹籠之前，含淚再拜，虔誠哀懇：「願吳永固夫婦顯靈，保祐仲翔腳患頓除，步履方便，早到武陽，經營葬事。」吳天祐也從旁再三拜禱。到次日起身，仲翔便覺兩腳輕健，直到武陽縣中，全不疼痛。此乃神天護佑吉人，不但吳保安之靈也。

再說仲翔到家，就留吳天祐同居。打掃中堂，設立吳保安夫婦神位，買辦衣衾棺槨，重新殯斂。自己戴孝，一同吳天祐守幕受弔，顧匠造墳。凡一切葬具，照依先葬父親一般。又立一道石碑，詳紀保安棄家贖友之事，使往來讀碑者，盡知其善。又同吳天祐廬墓三年。那三年中，教訓天祐經書，得他學問精通，方好出仕。三年後，要到長安補官，念吳天祐無家未娶，擇宗族中姪女有賢德者，替他納聘，割東邊宅院子，讓他居住成親，又將一半家財，分給天祐過活。正是：

昔年為友拋妻子，今日孤兒轉受恩。正是投瓜還得報，善人不負善心人。

仲翔起服㉔到京，補嵐州長史，又加朝散大夫。仲翔思念保安不已，乃上疏，其略曰：

臣聞有善必勸者，固國家之典；有恩必酧者，亦匹夫之義。臣向從故姚州都督李蒙進禦蠻寇，一戰奏捷。臣謂深入非宜，尚當持重；主帥不聽，全軍覆沒。臣以中華世族，為絕域窮困。蠻賊貪利，責絹還俘。謂臣宰相之姪，索至千疋。而臣家絕萬里，無信可通。十年之中，備嘗艱苦，肌膚毀剔，靡刻不淚。牧羊有志，射鴈無期㉕。而遂州方義尉吳保安，適至姚州，與臣雖係同鄉，從無一面，徒以意氣相慕，遂謀贖臣。經營百端，撇家數載，形容憔悴，妻子饑寒。拔臣於垂死之中，賜臣以再生之路。大恩未報，遽爾淹歿。臣今幸沾朱紱，而保安子天祐，食藿懸鶉㉖，臣竊愧之。且天祐年富學深，足堪任使，願以臣官，讓之天祐，庶幾國家勸善之典，與下臣酧恩之義，一舉兩得。臣甘就退閒，沒齒無怨。謹昧死披瀝以聞。

時天寶十二年也。疏入，下禮部詳議。此一事，鬨動了舉朝官員。雖然保安施恩在前，也難得郭仲翔義氣，真不愧死友者矣。禮部為此覆奏，盛誇郭仲翔之品，宜破格俯從，以勵澆俗。吳天祐可試嵐谷縣尉，仲翔原官如故。這嵐谷縣與嵐州相鄰。使他兩箇朝夕相見，以慰其情，這是禮部官的用情處。朝廷依允，仲翔領了吳天祐告身一道，謝恩出京，回到武陽縣，將告身付與天祐。備下祭奠，拜告兩家墳墓。擇了

㉔ 起服：喪服未滿而任官。

㉕ 牧羊有志，射鴈無期：漢蘇武出使匈奴，被羈留牧羊，志節堅定，後天子射雁得其書，始得放還。

㉖ 食藿懸鶉：食豆葉、穿破衣。比喻窮苦。

吉日，兩家宅眷，同日起程，向西京到任。

那時做一件奇事，遠近傳說，都道吳郭交情，雖古之管鮑、羊左，不能及也。後來郭仲翔在嵐州，吳天祐在嵐谷縣，皆有政績，各陞遷去。嵐州人追慕其事，為立雙義祠，祀吳保安郭仲翔。里中凡有約誓，都在廟中禱告，香火至今不絕。有詩為證：

頻頻握手未為親，臨難方知意氣真。試看郭吳真義氣，原非平日結交人。

# 第九卷　裴晉公義還原配

官居極品富千金，享用無多白髮侵。惟有存仁并積善，千秋不朽在人心。

當初漢文帝朝中，有箇寵臣，叫做鄧通，出則隨輦，寢則同榻，恩幸無比。其時有神相許負，相那鄧通之面，有縱理紋入口❶，必當窮餓而死。文帝聞之，怒曰：「富貴由我，誰人窮得鄧通？」遂將蜀道銅山賜之，使得自鑄錢。當時鄧氏之錢，布滿天下，其富敵國。一日，文帝偶然生下箇癰疽，膿血迸流，疼痛難忍。鄧通跪而吮之，文帝覺得爽快，便問道：「天下至愛者何人？」鄧通答道：「莫如父子。」恰好皇太子入宮問疾，文帝也教他吮那癰疽。太子推辭道：「臣方食鮮膾，恐不宜近聖恙。」太子出宮去了。文帝嘆道：「至愛莫如父子，尚且不肯為我吮疽，鄧通愛我勝如吾子。」由是恩寵倶加。皇太子聞知此語，深恨鄧通吮疽之事。後來文帝駕崩，太子即位，是為景帝，遂治鄧通之罪，說他吮疽獻媚，壞亂錢法。籍其家產，閉於空室之中，絕其飲食，鄧通果然餓死。又漢景帝時，丞相周亞夫也有縱理紋在口。景帝忌他威名，尋他罪過，下之於廷尉獄中。亞夫怨恨，不食而死。這兩箇極富極貴，犯了餓死之相，果然不得善終。然雖如此，又有一說，道是面相不如心相。假如上等貴相之人，也有做下虧心事，

❶ 縱理紋入口：鼻端兩旁之皺紋為法令紋，法令紋通到嘴裡，相法以為命當餓死。

損了陰德，反不得好結果。又有犯著惡相的，卻因心地端正，肯積陰功，反禍為福。此是人定勝天，非相法之不靈也。

如今說唐朝有箇裴度，少年時，貧落未遇。有人相他縱理入口，法當餓死。後遊香山寺中，於井亭欄干上，拾得三條寶帶。裴度自思：「此乃他人遺失之物，我豈可損人利己，壞了心術？」乃坐而守之。少頃間，只見有箇婦人，啼哭而來。說道：「老父陷獄，借得三條寶帶，要去贖罪。偶到寺中盥手燒香，遺失在此。如有人拾取，可憐見還，全了老父之命。」裴度將三條寶帶，即時交付與婦人，婦人拜謝而去。

他日，又遇了那相士，相士大驚，道：「足下骨法全改，非復向日餓莩之相，得非有陰德乎？」裴度辭以沒有。相士云：「足下試自思之，必有拯溺救焚之事。」裴度乃言還帶一節。相士云：「此乃大陰功，他日富貴兩全，可預賀也。」後來裴度果然進身及第，位至宰相，壽登耄耋。正是：

面相不如心相準，為人須是積陰功。假饒❷方寸難移相，餓莩焉能享萬鍾？

說話的，你只道裴晉公是陰德上積來的富貴，誰知他富貴以後，陰德更多。則今聽我說義還原配這節故事，卻也十分難得。

話說唐憲宗皇帝元和十三年，裴度領兵削平了淮西反賊吳元濟，還朝拜為首相，進爵晉國公。又有兩處積久負固的藩鎮，都懼怕裴度威名，上表獻地贖罪：恒冀節度使王承宗，願獻德、棣二州；淄青節

❷ 假饒：假令。

度使李師道，願獻沂、密、海三州。憲宗皇帝看見外寇漸平，天下無事，乃修龍德殿，浚龍首池，起承暉殿，大興土木。又聽山人❸柳泌，合長生之藥。裴度屢次切諫，都不聽。佞臣皇甫鎛判度支❹，程异掌鹽鐵，專一刻剝百姓財物，名為羨餘，以供無事之費。由是投了憲宗皇帝之意，兩箇佞臣並同平章事。裴度羞與同列，上表求退。憲宗皇帝不許，反說裴度好立朋黨，漸有疑忌之心。裴度自念功名太盛，惟恐得罪，乃口不談朝事，終日縱情酒色，以樂餘年。四方郡牧，往往訪覓歌兒舞女，獻於相府，不一而足。論起裴晉公，那裡要人來獻？只是這班阿諛諂媚的，要博相國歡喜，自然重價購求，也有用強逼取的，鮮衣美飾，或假作家妓，或偽稱侍兒，遣人慇慇懃懃的送來。裴晉公來者不拒，也只得納了。

再說晉州萬泉縣，有一人，姓唐名璧，字國寶，曾舉孝廉科，初任括州龍宗縣尉，再任越州會稽丞。先在鄉時，聘定同鄉黃太學❺之女小娥為妻。因小娥尚在稚齡，待年未嫁。比及長成，唐璧兩任遊宦，都在南方。以此兩下蹉跎，不曾婚配。

那小娥年方二九，生得臉似堆花，體如琢玉，又且通於音律，凡簫管琵琶之類，無所不工。晉州刺史奉承裴晉公，要在所屬地方選取美貌歌姬一隊進奉。已有五人，還少一箇出色掌班的。聞得黃小娥之名，又道太學之女，不可輕得，乃捐錢三十萬，囑托萬泉縣令求之。那縣令又奉承刺史，遣人到黃太學家致意。黃太學回道：「已經受聘，不敢從命。」縣令再三強求，黃太學只是不允。時值清明，黃太學

❸ 山人：方士；隱者。

❹ 度支：官名，唐置，管國家財政。

❺ 太學：原為古代學校名，明時一般監生也叫太學。

舉家掃墓，獨留小娥在家。縣令打聽的實，乃親到黃家，搜出小娥，用肩輿抬去，著兩箇穩婆❻相伴，立刻送到晉州刺史處交割❼。硬將三十萬錢撇在他家，以為身價。比及黃太學回來，曉得女兒被縣令劫去，急往縣中，已知送去州裡。再到晉州，將情哀求刺史。刺史道：「你女兒才色過人，一入相府，必然擅寵，豈不勝作他人箕箒乎？況已受我聘財六十萬錢，何不贈與汝婿，別圖配偶？」黃太學道：「縣主乘某掃墓，將錢委置，某未嘗面受，況止三十萬，今悉持在此。某只願領女，不願領錢也。」刺史拍案大怒道：「你得財賣女，卻又瞞過三十萬，強來絮聒，是何道理？汝女已送至晉國公府中矣，汝自往相府取索，在此無益。」黃太學看見刺史發怒，出言圖賴，再不敢開口，兩眼含淚而出。在晉州守了數日，欲得女兒一見，寂然無信，嘆了口氣，只得回縣去了。

卻說刺史將千金置買異樣服飾，寶珠瓔珞，粧扮那六箇人，如天仙相似，全副樂器，整日在衙中操演。直待晉國公生日將近，遣人送去，以作賀禮。那刺史費了許多心機，破了許多錢鈔，要博相國一箇大歡喜。誰知相國府中，歌舞成行，各鎮所獻美女，也不計其數，這六箇人，只湊得鬧熱，相國那裡便看在眼裡、留在心裡？從來奉承儘有折本的，都似此類。有詩為證：

割肉剜膚買上歡，千金不吝備吹彈。相公見慣渾閒事，羞殺州官與縣官。

話分兩頭。再說唐璧在會稽任滿，該得升遷。想黃小娥今已長成，且回家畢姻，然後赴京未遲。當

---

❻ 穩婆：產婆，三姑六婆之一。

❼ 交割：交差。

下收拾宦囊，望萬泉縣進發。到家次日，就去謁見岳丈黃太學。黃太學已知為著姻事，不等開口，便將女兒被奪情節，一五一十，備細的告訴了。唐璧聽罷，呆了半晌，咬牙切齒恨道：「大丈夫浮沉薄宦，至一妻之不能保，何以生為？」黃太學勸道：「賢婿英年才望，自有好姻緣相湊，吾女兒自沒福相從，遭此強暴，休得過傷懷抱，有誤前程。」唐璧怒氣不息，要到州官、縣官處，與他爭論。黃太學又勸道：「人已去矣，爭論何益？況干礙裴相國，方今一人之下，萬人之上，倘失其歡心，恐於賢婿前程不便。」乃將縣令所留三十萬錢抬出，交付唐璧道：「以此為圖婚之費。當初宅上有碧玉玲瓏為聘，在小女身邊，不得奉還矣。賢婿須念前程為重，休為小挫以誤大事。」唐璧兩淚交流，答道：「某年近三旬，又失此良偶，琴瑟之事，終身已矣。蝸名微利，誤人之本，從此亦不復思進取也。」言訖，不覺大慟。黃太學也還痛起來，大家哭了一場，方罷。唐璧那裡肯收這錢去，逕自空身回了。

次日，黃太學親到唐璧家，再三解勸，攛掇他早往京師聽調，得了官職，然後徐議良姻。唐璧初時不肯，被丈人一連數日強逼不過，思量在家氣悶，且到長安走遭，也好排遣。勉強擇吉，買舟起程。丈人將三十萬錢暗地放在舟中，私下囑咐從人道：「開船兩日後，方可稟知主人，拿去京中，好做使用，討箇美缺。」唐璧見了這錢，又感傷了一場，吩咐蒼頭：「此是黃家賣女之物，一文不可動用。」

在路不一日，來到長安。雇人挑了行李，就裴相國府中左近處，下箇店房，早晚府前行走，好打探小娥信息。過了一夜，次早，到吏部報名，送歷任文簿，查驗過了。回寓喫了飯，就到相府門前守候。一日最少也躉過十來遍。住了月餘，那裡通得半箇字？這些官吏們一出一入，如馬蟻相似，誰敢上前把這沒頭腦的事問他一聲！正是：

侯門一入深如海，從此蕭郎❽是路人。

一日，吏部掛榜，唐壁授湖州錄事參軍。這湖州，又在南方，是熟遊之地，唐壁也倒歡喜。等有了告敕，收拾行李，雇喚船隻出京。行到潼津地方，遇了一夥強人。自古道「慢藏誨盜」，只為這三十萬錢帶來帶去，露了小人眼目，惹起貪心，就結夥做出這事來。這夥強人從京城外直跟至潼津，背地通同了船家，等待夜靜，一齊下手。也是唐壁命不該絕，正在船頭上登東，看見聲勢不好，急忙跳水，上岸逃命。只聽得這夥強人亂了一回，連船都撐去，蒼頭的性命也不知死活。舟中一應行李，盡被劫去，光光剩箇身子。正是：

屋漏更遭連夜雨，船遲又被打頭風❾。

那三十萬錢和行囊，還是小事，卻有歷任文簿和那告敕，是赴任的執照，也失去了，連官也做不成。唐壁那一時真箇是控天無路，訴地無門，思量：「我直恁時乖運蹇，一事無成！欲待回鄉，有何面目？欲待再往京師，向吏部衙門投訴，奈身畔並無分文盤費，怎生是好？這裡又無相識借貸，難道求乞不成？」欲待投河而死，又想：「堂堂一軀，終不然如此結果。」坐在路旁，想了又哭，哭了又想，左算右算，無計可施，從半夜直哭到天明。

❽ 蕭郎：唐人對男人的通稱。

❾ 打頭風：逆風。

喜得絕處逢生，遇著一箇老者攜杖而來，問道：「官人為何哀泣？」唐璧將赴任被劫之事，告訴了一遍。老者道：「原來是一位大人，失敬了。舍下不遠，請那步⑩則箇。」老者引唐璧約行一里，到於家中，重復敘禮。老者道：「老漢姓蘇，兒子喚做蘇鳳華，見做湖州武源縣尉，正是大人屬下。大人往京，老漢願少助資斧。」即忙備酒飯管待，取出新衣一套，與唐璧換了；捧出白金二十兩，權充路費。

唐璧再三稱謝，別了蘇老，獨自一箇上路，再往京師舊店中安下。店主人聽說路上喫虧，好生淒慘。唐璧到吏部門下，將情由哀稟。那吏部官道是告敕、文簿盡空，毫無巴鼻⑪，難辨真偽。一連求了五日，並不作准⑫。身邊銀兩，都在衙門使費去了。回到店中，只叫得苦，兩淚汪汪的坐著納悶。

只見外面一人，約莫半老年紀，頭帶軟翅紗帽，身穿紫袴衫，挺帶皂靴，好似押牙官⑬模樣，踱進店來。見了唐璧，作了揖，對面而坐，問道：「足下何方人氏？到此貴幹？」唐璧道：「官人不問猶可，問我時，教我一時訴不盡心中苦情。」說未絕聲，撲簌簌掉下淚來。紫衫人道：「尊意有何不美？可細話之，或者可共商量也。」唐璧道：「某姓唐名璧，晉州萬泉縣人氏。近除湖州錄事參軍，不期行至潼津，忽遇盜劫，資斧一空。歷任文簿和告敕都失了，難以之任。」紫衫人道：「中途被劫，非關足下之事。何不以此情訴知吏部，重給告身，有何妨礙？」唐璧道：「幾次哀求，不蒙憐准，教我去住兩難，

---

⑩ 那步：或作「挪步」。移步。

⑪ 巴鼻：即「把柄」。引申指依據、根據。

⑫ 作准：准許。

⑬ 押牙官：侍衛武官。

無門懇告。」紫衫人道：「當朝裴晉公每懷惻隱，極肯周旋落難之人，足下何不去求見他？」唐璧聽說，愈加悲泣道：「官人休題起『裴晉公』三字，使某心腸如割。」紫衫人大驚道：「足下何故而出此言？」唐璧道：「某幼年定下一房親事，因屢任南方，未成婚配。卻被知州和縣尹用強奪去，湊成一班女樂，獻與晉公，使某壯年無室。此事雖不由晉公，然晉公受人諂媚，以致府縣爭先獻納，分明是他拆散我夫妻一般，我今日何忍復往見之？」紫衫人問道：「足下所定之室，何姓何名？當初有何為聘？」唐璧道：「姓黃，名小娥，聘物碧玉玲瓏，見在彼處。」紫衫人道：「某即晉公親校，得出入內室，當為足下訪之。」唐璧道：「侯門一入，無復相見之期。但願官人為我傳一信息，使他知我心事，死亦瞑目。」紫衫人道：「明日此時，定有好音奉報。」說罷，拱一拱手，踱出門去了。

唐璧輾轉思想，懊悔起來：「那紫衫押牙，必是晉公親信之人，遣他出外探事的。我方纔不合議論了他幾句，頗有怨望之詞。倘或述與晉公知道，激怒了他，降禍不小。」心下好生不安，一夜不曾合眼。巴到天明，梳洗罷，便到裴府窺望。只聽說令公給假在府，不出外堂。雖然如此，仍有許多文書來往，內外奔走不絕，只不見昨日這紫衫人。等了許多，回店去喫了些午飯，又來守候，絕無動靜。看看天晚，眼見得紫衫人已是謬言失信了。嗟歎了數聲，淒淒涼涼的回到店中。

方欲點燈，忽見外面兩箇人似令史⓮粧扮，慌慌忙忙的走入店來，問道：「那一位是唐璧參軍？」諕得唐璧躲在一邊，不敢答應。店主人走來問道：「二位何人？」那兩箇人答曰：「我等乃裴府中堂吏⓯，

---

⓮ 令史：本為漢朝官名，掌文書，位次於郎。古典小說中常借指一般次級官吏。

⓯ 堂吏：即「堂候官」。官員手下備使喚的小吏。

奉令公之命，來請唐參軍到府講話。」店主人指道：「這位就是。」唐壁只得出來相見了，說道：「某與令公素未通謁，何緣見召？且身穿褻服，豈敢唐突。」堂吏道：「令公立等，參軍休得推阻。」

兩箇左右腋扶著，飛也似跑進府來。到了堂上，教「參軍少坐，容某等稟過令公，卻來相請。」兩箇堂吏進去了。不多時，只聽得飛奔出來，復道：「令公給假在內，請進去相見。」一路轉彎抹角，都點得燈燭輝煌，照耀如白日一般。兩箇堂吏前後引路，到一箇小小廳事中。只見兩行紗燈排列，令公角巾⑯便服，拱立而待。唐壁慌忙拜伏在地，流汗浹背，不敢仰視。令公傳命扶起道：「私室相延，何勞過禮？」便教看坐。唐壁謙讓了一回，坐於旁側，偷眼看著令公，正是昨日店中所遇紫衫之人，愈加惶懼，捏著兩把汗，低了眉頭，鼻息也不敢出來。

原來裴令公閒時常在外面私行耍子⑰，昨日偶到店中，遇了唐壁。回府去，就查黃小娥名字，喚來相見，果然十分顏色。令公問其來歷，與唐壁說話相同。又討他碧玉玲瓏看時，只見他緊緊的帶在臂上。令公甚是憐憫，問道：「你丈夫在此，願一見乎？」小娥流淚道：「紅顏薄命，自分永絕。見與不見，權在令公，賤妾安敢自專？」令公點頭，教他且去。密地吩咐堂候官⑱，備下資裝千貫；又將空頭告敕一道，填寫唐壁名字，差人到吏部去，查他前任履歷及新授湖州參軍文憑，要得重新補給。件件完備，纔請唐壁到府。唐壁滿肚慌張，那知令公一團美意？

---

⑯ 角巾：一種有稜角的巾，為隱者所戴。

⑰ 私行耍子：私出玩耍。

⑱ 堂候官：即「堂吏」。

當日令公開談道：「昨見所話，誠心惻然。老夫不能杜絕餽遺，以致足下久曠琴瑟之樂，老夫之罪也。」唐璧離席下拜道：「鄙人身遭顛沛，心神顛倒，昨日語言冒犯，自知死罪，伏惟相公海涵。」令公請起道：「今日頗吉，老夫權為主婚，便與足下完婚。薄有行資千貫奉助，聊表贖罪之意。成親之後，便可于飛赴任。」唐璧只是拜謝，也不敢再問赴任之事。只聽得宅內一派樂聲嘹喨，紅燈數對，女樂一隊前導，幾箇押班老嬷和養娘輩，簇擁出如花如玉的黃小娥來。唐璧慌欲躲避，老嬷道：「請二位新人就此見禮。」養娘鋪下紅氈，黃小娥和唐璧做一對兒立了，朝上拜了四拜，令公在傍答揖。早有肩輿在廳事外，伺候小娥登輿，一逕抬到店房中去了。令公吩咐唐璧速歸逆旅，勿誤良期。唐璧跑回店中，只聽得人言鼎沸。舉眼看時，擺列得絹帛盈箱，金錢滿篋，就是起初那兩箇堂吏看守著，專等唐璧到來，親自交割。又有箇小小篋兒，令公親判封的。拆開看時，乃官誥在內，復除湖州司戶參軍。唐璧喜不自勝，當夜與黃小娥就在店中，權作洞房花燭。這一夜歡情，比著尋常畢姻的，更自得意。正是：

運去雷轟薦福碑⑲，時來風送滕王閣⑳。今朝婚宦兩稱心，不似從前情緒惡。

唐璧此時有婚有宦，又有了千貫資裝，分明是十八層地獄的苦鬼，直升至三十三天去了。若非裴令公仁心慷慨，怎肯周旋得人十分滿足？

---

⑲ 雷轟薦福碑：宋范仲淹拓印歐陽詢書寫之薦福寺碑，欲送一窮苦書生，以為救濟。拓印之前夕，碑為雷所毀。此喻人運途困蹇。

⑳ 風送滕王閣：傳說唐王勃欲至滕王閣省父，路遙而風送其至滕王閣。

次日，唐璧又到裴府謁謝。令公預先吩咐門吏辭回，不勞再見。唐璧回寓，重理冠帶，再整行裝。在京中買了幾箇僮僕跟隨，兩口兒回到家鄉，見了岳丈黃太學，好似枯木逢春，斷弦再續，歡喜無限。過了幾日，夫婦雙雙往湖州赴任。感激裴令公之恩，將沉香雕成小像，朝夕拜禱，願其福壽綿延。後來裴令公壽過八旬，子孫蕃衍，人皆以為陰德所致。詩云：

無室無官苦莫論，周旋好事賴洪恩。人能步步存陰德，福祿綿綿及子孫。

# 第十卷　滕大尹鬼斷家私

玉樹庭前諸謝❶，紫荊花下三田❷，塤篪❸和好弟兄賢，父母心中歡忭。　多少爭財競產，同根苦自相煎。相持鷸蚌枉垂涎，落得漁人取便。

這首詞，名為西江月，是勸人家弟兄和睦的。且說如今三教經典，都是教人為善的，儒教有十三經、六經、五經，釋教有諸品大藏金經，道教有南華沖虛經，及諸品藏經，盈箱滿案，千言萬語，看來都是贅疣。依我說，要做好人，只消箇兩箇字經，是「孝弟」兩箇字。那兩字經中，又只消理會一箇字，是箇「孝」字。假如孝順父母的，見父母所愛者亦愛之，父母所敬者亦敬之，何況兄弟行中，同氣連枝，想到父母身上去，那有不和不睦之理？就是家私田產，總是父母掙來的，分什麼爾我？較什麼肥瘠？假如你生於窮漢之家，分文沒得承受，少不得自家挽起眉毛❹，掙扎過活。見成有田有地，兀自爭多嫌寡，

❶ 玉樹庭前諸謝：芝蘭玉樹栽於庭前，喻晉代謝安兄弟。

❷ 紫荊花下三田：漢時田真、田慶、田廣兄弟欲分家而庭前紫荊樹死，後感愧而不分家，紫荊樹竟復活。

❸ 塤篪：音ㄒㄩㄣ ㄔˊ。塤，即「壎」。塤、篪皆樂器。「塤篪和鳴」喻兄弟和諧。

❹ 挽起眉毛：即皺眉毛。

動不動推說爹娘偏愛，分受不均。那爹娘在九泉之下，他心上必然不樂。此豈是孝子所為？所以古人說得好，道是：「難得者兄弟，易得者田地。」怎麼是難得者兄弟？且說人生在世，至親的莫如爹娘；爹娘養下我來時節，極早已是壯年了，況且爹娘怎守得我同去？也只好半世相處。再說至愛的莫如夫婦，白頭相守，極是長久的了；然未做親以前，你張我李，各門各戶，也空著幼年一段。只有兄弟們，生於一家，從幼相隨到老，有事共商，有難共救，真像手足一般，何等情誼！譬如良田美產，今日棄了，明日又可掙得來的；若失了箇弟兄，分明割了一手，折了一足，乃終身缺陷。說到此地，豈不是「難得者兄弟，易得者田地」？若是為田地上壞了手足親情，倒不如窮漢赤光光沒得承受，反為乾淨，省了許多是非口舌。

如今在下說一節國朝的故事，乃是「滕大尹鬼斷家私」。這節故事，是勸人重義輕財，休忘了「孝弟」兩字經。看官們，或是有弟兄沒弟兄，都不關在下之事，各人自去摸著心頭，學好做人便了。正是：

善人聽說心中刺，惡人聽說耳邊風。

話說國朝永樂年間，北直順天府香河縣，有箇倪太守，雙名守謙，字益之，家累千金，肥田美宅。夫人陳氏，單生一子，名曰善繼，長大婚娶之後，陳夫人身故。倪太守罷官鰥居，雖然年老，只落得精神健旺。凡收租放債之事，件件關心，不肯安閒享用。其年七十九歲，倪善繼對老子說道：「『人生七十古來稀』。父親今年七十九，明年八十齊頭了，何不把家事交卸與孩兒掌管，喫些見成茶飯，豈不為美？」老子搖著頭，說出幾句道：

在一日，管一日。替你心，替你力。掙些利錢穿共喫；直待兩腳壁立直，那時不關我事得。

每年十月間，倪太守親往莊上收租，整月的住下。莊戶人家，肥雞美酒，儘他受用。那一年，又去住了幾日。偶然一日，午後無事，繞莊閒步，觀看野景。忽然見一箇女子，同著一箇白髮婆婆，向溪邊石上搗衣。那女子雖然村莊打扮，頗有幾分姿色：

髮同漆黑，眼若波明。纖纖十指似栽蔥，曲曲雙眉如抹黛。隨常布帛，俏身軀賽著綾羅；點景野花，美丰儀不須釵鈿。五短身材偏有趣，二八年紀正當時。

倪太守老興勃發，看得呆了。那女子搗衣已畢，隨著老婆婆而走。那老兒留心觀看，只見他走過數家，進一箇小小白籬笆門內去了。倪太守連忙轉身，喚管莊的來，對他說如此如此，教他訪那女子跟腳❺，曾否許人，「若是沒有人家時，我要娶他為妾，未知他肯否？」管莊的巴不得奉承家主，領命便走。原來那女子姓梅，父親也是箇府學秀才。因幼年父母雙亡，在外婆身邊居住。年一十七歲，尚未許人。管莊的訪得的實了，就與那老婆婆說：「我家老爺見你女孫兒生得齊整，意欲聘為偏房。雖說是做小，老奶奶去世已久，上面並無人拘管。嫁得成時，豐衣足食，自不須說，連你老人家年常衣服、茶、米，都是我家照顧，臨終還得箇好斷送❻，只怕你老人家沒福。」老婆婆聽得花錦似一片說話，即時依允。也是

❺ 跟腳：底細。

❻ 斷送：送喪；辦喪事。

姻緣前定，一說便成。管莊的回覆了倪太守，太守大喜。講定財禮，討皇曆看箇吉日，又恐兒子阻擋，就在莊上行聘，莊上做親。成親之後，一老一少，端的好看！有西江月為證：

一箇烏紗白髮，一箇綠鬢紅粧，枯藤纏，樹嫩花香，好似奶公相傍。一箇心中凄楚，一箇暗地驚慌，只愁那話忒郎當，雙手扶持不上。

當夜倪太守抖擻精神，勾消了姻緣簿上，真箇是：

恩愛莫忘今夜好，風光不減少年時。

過了三朝，喚箇轎子，抬那梅氏回宅，與兒子媳婦相見。闔宅男婦，都來磕頭，稱為「小奶奶」。倪太守把些布帛，賞與眾人，各各歡喜。只有那倪善繼，心中不美❼。面前雖不言語，背後夫妻兩口兒議論道：「這老人忒沒正經，一把年紀，風燈之燭，做事也須料箇前後，知道五年十年在世，卻去幹這樣不了不當❽的事？討這花枝般的女兒，自家也得精神對付他，終不然耽誤他在那裡，有名無實？還有一件，多少人家老漢身邊，有了少婦，支持不過，那少婦熬不得，走了野路❾，出乖露醜，為家門之玷。還有一件，那少婦跟隨老漢，分明似出外度荒年一般，等得年時成熟，他便去了。平時偷短偷長，做下

❼不美：不高興；不稱心。
❽不了不當：沒結果。
❾走了野路：亂搞男女關係。

私房，東三西四的寄開，又撒嬌撒癡，要漢子製辦衣飾與他；到得樹倒鳥飛時節，他便顛作嫁人，一包兒收拾去受用。這是木中之蠹，米中之蟲，人家有了這般人，最損元氣的。」又說道：「這女子嬌模嬌樣，好像箇妓女，全沒有良家體段⑩，看來是箇做聲分⑪的頭兒，擒老公的太歲。在咱爹身邊，只該半妾半婢，叫聲姨姐，後日還有箇退步，可笑咱爹不明，就叫眾人喚他做『小奶奶』，難道要咱們叫他娘不成？咱們只不作准他，莫要奉承透了，討⑫他做大起來，明日咱們顛到受他嘔氣。」夫妻二人，唧唧噥噥，說箇不了。早有多嘴的傳話出來，倪太守知道了，雖然不樂，卻也藏在肚裡。幸得那梅氏秉性溫良，事上接下，一團和氣，眾人也都相安。

過了兩箇月，梅氏得了身孕，瞞著眾人，只有老公知道。一日三，三日九，捱到十月滿足，生下一箇小孩兒出來，舉家大驚。這日正是九月九日，乳名取做重陽兒。到十一日，就是倪太守生日。這年恰好八十歲了，賀客盈門。倪太守開筵管待，一來為壽誕，二來小孩兒三朝，就當箇湯餅之會⑬。眾賓客道：「老先生高年，又新添箇小令郎，足見血氣不衰，乃上壽之徵也。」倪太守大喜。倪善繼背後又說道：「男子六十而精絕，況是八十歲了，那見枯樹上生出花來？這孩子不知那裡來的雜種，決不是咱爹嫡血，我斷然不認他做兄弟。」老子又曉得了，也藏在肚裡。

⑩ 體段：舉止。
⑪ 做聲分：裝腔作勢。
⑫ 討：讓；招致。
⑬ 湯餅之會：生兒三日宴客。

光陰似箭，不覺又是一年。重陽兒週歲，整備做晬盤⓮故事。裡親外眷，又來作賀。倪善繼倒走了出門，不來陪客。老子已知其意，也不去尋他回來。自己陪著諸親，喫了一日酒。雖然口中不語，心內未免有些不足之意。自古道「子孝父心寬」，那倪善繼平日做人，又貪又狠，一心只怕小孩子長大起來，分了他一股家私，所以不肯認做兄弟，預先把惡話謠言，日後好擺佈他母子。那倪太守是讀書做官的人，這箇關竅⓯怎不明白？只恨自家老了，等不及重陽兒成人長大，日後少不得要在大兒子手裡討針線⓰，今日與他結不得冤家，只索忍耐。看了這點小孩子，好生痛他；又看了梅氏小小年紀，好生憐他。當時想一會，悶一會，惱一會，又懊悔一會。

再過四年，小孩子長成五歲。老子見他伶俐，又忒會頑耍，要送他館中上學。取箇學名，哥哥叫善繼，他就叫善述。揀箇好日，備了菓酒，領他去拜師父。那師父就是倪太守請在家裡教孫兒的，小叔姪兩箇同館上學，兩得其便。誰知倪善繼與做爹的不是一條心腸，他見那孩子，取名善述，與己排行，先自不像意⓱了；又與他兒子同學讀書，到要兒子叫他叔叔，從小叫慣了，後來就被他欺壓，不如喚了兒子出來，另從箇師父罷。當日將兒子喚出，只推有病，連日不到館中。倪太守初時只道是真病，過了幾日，只聽得師父說：「大令郎另聘了箇先生，分做兩箇學堂，不知何意？」倪太守不聽猶可，聽了此言，

⓮ 晬盤：小兒週歲時，用盤盛弓箭、紙筆、刀尺、珍寶等物，任小兒抓取，以測試其性格。

⓯ 關竅：訣竅。

⓰ 討針線：大小事情都由他人支配。形容在他人眼下過日子。

⓱ 不像意：不滿意。

不覺大怒，就要尋大兒子，問其緣故。又想道：「天生恁般逆種，與他說也沒幹，由他罷了。」含了一口悶氣，回到房中，偶然腳慢❶⁸，拌著門檻一跌。梅氏慌忙扶起，攙到醉翁床⓳上坐下，已自不省人事。急請醫生來看，醫生說是中風。忙取薑湯灌醒，扶他上床，雖然心下清爽，卻滿身麻木，動彈不得。梅氏坐在床頭，煎湯煎藥，殷勤服侍。連進幾服，全無功效。醫生切脈道：「只好延捱日子，不能痊癒了。」倪善繼聞知，也來看覷了幾遍，見老子病勢沉重，料是不起，便呼么喝六，打童罵僕，預先裝出家主公⓴的架子來。老子聽得，愈加煩惱。梅氏只得啼哭，連小學生也不去上學，留在房中，相伴老子。

倪太守自知病篤，喚大兒子到面前，取出簿子一本，家中田地屋宅及人頭帳目總數，都在上面，吩咐道：「善述年方五歲，衣服尚要人照管，梅氏又年少，也未必能管家，若分家私與他，也是枉然，如今盡數交付與你。倘或善述日後長大成人，你可看做爹的面上，替他娶房媳婦，分他小屋一所，良田五六十畝，勿令飢寒足矣。這段話我都寫絕在家私簿上，就當分家，把與你做箇執照。梅氏若願嫁人，聽從其便。倘肯守著兒子度日，也莫強他。我死之後，你一一依我言語，這便是孝子。我在九泉，亦得瞑目。」倪善繼把簿子揭開一看，果然開得細，寫得明，滿臉堆下笑來，連聲應道：「爹休憂慮，恁㉑兒一一依爹吩咐便了。」抱了家私簿子，欣然而去。梅氏見他去得遠了，兩眼垂淚，指著那孩子道：「這

⓲ 腳慢：腳下疏忽。
⓳ 醉翁床：可以倚、可以睡的床。
⓴ 家主公：家長。
㉑ 恁：這般。

箇小冤家，難道不是你嫡血？你卻和盤托出，都把與大兒子了，教我母子兩口，異日把什麼過活？」倪太守道：「你有所不知，我看善繼，不是箇良善之人，若將家私平分了，連這小孩子的性命也難保。不如都把與他，像了他意，再無妒忌。」梅氏又哭道：「雖然如此，自古道『子無嫡庶』，忒殺厚薄不均，被人笑話。」倪太守道：「我也顧他不得了。你年紀正小，趁我未死，將孩子囑咐善繼，待我去世後，多則一年，少則半載，儘你心中揀擇箇好頭腦㉒，自去圖下半世受用，莫要在他們身邊討氣喫。」梅氏道：「說那裡話！奴家也是儒門之女，婦人從一而終，況又有了這小孩兒，怎割捨得拋他？好歹要守在這孩子身邊的。」倪太守道：「你果然肯守志終身麼？莫非日久生悔？」梅氏就發起大誓來。倪太守道：「你若立志果堅，莫愁母子沒得過活。」便向枕邊摸出一件東西來，交與梅氏。梅氏初時只道又是一箇家私簿子，卻原來是一尺闊三尺長的一箇小軸子。梅氏道：「要這小軸兒何用？」倪太守道：「這是我的行樂圖㉓，其中自有奧妙。你可悄地收藏，休露人目，直待孩子年長。善繼不肯看顧他，你也只含藏於心。等得箇賢明有司官來，你卻將此軸去訴理，述我遺命，求他細細推詳，自然有箇處分㉔，儘勾你母子二人受用。」梅氏收了軸子。話休絮煩，倪太守又延了數日，一夜痰厥，叫喚不醒，嗚呼哀哉死了。享年八十四歲。正是：

㉒ 好頭腦：好人物；好對象。

㉓ 行樂圖：指人的肖像畫。

㉔ 處分：處置。

三寸氣在千般用，一日無常萬事休。早知九泉將不去，作家辛苦著何由？

且說倪善繼得了家私簿，又討了各倉各庫匙鑰，每日只去查點家財雜物，那有功夫走到父親房裡問安？直等嗚呼之後，梅氏差丫鬟去報知凶信，夫妻兩口方纔跑來，也哭了幾聲「老爹爹」。沒一箇時辰，就轉身去了，倒委著梅氏守屍。幸得衣衾棺槨諸事都是預辦下的，不要倪善繼費心。殯殮成服後，梅氏和小孩子兩口守著孝堂，早暮啼哭，寸步不離。善繼只是點名應客，全無哀痛之意。七中便擇日安葬，回喪㉕之夜，就把梅氏房中，傾箱倒篋，只怕父親存下些私房銀兩在內，梅氏乖巧，恐怕收去了他的行樂圖，把自己原嫁來的兩隻箱籠，倒先開了，提出幾件穿舊衣裳，教他夫妻兩口檢看。善繼見他大意，倒不來看了。夫妻兩口兒亂了一回，自去了。梅氏思量苦切，放聲大哭。那小孩子見親娘如此，也哀哀哭箇不住。恁般光景：

任是泥人應墮淚，從教鐵漢也酸心。

次早，倪善繼又喚箇做屋匠來，看這房子，要行重新改造，與自家兒子做親。將梅氏母子，搬到後園三間雜屋內棲身，只與他四腳小床一張，和幾件粗檯粗櫈，連好傢火都沒一件。原在房中伏侍有兩箇丫鬟，只揀大些的又喚去了，只留下十一二歲的小使女，每日是他廚下取飯。有菜沒菜，都不照管。梅氏見不方便，索性討些飯米，堆箇土竈，自炊來吃。早晚做些針黹，買些小菜，將就度日。小學生到附

---

㉕ 回喪：又稱「回煞」。人死後魂魄回家凶害生人，故回喪之日需迴避。

在鄰家上學，束脩都是梅氏自出。善繼又屢次教妻子勸梅氏嫁人，又尋媒嫗與他說親，見梅氏誓死不從，只得罷了。因梅氏十分忍耐，凡事不言不語，所以善繼雖然凶狠，也不將他母子放在心上。

光陰似箭，善述不覺長成一十四歲。原來梅氏平生謹慎，從前之事，在兒子面前，一字也不提，只怕娃子家口滑㉖，引出是非，無益有損。守得一十四歲時，他胸中漸漸涇渭分明，瞞他不得了。一日，向母親討件新絹衣穿，梅氏回他沒錢買得，善述道：「我爹做過太守，只生我弟兄兩人，見今哥哥恁般富貴，我要一件衣服，就不能勾了，是怎地？既娘沒錢時，我自與哥哥索討。」說罷就走。梅氏一把扯住道：「我兒，一件絹衣，直甚大事，也去開口求人。常言道：『惜福積福。』『小來穿線，大來穿絹。』若小時穿了絹，到大來線也沒得穿了。再過兩年，等你讀書進步，做娘的情願賣身來做衣服與你穿著。你那哥哥不是好惹的，纏他什麼？」善述道：「娘說的是。」口雖答應，心下不以為然，想著：「我父親萬貫家私，少不得兄弟兩箇大家分受。我又不是隨娘晚嫁㉗，拖來的油瓶，怎麼我哥哥全不看顧？娘又是恁般說，終不然一疋絹兒，沒有我分，直待娘賣身來做與我穿著，這話好生奇怪！哥哥又不是吃人的虎，怕他怎的？」心生一計，瞞了母親，逕到大宅裡去，尋見了哥哥，叫聲：「作揖。」善繼倒吃了一驚，問他來做什麼。善述道：「我是箇縉紳子弟，身上藍縷，被人恥笑。特來尋哥哥討疋絹去，做衣服穿。」善繼道：「你要衣服穿，自與娘討。」善述道：「老爹爹家私是哥哥管，不是娘管。」善繼聽說「家私」二字，題目來得大了，便紅著臉問道：「這句話，是那箇教你說的？你今日來討衣服穿，還

㉖ 口滑：無所顧忌的脫口而出。

㉗ 晚嫁：改嫁。

是來爭家私？」善述道：「家私少不得有日分析，今日先要件衣服，裝裝體面。」善繼道：「你這般野種，要什麼體面！老爹爹縱有萬貫家私，自有嫡子嫡孫，干你野種屁事！你今日是聽了甚人攛掇，到此討野火吃㉘？莫要惹著我性子，教你母子二人無安身之處！」善述道：「一般是老爹爹所生，怎麼我是野種？惹著你性子，便怎地？難道謀害了我娘兒兩箇，你就獨占了家私不成？」善繼大怒，罵道：「小畜生，敢挺撞我！」牽住他衣袖兒，捻起拳頭，一連七八箇栗暴㉙，打得頭皮都青腫了。善述掙脫了，一道煙走出，哀哀的哭到母親面前來。一五一十，備細述與母親知道。梅氏抱怨道：「我教你莫去惹事，你不聽教訓，打得你好！」口裡雖如此說，扯著青布衫，替他摩那頭上腫處，不覺兩淚交流。有詩為證：

少年嫠婦擁遺孤，食薄衣單百事無。只為家庭缺孝友，同枝一樹判榮枯。

梅氏左思右量，恐怕善繼藏怒，倒遣使女進去致意，說小學生不曉世事，沖撞長兄，招箇不是。善繼兀自怒氣不息，次日侵早，邀幾箇族人在家，取出父親親筆分關㉚，請梅氏母子到來，公同看了，便道：「尊親長在上，不是善繼不肯養他母子，要攆他出去，只因善述昨日與我爭取家私，發許多說話，誠恐日後長大，說話一發多了，今日分析他母子出外居住。東莊住房一所，田五十八畝，都是遵依老爹遺命，毫不敢自專，伏乞尊親長作證。」這夥親族，平昔曉得善繼做人利害，又且父親親筆遺囑，那

㉘ 討野火吃：找便宜占。
㉙ 栗暴：屈指或握拳，用突出的中指節敲擊頭的動作。
㉚ 分關：弟兄分家所立的文書。

箇還肯多嘴，做閒冤家？都將好看的話兒來說。那奉承善繼的說道：「『千金難買亡人筆』。照依分關，再沒話了。」就是那可憐善述母子的，也只說道：「『男子不吃分時飯，女子不著嫁時衣』。多少白手成家的，如今有屋住，有田種，不算沒根基了，只要自去掙持。得粥莫嫌薄，各人自有箇命在。」

梅氏料道在園屋居住，不是了日，只得聽憑分析，同孩兒謝了眾親長，拜別了祠堂，辭了善繼夫婦，教人搬了幾件舊家火，和那原嫁來的兩隻箱籠，雇了牲口騎坐，來到東莊屋內。只見荒草滿地，屋瓦稀疎，是多年不修整的，上漏下溼，怎生住得？將就打掃一兩間，安頓床鋪。喚莊戶來問時，連這五十八畝田，都是最下不堪的。大熟之年，一半收成還不能勾；若荒年，只好賠糧。梅氏只叫得苦。倒是小學生有智，對母親道：「我弟兄兩箇，都是老爹爹親生，為何分關上如此偏向？其中必有緣故。莫非不是老爹爹親筆？自古道：『家私不論尊卑。』母親何不告官申理？厚薄憑官府判斷，倒無怨心。」梅氏被孩兒提起線索，便將十來年隱下衷情，都說出來道：「我兒休疑分關之語，這正是你父親之筆。他道你年小，恐怕被做哥的暗算，所以把家私都判與他，以安其心。臨終之日，只與我行樂圖一軸，再三囑咐：其中含藏啞謎，直待賢明有司在任，送他詳審，包你母子兩口，有得過活，不致貧苦。」善述道：「既有此事，何不早說？行樂圖在那裡？快取來與孩兒一看。」梅氏開了箱兒，取出一箇布包來。解開包袱，裡面又有一重油紙封裹著。拆了封，展開那一尺闊三尺長的小軸兒，掛在椅上，母子一齊下拜。梅氏通陳道：「村莊香燭不便，乞恕褻慢。」善述拜罷，起來仔細看時，乃是一箇坐像，烏紗白髮，畫得丰采如生，懷中抱著嬰兒，一隻手指著地下。揣摩了半晌，全然不解，只得依舊收卷包藏，心下好生煩悶。

過了數日，善述到前村要訪箇師父講解，偶從關王廟前經過，只見一夥村人，抬著豬羊大禮，祭賽關聖。善述立住腳頭看時，又見一箇過路的老者，拄了一根竹杖，也來閒看，問著眾人道：「你們今日為甚賽神？」眾人道：「我們遭了屈官司，幸賴官府明白，斷明了這公事。向日許下神道願心，今日特來拜償。」老者道：「什麼屈官司？怎生斷的？」內中一人道：「本縣向奉上司明文，十家為甲。小人是甲首㉛，叫做成大。同甲中，有箇趙裁，是第一手針線，常在人家做夜作，整幾日不歸家的。忽一日出去了，月餘不歸。老婆劉氏，央人四下尋覓，並無蹤跡。又過了數日，河內浮出一箇屍首，頭都打破的。地方㉜報與官府，有人認出衣服，正是那趙裁。趙裁出門前一日，曾與小人酒後爭句閒話，一時發怒，打到他家，毀了他幾件家私，這是有的。誰知他老婆把這樁人命告了小人，前任滕知縣，聽信一面之詞，將小人問成死罪。同甲不行舉首㉝，連累他們都有了罪名。小人無處伸冤，在獄三載。幸遇新任滕爺，他雖鄉科㉞出身，甚是明白。小人因他熱審㉟時節，哭訴其冤。他也疑惑道：『酒後爭嚷，不是大仇，怎的就謀他一命？』准了小人狀詞，出牌拘人覆審。滕爺一眼看著趙裁的老婆，千不說，萬不說，開口便問他曾否再醮。劉氏道：『家貧難守，已嫁人了。』又問嫁的甚人，劉氏道：『是班輩㊱的裁縫，叫沈八漢。』滕爺當時飛拿沈八漢來，問道：『你幾時娶這婦人？』八漢道：『他丈夫死了一箇多月，

㉛ 甲首：甲長。

㉜ 地方：保甲長的俗稱。

㉝ 舉首：檢舉告發。

㉞ 鄉科：鄉試。

㉟ 熱審：明清時，在暑熱季節到來之前，對在押而還沒審判定罪的囚犯，進行清理發落的審判制度。

㊱ 班輩：同行。

小人方纔娶回。』滕爺道：『何人為媒？用何聘禮？』八漢道：『趙裁存日，曾借用過小人七八兩銀子。小人聞得趙裁死信，走到他家探問，就便催取這銀子。那劉氏沒得抵償，情願將身許嫁小人，准折這銀兩，其實不曾央媒。』滕爺又問道：『你做手藝的人，那裡來這七八兩銀子？』八漢道：『是陸續湊與他的。』滕爺把紙筆，教他細開逐次借銀數目。八漢開了出來，或米或銀共十三次，湊成七兩八錢之數。滕爺看罷，大喝道：『趙裁是你打死的，如何妄陷平人㊲？』便用夾棍夾起。八漢還不肯認，滕爺道：『我說出情弊，教你心服：既然放本盤利，難道再沒第二箇人托得，恰好都借與趙裁？必是平昔間與他妻子有奸，趙裁貪你東西，知情故縱。以後想做長久夫妻，便謀死了趙裁。卻又教導那婦人告狀，撒在成大身上。今日你開帳的字，與舊時狀紙筆跡相同，這人命不是你是誰？』再教把婦人拶指㊳，要他承招。劉氏聽見滕爺言語，句句合拍，分明鬼谷先師一般，魂都驚散了，怎敢抵賴？拶子套上，便承認了。八漢只得也招了。原來八漢起初與劉氏密地相好，人都不知。後來往來勤了，趙裁怕人眼目，漸有隔絕之意。八漢私與劉氏商量，要謀死趙裁，與他做夫妻，劉氏不肯。八漢乘趙裁在人家做生活回來，哄他店上吃得爛醉，行到河邊，將他推倒，用石塊打破腦門，沉屍河底。只等事冷，便娶那婦人回去。後因屍骸浮起，被人認出，八漢聞得小人有爭嚷之隙，卻去唆那婦人告狀。那婦人直待嫁後，方知丈夫是八漢謀死的。既做了夫妻，便不言語。卻被滕爺審出真情，將他夫妻抵罪，釋放小人寧家。多承列位親鄰鬭出公分，替小人賽神。老翁，你道有這般冤事麼？』老者道：「恁般賢明官府，真箇難遇！本縣百姓

㊲ 平人：無罪的人。

㊳ 拶指：用拶子夾手指。拶，音ㄗㄢˇ。用五根小木棒，以繩子穿聯，行刑時收緊繩子，以夾犯人手指。

有幸了。」倪善述聽到那裡，便回家學與母親知道，如此如此，這般這般，「有恁地好官府，不將行樂圖去告訴，更待何時？」母子商議已定，打聽了放告❸❾日期，梅氏起箇黑早，領著十四歲的兒子，帶了軸兒，來到縣中叫喊。大尹見沒有狀詞，只有一箇小小軸兒，甚是奇怪。問其緣故，梅氏將倪善繼平昔所為，及老子臨終遺囑，備細說了。滕知縣收了軸子，教他且去，待我進衙細看。正是：

一幅畫圖藏啞謎，千金家事仗搜尋。只因嫠婦孤兒苦，費盡神明大尹心。

不提梅氏母子回家，且說滕大尹放告已畢，退歸私衙，取那一尺闊三尺長的小軸，看是倪太守行樂圖，一手抱箇嬰孩，一手指著地下。推詳了半日，想道：「這箇嬰孩就是倪善述，不消說了。那一手指地，莫非要有司官念他地下之情，替他出力麼？」又想道：「他既有親筆分關，官府也難做主了。他說軸中含藏啞謎，必然還有箇道理。若我斷不出此事，枉自聰明一世。」每日退堂，便將畫圖展玩，千思萬想。如此數日，只是不解。

也是這事合當明白，自然生出機會來。一日午飯後，又去看那軸子。丫鬟送茶來吃，將一手去接茶甌，偶然失挫❹⓿，潑了些茶，把軸子沾溼了。滕大尹放了茶甌，走向階前，雙手扯開軸子，就日色晒乾。忽然日光中照見軸子裡面有些字影，滕知縣心疑，揭開看時，乃是一幅字紙，托在畫上，正是倪太守遺筆，上面寫道：

---

❸❾ 放告：地方官在一定日期受理訴訟，叫做「放告」。

❹⓿ 失挫：失手；失誤。

老夫官居五馬41，壽踰八旬；死在旦夕，亦無所恨。但孽子善述，方年週歲，急未成立。嫡善繼素缺孝友，日後恐為所戕。新置大宅二所，及一切田產，悉以授繼。惟左偏舊小屋，可分與述。此屋雖小，室中左壁埋銀五千，作五罈；右壁埋銀五千，金一千，作六罈，可以準田園之額。後有賢明有司主斷者，述兒奉酬白金三百兩。八十一翁倪守謙親筆。

年月日花押42

原來這行樂圖，是倪太守八十一歲上，與小孩子做週歲時，預先做下的。古人云「知子莫若父」，信不虛也。滕大尹是最有機變的人，看見開著許多金銀，未免垂涎之意。眉頭一皺，計上心來，差人密拿倪善繼來見我，自有話說。

卻說倪善繼，獨罟家私，心滿意足，日日在家中快樂。忽見縣差奉著手批拘喚，時刻不容停留，善繼推阻不得，只得相隨到縣。正直大尹升堂理事，差人稟道：「倪善繼已拿到了。」大尹喚到案前問道：「你就是倪太守的長子麼？」善繼應道：「小人正是。」大尹道：「你庶母梅氏，有狀告你，說你逐母逐弟，占產占房。此事真麼？」倪善繼道：「庶弟善述，在小人身邊，從幼撫養大的。近日他母子自要分居，小人並不曾逐他。其家財一節，都是父親臨終，親筆分析定的，小人並不敢有違。」大尹道：「你父親親筆在那裡？」善繼道：「見在家中，容小人取來呈覽。」大尹道：「他狀詞內告有家財萬貫，非

41 五馬：漢時太守用五馬車，後代稱太守。

42 花押：簽字。

同小可。遺筆真偽，也未可知。念你是縉紳之後，且不難為你。明日可喚齊梅氏母子，我親到你家查閱家私。若厚薄果然不均，自有公道，難以私情而論。」喝教皂快押出善繼，就去拘集梅氏母子，明日一同聽審。公差得了善繼的東道，放他回家去訖，自往東莊拘人去了。

再說善繼聽見官府口氣利害，好生驚恐。論起家私，其實全未分析，單單持著父親分關執照，千鈞之力，須要親族見證方好。連夜將銀兩分送三黨㊸親長，囑托他次早都到家來，若官府問及遺筆一事，求他同聲相助。這夥三黨之親，自從倪太守亡後，從不曾見善繼一盤一盒，歲時也不曾酒盃相及，今日大塊銀子送來，正是「閒時不燒香，急來抱佛腳」，各各暗笑，落得受了買東西吃。明日見官，旁觀動靜，再作區處。時人有詩云：

休嫌庶母妄興詞，自是為兄意太私。今日將銀買三黨，何如疋絹贈孤兒？

且說梅氏見縣差拘喚，已知縣主與他做主。過了一夜，次日侵早，母子二人，先到縣中，去見滕大尹。大尹道：「憐你孤兒寡婦，自然該替你說法。但聞得善繼執得有亡父親筆分關，這怎麼處？」梅氏道：「分關雖寫得有，卻是保全孩子之計，非出亡夫本心。恩相只看家私簿上數目，自然明白。」大尹道：「常言道：『清官難斷家事。』我如今管你母子一生衣食充足，你也休做十分大望。」梅氏謝道：「若得免於饑寒足矣，豈望與善繼同作富家郎乎？」

滕大尹吩咐梅氏母子，先到善繼家伺候。倪善繼早已打掃廳堂，堂上設一把虎皮交椅，焚起一爐好

---

㊸ 三黨：指父、母、妻三族。

香。一面催請親族，早來守候。梅氏和善述到來，見十親九眷，都在眼前，一一相見了，也不免說幾句求情的話兒。善繼雖然一肚子惱怒，此時也不好發洩，各各暗自打點㊹見官的說話。

等不多時，只聽得遠遠喝道之聲，料是縣主來了，善繼整頓衣帽迎接。親族中年長知事的，準備上前見官。其幼輩怕事的，都站在照壁㊺背後張望，打探消耗。只見一對對執事兩班排立，後面青羅傘㊻下，蓋著有才有智的滕大尹。到得倪家門首，執事跪下，吆喝一聲。梅氏和倪家兄弟，都一齊跪下來迎接。門子喝聲：「起去！」轎夫停了五山屏風轎子。滕大尹不慌不忙，踱下轎來。將欲進門，忽然對著空中，連連打恭，口裡應對，恰像有主人相迎的一般。眾人都吃驚，看他做甚模樣。只見滕大尹一路揖讓，直到堂中。連作數揖，口中敘許多寒溫的言語。先向朝南的虎皮交椅上打箇恭，恰像有人看坐㊼的一般。連忙轉身，就拖一把交椅，朝北主位排下，又向空再三謙讓，方纔上坐。眾人看他見神見鬼的模樣，不敢上前，都兩旁站立呆看。只見滕大尹在上坐拱揖，開談道：「令夫人將家產事告到晚生手裡，此事端的如何？」說罷，便作傾聽之狀。良久，乃搖首吐舌道：「長公子太不良了。」靜聽一會，又自說道：「教次公子何以存活㊽？」停一會，又說道：「右偏小屋，有何活計㊾？」又連聲道：「領教，

---

㊹打點：準備。

㊺照壁：遮蔽門戶的屏風。

㊻青羅傘：明代五品官用青羅製成的涼傘。

㊼看坐：讓坐。

㊽存活：生活。

㊾活計：靠著生活的物件。

領教。」又停一時，說道：「這項也交付次公子，晚生都領命了。」少停又拱揖道：「晚生怎敢當此厚惠？」推遜了多時，又道：「既承尊命懇切，晚生勉領，便給批照㊿與次公子收執。」乃起身，又連作數揖，口稱：「晚生便去。」眾人都看得呆了。

只見滕大尹立起身來，東看西看問道：「倪爺那裡去了？」門子稟道：「沒見甚麼倪爺？」滕大尹道：「有此怪事！」喚善繼問道：「方纔令尊老先生，親在門外相迎，與我對坐了講這半日說話，你們諒必都聽見的。」善繼道：「小人不曾聽見。」滕大尹道：「方纔長長的身兒，瘦瘦的臉兒，高顴骨，細眼睛，長眉大耳，朗朗的三牙鬚，銀也似白的，紗帽皂靴，紅袍金帶，可是倪老先生模樣麼？」諕得眾人一身冷汗，都跪下道：「正是他生前模樣。」大尹道：「如何忽然不見了？他說家中有兩處大廳堂，又東邊舊存下一所小屋，可是有的？」善繼也不敢隱瞞，只得承認道：「有的。」大尹道：「且到東邊小屋去一看，自有話說。」眾人見大尹半日自言自語，說得活龍活現51，分明是倪太守模樣，都信道倪太守真箇出現了，人人吐舌，箇箇驚心。誰知都是滕大尹的巧言，他是看了行樂圖，照依小像說來，何曾有半句是真話？有詩為證：

聖賢自是空題目，惟有鬼神不敢觸。若非大尹假裝詞，逆子如何肯心服？

倪善繼引路，眾人隨著大尹，來到東偏舊屋內。這舊屋是倪太守未得第時所居，自從造了大廳大堂，

㊿ 批照：執照。

51 活龍活現：像真的一般。

把舊屋空著，只做箇倉廳，堆積些零碎米麥在內，留下一房家人。看見大尹前後走了一遍，到正屋中坐下，向善繼道：「你父親果是有靈，家中事體，備細與我說了，教我主張，這所舊宅子與善述，你意下何如？」善繼叩頭道：「但憑恩臺明斷。」大尹討家私簿子細細看了，連聲道：「也好箇大家事。」看到後面遺筆分關，大笑道：「你家老先生自家寫定的，方纔卻又在我面前，說善繼許多不是，這箇老先兒也是沒主意的。」喚倪善繼過來，「既然分關寫定，這些田園帳目，一一給你，善述不許妄爭。」梅氏暗暗叫苦，方欲上前哀求，只見大尹又道：「這舊屋判與善述，此屋中之所有，善繼也不許妄爭。」善繼想道：「這屋內破傢破火，不直甚事，便堆下些米麥，一月前都糶得七八了，存不多兒，我也勾便宜了。」便連連答應道：「恩臺所斷極明。」大尹道：「你兩人一言為定，各無反悔。眾人既是親族，都來做箇證兒。方纔倪老先生當面囑咐說：『此屋左壁下埋銀五千兩，作五罈，當與次兒。』」善繼不信，稟道：「若果然有此，即使萬金，亦是兄弟的，小人並不敢爭執。」大尹道：「你就爭執時，我也不准。」便教手下討鋤頭鐵鍬等器，梅氏母子作眼52，率領民壯，往東壁下掘開牆基，果然埋下五箇大罈。發起來時，罈中滿滿的，都是光銀子53。把一罈銀子，上秤稱時，算來該是六十二觔半，剛剛一千兩足數。眾人看見，無不驚訝。善繼益發信真了：若非父親陰靈出現，面訴縣主，這箇藏銀，我們尚且不知，縣主那裡知道？只是滕大尹教把五罈銀子，一字兒擺在自家面前，又吩咐梅氏道：「右壁還有五罈，亦是五千之數。更有一罈金子，方纔倪老先生有命，送我作酬謝之意，我不敢當，他再三相強，我只得領了。」

52 作眼：作嚮導。

53 光銀子：指白銀。

梅氏同善述叩頭說道：「左壁五千，已出望外；若右壁更有，敢不依先人之命。」大尹道：「我何以知之？據你家老先生是恁般說，想不是虛話。」再教人發掘西壁，果然六箇大罈，五罈是銀，一罈是金。善繼看著許多黃白之物，眼裡都放出火來，恨不得搶他一錠。只是有言在前，一字也不敢開口。滕大尹寫箇照帖，給與善述為照，就將這房家人，判與善述母子。梅氏同善述不勝之喜，一同叩頭拜謝。善繼滿肚不樂，也只得磕幾箇頭，勉強說句「多謝恩臺主張」。大尹判幾條封皮，將一罈金子封了，放在自己轎前，抬回衙內，落得受用。眾人都認道真箇倪太守許下酬謝他的，反以為理之當然，那箇敢道箇不字？這正叫做「鷸蚌相持，漁人得利」。若是倪善繼存心忠厚，兄弟和睦，肯將家私平等分析，這千兩黃金，弟兄大家該五百兩，怎到得滕大尹之手？白白裡作成了別人，自己還討得氣悶，又加箇不孝不弟之名，千算萬計，何曾算計得他人？只算計得自家而已。

閒話休題。再說梅氏母子，次日又到縣拜謝滕大尹。大尹已將行樂圖取去遺筆，重新裱過，給還梅氏收領。梅氏母子方悟行樂圖上，一手指地，乃指地下所藏之金銀也。此時有了這十罈銀子，一般置買田園，遂成富室。後來善述娶妻，連生三子，讀書成名。倪氏門中，只有這一枝極盛。善繼兩箇兒子，都好遊蕩，家業耗廢。善繼死後，兩所大宅子，都賣與叔叔善述管業。里中凡曉得倪家之事本末的，無不以為天報云。詩曰：

從來天道有何私？堪笑倪郎心太癡。忍以嫡兄欺庶母，卻教死父算生兒。
軸中藏字非無意，壁下埋金屬有司。何似存些公道好，不生爭競不興詞。

# 第十一卷　趙伯昇茶肆遇仁宗

三寸舌為安國劍，五言詩作上天梯。青雲有路終須到，金榜無名誓不歸。

話說大宋仁宗皇帝朝間，有一箇秀士，姓趙名旭，字伯昇，乃是西川成都府人氏。自幼習學文章，詩、書、禮、樂，一覽下筆成文，乃是箇飽學的秀才。喜聞東京❶開選❷，一心要去應舉，特到堂中，稟知父母。其父趙倫，字文寶，母親劉氏，都是世代詩禮之家，見子要上京應舉，遂允其請。趙旭擇日束裝，其父贈詩一首，詩云：

但見詩書頻入目，莫將花酒苦迷腸。來年三月桃花浪❸，奪取羅袍轉故鄉。

其母劉氏亦叮嚀道：「願孩兒蚤奪魁名，不負男兒之志。」趙旭拜別了二親，遂攜琴劍書箱，帶一僕人逕望東京進發，有親友一行人送出南門之外。趙旭口占❹一詞，名曰江神子，詞云：

---

❶ 東京：宋時東京指開封。

❷ 開選：開科選才。

❸ 桃花浪：黃河春汛稱「桃花浪」。鯉魚於此時躍過龍門，則化為龍，故以魚躍龍門喻士子登第。

❹ 口占：指作詩文不起草稿，隨口而成。

旗亭❺誰唱渭城詩❻？兩相思，怯羅衣。野渡舟橫，楊柳折殘枝。怕見蒼山千萬里，人去遠，艸煙迷。　芙蓉秋露洗胭脂，斷風淒，曉霜微。劍懸秋水，離別慘虹霓。剩有青衫千點淚，何日裡，滴休時？

趙旭詞畢，作別親友，起程而行。於路饑餐渴飲，夜住曉行。不則❼一日，來到東京。遂入城中，觀看景致。只見樓臺錦繡，人物繁華，正是龍虎風雲之地。行到狀元坊，尋箇客店安歇，守待試期。入場赴選，三場文字已畢，回歸下處，專等黃榜❽。趙旭心中暗喜：「我必然得中也。」

次日，安排蚤飯已罷，店對過有座茶坊，與店中朋友同會茶之間，趙旭見案上有詩牌❾，遂取筆，去那粉壁上寫下詞一首，詞云：

足躡雲梯，手攀仙桂，姓名已在登科內。馬前喝道狀元來，金鞍玉勒成行隊。　宴罷歸來，醉遊街市，此時方顯男兒志。脩書急報鳳樓人，這回好箇風流壻。

寫畢，趙旭自心歡喜。至晚各歸店中，不在話下。

---

❺ 旗亭：市上小酒樓。
❻ 渭城詩：王維送元二使安西詩。後為送別之曲。
❼ 不則：不只。
❽ 黃榜：指錄取進士的名榜。
❾ 詩牌：供題詩的木版。

當時仁宗皇帝早朝升殿，考試官閱卷已畢，齊到朝中。仁宗皇帝問：「卿所取榜首年例三名，今不知何處人氏？」試官便將三名文卷呈上御前，仁宗親自觀覽。看了第一卷，龍顏微笑，對試官道：「此卷作得極好，可惜中間有一字差錯。」試官俯伏在地，拜問聖上，未審何字差寫。仁宗笑曰：「乃是箇『唯』字。原是『口』傍，如何卻寫『厶』傍？」試官再拜叩首，奏曰：「此字皆可通用。」仁宗問道：「此人姓甚名誰？何處人氏？」拆開彌封看時，乃是西川成都府人氏，姓趙名旭，見今在狀元坊店內安歇。仁宗著快行⑩急宣。

那時趙旭在店內蒙宣，不敢久停，隨使命直到朝中。借得藍袍槐簡⑪，引見御前，叩首拜舞。仁宗皇帝問道：「卿乃何處人氏？」趙旭叩頭奏道：「臣是西川成都府人氏，自幼習學文藝。特赴科場，幸瞻金闕。」帝又問曰：「卿得何題目？作文字多少？內有幾字？」趙旭叩首，一一回奏，無有差錯。仁宗見此人出語如同注水，暗喜稱奇，只可惜一字差寫。上曰：「卿卷內有一字差錯。」趙旭驚惶俯伏，叩首拜問：「未審何字差寫？」仁宗云：「乃是箇『唯』字，本是箇『口』傍，卿如何卻寫作『厶』傍？」趙旭叩頭回奏道：「此字皆可通用。」仁宗不悅，就御案上取文房四寶，寫下八箇字，遞與趙旭曰：「卿家看想，寫著『單單、去吉、吴矣、吕台』，卿言通用，與朕拆來。」趙旭看了半晌，無言抵對。仁宗曰：「卿可暫退讀書。」趙旭羞愧出朝，回歸店中，悶悶不已。

眾朋友來問道：「公必然得意？」趙旭被問，言說此事，眾皆大驚。遂乃邀至茶坊，啜茶解悶。趙

⑩ 快行：皇帝所派飛快傳達旨意的使者。

⑪ 藍袍槐簡：宋時最低階文官的服制。槐簡，指槐木笏。

旭驀然見壁上前日之辭，嗟吁不已，再把文房四寶，作詞一首，詞云：

羽翼將成，功名欲遂，姓名已稱男兒意。東君為報牡丹芳，瓊林賜與他人醉。「唯」字曾差，功名落地，天公誤我平生志。問歸來，回首望家鄉，水遠山遙，三千餘里。

待得出了金榜，著人看時，果然無趙旭之名。吁嗟涕泣，流落東京，羞歸故里。再待三年，必不負我。在下處悶悶不悅，謾題四句於壁上，詩曰：

宋玉徒悲⑫，江淹是恨⑬，韓愈投荒⑭，蘇秦守困⑮。

趙旭寫罷，在店中悶倦無聊，又作詞一首，名浣溪紗，道：

秋氣天寒萬葉飄，蛩聲唧唧夜無聊，夕陽人影臥平橋。　菊近秋來都爛熳，從他霜後更蕭條，夜來風雨似今朝。

思憶家鄉，功名不就，輾轉不寐，起來獨坐，又作小重山詞一首，道：

---

⑫ 宋玉徒悲：戰國時宋玉九辯中有「悲哉秋之為氣也」。

⑬ 江淹是恨：梁代江淹有恨賦之作。

⑭ 韓愈投荒：韓愈於唐憲宗時被貶官投置荒地，為潮州刺史。

⑮ 蘇秦守困：戰國時蘇秦出遊無成，潦倒歸來，為兄嫂妻妾所笑，乃關門讀書。

獨坐清燈夜不眠，寸腸千萬縷，兩相牽。鴛鴦秋雨傍池蓮，分飛苦，紅淚晚風前。　回首雁翩翩，寫來思寄去，遠如天。安排心事待明年，愁難待，淚滴滿青氈。

自此流落東京。至秋深，僕人不肯守待，私奔回家去。趙旭孤身旅邸，又無盤纏，每日上街，與人作文寫字。爭奈身上衣衫藍縷，著一領黃草布⑯衫，被西風一吹，趙旭心中苦悶，作詞一首，詞名鷓鴣天，道：

黃草遮寒最不宜，況兼久敝色如灰，肩穿袖破花成縷，可柰金風蚤晚吹！　纔掛體，淚沾衣，出門羞見舊相知。鄰家女子低聲問：「覓與奴糊隔帛兒⑰？」

時值秋雨紛紛，趙旭坐在店中。店小二道：「秀才，你今如此窮窘，何不去街市上茶坊酒店中吹笛，覓討些錢物，也可度日。」趙旭聽了，心中焦躁，作詩一首，詩曰：

旅店蕭蕭形影孤，時挑野菜作羹蔬。村夫不識調羹手，問道能吹笛也無？

光陰荏苒，不覺一載有餘。忽一日，仁宗皇帝在宮中，夜至三更時分，夢一金甲神人，坐駕太平車一輛，上載著九輪紅日，直至內廷。猛然驚醒，乃是南柯一夢。至來日蚤朝升殿，臣僚拜舞已畢，文武

⑯ 黃草布：以黃草心織成之布。

⑰ 隔帛兒：把破布一層層糊起來，供做鞋底之用。

散班。仁宗宣問司天臺苗太監曰：「寡人夜來得一夢，夢見一金甲神人，坐駕太平車一輛，上載九輪紅日。此夢主何吉凶？」苗太監奏曰：「此九日者，乃是箇『旭』字，或是人名，或是州郡。」仁宗曰：「若是人名，朕今要見此人，如何得見？卿與寡人占一課。」原來苗太監曾遇異人，傳授諸葛馬前課⑱，占問最靈。當下奉課，奏道：「陛下要見此人，只在今日。陛下須與臣扮作白衣秀士，私行街市，方可遇之。」仁宗依奏，卸龍衣，解玉帶，扮作白衣秀才，與苗太監一般打扮，出了朝門之外，徑往御街⑲並各處巷陌遊行。

將及半晌，見座酒樓，好不高峻！乃是有名的樊樓。有鷓鴣天詞為證：

城中酒樓高入天，烹龍煮鳳味肥鮮。公孫下馬聞香醉，一飲不惜費萬錢。　招貴客，引高賢，樓上笙歌列管絃。百般美物珍羞味，四面欄杆彩畫簷。

仁宗皇帝與苗太監上樓飲酒，君臣二人，各分尊卑而坐。王正盛夏，天道炎熱。仁宗手執一把月樣白梨玉柄扇，倚著欄杆看街，將扇柄敲楹，不覺失手，墜扇樓下。急下去尋時，無有。仁宗教苗太監更占一課，苗太監領旨，發課罷，詳道：「此扇也只在今日重見。」二人飲酒畢，算還酒錢，下樓出街。

行到狀元坊，有座茶肆。仁宗道：「可喫杯茶去。」二人入茶肆坐下，忽見白壁之上，有詞二隻，句語清佳，字畫精壯，後寫：「錦里秀才趙旭作。」仁宗失驚道：「莫非此人便是？」苗太監便喚茶博

⑱ 馬前課：立刻可成的一種占法。

⑲ 御街：北宋東京城內，從皇城往南的大街，叫做「御街」。

士問道：「壁上之詞是何人寫的？」茶博士答道：「告官人，這箇作詞的，他是一箇不得第的秀才，羞歸故里，流落在此。」苗太監又問道：「他是何處人氏？今在何處安歇？」茶博士道：「他是西川成都府人氏，見在對過狀元坊店內安歇，專與人作文度日，等候下科開選。」仁宗想起前因，私對苗太監說道：「此人原是上科試官取中的榜首，文才儘好，只因一字差誤，朕怪他不肯認錯，遂黜而不用，不期流落於此。」便教茶博士：「去尋他來，我要求他文章。你若尋得他來，我自賞你。」茶博士走了一回，尋他不著，嘆道：「這箇秀才，真箇沒福，不知何處去了。」茶博士回覆道：「二位官人，尋他不見。」仁宗道：「且再坐一會，再點茶[20]來。」一邊喫茶，又教茶博士去尋這箇秀才來。茶博士又去店中並各處酒店尋問，不見，道：「真乃窮秀才！若遇著這二位官人，也得他些資助，好無福分！」茶博士又回覆道：「尋他不見。」

二人還了茶錢，正欲起身，只見茶博士指道：「兀那[21]趙秀才來了！」苗太監道：「在那裡？」茶博士指街上穿破藍衫的來者便是，苗太監教請他來。茶博士出街，接著道：「趙秀才，我茶肆中有二位官人等著你，教我尋你兩次不見。」趙旭慌忙走入茶坊，相見禮畢，坐於苗太監肩下，三人喫茶。問道：「壁上文詞，可是秀才所作？」趙旭答道：「學生不才，信口胡謅，甚是笑話。」仁宗問道：「秀才是成都人，卻緣何在此？」趙旭答道：「因命薄下第，羞歸故里。」正說之間，趙旭於袖中撈摸。苗太監道：「秀才袖中有何物？」趙旭不答，即時袖中取出，乃是月樣玉柄白梨扇子，雙手捧與苗太監看時，

[20] 點茶：古時的一種烹茶法。此指泡茶。

[21] 兀那：即「那」。兀，發語詞。

上有新詩一首，詩道：

屈曲交枝翠色蒼，困龍未際土中藏。他時若得風雲會，必作擎天白玉梁。

苗太監道：「此扇從何而得？」趙旭答道：「學生從樊樓下走過，不知樓上何人墜下此扇，偶然插於學生破藍衫袖上。就去王丞相家作松詩，起筆因書於扇上。」苗太監道：「此扇乃是此位趙大官人的，因飲酒墜於樓下。」趙旭道：「既是大官人的，即當奉還。」仁宗皇帝大喜，又問秀才，上科為何不第。趙旭答言：「學生三場文字俱成，不想聖天子御覽，看得一字差寫，因此不第，流落在此。」仁宗曰：「此是今上不明。」趙旭答曰：「今上至明。」仁宗曰：「何字差寫？」趙旭曰：「是『唯』字，學生寫為『厶』傍，天子高明，說是『口』傍。學生奏說皆可通用。今上御書八字：『単單、去吉、吴矣、吕台。』——『卿言通用，與朕拆來。』學生無言抵對，因此黜落，至今淹滯。此乃學生考究不精，自取其咎，非聖天子之過也。」仁宗問道：「秀才家居錦里是西川了，可認得王制置麼？」趙旭答道：「學生認得王制置，王制置不認得學生。」仁宗道：「他是我外甥，我脩封書，著人送你同去投他，討了名分㉒，教你發跡㉓如何？」趙旭倒身便拜：「若得二位官人提攜，不敢忘恩。」苗太監道：「秀才，你有緣遇著大官人抬舉，你何不作詩謝之？」趙旭應諾，作詩一首，詩曰：

---

㉒ 名分：官職。
㉓ 發跡：發達。

白玉隱於頑石裡，黃金埋入汙泥中。今朝遇貴相提掇，如立天梯上九重。

仁宗皇帝見詩，大喜道：「何作此詩？也未見我薦得你否。我也回詩一首。」詩曰：

一字爭差因失第，京師流落誤佳期。與君一柬投西蜀，勝似山呼拜鳳墀。

趙旭得大官人詩，感恩不已。又有苗太監道：「秀才，大官人有詩與你，我豈可無一言乎？」乃贈詩一首，詩曰：

旭臨帝闕應天文，本得名魁一字渾。今日東投王制置，錦衣光耀趙家門。

苗太監道：「秀才你回下處去，待來日蚤辰，我自催促大官人，著人將書并路費一同送你起程。」趙旭問道：「大官人第宅何處？學生好來拜謝。」苗太監道：「第宅離此甚遠，秀才不勞訪問。」趙旭就在茶坊中拜謝了，三人一同出門，作別而去。

到來日，趙旭蚤起等待，果然昨日那沒鬚的白衣秀士，引著一箇虞候，擔著箇衣箱包袱，只不見趙大官人來。趙旭出店來迎接，相見禮畢。苗太監道：「夜來趙大官人依著我，委此人送你起程。付一錠白銀五十兩，與你文書，齎到成都府去，文書都在此人處，著你路上小心逕往。」趙旭再三稱謝，問道：「官人高姓大名？」苗太監道：「在下姓苗名秀，就在趙大官人門下，做箇館賓。秀士見了王制置時，自然曉得。」趙旭道：「學生此去，倘然得意，決不忘犬馬之報。」遂吟詩一首，寫於素箋，以寓謝別之意。詩曰：

舊年曾作登科客，今日還期暗點頭㉔。有意去尋丞相府，無心偶會酒家樓。空中扇墜藍衫插，袖裡詩成黃閣留。多謝貴人脩尺一㉕，西川制置逕相投。

苗太監領了詩箋，作別自回。趙旭遂將此銀鑿碎，算還了房錢，整理衣服齊備，三日後起程。

於路饑餐渴飲，夜住曉行，不則一日，約莫到成都府地面百餘里之外，聽得人說，差人遠接新制置，軍民喧鬧。趙旭聞信大驚，自想：「我特地來尋王制置，又離任去了，我直如此命薄！怎生是好？」遂吟詩一首，詩曰：

尺書手捧到川中，千里投人一旦空。辜負高人相汲引，家鄉雖近轉憂沖。

虞候道：「不須愁煩，且前進打聽的實㉖如何。」趙旭行一步，懶一步，再行二十五里，到了成都地面接官亭上。官員人等喧哄，都說伺候新制置到任，接了三日，並無消息。虞候道：「秀才，我與你到接官亭上看一看。」趙旭道：「不可去，我是箇無倚的人。」虞候不管他說，一直將著包袱，挑著衣箱，逕到接官亭上歇下。虞候道：「眾官在此等甚？何不接新制置？」眾官失驚，問道：「不見新制置來？」

㉔ 暗點頭：宋代歐陽脩為主考官，評閱試卷時，背後似有朱衣人，每遇佳卷，朱衣人必點頭。

㉕ 尺一：原為皇帝詔書，後來作為書信之代名詞。

㉖ 的實：確實。

虞候打開包袱，拆開文書，道：「這秀才便是新制置。」趙旭也喫了一驚。虞候又開了衣箱，取出紫袍金帶，象簡烏靴，戴上舒角幞頭，宣讀了聖旨。趙旭謝恩，叩首拜敕，授西川五十四州都制置。眾官相見，行禮已畢。趙旭著人去尋箇好寺院去處暫歇，選日上任。自思前事：「我狀元到手，只為一字黜落。誰知命中該發跡，在茶肆遭遇趙大官人，原來正是仁宗皇帝。」此乃是：

著意種花花不活，無心栽柳柳成陰。

趙旭問虞候道：「前者白衣人送我起程的，是何官宰？」虞候道：「此是司天臺苗太監，旨意分付著我同來。」趙旭自道：「我有眼不識泰山也。」

擇日上任，駿馬雕鞍，張三簷傘蓋㉗，前面隊伍擺列，後面官吏跟隨，威儀整肅，氣象軒昂。上任已畢，歸家拜見父母。父母驀然驚懼，合家迎接，門前車馬喧天。趙旭下馬入堂，紫袍金帶，象簡烏靴，上堂參拜父母。父母問道：「你科舉不第，流落京師，如何便得此職？又如何除授本處為官？」趙旭具言前事，父母聞知，拱手加額，感日月之光，願孩兒忠心補報皇恩。趙旭作詩一首，詩曰：

功名著意本掄魁，一字爭差不得歸。自恨禹門㉘風浪急，誰知平地一聲雷？

父母心中不勝之喜，合家歡悅。親友齊來慶賀，做了好幾日筵席。舊時逃回之僕，不念舊惡，依還收用。

㉗ 三簷傘蓋：官吏出外所用的涼傘，有三層邊的叫三簷傘。

㉘ 禹門：即「龍門」。傳說魚躍龍門，即化為龍。

思量仁宗天子恩德，自修表章一道，進謝皇恩。從此西川做官，兼管軍民。父母俱迎在衙門中奉養，所謂「一子受皇恩，全家食天祿」。有詩為證：

相如持節仍歸蜀㉙，季子懷金又過周㉚。衣錦還鄉從古有，何如茶肆遇宸遊㉛？

㉙ 相如持節仍歸蜀：漢時司馬相如遊梁返蜀，窮苦潦倒，與卓文君賣酒。後漢武帝拜為中郎將，持節西南夷，重返蜀中。

㉚ 季子懷金又過周：蘇秦，字季子，戰國時洛陽人，洛陽為東周時都城。蘇秦事跡見注⑮。

㉛ 宸遊：皇帝出遊。

# 第十二卷　眾名姬春風弔柳七

北闕休上詩，南山歸敝廬。不才明主棄，多病故人疎。白髮催年老，青陽逼歲除。永懷愁不寐，松月下窗虛。

這首詩，乃唐朝孟浩然所作。他是襄陽第一箇有名的詩人，流寓東京，宰相張說甚重其才，與之交厚。一日，張說在中書省入直，草應制詩，苦思不就，遣堂吏密請孟浩然到來，商量一聯詩句。正爾烹茶細論，忽然唐明皇駕到。孟浩然無處躲避，伏於床後。明皇蚤已瞧見，問張說道：「適纔避朕者，何人也？」張說奏道：「此襄陽詩人孟浩然，臣之故友。偶然來此，因布衣，不敢唐突聖駕。」明皇道：「朕亦素聞此人之名，願一見之。」孟浩然只得出來，拜伏於地，口稱死罪。明皇道：「聞卿善詩，可將生平得意一首，誦與朕聽。」孟浩然就誦了「北闕休上詩」這一首。明皇道：「卿非不才之流，朕亦未為明主；然卿自不來見朕，朕未嘗棄卿也。」當下龍顏不悅，起駕去了。次日，張說入朝，見帝謝罪，因力薦浩然之才，可充館職。明皇道：「前朕聞孟浩然有『流星澹河漢，疎雨滴梧桐』之句，何其清新！又聞有『氣蒸雲夢澤，波撼岳陽樓』之句，何其雄壯！昨在朕前，偏述枯槁之辭；又且中懷怨望，非用世之器也。宜聽歸南山，以成其志！」由是終身不用，至今人稱為孟山人。後人有詩嘆云：

新詩一首獻當朝，欲望榮華轉寂寥。不是不才明主棄，從來貴賤命中招。

古人中有因一言拜相的，又有一篇賦上遇主的；那孟浩然只為錯念了八句詩，失了君主之意，豈非命乎？如今我又說一樁故事，也是箇有名才子，只為一首詞上，誤了功名，終身坎壈❶，後來顛倒成了風流佳話。那人是誰？說起來，是宋神宗時人，姓柳名永，字耆卿。原是建寧府崇安縣人氏，因隨父親作宦，流落東京。排行第七，人都稱為柳七官人。年二十五歲，丰姿洒落，人才出眾，琴棋書畫，無所不通，至於吟詩作賦，尤其本等。還有一件，最其所長，乃是填詞。怎麼叫做填詞？假如李太白有憶秦娥、菩薩蠻，王維有鬱輪袍，這都是詞名，又謂之詩餘，唐時名妓多歌之。至宋時，大晟府❷樂官博採詞名，填腔進御。這箇詞，比切聲調，分配十二律，其某律某調，句長句短，合用平上去入四聲字眼，有箇一定不移之格。作詞者，按格填入，務要字與音協，一些杜撰不得，所以謂之填詞。那柳七官人，於音律裡面，第一精通，將大晟府樂詞，加添至二百餘調，真箇是詞家獨步。他也自恃其才，沒有一箇人看得入眼，所以縉紳之門，絕不去走，文字之交，也沒有人。終日只是穿花街，走柳巷，東京多少名妓，無不敬慕他，以得見為榮。若有不認得柳七者，眾人都笑他為下品，不列姊妹之數。所以妓家傳出幾句口號，道是：

不願穿綾羅，願依柳七哥；不願君王召，願得柳七叫；不願千黃金，願中柳七心；不願神仙見，

❶ 坎壈：同「坎坷」。不平也。

❷ 大晟府：宋時掌管音樂的官署。

頗識柳七面。

那柳七官人，真箇是朝朝楚館，夜夜秦樓。內中有三箇出名上等的行首❸，往來尤密，一箇喚做陳師師，一箇喚做趙香香，一箇喚做徐冬冬。這三箇行首，賠著自己錢財，爭養柳七官人。怎見得？有戲題一詞，名西江月為證：

調笑師師最慣，香香暗地情多，冬冬與我煞脾和❹：獨自窩盤❺三箇。「管」字下邊❻無分，「閑」字加點❼如何？權將「好」字自停那，「姦」字中間著我。

這柳七官人，詩詞文采，壓於朝士，因此近侍官員，雖聞他恃才高傲，卻也多少敬慕他的。那時天下太平，凡一才一藝之士，無不錄用。有司薦柳永才名，朝中又有人保奏，除授浙江管下餘杭縣宰。這縣宰官兒，雖不滿柳耆卿之意，把做箇進身之階，卻也罷了；只是捨不得那三箇行首。時值春暮，將欲起程，乃製西江月為詞，以寓惜別之意：

❸ 行首：原指上等妓女，後泛指名妓。
❹ 脾和：脾氣相和。
❺ 窩盤：陪伴；撫慰。
❻ 管字下邊：即「官」字。
❼ 閑字加點：即「閑」字。

鳳額繡簾高捲，獸鐶朱戶頻搖。兩竿紅日上花梢，春睡厭厭難覺。　好夢狂隨飛絮，閒愁濃勝香醪。不成雨暮與雲朝，又是韶光過了。

三箇行首，聞得柳七官人浙江赴任，都來餞別。眾妓至者如雲，耆卿口占如夢令云：

郊外綠陰千里，掩映紅裙十隊。惜別語方長，車馬催人速去。偷淚，偷淚，那得分身應你！

柳七官人別了眾名姬，攜著琴劍書箱，扮作游學秀士，迤邐上路。一路觀看風景，行至江州。訪問本處名妓，有人說道：「此處只有謝玉英，才色第一。」耆卿問了住處，逕來相訪。玉英迎接了，見耆卿人物文雅，便邀入箇小小書房。耆卿舉目看時，果然擺設得精緻。但見：

明窗淨几，竹榻茶罏。床間掛一張名琴，壁上懸一幅古畫。香風不散，寶爐中常爇沉檀；清風逼人，花瓶內頻添新水。萬卷圖書供玩覽，一枰棋局佐歡娛。

耆卿看他桌上，擺著一冊書，題云：「柳七新詞」。檢開看時，都是耆卿平日的樂府，蠅頭細字，寫得齊整。耆卿問道：「此詞何處得來？」玉英道：「此乃東京才子柳七官人所作，妾平日甚愛其詞，每聽人傳誦，輒手錄成帙。」耆卿又問道：「天下詞人甚多，卿何以獨愛此作？」玉英道：「他描情寫景，字字逼真。如秋思一篇末云：『黯相望，斷鴻聲裡，立盡斜陽。』秋別一篇云：『今宵酒醒何處？楊柳岸曉風殘月。』此等語，人不能道。妾每誦其詞，不忍釋手，恨不得見其人耳。」耆卿道：「卿要識柳七官人否？只小生就是。」玉英大驚，問其來歷，耆卿將餘杭赴任之事，說了一遍。玉英拜倒在地，道：「賤妾凡胎，不識神仙，望乞恕罪。」置酒款待，殷勤留宿。

耆卿深感其意，一連住了三五日；恐怕誤了憑限，只得告別。玉英十分眷戀，設下山盟海誓，一心要相隨柳七官人，侍奉箕帚。耆卿道：「赴任不便，若果有此心，俟任滿回日，同到長安。」玉英道：「既蒙官人不棄賤妾，從今為始，即當杜門絕客以待，切勿遺棄。使妾有白頭之歎。」耆卿索紙，寫下一詞，名玉女搖仙佩，詞云：

飛瓊❽伴侶，偶別珠宮，未返神仙行綴❾。取次❿梳粧，尋常言語，有得幾多姝麗？擬把名花比，恐傍人笑我談何容易。細思算，奇葩豔卉，惟是深紅淺白而已。爭如這多情，占得人間千嬌百媚。

須信畫堂繡閣，皓月清風，忍把光陰輕棄。自古及今，佳人才子，少得當年雙美。恁相偎倚，未消得憐我多才多藝。願嬭嬭⓫蘭心蕙性，枕前言下，表余深意。為盟誓，今生斷不辜鴛被。

耆卿吟詞罷，別了玉英上路，不一日，來到姑蘇地方，看見山明水秀，到箇路旁酒樓上，沽飲三杯。忽聽得鼓聲齊響，臨窗而望，乃是一群兒童，掉了小船，在湖上戲水採蓮。口中唱著吳歌云：

❽ 飛瓊：許飛瓊，傳說為王母的侍女。
❾ 行綴：行列。
❿ 取次：草率。
⓫ 嬭嬭：對婦女的敬稱。

採蓮阿姐鬭梳粧，好似紅蓮搭箇白蓮爭。紅蓮自道顏色好，白蓮自道粉花香。粉花香，粉花香，貪花人一見便來搶。紅箇也忒貴，白箇也弗強⑫。當面下手弗得，和你私下商量。好像荷葉遮身無人見，下頭成藕帶絲長。

柳七官人聽罷，取出筆來，也做一隻吳歌，題於壁上。歌云：

十里荷花九里紅，中間一朵白鬆鬆。白蓮則好摸藕吃，紅蓮則好結蓮蓬。　結蓮蓬，結蓮蓬，蓮蓬生得忒玲瓏。肚裡一團清趣，外頭包裹重重。有人吃著滋味，一時劈破難容。只圖口甜，那得知我心裡苦？開花結子一場空。

這首吳歌，流傳吳下，至今有人唱之。

卻說柳七官人過了姑蘇，來到餘杭縣上任，端的為官清正，訟簡詞稀。聽政之暇，便在大滌、天柱、由拳諸山，登臨游玩，賦詩飲酒。這餘杭縣中，也有幾家官妓，輪番承直。但是訟牒中犯著妓者名字，便不准行⑬。妓中有箇周月仙，頗有姿色，更通文墨。一日，在縣衙唱曲侑酒，柳縣宰見他似有不樂之色，問其緣故。月仙低頭不語，兩淚交流。縣宰再三盤問，月仙只得告訴。

原來月仙與本地一箇黃秀才，情意甚密。月仙一心只要嫁那秀才，奈秀才家貧，不能備辦財禮。月

⑫ 弗強：不便宜。強，價錢便宜。

⑬ 准行：准許。

仙守那秀才之節，誓不接客。老鴇再三逼迫，只是不從，因是親生之女，無可奈何。黃秀才書館，與月仙只隔一條大河，每夜月仙渡船而去，與秀才相聚，至曉又回。同縣有箇劉二員外，愛月仙丰姿，欲與歡會。月仙執意不肯，吟詩四句道：

不學路旁柳，甘同幽谷蘭。遊蜂若相詢，莫作野花看。

劉二員外心生一計，囑付舟人，教他乘月仙夜渡，移至無人之處，強姦了他，取箇執證回話，自有重賞。舟人貪了賞賜，果然乘月仙下船，遠遠撐去。月仙見不是路，喝他住舡，那舟人那裡肯依？直搖到蘆花深處，僻靜所在，將船泊了，走入船艙，把月仙抱住，逼著定要雲雨。月仙自料難以脫身，不得已而從之。雲收雨散，月仙惆悵，吟詩一首：

自恨身為妓，遭汙不敢言。羞歸明月渡，嬾上載花船。

是夜月仙仍到黃秀才館中住宿，卻不敢聲告訴，至曉回家。其舟人記了這四句詩，回覆劉二員外。員外將一錠銀子，賞了舟人去了，便差人邀請月仙家中侑酒。酒到半酣，又去調戲月仙，月仙仍舊推阻。劉二員外取出一把扇子來，扇上有詩四句，教月仙誦之。月仙大驚，原來卻是舟中所吟四句，當下頓口無言。劉二員外道：「此處牙床錦被，強似蘆花明月，小娘子勿再推托。」月仙滿面羞慚，安身無地，只得從了劉二員外之命。以後劉二員外日遂在他家占住，不容黃秀才相處。

自古道：「小娘愛俏，鴇兒愛鈔。」黃秀才雖然儒雅，怎比得劉二員外有錢有鈔？雖然中了鴇兒之意，月仙心下只想著黃秀才，以此悶悶不樂。今番被縣宰盤問不過，只得將情訴與。柳耆卿是風流首領，聽得此語，好生憐憫。當日就喚老鴇過來，將錢八十千付作身價，替月仙除了樂籍。一面請黃秀才相見，親領月仙回去，成其夫婦。黃秀才與周月仙拜謝不盡。正是：

風月客憐風月客，有情人遇有情人。

柳耆卿在餘杭三年，任滿還京。想起謝玉英之約，便道再到江州。原來謝玉英初別耆卿，果然杜門絕客；過了一年之後，不見耆卿通問，未免風愁月恨。更兼日用之需，無從進益，日逐車馬填門，回他不脫，想著五夜夫妻，未知所言真假，又有閒漢，從中攛掇，不免又隨風倒舵，依前接客。有箇新安大賈孫員外，頗有文雅，與他相處年餘，費過千金。耆卿到玉英家詢問，正值孫員外邀玉英同往湖口看船去了。耆卿到不遇，知玉英負約，怏怏不樂，乃取花箋一幅，製詞名擊梧桐，詞云：

香靨深深，姿姿媚媚，雅格奇容天與。自識伊來便好看承⑭，會得妖嬈心素。臨岐再約同歡，定是都把平生相許。又恐恩情易破難成，未免千般思慮。　近日重來，空房而已，苦沒叨叨言語。便認得聽人教當⑮，擬把前言輕負。見說蘭臺宋玉，多才多藝善詞賦。試與問朝朝暮暮，行雲何處去？

⑭ 看承：看待。

⑮ 教當：教唆。

後寫：「東京柳永訪玉卿不遇漫題。」耆卿寫畢，念了一遍，將詞箋粘於壁上，拂袖而出。回到東京，屢有人舉薦，升為屯田員外郎之職。東京這班名姬，依舊來往。耆卿所支俸錢，及一應求詩求詞餽送下來的東西，都在妓家銷化⑯。

一日，正在徐冬冬家積翠樓戲耍，宰相呂夷簡差堂吏傳命，直尋將來，說道：「呂相公六十誕辰，家妓無新歌上壽，特求員外一闋，幸即揮毫，以便演習。蜀錦二端，吳綾四端，聊充潤筆之敬，伏乞俯納。」耆卿允了，留堂吏在樓下酒飯，問徐冬冬有好紙否，徐冬冬在篋中，取出兩幅芙蓉箋紙，放於案上。耆卿磨得墨濃，蘸得筆飽，拂開一幅箋紙，不打草兒，寫下千秋歲一闋云：

泰階⑰平了，又見三台⑱耀。烽火靜，欃槍⑲掃。朝堂耆碩輔，樽俎英雄表。福無艾，山河帶礪人難老。

渭水當年釣，晚應飛熊兆；同一呂，今偏早。烏紗頭未白，笑把金樽倒。人爭羨，二十四遍中書考⑳。

耆卿一筆寫完，還剩下芙蓉箋一紙，餘興未盡，後寫西江月一調云：

---

⑯銷化：花掉。

⑰泰階：星名。傳說泰階平，則天下太平。

⑱三台：星名。古人以之象徵三公。

⑲欃槍：彗星。

⑳二十四遍中書考：喻長久任中書令。

腹內胎生異錦，筆端舌噴長江。縱教疋絹字難償，不屑與人稱量。　我不求人富貴，人須求我文章。風流才子占詞場，真是白衣卿相。

耆卿寫畢，放在桌上。

恰好陳師師家差箇侍兒來請，說道：「有下路新到一箇美人，不言姓名，自述特慕員外，不遠千里而來，今在寒家奉候，乞即降臨。」耆卿忙把詩詞裝入封套，打發堂吏，動身去了，自己隨後往陳師師家來。一見了那美人，吃了一驚。那美人是誰？正是：

著意尋不見，有時還自來。

那美人正是江州謝玉英。他從湖口看舡回來，見了壁上這隻擊梧桐詞，再三諷詠，想著耆卿果是有情之人，不負前約，自覺慚愧。瞞了孫員外，收拾家私，雇了船隻，一逕到東京來，問柳七官人。聞知他在陳師師家往來極厚，特拜望師師，求其引見耆卿。當時分明是斷花再接，缺月重圓，不勝之喜。陳師師問其詳細，便留謝玉英同住。玉英怕不穩便，商量割東邊院子另住。自到東京，從不見客，只與耆卿相處，如夫婦一般。耆卿若往別妓家去，也不阻攔，甚有賢達之稱。

話分兩頭。再說耆卿匆忙中，將所作壽詞封付堂吏，誰知忙中多有錯，一時失於點檢，兩幅詞箋都封了去。呂丞相拆開封套，先讀了千秋歲調，倒也歡喜。又見西江月調，少不得也念一遍，念到「縱教疋絹字難償，不屑與人稱量」，笑道：「當初裴晉公修福光寺，求文於皇甫湜，湜每字索絹三匹。此子嫌吾酬儀太薄耳。」又念到「我不求人富貴，人須求我文章」，大怒道：「小子輕薄，我何求汝耶？」從此銜恨在心。柳耆卿卻是疎散的人，寫過詞，丟在一邊了，那裡還放在心上。

又過了數日，正值翰林員缺，吏部開薦柳永名字，仁宗曾見他增定大晟樂府，亦慕其才，問宰相呂夷簡道：「朕欲用柳永為翰林，卿可識此人否？」呂夷簡奏道：「此人雖有詞華，然恃才高傲，全不以功名為念。見任屯田員外，日夜留連妓館，大失官箴。若重用之，恐士習由此而變。」遂把耆卿所作西江月詞誦了一遍，仁宗皇帝點頭。早有知諫院官打聽得呂丞相銜恨柳永，欲得逢迎其意，連章參劾。仁宗御筆批著四句道：

柳永不求富貴，誰將富貴求之？任作白衣卿相，風前月下填詞。

柳耆卿見罷了官職，大笑道：「當今做官的，都是不識字之輩，怎容得我才子出頭？」因改名柳三變，人都不會其意，柳七官人自解說道：「我少年讀書，無所不窺，本求一舉成名，與朝家出力；因屢次不第，牢騷失意，變為詞人。以文采自見，使名留後世足矣；何期被薦，頂冠束帶，變為官人。然浮沉下僚，終非所好；今奉旨放落，行且逍遙自在，變為仙人。」從此益放曠不檢，以妓為家，將一箇手板㉑上寫道：「奉聖旨填詞柳三變。」欲到某妓家，先將此手板送去，這一家便整備酒肴，伺候過宿。次日，再要到某家，亦復如此。凡所作小詞，落款書名處，亦寫「奉聖旨填詞」五字，人無有不笑之者。如此數年，一日在趙香香家，偶然晝寢，夢見一黃衣吏從天而下，道說：「奉玉帝勅旨，霓裳羽衣曲已舊，

---

㉑ 手板：笏。

欲易新聲，特借重仙筆，即刻便往。」柳七官人醒來，便討香湯沐浴，對趙香香道：「適蒙上帝見召，我將去矣。各家姊妹可寄一信，不能候之相見也。」言畢，瞑目而坐。香香視之，已死矣。慌忙報知謝玉英，玉英一步一跌的哭將來。陳師師、徐冬冬兩箇行首，一時都到。又有幾家曾往來的，聞知此信，也都來趙家。

原來柳七官人，雖做兩任官職，毫無家計㉒。謝玉英雖說跟隨他終身，倒帶著一家一火前來，並不費他分毫之事。今日送終時節，謝玉英便是他親妻一般；這幾箇行首，便是他親人一般。當時陳師師為首，斂取眾妓家財帛，製買衣衾棺槨，就在趙家殯殮。謝玉英衰絰㉓做箇主喪，其他三箇的行首，都聚在一處，帶孝守幕。一面在樂遊原上，買一塊隙地起墳，擇日安葬。墳上豎箇小碑，照依他手板上寫的，增添兩字，刻云：「奉聖旨填詞柳三變之墓。」出殯之日，官僚中也有相識的，前來送葬。只見一片縞素，滿城妓家無一人不到，哀聲震地。那送葬的官僚，自覺慚愧，掩面而返。

不踰兩月，謝玉英過哀，得病亦死，附葬於柳墓之旁。亦見玉英貞節，妓家難得，不在話下。

自葬後，每年清明左右，春風駘蕩，諸名姬不約而同，各備祭禮，往柳七官人墳上，掛紙錢拜掃，喚做「弔柳七」，又喚做「上風流塚」。未曾「弔柳七」、「上風流塚」者，不敢到樂遊原上踏青。後來成了箇風俗，直到高宗南渡之後，此風方止。後人有詩題柳墓云：

樂遊原上妓如雲，盡上風流柳七墳。可笑紛紛縉紳輩，憐才不及眾紅裙。

---

㉒ 家計：家產。

㉓ 衰絰：喪服。

# 第十三卷　張道陵七試趙昇

但聞白日昇天去，不見青天走下來。有朝一日天破了，人家都叫阿癐癐❶。

這四句詩，乃國朝唐解元所作，是譏誚神仙之說，不足為信。此乃戲謔之語，從來混沌剖判，便立下了三教；太上老君立了道教，釋迦祖師立了佛教，孔夫子立了儒教。儒教中出聖賢，佛教中出佛菩薩，道教中出神仙。那三教中，儒教忒平常，佛教忒清苦，只有道教學成長生不死，變化無端，最為灑落❷。看官，我今日說一節故事，乃是張道陵七試趙昇。那張道陵便是龍虎山中歷代住持道教的正一天師第一代始祖，趙昇乃其徒弟。有詩為證：

剖開頑石方知玉，淘盡泥沙始見金。不是世人仙氣少，仙人不似世人心。

話說張天師的始祖，諱道陵，字輔漢，沛國人氏，乃是張子房第八世孫。漢光武皇帝建武十年降生，其母夢見北斗第七星從天墜下，化為一人。身長丈餘，手中托一丸仙藥，如雞卵大，香氣襲人。其母取

---

❶ 阿癐癐：叫喊或呼痛的聲音。癐，音ㄨㄟ。

❷ 灑落：灑脫。

而吞之，醒來便覺滿腹火熱，異香滿室，經月不散。從此懷孕，到十月滿足，忽然夜半屋中光明如晝，遂生道陵。七歲時，便能解說道德經，及河圖❸讖緯❹之書，無不通曉。年十六，博通五經。身長九尺二寸，龐眉廣顙，朱項綠睛，隆準方頤，伏犀貫頂❺，垂手過膝，龍蹲虎步，望之使人可畏。舉賢良方正，入太學。一旦喟然歎曰：「流光如電，百年瞬息耳，縱位極人臣，何益於年命之數乎？」遂專心修煉，欲求長生不死之術。同學有一人，姓王名長，聞道陵之言，深以為然，即拜道陵為師，願相隨名山訪道。

行至豫章郡，遇一繡衣童子，問曰：「日暮道遠，二公將何之？」道陵大驚，知其非常人，乃自述訪道之意。童子曰：「世人論道，皆如捕風捉影，必得黃帝九鼎丹法，修煉成就，方可昇天。」於是師徒二人拜求指示，童子口授二語，道是：

左龍并右虎，其中有天府。

說罷，忽然不見。道陵記此二語，但未解其意。

一日，行至龍虎山中，不覺心動，謂王長曰：「『左龍右虎』，莫非此地乎？『府』者，藏也，或有祕書藏於此地。」乃登其絕頂，見一石洞，名曰壁魯洞，洞中或明或暗，委曲異常。走到盡處，有生成

❸ 河圖：伏羲氏時，龍馬負圖出於河，伏羲氏依其圖畫八卦，稱之為「河圖」。
❹ 讖緯：內容專屬數術占卜之書。
❺ 伏犀貫頂：眉間至頭頂之骨，叫伏犀骨，有此骨必富貴。

石門兩扇。道陵想道：「此必神仙之府。」乃與弟子王長端坐石門之外，凡七日，忽然石門洞開，其中石桌、石櫈俱備，桌上無物，只有文書一卷。取而觀之，題曰「黃帝九鼎太清丹經」。道陵舉手加額，叫聲慚愧❻。師徒二人歡喜無限，取出丹經，晝夜觀覽，具知其法。但修煉合用藥物鑪火之費甚廣，無從措辦。道陵先年曾學得有治病符水，聞得蜀中風俗醇厚，乃同王長入蜀，結廬於鶴鳴山中，自稱真人，專用符水救人疾病。投之輒驗，來者漸廣。又多有人拜於門下，求為弟子，學他符水之法。

真人見人心信服，乃立為條例：所居門前有水池，凡有疾病者，皆疏記生身以來所為不善之事，不許隱瞞，真人自書懺文，投池水中；與神明共盟約，不得再犯，若復犯，身當即死；設誓畢，方以符水飲之。病癒後，出米五斗為謝。弟子輩分路行法，所得米絹數目，悉開報於神明，一毫不敢私用。由是百姓有小疾病，便以為神明譴責，自來首過；病癒後，皆羞慚改行，不敢為非。如此數年，多得錢財，乃廣市藥物，與王長居密室中，共煉龍虎大丹。三年丹成，服之。真人年六十餘，自服丹藥，容顏轉少，如三十歲後生模樣。從此能分形散影，常乘小舟，在東西二溪往來遊戲，堂上又有一真人誦經不輟。若賓客來訪，迎送應對，或酒杯棋局，各各有一真人，不分真假，方知是仙家妙用。

一日，有道士來言：西城有白虎神，好飲人血，每歲其鄉必殺人祭之。真人心中不忍，將到祭祀之期，真人親往西城。果見鄉中百姓綁縛一人，用鼓樂導引，送於白虎神廟。真人問其緣故，所言與道士相合：若一年缺祭，必然大興風雨，毀苗殺稼，殃及六畜。所以一方懼怕，每年用重價購求一人，赤身綁縛，送至廟中。夜半，憑神吮血享用，以此為常，官府亦不能禁。真人曰：「汝放此人去，將我代之

❻ 慚愧：有僥倖之意。

何如？」眾鄉民道：「此人因家貧無倚，情願捨身充祭，得我們五十千錢，葬父嫁妹，花費已盡，今日之死，乃其分內，你何苦自傷性命？」真人曰：「我不信有神道喫人之事，若果有此事，我自願承當，死而無怨。」眾人商量道：「他自不信，不干我事，左右是一條性命。」便依了真人言語，把綁縛那人解放了。那人得了命，拜謝而去。眾人便要來綁縛真人，真人曰：「我自情願，決不逃走，何用綁縛？」眾人依允。真人入得廟來，只見廟中香煙繚繞，燈燭煒煌，供養著土偶神像，猙獰可畏，案桌上擺列著許多祭品。眾人叩頭宣疏已畢，將真人閉於殿門之內，隨將封鎖。真人瞑目靜坐以待。

約莫更深，忽聽得一陣狂風，白虎神早到。一見真人，便來攫取。只見真人口耳眼鼻中，都放出紅光，罩定了白虎神，此乃是仙丹之力。白虎神大驚，忙問：「汝何人也？」真人曰：「吾奉上帝之命，管攝四海五嶽諸神，命我分形查勘，汝何方孽畜，敢在此虐害生靈？罪業深重，天誅難免！」白虎神方欲抗辨，只見前後左右都是一般真人，紅光遍體，諕得白虎神眼縫也開不得，叩頭求哀。原來白虎神是金神，自從五丁開道，鑿破蜀山，金氣發洩，變為白虎，每每出現，生災作耗❼。土人立廟，許以歲時祭享，方得安息。真人煉過金丹，養就真火，金怕火剋，自然制伏。當下真人與他立誓，不許生事害民，白虎神受戒而去。

次日侵晨，眾鄉民到廟，看見真人端然不動，駭問其由。真人備言如此如此，今後更不妄害民命，有損無益。眾鄉人拜求名姓，真人曰：「我乃鶴鳴山張道陵也。」說罷，飄然而去。眾鄉民在白虎廟前，另創前殿三間，供養張真人像，從此革了人祭之事。有詩為證：

❼作耗：為禍。

積功累行始成仙，豈止區區服食緣。白虎神藏人祭革，活人陰德在年年。

那時廣漢青石山中，有大蛇為害，晝吐毒霧，行人中毒便死。真人又去勦除了那毒蛇，山中之人，方敢晝行。

順帝漢安元年，正月十五夜，真人在鶴鳴山精舍獨坐，忽聞隱隱天樂之聲，從東而來，鑾佩珊珊漸近。真人出中庭瞻望，忽見東方一片紫雲，雲中有素車一乘，冉冉而下。車中端坐一神人，容若冰玉，神光照人，不可正視。車前站立一人，就是前番在豫章郡所遇的繡衣童子。童子謂真人曰：「汝休驚怖，此乃太上老君也。」真人慌忙禮拜。老君曰：「近蜀中有眾鬼魔王，枉暴生民，深可痛惜。子其為我治之，以福生靈，則子之功德無量，而名錄丹臺❽矣。」乃授以正一盟威祕錄、三清眾經九百三十卷，符錄丹竈祕訣七十二卷，雌雄劍二口，都功印一枚，又囑道：「與子刻期，千日之後，會於閬苑❾。」真人叩頭領訖，老君昇雲而去。

真人從此日味祕文，按法遵修。聞知益州有八部鬼帥，各領鬼兵，動億萬數，周行人間，暴殺萬民，枉夭無數。真人奉老君誥命，佩盟威祕錄，往青城山，置琉璃高座，左供大道元始天尊，右置三十六部真經，立十絕靈旛，周匝法席，鳴鐘叩磬，布下龍虎神兵，欲擒鬼帥。鬼帥乃驅率眾鬼，挾兵刃矢石，來害真人。真人將左手豎起一指，那指頭變成一大朵蓮花，千葉扶疏，兵矢皆不能入。眾鬼又持火千餘

---

❽ 丹臺：神仙居住之處。

❾ 閬苑：與「丹臺」同，都是神仙所住之處。

炬來，欲行燒害。真人把袖一拂，其火即返燒眾鬼。眾鬼乃遙謂真人曰：「吾師自住鶴鳴山中，何為來侵奪我居處？」真人曰：「汝等殘害眾生，罪通於天，吾奉太上老君之命，是以來伐汝。汝若知罪，連避西方不毛之地，勿復行病⑩人間，可保無事。如仍前作業，即行誅戮，不留餘種。」鬼帥不服，次日復會六大魔王，率鬼兵百萬，安營下寨，來攻真人。真人欲服其心，乃謂曰：「試與爾各盡法力，觀其勝負。」六魔應諾。真人乃命王長積薪放火，火勢正猛。真人投身入火，火中忽生青蓮花，托真人兩足而出。六魔笑曰：「有何難哉！」把手分開火頭，摟身⑪便跳。兩箇魔王先跳下火的，鬚眉皆燒壞了，負痛奔回。那四箇魔王，更不敢動彈。真人又投身入水，即乘黃龍而出，衣服毫不濡濕。六魔又笑道：「火其實利害，這水打甚緊？」撲通的一聲，六魔齊跳入水，在水中連番幾箇筋斗。忙忙爬起，已自喫了一肚子淡水。真人復以身投石，石忽開裂，真人從後而出。六魔又笑道：「論我等氣力，便是山也穿得過，況於石乎？」硬挺著肩胛捱進石去。真人誦呪一遍，六箇魔王半身陷於石中，展動不得，哀號欲絕。其時八部鬼帥大怒，化為八隻弔睛老虎，張牙舞爪，來攫真人。真人搖身一變，變成獅子逐之。鬼帥再變八條大龍，欲擒獅子。真人又變成大鵬金翅鳥，張開巨喙，欲啄龍睛。鬼帥再變五色雲霧，昏天暗地。真人變化一輪紅日，升於九霄，光輝照曜，雲霧即時流散。

鬼帥變化已窮，真人乃拈取片石，望空撇去，須臾化為巨石，如一座小山相似；空中一線繫住，如藕絲之細，懸罩於鬼營之上；石上又有二鼠爭囓那一線，岌岌欲墮。魔王和鬼帥在高處看見，恐怕滅絕

---

⑩ 行病：散布疾病。

⑪ 摟身：挺身。摟，音ㄙㄨㄥˇ。

了營中鬼子鬼孫，乃同聲哀告饒命，願往西方娑羅國居住，再不敢侵擾中土。真人遂判令六大魔王歸於北酆，八部鬼帥竄於西域。

其時魔王身離石中，和鬼帥合成一黨，兀自躊躇不去。真人知眾鬼不可善遣，乃口勅神符一道，飛上層霄。須臾之間，只見風伯招風，雨師降雨，雷公興雷，電母閃電，天將神兵各持刃兵，一時齊集，殺得群鬼形消影絕。真人方纔收了法力，謂王長曰：「蜀人今始得安寢矣。」有西江月為證：

鬼帥空施伎倆，魔王枉逞英雄，誰知大道有神通，一片精神運動。水火不加寒熱，騰身陷石如空；一場風雨眾妖空，纔識仙家妙用。

真人復謂王長曰：「吾上昇之期已近，壁魯洞乃吾得道之地，不可忘本。」於是再至豫章，結廬於龍虎山中，師徒二人潛修九還七返⑫之功。

忽一日，復聆鑾佩天樂之音，與鶴鳴山所聞無二。真人急忙整身，叩伏階前。見千乘萬騎，簇擁著老君，在雲端徘徊不下。真人再拜，老君乃命使者告曰：「子之功業，合得九真上仙。吾昔使子入蜀，但區別人鬼，以布清淨之化；子殺鬼過多，又擅興風雨，役使鬼神，陰景翳晝，殺氣穢空，殊非天道好生之意。上帝正責子過，所以吾今日不得近子也。子且退居，勤行修道。同時飛舉者，數合三人。俟數到之日，吾待子於上清八景宮中。」言訖，聖駕復去。真人乃精心懺悔，再與王長回鶴鳴山去。

山中諸弟子曉得真人法力廣大，只有王長一人私得其傳，紛紛議論，盡疑真人偏向，有吝法之心。

⑫ 九還七返：道家煉丹時，丹藥的循環變化，叫做「還」、「返」。

真人曰：「爾輩俗氣未除，安能遺世？止可得吾導引房中之術，或服食草木以延壽命耳。明年正月七日午時，有一人從東方來，方面短身，貂裘錦襖，此乃真正道中之人，不弱於王長也。」諸弟子聞言，半疑不信。

到來年正月初七日，當正午，真人乃謂王長曰：「汝師弟至矣，可使人……」如此如此。王長領了法旨，步出山門，望東而看，果見一人來至，衣服狀貌，一如真人所言，諸弟子暗暗稱奇。王長私謂諸弟子曰：「吾師將傳法於此人，若來時切莫與通信，更加辱罵，不容入門，彼必去矣。」諸弟子相顧，以為得計。那人到門，自稱姓趙名昇，吳郡人氏，慕真人道法高妙，特來拜謁。諸弟子回言：「吾師出遊去了，不敢擅留。」趙昇拱立伺候，眾人四散走開了。到晚，逕自閉門不納。趙昇乃露宿於門外。

次日，諸弟子開門看時，趙昇依前拱立，求見師長。諸弟子曰：「吾師甚是私刻⑬，我等伏侍數十年，尚無絲毫祕訣傳授，想你來之何益？」趙昇曰：「傳與不傳，惟憑師長。但某遠踄而來，只願一見，以慰平生仰慕耳。」諸弟子又曰：「要見亦由你，只吾師實不在此，知他何日還山？足下休得癡等，有誤前程。」趙昇曰：「某之此來，出於積誠。若真人十日不歸，願等十日；百日不來，願等百日。」

眾人見趙昇連住數日，並不轉身，愈加厭惡，漸漸出言侮慢，以後竟把作乞兒看待，惡言辱罵。趙昇愈加和悅，全然不校⑭。每日只於午前往村中買一餐，喫罷便來門前伺候。晚間眾人不容進門，只就階前露宿。如此四十餘日，諸弟子私相議論道：「雖然辭他不去，且喜得瞞過師父，許久尚不知覺。」

⑬ 私刻：刻薄；吝嗇。

⑭ 不校：不計較。

只見真人在法堂鳴鐘集眾曰：「趙家弟子到此四十餘日，受辱已足了，今日可召入相見。」眾弟子大驚，纔曉得師父有前知之靈也。王長受師命，去喚趙昇進見。趙昇一見真人，涕泣交下，叩頭，求為弟子。真人已知他真心求道，再欲試之，過了數日，差往田舍中看守黍苗。

趙昇奉命，來到田邊，只有小小茅屋一間，四圍無倚，野獸往來極多。趙昇朝暮伺候趕逐，全不懈怠。忽一夜，月明如晝。趙昇獨坐茅屋中，只見一女子，美貌非常。走進屋來，深深道箇萬福，說道：「妾乃西村農家之女，隨伴出來玩月。因往田中小解，失了伴侶，追尋不著，迷路至此。兩足走得疼痛，寸步難移，乞善士可憐容妾一宿，感恩非淺。」趙昇正待推阻，那女子逕往他床鋪上，倒身睡下，口內嬌啼宛轉，只稱腳痛。趙昇認是真情，沒奈何，只得容他睡了。自己另鋪些亂草，和衣倒地，睡了一夜。次日，那女子又推腳痛，故意不肯行走，撒嬌撒癡的要茶要飯，趙昇只得管顧他。那女子倒說些風話⑮，引誘趙昇。到晚來，先自脫衣上鋪，央趙昇與他扯被加衣。趙昇心如鐵石，見女子著邪，連茅屋也不進了，只在田塍邊露坐到曉。至第四日，那女子已不見了，只見土牆上題詩四句，道是：

美色人皆好，如君鐵石心。少年不作樂，辜負好光陰。

字畫柔媚，墨跡如新。趙昇看罷，大笑道：「少年作樂，能有幾時？」便脫下鞋底，將字跡擦沒了。正是：

⑮ 風話：指男女間戲謔挑逗的話。

落花有意隨流水，流水無情戀落花。

光陰荏苒，不覺春去秋來。趙昇奉真人之命，擔了樵斧，去山後砍柴。偶然砍倒一株枯松，去得力大，喫喇一聲，松根迸起。趙昇將雙手拔起松根看時，下面顯出黃燦燦的一窖金子。忽聽得空中有人云：「天賜趙昇。」趙昇想道：「我出家之人，要這黃金何用？況且無功，豈可貪天之賜？」便將山土掩覆。收拾了柴擔，覺得身子困倦，靠石而坐，少憩片時。忽然狂風大作，山凹裡跳出三隻黃斑老虎。趙昇安坐不動，那三隻虎攢著⑯趙昇，咬他的衣服，只不傷身。趙昇全然不懼，顏色不變，謂虎曰：「我趙昇生平不作昧心之事，今棄家入道，不遠千里，來尋明師，求長生不死之路。若前世欠你宿債，今生合供你啖嚼，不敢畏避；如其不然，便可速去，休在此蒿惱人。」三虎聞言，皆弭耳低頭而去。趙昇曰：「此必山神遣來試我者，死生有命，吾何懼哉！」當日荷柴而歸，也不對同輩說知見金逢虎之事。

又一日，真人吩咐趙昇往市上買絹十匹。趙昇還值⑰已畢，取絹而歸。行至中途，忽聞背後有人叫喊云：「劫絹賊慢走！」趙昇回頭看時，乃是賣絹主人飛奔而來，一把扯住趙昇，說道：「絹價一些未還，如何將我絹去？好好還我，萬事全休！」趙昇也不爭辯，但念：「此絹乃吾師欲用之物，若還了他，如何回覆師父？」便脫下貂裘與絹主，准⑱其絹價。絹主尚嫌其少，又脫錦襖與之，絹主方去。趙昇持

---

⑯ 攢著：圍聚著。

⑰ 還值：付錢。

⑱ 准：抵。

絹獻上真人，真人問道：「你身上衣服，何處去了？」趙昇道：「偶然病熱⑲，不曾穿得。」真人嘆曰：「不吝己財，不談人過，真難及也。」乃將布袍一件賜與趙昇，趙昇欣然穿之。

又一日，趙昇和同輩在田間收穀，忽見路旁一人叩頭乞食，衣裳破弊，面目塵垢，身體瘡膿，臭穢可憎，兩腳皆爛，不能行走。同輩人人掩鼻，叱喝他去。趙昇心中獨懷不忍，乃扶他坐於茅屋之內，問其疾苦，將自己飯食省與他喫。又燒下一桶熱湯，替他洗滌臭穢。那人又說身上寒冷，欲求一衣。趙昇解開布袍，卸下裡衣一件，與之遮寒。夜間念他無倚，親自作伴。到夜半，那人又叫呼要解，趙昇聞呼，慌忙起身扶他解手，又扶進來。日間省飯食養他，常自半饑的過了，夜間用心照管，如此十餘日，全無倦怠。那人瘡患將息漸好，忽然不辭而去，趙昇也無怨心。後人有詩贊云：

逢人患難要施仁，望報之時亦小人。不吝施仁不望報，分明天地布陽春。

時值初夏，真人一日會集諸弟子，同登天柱峰絕頂。那天柱峰在鶴鳴山之左，三面懸絕，其狀如城。真人引弟子於峰頭下視，有一桃樹，傍生石壁，如人舒出一臂相似，下臨不測深淵。那桃樹上結下許多桃子，紅得可愛。真人謂諸弟子曰：「有人能得此桃實，當告以至道之要。」那時諸弟子除了王長、趙昇外，共二百三十四人。皆臨崖窺瞰，莫不股戰流汗，連腳頭也站不定。略看一看，慌忙退步，惟恐墜下。只有一人挺然而出，乃趙昇也。對眾人曰：「吾師命我取桃，必此桃有可得之理；且聖師在此，鬼神呵護，必不使我死於深谷之中。」乃看準了桃樹之處，攛身望下便跳。有這等異事，那一跳不歪不斜，

⑲ 病熱：嫌熱。

不上不下，兩腳分開，剛剛的跨於桃樹之上。將桃實恣意採摘，遙望石壁上面，懸絕二三丈，四傍又無攀緣，無從爬上，乃以所摘桃子，向上擲去，真人用手一一接之。擲了又摘，摘了又擲；下邊擲，上邊接，把一樹桃子，摘箇乾淨。真人接完桃子，自喫了一顆，王長喫了一顆，把一顆留與趙昇，恰好餘下二百三十四顆，分派諸弟子，每人一顆，不多不少。

真人問諸弟子中，那箇有本事，引得趙昇上來。諸弟子面面相覷，誰敢答應。真人自臨巖上，舒出一臂，接引趙昇。那臂膊忽長二三丈，直到趙昇身邊，趙昇隨臂而上。眾弟子莫不大驚。真人將所留桃實一顆與趙昇食畢，真人笑而言曰：「趙昇心正，能投樹上，足不蹉跌。吾今欲自試投下，若心正時，當得大桃。」眾弟子皆諫曰：「吾師雖然廣有道法，豈可自試於不測之崖乎？方纔趙昇幸賴吾師接引，若吾師墜下，更有何人接引吾師者？萬萬不可也。」有數人牽住衣裾苦勸，惟王長、趙昇默然無言。真人不從眾人之勸，遂向空自擲。眾人急覷桃樹上，不見真人蹤跡；看著下面，茫茫無底，又無道路可通，眼見得真人墜於深谷，不知死活存亡。諸弟子人人驚歎，箇箇悲啼。趙昇對王長說道：「師猶父也，吾師自投不測之崖，吾何以自安？不若同投下去，看其下落。」於是昇、長二人各奮身投下，剛落在真人之前。只見真人端坐於磐石之上，見昇、長墜下，大笑曰：「吾料定汝二人必來也。」這幾椿故事，小說家喚做「七試趙昇」。那見得七試？

第一試：辱罵不去；第二試，美色不動心；第三試：見金不取；第四試：見虎不懼；第五試：償絹不吝，被誣不辨；第六試：存心濟物；第七試：捨命從師。

原來這七試，都是真人的主意。那黃金、美女、大蟲、乞丐，都是他役使精靈變化來的；賣絹主人，也是假的；這叫做將假試真。凡人道之人，先要斷除七情，那七情？喜、怒、憂、懼、愛、惡、慾。真人先前對諸弟子說過的：「汝等俗氣未除，安能遺世？」正謂此也。且說如今世俗之人，驕心傲氣，見在的師長說話略重了些，兀自氣憤憤地，況肯為求師上，受人辱罵？著甚要緊加添四十餘日露宿之苦？只這一件，誰人肯做？至於「色」之一字，人都在這裡頭生，在這裡頭死，那箇不著迷的？列位看官們，假如你在閒居獨宿之際，偶遇箇婦人，不消一分半分顏色，管請你失魂落意，求之不得；況且十分美貌，顛倒捱身就你，你卻不動心，古人中除卻柳下惠只怕沒有第二箇人了。又如今人為著幾貫錢鈔上，兄弟分顏❿，朋友破口⓫；在路上拾得一文錢，卻也叫聲吉利，眉花眼笑，眼見這一窖黃金無主之物，那箇不起貪心？這件又不是難得的？今人見一隻惡犬走來，心頭也諕一跳；況三箇大蟲，全不怖畏，便是呂純陽祖師捨身餧虎，也只好是這般了。再說買絹這一節，你看如今做買做賣的，討得一分便宜，兀自歡喜；平日間冤枉他一言半字，便要賭神罰呪，那箇肯重疊還價？隨他天大冤枉加來，付之不理，脫去衣裳，絕無吝色，不是眼孔十二分大，怎容得人如此？又如父母生了惡疾，子孫在床前服侍，若不是足色孝順的，口中雖不說，心下未免憎嫌；何況路旁乞食之人，那解衣推食，又算做小事了？結末⓬來，兩遍投崖，是信得師父十分真切，雖死不悔。這七件都試過，纔見得趙昇七情上毫不曾粘帶，俗氣盡除，

❿ 分顏：翻臉。

⓫ 破口：口出惡言咒罵他人。

⓬ 結末：末了。

方可入道。正是：

道意堅時塵趣少，俗情斷處法緣生。

閒話休題。真人見昇、長二人道心堅固，乃將生平所得祕訣，細細指授。如此三日三夜，二人盡得其妙。真人乃飛身上崖，二人從之。重歸舊舍，諸弟子相見，驚悼不已。真人一日閉目晝坐，既覺，謂王長、趙昇曰：「巴東有妖，當同往除之。」師弟三人，行至巴東，忽見十二神女，笑迎於山前。真人問曰：「此地有鹹泉，今在何處？」神女答曰：「前面大湫㉓便是。近為毒龍所占，水已濁矣。」真人遂書符一道，向空擲去。那道符從空盤旋，忽化為大鵬金翅鳥，在湫上往來飛舞。毒龍大驚，舍湫而去，湫水遂清。十二神女各於懷中，探出一玉環來獻，曰：「妾等仰慕仙真，願操箕帚。」真人受其環，將手緝之，十二環合而為一。真人將環投於井中，謂神女曰：「能得此環者，應吾夙命，吾即納之。」十二神女要取神環，爭先解衣入井。真人遂書符投於井中，約曰：「千秋萬世，永作井神。」即時喚集居民，汲水煎煮，皆成食鹽。囑付今後煮鹽者，必祭十二神女。那十二神女都是妖精，在一方迷惑男子，降災降禍；被真人將神符鎮壓，又安享祭祀，再不出現了。從此巴東居民，無神女之害，而有鹹井之利。

真人除妖已畢，復歸鶴鳴山中。一日午時，忽見一人，黑幘，絹衣，佩劍，捧一玉函，進曰：「奉上清真符，召真人遊閬苑。」須臾有黑龍駕一紫轝，玉女二人引真人登車，直至金闕。群仙畢集，謂真人曰：「今日可朝太上元始天尊也。」俄有二青童，朱衣絳節，前行引導。至一殿，金階玉砌，真人整

㉓ 大湫：大水池。

衣趨進，拜舞已畢。殿上敕青童持玉冊，授真人正一天師之號，使以正一盟威之法，世世宣布，為人間天師，勸度未悟之人；又密諭以飛昇之期。

真人受命回山，將盟威、都功等諸品祕籙，及斬邪二劍，玉冊、玉印等物，封置一函，謂諸弟子曰：「吾沖舉㉔有日，弟子中有能舉此函者，便為嗣法。」弟子爭先來舉，如萬觔之重，休想移動得分毫。真人乃曰：「吾去後三日，自有嫡嗣至此，世為汝師也。」

至期，真人獨召王長、趙昇二人謂曰：「汝二人道力已深，數合沖舉，尚有餘丹，可分餌之，今日當隨吾上昇矣。」亭午，群仙儀從畢至，天樂擁導，真人與王長、趙昇在鶴鳴山中，白日昇天。諸弟子仰視雲中，良久而沒。時桓帝永壽元年九月九日事，計真人年已一百二十三歲矣。

真人昇天後三日，長子張衡從龍虎山適至，諸弟子方悟嫡嗣之語，指示封函，備述真人遺命。張衡輕輕舉起，揭封開看，遂向空拜受玉冊、玉印。於是將諸品祕籙，盡心參討，斬妖縛邪，其應如響。至今子孫嗣法，世世為天師。後人論七試趙昇之事，有詩為證：

世人開口說神仙，眼見何人上九天？不是仙家盡虛妄，從來難得道心堅。

---

㉔ 沖舉：飛昇。

# 第十四卷　陳希夷四辭朝命

人人盡說清閒好，誰肯逢閒閒此身？不是逢閒閒不得，清閒豈是等閒人？

則今且說箇「閒」字，是「門」字中著箇「月」字，你看那一輪明月，只見他忙忙的穿窗入戶，那天上清光不動，卻是冷淡無心。人學得他，便是鬧中取靜，纔算做真閒。有的說：人生在世，忙一半，閒一半。假如日裡做事是忙，夜間睡去便是閒了。卻不知日裡忙忙做事的，精神散亂，晝之所思，夜之所夢，連睡去的魂魄，都是忙的，那得清閒自在？古時有箇仙長，姓莊名周，睡去夢中化為蝴蝶，栩栩而飛，其意甚樂。醒將轉來，還只認做蝴蝶化身。只為他胸中無事，逍遙灑落，故有此夢。世上多少渴睡漢❶，怎不見第二箇人夢為蝴蝶？可見夢睡中也分箇閒忙在。且莫論閒忙，一入了名利關，連睡也討不得箇足意。所以古詩云：

朝臣待漏五更寒，鐵甲將軍夜度關。山寺日高僧未起，算來名利不如閒。

心相篇❷有云：「上床便睡，定是高人；支枕無眠，必非閒客。」如今人名利關心，上了床，千思萬想，

❶ 渴睡漢：貪睡之人。

❷ 心相篇：書名，宋陳摶著。

那得便睡？比及睡去，忽然又驚醒將來。儘有一般昏昏沉沉，以晝為夜，睡箇沒了歇的，多因酒色過度，四肢困倦，或因愁緒牽纏，心神濁亂所致，總來❸不得睡趣，不是睡的樂境。

則今且說第一箇睡中得趣的，無過陳摶先生。怎見得？有詩為證：

昏昏黑黑睡中天，無暑無寒也沒年。彭祖壽經八百歲，不比陳摶一覺眠。

俗說陳摶一覺睡了八百年，按陳摶壽止一百十八歲，雖說是尸解為仙去了，也沒有一睡八百年之理。此是諢話❹，只是說他睡時多，醒時少。他曾兩隱名山，四辭朝命，終身不近女色，不親人事，所以步步清閒。則他這睡，也是仙家伏氣❺之法，非他人所能學也。說話的，你道他隱在那兩處的名山？辭那四朝的君命？有詩為證：

紛紛五代戰塵囂，轉眼唐周又宋朝。多少彩禽投籠罩，雲中仙鶴不能招。

話說陳摶先生，表字圖南，別號扶搖子，亳州真源人氏。生長五六歲，還不會說話，人都叫他「啞孩兒」。一日，在水邊游戲，遇一婦人，身穿青色之衣，自稱毛女，將陳摶抱去山中，飲以瓊漿，陳摶便會說話，自覺心竅開爽。毛女將書一冊，投他懷內，又贈以詩云：

---

❸ 總來：總歸。

❹ 諢話：玩笑的話。

❺ 伏氣：即「服氣」。道家呼吸吐納之術。

藥苗不滿笥，又更上危巔。回指歸去路，相將入翠煙。

陳摶回到家中，忽然念這四句詩出來。父母大驚，問道：「這四句詩，誰教你的？」陳摶說其緣故，就懷中取出書來看時，乃是一本周易。陳摶便能成誦，就曉得八卦的大意。自此無書不覽，只這本周易，坐臥不離。又愛讀黃庭、老子諸書，灑然有出世之志。十八歲上，父母雙亡，便把家財拋散，分贈親族鄉黨，自只攜一石鐺❻，往本縣隱山居住。夢見毛女授以煉形歸氣、煉氣歸神、煉神歸虛之法，遂奉而行之，足跡不入城市。梁唐士大夫慕陳先生之名，如活神仙，求一見而不可得。有造謁者，先生輒側臥不與交接。人見他鼾睡不起，歎息而去。

後唐明宗皇帝長興年間，聞其高尚之名，御筆親書丹詔，遣官招之，使者絡繹不絕。先生違不得聖旨，只得隨使者取路到洛陽帝都，謁見天子，長揖不拜。滿朝文武失色，明宗全不嗔怪，御手相攙，錦墩❼賜坐，說道：「勞苦先生遠來，朕今得睹清光，三生之幸。」陳摶答道：「山野鄙夫，自比朽木，無用於世。過蒙陛下採錄，有負聖意，乞賜放歸，以全野性。」明宗道：「既荷先生不棄而來，朕正欲侍教，豈可輕去？」陳摶不應，閉目睡去了。明宗歎道：「此高士也，朕不可以常禮待之。」乃送至禮賢賓館，飲食供帳甚設❽。先生一無所用，蚤晚只在箇蒲團上打坐。明宗屢次駕幸禮賢館，有時值他睡

❻ 石鐺：石釜。鐺，古代一種有耳、足的鍋子。
❼ 錦墩：以錦裝飾的坐具。
❽ 甚設：設備甚好。

臥，不敢驚醒而去。明宗心知其為異人，愈加敬重，欲授以大官，陳摶那裡肯就。

有丞相馮道奏道：「臣聞七情莫甚於愛慾，六欲莫甚於男女；方今冬天雨雪之際，陳摶獨坐蒲團，必然寒冷，陛下差一使命，將嘉醞一樽賜之，妙選美女三人前去，與他侑酒暖足，他若飲其酒，留其女，何愁他不受官爵矣。」明宗從其言，於宮中選二八女子三人，美麗無比，裝束華整，更自動人，又將尚方❾美醞一樽，遣內侍宣賜。內侍口傳皇命道：「官家見天氣奇冷，特賜美醞消遣，又賜美女與先生暖足，先生萬勿推辭。」只見陳摶欣然對使開樽，一飲而盡，送來美人也不推辭。內侍入宮覆命，明宗龍顏大悅。次日早朝已畢，明宗即差馮丞相親詣禮賢館。請陳摶入朝見駕。只等來時，加官授爵。馮丞相領了聖旨，上馬前去。你道請得來，請不來？正是：

神龍不貪香餌，彩鳳不入雕籠。

馮丞相到禮賢賓館，看時，只見三箇美女，閉在一間空室之中，已不見了陳摶。問那美女道：「陳先生那裡去了？」美女答道：「陳先生自飲了御酒，便向蒲團睡去。妾等候至五更方醒，他說：『勞你們辛苦一夜，無物相贈。』乃題詩一首，教妾收留，回覆天子。遂閉妾等於此室，飄然出門而去，不知何往。」馮丞相引著三箇美人，回朝見駕。明宗取詩看之，詩曰：

雪為肌體玉為腮，多謝君王送得來。處士不興巫峽夢，空煩神女下陽臺。

---

❾ 尚方：泛稱為宮廷製辦和掌管飲食器物的官署、部門。

明宗讀罷書，歎息不已。差人四下尋訪陳摶蹤跡，直到隱山舊居，並無影響，不在話下。

卻說陳摶這一去，直走到均州武當山。原來這山初名太嶽，又喚做太和山，有二十七峰，三十六巖，二十四澗，是真武修道白日昇天之處。後人謂此山非真武不足以當之，更名武當山。陳摶至武當山，隱於九石巖。

忽一日，有五箇白鬚老叟來問周易八卦之義。陳摶與之剖晰微理，因見其顏如紅玉，亦問以導養之方。五老告之以蟄法。怎喚做蟄法？凡寒冬時令，天氣伏藏，龜蛇之類，皆蟄而不食。當初有一人因床腳損壞，偶取一龜支之，後十年移床，其龜尚活，此乃服氣所致。陳摶得此蟄法，遂能辟穀，或一睡數月不起；若沒有這蟄法，睡夢中腹中饑餓，腸鳴起來，也要醒了。

陳摶在武當山住了二十餘年，壽已七十餘歲。忽一日，五老又來，對陳摶說道：「吾等五人，乃日月池中五龍也。此地非先生所棲，吾等受先生講誨之益，當送先生到一箇好所在去。」令陳摶閉目休開，五老翼之而行。覺兩足騰空，耳邊惟聞風雨之聲。頃刻間，腳跟著地，開眼看時，不見了五老，但見空中五條龍夭矯而逝。陳摶看那去處，乃西嶽太華山石上，已不知來了多少路，此乃神龍變化之妙。

陳摶遂留居於此。太華山道士見其所居沒有鍋竈，心中甚異。悄地察之，更無他事，惟鼾睡而已。一日，陳摶下九石巖，數月不歸，道士疑他往別處去了。後於柴房中，忽見一物。近前看之，乃先生也。正不知幾時睡在那裡的，搬柴的堆積在上，直待燒柴將盡，方纔看見。又一日，有箇樵夫在山下刈草⑩，見山凹裡一箇屍骸，塵埃起寸。樵夫心中憐憫，欲取而埋之。提起來看時，卻認得是陳摶先生。樵夫道：

⑩ 刈草：割草。刈，音ㄍㄜ。

「好箇陳摶先生，不知如何死在這裡。」只見先生把腰一伸，睜開雙眼說道：「正睡得快活，何人攪醒我來？」樵夫大笑。

華陰令王睦親到華山求見先生，至九石巖，見光光一片石頭，絕無半間茅舍，乃問道：「先生寢止在於何所？」陳摶大笑，吟詩一首答之，詩曰：

蓬山高處是吾宮，出即凌風跨曉風。臺榭不將金鎖閉，來時自有白雲封。

王睦要與他伐木建菴，先生固辭不要。此周世宗顯德年間事也。這四句詩直達帝聽，世宗知其高士，召而見之，問以國祚長短。陳摶說出四句，道是：

好塊木頭，茂盛無賽。若要長久，添重寶蓋。

世宗皇帝本姓柴名榮，木頭茂盛，正合姓名，又有「長久」二字，只道是佳兆；卻不知趙太祖代周為帝，國號宋，「木」字添蓋乃是「宋」字。宋朝享國長久，先生已預知矣。

且說世宗要加陳摶以極品之爵，陳摶不願，堅請還山。世宗採其「來時自有白雲封」之句，賜號白雲先生。後因陳橋兵變，趙太祖披了黃袍，即了帝位。先生適乘驢到華陰縣，聞知此事，在驢背上拍掌大笑。有人問道：「先生笑甚麼？」先生道：「你們眾百姓造化造化，天下是今日定了。」

原來後唐末年間，契丹兵起，百姓紛紛避亂。先生在路上閒步，看見一婦人挑著一箇竹籃而走，籃內兩頭坐兩箇孩子。先生口吟二句，道是：

莫言皇帝少，皇帝上擔挑。

你道那兩箇孩子是誰？那大的便是宋太祖趙匡胤，那小的便是宋太宗趙匡義，這婦人便是杜太后。先生二十五六年前，便識透宋朝的真命天子了。

又一日，先生遊長安市上，遇趙匡胤兄弟和趙普，共是三人，在酒肆飲酒。先生亦入肆沽飲，看見趙普坐於二趙之右，先生將趙普推下去道：「你不過是紫微垣邊一箇小小星兒，如何敢占在上位？」趙匡胤奇其言。有認得的指道：「這是白雲先生陳摶。」匡胤就問前程之事，陳摶道：「你弟兄兩箇的星，比他大得多哩。」匡胤自此自負，後來定了天下，屢次差官迎取陳摶入朝，陳摶不肯。後來趙太祖手詔促之，陳摶向使者說道：「創業之君，必須尊崇體貌以示天下。我等以山野廢人，入見天子，若下拜，則違吾性；若不下拜，則褻其體。是以不敢奉詔。」乃於詔書之尾，寫四句附奏云：

九重天詔，休教丹鳳銜來；一片野心，已被白雲留住。

使者覆命，太祖笑而置之。

後太祖晏駕⓫，太宗皇帝即位，念酒肆中之舊，召與相見，說過待以不臣之禮。又賜御詩云：

曾向前朝號白雲，後來消息杳無聞。如今若肯隨徵召，總把三峰乞與君。

---

⓫ 晏駕：天子崩逝。

先生見詩，乃服華陽巾⑫，布袍草履，來到東京，見太宗於便殿，只是長揖道：「山野廢人，與世隔絕，不習跪拜，望陛下優容之。」太宗賜坐，問以修養之道。陳摶對道：「天子以天下為一身，假令白日昇天，竟何益於百姓？今君明臣良，興化勤政，功德被乎八荒，榮名流於萬世，修煉之道，無出於此。」太宗點頭稱善，愈加敬重，問道：「先生心中有何所欲？可為朕言之。」陳摶答道：「臣無所欲，只願求一靜室。」乃賜居於建隆道觀。

其時太宗正用兵征伐河東，遣人問先生勝負消息。先生在使者掌中，寫一「休」字。太宗見之不樂，因軍馬已發，不曾停止。再遣人問先生時，但見他閉目而睡，鼾齁之聲，直達戶外。明日去看，仍復如此，一連睡了三箇月，不曾起身。河東軍將果然無功而返。太宗正當嗟歎，忽見陳摶道冠野服，逍遙而來，直上金鑾寶殿。太宗見其不召自來，甚以為異。陳摶道：「老大今日還山，特來辭駕。」太宗聞言，如有所失，欲加摶以帝師之號，築宮奉事，時時請教。陳摶固辭求去，呈詩一首，詩云：

草澤吾皇詔，圖南摶姓陳。三峰千載客，四海一閒人。

世態從來薄，詩情自得真。乞全麞鹿性，何處不稱臣？

又道：「二十年之後，老夫再來候見聖顏。」太宗知不可留，特賜御宴於都堂⑬，使宰相兩禁官員俱侍坐。每人製送行詩一首，以寵其歸。又將太華全山，御筆判與陳摶，為修真之所，他人不得侵漁。賜號

---

⑫ 華陽巾：頭巾名。隱者所戴。

⑬ 都堂：尚書省大廳。

為白雲洞主希夷先生，聽其還山。此太平興國元年事也。

到端拱五年，太宗皇帝管二十年的乾坤，尚不曾立得太子。長子楚王元佐，因九月九日，不曾預得御宴，縱火燒宮。太宗大怒，廢為庶人。心愛第三子襄王元侃，未知他福分如何。口中不言，心下思想：「惟有希夷先生陳摶，最善相人，當初在酒肆中，就相定我兄弟二人當為皇帝，趙普為宰相。如今得他一來，決斷其事便好。」轉念猶未了，內侍報道：「有太華山處士陳摶叩宮門求見。」太宗大驚，即時宣進問道：「先生此來何意？」陳摶答道：「老夫知陛下胸中有疑，特來決之。」太宗大笑道：「朕固疑先生有前知之術，今果然也。朕東宮未定，有襄王元侃，寬仁慈愛，有帝王之度，但不知福分如何，煩先生到襄府一看。」陳摶領命，纔到襄府門首便回。太宗問道：「朕煩先生到襄府看襄王之相，如何不去而回？」陳摶道：「老夫已看過了，襄府門前奉役奔走之人，都有將相之福，何必見襄王哉？」太宗之意遂決。即日宣詔，立襄王為太子，後來真宗皇帝就是。陳摶在京師，又住了一月，忽然辭去，仍歸九石巖。

其時有門人穆伯長、种放等百餘人，皆築室於華山之下，朝夕聽講。惟有五龍蟄法，先生未嘗授人。忽一日，遣門人輩於張超谷口高巖之上，鑿一石室，門人不敢違命，室既鑿成，先生同門人往觀之。其巖最高，望下雲煙如翠，先生指道：「此毛女所謂『相將入翠煙』也，吾其歸於此乎？」言未畢，屈膝而坐，揮門人使去，右手支頤，閉目而逝。年一百一十八歲。門人環守其屍，至七日，容色如生，肢體溫軟，異香撲鼻。乃製為石匣盛之，仍用石蓋，束以鐵鎖數丈，置於石室。門人方去，其巖自崩，遂成陡絕之勢，有五色雲封住谷口，彌月不散。後人因名其處為希夷峽。

到徽宗宣和年間，有閩中道士徐知常，來遊華山，見峽上有鐵鎖垂下。知常攀緣而上，至於石室，見匣蓋欹側，啟而觀之，惟有仙骨一具，其色紅潤，香氣逼人。知常再拜畢，為整其蓋，復攀緣而下。其時徐知常得幸於徽宗，官拜左街道錄，將此事奏知天子。天子差知常賫⑭御香一注，重到希夷峽，要取仙骨，供養在大內。來到峽邊，已不見有鐵鎖。但見雲霧重重，危巖壁立，歎息而返。至今希夷先生蛻骨在張超谷，無復有人見之者矣。有詩為證：

從來處士竊名浮，誰似希夷閒到頭？兩隱名山供笑傲，四辭朝命肯淹留。五龍蟄法前人少，八卦神機後學求。片片白雲迷峽鎖，石床高臥足千秋。

⑭ 賫：攜帶。

# 第十五卷 史弘肇龍虎君臣會

卷壓鼇頭❶請左符❷，笑尋頳尾❸為西湖。二三賢守去非遠，六一❹清風今不孤。
四海共知霜鬢滿，重陽曾插菊花無？聚星堂❺上誰先到？欲傍金尊倒玉壺。

這一首詩，乃宋朝士大夫劉季孫寄蘇子瞻自翰苑出守杭州詩。元來東坡先生蘇學士凡兩次到杭州：先一次，神宗皇帝熙寧二年，通判杭州；第二次，元祐年中，知杭州軍州事。所以臨安府多有東坡古跡詩句。後來南渡過江，文章之士極多。惟有洪內翰❻才名，可繼東坡之作。洪內翰曾編了夷堅三十二志，有一代之史才。在孝宗朝，聖眷甚隆。因在禁林，乞守外郡，累次上章，聖上方允，得知越州紹興府。是時淳熙年上，到任時遇春天，有首回文詩，做得極好，乃詩人熊元素所作。詩云：

❶ 卷壓鼇頭：蘇軾於宋哲宗元祐四年由翰林侍讀出知杭州，故曰卷壓鼇頭。鼇頭，指翰林院。
❷ 左符：太守赴任所帶的符契。
❸ 頳尾：魚勞則尾赤，故以頳尾喻勞瘁。頳，音ㄔㄥ。赤色。
❹ 六一：歐陽脩自號「六一居士」。
❺ 聚星堂：在潁州，歐陽脩知潁州時所建。蘇軾於哲宗元祐六年知潁州。
❻ 洪內翰：指洪邁。字景盧，宋高宗時人。內翰，指翰林學士。

融融日煖乍晴天，駿馬雕鞍繡轡聯。風細落花紅襯地，雨微垂柳綠拖煙。
茸鋪草色春江曲，雪剪花梢玉砌前。同恨此時良會罕，空飛巧燕舞翩翩。

若倒轉念時，又是一首好詩：

翩翩舞燕巧飛空，罕會良時此恨同。前砌玉梢花剪雪，曲江春色草鋪茸。
煙拖綠柳垂微雨，地襯紅花落細風。聯轡繡鞍雕馬駿，天晴乍煖日融融。

這洪內翰遂安排筵席於鎮越堂上，請眾官宴會。那四司六局❼祗應❽供過❾的人，都在堂下，甚次第❿。當日果獻時新，食烹異味。酒至三杯，眾妓中有一妓，姓王名英。這王英以纖纖春笋柔荑⓫，捧著一管纏金絲龍笛，當筵品弄一曲。吹得清音嘹亮，美韻悠揚，眾官聽之大喜。這洪內翰令左右取文房四寶來，諸妓女供侍於面前，對眾官乘興，一時文不加點，掃一隻詞，喚做虞美人。詞云：

忽聞碧玉樓頭笛，聲透晴空碧。宮、商、角、羽任西東，映我奇觀驚起碧潭龍。　數聲嗚咽青霄

❼ 四司六局：古時盛大的宴會，都有四司六局人等供役。四司是「帳設司」、「茶酒司」、「廚司」、「臺盤司」。六局是「菓子局」、「蜜餞局」、「蔬局」、「油燭局」、「香藥局」、「排辦局」。
❽ 祗應：侍候。
❾ 供過：供役。
❿ 次第：齊整。
⓫ 柔荑：荑柔軟色白，以喻女子之手。

去，不捨梁州序⓬。穿雲裂石響無蹤，驚動梅花初謝玉玲瓏。

洪內翰珠璣滿腹，錦繡盈腸，一隻曲兒，有甚難處？做了呈眾官，眾官看罷，皆喜道：「語意清新，果是佳作。」

方纔誇羡不已，只見一箇官員，在眾中呵呵大笑，言曰：「學士作此龍笛詞，雖然奇妙，此詞八句，偷了古人作的雜詩詞中各一句也。」洪內翰看那官人，乃孔通判諱德明。洪內翰大驚道：「孔丈既知如此，可望見教否？」孔通判乃就筵上，從頭一一解之。

第一句道：「忽聞碧玉樓頭笛。」偷了張紫微作道隱詩中第四句。詩道：

試問清軒可嗽⓭青，霜天孤月照蓬瀛。廣寒宮裡琴三弄，碧玉樓頭笛一聲。
金井轆轤秋水冷，石床茅舍暮雲清。夜來忽作瑤池夢，十二闌干獨步行。

第二句道：「聲透晴空碧。」偷了駱解元作王嬌姿唱詞中第三句。詩道：

謝氏筵⓮中聞雅唱，何人隔幕在簾帷？一聲點破晴空碧，遏住行雲不敢飛。

---

⓬ 梁州序：曲牌名。
⓭ 嗽：同「煞」。
⓮ 謝氏筵：劉宋時王曇首善唱歌，謝安乃設筵邀之，王曇首赴宴歌一曲而去。

第三句道：「宮、商、角、羽任西東。」偷了曹仙姑作風響詩中第二句。詩道：

碾玉懸絲掛碧空，宮、商、角、羽任西東。依稀似曲纔堪聽，又被風吹別調中。

第四句道：「映我奇觀驚起碧潭龍。」偷了東坡作櫓詩中第三、四句。詩道：

伊軋江心激箭衝，天涯無際去無蹤。遙遙映我奇觀處，料應驚起碧潭龍。

過處⓯第五句道：「數聲嗚咽青霄去。」偷了朱淑真作雁詩中第四句。詩道：

傷懷遣我腸千縷，征雁南來無定據。嘹嘹嚦嚦自孤飛，數聲嗚咽青霄去。

第六句道：「不捨梁州序。」偷了秦少游作歌舞詩中第四句。詩道：

纖腰如舞態，歌韻如鶯語。似錦罩廳前，不捨梁州序。

第七句道：「穿雲裂石響無蹤。」偷了劉兩府作水底火炮詩中第三句。詩道：

一激轟然如霹靂，萬波鼓動魚龍息。穿雲裂石響無蹤，卻虜驅邪歸正直。

臨了第八句道：「驚動梅花初謝玉玲瓏。」偷了士人劉改之來謁見婺州陳侍郎作元宵望江南詞中第四句。

---

⓯ 過處：即「過片」。從詞的上片轉入下片。

詞道：

元宵景，天氣正融融。柳線正垂金落索，梅花初謝玉玲瓏，明月映高空。　賢太守，歡樂與民同。簫鼓聒殘燈火市，輪蹄踏破廣寒宮，良夜莫匆匆。

孔通判從頭解說罷，洪內翰大喜。眾官稱歎道：「奇哉！奇哉！」洪內翰教左右別辦一勸，勸罷，與孔通判道：「適間門下解說得甚妙，甚妙！欲求公作龍笛詞一首，永為珍賜。」孔通判相謝罷，遂作一詞，喚做水調歌頭。詞云：

玉人揎皓腕，纖手映朱唇。龍吟越調孤噴，清濁最堪聽。欲度寧王一曲⑯，莫學桓伊三弄⑰，聽答兀中丁。憶昔知音客，鑒別在柯亭⑱。　至更深，宜月朗，稱疎星。天高氣爽，霜重水綠與山青。幸遇良宵佳景，轟起一聲蘄州⑲，耳畔覺泠泠。裂石穿雲去，萬鬼盡潛形。

兀的⑳正是：

⑯寧王一曲：唐玄宗李隆基之兄，名憲，封寧王，善吹橫笛。

⑰桓伊三弄：晉桓伊善吹笛，曾為王徽之吹奏三曲。

⑱柯亭：東漢蔡邕取會稽柯亭之竹椽製笛，桓尹善吹此笛。

⑲蘄州：蘄州產竹，為製笛良材。

⑳兀的：這箇。

高才得見高才客，不枉留傳紀好音。

說話的，你因甚的，頭迴㉑說這「八難龍笛詞」？自家㉒今日不說別的，說兩箇客人將一對龍笛蘄材，來東峰東岱嶽燒獻。只因燒這蘄材，卻教鄭州奉寧軍一箇上廳行首㉓，有分做兩國夫人，嫁一箇好漢，後來為當朝四鎮令公，名標青史，直到如今，做幾回花錦似話說。這未發跡的好漢，卻姓甚名誰？怎地發跡變泰㉔？直教：

縱橫宇宙三千里，　威鎮華夷四百州。

有一詩單道五代興亡，詩云：

自從唐季墜朝綱，天下生靈被擾攘。社稷安危懸卒伍，朝廷輕重繫藩方。
深冬寒木固不脫，未旦小星猶有光。五十三年更五姓，始知迅掃待真王。

卻說是五代唐朝裡，有兩箇客人：王一太，王二太；乃兄弟兩人。獲得一對蘄州出的龍笛材，不曾開成笛，天生奇異，根似龍頭之狀，世所無者。特地將來兗州奉符縣東峰東岱嶽殿下火池內燒獻。燒罷，

㉑頭迴：即「得勝頭迴」。宋、元說書人在正式開講之前，先說一段小故事做引子，叫做「得勝頭迴」。

㉒自家：我。

㉓上廳行首：應聘到官廳歌舞行班的首席名妓。上廳，官廳。

㉔變泰：飛黃騰達之意。

聖帝㉕賜與炳靈公㉖。炳靈公遂令康、張二聖㉗前去鄭州奉寧軍，喚開笛閻招亮來。康、張二聖領命，即時到鄭州，變做兩箇凡人，徑來見閻招亮。這閻招亮正在門前開笛，只見了兩箇人來相揖。作揖罷，道：「一箇官員，有兩管龍笛蘄材，欲請待詔便去開則箇。這官員急性，開畢重重酬謝，便等同去。」閻招亮即時收拾了作仗㉘，廝趕㉙二人來。頃刻間，到一箇所在。閻招亮抬頭看時，只見牌上寫道：「東峰東岱嶽」。但見：

群山之祖，五嶽為尊。上有三十八盤，中有七十二司。水簾映日，天柱插空。九間大殿，瑞光罩碧瓦凝煙。四面高峰，偃仰見金龍吐霧。竹林寺有影無形，看日山藏真隱聖。

閻招亮理會不下㉚，康、張二聖用引去，參拜了炳靈公。將至一閣子內，已安蘄材在桌上，教閻招亮就此開笛。吩咐道：「此乃陰間，汝不可遠去；倘行遠失路，難以回歸。」吩咐畢，二聖自去。招亮片時，開成龍笛，吹其聲，清幽可愛。等半晌，不見康、張二聖來。招亮默思量起：「既到此間，不去看些所在，也須可惜。」遂出閣子來，行不甚遠，見一座殿宇。招亮走至廊下，聽得靜鞭㉛聲急，遂去窗縫裡

㉕ 聖帝：指東嶽神。
㉖ 炳靈公：東嶽神第三兒子。
㉗ 康張二聖：東嶽神之佐神。
㉘ 作仗：工作的器具。
㉙ 廝趕：追隨。
㉚ 理會不下：不理解。

偷眼看時，只見：

蝦鬚簾捲，雉尾扇開。冕旒升殿，一人端拱坐中間；簪笏隨朝，眾聖趨蹡㉜分左右。金鐘響動，玉磬聲頻。悠揚天樂五雲間，引領百神朝聖帝。

聖帝降輦升殿，眾神起居畢，傳聖旨，押過公事㉝來。只見一箇漢，項戴長枷，臂連雙杻㉞，推將來。閻招亮肚裡道：「這箇漢，好面熟！」一時間急省不起他是兀誰。冉傳聖旨，令押去換銅膽鐵心，卻令回陽世，為四鎮令公；告戒切勿妄殺人命。招亮聽得，大驚。忽然一鬼吏喝道：「凡夫怎得在此偷看公事？」當時閻招亮聽得鬼吏叫，急慌走回來開笛處閣子裡坐地。良久之間，康、張二聖來那閣子裡來，見開笛了，同招亮將龍笛來呈。吹其笛，聲清韻長。炳靈公大喜，道：「教汝福上加福，壽上加壽。」招亮告曰：「不願加其福壽，招亮有一親妹閻越英，現為娼妓。但求越英脫離風塵，早得從良，實所願也。」炳靈公道：「汝有此心，乃凡夫中賢人也，當令汝妹嫁一四鎮令公。」招亮拜謝畢，康、張二聖送歸。行至山半路高險之處，指招亮看一去處，正看裡㉟，被康、張二聖用手打一推擷㊱，將下峭壁巖

㉛ 靜鞭：天子出巡儀仗中的鳴鞭，欲人肅靜之用。
㉜ 趨蹡：進退。
㉝ 公事：即犯人。
㉞ 杻：手銬。
㉟ 裡：同「哩」。
㊱ 推擷：推跌。

崖裡去。閻待詔喫一驚，猛閃開眼，卻在屋裡床上，渾家和兒女都在身邊。問那渾家道：「做甚的你們都守著我眼淚出？」渾家道：「你前日在門前正做生活裡，驀然倒地，便死去。摸你心頭時，有些溫，扛你在床上兩日。你去下世㊲做甚的來？」招亮從康、張二聖來叫他去許多事，一一都說。屋裡人見說，盡皆駭然。自後過了幾時，沒話說。

時遇冬間，雪降長空。石信道有一首雪詩，道得好：

六出飛花夜不收，朝來佳景有宸州㊳。重重玉宇三千界，一一瓊臺十二樓。
庾嶺寒梅何處放？章臺飛絮幾時休？還思碧海銀蟾畔，誰駕丹山碧鳳遊？

其雪轉大。閻待詔見雪下，當日手冷，不做生活，在門前閒坐地㊴。只見街上一箇大漢過去，閻待詔見了，大驚道：「這箇人便是在東嶽換銅膽鐵心未發跡的四鎮令公，卻打門前過去。今日不結識，更待何時？」不顧大雪，撩衣大步趕將來。不多幾步，趕上這大漢。進一步，叫道：「官人拜揖。」那大漢卻認得閻招亮是開笛的，還箇喏，道：「待詔沒甚事？」閻待詔道：「今日雪下，天色寒冷，見你過去，特趕來相請，同飲數杯。」便拉入一箇酒店裡去。這箇大漢，姓史雙名弘肇，表字化元，小字憨兒。開道營長行軍兵。按五代史本傳上載道：「鄭州榮澤人也。為人蹻勇，走及奔馬。」酒罷，各自歸家。

㊲ 下世：陰間。
㊳ 宸州：京師。
㊴ 坐地：坐著。

明日，閻待詔到妹子閻越英家，說道：「我昨日見一箇人來，今日特地來和你說。我多時曾死去兩日，東嶽開龍笛，見這箇人換了銅膽鐵心，當為四鎮令公，道令你嫁這四鎮令公。我日多時只省不起這箇人，昨日忽然見他，我請他喫酒來。」閻越英問道：「是兀誰？」閻招亮接口道：「是那開道營有情的史大漢。」閻越英聽得說是他，好場惡氣：「我元來合當嫁這般人？我不信！」

自後閻待詔見史弘肇，須買酒請他。史大漢數次喫閻待詔酒食，一日路上相撞見，史弘肇遂請閻招亮去酒店裡，也喫了幾多酒共食。閻待詔要還錢，史弘肇那裡肯：「相擾待詔多番，今日特地還席。」閻招亮相別了，先出酒店自去，史弘肇看著量酒㊵道：「我不曾帶錢來，你廝趕我去營裡討㊶還你。」量酒只得隨他去，到營門前，遂吩咐道：「我今日沒一文，你且去，我明日自送來還你主人。」量酒廝殢㊷道：「歸去吃罵，主人定是不肯。」史大漢道：「主人不肯後㊸，要如何？你會事時，便去；你若不去，敬你喫頓惡拳。」量酒沒奈何，只得且回。

這史弘肇卻走去營門前賣糕糜㊹王公處，說道：「大伯，我欠了店上酒錢，沒得還。你今夜留門，我來偷你鍋子。」王公只當做耍話，歸去和那大姆子㊺說：「世界上不曾見這般好笑，史憨兒今夜要來

---

㊵ 量酒：酒店裡賣酒的夥計。

㊶ 討：找。

㊷ 廝殢：糾纏。

㊸ 主人不肯後：如果主人不肯。

㊹ 糕糜：用糯米做成的點心。

㊺ 大姆子：老大媽；老太婆。

偷我鍋子，先來說教我留門。」大姆子見說，也笑。當夜二更三點前後，史弘肇真箇來推大門，力氣大，推折了門欞㊻，走入來。兩口老的聽得，大姆子道：「且看他怎地。」史弘肇大驚小怪，走出竈前，掇那鍋子在地上，道：「若還破後，難折還他酒錢。」拿條棒敲得噹噹響。掇將起來，翻轉覆在頭上。不知那鍋底裡有些水，澆了一頭一臉，和身上都溼了。史弘肇那裡顧得乾溼，戴著鍋兒便走。王公大叫：「有賊！」披了衣服趕將來。地方聽得，也趕將來。史弘肇喫趕得慌，撇下了鍋子，走入一條巷去躲避。誰知篥底巷㊼，卻走了死路。鬼慌㊽盤上去人家蕭牆，喫一滑，攧將下去。地方也趕入巷來，見他攧將下去。地方叫道：「閻媽媽，你後門有賊，跳入蕭牆來。」閻行首聽得，教妳子㊾點蠟燭去來看時，卻不見那賊，只見一箇雪白異獸：

光閃爍渾疑素練，貌猙獰恍似堆銀。遍身毛抖擻九秋霜，一條尾搖動三尺雪。流星眼爭閃電，巨海口露血盆。

閻行首見了，喫一驚。定睛再看時，卻是史大漢彎跧㊿蹲在東司51邊，見了閻行首，失張失志走起來，

㊻ 門欞：門閂。欞，同「栓」。
㊼ 篥底巷：死胡同。
㊽ 鬼慌：心慌。
㊾ 妳子：奶媽。
㊿ 彎跧：身體踡縮。跧，音ㄑㄩㄢˊ。踡曲；蹲伏。
51 東司：廁所。

唱箇喏。這閻行首先時見他異相，又曾聽得哥哥閻招亮說道他有分發跡，又道我合當嫁他，當時不叫地方捉將去，倒教他入裡面藏躲。地方等了一晌，不聽得閻行首家裡動靜，想是不在了，各散去訖。閻行首開了前門，放史弘肇出去。

當夜過了。明日飯後，閻行首教人去請哥哥閻待詔來。閻行首道：「哥哥，你前番說，史大漢有分發跡，做四鎮令公，道我合當嫁他。我當時不信你說，昨夜後門叫有賊，跳入蕭牆來。我和妳子點蠟燭去照，只見一隻白大蟲，蹲在地上。我定睛再看時，卻是史大漢。我看見他這異相，畢竟是箇發跡的人。我如今情願嫁他，哥哥，你怎地做箇道理，與我說則箇？」閻招亮道：「不妨，我只就今日便要說成這頭親。」閻待詔知道史弘肇是箇發跡變泰底人，又見妹子又嫁他，肚裡好歡喜，一徑來營裡尋他。史弘肇昨夜不合去偷王公鍋子，日裡先少了酒錢，不敢出門。閻待詔尋箇恰好，遂請他出來，和他說道：「有頭好親，我特來與你說。」史弘肇道：「說甚麼親？」閻待詔道：「不是別人，是我妹子閻行首。他隨身有若干房財，你意下如何？」史弘肇道：「好便好，只有三件事，未敢成這頭親。」閻招亮道：「有那三件事？但說不妨。」史弘肇道：「第一，他家財由吾使；第二，我入門後，不許再著52人客；第三，我有一箇結拜的哥哥，并南來北往的好漢，若來尋我，由我留他飲食宿臥。如依得這三件事，可以成親。」閻招亮道：「既是我妹子嫁你了，是事53都由你。」當日說成這頭親，回覆了妹子。兩廂情願了，料沒甚下財納禮，揀箇吉日良時，倒做一身新衣服，與史弘肇穿著了，招他歸來成親。

52 著：安頓。

53 是事：凡事。

約過了兩箇月，忽上司指揮差往孝義店，轉遞軍期文字。史弘肇到那孝義店，過未得一箇月，自押鋪54已下，皆被他無禮過。只是他身邊有這錢肯使，捨得買酒請人，因此人都讓他。

忽一日，史弘肇去鋪屋55裡睡。押鋪道：「我沒興添這廝來萵惱人。」正埋冤哩，只見一箇人面東背西而來，向前與押鋪唱箇喏，問道：「有箇史弘肇可在這裡？」押鋪指著道：「見在那裡睡。」只因這箇人來尋他，有分教：史弘肇發跡變泰。這來底人姓甚名誰？正是：

兩腳無憑寰海內，故人何處不相逢。

這箇來尋史弘肇的人，姓郭名威，表字仲文，邢州堯山縣人。排行第一，喚做郭大郎。怎生模樣？

抬左腳，龍盤淺水；抬右腳，鳳舞丹墀。紅光罩頂，紫霧遮身。堯眉舜目，禹背湯肩。除非天子可安排，以下諸侯壓不得。

這郭大郎因在東京不如意，曾撲了潘八娘子釵子。潘八娘子看見他異相，認做兄弟，不教解去官司，倒養在家中。自好了，因去瓦56裡看，殺了构欄57裡的弟子，連夜逃走。走到鄭州，來投奔他結拜兄弟

54 押鋪：軍中巡鋪的頭目。
55 鋪屋：軍中巡鋪皂鋪房。
56 瓦：即「瓦子」、「瓦舍」。瓦子中有技藝表演的构欄。
57 构欄：瓦舍中的戲棚，技藝表演的地方。

史弘肇。到那開道營前問人時，教來孝義店相尋。當日史弘肇正在舖屋下睡著，押舖遂叫覺他來，道：「有人尋你，等多時。」史弘肇焦躁，走將起來，問：「兀誰來尋我？」郭大郎便向前道：「吾弟久別，且喜安樂。」史弘肇認得是他結拜的哥哥，撲翻身[58]便拜。拜畢，相問動靜了。史弘肇道：「哥哥，你莫向別處去，只在我這舖屋下，權且宿臥。要錢盤纏，我家裡自討來使。」眾人不敢道他甚的，由他留這郭大郎在舖屋裡宿臥。郭大郎那裡住得幾日，□□史弘肇無禮上下。兄弟兩人在孝義店上，日逐趁賭，偷雞盜狗，一味乾顙[59]不美，蒿惱得一村疃[60]人過活不得，沒一箇人不嫌，沒一箇人不罵。

話分兩頭。卻說後唐明宗歸天，閔帝登位。應有內人[61]，盡令出外嫁人。數中有掌印柴夫人，理會得些箇風雲氣候[62]，看見旺氣在鄭州界上，遂將帶房奩[63]，望旺氣而來。來到孝義店王婆家安歇了，要尋箇貴人。柴夫人住了幾日，看街上往來之人，皆不入眼，看著王婆道：「街上如何直恁地冷靜？」王婆道：「覆夫人，要熱鬧容易。夫人放買市[64]，這經紀人都來趕趁[65]，街上便熱鬧。」夫人道：「婆婆

---

[58] 撲翻身：形容動作快速的俯身跪在地上。

[59] 乾顙：原為逼迫、強迫的意思，引申為以暴力威脅他人。

[60] 村疃：村坊。疃，音ㄊㄨㄢˇ。田界相接的地方。

[61] 內人：宮人。

[62] 風雲氣候：有關風水的事。

[63] 房奩：陪嫁物。

[64] 買市：古時豪門富室，定期召集一批經紀人聚集某處，作臨時市集，有如廟會，召集人逐一購買貨物，作為幫襯。這種集會，叫做「買市」。

也說得是。」便教王婆四下說教人知：來日柴夫人買市。

郭大郎兄弟兩人聽得說，商量道：「我們何自撰[66]幾錢買酒吃？明朝賣甚的好？」史弘肇道：「只是賣狗肉。問人借箇盤子，和架子、砧刀，那裡去偷隻狗子，把來打殺了，煮熟去賣，卻不須去上行[67]。」郭大郎道：「只是坊佐[68]人家，沒這狗子；尋常被我們偷去煮喫盡了，近來都不養狗了。」史弘肇道：「村東王保正家，有隻好大狗子，我們便去對付休[69]。」兩箇徑來王保正門首，一箇引那狗子，一箇把條棒，等他出來，要一棒桿殺打將去。王保正看見了，便把三百錢出來道：「且饒我這狗子，二位自去買碗酒喫。」史弘肇道：「王保正，你好不近道理[70]！偌大一隻狗子，怎地只把三百錢出來？須虧我。」郭大郎道：「看老人家面上，胡亂拿去罷。」兩箇連夜又去別處偷得一隻狗子，撏剝乾淨了，煮得稀爛。

明日，史弘肇頂著盤子，郭大郎駝著架子，走來柴夫人幕次前，叫聲：「賣肉。」放下架子，閣那盤子在上。夫人在簾子裡看見郭大郎，肚裡道：「何處不覓？甚處不尋？這貴人卻在這裡。」使人從把出盤子來，教簇一盤。郭大郎接了盤子，切那狗肉。王婆正在夫人身邊，道：「覆夫人，這箇是狗肉，貴人如何喫得？」夫人道：「買市為名，不成[71]要喫！」教管錢的，支一兩銀子與他。郭大郎兄弟二人

---

[65] 趕趁：趕買賣。

[66] 撰：賺。

[67] 上行：批發；進貨。

[68] 坊佐：街坊鄰居。

[69] 休：等於「罷」，語助詞。

[70] 不近道理：不近人情。

接了銀子，唱喏謝了自去。

少間，買市罷。柴夫人看著王婆道：「問婆婆，央你一件事。」王婆道：「甚的事？」夫人道：「先時賣狗肉的兩箇漢子，姓甚的？在那裡住？」王婆道：「這兩箇最不近道理。切肉的姓郭，頂盤子姓史，都在孝義坊舖屋下睡臥。不知夫人問他兩箇做甚麼？」夫人說：「奴要嫁這一箇切肉姓郭的人，就央婆婆做媒，說這頭親則箇。」王婆道：「夫人偌大箇貴人，怕沒好親得說，如何要嫁這般人？」夫人道：「婆婆莫管，自看見他是箇發跡變泰的貴人，婆婆便去說則箇。」王婆既見夫人恁地說，即時便來孝義店舖屋裡尋郭大郎，尋不見。押舖道：「在對門酒店裡喫酒。」王婆徑過來酒店門口，揭那青布簾，入來見了他弟兄兩箇，道：「大郎，你卻喫得酒下！有場天來大喜事來投奔你，剗地[72]坐得牢裡！」郭大郎道：「你那婆子，你見我撰得些箇銀子，你便來要討錢。我錢卻沒與你，要便請你喫碗酒。」王婆便道：「老媳婦不來討酒喫。」郭大郎道：「你不來討酒喫，要我一文錢也沒。你會事[73]時喫碗了去。」史弘肇道：「你那婆子，忒不近道理！你知我們性也不好，好意請你喫碗酒，你卻不喫。一似你先時破[74]我的肉是狗肉，幾乎教我不撰一文；早是夫人教買了。你好羞人，兀自有那面顏來討錢！你信道[75]我和[76]

---

[71] 不成：難道。
[72] 剗地：平白地。剗，音ㄔㄢˇ。
[73] 會事：懂事。
[74] 破：揭穿。
[75] 信道：明知道。
[76] 和：連。

酒也沒，索性請你喫一頓拳踢去了。」王婆道：「老媳婦不是來討酒和錢。適來夫人問了大郎，直是歡喜，要嫁大郎，教老媳婦來說。」郭大郎聽得說，心中大怒，用手打王婆一箇漏掌風(77)。王婆倒在地上道：「苦也！我好意來說親，你卻打我！」郭大郎道：「兀誰調發(78)你來廝取笑！且饒你這婆子，你好好地便去，不打你。他偌大箇貴人，卻來嫁我？」王婆鬼慌，走起來，離了酒店，一徑來見柴夫人。夫人道：「婆婆說親不易。」王婆道：「教夫人知，因去說親，喫他打來。道老媳婦去取笑他。」夫人道：「帶累婆婆吃虧了，沒奈何，再去走一遭。先與婆婆一隻金釵子，事成了，重重謝你。」王婆道：「老媳婦不敢去，再去時，喫他打殺了也沒人勸。」夫人道：「我理會得。你空手去說親，只道你去取笑他；我教你把這件物事將去為定，他不道得(79)不肯。」王婆問道：「卻是把甚麼物事去？」夫人取出來，教那王婆看了一看，諕殺那王婆。這件物卻是甚的物？

君不見張負有女妻陳平，家居陋巷席為門？門外多逢長者轍，丰姿不是尋常人。又不見單父呂公善擇壻，一事樊侯一劉季？風雲際會十年間，樊作諸侯劉作帝。從此英名傳萬古，自然光采生門戶。君看如今嫁女家，只擇高樓與豪富。

夫人取出定物來，教王婆看，乃是一條二十五兩金帶，教王婆把去，定這郭大郎。王婆雖然適間喫了郭

(77) 漏掌風：五指伸開打巴掌，即漏風的巴掌。
(78) 調發：打發。
(79) 不道得：不至於。

大郎的虧，凡事只是利動人心，得了夫人金釵子，又有金帶為定，便忍腳不住。即時提了金帶，再來酒店裡來。王婆路上思量道：「我先時不合空手去，喫他打來。如今須有這條金帶，他不成又打我？」來到酒店門前，揭起青布簾，他兄弟兩箇兀自喫酒未了。走向前，看著郭大郎道：「夫人教傳語，恐怕大郎不信，先教老媳婦把這條二十五兩金帶來定大郎，卻問大郎討回定(80)。」郭大郎肚裡道：「我又沒一文，你自要來說，是與不是，我且落得拿了這條金帶，卻又理會。」當時叫王婆且坐地，叫酒保添隻盞來，一道喫酒，喫了三盞酒。郭大郎覷著王婆道：「我那裡來討物事做回定？」王婆道：「大郎身邊胡亂有甚物，老媳婦將去，與夫人做回定。」郭大郎取下頭巾，除下一條鏖糟臭油邊子來，教王婆把去做回定。王婆接了邊子，忍笑不住，道：「你的好省事！」王婆轉身回來，把這邊子遞與夫人。夫人也笑了一笑，收過了。

自當日定親以後，免不得揀箇吉日良時，就王婆家成這親。遂請叔叔史弘肇，又教人去鄭州請孀孀閻行首來相見了。柴夫人就孝義店嫁了郭大郎，卻捲帳(81)回到家中，住了幾時。

夫人忽一日看著丈夫郭大郎道：「我夫若只在此相守，何時會得發跡？不若寫一書，教我夫往西京河南府去見我母舅符令公，可求立身進步之計，若何？」郭大郎道：「深感吾妻之意。」遂依其言，柴夫人修了書，安排行裝，擇日教這貴人上路。

---

(80) 回定：訂婚時，男方送定禮至女方，女方答禮叫做「回定」。

(81) 捲帳：新郎在女家結婚，三天後，新婚夫婦帶了粧奩，回轉男家，叫做「捲帳」。

行時紅光罩體，坐後紫霧隨身。朝登紫陌，一條桿棒[82]作朋儔；暮宿郵亭[83]，壁上孤燈為伴侶。

他時變豹[84]貴非常，今日權為途路客。

這貴人路上離不得[85]饑餐渴飲，夜住曉行，不則一日，到西京河南府，討了箇下處。這郭大郎當初來西京，指望投奔符令公，發跡變泰。怎知道卻惹一場橫禍，變得人命交加。正是：

未酬奮翼衝霄志，翻作連天大地囚。

郭大郎到西京河南府看時，但見：

州名豫郡，府號河南。人煙聚百萬之多，形勢盡一時之勝。城池廣闊，六街[86]內士女駢闐；井邑繁華，九陌[87]上輪蹄來往。風傳絲竹，誰家別院奏清音？香散綺羅，到處名門開麗景。東連鞏縣，西接澠池，南通洛口之饒，北控黃河之險。金城繚繞，依稀似偃月之形；雉堞巍峨，彷彿有參天之狀。虎符龍節王侯鎮，朱戶紅樓將相家。休言昔日皇都，端的今時勝地。正是：春如紅錦堆中

---

82 桿棒：棍子。

83 郵亭：驛舍。

84 變豹：發跡貴顯。

85 離不得：免不得；少不了。

86 六街：唐代長安城有左右六街，此指京城街道。

87 九陌：九條街道。漢代長安城有九陌，此指京城街道。

過，夏若青羅帳裡行。

郭大郎在安歇處過了一夜，明早卻待來將這書去見符令公。猛自思量道：「大丈夫倚著一身本事，當自立功名；豈可用婦人女子之書，以圖進身乎？」依舊收了書，空手徑來衙門前招人牌下，等著部署(88)李霸遇來投見他。李霸遇問道：「你曾帶得來麼？」貴人道：「帶得來。」李部署問：「是甚的？」郭大郎言：「是十八般武藝。」李霸遇所說，本是見面錢。見說十八般武藝，不是頭(89)了，口裡答應道：「候令公出廳，教你參謁。」比及令公出廳，卻不教他進去。

自從當日起，日逐去俟候，耽擱了兩箇來月，不曾得見令公。店都知(90)見貴人許多日不曾見得符令公，多口道：「官人，你枉了日逐去俟候，李部署要錢，官人若不把與他，如何得見符令公？」貴人聽得說，怒從心上起，惡向膽邊生：「元來這賊卻是如此！」

當日不去衙前俟候，悶悶不已，在客店前閒坐。只見一箇撲魚(91)的在門前叫撲魚，郭大郎遂叫住撲，只一撲，撲過(92)了魚。撲魚的告那貴人道：「昨夜迫劃(93)得幾文錢，買這魚來撲，指望贏幾箇錢去養老

(88) 部署：唐、宋時小武官，如「都頭」之類。
(89) 不是頭：形勢不佳。
(90) 店都知：旅店的職工，即店小二。
(91) 撲魚：小販以賭博方式做買賣叫「撲賣」。「撲魚」即撲賣鮮魚，也叫「博魚」。
(92) 撲過：撲贏。
(93) 迫劃：籌劃。

娘。今日出來，不曾撲得一文，被官人一撲撲過了，如今沒這錢歸去養老娘。官人可以借這魚去，前面撲贏得幾箇錢時，便把來還官人。」貴人見他說得孝順，便借與他魚去撲。吩咐他道：「如有人撲過，卻來說與我知。」撲魚的借得那魚去撲，行到酒店門前，只見一箇人叫：「撲魚的在那裡？」因是這箇人在酒店裡叫撲魚，有分郭大郎拳手相交，就酒店門前變做一箇小小戰場。這叫撲魚的是甚麼人？

從前積惡欺天，今日上蒼報應。

酒店裡叫住撲魚的，是西京河南府部署李霸遇，在酒店裡喫酒，見撲魚的，遂叫入酒店裡去撲，撲不過，輸了幾文錢，徑硬拿了魚。撲魚的不敢和他爭，走回來，說向郭大郎道：「前面酒店裡，被人拿了魚，卻贏得他幾文錢，男女❾❹納錢還官人。」貴人聽得說，道：「是甚麼人？好不諳事！既撲不過，如何拿了魚？魚是我的，我自去問他討。」這貴人不去討，萬事俱休；到酒店裡看那人時，

讎人廝見，分外眼睜。

不是別人，卻是部署李霸遇。貴人一分焦躁，變做十分焦躁。在酒店門前看著李霸遇道：「你如何拿了我的魚？」李霸遇道：「我自問撲魚的要這魚，如何卻是你的？」貴人拍著手道：「我西京投事，你要我錢，耽擱我在這裡兩箇來月，不教我見令公。你今日對我，有何理說？」李霸遇道：「你明日來衙門，

---

❾❹ 男女：舊時地位卑下者的自稱。

我週全你。」貴人大罵道：「你這砍頭賊，閉塞賢路，我不算你，我和你就這裡比箇大哥二哥㊎！」郭大郎先脫膊㊏，眾人喊一聲。原來貴人幼時曾遇一道士，那道士是箇異人，替他右項上刺著幾箇雀兒，左項上刺幾根稻穀，說道：「若要富貴足，直待雀銜穀。」從此人都喚他是郭雀兒。到登極之日，雀與穀果然湊在一處。此是後語。這日郭大郎脫膊，露出花項㊐，眾人喝采。正是：

近覷四川十樣錦㊑，遠觀洛汭一團花。

李霸遇道：「你真箇要廝打？你只不要走！」貴人道：「你莫胡言亂語，要廝打快來！」李霸遇脫膊，露出一身乾乾韃韃的橫肉，眾人也喊一聲。好似：

生鐵鑄在火池邊，怪石鐫來墳墓畔。

二人拳手廝打，四下人都觀看。一附二拳，三翻四合，打到分際㊒，眾人齊喊一聲，一箇漢子在血濼㊓裡臥地。當下卻是輸了兀誰？

95 比箇大哥二哥：分箇高下。
96 脫膊：脫衣赤裸上身。
97 花項：刺花的頭頸。
98 十樣錦：花式繁多。
99 分際：緊要關頭。
100 血濼：即血泊。

作惡欺天在世間，人人背後把眉攢。只知自有安身術，豈畏災來在目前？

郭大郎正打那李霸遇，直打到血流滿地，聽得前面頭踏[101]指約，喝道令公來。符令公在馬上，見這貴人紅光罩定，紫霧遮身，和李霸遇廝打，李霸遇那裡奈何得這貴人？符令公教手下人：「不要驚動，為我召來。」手下人得了鈞旨，便來好好地道：「兩人且莫廝打，令公鈞旨，教來府內相見。」二人同至廳下，符令公看這人時，生得：

堯眉舜目，禹背湯肩。

令公鈞旨，便問郭大郎道：「那裡人氏？因甚行打李霸遇？」貴人覆道：「告令公，郭威是邢州堯山縣人氏，遠來貴府投事。李霸遇要郭威錢，不令郭威參見令公鈞顏，耽擱在旅店兩月有餘。今日撞見，因此行打。有犯台顏，小人死罪死罪。」符令公問道：「你既然遠來投奔，會甚本事？」郭大郎覆道：「郭威十八般武藝盡都通曉。」令公鈞旨，教李霸遇與郭威就當廳使棒。李霸遇先時已被這貴人打了一頓，奈何不得這貴人，覆令公道：「李霸遇使棒不得。適間被郭威暗算，打損身上。」令公鈞旨定要使棒。郭威看著李霸遇道：「你道我暗算你，這裡比箇大哥二哥！」二人把棒在手，唱了喏，部者[102]喝教二人放對[103]。

[101] 頭踏：儀仗。
[102] 部者：部屬。
[103] 放對：對打。

山東大擂，河北夾鎗。山東大擂，鰲魚口內噴來；河北夾鎗，崑崙山頭瀉出。三轉身，兩攧腳104。旋風響，臥烏鳴。遮攔架隔，有如素練眼前飛；打艇105支撐，不若耳邊風雨過。

兩人就在廳前使那棒，一上一下，一來一往，鬬不得數合，令公符彥卿在廳上看見，喝采不迭。

羊祜病中推杜預，叔牙囚裡薦夷吾。堪嗟四海英雄輩，若箇106男兒識丈夫？

兩人就廳下使棒，李霸遇那裡奈何得這貴人？被郭大郎一棒打翻。符令公大喜，即時收在帳前，遂差這貴人做大部署，倒在李霸遇之上。郭大郎拜謝了令公，在河南府當職役。過了幾時，沒話說。

忽一日，郭部署出衙門閒幹事，行至市中，只見食店前一箇官人，坐在店前大驚小怪，呼左右教打碎這食店。貴人一見，遂問過賣107：「這官人因甚的在此喧鬨尋鬧？」過賣扯著部署在背後去告訴道：「這官人乃是地方中有名的尚衙內108，半月前見主人有箇女兒，十八歲，大有顏色。這官人見了一面，歸去教人來傳語道：『太夫人教請小娘子過來，說話則箇。若是你家缺少錢物，但請見諭。』主人道：『我家豈肯賣女兒？只割捨得死！』尚衙內見主人不肯，今日來此掀打。」貴人見說，

104 攧腳：頓腳。
105 打艇：旋轉。
106 若箇：哪箇。
107 過賣：酒店中掌行菜的夥計。
108 衙內：對官員子弟的稱呼。

怒從心上起，惡向膽邊生。雄威動鳳眼圓睜，烈性發龍眉倒豎。兩條忿氣，從腳底板貫到頂門。心頭一把無名火，高三千丈，按捺不下。

郭部署向前與尚衙內道：「凡人要存仁義，暗室欺心，神目如電，尊官不可以女色而失正道。郭威言輕，請尊官上馬若何？」衙內焦躁道：「你是何人？」貴人道：「姓郭名威，乃是河南府符令公手下大部署。」衙內說：「各無所轄，焉能管我？左右，為我毆打這廝！」貴人大怒道：「我好意勸你，卻教左右打我，你不識我性！」用左手捽住尚衙內，右手就身邊拔出壓衣刀⑩⑨在手，手起刀落，尚衙內性命如何？

欲除天下不平事，方顯人間大丈夫。

郭部署路見不平，殺了尚衙內。一行人從都走，貴人徑來河南府內自首。符令公出廳，貴人覆道：「告令公，郭威殺了欺壓良善之賊，特來請罪。」符令公問了起末⑪⓪，喝左右取長枷枷了，押下司理院問罪。怎見得司理院的利害？

古名「廷尉」，亦號「推官」。果然是事不通風，端的底令人喪膽。龐眉節級⑪⑪，執黃荊儼似牛頭；努目押牢，持鐵索渾如羅剎。枷分三等，取勘情重情輕；牢眼四方，分別當生當死。風聲緊急，

⑩⑨ 壓衣刀：壓衣服的小佩刀。

⑪⓪ 起末：始末根由。

⑪⑪ 節級：小校的名稱。此指獄節級，看管監獄的小軍校。

烏鴉鳴噪勘官廳，日影參差，綠柳遮籠蕭相廟。轉頭逢五道[112]，開眼見閻王。

當日那承吏[113]王琇承了這件公事。罪人入獄，教獄子絣[114]在廊上，一面勘問。不多時，符令公鈞旨，叫王琇來偏廳上。令公見王琇，遂吩咐幾句，又把筆去那桌子面上寫四字。王琇看時，乃是：「寬容郭威。」王琇道：「律有明條，領鈞旨。」令公焦躁，遂轉屏風入府堂去。王琇急慌，唱了喏，悶悶不已，徑回來司房[115]伏案而睡，見一條小赤蛇兒，戲於案上。王琇道：「作怪！」遂趕這蛇，急趕急走，慢趕慢走；趕至東乙牢，這蛇入牢眼去，走上貴人枷上，入鼻內從七竅中穿過。王琇看這箇貴人時，紅光罩定，紫霧遮身。理會未下，就司房裡颯然睡覺。元來人困後，多是肚中不好了，有那與決不下的事，或是手頭窘迫，憂愁思慮。故困字著箇貧字，謂之貧困；愁字，謂之愁困；憂字，謂之憂困；不成喜困、歡困？王琇得了這一夢，肚裡道：「可知[116]符令公教我寬容他，果然好人識好人。」王琇思量半晌，只是未有箇由頭[117]出脫他。不知這貴人直有許多攧撲[118]：自幼便沒了親爹，隨母嫁潞州常家；後來因事離

---

[112] 五道：即「五道將軍」。東嶽部下的神將，掌世人的生死。
[113] 承吏：承辦公事的官吏。
[114] 絣：音ㄅㄥ。綑；綁。
[115] 司房：司吏房。
[116] 可知：難怪。
[117] 由頭：假借作為藉口的理由。
[118] 攧撲：比喻遭遇挫折。

了河北，簝簝磕磕⑪⑨，受了萬千不易；甫能得符令公周全做大部署，又去閒管事，惹這場橫禍。至夜，居民遺漏⑫⓪，王琇眉頭一縱，計從心上來。只就當夜，教這貴人出牢獄。當時王琇思量出甚計來？正是：

袖中伸出拿雲手，提起天羅地網人。

當夜黃昏後，忽居民遺漏。王琇急去稟令公，要就熱亂⑫①裡放了這貴人，只做因火獄中走了。令公大喜。元來令公日間已寫下書，只要做道理⑫②放他，遂付書與王琇。王琇接了書，來獄中疎了貴人戴的枷，拿頂頭巾，教貴人裹了，把符令公的書與貴人，吩咐道：「令公教你去汴京見劉太尉，可便去，不宜遲。」貴人得放出，火尚未滅，趁那撩亂之際，急走去部署房裡，收拾些錢物，當夜迤邐奔那汴京開封府路上來。

不則一日，到開封府，討了安歇處。明日早，徑往殿司衙門俟候下書。等候良久，劉太尉朝殿而回。只見：

青涼傘招颭如雲，馬頷下珠纓拂火。

119 簝簝磕磕：形容事情不順利。
120 遺漏：失火。
121 熱亂：鬧亂。
122 做道理：打主意。

乃是侍衛親軍左金吾衛上將軍殿前都指揮使劉知遠。貴人走向前應聲喏，覆道：「西京符令公有書拜呈，乞賜台覽。」劉太尉教人接了書，隨入衙。劉太尉拆開書看了，教下書人來廳前參拜了。劉太尉見郭威生得清秀，是箇發跡的人，留在帳前作牙將⑫使喚，郭威拜謝訖。

自後過來得數日，劉太尉因操軍回衙，打從桑維翰丞相府前過。是日桑維翰與夫人在看街⑬裡，觀著往來軍民。劉知遠頭踏，約有三百餘人，真是威嚴可畏。夫人看著桑維翰道：「相公見否？」桑維翰道：「此是劉太尉。」夫人說：「此人威嚴若此，想官大似相公。」桑維翰笑曰：「此一武夫耳，何足道哉？看我呼至簾前，使此人鞠躬聽命。」夫人道：「果如是，妾當奉勸；如不應其言，相公當勸妾一盃酒。」桑維翰即時令左右呼召劉太尉，又令人安靴在簾裡，傳鈞旨趕上劉太尉，取覆⑭道：「相公呼召太尉。」劉知遠隨即到府前下馬，至堂下躬身應喏。正是：

直饒百萬將軍貴，也須堂下拜靴尖。

劉太尉在堂下俟候，耽擱了半日，不聞鈞旨。桑維翰與夫人飲酒，忘了發付⑮，又沒人敢去稟覆。至晚，劉太尉只得且歸，到衙內焦躁道：「大丈夫功名，自以弓馬得之，今反被腐儒相侮。」到明日五更，至

---

⑫ 牙將：裨將。
⑬ 看街：舊時宅院在臨街大門前開幾箇窗洞，裝上槅子，可以觀看街景，叫做「看街」。
⑭ 取覆：稟告。
⑮ 發付：打發。

朝見處，見桑維翰下馬入閤子裡去。劉知遠心中大怒：昨日侮我，教我看靴尖唱喏，今日有何面目相見？因此懷忿，在朝見處有犯桑維翰。晉帝遂令劉知遠出鎮太原府。那裡是劉知遠出鎮太原府？則是那史弘肇合當出來，發跡變泰！正是：

特意種花栽不活，等閒攜酒卻成歡。

劉知遠出鎮太原府，為節度使，日下朝辭出國門，擇了日進發赴任。劉太尉先同帳下官屬帶行親隨起發，前往太原府，留郭牙將在後管押鈞眷。行李擔仗，當日起發。

朱旗颭颭，綵幟飄飄。帶行軍卒，人人腰跨劍和刀；將佐親隨，箇箇腕懸鞭與簡。晨雞啼後，束裝曉別孤村；紅日斜時，策馬暮登高嶺。經野市，過溪橋，歇郵亭，宿旅驛。早起看浮雲陪曉翠，晚些見落日伴殘霞。

指那萬水千山，迤邐前進。劉知遠方行得一程，見一所大林：

榦聳千尋，根盤百里。掩映綠陰似障，槎牙怪木如龍。下長靈芝，上巢彩鳳。柔條微動，生四野寒風；嫩葉初開，鋪半天雲影。闊遮十里地，高拂九霄雲。

劉太尉方欲待過，只見前面走出一隊人馬，攔住路。劉太尉喫一驚，將為道127是強人，卻待教手下將佐

127 將為道：還以為。

安排去抵敵。只見眾人擺列在前，齊唱一聲喏，為首人一稟覆道：「侍衛司差軍校史弘肇帶領軍兵接太尉節使上太原府。」劉知遠見史弘肇生得英雄，遂留在手下為牙將。史弘肇不則一日，隨太尉到太原府。後面鈞眷到，史弘肇見了郭牙將，撲翻身體便拜。兄弟兩人再廝見，又都遭際劉太尉，兩人為左右牙將。後因契丹滅了石晉，劉太尉起兵入汴，史郭二人為先鋒，驅除契丹，代晉家做了皇帝，國號後漢。史弘肇自此直發跡，做到單、滑、宋、汴四鎮令公，富貴榮華，不可盡述。

碧油幢[128]擁，皂纛旗開。壯士攜鞭，佳人捧扇。冬眠紅錦帳，夏臥碧紗廚。兩行紅袖引，一對美人扶。

這話本是京師老郎流傳，若按歐陽文忠公所編的五代史正傳上載道：梁末調民七戶出一兵，弘肇為兵，隸開道指揮，選為禁軍，漢高祖典禁軍為軍校。其後漢高祖鎮太原，使將武節左右指揮，領雷州刺史。以功拜忠武軍節度使，侍衛步軍都指揮使。再遷侍衛親軍馬步軍都指揮使，領歸德軍節度使，同中書門下平章事。後拜中書令。周太祖郭威即位之日，弘肇已死，追封鄭王。詩曰：

結交須結英與豪，勸君莫結兒女曹。英豪際會皆有用，兒女柔脆空煩勞。

128 碧油幢：張掛在車上的碧綠色油幕。

# 第十六卷　范巨卿雞黍死生交

種樹莫種垂楊枝，結交莫結輕薄兒：楊枝不耐秋風吹，輕薄易結還易離。君不見昨日書來兩相憶，今日相逢不相識？不如楊枝猶可久，一度春風一回首。

這篇言語，是結交行，言結交最難。今日說一箇秀才，乃漢明帝時人，姓張名劭，字元伯，是汝州南城人氏。家本農業，苦志讀書。年三十五歲，不曾婚娶。其老母年近六旬，並弟張勤努力耕種，以供二膳。時漢帝求賢，劭辭老母，別兄弟，自負書囊，來到東都洛陽應舉。在路非只一日，到洛陽不遠，當日天晚，投店宿歇。是夜，當聞鄰房有人聲喚。劭至晚，問店小二間壁聲喚的是誰，小二答道：「是一箇秀才，害時症❶，在此將死。」劭曰：「既是斯文，當以看視。」小二曰：「瘟病過人，我們尚自不去看他，秀才你休去。」劭曰：「死生有命，安有病能過人之理？吾須視之。」小二勸不住，劭乃推門而入。見一人仰面臥於土榻之上，面黃肌瘦，口內只叫救人。劭見房中書囊衣冠，都是應舉的行動❷，遂扣頭邊而言曰：「君子勿憂，張劭亦是赴選之人，今見汝病至篤，吾竭力救之，藥餌粥食，吾自供奉，且自

❶ 時症：時疫。
❷ 行動：行頭。

寬心。」其人曰：「若君子救得我病，容當厚報。」劭隨即挽人請醫用藥調治，蚤晚湯水粥食，劭自供給。

數日之後，汗出病減，漸漸將息，能起行立。劭問之，乃是楚州山陽人氏，姓范名式，字巨卿，年四十歲。世本商賈，幼亡父母，有妻小。近棄商賈，來洛陽應舉。比及范巨卿將息得無事了，誤了試期。范曰：「今因式病，有誤足下功名，甚不自安。」劭曰：「大丈夫以義氣為重，功名富貴，乃微末耳。已有分定，何誤之有？」范式自此與張劭情如骨肉，結為兄弟。式年長五歲，張劭拜范式為兄。

結義後，朝暮相隨，不覺半年。范式思歸，張劭與計算房錢，還了店家，二人同行。數日，到分路之處，張劭欲送范式，范式曰：「若如此，某又送回；不如就此一別，約再相會。」二人酒肆共飲，見黃花紅葉，粧點秋光，以助別離之興。酒座間杯泛茱萸，問酒家，方知是重陽佳節。范式曰：「吾幼亡父母，屈在商賈。經書雖則留心，奈為妻子所累。幸賢弟有老母在堂，汝母即吾母也，來年今日，必到賢弟家中，登堂拜母，以表通家之誼。」張劭曰：「但村落無可為款，倘蒙兄長不棄，當設雞黍以待，幸勿失信。」范式曰：「焉肯失信於賢弟耶？」二人飲了數杯，不忍相捨。張劭拜別范式，范式去後，劭凝望墮淚，式亦回顧淚下，兩各悒怏而去。有詩為證：

手採黃花泛酒卮，殷勤先訂隔年期。臨歧不忍輕分別，執手依依各淚垂。

且說張元伯到家，參見老母。母曰：「吾兒一去，音信不聞，令我懸望，如饑似渴。」張劭曰：「不孝男於途中遇山陽范巨卿，結為兄弟，以此逗留多時。」母曰：「巨卿何人也？」張劭備述詳細。母曰：

「功名事皆分定，既逢信義之人結交，甚快我心。」少刻弟歸，亦以此事從頭說知，各各歡喜。

自此張劭在家，再攻書史，以度歲月。光陰迅速，漸近重陽。劭乃預先畜養肥雞一隻，杜醞濁酒。是日蚤起，灑掃草堂，中設母座，旁列范巨卿位，遍插菊花於瓶中，焚信香於座上，呼弟宰雞炊飯，以待巨卿。母曰：「山陽至此，迢遞千里，恐巨卿未必應期而至；待其來，殺雞未遲。」劭曰：「巨卿信士也，必然今日至矣，安肯誤雞黍之約？入門便見所許之物，足見我之待久。如候巨卿來而後宰之，不見我惓惓之意。」母曰：「吾兒之友，必是端士。」遂烹炰以待。

是日天晴日朗，萬里無雲。劭整其衣冠，獨立莊門而望。看看近午，不見到來。母恐誤了農桑，令張勤自去田頭收割。張劭聽得前村犬吠，又往望之，如此六七遭。因看紅日西沉，現出半輪新月。母出戶，令弟喚劭曰：「兒久立倦矣，今日莫非巨卿不來？且自晚膳。」劭謂弟曰：「汝豈知巨卿不至耶？若范兄不至，吾誓不歸。汝農勞矣，可自歇息。」母弟再三勸歸，劭終不許。

候至更深，各自歇息。劭倚門如醉如癡，風吹草木之聲，莫是范來，皆自驚訝。看見銀河耿耿，玉宇澄澄，漸至三更時分，月光都沒了，隱隱見黑影中一人隨風而至。劭視之，乃巨卿也，再拜踴躍而大喜曰：「小弟自蚤直候至今，知兄非爽信也，兄果至矣。舊歲所約雞黍之物，備之已久。路遠風塵，別不曾有人同來。便請至草堂，與老母相見。」范式並不答話，逕入草堂。張劭指座榻曰：「特設此位，專待兄來，兄當高座。」張劭笑容滿面，再拜於地曰：「兄既遠來，路途勞困，且未可與老母相見。杜釀雞黍，聊且充饑。」言訖又拜。范式僵立不語，但以衫袖反掩其面。劭乃自奔入廚下，取雞黍并酒，列於面前，再拜以進曰：「酒殽雖微，劭之心也，幸兄勿責。」但見范於影中以手綽其氣而不食。劭曰：

「兄意莫不怪老母並弟不曾遠接，不肯食之？容請母出與同伏罪。」范搖手止之。劭曰：「喚舍弟拜兄，若何？」范亦搖手而止之。劭曰：「兄食雞黍後進酒，若何？」范蹙其眉，似教張退後之意。劭曰：「雞黍不足以奉長者，乃劭當日之約，幸勿見嫌。」范曰：「弟稍退後，吾當盡情訴之。吾非陽世之人，乃陰魂也。」劭大驚曰：「兄何故出此言？」范曰：「自與兄弟相別之後，回家為妻子口腹之累，溺身商賈中。塵世滾滾，歲月匆匆，不覺又是一年。向日雞黍之約，非不掛心，近被蠅利所牽，忘其日期。今蚤鄰右送茱萸酒至，方知是重陽，忽記賢弟之約，此心如醉。山陽至此，千里之隔，非一日可到。若不如期，賢弟以我為何物？雞黍之約，尚自爽信，何況大事乎？尋思無計，常聞古人有云：『人不能行千里，魂能日行千里。』遂囑咐妻子曰：『吾死之後，且勿下葬，待吾弟張元伯至，方可入土。』囑罷，自刎而死。魂駕陰風，特來赴雞黍之約。萬望賢弟憐憫愚兄，恕其輕忽之過，鑒其凶暴之誠，不以千里之程，肯為辭親到山陽一見吾屍，死亦瞑目無憾矣。」言訖，淚如迸泉，急離坐榻，下階砌。劭乃趨步逐之，不覺忽踏了蒼苔，顛倒❸於地。陰風拂面，不知巨卿所在。有詩為證：

風吹落月夜三更，千里幽魂敘舊盟。只恨世人多負約，故將一死見平生。

張劭如夢如醉，放聲大哭。那哭聲驚動母親並弟，急起視之，見堂上陳列雞黍酒果，張元伯昏倒於地。用水救醒，扶到堂上，半晌不能言，又哭至死。母問曰：「汝兄巨卿不來，有甚利害？何苦自哭如此！」劭曰：「巨卿以雞黍之約，已死於非命矣。」母曰：「何以知之？」劭曰：「適間親見巨卿到來，

❸ 顛倒：跌倒。

邀迎入坐，具雞黍以迎。但見其不食，再三懇之，巨卿曰：為商賈用心，失忘了日期。今蚤方醒，恐負所約，遂自刎而死。陰魂千里，特來一見。母可容兒親到山陽，葬兄之屍，兒明蚤收拾行李便行。」母哭曰：「古人有云：『囚人夢赦，渴人夢漿。』此是吾兒念念在心，故有此夢警耳。」劭曰：「非夢也，兒親見來，酒食見在，逐之不得，忽然顛倒，豈是夢乎？巨卿乃誠信之士，豈妄報耶！」弟曰：「此未可信，如有人到山陽去，當問其虛實。」劭曰：「人稟天地而生，天地有五行，金、木、水、火、土，人則有五常，仁、義、禮、智、信以配之，惟信非同小可。仁所以配木，取其生意也；義所以配金，取其剛斷也；禮所以配水，取其謙下也；智所以配火，取其明達也；信所以配土，取其重厚也。聖人云：『大車無輗，小車無軏，其何以行之哉？』又云：『自古皆有死，民無信不立。』巨卿既已為信而死，吾安可不信而不去哉？弟專務農業，足可以奉老母。吾去之後，倍加恭敬，晨昏甘旨，勿使有失。」遂拜辭其母曰：「不孝男張劭，今為義兄范巨卿為信義而亡，須當往弔。已再三叮嚀張勤，令侍養老母。母須蚤晚勉強飲食，勿以憂愁，自當善保尊體。劭於國不能盡忠，於家不能盡孝，徒生於天地之間耳。今當辭去，以全大信。」母曰：「吾兒去山陽千里之遙，月餘便回，何故出不利之語？」劭曰：「生如浮漚❹，死生之事，旦夕難保。」慟哭而拜。弟曰：「勤與兄同去，若何？」元伯曰：「母親無人侍奉，汝當盡力事母，勿令吾憂。」灑淚別弟，背一箇小書囊，來蚤便行。有詩為證：

辭親別弟到山陽，千里迢迢客夢長。豈為友朋輕骨肉？只因信義迫中腸。

❹ 浮漚：水泡。

沿路上饑不擇食，寒不思衣。夜宿店舍，雖夢中亦哭。每日蚤起趕程，恨不得身生兩翼。行了數日，到了山陽。問巨卿何處住，徑奔至其家門首，見門戶鎖著。問及鄰人，鄰人曰：「巨卿死已過二七，其妻扶靈柩往郭外去下葬，送葬之人，尚自未回。」劭問了去處，奔至郭外，望見山林前新築一所土牆，牆外有數十人，面面相覷，各有驚異之狀。劭汗流如雨，走往觀之，見一婦人，身披重孝，一子約有十七八歲，伏棺而哭。元伯大叫曰：「此處莫非范巨卿靈柩乎？」其婦曰：「來者莫非張元伯乎？」張曰：「張劭自來不曾到此，何以知名姓耶？」婦泣曰：「此夫主再三之遺言也。夫主范巨卿，自洛陽回，常談賢叔盛德。前者重陽日，夫主忽舉止失措，對妾曰：『我失卻元伯之大信，徒生何益？常聞人不能行千里，吾寧死，不敢有誤雞黍之約。死後且不可葬，待元伯來見我屍，方可入土。』今日已及二七，人勸云：元伯不知何日得來，先葬訖，後報知未晚。因此扶柩到此，眾人拽棺入金井❺，並不能動，因此停住墳前，眾都驚怪。見叔叔遠來，如此慌速，必然是也。」元伯乃哭倒於地，婦亦大慟。送殯之人，無不下淚。元伯於囊中取錢，令買祭物，香燭紙帛，陳列於前，取出祭文，酹酒再拜，號泣而讀，文曰：

維某年月日，契弟張劭，謹以炙雞絮酒❻，致祭於仁兄巨卿范君之靈曰：於維巨卿，氣貫虹霓，義高雲漢。幸傾蓋❼於窮途，締盍簪❽於荒店。黃花九日，肝膈相盟；青劍三秋，頭顱可斷。堪

---

❺ 金井：墓穴。

❻ 炙雞絮酒：後漢徐穉每弔喪，先炙雞一隻，以絮漬酒，帶至墓前致祭，祭畢即走，不見喪主。

❼ 傾蓋：傾著車蓋說話，喻結交知己好友。

❽ 盍簪：喻朋友聚會之快。盍，聚合。簪，疾速。

憐月下悽涼，恍似日間眷戀。弟今辭母，來尋碧水青松；兄亦囑妻，竚望素車白練。故友那堪死別，誰將金石盟寒？丈夫自是生輕，欲把昆吾鍔按。歷千古而不磨，期一言之必踐。倘靈爽❾之猶存，料冥途之長伴。嗚呼哀哉！尚饗。

元伯發棺視之，哭聲慟地，回顧嫂曰：「兄為弟亡，豈能獨生耶？囊中已具棺槨之費，願嫂垂憐，不棄鄙賤，將劭葬於兄側，平生之大幸也。」嫂曰：「叔何故出此言也？」劭曰：「吾志已決，請勿驚疑。」言訖，掣佩刀自刎而死。眾皆驚愕，為之設祭，具衣棺營葬於巨卿墓中。

本州太守聞知，將此事表奏。明帝憐其信義深重，兩生雖不登第，亦可褒贈，以勵後人。范巨卿贈山陽伯，張元伯贈汝南伯。墓前建廟，號「信義之祠」，墓號「信義之墓」。旌表門閭，官給衣糧，以膳其子。巨卿子范純綬，及第進士，官鴻臚寺卿。至今山陽古跡猶存，題詠極多。惟有無名氏踏莎行一詞最好，詞云：

千里途遙，隔年期遠，片言相許心無變。寧將信義托遊魂，堂中雞黍空勞勸。　月暗燈昏，淚痕如線，死生雖隔情何限。靈輀❿若候故人來，黃泉一笑重相見。

❾靈爽：靈魂。

❿靈輀：喪車。

# 第十七卷　單符郎全州佳偶

郟鄏❶門開城倚天，周公拮搆尚依然。休言道德無關鎖，一閑乾坤八百年。

這首詩，單說西京是帝王之都，左成臯，右澠池，前伊闕，後大河，真箇形勢無雙，繁華第一，宋朝九代建都於此。今日說一樁故事，乃是西京人氏，一箇是邢知縣，一箇是單推官，他兩箇都在孝感坊下，並門而居。兩家宅眷，又是嫡親姊妹，姨丈相稱。所以往來甚密，雖為各姓，無異一家。先前兩家未做官時節，姊妹同時懷孕，私下相約道：「若生下一男一女，當為婚姻。」後來單家生男，小名符郎；邢家生女，小名春娘。姊妹各對丈夫說通了，從此親家往來，非止一日。符郎和春娘幼時，常在一處遊戲，兩家都稱他為小夫婦。以後漸漸長成，符郎改名飛英，字騰實，進館讀書；春娘深居繡閣，各不相見。

其時宋徽宗宣和七年，春三月，邢公選了鄧州順陽縣知縣，單公選了揚州府推官，各要挈家上任。相約任滿之日，歸家成親。單推官帶了夫人和兒子符郎，自往揚州去做官不題。卻說邢知縣到了鄧州順陽縣，未及半載，值金韃子分道入寇。金將斡離不攻破了順陽，邢知縣一門遇害。春娘年十二歲，為亂兵所掠，轉賣在全州樂戶❷楊家，得錢十七千而去。春娘從小讀過經書，及唐詩千首，頗通文墨，尤善

❶ 郟鄏：音ㄐㄧㄚˊ ㄖㄨˋ。地名。周定王定鼎在此，故址約在今河南省洛陽縣西。

❷ 樂戶：官妓。

應對。鴇母愛之如寶，改名楊玉，教以樂器及歌舞，無不精絕。正是：

三千粉黛輸顏色，十二朱樓讓舞歌。

只是一件，他終是宦家出身，舉止端詳。每詣公庭侍宴，呈藝畢，諸妓調笑謔浪，無所不至，楊玉嘿然❸獨立，不妄言笑，有良人風度。為這箇上，前後官府，莫不愛之重之。

話分兩頭。卻說單推官在任三年，時金虜陷了汴京，徽宗、欽宗兩朝天子，都被他擄去。虧殺呂好問說下了偽帝張邦昌，迎康王嗣統。康王渡江而南，即位於應天府，是為高宗。高宗懼怕金虜，不敢還西京，乃駕幸揚州。單推官率民兵護駕有功，累遷郎官之職，又隨駕至杭州。高宗愛杭州風景，駐蹕建都，改為臨安府。有詩為證：

山外青山樓外樓，西湖歌舞幾時休？煖風薰得遊人醉，卻把杭州作汴州。

話說西北一路地方，被金虜殘害，百姓從高宗南渡者，不計其數，皆散處吳下。聞臨安建都，多有搬到杭州入籍安插。單公時在戶部，閱看戶籍冊子，見有一邢祥名字，乃西京人。自思邢知縣名禎，此人名祥，敢是同行兄弟？自從遊宦以後，邢家全無音耗相通，正在懸念。乃遣人密訪之，果邢知縣之弟，號為「四承務❹」者。急忙請來相見，問其消息。四承務答道：「自鄧州破後，傳聞家兄舉家受禍，未

❸ 嘿然：默然。

❹ 承務：即「承務郎」。原為官名，後為地主、土豪等通稱，和「員外」同。

知的否。」因流淚不止。單公亦愀然不樂。念兒子年齒已長，意欲別圖親事；猶恐傳言未的，媳婦尚在，且待干戈寧息，再行探聽。從此單公與四承務仍認做親戚，往來不絕。

再說高宗皇帝初即位，改元建炎。過了四年，又改元紹興。此時紹興元年，朝廷追敘南渡之功，單飛英受父蔭，得授全州司戶❺，謝恩過了，擇日拜別父母起程，往全州到任。時年十八歲，一州官屬，只有單司戶年少，且是儀容俊秀，見者無不稱羨。上任之日，州守設公堂酒會飲，大集聲妓。原來宋朝有這箇規矩，凡在籍娼戶，謂之官妓，官府有公私筵宴，聽憑點名喚來祗應。這一日，楊玉也在數內。單司戶於眾妓中，只看得他上眼，大有眷愛之意。詩曰：

曾綰紅繩到處隨，佳人才子兩相宜。風流的是張京兆，何日臨窗試畫眉？

司理姓鄭名安，滎陽舊族，也是箇少年才子，一見單司戶，便意氣相投，看他顧盼楊玉，已知其意。一日鄭司理去拜單司戶，問道：「足下清年❻名族，為何單車赴任，不攜宅眷？」單司戶答道：「實不相瞞，幼時曾定下妻室，因遭虜亂，存亡未卜，至今中饋尚虛❼。」司理笑道：「離索❽之感，人孰無之？此間歌妓楊玉，頗饒雅致，且作望梅止渴何如？」司戶初時遜謝不敢，被司理言之再三，說到相知

❺ 司戶：州縣屬官，掌管戶口帳簿。
❻ 清年：盛年。
❼ 中饋尚虛：尚未娶妻。
❽ 離索：孤單。

的分際，司戶隱瞞不得，只得吐露心腹。司理道：「既才子有意佳人，僕當為曲成之耳。」自此每遇宴會，司戶見了楊玉，反覺有些避嫌，不敢注目，然心中思慕愈甚。司理有心要玉成其事，但懼怕太守嚴毅，做不得手腳。

如此二年，舊太守任滿升去，新太守姓陳，為人忠厚至誠，且與鄭司理是同鄉故舊，所以鄭司理屢次在太守面前，稱薦單司戶之才品，太守十分敬重。一日，鄭司理置酒，專請單司戶到私衙清話，只點楊玉一名祗候❾。這一日，比公堂筵宴不同，只有賓主二人，單司戶纔得飽看楊玉，果然美麗。有詞名憶秦娥，詞云：

> 香馥馥，樽前有箇人如玉。人如玉，翠翹金鳳，內家粧束❿。　嬌羞慣把眉兒蹙，逢人只唱傷心曲。傷心曲，一聲聲是怨紅愁綠。

鄭司理開言道：「今日之會，並無他客，勿拘禮法，當開懷暢飲，務取盡懽。」逐斟巨觥來勸單司戶，楊玉清歌侑酒⓫。酒至半酣，單司戶看著楊玉，神魂飄蕩，不能自持，假裝醉態不飲。鄭司理已知其意，便道：「且請到書齋散步，再容奉勸。」那書齋是司理自家看書的所在，擺設著書畫琴棋，也有些古玩之類。單司戶那有心情去看，向竹榻上倒身便睡。鄭司理道：「既然仁兄困酒，暫請安息片時。」忙轉

❾ 祗候：侍候。
❿ 粧束：宮中粧束。
⓫ 侑酒：助酒。

身而出，卻教楊玉斟下香茶一甌送去。單司戶素知司理有玉成之美，今番見楊玉獨自一箇送茶，情知是放鬆了，忙起身把門掩上，雙手抱住楊玉求歡。楊玉佯推不允，單司戶道：「相慕小娘子，已非一日。難得今番機會，司理公平昔見愛，就使知覺，必不嗔怪。」楊玉也識破三分關竅，不敢固卻，只得順情，兩箇就在榻上，草草地雲雨一場。有詩為證：

相慕相憐二載餘，今朝且喜兩情舒。雖然未得通宵樂，猶勝陽臺夢是虛。

單司戶私問楊玉道：「你雖然才藝出色，偏覺雅致，不似青樓習氣，必是一箇名公苗裔，今日休要瞞我，可從實說與我知道，果是何人？」楊玉滿面羞慚，答道：「實不相瞞，妾本宦族，流落在此，非楊媼所生也。」司戶大驚，問道：「既係宦族，汝父何官何姓？」楊玉不覺雙淚交流，答道：「妾本姓邢，在東京孝感坊居住，幼年曾許與母姨之子結婚。妾之父授鄧州順陽縣知縣，不幸胡寇猖獗，父母皆遭兵刃，妾被人掠賣至此。」司戶又問道：「汝夫家姓甚？作何官職？所許嫁之子，又是何名？」楊玉道：「夫家姓單，那時為揚州推官。其子小名符郎，今亦不知存亡如何。」說罷，哭泣不止。司戶心中已知其為春娘了，且不說破，只安慰道：「汝今日鮮衣美食，花朝月夕，勾你受用。官府都另眼看覷，誰人輕賤你？況宗族遠離，夫家存亡未卜，隨緣快活，亦足了一生矣。何乃自生悲泣耶？」楊玉蹙額答道：「妾聞『女子生而願為之有家』，雖不幸風塵，實出無奈。夫家宦族，即使無恙，妾亦不作團圓之望。若得嫁一小民，荊釵布裙，啜菽飲水，亦是良人家媳婦。比在此中迎新送舊，勝卻千萬倍矣。」司戶點頭道：「你所見亦是。果有此心，我當與汝作主。」楊玉叩頭道：「恩官若能拔妾於苦海之中，真乃萬代陰德也。」

說未畢，只見司理推門進來道：「陽臺夢醒也未？如今無事，可飲酒矣。」司戶道：「酒已過醉，不能復飲。」司理道：「一分酒醉，十分心醉。」司戶道：「一分醉酒，十分醉德。」大家都笑起來。重來筵上，洗盞更酌，是日盡歡而散。

過了數日，單司戶置酒，專請鄭司理答席，也喚楊玉一名答應。楊玉先到，單司戶不復與狎昵，遂正色問曰：「汝前日有言，為小民婦亦所甘心；我今喪偶，未有正室，汝肯相隨我乎？」楊玉含淚答道：「枳棘豈堪鳳凰所棲，若恩官可憐，得蒙收錄，使得備巾櫛之列⑫，豐衣足食，不用送往迎來，固妾所願也。但恐他日新孺人⑬性嚴，不能相容。然妾自當含忍，萬一徵色發聲，妾情願持齋佞佛，終身獨宿，以報恩官之德耳。」司戶聞言，不覺慘然，方知其厭惡風塵，出於至誠，非誑語也。

少停，鄭司理到來，見楊玉淚痕未乾，戲道：「古人云『樂極生悲』，信有之乎？」楊玉斂容答道：「憂從中來，不可斷絕耳。」單司戶將楊玉立志從良說話，向鄭司理說了。鄭司理道：「足下若有此心，下官亦願效一臂。」這一日飲酒無話。

席散後，單司戶在燈下修成家書一封，書中備言岳丈邢知縣全家受禍，春娘流落為娼，厭惡風塵，志向可憫。男情願復聯舊約，不以良賤為嫌。單公拆書親看，大驚，隨即請邢四承務到來，商議此事，兩家各傷感不已。四承務要親往全州，主張親事，教單公致書於太守，求為春娘脫籍。單公寫書，付與四承務收訖，四承務作別而行。不一日，來到全州，逕入司戶衙中相見，道其來歷。單司戶先與鄭司理

---

⑫ 巾櫛之列：喻婢妾。巾櫛為盥洗器具。

⑬ 孺人：同「縣君」。婦人的封號。

說知其事，司理一力攛掇，道：「諺云：『貴易交，富易妻。』今足下甘娶風塵之女，不以存亡易心，雖古人高義，不是過也。」遂同司戶到太守處，將情節告訴。單司戶把父親書札呈上，太守看了，道：「此美事也，敢不奉命。」次日，四承務具狀告府，求為釋賤歸良，以續舊婚事，太守當面批准了。

候至日中，還不見發下文牒。單司戶疑有他變，密使人打探消息，見廚司正在忙亂，安排筵席。司戶猜道：「此酒為何而設？豈欲與楊玉舉離別觴耶？事已至此，只索聽之。」少頃，果召楊玉祗候，席間只請通判一人。酒至三巡，食供兩套，太守喚楊玉近前，將司戶願續舊婚，及邢祥所告脫籍之事，一一說了。楊玉拜謝道：「妾一身生死榮辱，全賴恩官提拔。」太守道：「汝今日尚在樂籍，明日即為縣君⓮，將何以報我之德？」楊玉答道：「恩官拔人於火宅⓯之中，陰德如山，妾惟有日夕籲天，願恩官子孫富貴而已。」太守歎道：「麗色佳音，不可復得。」不覺前起抱持楊玉，說道：「汝必有以報我。」那通判是箇正直之人。見太守發狂，便離席起立，正色發作道：「既司戶有宿約，便是孺人，我等俱有同僚叔嫂之誼。君子進退當以禮，不可苟且，以傷雅道。」太守蹴踖，謝道：「老夫不能忘情，非判府之言，不知其為過也。今得罪於司戶，當謝過以質耳。」乃令楊玉入內宅，與自己女眷相見。卻教人召司理、司戶二人到後堂同席，直喫到天明方散。

太守也不進衙，逕坐早堂，便下文書與楊家翁媼，教除去楊玉名字。楊翁、楊媼出其不意，號哭而來，拜著太守，訴道：「養女十餘年，費盡心力。今既蒙明判，不敢抗拒。但願一見而別，亦所甘心。」

⓮ 縣君：對官員妻子的通稱。

⓯ 火宅：火坑；痛苦的地方。

太守遣人傳語楊玉，楊玉立在後堂，隔屏對翁嫗說道：「我夫妻重會，也是好事，我雖承汝十年撫養之恩，然所得金帛已多，亦足為汝養老之計。從此永訣，休得相念。」嫗兀自號哭不止。太守喝退了楊翁、楊嫗，當時差州司人從，自宅堂中抬出楊玉，逕送至司戶衙中，取出私財十萬錢，權佐資奩之費。司戶再三推辭，太守定教受了。是日鄭司理為媒，四承務為主婚，如法成親，做起洞房花燭。有詩為證：

風流司戶心如渴，文雅嬌娘意似狂。今夜官衙尋舊約，不教人話負心郎。

次日，太守同一府官員都來慶賀，司戶置酒相待，四承務自歸臨安，回復單公去訖。司戶夫妻相愛，自不必說。

光陰似箭，不覺三年任滿。春娘對司戶說道：「妾失身風塵，亦荷翁嫗愛育，其他姊妹中相處，也有情分契厚的。今將遠去，終身不復相見。欲具少酒食，與之話別，不識官人肯容否？」司戶道：「汝之事，合州莫不聞之，何可隱諱？便治酒話別，何礙大體。」春娘乃設筵於會勝寺中，教人請楊翁、楊嫗，及舊時同行姊妹相厚者十餘人，都來會飲。至期，司戶先差人在會勝寺等候眾人到齊，方纔來稟。楊翁、楊嫗先到，以後眾妓陸續而來，從人點客已齊，方敢稟知司戶，請孺人登輿，僕從如雲，前呼後擁，到會勝寺中，與眾人相見，略敘寒暄，便上了筵席。飲至數巡，春娘自出席送酒。內中一妓姓李名英，原與楊嫗家連居，其音樂技藝，皆是春娘教導，常呼春娘為姊，情似同胞，極相敬愛。自從春娘脫籍，李英好生思想，常見鬱鬱之意。是日，春娘送酒到他面前。李英忽然執春娘之手，說道：「姊今超脫汙泥之中，高翔青雲之上，似妹子沉淪糞土，無有出期，相去不啻天堂地獄之隔，姊今何以救我？」說罷，遂放聲大哭。

春娘不勝淒慘，流淚不止。原來李英有一件出色的本事，第一手好針線，能於暗中縫紉，分際不差。正是：

織髮夫人⑯昔擅奇，神針娘子古來稀。誰人乞得天孫⑰巧？十二樓中一李姬。

春娘道：「我司戶正少一針線人，吾妹肯來與我作伴否？」李英道：「若得阿姊為我方便，得脫此門路，是一段大陰德事。若司戶左右要覓針線人，得我為之，素知阿姊心性，強似尋生分人也。」春娘道：「雖然如此，但吾妹平日與我同行同輩，今日豈能居我之下乎？」李英道：「我在風塵中每自退姊一步，況今日雲泥迥隔，又有嫡庶之異，即使朝夕奉侍阿姊，比於侍婢，亦所甘心，況敢與阿姊比肩耶？」春娘道：「妹既有此心，奴當與司戶商之。」

當晚席散，春娘回衙，將李英之事對司戶說了。司戶笑道：「一之為甚，豈可再乎！」春娘再三攛掇，司戶只是不允。春娘悶悶不悅，一連幾日。李英遣人以問安奶奶為名，就催促那事。春娘對司戶說道：「李家妹情性溫雅，針線又是第一，內助得如此人，誠所罕有。且官人能終身不納姬侍則已，若納他人，不如納李家妹，與我少小相處，兩不見笑。官人何不向守公求之，萬一不從，不過拚一沒趣而已，妾亦有詞以回絕李氏。倘僥倖相從，豈非全美？」司戶被孺人強逼數次，不得已，先去與鄭司理說知了，捉⑱了他同去見太守，委曲道其緣故。太守笑道：「君欲一箭射雙雕乎？敬當奉命，以贖前此通判所責

⑯ 織髮夫人：傳說吳王趙夫人用膠黏結絲髮，織成輕幔。

⑰ 天孫：織女星。

⑱ 捉：拉。

之罪。」當下太守再下文牒，與李英脫籍，送歸司戶。司戶將太守所贈十萬錢一半給與李嫗，以為贖身之費，一半給與楊嫗，以酬其養育之勞。自此春娘與李英姊妹相稱，極其和睦。當初單飛英隻身上任，今日一妻一妾，又都是才色雙全，意外良緣，歡喜無限。後人有詩云：

官舍孤居思黯然，今朝綵線喜雙牽。符郎不念當時舊，邢氏徒懷再世緣。空手忽縈雙塊玉，汙泥挺出並頭蓮。姻緣不論良和賤，婚牒書來五百年。

單司戶選吉起程，別了一府官僚，挈帶妻妾，還歸臨安宅院。單飛英率春娘拜見舅姑，彼此不覺傷感，痛哭了一場。哭罷，飛英又率李英拜見。單公問是何人，飛英述其來歷。單公大怒，說道：「吾至親骨肉流落失所，理當收拾，此乃萬不得已之事。又旁及外人，是何道理？」飛英惶恐謝罪，單公怒氣不息。老夫人從中勸解，遂引去李英於自己房中，要將改嫁。李英那裡肯依允，只是苦苦哀求。老夫人見其至誠，且留作伴。過了數日，看見李氏小心婉順，又愛他一手針線，遂勸單公收留與兒子為妾。單飛英遷授令丞，上司官每聞飛英娶娼之事，皆以為有義氣，互相傳說，無不加意欽敬，累薦至太常卿。春娘無子，李英生一子，春娘抱之愛如己出。後讀書登第，遂為臨安名族，至今青樓傳為佳話。有詩為證：

山盟海誓忽更遷，誰向青樓認舊緣？仁義還收仁義報，宦途無梗子孫賢。

# 第十八卷　楊八老越國奇逢

君不見平陽公主馬前奴❶，一朝富貴嫁為夫？又不見咸陽東門種瓜者❷，昔日封侯何在也？榮枯貴賤如轉丸，風雲變幻誠多端。達人知命總度外，傀儡場中一例看。

這篇古風，是說人窮通有命，或先富後貧，先賤後貴，如雲蹤無定，瞬息改觀，不由人意想測度。且如宋朝呂蒙正秀才未遇之時，家道艱難。三日不曾飽餐，天津橋上賒得一瓜，在橋柱上磕之，失手落於橋下。那瓜順水流去，不得到口。後來狀元及第，做到宰相地位，起造落瓜亭，以識窮時失意之事。你說做狀元宰相的人，命運未至，一瓜也無福消受。假如落瓜之時，向人說聲：「此人後來榮貴。」被人做一萬箇鬼臉，啐乾了一千擔吐沫，也不為過，那箇信他？所以說：「前程如黑漆，暗中摸不出。」又如宋朝軍卒楊仁杲為丞相丁晉公治第，夏天負土運石，汗流不止，怨歎道：「同是一般父母所生，那住房子的，何等安樂？我們替他做工的，何等吃苦？正是：『有福之人人服侍，無福之人服侍人。』」這裡楊仁杲口出怨聲，卻被管工官聽得了，一頓皮鞭，打得負痛吞聲。不隔數年，丁丞相得罪，貶做崖州司戶。

❶ 平陽公主馬前奴：指漢衛青。衛青原為平原侯曹壽家的奴僕，後因征匈奴有功，娶平陽公主。

❷ 咸陽東門種瓜者：指秦東陵侯召平。秦亡後，召平種瓜於咸陽東門外。

那楊仁杲從外戚起家，官至太尉，號為皇親，朝廷就將丁丞相府第，賜與楊仁杲居住。丁丞相起夫治第，分明是替楊仁杲做箇工頭。正是：

桑田變滄海，滄海變桑田。窮通無定準，變換總由天。

閒話休題。則今說一節故事，叫做「楊八老越國奇逢」。那故事，遠不出漢、唐，近不出二宋，乃出自胡元之世，陝西西安府地方。這西安府乃禹貢雍州之城，周曰王畿，秦曰關中，漢曰渭南，唐曰關內，宋曰永興，元曰安西。話說元朝至大年間，一人姓楊名復，八月中秋節生日，小名八老，乃西安府盩厔縣人氏。妻李氏，生子纔七歲，頭角秀異，天資聰敏，取名世道。夫妻兩口兒愛惜，自不必說。一日，楊八老對李氏商議道：「我年近三旬，讀書不就，家事日漸消乏。祖上原在閩、廣為商，我欲湊些貲本，買辦貨物，往漳州商販，圖幾分利息，以為贍家之資，不知娘子意下如何？」李氏道：「妾聞治家以勤儉為本，守株待兔，豈是良圖？乘此壯年，正堪跋踄，速整行李，不必遲疑也。」八老道：「雖然如此，只是子幼妻嬌，放心不下。」李氏道：「孩兒幸喜長成，妾自能教訓，但願你早去早回。」當日商量已定，擇箇吉日出行，與妻子分別。帶箇小廝，叫做隨童，出門搭了船隻，往東南一路進發。昔人有古風一篇，單道為商的苦處：

人生最苦為行商，拋妻棄子離家鄉；餐風宿水多勞役，披星戴月時奔忙；水路風波殊未穩，陸程雞犬驚安寢；平生豪氣頓消磨，歌不發聲酒不飲；少貲利薄多貲累，匹夫懷璧將為罪；偶然小恙臥床幃，鄉關萬里書誰寄？一年三載不回程，夢魂顛倒妻孥驚；燈花忽報行人至，闔門相慶如更生；男兒遠遊雖得意，不如骨肉長相聚。請看江上信天翁，拙守何曾闕生計？

話說楊八老行至漳浦，下在檗媽媽家，專待收買番禺貨物。原來檗媽媽無子，只有一女，年二十三歲，曾贅箇女壻，相幫過活。那女壻也死了，已經週年之外，女兒守寡在家。檗媽媽看見楊八老本錢豐厚，且是志誠老實，待人一團和氣，十分歡喜，意欲將寡女招贅，以靠終身。八老初時不肯，被檗媽媽再三勸道：「楊官人，你千鄉萬里，出外為客，若沒有切己的親戚，那箇知疼著熱❸？如今我女兒年紀又小，正好相配官人，做箇『兩頭大』❹。你歸家去有娘子在家，在漳州來時，有我女兒。兩邊來往，都不寂寞，做生意也是方便順溜的。老身又不費你大錢大鈔，只是單生一女，要他嫁箇好人，日後生男育女，連老身門戶都有依靠。就是你家中娘子知道時，料也不嗔怪。多少做客的，娼樓妓館，使錢撒漫❺，這還是本分之事。官人須從長計較，休得推阻。」八老見他說得近理，只得允了，擇日成親，入贅於檗家。夫妻和順，自此無話。不上二月，檗氏懷孕。期年之後，生下一箇孩兒，合家歡喜。三朝滿月，親戚慶賀，不在話下。

卻說楊八老思想故鄉妻嬌子幼，初意成親後，一年半載，便要回鄉看覷；因是懷了身孕，放心不下，以後生下孩兒，檗氏又不放他動身。光陰似箭，不覺住了三年，孩兒也兩週歲了，取名世德，雖然與世

---

❸ 知疼著熱：痛癢相關。形容非常關愛體貼。

❹ 兩頭大：指不分妻妾、皆為正妻之意。

❺ 撒漫：即花錢慷慨揮霍。錢的正面叫「字」，背面叫「漫」。

道排行，卻冒了檗氏的姓，叫做檗世德。楊八老一日對檗氏說，暫回關中，看看妻子便來。檗氏苦留不住，只得聽從。八老收拾貨物，打點起身。也有放下人頭帳目，與隨童分頭并日❻催討。

八老為討欠帳，行至州前。只見掛下榜文，上寫道：「近奉上司明文。倭寇生發❼，沿海搶劫，各州縣地方，須用心巡警，以防衝犯。一應出入，俱要盤詰。城門晚開早閉……」等語。八老讀罷，吃了一驚，想道：「我方欲動身，不想有此寇警。倘或倭寇早晚來時，閉了城門，知道何日平靜？不如趁早走路為上。」也不去討帳，逕回身轉來。只說拖欠帳目，急切難取，待再來催討未遲。聞得路上賊寇生發，貨物且不帶去；只收拾些細軟行裝，來日便要起程。檗氏不忍割捨，抱著三歲的孩兒，對丈夫說道：「我母親只為終身無靠，將奴家嫁你。幸喜有這點骨血。你不看奴家面上，須牽掛著小孩子，千萬早去早回，勿使我母子懸望。」言訖，不覺雙眼流淚。楊八老也命好道：「娘子不須掛懷，三載夫妻，恩情不淺，此去也是萬不得已，一年半載，便得相逢也。」當晚檗媽媽治盃送行。

次日清晨，楊八老起身梳洗，別了岳母和渾家，帶了隨童上路。未及兩日，在路吃了一驚。但見：

舟車擠壓，男女奔忙。人人膽喪，盡愁海寇恁猖狂；箇箇心驚，只恨官兵無備禦。扶幼攜老，難禁兩腳奔波；棄子拋妻，單為一身逃命。不辨貧窮富貴，急難中總則❽一般；那管城市山林，藏

❻ 并日：連日。
❼ 生發：孳生；興起。
❽ 總則：總歸。

身處只求片地。正是：寧為太平犬，莫作亂離人。

楊八老看見鄉村百姓，紛紛攘攘，都來城中逃難，傳說倭寇一路放火殺人，官軍不能禁禦，聲息至近，唬得八老魂不附體。進退兩難，思量無計，只得隨眾奔走。且到汀州城裡，再作區處。

又走了兩箇時辰，約離城三里之地，忽聽得喊聲震地，後面百姓們都號哭起來，卻是倭寇殺來了。眾人先唬得腳軟，奔跑不動。楊八老望見傍邊一座林子，向刺斜裡便走，也有許多人隨他去林叢中躲避。誰知倭寇有智，慣是四散埋伏。林子內先是一箇倭子跳將出來，眾人欺他單身，正待一齊奮勇敵他。只見那倭子，把海叵羅❾吹了一聲，吹得嗚嗚的響。四圍許多倭賊，一箇箇舞著長刀，跳躍而來，正不知那裡來的。有幾箇粗莽漢子，平昔間有些手腳的，拼著性命，將手中器械，上前迎敵。猶如火中投雪，風裡揚塵，被倭賊一刀一箇，分明砍瓜切菜一般。唬得眾人一齊下跪，口中只叫饒命。

原來倭寇逢著中國之人，也不盡數殺戮。擄得婦女，恣意奸淫，弄得不耐煩了，活活的放了他去。也有有情的倭子，一般私有所贈。只是這婦女雖得了性命，一世被人笑話了。其男子但是老弱，便加殺害；若是強壯的，就把來剃了頭髮，抹上油漆，假充倭子。每遇廝殺，便推他去當頭陣。官軍只要殺得一顆首級，便好領賞，平昔百姓中禿髮鬎鬁，尚然被他割頭請功，況且見在戰陣上拿住，那管真假，定然不饒的。這些剃頭的假倭子，自知左右是死，索性靠著倭勢，還有捱過幾日之理，所以一般行凶出力。那些真倭子，只等假倭攩過頭陣，自己都尾其後而出，所以官軍屢墮其計，不能取勝。昔人有詩單道著倭寇行兵之法，詩云：

❾ 海叵羅：海螺殼。

倭陣不諠譁，紛紛正帶斜。螺聲飛蛺蝶，魚貫走長蛇。扇散全無影，刀來一片花。更兼真僞混，駕禍擾中華。

楊八老和一群百姓們，都被倭奴擒了，好似甕中之鱉，釜中之魚，沒處躲閃，只得隨順，以圖苟活。隨童已不見了，正不知他生死如何。到此地位，自身管不得，何暇顧他人。莫說八老心中愁悶，且說眾倭奴在鄉村劫掠得許多金寶，心滿意足。聞得元朝大軍將到，搶了許多船隻，驅了所擄人口下船。一齊開洋，歡歡喜喜，逕回日本國去了。

原來倭奴入寇，國王多有不知者，乃是各島窮民，合夥泛海，如中國賊盜之類，彼處只如做買賣一般，其出掠亦各分部統，自稱大王之號。到回去，仍復隱諱了。劫掠得金帛，均分受用，亦有將十分中一二分，獻與本島頭目，互相容隱。如被中國人殺了，只作做買賣折本一般。所擄得壯健男子，留作奴僕使喚，剃了頭，赤了兩腳，與本國一般模樣，給與刀仗，教他跳戰之法。中國人懼怕，不敢不從。過了一年半載，水土習服，學起倭話來，竟與真倭無異了。

光陰似箭，這楊八老在日本國，不覺住了一十九年。每夜私自對天拜禱：「願神明護佑我楊復再轉家鄉，重會妻子。」如此寒暑無間。有詩為證：

異國飄零十九年，鄉關魂夢已茫然。蘇卿困虜旄俱脫，洪皓留金⑩雪滿顛。彼為中朝甘守節，我

⑩ 洪皓留金：宋洪皓於建炎三年以禮部尚書使金，被拘留十五年始歸。

成俘虜獲何愆？首丘⑪無計傷心切，夜夜虔誠禱上天。

話說元泰定年間，日本國年歲荒歉，眾倭糾夥，又來入寇，也帶楊八老同行。八老心中一則以喜，一則以憂。所喜者，乘此機會，到得中國；陝西、福建二處，俱有親屬，皇天護佑，萬一有骨肉重逢之日，再得團圓，也未可知。所憂者，此身全是倭奴形像，便是自家照著鏡子，也吃一驚，他人如何認得？況且刀鎗無情，此去多凶少吉，枉送了性命。只是一說，寧作故鄉之鬼，不願為夷國之人。天天⑫可憐，這番飄洋，只願在陝、閩兩處便好；若在他方也是枉然。

原來倭寇飄洋，也有箇天數，聽憑風勢：若是北風，便犯廣東一路；若是東風，便犯福建一路；若是東北風，便犯溫州一路；若是東南風，便犯淮揚一路。此時二月天氣，眾倭登船離岸，正值東北風大盛，一連數日，吹箇不住，逕飄向溫州一路而來。那時元朝承平日久，沿海備禦俱疎，就有幾隻船，幾百老弱軍士，都不堪拒戰，望風逃走。眾倭公然登岸，少不得放火殺人。楊八老雖然心中不願，也不免隨行逐隊。這一番自二月至八月，官軍連敗了數陣，搶了幾箇市鎮，轉掠寧紹，又到餘杭，其凶暴不可盡述。各府州縣寫了告急表章，申奏朝廷。旨下兵部，差平江路普花元帥領兵征勦。這普花元帥足智多謀，又手下多有精兵良將，奉命剋日興師，大刀闊斧，殺奔浙江路上來。前哨打探倭寇占住清水閘為穴，普花元帥約會浙中兵馬，水陸並進。那倭寇平素輕視官軍，不以為意。誰知普花元帥手下有十箇統軍，

---

⑪ 首丘：即「狐死首丘」。謂狐狸死而其首必向其所居之土丘。喻人死而歸葬故鄉。

⑫ 天天：老天。

都有萬夫不當之勇，軍中多帶火器，四面埋伏，一等倭賊戰酣之際，埋伏都起，火器一齊發作，殺得他走頭沒路，大敗虧輸。斬首千餘級，活捉二百餘人，其搶船逃命者，又被水路官兵截殺，也多有落水死者。普花元帥得勝，賞了三軍。猶恐餘倭未盡，遣兵四下搜獲。真箇是：

饒伊凶暴如狼虎，惡貫盈時定受殃。

話分兩頭。卻說清水閘上有順濟廟，其神姓馮名俊，錢塘人氏。年十六歲時，夢見玉帝遣天神傳命割開其腹，換去五臟六腑，醒來猶覺腹痛。從幼失學，未曾知書，自此忽然開悟，無書不曉，下筆成文，又能預知將來禍福之事。忽一日，臥於家中，叫喚不起，良久方醒。自言適在東海龍王處赴宴，被他勸酒過醉。家人不信，及嘔吐出來都是海錯異味，目所未睹，方知真實。到三十六歲，忽對人說：「玉帝命我為江濤之神，三日後，必當赴任。」至期無疾而終。是日，江中波濤大作，行舟將覆，忽見朱旛皁蓋，白馬紅纓，簇擁一神，現形雲端間，口中叱咤之聲。俄頃，波恬浪息。問之土人，其形貌乃馮俊也。於是就其所居，立廟祠之，賜名順濟廟。紹定年間，累封英烈王之號。其神大有靈應。倭寇占住清水閘時，楊八老私向廟中祈禱，問筶⓭得箇大吉之兆，心中暗喜。與先年一般向被擄去的，共十三人約會，大兵到時，出首投降；又怕官軍不分真假，拿去請功，狐疑不決。

到這八月二十八日，倭寇大敗，楊八老與十二箇人，俱潛躲在順濟廟中，不敢出頭。正在兩難，急

⓭ 問筶：即杯筶。神前卜吉凶之用。筶，音ㄍㄠˋ。古代占卜用具。用類似蚌殼的兩半器物製成，合攏拿在手裡，擲於地，觀其俯仰，以占吉凶。

聽得廟外喊聲大舉，乃是老王千戶，名喚王國雄，引著官軍入來搜廟。一十三人盡被活捉，綑縛做一團兒，吊在廊下。眾人口稱冤枉，都說不是真倭，那裡睬他。此時天色已晚，老王千戶權就廟中歇宿，打點明早解官請功。事有湊巧，老王千戶帶箇貼身服侍的家人，叫做王興，夜間起來出恭，聞得廊下哀號之聲，其中有一箇像關中聲音，好生奇異。悄地點箇燈去，打一看，看到楊八老面貌，有些疑惑，問道：「你們既說不是真倭，是那裡人氏？如何入了倭賊夥內，又是一般形貌？」楊八老訴道：「眾人都是閩中百姓，只我是安西府盩厔縣人。十九年前在漳浦做客，被倭寇擄去，髡頭跣足，受了萬般辛苦。眾人是同時被難的。今番來到此地，便想要自行出首。其奈形狀怪異，不遇箇相識之人，恐不相信，因此狐疑不決。幸天兵得勝，倭賊敗亡，我等指望重見天日，不期老將軍不行細審，一概綑吊；明日解到軍門，性命不保。」說罷，眾人都哭起來。王興忙搖手道：「不可高聲啼哭，恐驚醒了老將軍，反為不美。則⑭你這安西府漢子，姓甚名誰？」楊八老道：「我姓楊，名復，小名八老。長官也帶些關中語音，莫非同郡人麼？」王興聽說，吃了一驚：「原來你就是我舊主人！可記得隨童麼？小人就是。」楊八老道：「怎不記得！只是鬚眉非舊，端的對面不相認了。自當初在閩中分散，如何卻在此處？」王興道：「且莫細談，明早老將軍起身發解⑮時，我站在旁邊，你只看著我，喚我名字起來，小人自來與你分解⑯。」說罷，提了燈自去了。眾人都向八老問其緣故，八老略說一二，莫不歡喜。正是：

⑭ 則：即；就。

⑮ 發解：起解；押送犯人上路。

⑯ 分解：解釋清楚。

死中得活因災退，絕處逢生遇救來。

原來隨童跟著楊八老之時，纔一十九歲，如今又加十九年，是三十八歲人了，急切如何認得？當先與主人分散，躲在茅廁中，僥倖不曾被倭賊所掠。那時老王千戶還是百戶之職，在彼領兵，偶然遇見，見他伶俐，問其來歷，收在身邊服侍，就便許他訪問主人消息，誰知杳無音信。後來老王百戶有功，陞了千戶，改調浙中地方做官。隨童改名王興，做了身邊一箇得力的家人。也是楊八老命不當盡，祿不當終，否極泰來，天教他主僕相逢。

閒話休題。卻說老王千戶次早點齊人來，解下一十三名倭犯，要解往軍門請功。正待起身，忽見倭犯中一人，看定王興，高聲叫道：「隨童，我是你舊主人，可來救我！」王興假意認了一認，兩下抱頭而哭。因事體年遠，老王千戶也忘其所以了，忙喚王興，問其緣故。王興一一訴說：「此乃小人十九年前失散之主人也。彼時尋覓不見，不意被倭賊擄去。小人看他面貌有些相似，正在疑惑，誰想他倒認得小人，喚起小人的舊名。望恩主辨其冤情，釋放我舊主人，小人便死在階前，瞑目無怨。」說罷，放聲大哭。眾倭犯都一齊聲冤起來，各道家鄉姓氏，情節相似。老王千戶道：「既有此冤情，我也不敢自專，解在帥府，教他自行分辯。」王興道：「求恩主將小人一齊解去，好做對證。」老王千戶起初不允，被王興哀求不過，只得允了。

當日將一十三名倭犯，連王興解到帥府。普花元帥道：「既是倭犯，便行斬首。」那一十三名倭犯，一箇箇高聲叫冤起來，內中王興也叫冤枉。王國雄便跪下去，將王興所言事情，稟了一遍。普花元帥准信，就教王國雄押著一干倭犯，并王興發到紹興郡丞楊世道處，審明回報。

故元時節，郡丞即如今通判之職，卻只下太守一肩⑰，與太守同理府事，最有權柄。那日，郡丞楊公升廳理事，甚是齊整。怎見得？有詩為證：

吏書站立如泥塑，軍卒分開似木雕。隨你凶人奸似鬼，公庭刑法不相饒。

老王千戶奉帥府之命，親押一十三名倭犯到楊郡丞廳前，相見已畢，備言來歷。楊公送出廳門，復歸公座。先是王興開口訴冤，那一班倭犯哀聲動地。楊公問了王興口詞，先喚楊八老來審，楊八老將姓名家鄉備細說了。楊郡丞問道：「既是盩厔縣人，你妻族何姓？有子無子？」楊八老道：「妻族東村李氏，止生一子，取名世道。小人到漳浦為商之時，孩兒年方七歲。在漳浦住了三年，就陷身倭國，經今又十九年。自從離家之後，音耗不通，妻子不知死亡。若是孩兒撫養長大，算來該二十九歲了。老爺不信時，移文到盩厔縣中，將三黨親族姓名，一一對驗，小人之冤可白矣。」再問王興，所言皆同。眾人又齊聲叫冤。楊公一一細審，都是閩中百姓，同時被擄的。楊公沉吟半晌，喝道：「權且收監，待行文本處查明來歷，方好釋放。」

當下散堂，回衙見了母親楊老夫人，口稱怪事不絕。老夫人問道：「孩兒今日問何公事⑱？口稱怪異，何也？」楊公道：「有王千戶解到倭犯一十三名，說起來都是我中國百姓，被倭奴擄去的，是箇假

⑰ 下一肩：低一級。

⑱ 公事：犯人。

倭，不是真倭。內中一人，姓楊名復，乃閩中盩厔縣人氏。他說二十一年前，別妻李氏，往漳浦經商。三年之後，遭倭寇作亂，擄他到倭國去了。與妻臨別之時，有兒年方七歲，到今算該二十九歲了。母親常說孩兒七歲時，父親往漳州為商，一去不回。他家鄉姓名正與父親相同，其妻子姓名，又分毫不異，孩兒今年正二十九歲，世上不信有此相合之事。況且王千戶有箇家人王興，一口認定是他舊主。那王興說舊名隨童，在漳浦亂軍分散，又與我爺舊僕同名，所以稱怪。」老夫人也不覺稱道：「怪事，怪事！世上相同的事也頗有，不信件件皆合。事有可疑，你明日再行吊審⑲，我在屏後竊聽，是非頃刻可決。」

楊世道領命，次日重喚取一十三名倭犯，再行細鞫，其言與昨無二。老夫人在屏後大叫道：「楊世道我兒！不須再問，則這箇盩厔縣人，正是你父親！那王興端的是隨童了。」驚得郡丞楊世道手腳不迭，一跌跌下公座來，抱了楊八老放聲大哭。請歸後堂，王興也隨進來。當下母子夫妻三口，抱頭而哭，分明是夢裡相逢一般。則這隨童也哭做一堆。哭了一箇不耐煩⑳，方纔拜見父親。隨童也來磕頭，認舊時主人、主母。楊八老對兒子道：「我在倭國，夜夜對天禱告，只願再轉家鄉，重會妻子。今日皇天可憐，果遂所願。且喜孩兒榮貴，萬千之喜。只是那一十二人，都是閩中百姓，與我同時被擄的，實出無奈。吾兒速與昭雪，不可偏枯㉑，使他怨望。」楊世道領了父親言語，便把一十二人盡行開放，又各贈回鄉路費三兩，眾人謝恩不盡。一面吩咐書吏寫下文書，申覆帥府，一面安排做慶賀筵席。衙內整備香湯，服侍八老沐浴

⑲ 吊審：提審。

⑳ 不耐煩：很凶；很厲害。

㉑ 偏枯：比喻利益分配不均，不公平。

過了，通身換了新衣，頂冠束帶。楊世道娶得夫人張氏，出來拜見公公。一門骨肉團圓，歡喜無限。

這一事鬧遍了紹興府前，本府檗太守聽說楊郡丞認了父親，備下羊酒，特往稱賀，定要請楊太公相見。楊復只得出來，見了檗公，敘禮已畢，分賓而坐。檗太守欣羨不已。楊郡丞置酒留款，飲酒中間，檗太守問楊太公何由久客閩中，以致此禍。楊八老答道：「初意一年半載便欲還鄉，何期下在檗家，他家適有寡女，年二十三歲，正欲招夫幫家過活，老夫入贅彼家，以此淹留三載。」檗公問道：「在彼三年，曾有生育否？」八老答道：「因是檗家懷孕，生下一兒，兩不相捨；不然，也回去久矣。」檗公又問道：「所生令郎可曾取名？」八老不知太守姓名，便隨口應道：「因是本縣小兒取名世道，那檗氏所生就取名檗世德，要見兩姓兄弟之意。算來檗氏所生之子，今年也該二十二歲了，不知他母子存亡下落。」說罷，下淚如雨。檗太守也不盡歡，又飲了數杯，作別回去，與母親檗老夫人說知如此如此，「他說在漳浦所娶檗家，與母親同姓，年庚不差。莫非此人就是我父親？」檗老夫人道：「你明日備箇筵席，請他赴宴，待我屏後窺之，便見端的。」

次日，楊八老具箇通家名帖，來答拜檗公，檗公也致酒留款。檗老夫人在屏後偷看，那時八老衣冠濟楚㉒，又不似先前倭賊樣子，一發容易認了。檗老夫人聽不多幾句言語，便大叫道：「我兒檗世德，快請你父親進衙相見！」楊八老出自意外，倒吃了一驚。檗太守慌忙跪下道：「孩兒不識親顏，乞恕不孝之罪。」請到私衙，與檗老夫人相見，抱頭而哭，與楊郡丞衙中無異。

正敘話間，楊郡丞遣隨童到太守衙中，迎接父親。聽說太守也認了父親，隨童大驚，撞入私衙，見了

㉒ 濟楚：整齊。

檗老夫人，磕頭相見。檗老夫人問起，方知就是隨童。此時隨童纔敘出失散之後，遇了王百戶始末根由。闔門歡喜無限，檗太守娶妻蔣氏，也來拜見公公。檗公命重整筵席，請楊郡丞到來，備細說明。一守一丞，到此方認做的親兄弟。當日連楊衙小夫人張氏都請過來，做箇合家歡筵席，這一場歡喜非小。分明是：

苦盡生甘，否極遇泰。豐城之劍再合，合浦之珠復回。高年學究㉓，忽然及第連科；乞食貧兒，驀地發財掘藏。寡婦得夫花發蕊，孤兒遇父草行根。喜勝他鄉遇故知，歡如久旱逢甘雨。兩葉浮萍歸大海，人生何處不相逢？

楊八老在日本國受了一十九年辛苦，誰知前妻李氏所生孩兒楊世道，後妻檗氏所生孩兒檗世德，長大成人，中同年進士，又同選在紹興一郡為官。今日天遣相逢，在枷鎖中脫出性命，就認了兩位夫人，兩箇貴子，真是古今罕有。第三日闔郡官員盡知奇事，都來賀喜。老王千戶也來稱賀，已知王興是楊家舊僕，不相爭執。王興已娶有老婆，在老王千戶家，老王千戶奉承檗太守、楊郡丞，疾忙差人送王興妻子到於府中完聚。檗太守和楊郡丞一齊備箇文書，到普花元帥處，述其認父始末。普花元帥奏表朝廷，一門封贈。檗世德復姓歸宗，仍叫楊世德。八老在任上安享榮華，壽登耆耋而終。此乃是死生有命，富貴在天，榮枯得失，盡是八字安排，不可強求。有詩為證：

纔離地獄忽登天，二子雙妻富貴全。命裡有時終自有，人生何必苦埋怨？

---

㉓ 學究：原是唐、宋時考試科目的名稱，後來作為念書人的通稱。

# 第十九卷　楊謙之客舫遇俠僧

寶劍長琴四海遊，浩歌自是恣風流。丈夫莫道無知己，明月豪僧遇客舟。

楊益，字謙之，浙江永嘉人也。自幼倜儻有大節，不拘細行。博學雄文，授貴州安莊縣令。安莊縣地接嶺表，南通巴蜀，蠻獠錯雜，人好蠱毒戰鬭，不知禮義文字，事鬼信神，俗尚妖法，產多金銀珠翠珍寶。原來宋朝制度，外官辭朝，皇帝臨軒親問，臣工各獻詩章，以此卜為政能否。建炎二年丁卯三月，楊益承旨辭朝，高宗皇帝問楊益曰：「卿為何官？」楊益奏曰：「臣授貴州安莊縣知縣。」帝曰：「卿亦詢訪安莊風景乎？」楊益有詩一首獻上，詩云：

蠻煙寥落在東風，萬里天涯迢遞中。人語殊方相識少，鳥聲晛睆聽來同。桄榔❶連碧迷征路，象郡南天絕便鴻。自愧年來無寸補，還將禮樂俟元功。

高宗聽奏是詩，首肯久之，惻然心動，曰：「卿處殊方，誠為可憫。暫去攝理，不久取卿回用也。」楊益揮淚拜辭，出到朝外，遇見鎮撫使郭仲威。二人揖畢，仲威曰：「聞君榮任安莊，如何是好？」

❶ 桄榔：植物名。即「椰子」。

楊益道：「蠻煙瘴疫，九死一生，欲待不去，奈日暮途窮，去時必陷死地，煩乞賜教。」仲威答道：「要知端的，除是與你去問恩主周鎮撫，方知備細。恩主見謫連州，即今也要起身。」二人同來見鎮撫周望，楊益叩首再拜曰：「楊某近任安莊邊縣，煩望指示。」周望慌忙答禮，說道：「安莊蠻獠出沒之處，家戶都有妖法，蠱毒魅人。若能降伏得他，財寶儘你得了；若不能處置得他，須要仔細。尊正夫人亦不可帶去，恐土官❷無禮。」楊益見說了，雙淚交流，道言：「怎生是好？」周望憐楊益苦切，說道：「我見謫遣連州，與公同路，直到廣東界上，與你分別。一路盤纏，足下不須計念。」楊益二人拜辭出來，等了半月有餘，跟著周望一同起身。郭仲威治酒送別過，自去了。

二人來到鎮江，雇隻大船。周望、楊益用了中間幾箇大艙口，其餘艙口，俱是水手搭人覓錢，搭有三四十人。內有一箇遊方僧人，上湖廣武當去燒香的，也搭在眾人艙裡。這僧人說是伏牛山來的，且是粗魯，不肯小心。共艙有十二三箇人，都不喜他，他倒要人煮茶做飯與他喫。這共艙的人說道：「出家人慈悲小心，不貪慾，那裡反倒要討我們的便宜？」這和尚聽得說，回話道：「你這一起是小人，我要你服侍，不嫌你也就夠了。」口裡千小人，萬小人，罵眾人。眾人都氣起來，也有罵這和尚的，也有打這和尚的。這僧人不慌不忙，隨手指著罵他的說道：「不要罵！」那罵的人就出聲不得，閉了口。又指著打他的說道：「不要打！」那打的人就動手不得，癱了手。這幾箇木呆了，一堆兒坐在艙裡，只白著眼看。有一輩不曾打罵和尚的人，看見如此模樣，都驚張起來，叫道：「不好了，有妖怪在這裡！」喊天叫地，各艙人聽得，都走來看。也驚動了官艙裡周、楊二公，兩箇走到艙口來看，果見此事，也喫驚

❷ 土官：元明時少數民族地區以本地人為官吏，叫做「土官」。

起來。正要問和尚，這和尚見周、楊二人是箇官府，便起身朝著兩箇打箇問訊❸，說道：「小僧是伏牛山來的僧人，要去武當隨喜❹的。偶然搭在寶舟上，被眾人欺負，望二位大人做主。」周鎮撫說道：「打罵你，雖是他們不是；你如此，也不是出家人慈悲的道理。」和尚見說，回話道：「既是二位大人替他討饒，我並不計較了。」把手去摸這啞的嘴，道：「你自說！」這啞的人便說得話起來。又把手去扯這癱的手，道：「你自動！」這癱的人便抬得手起來。就如耍場戲子一般，滿船人都一齊笑起來。周鎮撫悄悄的與楊益說道：「這和尚必是有法的，我們正要尋這樣人，何不留他去你艙裡問他。」楊益道：「說得是，我艙裡沒家眷，可以住得。」就與和尚說道：「你既與眾人打夥不便，就到我艙裡權住罷。隨茶粥飯，不要計較。」和尚說道：「取擾不該。」和尚就到楊益艙裡住下。

一住過了三四日，早晚說些經典或世務話，和尚都曉得。楊益時常說些路上切要話，打動和尚，又與他說道要去安莊縣做知縣。和尚說道：「去安莊做官，要打點停當，方纔可去。」楊益把貧難之事，備說與和尚。和尚說道：「小僧姓李，原籍是四川雅州人，有幾房移在威清縣住，我家也有弟兄姊妹。我回去，替你尋箇有法術手段的人，相伴你去，纔無事；如尋不得人，不可輕易去。我且不上武當去了，陪你去廣裡去。」楊益再三致謝，把心腹事備細與和尚說知。這和尚見楊益開心見誠，為人平易本分，和尚愈加敬重楊公；又知道楊公甚貧，去自己搭連❺內取十來兩好赤金子，五六十兩碎銀子，送與楊公

❸打箇問訊：僧人合掌行禮。
❹隨喜：遊覽寺院或佈施。
❺搭連：長方形布袋，中間開口，兩頭下垂，分裝錢物，大的可搭在肩上，小的可掛在腰帶上。

做盤纏。楊公再三推辭不肯受，和尚定要送，楊公方纔受了。

不覺在船中半箇月餘，來到廣東瓊州地方。周鎮撫與楊公說：「我往東去是連州，本該在這裡相陪足下，如今有這箇好善心的長老在這裡，可托付他，不須得我了，我只就此作別，後日天幸再會。」又再三囑咐長老說道：「凡事全仗。」長老說：「不須吩咐，小僧自理會得。」周鎮撫又安排些酒食，與楊公、和尚作別。飲了半日酒，周望另討箇小船自去了。

且說楊公與長老在船中，又行了幾日，來到偏橋縣地方。長老來對楊公說道：「這是我家的地方了，把船泊在碼頭去處，我先上去尋人，端的就來下船，只在此等。」和尚自駝❻上搭連禪杖，別了自去。一連去了七八日，並無信息，等得楊公肚裡好焦。雖然如此，卻也諒得過❼這和尚是箇有信行❽的好漢，決無誑言之事，每日只懸懸而望。到第九日上，只見這長老領著七八箇人，挑著兩擔箱籠，若干喫食東西；又抬著一乘有人的轎子，來到船邊。掀起轎簾兒，看著船艙口，扶出一箇美貌佳人，年近二十四五歲的模樣。看這婦人生得如何，詩云：

獨占陽臺萬點春，石榴裙染碧湘雲。眼前秋水渾無底，絕勝襄王紫玉君。

又詩云：

---

❻ 駝：背負。

❼ 諒得過：信得過。

❽ 有信行：有信用。

海棠枝上月三更，醉裡楊妃自出群。馬上琵琶催去急，阿蠻空恨豔陽春。

說這長老與這婦人與楊公相見已畢，又叫過有媳婦的一房老小，一箇義女，兩箇小廝，都來叩頭。長老指著這婦人說道：「他是我的嫡堂姪女兒，因寡居在家裡，我特地把他來服侍大人。他自幼學得些法術，大人前路，凡百事都依著他，自然無事。」就把箱籠東西，叫人著落❾停當。天色已晚，長老一行人權在船上歇了。這媳婦、丫鬟去火艙❿裡安排些茶飯，與各人喫了，李氏又自賞了五錢銀子與船家。楊公見不費一文東西，白得了一箇佳人並若干箱籠人口，拜謝長老，說道：「荷蒙大恩，犬馬難報。」長老道：「都是緣法，諒非人為。」飲酒罷，長老與眾人自去別艙裡歇了。楊公自與李氏到官艙裡同寢，一夜綢繆，言不能盡。

次日，長老起來，與眾人喫了早飯，就與楊公、李氏作別，又吩咐李氏道：「我前日已吩咐了，你務盡小心在意，不可托大⓫。榮遷之日再會。」長老直看得開船去了，方纔轉身。

且說這李氏，非但生得妖嬈美貌，又兼稟性溫柔，百能百俐，也是天生的聰明，與楊公彼此相愛，就如結髮一般。又行過十數日，來到牂牁江了。說這箇牂牁江，東通巴蜀川江，西通滇池夜郎，諸江會合，水最湍急利害，無風亦浪，舟楫難濟。船到江口，水手待要喫飯飽了，纔好開船過江。開了船時，

❾ 著落：安頓。

❿ 火艙：船上的廚房。

⓫ 托大：傲慢。

風水大，住手不得；況兼江中都是尖鋒石插，要隨著河道放去，若遇著時，這船就罷了。船上人打點端正，纔要發號開船，只見李氏慌對楊公說：「不可開船，還要躲風三日，纔好放過去。」楊公說道：「如今沒風，怎的倒不要開船？」李氏說道：「這大風只在頃刻間來了，依我說，把船快放入浦⑫裡去躲這大風。」楊公正要試李氏的本事，就叫水手問道：「這裡有箇浦子麼？」水手稟道：「前面有箇石圯浦，浦西北角上有箇羅市，人家也多，諸般皆有，正好歇船。」楊公說：「恁的把船快放入去。」水手一齊把船撐動，剛剛纔要撐入浦子口，只見那風從西北角上吹將來，初時揚塵，次後拔木，一江綠水都烏黑了。那浪掀天括地，鬼哭神號，驚怕殺人。這陣大風不知壞了多少船隻，直顛狂到日落時方息。李氏叫過丫鬟媳婦，做茶飯喫了，收拾宿了。

次日，仍又發起風來。到午後風定了，有幾隻小船兒，載著市上土物來賣。楊公見李氏非但曉得法術，又曉得天文，心中歡喜，就叫船上人買些新鮮果品土物，奉承李氏。又有一隻船上叫賣蒟醬，這蒟醬滋味如何？有詩為證：

白玉盤中簇絳茵，光明金鼎露丰神。椹精八月枝頭熟，釀就人間琥珀新。

楊公說道：「我只聞得說，蒟醬是滇蜀美味，也不曾得喫，何不買些與奶奶喫？」叫水手去問那賣蒟醬的，這一罐子要賣多少錢，賣蒟醬的說：「要五百貫足錢。」楊公說：「恁的，叫小廝進艙裡問奶奶討錢數與他。」小廝進到艙裡，問奶奶取錢買醬。李氏說：「這醬不要買他的，買了有口舌。」小廝出來

⑫浦：小港。

回覆楊公，楊公說：「買一罐醬值得甚的，便有口舌！奶奶只是見貴了，不捨得錢，故如此說。」自把些銀子與這蠻人，買了這罐醬，拿進艙裡去。揭開罐子看時，這醬端的香氣就噴出來，顏色就如紅瑪瑙一般可愛；喫些在口裡，且是甜美得好。李氏慌忙討這罐子醬蓋了，說道：「老爹⑬不可喫他的，口舌就來了。這蒟醬我這裡沒有的，出在南越國。其木似穀樹，其葉如桑椹，長二三寸，又不肯多生。九月後，霜裡方熟。土人採之，釀醞成醬。先進王家，誠為珍味。這箇是盜出來賣的，事已露了。」

原來這蒟醬是都堂著縣官差富戶去南越國用重價購求來的，都堂也不敢自用，要進朝廷的奇味。富戶喫了千辛萬苦，費了若干財物，破了家，纔設法得一罐子，正要換箇銀罐子盛了，送縣官轉送都堂，被這蠻子盜出來。富戶因失了醬，舉家慌張，四散緝獲，就如死了人的一般。有人知風，報與富戶。富戶押著正牌⑭，駕起一隻快船，二三十人，各執刀鎗，嗚鑼擊鼓，殺奔楊知縣船上來，要取這醬。那兵船離不遠，只有半箭之地。

楊知縣聽得這風色⑮慌了，躲在艙裡說道：「奶奶，如何是好？」李氏說道：「我教老爹不要買他的，如今惹出這場大事來。蠻子去處，動不動便殺起來，那顧禮法！」李氏又道：「老爹不要慌。」連忙叫小廝拿一盆水進艙來，念箇呪，望著水裡一畫，只見那隻兵船就如釘釘在水裡的一般，隨他撐也撐不動，上前也上前不得，落後也落後不得，只釘住在水中間。兵船上人都慌起來，說道：「官船上必然

⑬ 老爹：老爺。
⑭ 正牌：正軍。
⑮ 風色：消息；風聲。

有妖法，快去請人來鬬法。」這裡李氏已叫水手過去，打著鄉談⑯說道：「列位不要發惱！官船偶然在貴地躲風，歇船在此；因有人拿蒟醬來賣，不知就裡，一時間買了這醬，並不曾動。送還原物便罷，這價錢也不要了。」兵船上人見說得好，又知道醬不曾喫他的，說道：「只要還了原物，這原銀也送還。」水手回來覆楊知縣，拿這罐醬送過去，兵船上還了原銀，兩邊都不動刀兵。李氏把手在水盆裡連畫幾畫，那兵船便輕輕撐了去，把這偷醬的賊送去縣裡問罪。楊知縣說道：「虧殺奶奶，救得這場禍。」李氏說道：「今後只依著我，管你沒事。」次日，風也不發了。正是：

金波不動魚龍寂，玉樹無聲鳥雀棲。

眾人喫了早飯，便把船放過江。

一路上要行便行，要止便止，漸漸近安莊地方。本縣吏書門皁人役接著，都來參拜。原來安莊縣只有一知一典，有箇徐典史⑰，也來迎接相見了，先回縣裡去。到得本次⑱，人夫接著，把行李扛抬起來，把乘四人轎抬了奶奶，又有二乘小轎，幾匹馬，與從人使女，各乘騎了，先送到縣裡去。楊知縣隨後起身，路上打著些蠻中鼓樂，遠近人聽得新知縣到任，都來看。楊知縣到得縣裡，逕進後堂衙裡，安穩了奶奶家小，纔出到後堂，與典史拜見。禮畢，就喫公堂酒席。

⑯ 打鄉談：說地方方言。

⑰ 典史：官名。知縣屬官，管文書、出納。

⑱ 本次：本人管轄的地方。

飲酒之間，楊知縣與徐典史說：「我初到這裡，不知土俗民情，煩乞指教。」徐典史回話道：「不才還要長官扶持，怎敢當此。」因說道：「這裡地方與馬龍連接，馬龍有箇薛宣尉司，他是唐朝薛仁貴之後，其富敵國。獠蠻犵狫，只服薛尉司約束。本縣雖與宣尉司表裡，衙門常規，長官行香⑲後，先去看望他，他纔答禮，彼此酒禮往來。煩望長官在意。」楊知縣說道：「我都知得。」又問道：「這裡與馬龍多遠？」徐典史回話道：「離本縣四十餘里。」又說些縣裡事務。

飲酒已畢，彼此都散入衙去。楊知縣對奶奶說這宣尉司的緣故，李氏說：「薛宣尉年紀小，極是作聰的。若是小心與他相好，錢財也得了他的。我們回去，還在他手裡。不可托大，說他是土官，不可怠慢他。」又說道：「這三日內，有一箇穿紅的妖人無禮，來見你時，切不可被他哄起身來，不要睬他。」楊知縣都記在心裡了。

等待三日，城隍廟行香到任，就坐堂，所屬都來參見，發放已畢。只見堦下有箇穿紅布員領戴頂方頭巾的土人，走到楊知縣面前，也不下跪，口裡說道：「請起來，老人作揖。」知縣相公問道：「你是那縣的老人？與我這衙門有相干也無相干？」老人也不回報甚麼，口裡又說道：「請起來，老人作揖。」知縣相公雖不睬他，被他三番兩次在面前如此侮弄，又見兩邊看的人多了，褻威損重，又恐人恥笑，只記得奶奶說不要立起身來，那時氣發了，那裡顧得甚麼，就叫皁隸：「拿這老人下去，與我著實打！」只見跑過兩箇皁隸來，要拿下去打時，那老人硬著腰，兩箇人那裡拿得倒，口裡又說道：「打不得！」知縣相公定要打，眾皁隸們一齊上，把這老人拿下，打了十板。眾吏典都來討饒，楊公叱道：「趕出去！」

⑲行香：地方官上任，先往當地各廟宇進香，叫做行香。

這老人一頭走，一頭說道：「不要慌！」

知縣相公坐堂是箇好日子，止望發頭⑳順利，撞出這箇歹人來，惱這一場，只得勉強發落些事，投文畫卯㉑了，悶悶的就散了堂，退入衙裡來。李奶奶接著，說道：「我吩咐老爹不要採這箇穿紅的人，你又與他計較。」楊公說道：「依奶奶言語，並不曾起身，端端的坐著，只打得他十板。」奶奶又說道：「他正是來鬬法的人，你若起身時，他便夜來變妖作怪，百般驚嚇你；你卻怕死討饒，這縣官只當是他做了。那門皁吏書，都是他一路，那裡有你我做主？如今被打了，他卻不來弄神通驚你，只等夜裡來害你性命。」楊公道：「怎生是好？」奶奶說道：「不妨事，老爹且寬心，晚間自有道理。」楊公又說道：「全仗奶奶。」

待到晚，喫了飯，收拾停當。李奶奶先把白粉灰按著四方，畫四箇符；中間空處，也畫箇符。就教老爹坐在中間符上，吩咐道：「夜裡有怪物來驚嚇你，你切不可動身，只端端坐在符上，也不要怕他。」李奶奶也結束，箱裡取出一箇三四寸長的大金針來，把香燭硃符，供養在神前，貼貼的坐在白粉圈子外等候。

約莫著到二更時分，耳邊聽得風雨之聲，漸漸響近；來到房簷口，就如裂帛一聲響，飛到房裡來。這箇惡物，如茶盤大，看不甚明白，望著楊公撲將來。撲到白圈子外，就做住㉒，遶著白圈子飛，只撲

---

⑳ 發頭：開始。

㉑ 畫卯：衙門的吏役，按時前往聽候本身點驗，每次卯時簽到，酉時簽退。

㉒ 做住：停住。

不進來。楊公驚得捉身不住㉓。李奶奶念動呪，把這道符望空燒了。卻也有靈，這惡物就不似發頭飛得急捷了。說時遲，那時快，李奶奶打起精神，雙眼定睛，看著這惡物，喝聲：「住！」疾忙拿起右手來，一把去搶這惡物，那惡物就望著地撲將下來。這李奶奶隨著勢，就低身把手按住在地上，雙手拿這惡物起來看時，就如一箇大蝙蝠模樣，渾身黑白花紋，一箇鮮紅長嘴，看了怕殺人。楊公驚得呆了半晌，纔起得身來，李氏對老爹說：「這惡物是老人化身來的，若把這惡物打死在這裡，那老人也就死了，恐不好解手㉔，他的子孫也多了，必來報仇；我且留著他。」把兩片翼翅雙疊做一處，拿過金針釘在白圈子裡符上，這惡物動也動不得。拿箇籃兒蓋好了，恐貓鼠之類害他。李氏與老爹自來房裡睡了。

次日，起來升堂，只見有二十來箇老人，衣服齊整，都來跪在知縣相公面前，說道：「小人都是龐老人的親鄰，龐某不知高低，夜來衝激㉕老爹，被老爹拿了，煩望開恩，只饒恕這一遭，小人與他自來孝順老爹。」知縣相公說道：「你們既然曉得，我若沒本事，也不敢來這裡做官。我也不殺他，看他怎生脫身。」眾老人們說道：「實不敢瞞老爹，這縣裡自來是他與幾箇把持，不由官府做主。如今曉得老爹的法了，再不敢冒犯老爹。饒放龐老人一箇，滿縣人自然歸順。」知縣相公又說道：「你眾人且起來，我自有處。」眾人喏喏連聲而退。知縣散了堂，來衙裡見李奶奶，備說討饒一事。李氏道：「待明日這干人再來討饒，纔可放他。」

---

㉓ 捉身不住：把不定身子。

㉔ 解手：解決事情。

㉕ 衝激：冒犯。

又過了一夜，次日知縣相公坐堂，眾老人又來跪著討饒，此時哀告苦切，知縣說：「看你眾人面上，且姑恕他這一次。下次再無禮，決不饒了。」眾老人拜謝而去。知縣退入衙裡來，李氏說：「如今可放他了。」到夜來，李氏走進白圈子裡，拔起金針，那箇惡物就飛去了。這惡物飛到家裡，那龐老人就在床上爬起來，作謝眾老人，說道：「幾乎不得與列位見了。這知縣相公猶可，這奶奶利害。他的法術，不知那裡學來的，比我們的不同。過日同列位備禮去叩頭，再不要去惹他了。」請眾老人喫些酒食，各人相別，說道：「改日約齊了，同去參拜。」

且說楊公退入衙裡來，向李氏稱謝。李氏道：「老爹，今日就可去看薛宣尉了。」楊公道：「容備禮方好去得。」李氏道：「禮已備下了：金花金緞，兩疋文葛，一箇名人手卷，一箇古硯。」預備的，取出來就是，不要楊公費一些心。楊公出來，撥些人夫轎馬，連夜去。天明時分，到馬龍地方。這宣尉司，偌大一箇衙門，周圍都是高磚城裹著；城裡又築箇圃子，方圓二十餘里；圃子裡廳堂池榭，就如王者。知縣相公到得宣尉司府門首，著人通報入去。一會間，有人出來請入去。薛宣尉自也來接，到大門上，二人相見，各遜揖同進。到堂上行禮畢，就請楊知縣去後堂坐下喫茶。彼此通道寒溫已畢，請到花園裡廳上赴宴。薛宣尉見楊知縣人品雖是瘦小，卻有學問，又善談吐，能詩能飲。飲酒間，薛宣尉要試楊知縣才思，叫人拿出一面紫金古鏡來，薛宣尉說道：「這鏡是紫金鑄的，沖瑩光潔，悉照秋毫。鏡背有四卦，按卦扣之，各應四位之聲，中則應黃鐘之聲。漢成帝嘗持鏡為飛燕畫眉，因用不斷膠，臨鏡呢呢而崩。」楊公持看古鏡，果然奇古，就作一銘，銘云：

猗與㉖茲器，肇制㉗軒轅。大冶㉘范金，炎帝秉虔；鑿開混沌，大明中天；伏氏畫卦，四象乃全。因時制律，師曠㉙審焉。高下清濁，宮徵周旋。形色既具，效用不愆。君子視則，冠裳儼然；淑婉臨之，朗然而天。妍媸畢見，不為少遷；喜怒在彼，我何與焉？

楊公寫畢，文不加點，送與薛宣尉看。薛宣尉把這文章反覆細看，又見寫得好，不住口稱贊，說是漢文晉字，天下奇才，王、楊、盧、駱㉚之流。又取出一面小古鏡來，比前更加奇古，再要求一銘。楊公又作一銘，銘云：

察見淵魚，實惟不祥；靡聰靡明，順帝之光。全神返照，內外兩忘。

薛宣尉看了這銘，說道：「辭旨精拔，愈出愈奇。」更加敬服楊公。一連留住五日，每日好筵席款洽楊公。薛宣尉問起龐老人之事，楊公備說這來歷，二人都笑起來。楊公苦死告辭要回縣來，薛宣尉再三不忍拋別，問楊公道：「足下尊庚？」楊公道：「不才虛度三十六歲。」薛宣尉道：「在下今年二十六歲，公長弟十歲。」就拜楊公為兄。二人結義了，彼此歡喜。又擺酒席送行，贈楊公二千餘兩金銀酒器。楊

㉖猗與：嘆美之詞。意思為「美盛啊」。

㉗肇制：始創。

㉘大冶：冶鐵匠。

㉙師曠：春秋時晉國樂師。

㉚王楊盧駱：唐初文學家王勃、楊炯、盧照鄰、駱賓王。

公再三推辭，薛宣尉說道：「我與公既為兄弟，不須計較。弟頗得過，兄乃初任，又在不足中，時常要送東西與兄，以後再不必推卻。」

楊公拜謝，別了薛宣尉，回到縣裡來。只見龐老人與一干老人，備羊酒緞疋，每人一百兩銀子，共有二千餘兩，送入縣裡來。楊知縣看見許多東西，說道：「生受㉛你們，恐不好受麼。」眾老人都說道：「小人們些須薄意，老爹不比往常來的知縣相公。這地方雖是夷人難治，人最老實一性的，小人們歸順，槩縣人誰敢梗化？時常還有孝順老爹。」楊公見如此殷勤，就留這一干人在吏舍裡喫些酒飯，眾老人拜謝去了。

舊例：夷人告一紙狀子，不管准不准，先納三錢紙價。每限狀子多，自有若干銀子。如遇人命，若願講和，里鄰干證估凶身家事厚薄，請知縣相公把家私分作三股，一股送與知縣，一股給與苦主，留一股與凶身，如此就說好官府。蠻夷中另是一種風俗，如遇時節，遠近人都來餽送。楊知縣在安莊三年有餘，得了好些財物。凡有所得，就送到薛宣尉寄頓，這知縣相公宦囊也頗盛了。一日，對薛宣尉說道：「『知足不辱』。楊益在此，蒙兄顧愛，嘗叨厚賜，況俸資也可過得日子了，楊益已告致仕。只是有這些俸資，如何得到家裡？煩望兄長救濟。」薛宣尉說道：「兄既告致仕，我也留你不得了。這裡積下的財物，我自著人送去下船，不須兄費心。」楊公就此相別，薛宣尉又擺酒席送行，又送千金賻禮，俱預先送在船裡。楊公回到縣裡來，叫眾老人們都到縣裡來，說道：「我在此三年，生受你們多了。我已致仕，今日與你們相別。我也分些東西與你眾人，這是我的意思。我來時這幾箇箱籠，如今去也只是這幾箇箱

㉛ 生受：難為；麻煩。

籠，當堂上你們自看。」眾老人又稟道：「沒甚孝順老爹，怎敢倒要老爹的東西？」各人些小受了些，都歡喜拜謝了自去。起身之日，百姓都擺列香花燈燭送行。縣裡人只見楊公沒甚行李，那曉得都是薛宣尉預先送在船裡停當了，楊公只像箇沒東西的一般。楊公與李氏下了船，照依舊路回來。

一路平安，行了一月有餘，來到舊日泊船之處，近著李氏家了。泊到岸邊，只見那箇長老並幾箇人伴，都在那裡等，都上船來，與楊公相見，彼此歡天喜地。李氏也來拜見長老。楊公就教擺酒來，聊敘久別之情。楊公把在縣的事都說與長老，長老回話道：「我都曉得了，不必說。今日小僧來此，別無甚話，專為舍姪女一事。他原有丈夫，我因見足下去不得，以此不顧廉恥，使姪女相伴足下，到那縣裡。謝天地，無事故回來，十分好了。姪女其實不得去了，還要送歸前夫，財物恁憑你處。」楊公聽得說，兩淚交流，大哭起來，拜倒在奶奶、長老面前，說道：「丟得我好苦！我只是死了罷。」拔出一把小解手刀來，望著咽喉便刎。李氏慌忙抱住，奪了刀，也就啼哭起來。長老來勸，說道：「不要苦了，終須一別。我原許還他丈夫，出家人不說謊。」楊知縣帶著眼淚，說道：「財物恁憑長老、奶奶取去，只是痛苦不得過。」長老見這楊公如此情真，說道：「我自有處，且在船裡宿了，明日作別。」

楊公與李氏一夜不曾合眼，淚不曾乾，說了一夜。到明日早起來，梳洗飯畢，長老主張把宦資作十分。說：「楊大人取了六分，姪女取了三分，我也取了一分。」各人都無話說。李氏與楊公兩箇抱住，那裡肯捨，真箇是生離死別。李氏只得自上岸去了，楊公也開了船。那箇長老又說道：「這條水路最是難走，我直送你到臨安纔回來。我們不打劫別人的東西也好了，終不成倒被別人打劫了去。」這和尚直送楊知縣到臨安，楊知縣苦死留這僧人在家住了兩月。楊公又厚贈這長老，又修書致意李氏，自此信使不絕。有詩為證：

蠻邦薄宦一孤身，全賴高僧覓好音。隨地相逢休傲慢，世間何處沒奇人？

# 第二十卷　陳從善梅嶺失渾家

君騎白馬連雲棧，我駕孤舟亂石灘。揚鞭舉櫂休相笑，煙波名利大家難。

話說大宋徽宗宣和三年上春間，黃榜招賢，大開選場❶。去這東京汴梁城內虎異營中，一秀才姓陳名辛，字從善，年二十歲，故父是殿前太尉。這官人不幸父母蚤亡，只單身獨自。自小好學，學得文武雙全。正是文欺孔孟，武賽孫吳；五經三史，六韜三略，無所不曉。新娶得一箇渾家，乃東京金梁橋下張待詔之女，小字如春，年方二八，生得如花似玉。比花花解語，比玉玉生香。夫妻二人，如魚似水，且是說得著，不願同日生，只願同日死。這陳辛一心向善，常好齋供僧道，一日與妻言說：「今黃榜招賢，我欲赴選，求得一官半職，改換門閭，多少是好！」如春答曰：「只恐你命運不通，不得中舉。」陳辛曰：「我正是『學成文武藝，貨與帝王家』。」不數日，去赴選場，偕眾伺候掛榜。旬日之間，金榜題名，已登三甲進士。瓊林宴罷，謝恩，御筆除授廣東南雄沙角鎮巡檢司巡檢。回家說與妻如春道：「今我蒙聖恩，除做南雄巡檢之職，就要走馬上任。我聞廣東一路，千層峻嶺，萬疊高山，路途難行，盜賊煙瘴極多。如今便要收拾前去，如之奈何？」如春曰：「奴一身嫁與官人，只得同受甘苦；如今去做官，

❶ 選場：考場。

便是路途險難，只得前去。何必憂心？」陳辛見妻如此說，心下稍寬。正是：

青龍與白虎同行，吉凶事全然未保。

當日陳巡檢喚當直王吉吩咐曰：「我今得授廣東南雄巡檢之職，爭奈路途嶮峻，好生艱難，你與我尋一箇使喚的，一同前去。」王吉領命，待街市尋覓，不在話下。

卻說陳巡檢吩咐廚下使喚的：「明日是四月初三日，設齋多備齋供。不問雲遊全真道人，都要齋他，不得有缺。」

不說這裡齋主❷備辦，且說大羅仙界有一真人，號曰紫陽真君，於仙界觀見陳辛奉真齋道，好生志誠。今投南雄巡檢，爭奈他妻有千日之災。吩咐大慧真人：「化作道童，聽吾法旨：你可假名羅童，權與陳辛作伴當❸，護送夫妻二人。他妻若遇妖精，你可護送。」道童聽旨，同真君到陳辛宅中，與陳巡檢相見禮畢，齋罷。真君問陳辛曰：「何故往日設齋歡喜，今日如何煩惱？」陳辛叉手❹告曰：「聽小生訴稟：今蒙聖恩，除南雄巡檢，爭奈路遠難行，又無兄弟，因此憂悶也。」真人曰：「我有這箇道童，喚做羅童，年紀雖小，有些能處。今日權借與齋官，送到南雄沙角鎮，便著他回來。」夫妻二人拜謝曰：「感蒙尊師降臨，又賜道童相伴，此恩難報。」真君曰：「貧道物外之人，不思榮辱，豈圖報答？」拂

❷ 齋主：出錢齋僧或做佛事的人。

❸ 伴當：同伴。

❹ 叉手：一種敬禮的姿勢。左右手交叉，掩在胸前，躬身俯首行禮。

袖而去了。陳辛曰：「且喜添得羅童做伴。」收拾琴劍書箱，辭了親戚鄰里，封鎖門戶，離了東京。十里長亭，五里短亭，迤邐而進。一路上，但見：

村前茅舍，莊後竹籬。村醪香透磁缸，濁酒滿盛瓦瓮。架上麻衣，昨日芒郎❺留下當；酒帘大字，鄉中學究醉時書。沽酒客暫解擔囊，趲路❻人不停車馬。

陳巡檢騎著馬，如春乘著轎，王吉、羅童挑著書箱行李，在路少不得饑餐渴飲，夜住曉行。羅童心中自忖：「我是大羅仙中大慧真人，今奉紫陽真君法旨，教我跟陳巡檢往南雄沙角鎮去。吾故意粧風做癡，教他不識咱真相。」遂乃行走不動，上前退後。如春見羅童如此嫌遲，好生心惱，再三要趕回去，陳巡檢不肯，恐背了真人重恩。羅童正行在路，打火造飯，哭哭啼啼不肯吃，連陳巡檢也厭煩了，如春孺人執性定要趕羅童回去。羅童越耍瘋，叫：「走不動！」王吉攙扶著行，不五里叫：「腰疼！」大哭不止。如春說與陳巡檢：「當初指望得羅童用，今日不曾得他半分之力，不如教他回去。」陳巡檢不合聽了孺人言語，打發羅童回去，有分教如春爭些箇做了失鄉之鬼。正是：

鹿迷鄭相❼應難辨，蝶夢周公未可知。

---

❺ 芒郎：牧童。

❻ 趲路：趕路。

❼ 鹿迷鄭相：事見列子寓言。謂鄭國有樵夫得一鹿，藏於竹林，覆以蕉葉，後忘其藏鹿之所，乃以為做夢。後路人聞知，取鹿回家，其妻也以為做夢。訟於官，鄭君詢於國相，國相亦不能分辨。

當日打發羅童回去，且得耳根清淨。陳巡檢夫妻和王吉三人前行。

且說梅嶺之北，有一洞，名曰申陽洞。洞中有一怪，號曰申陽公，乃猢猻精也。弟兄三人：一箇是通天大聖，一箇是彌天大聖，一箇是齊天大聖。小妹便是泗州聖母。這齊天大聖神通廣大，變化多端，能降各洞山魈，管領諸山猛獸。興妖作法，攝偷可意佳人；嘯月吟風，醉飲非凡美酒。與天地齊休，日月同長。這齊天大聖在洞中，觀見嶺下轎中，抬著一箇佳人，嬌嫩如花似玉，意欲取他。乃喚山神吩咐：「聽吾號令：便化客店，你做小二哥，我做店主人。他必到此店投宿，更深夜靜，攝此婦人入洞中。」山神聽令化作一店，申陽公變作店主坐在店中。卻好至黃昏時分，陳巡檢與孺人如春並王吉至梅嶺下，見天色黃昏，路逢一店，喚招商客店。王吉向前去敲門。店小二問曰：「客長❽有何勾當？」王吉答道：「我主人乃南雄沙角巡檢之任，到此趕不著館驛，欲借店中一宿，來蚤便行。」申陽公迎接陳巡檢夫妻二人入店，頭房❾安下。申陽公說與陳巡檢曰：「老夫今年八十餘歲，今晚多口，勸官人一句：前面梅嶺好生僻靜，虎狼劫盜極多；不如就老夫這裡安下孺人，官人自先去到任，多差弓兵❿人等來取卻好。」陳巡檢答曰：「小官三代將門之子，通曉武藝，常懷報國之心，豈怕虎狼盜賊？」申公情知難勸，便不敢言，自退去了。

且說陳巡檢夫妻二人到店房中，喫了些晚飯，卻好一更，看看二更。陳巡檢先上床脫衣而臥，只見

❽ 客長：對客人的敬稱。

❾ 頭房：客店中的上房。

❿ 弓兵：傳管捕盜的官兵。

就中起一陣風。正是：

吹折地獄門前樹，刮起酆都頂上塵。

那陣風過處，吹得燈半滅而復明。陳巡檢大驚，急穿衣起來看時，就房中不見了孺人。開房門叫得王吉，那王吉睡中叫將起來，不知頭由⓫，慌張失勢。陳巡檢說與王吉：「房中起一陣狂風，不見了孺人。」主僕二人急叫店主人時，叫不應了。仔細看時，和店房都不見了，連王吉也喫一驚。看時，二人立在荒郊野地上，只有書箱行李並馬在前面，並無燈火，客店、店主人皆無蹤跡。只因此夜，直教陳巡檢三年不見孺人之面。未知久後如何？正是：

雨裡煙村霧裡都，不分南北路程途。多疑看罷僧繇畫⓬，收起丹青一軸圖。

陳巡檢與王吉聽譙樓更鼓，正打四更。當夜月明星光之下，主僕二人，前無客店，後無人家，驚得魂飛天外，魄散九霄。只得教王吉挑了行李，自跳上馬，月光之下，依路徑而行。在路陳巡檢尋思：「不知是何妖法，化作客店，攝了我妻去？從古至今，不見聞此異事。」巡檢一頭行，一頭哭：「我妻不知著落。」迤邐而行，卻好天明。王吉勸官人：「且休煩惱，理會正事。前面梅嶺，望著好生嶮峻崎嶇，凹凸難行，只得捱過此嶺，且去沙角鎮上了任，卻來打聽，尋取孺人不遲。」陳巡檢聽了王吉之言，只得

⓫ 頭由：緣由。
⓬ 僧繇畫：南朝梁時張僧繇善畫山水。

勉強而行。

且說申陽公攝了張如春，歸於洞中，驚得魂飛魄散，半晌醒來，淚如雨下。元來洞中先有一娘子，名喚牡丹，亦被攝在洞中日久，向前來勸如春不要煩惱。申公說與如春娘子：「小聖與娘子前生有緣，今日得到洞中，別有一箇世界。你喫了我仙桃、仙酒、胡麻飯，便是長生不死之人。你看我這洞中仙女，盡是凡間攝將來的。娘子休悶，且共你蘭房同床雲雨。」如春見說，哀哀痛哭，告申公曰：「奴奴不願洞中快樂，長生不死；只求早死。若說雲雨，實然不願。」申公見說如此，自思：「我為他春心蕩漾，他如今煩惱，未可歸順，其婦人性執，若逼令他，必定尋死，卻不可惜了這等端妍少貌之人？」乃喚一婦人，名喚金蓮，洞主也是日前攝來的，在洞中多年矣。申公吩咐：「好好勸如春，早晚好待他，將好言語誘他，等他回心。」金蓮引如春到房中，將酒食管待。如春酒也不喫，食也不喫，只是煩惱。金蓮、牡丹二婦人再三勸他：「你既被攝到此間，只得無奈何，自古道：『在他矮簷下，怎敢不低頭？』」如春告金蓮云：「姐姐，你豈知我今生夫妻分離，被這老妖半夜攝將到此，強要奴家雲雨，決不依隨，只求快死，以表我貞潔。古云：『烈女不更二夫。』奴今寧死而不受辱。」金蓮說：「『要知山下事，請問過來人。』這事我也曾經來。我家在南雄府住，丈夫富貴，也被申公攝來洞中五年。你見他貌惡，當初我亦如此，後來慣熟，方纔好過。你既到此，只得沒奈何，隨順了他罷。」如春大怒，罵云：「我不似你這等淫賤，貪生受辱，枉為人在世，潑賤之女！」金蓮云：「好言不聽，禍必臨身。」遂自回報申公，說新來佳人，不肯隨順，惡言誹謗，勸他不從。申公大怒而言：「這箇賤人，如此無禮！本待將銅鎚打死，為他花容無比，不忍下手，可奈他執意不從。」交付牡丹娘子：「你管押著他，將這賤人翦髮齊眉，蓬頭赤腳，罰去山頭挑水，澆灌花木，一日與他三頓淡飯。」牡丹依言，將張如春剪髮齊眉，赤了雙腳，把一副水桶與他。如春自思，欲投巖澗中而死，「萬一天可憐見，苦盡甘來，還有再見丈夫之日。」不免含淚而挑水。正是：

寧為困苦全貞婦，不作貪淫下賤人。

不說張氏如春在洞中受苦，且說陳巡檢與同王吉自離東京，在路兩月餘，梅嶺之北，被申陽公攝了孺人去，千方無計尋覓。王吉勸官人且去上任，巡檢只得棄捨而行。乃望面前一村酒店，巡檢到店門前下馬，與王吉入店買酒飯喫了，算還酒飯錢，再上馬而去。見一箇草舍，乃是賣卦的，在梅嶺下，招牌上寫：「楊殿幹請仙下筆，吉凶有準，禍福無差。」陳巡檢到門前，下馬離鞍，入門與楊殿幹相見已畢。殿幹問：「尊官何來？」陳巡檢將昨夜失妻之事，從頭至尾，說了一遍。楊殿幹焚香請聖，陳巡檢跪拜禱祝。只見楊殿幹請仙至，降筆判斷四句，詩曰：

千日逢災厄，佳人意自堅。紫陽來到日，鏡破再團圓。

楊殿幹斷曰：「官人且省煩惱，孺人有千日之災。三年之後，再遇紫陽，夫婦團圓。」陳巡檢自思：「東京曾遇紫陽真人，借羅童為伴；因羅童嘔氣，打發他回去。此間相隔數千里路，如何得紫陽到此？」遂乃心中少寬，還了卦錢，謝了楊殿幹，上馬同王吉並眾人上梅嶺來。陳巡檢看那嶺時，真箇嶮峻：

欲問世間煙障路，大庾梅嶺苦心酸。磨牙猛虎成群走，吐氣巴蛇滿地攢。

陳巡檢並一行人過了梅嶺，嶺南二十里，有一小亭，名喚做接官亭。巡檢下馬，入亭中暫歇。忽見王吉報說：「有南雄沙角鎮巡檢衙門弓兵人等，遠來迎接。」陳巡檢喚入，參拜畢。過了一夜，次日同弓兵吏卒走馬上任。至於衙中升廳，眾人參賀已畢。陳巡檢在沙角鎮做官，且是清正嚴謹。光陰似箭，正是：

窗外日光彈指過，席前花影坐間移。

倏忽在任，不覺一載有餘，差人打聽孺人消息，並無蹤跡。端的：

好似石沉東海底，猶如線斷紙風箏。

陳巡檢因為孺人無有消息，心中好悶，思憶渾家，終日下淚。正思念張如春之際，忽弓兵上報：「相公，禍事！今有南雄府府尹札付來報軍情：有一強人，姓楊名廣，綽號『鎮山虎』，聚集五七百小嘍囉，占據南林村，打家劫舍，殺人放火，百姓遭殃。札付巡檢，火速帶領所管一千人馬，關領軍器，前去收捕，毋得遲誤。」陳巡檢聽知，火速收拾軍器鞍馬，披掛已了，引著一千人馬，逕奔南林村來。

卻說那南林村鎮山虎正在寨中飲酒，小嘍囉報說：「官軍到來。」急上馬持刀，一聲鑼響，引了五百小嘍囉，前來迎敵。陳巡檢與鎮山虎並不打話，兩馬相交，那草寇怎敵得陳巡檢過？鬬無十合，一矛刺鎮山虎於馬下，梟其首級，殺散小嘍囉。將首級回南雄府，當廳呈獻，府尹大喜，重賞了當。自回巡檢衙，辦酒慶賀已畢。只因斬了鎮山虎，真箇是：

威名大振南雄府，武藝高強眾所欽。

這陳巡檢在任，倏忽卻早三年官滿，新官交替。陳巡檢收拾行裝，與王吉離了沙角鎮，兩程併作一程行，相望庾嶺之下，紅日西沉，天色已晚。陳巡檢一行人，望見遠遠松林間，有一座寺。王吉告官人：「前面有一座寺，我們去投宿則箇。」陳巡檢勒馬向前，看那寺時，額上有「紅蓮寺」三箇大金字。巡檢下馬，同一行人入寺。元來這寺中長老，名號旃大惠禪師，佛法廣大，德行清高，是箇古佛出世。當時行者報與長老：「有一過往官人投宿。」長老教行者相請。巡檢入方丈參見長老。禮畢，長老問：「官人何來？」陳巡檢備說前事，「萬望長老慈悲，指點陳辛，尋得孺人回鄉，不忘重恩。」長老曰：「官人聽稟：此怪是白猿精，千年成器，變化難測。你孺人性貞烈，不肯依隨，被他翦髮赤腳，挑水澆花，受其苦楚。此人號曰申陽公，常到寺中，聽說禪機，講其佛法。官人若要見孺人，可在我寺中住幾時。等申陽公來時，我勸化他回心，放還你妻如何？」陳巡檢見長老如此說，心中喜歡，且在寺中歇下。正是：

五里亭亭一小峰，上分南北與西東。世間多少迷途客，一指還歸大道中。

陳巡檢在紅蓮寺中，一住十餘日。忽一日，行者報與長老：「申陽公到寺來也。」巡檢聞之，躲於方丈中屏風後面。只見長老相迎，申陽公入方丈敘禮畢，分位而坐，行者獻茶。茶罷，申陽公告長老曰：「小聖無能斷除愛慾，只為色心迷戀本性，誰能虎項解金鈴？」長老答曰：「尊聖要解虎項金鈴，可解色心本性，色即是空，空即是色，一塵不染，萬法皆明。莫怪老僧多言相勸，聞知你洞中有一如春娘子，在洞三年。他是貞節之婦，可放他一命還歸，此便是斷卻慾心也。」申陽公聽罷，回言：「長老，小聖心中正恨此人，罰他挑水三年，不肯回心。這等愚頑，決不輕放！」陳巡檢在屏風後聽得說，正是：

提起心頭火，咬碎口中牙。

陳巡檢大怒，拔出所佩寶劍，劈頭便砍。申陽公用手一指，其劍反著自身。申陽公曰：「吾不看長老之面，將你粉骨碎身，此冤必報。」道罷，申陽公別了長老回去了。自洞中叫張如春在面前，欲要剖腹取心，害其性命。得牡丹、金蓮二人救解，依舊挑水澆花，不在話下。

且說陳巡檢不知妻子下落，倒也罷了；既曉得在申陽洞中，心下倍加煩惱。在紅蓮寺方丈中拜告長老：「怎生得見我妻之面？」長老曰：「要見不難，老僧指一條徑路，上山去尋。」長老叫行者引巡檢去山間尋訪，行者自回寺。只說陳辛去尋妻，未知尋得見尋不見？正是：

風定始知蟬在樹，燈殘方見月臨窗。

當日陳巡檢帶了王吉，一同行者到梅嶺山頭，不顧崎嶇峻嶮，走到山巖潭畔，見箇赤腳挑水婦人。慌忙向前看時，正是如春。夫妻二人抱頭而哭，各訴前情，莫非夢中相見，一一告訴。如春說：「昨日申公回洞，幾乎一命不存。」巡檢乃言：「謝紅蓮寺長老指路來尋，不想卻好遇你，不如共你逃走了罷。」如春道：「走不得。申公妖法廣大，神通莫測。他若知我走，趕上時，和官人性命不留。我聞申公平日只怕紫陽真君，除非求得他來，方解其難。官人可急回寺去，莫待中公知之，其禍不小。」陳巡檢只得棄了如春，歸寺中拜謝長老，說已見嬌妻，言：「申公只怕紫陽真君，他在東京曾與陳辛相會，今此間窵遠，如何得他來救？」長老見他如此哀告，乃言：「等我與你入定去看，便見分曉。」長老教行者焚香，入定去了一晌。出定回來，說與陳巡檢曰：「當初紫陽真人與你一箇道童，你到半路趕了他回去。你如今便可往，急走三日，必有報應。」陳巡檢見說，依其言，急急步行出寺，迤邐行了兩日，並無蹤跡。

且說紫陽真人在大羅仙境與羅童曰：「吾三年前，那陳巡檢去上任時，他妻合有千日之災，今已將滿。吾憐他養道修真，好生虔心，吾今與汝同下凡間，去梅嶺救取其妻回鄉。」羅童聽旨，一同下凡，往廣東路上行來。這日卻好陳巡檢撞見真君同羅童遠遠而來，乃急急向前跪拜，哀告曰：「真君，望救度！弟子妻張如春被申陽公妖法攝在洞中三年，受其苦楚，望真君救難則箇！」真君笑曰：「陳辛，你可先去紅蓮寺中等，我便到也。」陳辛拜別，先回寺中，備辦香案，迎接真君救難。正是：

法籙持身不等閒，立身起業有多般。千年鐵樹開花易，一日酆都出世難。

陳巡檢在寺中等了一日，只見紫陽真君行至寺中，端的道貌非凡。長老直出寺門迎接，入方丈敘禮畢，分賓主坐定。長老看紫陽真君，端的有神儀八極之表，道貌堂堂，威儀凜凜。陳巡檢拜在真君面前，告曰：「望真君慈悲，早救陳辛妻張如春性命還鄉，自當重重拜答深恩。」真君乃於香案前，口中不知說了幾句言語，只見就方丈裡起一陣風。但見：

無形無影透人懷，二月桃花被綽⑬開。就地撮將黃葉去，入山推出白雲來。

那風過處，只見兩箇紅巾天將出現，甚是勇猛。這兩員神將朝著真君聲喏道：「吾師有何法旨？」紫陽真君曰：「快與我去申陽洞中，擒拿齊天大聖前來，不可有失。」兩員天將去不多時，將申公一條鐵索鎖著，押到真君面前。申公跪下，紫陽真君判斷，喝令天將將申公押入酆都天牢問罪。教羅童入申陽洞中，將眾多婦女各各救出洞來，各令發付回家去訖。張如春與陳辛夫妻再得團圓，向前拜謝紫陽真人。真人別了長老、陳辛，與羅童冉冉騰空而去了。這陳巡檢將禮物拜謝了長老，與一寺僧行別了，收拾行李轎馬，王吉并一行從人離了紅蓮寺。迤邐在路，不則一日，回到東京故鄉。夫妻團圓，盡老百年而終。有詩為證：

三年辛苦在申陽，恩愛夫妻痛斷腸。終是妖邪難勝正，貞名落得至今揚。

⑬綽：拂。

# 第二十一卷　臨安里錢婆留發跡

貴逼身來不自由，幾年辛苦踏山丘。滿堂花醉三千客，一劍霜寒十四州。萊子❶衣裳宮錦窄，謝公❷篇詠綺霞羞。他年名上凌雲閣❸，豈羨當時萬戶侯？

這八句詩，乃是晚唐時貫休所作。那貫休是箇有名的詩僧，因避黃巢之亂，來於越地，將此詩獻與錢王求見。錢王一見此詩，大加歎賞，但嫌其「一劍霜寒十四州」之句，殊無恢廓之意，遣人對他說，教和尚改「十四州」為「四十州」，方許相見。貫休應聲，吟詩四句。詩曰：

不羨榮華不懼威，添州改字總難依。閒雲野鶴無常住，何處江天不可飛？

吟罷，飄然而入蜀。錢王懊悔，追之不及。真高僧也。後人有詩譏誚錢王，云：

❶ 萊子：即老萊子。春秋楚國人，常身穿彩衣以娛親。

❷ 謝公：南朝宋時詩人謝靈運。

❸ 凌雲閣：唐時長安的閣名，唐太宗在其上畫二十四功臣畫像。

文人自古傲王侯，滄海何曾擇細流？一箇詩僧容不得，如何安□望添州？

此詩是說錢王度量窄狹，所以不能恢廓霸圖，止於一十四州之主。雖如此說，像錢王生於亂世，獨霸一方，做了一十四州之王，稱孤道寡，非通小可。你道錢王是誰？他怎生樣出身？有詩為證：

項氏宗衰劉氏窮，一朝龍戰定關中。紛紛肉眼看成敗，誰向塵埃識駿雄？

話說錢王，名鏐，表字具美，小名婆留，乃杭州府臨安縣人氏。其母懷孕之時，家中時常火發，及至救之，又復不見，舉家怪異。忽一日，黃昏時候，錢公自外而來，遙見一條大蜥蜴，在自家屋上蜿蜒而下，頭垂及地，約長丈餘，兩目熠熠有光。錢公大驚，正欲聲張，忽然不見。只見前後火光亘天，錢公以為失火，急呼鄰里求救。眾人也有已睡的未睡的，聽說錢家火起，都爬起來，收拾撓鉤❹水桶來救火時，那裡有什麼火！但聞房中呱呱之聲，錢媽媽已產下一箇孩兒。錢公因自己錯呼救火，蒿惱了鄰里，十分慚愧，正不過意，又見了這條大蜥蜴，都是怪事，想所產孩兒，必然是妖物，留之無益，不如溺死，以絕後患。也是這小孩兒命不該絕，東鄰有箇王婆，平生念佛好善，與錢媽媽往來最厚。這一晚，因錢公呼喚救火，也跑來看。聞說錢媽媽生產，進房幫助，見養下孩兒，歡天喜地，抱去盆中洗浴。被錢公劈手奪過孩兒，按在浴盆裡面，要將溺死。慌得王婆叫起屈來，倒身護住，定不容他下手，連聲道：「罪過，罪過！這孩子一難一度，投得箇男身，作何罪業，要將他溺死！自古道：『虎狼也有父子之情。』

❹ 撓鉤：一種長柄的倒鬚鉤。

你老人家是何意故❺？」錢媽媽也在床褥上嚷將起來。錢公道：「這孩子臨產時，家中有許多怪異，只恐不是好物，留之為害。」王婆道：「一點點血塊，那裡便定得好歹。況且貴人生產，多有奇異之兆，反為祥瑞，也未可知。你老人家若不肯留這孩子時，待老身領去，過繼與沒孩兒的人家養育，也是一條性命，與你老人家也免了些罪業。」錢公被王婆苦勸不過，只得留了，取箇小名，就喚做婆留。有詩為證：

　　五月佳兒說孟嘗，又因光怪誤錢王。試看鬬文并后稷，君相從來豈殀亡？

古時姜嫄感巨人跡而生子，懼而棄之於野，百鳥皆舒翼覆之，三日不死。重復收養，因名曰棄。比及長大，天生聖德，能播種五穀。帝堯任為后稷之官，使主稼穡，是為周朝始祖。到武王之世，開了周家八百年基業。又春秋時楚國大夫鬬伯比與䢵子之女偷情，生下一兒。其母䢵夫人以為不雅，私棄於夢澤之中。䢵子出獵，到於夢澤，見一虎跪下，將乳餵一小兒，心中怪異。那虎乳罷孩兒，自去了。䢵子教人抱此兒回來，對夫人誇獎此兒，必是異人。夫人認得己女所生，遂將實情說出。䢵子就將女配與鬬伯比為妻，教他撫養此兒。楚國土語喚「乳」做「穀」，喚「虎」做「於菟」，因有虎乳之異，取名曰穀於菟。後來長大為楚國令尹，則今傳說的楚令尹子文就是。所以說：「貴人無死法。」又說：「大難不死，必有後祿。」今日說錢公滿意要溺死孩兒，又被王婆留住，豈非天命？

　話休絮煩。再說錢婆留長成五六歲，便頭角漸異，相貌雄偉，膂力非常，與里中眾小兒遊戲廝打，隨你十多歲的孩兒，也弄他不過，只索讓他為尊。這臨安里中有座山，名石鏡山。山有圓石，其光如鏡，

❺ 意故：緣故。

照見人形。錢婆留每日同眾小兒在山邊遊戲，石鏡中照見錢婆留頭帶冕旒，身穿蟒衣玉帶。眾小兒都吃一驚，齊說神道出現。偏是婆留全不駭懼，對小兒說道：「這鏡中神道就是我，你們見我都該下拜。」眾小兒羅拜於前，婆留安然受之，以此為常。一日回去，向父親錢公說知其事。錢公不信，同他到石鏡邊照驗，果然如此。錢公吃了一驚，對鏡暗暗禱告道：「我兒婆留果有富貴之日，昌大錢宗，願神靈隱蔽鏡中之形，莫被人見，恐惹大禍。」禱告方畢，教婆留再照時，只見小孩兒的模樣，並無王者衣冠。錢公故意罵道：「孩子家眼花說謊，下次不可如此！」

次日婆留再到石鏡邊遊戲，眾小兒不見了神道，不肯下拜了。婆留心生一計。那石鏡旁邊，有一株大樹，其大百圍，枝葉扶疏，可蔭數畝；樹下有大石一塊，有七八尺之高。婆留道：「這大樹權做箇寶殿，這大石鏡做箇龍案，那箇先爬上龍案坐下的，便是登寶殿了，眾人都要拜賀他。」眾小兒齊聲道好，一齊來爬時，那石高又高，峭又峭，滑又滑，怎生爬得上？天生婆留身材矯捷，又且有智，他想著大樹本子上，有幾箇乾䩞❻，好借腳力，相在肚裡了，跳上樹根，一步步攀緣而上。約莫離地丈許，看得這塊大石親切，放手望下只一跳，端端正正坐於石上。眾小兒發一聲喊，都拜倒在地。婆留道：「今日你們服也不服？」眾小兒都應道：「服了。」婆留道：「既然服我，便要聽我號令。」當下折些樹枝，假做旗旛，雙雙成對，擺箇隊伍，不許混亂。自此為始，每早排衙❼行禮。或剪紙為青紅旗，分作兩軍交戰。婆留坐石上指揮，一進一退，都有法度；如違了他便打，眾小兒打他不過，只得依他，無不懼怕。正是：

---

❻ 乾䩞：同「疙瘩」。此處指樹木瘤節。

❼ 排衙：排班參謁長官。

天挺英豪志量開，休教輕覷小兒孩。未施濟世安民手，先見驚天動地才。

再說婆留到十七八歲時，頂冠束髮，長成一表人材；生得身長力大，腰闊膀開，十八般武藝，不學自高。雖曾進學堂讀書，粗曉文義，便拋開了，不肯專心，又不肯做農商經紀。在里中不幹好事，慣一偷雞打狗，吃酒賭錢。家中也有些小家私❽，都被他賭博，消費得七八了。爹娘若說他不是，他就彆著氣，三兩日出去不歸。因是管轄他不下，只得由他。此時里中都喚他做「錢大郎」，不敢叫他小名了。一日，婆留因沒錢使用，忽然想起：「顧三郎一夥，嘗來打合❾我去販賣私鹽；我今日身閒無事，何不去尋他？」行到釋迦院前，打從戚漢老門首經過。那戚漢老是錢塘縣第一箇開賭場的，家中養下幾箇娼妓，招引賭客。婆留閒時，也常在他家賭錢住宿。這一日，忽見戚漢老左手上橫著一把行秤，右手提了一隻大公雞、一箇豬頭回來，看了婆留便道：「大郎，連日少會。」婆留問道：「有甚好賭客在家？」漢老道：「不瞞大郎說：本縣錄事老爺有兩位郎君，好的是賭博，也肯使花酒錢，有多嘴的對他說了，引到我家坐地，要尋人賭雙陸❿。人聽說是見在官府的兒，沒人敢來上椿⓫。大郎有采⓬時，進去賭對⓭一

❽ 家私：財產。

❾ 打合：拉攏；邀人合作。

❿ 雙陸：一種類似下棋的遊戲。

⓫ 上椿：湊合；插上一腳。

⓬ 有采：骰子擲出好的點色而贏錢，叫做「有采」或「得采」。采指賭注。

⓭ 賭對：賭博。

局。他們都是見采⑭，分文不欠的。」婆留口中不語，心下思量道：「兩日正沒生意，且去淘摸⑮幾貫錢鈔使用。」便向戚漢老道：「別人弱⑯他官府，我卻不弱他。便對一局，打甚緊？只怕采頭⑰短少，須吃他財主笑話。少停賭對時，我只說有在你處，你與我招架⑱一聲，得采時平分便了。若還輸去，我自賠你。」漢老素知婆留平日賭性最直，便應道：「使得。」當下漢老同婆留進門，與二鍾相見。這二鍾一箇叫做鍾明，一箇叫做鍾亮，他父親是鍾起，見為本縣錄事之職。漢老開口道：「此間錢大郎，年紀雖少，最好拳棒，兼善博戲。聞知二位公子在小人家裡，特來進見。」原來二鍾也喜拳棒，正投其機；又見婆留一表人材，不勝歡喜。當下敘禮畢，閒講了幾路拳法。鍾明就討雙陸盤擺下，身邊取出十兩重一錠大銀，放在桌上，說道：「今日與錢兄初次相識，且只賭這錠銀子。」婆留假意向袖中一摸，說道：「在下偶然出來拜一箇朋友，遇戚老說公子在此，特來相會，不曾帶得什麼采來。」回頭看著漢老道：「左右有在你處，你替我答應則箇。」漢老一時應承了，只得也取出十兩銀子，做一堆兒放著。便道：「小人今日不方便在此，只有這十兩銀子，做兩局賭麼？」自古道：「稍⑲粗膽壯。」婆留自己沒一分錢鈔，卻教漢老應出銀子，膽已自不壯了，著了急，一連兩局都輸。鍾明收起銀子，便道：「得罪，得

⑭見采：以現金做賭注。見，音ㄒㄧㄢˋ。
⑮淘摸：用不正當的手段取得錢財。
⑯弱：懼怕。
⑰采頭：賭注。
⑱招架：招呼。
⑲稍：賭本。

罪。」教小廝另取一兩銀子，送與漢老，作為頭錢⑳。漢老雖然還有銀子在家，只怕錢大郎又輸去了，只得認著晦氣，收了一兩銀子，將雙陸盤掇過一邊，擺出酒肴留款。婆留那裡有心飲酒，便道：「公子寬坐，容在下回家去，再取稍來決賭何如？」鍾明道：「最好。」鍾亮道：「既錢兄有興，明日早些到此，竟日取樂；今日知己相逢，且共飲酒。」婆留只得坐了，兩箇妓女唱曲侑酒。正是：

賭場逢妓女，銀子當磚塊。牡丹花下死，還卻風流債。

當日正在歡飲之際，忽聞叩門聲。開看時，卻是錄事衙中當直的，說道：「老爺請公子議事。教小的們那處不尋到，卻在這裡！」鍾明、鍾亮便起身道：「老父呼喚，不得不去。錢兄，明日須早來頑耍。」囑罷，向漢老說聲相擾，同當直的一齊去了。婆留也要出門，被漢老雙手拉住道：「我應的十兩銀子，幾時還我？」婆留一手劈開便走，口裡答道：「來日送還。」出得門來，自言自語的道：「今日手裡無錢，卻賭得不爽利。還去尋顧三郎，借幾貫鈔，明日來翻本。」帶著三分酒興，逕往南門街上而來。

向一箇僻靜巷口撒溺，背後一人將他腦後一拍，叫道：「大郎，甚風吹到此？」婆留回頭看時，正是販賣私鹽的頭兒顧三郎。婆留道：「三郎，今日相訪，有句話說。」顧三郎道：「甚話？」婆留道：「不瞞你說，兩日賭得沒興，與你告借百十貫錢去翻本。」顧三郎道：「百十貫錢卻易，只今夜隨我去便有。」婆留道：「那裡去？」顧三郎道：「莫問莫問，同到城外便知。」

兩箇步出城門，恰好日落西山，天色漸暝。約行二里之程，到箇水港口，黑影裡見纜箇小船，離岸

⑳頭錢：賭場主人在賭客贏的錢中抽一成，叫做頭錢。

數尺，船上蘆蓆滿滿冒住，密不通風，並無一人。顧三郎捻起泥塊，向蘆蓆上一撒，撒得聲響。忽然蘆蓆開處，船艙裡鑽出兩箇人來，咳嗽一聲。顧三郎也咳嗽相應。那邊兩箇人，即便撐船攏來，顧三郎同婆留下了船艙。船艙還藏得有四箇人，這裡兩箇人下艙，便問道：「三郎，你與誰人同來？」顧三郎道：「請得主將在此。休得多言，快些開船去。」說罷，眾人拿櫓動篙，把這船兒弄得梭子般去了。婆留道：「你們今夜又走什麼道路？」顧三郎道：「不瞞你說，兩日不曾做得生意，手頭艱難。聞知有箇王節使的家小船，今夜泊在天目山下，明早要進香。此人巨富，船中必然廣有金帛，弟兄們欲待借他些使用。只是他手下有兩箇蒼頭，叫做張龍、趙虎，大有本事，沒人對付得他。正思想大郎了得，天幸適纔相遇，此乃天使其便，大膽相邀至此。」婆留道：「做官的貪贓枉法得來的錢鈔，此乃不義之財，取之無礙。」

正說話間，聽得船頭前盪槳響，又有一箇小搟船㉑來到。船上共有五條好漢在上，兩船上一般咳嗽相應。婆留已知是同夥，更不問他。只見兩船幫㉒近，顧三郎悄悄問道：「那話兒歇在那裡？」搟船上人應道：「只在前面一里之地，我們已是著眼了。」當下眾人將船搖入蘆葦中歇下，敲石取火。眾好漢都來與婆留相見。船中已備得有酒肉，各人大碗酒大塊肉吃了一頓。分撥㉓了器械，兩隻船，十三籌好漢㉔，一齊上前進發。

㉑ 搟船：指小船。搟，同「划」。

㉒ 幫：即「傍」。靠攏。

㉓ 分撥：分派。

㉔ 十三籌好漢：古代以籌計數。十三籌好漢即十三箇好漢。

遙見大船上燈光未滅。眾人搖船攏去，發聲喊，都跳上船頭。婆留手執鐵稜棒打頭，正遇著張龍，早被婆留一棒打落水去。趙虎望後艄便跑。滿船人都唬得魂飛魄散，那箇再敢挺敵。一箇箇跪倒船艙，連聲饒命。婆留道：「眾弟聽我吩咐：只許收拾金帛，休殺害他性命。」眾人依言，將舟中輜重恣意搬取。唿哨一聲，眾人仍作兩隊，下了小船，飛也是搖去了。

原來王節使另是一箇座船，他家小先到一日。次日，王節使方到，已知家小船被盜。細開失單，往杭州府告狀。杭州刺史董昌准了，行文各縣，訪拿真贓真盜。文書行到臨安縣來，知縣差縣尉協同緝捕使臣，限時限日的擒拿，不在話下。

再說顧三郎一夥，重泊船於蘆葦藂㉕中，將所得利物，眾人十三分均分。因婆留出力，議定多分一分與他。婆留共得了三大錠元寶，百來兩碎銀，及金銀酒器首飾又十餘件。此時天色漸明，城門已開。婆留懷了許多東西，跳上船頭，對顧三郎道：「多謝作成，下次再當效力。」說罷，進城逕到戚漢老家。漢老兀自床上翻身，被婆留叫喚起來，雙手將兩眼揩抹，問道：「大郎何事來得恁早？」婆留道：「鍾家兄弟如何還不來？我尋他翻本則箇。」便將元寶碎銀及酒器首飾，一頓㉖交付與戚漢老，說道：「恐怕又煩累你應采㉗，這些東西都留你處，慢慢的支銷。昨日借你的十兩頭，你就在裡頭除了罷。今日二鍾來，你替我將幾兩碎銀做箇東道，就算我請他一席。」戚漢老見了許多財物，心中歡喜，連聲應道：

㉕ 藂：「叢」之俗字。

㉖ 一頓：一併；全部。

㉗ 應采：承擔賭金。

「這小事，但憑大郎吩咐。」婆留道：「今日起早些，既二鍾未來，我要尋箇靜辦㉘處打箇盹。」戚漢老引他到一箇小小閣兒中白木床上，叫道：「大郎任意安樂，小人去梳洗則箇。」

卻說鍾明、鍾亮在衙中早飯過了，袖了幾錠銀子，再到戚漢老家來。漢老正在門首買東買西，見了二鍾，便道：「錢大郎今日做東道相請，在此專候久了，在小閣中打盹。二位先請進去，小人就來陪奉。」鍾明、鍾亮兩箇私下稱讚道：「難得這般有信義之人。」走進堂中，只聽得打齁之聲，如霹靂一般的響。二鍾吃一驚，尋到小閣中，猛見箇丈餘長一條大蜥蜴，據於床上，頭生兩角，五色雲霧罩定。鍾明、鍾亮一齊叫道：「作怪！」只這聲「作怪」，便把雲霧沖散，不見了蜥蜴。定睛看時，乃是錢大郎直挺挺的睡著。弟兄兩箇心下想道：「常聞說異人多有變相，明明是箇蜥蜴，如何卻是錢大郎？此人後來必然有些好處，我們趁此未遇之先，與他結交，有何不美？」兩下商量定，等待婆留醒來，二人更不言其故，只說：「我弟兄相慕信義，情願結桃園之義，不知大郎允否？」婆留也愛二鍾為人爽慨，當下就在小閣內，八拜定交。因婆留年最小，做了三弟。這日也不賭錢，大家暢飲而別。臨別時，鍾明把昨日賭贏的十兩銀子，送還婆留。婆留那裡肯收，便道：「戚漢老處小弟自己還過了，這銀，大哥權且留下，且待小弟手中乏時，相借未遲。」鍾明只得收去了。

自此日為始，三箇人時常相聚。因是吃酒打人，飲博場中出了箇大名，號為「錢塘三虎」。這句話，吹在鍾起耳朵裡來，好生不樂。將兩箇兒子禁約㉙在衙中，不許他出外遊蕩。婆留連日不見二鍾，在錄

---

㉘ 靜辦：清靜。

㉙ 禁約：禁止。

事衙前探聽，已知了這箇消息。害了一怕，好幾日不敢去尋二鍾相會。正是：

取友必須端，休將戲謔看。家嚴兒學好，子孝父心寬。

再說錢婆留與二鍾疎了，少不得又與顧三郎這夥親密，時常同去販鹽為盜，此等不法之事，也不知做下幾十遭。原來走私商道路㉚的，第一次膽小，第二次膽大，第三第四渾身都是膽了。他不犯本錢，大錠銀大貫鈔的使用，僥倖其事不發，落得快活受用，且到事發再處，他也拼得做得。自古道：「若要不知，除非莫為。」只因顧三郎夥內陳小乙，將一對赤金蓮花杯，在銀匠家倒喚㉛銀子，被銀匠認出是李十九員外庫中之物，對做公的說了。做公的報知縣尉，訪著了這一夥姓名，尚未挨拿㉜。

忽一日，縣尉請鍾錄事父子在衙中飲酒。因鍾明寫得一手好字，縣尉邀至書房，求他寫一幅單條。鍾明寫了李太白少年行一篇，縣尉展看稱美。鍾明偶然一眼覷見大端石硯下，露出些紙腳，推開看時，寫得有多人姓名。鍾明有心，捉箇冷眼㉝，取來藏於袖中。背地偷看，卻是所訪鹽盜的單兒，內中有錢婆留名字。鍾明吃了一驚，上席後不多幾杯酒，便推腹痛先回。縣尉只道真病，由他去了，誰知卻是鍾明的詭計。

㉚ 走私商道路：做違法的買賣。走道路，謂做生意。

㉛ 倒喚：兌換。喚，同「換」。

㉜ 挨拿：搜捕。

㉝ 捉箇冷眼：乘人不注意。

當下鍾明也不回去，急急跑到戚漢老家，教他轉尋婆留說話，恰好婆留正在他場中鋪牌㉞賭色㉟。鍾明見了也無暇作揖，一隻臂膊牽出門外，到箇僻靜處，說道如此如此，「幸我看見，偷得訪單㊱在此。兄弟快些藏躲，恐怕不久要來緝捕，我須救你不得。一面我自著人替你在縣尉處上下使錢，若三箇月內不發作時，方可出頭。兄弟千萬珍重。」婆留道：「單上許多人，都是我心腹至友，哥哥若營為㊲時，須一例與他解寬。若放一人到官，眾人都是不乾淨的。」鍾明道：「我自有道理。」說罷，鍾明自去了。這一箇信息急得婆留腳也不停，逕跑到南門尋見顧三郎，說知其事，也教他一夥作速移開，休得招風攬火。顧三郎道：「我們只下了鹽船，各鎮市四散撐開，沒人知覺。只你守著爹娘，沒處去得，怎麼好？」婆留道：「我自不妨事，珍重珍重。」說罷別去。從此婆留裝病在家，準準住了三箇月。早晚只演習鎗棒，並不敢出門。連自己爹娘也道是箇異事，卻不知其中緣故。有詩為證：

鍾明欲救婆留難，又見婆留轉報人。同樂同憂真義氣，英雄必不負交親。

卻說縣尉次日正要勾攝公事㊳，尋硯底下這幅訪單，已不見了，一時亂將起來。將書房中小廝吊打，

---

㉞ 鋪牌：打牌。

㉟ 賭色：擲骰子。

㊱ 訪單：搜捕名單。

㊲ 營為：搭救。

㊳ 勾攝公事：調搜捕犯人。公事，指犯人。

再不肯招承。一連亂了三日，沒些影響，縣尉沒做道理處㊴。此時鍾明、鍾亮拼卻私財，上下使用，緝捕使臣都得了賄賂；又將白銀二百兩，央使臣轉送縣尉，教他閣起這宗公事。幸得縣尉性貪，又聽得使臣說道，錄事衙裡替他打點，只疑道那邊先到了錄事之手，我也落得放鬆，做箇人情。收受了銀子，假意立限與使臣緝訪。過了一月兩月，把這事都放慢了。正是「官無三日緊」，又道是「有錢使得鬼推磨」，不在話下。

話分兩頭。再表江西洪州有箇術士：

此人善識天文，精通相術。白虹貫日，便知易水奸謀；寶氣騰空，預辨豐城神物。決班超封侯之貴，刻鄧通餓死之期。殃祥有准㊵半神仙，占候無差高術士。

這術士喚做廖生，預知唐季將亂，隱於松門山中。忽一日夜坐，望見斗牛之墟，隱隱有龍文五采，知是王氣。算來該是錢塘分野㊶。特地收拾行囊來遊錢塘。再占雲氣，卻又在臨安地面，乃裝做相士，隱於臨安市上。每日市中人求相者甚多，都是等閒之輩，並無異人在內。忽然想起：「錄事鍾起，是我故友，何不去見他？」即忙到錄事衙中通名。鍾起知是故人廖生到此，倒屣而迎。相見禮畢，各敘寒溫。鍾起

---

㊴ 沒做道理處：想不出辦法。

㊵ 有准：有靈驗。

㊶ 分野：古代占星家為了藉星象來觀察地面州國的吉凶，所以將天上的星宿分別指配於地上的州國，使其互相對應，即云某星宿為某州國的分野或某地是某星宿的分野。

叩其來意，廖生屏去從人，私向鍾起耳邊說道：「不肖夜來望氣，知有異人在於貴縣。求之市中數日，杳不可得。看足下尊相，雖然貴顯，未足以當此也。」鍾起乃召明、亮二子，求他一看。廖生道：「骨法皆貴，然不過人臣之位。所謂異人，上應著斗牛間王氣，惟天子足以當之，最下亦得五霸諸侯，方應其兆耳。」鍾起乃留廖生在衙中過宿。

次日，鍾起只說縣中有疑難事，欲共商議，備下酒席在英山寺中，悉召本縣有名目的豪傑來會，令廖生背地裡一箇箇看過。其中貴賤不一，皆不足以當大貴之兆。當日席散，鍾起再邀廖生到衙，欲待來日，更搜尋鄉村豪傑，教他飽看。此時天色將晚，二人並馬而回。

卻說錢婆留在家，已守過三箇月無事，歡喜無限。想起二鍾救命之恩，大著膽，來到縣前，聞得鍾起在英山寺宴會，悄地到他衙中，要尋二鍾兄弟拜謝。鍾明、鍾亮知是婆留相訪，乘著父親不在，慌忙出來，相迎聚話。忽聽得馬鈴聲響，鍾起回來了。婆留望見了鍾起，唬得心頭亂跳，低著頭，望外只顧跑。鍾起問是甚人，喝教拿下。廖生急忙向鍾起說道：「奇哉，怪哉！所言異人，乃應在此人身上，不可慢之。」鍾起素信廖生之術，便改口教人好好請來相見。婆留只得轉來，鍾起問其姓名，婆留好像泥塑木雕的，那裡敢說。鍾起焦燥，乃喚兩箇兒子問：「此人何姓何名？住居何處？緣何你與他相識？」鍾明料瞞不過，只得說道：「此人姓錢，小名婆留，乃臨安里人。」鍾起大笑一聲，扯著廖生背地說道：「先生錯矣！此乃里中無賴子，目下幸逃法網，安望富貴乎？」廖生道：「我已決定不差，足下父子之貴，皆因此人而得。」乃向婆留說道：「你骨法非常，必當大貴，光前耀後，願好生自愛。」又向鍾起說道：「我所以訪求異人者，非貪圖日後挈帶富貴，正欲驗我術法之神耳。從此更十年，吾言必驗，足下識之。只今日相別，後會未可知也。」說罷，飄然而去。鍾起纔信道婆留是箇異人。鍾明、鍾亮又將戚漢老家所見蜥蜴生角之事，為父親述之，愈加駭然。當晚鍾起便教兒子留款婆留，勸他：「勤學鎗棒，不可務外為非，致損聲名。家中乏錢使用，我當相助。」自此鍾明、鍾亮仍舊與婆留往來不絕，比前更加親密。有詩為證：

堪嗟豪傑混風塵，誰向貧窮識異人？只為廖生能具眼，頓令錄事款嘉賓。

話說唐僖宗乾符二年，黃巢兵起，攻掠浙東地方。杭州刺史董昌，出下募兵榜文。鍾起聞知此信，對兒子說道：「即今黃寇猖獗，兵鋒至近，刺史募鄉勇殺賊，此乃壯士立功之秋，何不勸錢婆留一去？」鍾明、鍾亮道：「兒輩皆願同他立功。」鍾起歡喜，當下請到婆留，將此情對他說了。婆留磨拳撐掌，踴躍願行。一應衣因器仗，都是鍾起支持；又將銀二十兩，助婆留為安家之費，改名錢鏐，表字具美，取「留」「鏐」二音相同故也。三人辭家上路，直到杭州，見了刺史董昌。董昌見他器岸魁梧，試其武藝，果然熟閒，不勝之喜，皆署為裨將，軍前聽用。

不一日，探子報道：「黃巢兵數萬將犯臨安，望相公策應。」董昌就假錢鏐以兵馬使之職，使領兵往救。問道：「此行用兵幾何？」錢鏐答道：「將在謀不在勇，兵貴精不貴多。願得二鍾為助，兵三百人足矣。」董昌即命錢鏐於本州軍伍，自行挑選三百人，同鍾明、鍾亮率領，望臨安進發。

到石鑑鎮，探聽賊兵離鎮止十五里。錢鏐與二鍾商議道：「我兵少，賊兵多，只可智取，不可力敵，宜出奇兵應之。」乃選弓弩手二十名，自家率領，多帶良箭，伏山谷險要之處；先差砲手二人，伏於賊兵來路。一等賊兵過險，放砲為號，二十張強弓，一齊射之。鍾明、鍾亮各引一百人左右埋伏，準備策應。餘兵散布山谷，揚旗吶喊，以助兵勢。

分撥已定，黃巢兵早到。原來石鑑鎮山路險隘，止容一人一騎。賊先鋒率前隊兵度險，皆單騎魚貫而過。忽聽得一聲砲響，二十張勁弩齊發。賊人大驚，正不知多少人馬。賊先鋒身穿紅錦袍，手執方天畫戟，領插令字旗，跨一匹瓜黃戰馬，正揚威耀武而來，卻被弩箭中了頸項，倒身顛下馬來，賊兵大亂。鍾明、鍾亮引著二百人，呼風喝勢，兩頭殺出。賊兵著忙，又聽得四圍吶喊不絕，正不知多少軍馬，自相蹂踏。斬首五百餘級，餘賊潰散。

錢鏐全勝了一陣，想道：「此乃僥倖之計，可一用不可再也。若賊兵大至，三百人皆為虀粉矣。」此去三十里外，有一村，名八百里。引兵屯於彼處，乃對道旁一老嫗說道：「若有人問你臨安兵的消息，但言屯八百里就是。」

卻說黃巢聽得前隊在石鑑鎮失利，統領大軍，彌山蔽野而來。到得鎮上，不見一箇官軍，遣人四下搜尋居民問信。少停，拿得老嫗到來，問道：「臨安軍在那裡？」老嫗答道：「屯八百里。」再三問時，只是說「屯八百里」。黃巢不知「八百里」是地名，只道官軍四集，屯了八百里路之遠，乃歎道：「嚮者二十弓弩手，尚然敵他不過，況八百里屯兵乎？杭州不可得也。」於是賊兵不敢停石鑑鎮上，逕望越州一路而去，臨安賴以保全。有詩為證：

能將少卒勝多人，良將機謀妙若神。三百兵屯八百里，賊軍駭散息烽塵。

再說越州觀察使劉漢宏，聽得黃巢兵到，一時不曾做得準備，乃遣人打話㊷，情願多將金帛犒軍，求免攻掠。黃巢受其金帛，亦逕過越州而去。原來劉漢宏先為杭州刺史，董昌在他手下做裨將，充募兵使。因平了叛賊王郢之亂，董昌有功，就升做杭州刺史，劉漢宏卻升做越州觀察使。漢宏因董昌在他手下出身，屢屢欺侮。董昌不能堪，漸生嫌隙。今日巢賊經過越州，雖然不曾殺掠，卻費了許多金帛；訪知杭州倒被董昌得勝報功，心中愈加不平。有門下賓客沈苛獻計道：「臨安退賊之功，皆賴兵馬使錢鏐用謀取勝。聞得錢鏐智勇足備，明公若馳咫尺之書，厚具禮幣，只說越州賊寇未平，向董昌借錢鏐來此征勦。哄得錢鏐到此，或優待以結其心，或尋事以斬其首。董昌割去右臂，無能為矣。方今朝政顛倒，宦官弄權，官家威令不行，天下英雄皆有割據一方之意。若吞併董昌，奄有杭越，此霸王之業也。」劉漢宏為人志廣才疏，這一席話，正投其機，以手撫沈苛之背，連聲讚道：「吾心腹人所見極明，妙哉，妙哉！」即忙修書一封：

漢宏再拜，奉書於　故人董公麾下：頃者巢賊猖獗，越州兵微將寡，難以備禦。聞麾下有兵馬使錢鏐，謀能料敵，勇稱冠軍。今貴州已平，乞念唇齒之義，遣鏐前來，協力拒賊。事定之後，功歸麾下。聊具金甲一副，名馬二匹，權表微忱，伏乞笑納。

原來董昌也有心疑忌劉漢宏，先期差人打聽越州事情，已知黃巢兵退，如今書上反說巢寇猖獗，其中必有緣故，即請錢鏐來商議。錢鏐道：「明公與劉觀察嫌隙已構，此不兩立之勢也。聞劉觀察自託帝

㊷ 打話：說話。

王之冑，欲圖非望：巢賊在境，不發兵相拒，乃以金帛買和，其意不測。明公若假精兵二千付鏐，聲言相助。漢宏無謀，必欣然見納。乘便圖之，越州可一舉而定。於是表奏朝廷，作漢宏以和賊謀叛之罪。朝廷方事姑息，必重獎明公之功。明功勳垂於竹帛，身安於泰山，豈非萬全之策乎？」董昌欣然從之，即打發回書，著來使先去。隨後發精兵二千，付與錢鏐，臨行囑道：「此去見機而作，小心在意。」

卻說劉漢宏接了回書，知道董昌已遣錢鏐到來，不勝之喜，便與賓客沈苛商議。沈苛道：「錢鏐所領二千人，皆勝兵也，若縱之入城，實為難制。今俟其未來，預令人迎之，使屯兵於城外，獨召錢鏐相見。彼既無羽翼，惟吾所制。然後遣將代領其兵，厚加恩勞，使倒戈以襲杭州。疾雷不及掩耳，董昌可克矣。」劉漢宏又讚道：「吾心腹人所見極明，妙哉，妙哉！」即命沈苛出城迎候錢鏐，不在話下。

再說錢鏐領了二千軍馬，來到越州城外，沈苛迎住，相見禮畢。沈苛道：「奉觀察之命，城中狹小，不能容客兵，權於城外屯札，單請將軍入城相會。」錢鏐已知劉漢宏掇賺㊸之計，便將計就計，假意發怒道：「錢某本一介匹夫，荷察使不嫌愚賤，厚幣相招，某感察使知己之恩，願以肝腦相報。董刺史與察使外親內忌，不欲某來；又只肯發兵五百人，某再三勉強，方許二千之數。某挑選精壯，一可當百，特來輔助察使，成百世之功業。察使不念某勤勞，親行犒勞，乃安坐城中，呼某相見，如呼下隸，此非敬賢之道。某便引兵而回，不願見察使矣。」說罷，仰面歎云：「錢某一片壯心，可惜，可惜！」沈苛只認是真心，慌忙收科㊹道：「將軍休要錯怪，觀察實不知將軍心事。容某進城對觀察說知，必當親自

㊸ 掇賺：誘騙。

㊹ 收科：圓場。

勞軍，與將軍相見。」說罷，飛馬入城去了。錢鏐吩咐手下心腹將校，如此如此，各人暗做準備。

且說劉漢宏聽沈苛回話，信以為然，乃殺牛宰馬，大發芻糧，為犒軍之禮。旌旗鼓樂前導，直到北門外館驛中坐下，等待錢鏐入見，指望他行偏裨見主將之禮。誰知錢鏐領著心腹二十餘人，昂然而入，對著劉漢宏拱手道：「小將甲冑在身，恕不下拜了。」氣得劉漢宏面如土色。沈苛自覺失信，滿臉通紅，上前發怒道：「將軍差矣，常言：『軍有頭，將有主。』尊卑上下，古之常禮。董刺史命將軍來與觀察助力，將軍便是觀察麾下之人；況董刺史出身觀察門下，尚然不敢與觀察敵體，將軍如此倨傲，豈小覷我越州無軍馬乎？」說聲未絕，只見錢鏐大喝道：「無名小子，敢來饒舌。」將頭巾望上一摜㊺，二十餘人，一齊發作。說時遲，那時快，錢鏐拔出佩劍，沈苛不曾防備，一刀剁下頭來。劉漢宏望館驛後便跑，手下跟隨的，約有百餘人，一齊上前，來拿錢鏐。怎當錢鏐神威雄猛，如砍瓜切菜，殺散眾人，逕往館驛後園來尋劉漢宏，並無蹤跡。只見土牆上缺了一角，已知爬牆去了。錢鏐懊悔不迭，率領二千軍眾，便想攻打越州，看見城中已有準備，自己後軍無繼，孤掌難鳴，只得撥轉旗頭，重回舊路。城中劉漢宏聞知錢鏐回軍，即忙點精兵五千，差驍將陸萃為先鋒，自引大軍隨後追襲。

卻說錢鏐也料定越州軍馬，必來追趕，晝夜兼行，來到白龍山下。忽聽得一棒鑼聲，山中擁出二百餘人，一字兒擺開。為頭一箇好漢，生得如何？怎生打扮？

頭裹金線唐巾，身穿綠錦衲襖。腰拴搭膊，腳套皮靴。掛一副弓箭袋，拿一柄潑風刀㊻。生得濃

---

㊺ 摜：推。

㊻ 潑風刀：利刀。

眉大眼，紫面拳鬚。私商船上有名人，廝殺場中無敵手。

錢鏐出馬上前觀看，那好漢見了錢鏐，撇下刀，納頭便拜。錢鏐認得是販鹽為盜的顧三郎，名喚顧全武，乃滾鞍下馬，扶起道：「三郎久別，如何卻在此處？」顧全武道：「自蒙大郎活命之恩，無門可補報，聞得黃巢兵到，欲待倡率義兵，保護地方，就便與大郎相會。後聞大郎破賊成功，為朝廷命官，又聞得往越州劉觀察處效用。不才聚起鹽徒二百餘人，正要到彼相尋幫助，何期此地相會。不知大郎回兵，為何如此之速？」錢鏐把劉漢宏事情，備細說了一遍，便道：「今日天幸得遇三郎，正有相煩之處。小弟算定劉漢宏必來追趕，因此連夜而行。他自恃先達，不以董刺史為意，又杭州是他舊治，追趕不著，必然直趨杭州，與董家索鬬。三郎率領二百人，暫住白龍山下，待他兵過，可行詐降之計。若兵臨杭州，只看小弟出兵迎敵，三郎從中而起，漢宏可斬也。若斬了漢宏，便是你進身之階。小弟在董刺史前一力保薦，前程萬里，不可有誤。」顧全武道：「大郎吩咐，無有不依。」兩人相別，各自去了。正是：

太平處處皆生意，衰亂時時盡殺機。我正算人人算我，戰場能得幾人歸？

卻說劉漢宏引兵追到越州界口，先鋒陸萃探知錢鏐星夜走回，來稟漢宏回軍。漢宏大怒道：「錢鏐小卒，吾為所侮，有何面目回見本州百姓！杭州吾舊時管轄之地，董昌吾所薦拔；吾今親自引兵到彼，務要董昌殺了錢鏐，輸情服罪，方可恕饒。不然，誓不為人！」當下喝退陸萃，傳令起程，向杭州進發。行至富陽白龍山下，忽然一棒鑼聲，湧出二百餘人，一字兒擺開。為頭一箇好漢，手執大刀，甚是凶勇。

漢宏吃了一驚，正欲迎敵，只見那漢約住㊼刀頭，厲聲問道：「來將可是越州劉觀察使麼？」漢宏回言：「正是。」那好漢慌忙撇刀在地，拜伏馬前，道：「小人等候久矣。」劉漢宏問其來意。那漢道：「小人姓顧，名全武，乃臨安縣人氏，因販賣私鹽，被州縣訪名擒捉，小人一向在江湖上逃命。近聞同夥兄弟錢鏐出頭做官，小人特往投奔，何期他妒賢嫉能，貴而忘賤，不相容納，只得借白龍山權住落草。昨日錢鏐到此經過，小人便欲殺之；爭奈手下眾寡不敵，怕不了事。聞此人得罪於察使，小人願為前部，少效犬馬之勞。」劉漢宏大喜，便教顧全武代了陸萃之職，分兵一千前行，陸萃改作後哨。

不一日，來到杭州城下。此時錢鏐已見過董昌，預作準備。聞越州兵已到，董昌親到城樓上，叫道：「下官與察使同為朝廷命官，各守一方，下官並不敢得罪，察使不知到此何事？」劉漢宏大罵道：「你這背恩忘義之賊，若早識時務，斬了錢鏐，獻出首級，免動干戈。」董昌道：「察使休怒，錢鏐自來告罪了。」只見城門開處，一軍飛奔出來，來將正是錢鏐，左有鍾明，右有鍾亮，逕衝入敵陣，要拿劉漢宏。漢宏著了忙，急叫：「先鋒何在？」旁邊一將應聲道：「先鋒在此！」手起刀落，斬漢宏於馬下。把刀一招，錢鏐直殺入陣來，大呼：「降者免死！」五千人不戰而降，陸萃自刎而亡。斬漢宏者，乃顧全武也。正是：

有謀無勇堪資畫，有勇無謀易喪生；畢竟有謀兼有勇，佇看百戰百成功。

董昌看見斬了劉漢宏，大開城門收軍。錢鏐引顧全武見了董昌，董昌大喜。即將漢宏罪狀，申奏朝

㊼ 約住：停住。

廷，併列錢鏐以下諸將功次。那時朝廷多事，不暇究問，乃升董昌為越州觀察使，就代劉漢宏之位；錢鏐為杭州刺史，就代董昌之位；鍾明、鍾亮及顧全武俱有官爵。鍾起將親女嫁與錢鏐為夫人。董昌移鎮越州，將杭州讓與錢鏐。錢公、錢母都來杭州居住，一門榮貴，自不必說。

卻說臨安縣有箇農民，在天目山下鋤田，鋤起一片小小石碑，鐫得有字幾行。農民不識，把與村中學究羅平看之。羅學究拭土辨認，乃是四句讖語。道是：

天目山垂兩乳長，龍飛鳳舞到錢塘。海門一點巽峰起，五百年間出帝王。

後面又鐫「晉郭璞記」四字。羅學究以為奇貨，留在家中。次日懷了石碑，走到杭州府，獻與錢鏐刺史，密陳天命。錢鏐看了大怒道：「匹夫，造言欺我，合當斬首！」羅學究再三苦求，方免，喝教亂棒打出，其碑就庭中毀碎。原來錢鏐已知此是吉讖，合應在自己身上，只恐聲揚於外，故意不信，乃見他心機周密處。

再說羅學究被打，深恨刺史無禮，好意反成惡意。心生一計，不若將此碑獻與越州董觀察，定有好處。想此碑雖然毀碎，尚可湊看，乃私賂守門吏卒，在庭中拾將出來。原來只破作三塊，將字跡湊合，一毫不損。羅平心中大喜，依舊包裹石碑，取路到越州去。

行了二日，路上忽逢一簇人，攢擁著一箇十二三歲的孩兒。那孩子手中提著一箇竹籠，籠外覆著布幕，內中養著一隻小小翠鳥。羅平挨身上前，問其緣故。眾人道：「這小鳥兒，又非鸚哥，又非鸜鵒，卻會說話。我們要問這孩子買他頑耍，還了他一貫足錢，還不肯。」話聲未絕，只是那小鳥兒，將頭顛兩顛，連聲道：「皇帝董！皇帝董！」羅平問道：「這小鳥兒還是天生會話？還是教成的？」孩子道：「我爹在鄉里砍柴，聽得樹上說話，卻是這畜生。將棲竿㊽棲得來，是天生會話的。」羅平道：「我與你兩貫足錢，賣與我罷。」孩子得了兩貫錢，歡歡喜喜的去了。羅平捉了鳥籠，急急趕路。

不一日，來到越州，口稱有機密事要見察使。董昌喚進，屏開從人，正要問時，那小鳥兒又在籠中叫道：「皇帝董！皇帝董！」董昌大驚，問道：「此何鳥也？」羅平道：「此鳥不知名色，天生會話，宜呼曰『靈鳥』。」因於懷中取出石碑，備陳來歷，「自晉初至今，正合五百之數。方今天子微弱，唐運將終，梁晉二王，互相爭殺，天下英雄，皆有割據一方之意。錢塘原是察使創業之地，靈碑之出，非無因也。況靈鳥吉祥，明示天命。察使先破黃巢，再斬漢宏，威名方盛，遠近震悚，若乘此機會，用越杭之眾，兼併兩浙，上可以窺中原，下亦不失為孫仲謀矣。」原來董昌見天下紛亂，久有圖霸之意，聽了這一席話，大喜道：「足下遠來，殆天賜我立功也。事成之日，即以本州觀察相酬。」於是拜羅平為軍師，招集兵馬，又於民間科斂，以充糧餉。命巧匠製就金絲籠子，安放「靈鳥」，外用蜀錦為衣罩之。又寫密書一封，差人送到杭州錢鏐，教他募兵聽用。

錢鏐見書，大驚道：「董昌反矣。」乃密表奏朝廷，朝廷即拜錢鏐為蘇、杭等州觀察。於是錢鏐更造杭城，自秦望山至於范浦，周圍七十里。再奉表聞，加鎮海軍節度使，封開國公。董昌聞知朝廷累加錢鏐官爵，心中大怒，罵道：「賊狗奴，敢賣吾得官耶？吾先取杭州，以洩吾恨。」羅平諫道：「錢鏐異志未彰，且新膺寵命，討之無名。不若詐稱朝命，先正王位，然後以尊臨卑，平定睦州，廣其兵勢，

---

㊽ 棲竿：一種頂端塗上黏膠，用以獵鳥的長竿。

假道於杭，以臨湖州。待錢鏐不從，乘間圖之；若出兵相助，是明公不戰而得杭州矣，又何求乎？」董昌依其言，乃假裝朝廷詔命，封董昌為越王之職，使專制兩浙諸路軍馬，旗幟上都換了越王字號。又將靈碑及「靈鳥」宣示州中百姓，使知天意。民間三丁抽一，得兵五萬，號稱十萬，浩浩蕩蕩，殺奔睦州來。睦州無備，被董昌攻破了。停兵月餘，改換官吏。又選得精兵三萬人，軍威甚盛，自謂天下無敵，謀稱越帝。徵兵杭州，欲攻湖州。錢鏐道：「越兵正銳，不可當也，不如迎之。待其兵頓湖州，遂乘其弊，無不勝矣。」於是先遣鍾明卑詞犒師，續後親領五千軍馬，願為前部自效，董昌大喜。行了數日，錢鏐偽稱有疾，暫留途中養病。董昌更不疑惑，催兵先進。有詩為證：

句踐當年欲棊吳，卑辭厚禮破姑蘇。董昌不識錢鏐意，猶恃兵威下太湖。

卻說錢鏐打聽越州兵去遠，乃引兵而歸，挑選精兵千人，假做越州軍旗號，遣顧全武為先鋒，來襲越州。又吩咐鍾明、鍾亮，各引精兵五百，潛屯餘杭之境。吩咐不可妄動，直待董昌還救越州時節，兵從此過，然後自後掩襲。他無心戀戰，必獲全勝。分撥已定，乃對賓客鍾起道：「守城之事，專以相委。越州乃董賊巢穴，吾當親往觀變。若巢穴既破，董昌必然授首無疑矣。」乃自引精兵二千，接應顧全武軍馬。

卻說顧全武打了越州兵旗號，一路並無阻礙，直到越州城下。只說催趲㊾攻城火器，賺開城門，顧全武大喝道：「董昌僭號，背叛朝廷，錢節使奉詔來討，大軍十萬已在城外矣。」越州城中軍將，都被

㊾ 催趲：催促。

董昌帶去，留的都是老弱，誰敢拒敵？顧全武逕入府中，將偽世子董榮及一門老幼三百餘人，拘於一室，分兵守之。恰好杭州大軍已到，聞知顧全武得了城池，整軍而入，秋毫無犯。顧全武迎錢鏐入府，出榜安民已定，寫書一封，遣人往董昌軍中投遞。書曰：

鏐聞天無二日，土無二王。今唐運雖衰，天命未改。而足下妄自矜大，僭號稱兵，凡為唐臣，誰不憤疾？鏐迫於公義，輒遣副將顧全武率兵討逆。兵聲所至，越人倒戈。足下全家，盡已就縛。若能見機伏罪，尚可全活，乞早自裁，以救一家之命。

卻說董昌攻打湖州不下，正在帳中納悶，又聽得「靈鳥」叫聲：「皇帝董，皇帝董！」董昌揭起錦罩看時，一箇眼花，不見「靈鳥」，只見一箇血淋淋的人頭，在金絲籠內掛著。認得是劉漢宏的面龐，唬得魂不附體，大叫一聲，驀然倒地。眾將急來救醒，定睛半晌，再看籠子內，都是點點血跡，果然沒了「靈鳥」。董昌心中大惡，急召羅軍師商議，告知其事，問道：「主何吉凶？」羅平心知不祥之兆，不敢直言，乃說道：「大越帝業，因斬劉漢宏而起，今漢宏頭現，此乃克敵之徵也。」說猶未了，報道杭州差人下書。董昌拆開看時，知道越州已破，這一驚非小。羅平道：「兵家虛虛實實，未可盡信。錢鏐托病回兵，必有異謀，故造言以煽惑軍心，明公休得自失主張。」董昌道：「雖則真偽未定，亦當回軍，還顧根本。」羅平叫將來使斬訖，恐洩漏消息，再教傳令，並力攻城，使城中不疑，夜間好辦走路。是日攻打湖州，至晚方歇。挨到二更時分，拔寨都起。驍將薛明、徐福各引一萬人馬先行，董昌中軍隨後進發，卻將睦州帶來的三萬軍馬，與羅平斷後。湖州城中見軍馬已退，恐有詭計，不敢追襲。

且說徐、薛二將引兵晝夜兼行，早到餘杭山下。正欲埋鍋造飯，忽聽得山凹裡連珠砲響，鼓角齊鳴，鍾明、鍾亮兩枝人馬，左右殺將出來。薛明接住鍾明廝殺，徐福接住鍾亮廝殺。徐、薛二將，雖然英勇，爭奈軍心惶惑，都無心戀戰，且晝夜奔走，俱已疲倦，怎當虎狼般這兩枝生力軍？自古道：「兵離將敗。」薛明看見軍伍散亂，心中著忙，措手不迭，被鍾明斬於馬下，拍馬來夾攻徐福，徐福敵不得二將，亦被鍾亮斬之，眾軍都棄甲投降。二鍾商議道：「越兵前部雖敗，董昌大軍隨後即至，眾寡不敵。不若分兵埋伏，待其兵已過去，從後擊之。彼知前部有失，必然心忙思竄，然後可獲全勝矣。」當下商量已定，將投降軍眾縱去，使報董昌消息。

卻說董昌大軍正行之際，只見敗軍紛紛而至，報道：「徐、薛二將，俱已陣亡。」董昌心膽俱裂，只得抖擻精神，麾兵而進。過了餘杭山下，不見敵軍。正在疑慮，只聽後面連珠砲響，兩路伏兵齊起，正不知多少人馬。越州兵爭先逃命，自相蹂踏，死者不計其數。直奔了五十餘里，方纔得脫。收拾敗軍，三停㊿又折一停，只等羅平後軍消息。誰知睦州兵雖然跟隨董昌，心中不順。今日見他回軍，幾箇裨將商議，殺了羅平，將首級向二鍾處納降，並力來追董昌。董昌聞了此信，不敢走杭州大路，打寬轉51打從臨安、桐廬一路而行。

這裡錢鏐早已算定，預先取鍾起來守越州，自起兵回杭州，等候董昌。卻教顧全武領一千人馬，在臨安山險處埋伏，以防竄逸。董昌行到臨安，軍無隊伍，正當爬山過險，卻不提防顧全武一枝軍衝出。

---

㊿ 三停：三分；三股。

51 打寬轉：繞遠路。

當先顧全武一騎馬，一把刀，橫行直撞，逢人便殺，大喝：「降者免死！」軍士都拜伏於地，那箇不要性命的敢來交鋒！董昌見時勢不好，脫去金盔金甲，逃往村農家逃難，被村中綁縛獻出。顧全武想道：「越兵雖降，其勢甚眾，怕有不測。」一刀割了董昌首級，以絕越兵之意。重賞村農。

正欲下寨歇息，忽聽得山凹中鼓角震天，塵頭起處，軍馬無數而來。顧全武道：「此必越州軍後隊也。」綽刀上馬，準備迎敵。馬頭近處，那邊擁出二員大將，不是別人，正是鍾明、鍾亮，為追趕董昌到此。三人下馬相見，各敘功勳。是晚同下寨於臨安地方。次日，拔寨都起。行了二日，正迎著錢鏐軍馬。原來錢鏐哨探得董昌打從臨安遠轉，怕顧全武不能了事，自起大軍來接應。已知兩路人馬，都已成功，合兵回杭州城來。真箇是：

喜孜孜鞭敲金鐙響，笑吟吟齊唱凱歌回。

顧全武獻董昌首級，二鍾獻薛明、徐福、羅平首級。錢鏐傳令，向越州監中取董昌家屬三百口，盡行誅戮，寫表報捷。此乃唐昭宗皇帝乾寧四年也。

那時中原多事，吳越地遠，朝廷力不能及，聞錢鏐討叛成功，上表申奏，大加歎賞，錫以鐵券誥命，封為上柱國彭城郡王，加中書令。未幾，進封越王，又改吳王，潤、越等十四州得專封拜。此時錢鏐志得意滿，在杭州起造王府宮殿，極其壯麗。父親錢公已故，錢母尚存，奉養宮中，錦衣玉食，自不必說。鍾氏冊封王妃，鍾起為國相，同理政事。鍾明、鍾亮及顧全武俱為各州觀察使之職。

其年大水，江潮漲溢，城垣都被衝擊。乃大起人夫，築捍海塘，累月不就。錢鏐親往督工，見江濤洶湧，難以施功。錢鏐大怒，喝道：「何物江神，敢逆吾意！」命強弩數百，一齊對潮頭射去，波浪頓然斂息。不勾數日，捍海塘築完，命其門曰候潮門。

錢鏐歎道：「聞古人有云：『富貴不歸故鄉，如衣錦夜行耳。』」乃擇日往臨安，展拜祖父墳塋，用太牢㊼祭享，旌旗鼓吹，振耀山谷。改臨安縣為衣錦軍，石鑑山名為衣錦山，用錦繡為被，蒙覆石鏡。設兵看守，不許人私看。初時所坐大石，封為衣錦石，大樹封為衣錦將軍，亦用錦繡遮纏。風雨毀壞，更換新錦。舊時所居之地，號為衣錦里，建造牌坊。販鹽的擔兒，也裁箇錦囊韜之，供養在舊居堂屋之內，以示不忘本之意。殺牛宰馬，大排筵席，遍召里中故舊，不拘男婦，都來宴會。其時有一鄰嫗，年九十餘歲，手提一壺白酒、一盤角黍，迎著錢鏐，呵呵大笑說道：「錢婆留今日直恁長進㊽，可喜，可喜！」左右正欲么喝，錢鏐道：「休得驚動了他。」慌忙拜倒在地，謝道：「當初若非王婆相救，留此一命，怎有今日？」王婆扶起錢鏐，將白酒滿斟一甌送到，錢鏐一飲而盡；又將角黍供去，鏐亦啗之。說道：「錢婆留今日有得喫，不勞王婆費心，老人家好去自在。」命縣令撥里中肥田百畝，為王婆養終之資，王婆稱謝而去。只見里中男婦畢集，見了錢鏐蟒衣玉帶，天人般粧束，一齊下跪。錢鏐扶起，都教坐了，親自執觴送酒。八十歲以上者飲金杯，百歲者飲玉杯，那時飲玉杯者也有十餘人。錢鏐送酒畢，自起歌曰：

---

㊼ 太牢：牛、羊、豬三牲。

㊽ 長進：有出息。

三節[54]還鄉掛錦衣，吳越一王駟馬歸。天明明兮愛日[55]揮，百歲荏兮會時稀。

父老皆是村民，不解其意，面面相覷，都不做聲。錢鏐覺他意不歡暢，乃改為吳音再歌，歌曰：

你輩見儂底歡喜？別是一般滋味子。長在我儂心子裡，我儂斷不忘記你。

歌罷，舉座歡笑，都拍手齊和。是日盡歡而罷，明日又會，如此三日，各各有絹帛賞賜。開賭場的戚漢老已故，召其家，厚賜之。仍歸杭州。

後唐王禪位於梁，梁王朱全忠改元開平，封錢鏐為吳越王，尋授天下兵馬都元帥。錢鏐雖受王封，其實與皇帝行動不殊，一般出警入蹕，山呼萬歲。據歐陽公五代史敘說，吳越亦曾稱帝改元，至今杭州各寺院有天寶、寶大、寶正等年號，皆吳越所稱也。自錢鏐王吳越，終身無鄰國侵擾，享年八十有一而終，謚曰武肅。傳子元瓘，元瓘傳子佐，佐傳弟俶。宋太祖陳橋受禪之後，錢俶來朝。到宋太宗嗣位，錢俶納土歸朝，改封鄧王。錢氏獨霸吳越凡九十八年，天目山石碑之讖，應於此矣。後人有詩贊云：

將相本無種，帝王自有真。昔年鹽盜輩，今日錦衣人。石鑑呈形異，廖生決相神。笑他「皇帝董」，碑讖枉殘身。

54 三節：古代國君召見臣下用三節。

55 愛日：愛惜時光。指兒女奉養父母的時日。

# 第二十二卷 木綿菴鄭虎臣報冤

荷花桂子不勝悲，江介❶年華憶昔時。天目山來孤鳳歇，海門潮去六龍移❷。賈充❸誤世終無策，庾信❹哀時尚有詞。莫向中原誇絕景，西湖遺恨是西施。

這一首詩，是張志遠所作。只為宋朝南渡以後，紹興、淳熙年間，息兵罷戰，君相自謂太平，縱情佚樂，士大夫賞玩湖山，無復恢復中原之志，所以末一聯詩說道：「莫向中原誇絕景，西湖遺恨是西施。」那時西湖有三秋桂子，十里荷香，青山四圍，中涵綠水，金碧樓臺相間，說不盡許多景致。蘇東坡學士有詩云：「若把西湖比西子，淡粧濃抹兩相宜。」因此君臣耽山水之樂，忘社稷之憂，恰如吳宮被西施迷惑一般。當初吳王夫差寵幸一箇妃子，名曰西施，日逐在百花洲、錦帆涇、姑蘇臺，流連玩賞。其時有

❶ 江介：江邊。

❷ 天目山來孤鳳歇二句：郭璞地記云：「天目山前兩乳長，龍飛鳳舞到錢塘。」南宋度宗時天目山崩，時人曰：「天目崩，地脈絕；潮不應，水脈絕。」此兩句詠其事。

❸ 賈充：晉武帝時人，勸止武帝伐吳，吳平定後，賈充慚愧請罪。

❹ 庾信：南北朝梁人，曾仕於北周，思念家鄉，寫哀江南賦一文。

箇佞臣伯嚭，逢君之惡，勸他窮奢極欲，誅戮忠臣。以致越兵來襲，國破身亡。今日宋朝南渡之後，雖然夷勢猖獗，中原人心不忘趙氏，尚可乘機恢復。也只為聽用了幾箇奸臣，盤荒❺懈惰，以致於亡。那幾箇奸臣？秦檜，韓侂胄，史彌遠，賈似道。秦檜居相位一十九年，力主和議，殺害岳飛，解散張、韓、劉❻諸將兵柄。韓侂胄居相位一十四年，陷害了趙汝愚丞相，罷黜道學諸臣，輕開邊釁，辱國殃民。史彌遠在相位二十六年，謀害了濟王竑，專任憸王❼以居臺諫，一時正人君子，貶斥殆盡。那時蒙古盛強，天變屢見，宋朝事勢已去了七八了。也是天數當盡，又生出箇賈似道來。他在相位一十五年，專一蒙蔽朝廷，偷安肆樂；後來雖貶官黜爵，死於木綿菴，不救亡國之禍。有詩為證：

> 奸邪自古誤人多，無奈君王輕信何。朝論若分忠佞字，太平玉燭❽永調和。

話說南宋寧宗皇帝嘉定年間，浙江台州一箇官人，姓賈名涉，因往臨安府聽選❾，一主一僕，行至錢塘，地名叫做鳳口里。行路饑渴，偶來一箇村家歇腳，打箇中火❿。那人家竹籬茅舍，甚是荒涼。賈涉叫聲：「有人麼？」只見蘆簾開處，走箇婦人出來。那婦人生得何如？

---

❺ 盤荒：遊樂無度。
❻ 張韓劉：南宋大將張浚、韓世忠、劉錡。
❼ 憸王：奸佞。
❽ 玉燭：四時調和。
❾ 聽選：等候選用。
❿ 打箇中火：吃午飯。

面如滿月，髮若烏雲。薄施脂粉，儘有容顏。不學妖嬈，自然丰韻。鮮眸玉腕，生成福相端嚴；裙布釵荊，任是村粧希罕。分明美玉藏頑石，一似明珠墜塹淵。隨他呆子也消魂，況是客邊情易動。

那婦人見了賈涉，不慌不忙，深深道箇萬福。賈涉看那婦人是箇福相，心下躊躇道：「吾今壯年無子，若得此婦為妾，心滿意足矣。」便對婦人說道：「下官往京候選，順路過此，欲求一飯，未審小娘子肯為炊爨否？自當奉謝。」那婦人答道：「奴家職在中饋，炊爨當然；況是尊官榮顧，敢不遵命。但丈夫不在，休嫌怠慢。」賈涉見他應對敏捷，愈加歡喜。那婦人進去不多時，捧兩碗熟荳湯出來，說道：「村中乏茶，將就救渴。」少停，又擺出主僕兩箇的飯來。賈涉自帶得有牛脯、乾菜之類，取出嗄飯。那婦人又將太磁壺盛著滾湯，放在桌上，道：「尊官淨口。」賈涉見他殷勤，便問道：「小娘子尊姓，為何獨居在此？」那婦人道：「奴家胡氏，丈夫叫做王小四，因連年種田折本，家貧無奈，要同奴家去投靠一箇財主過活。奴家立誓不從，丈夫拗奴不過，只得在左近人家趁工⓫度日，奴家獨自守屋。」賈涉道：「下官有句不識進退的言語，未知可否？」那婦人道：「但說不妨。」賈涉道：「下官頗通相術，似小娘子這般才貌，決不是下賤之婦。你今屈身隨著箇村農，豈不耽誤終身？況你丈夫家道艱難，顧不得小娘子體面。下官壯年無子，正欲覓一側室。小娘子若肯相從，情願多將金帛，贈與賢夫，別謀婚娶，可不兩便？」那婦人道：「丈夫也曾幾番要賣妾身，是妾不肯。既尊官有意見憐，待丈夫歸時，尊官自與

⓫ 趁工：做臨時工。

他說，妾不敢擅許。」

說猶未了，只見那婦人指著門外道：「丈夫回也。」只見王小四戴一頂破頭巾，披一件舊白布衫，喫得半醉，闖進門來。賈涉便起身道：「下官是往京聽選的，偶借此中火，甚是攪擾。」王小四答道：「不妨事。」便對胡氏說道：「主人家少箇針線娘，我見你平日好手針線，對他說了，他要你去教導他女娘生活，先送我兩貫足錢。這遍要你依我去去。」胡氏半倚著蘆簾內外，答道：「後生家臉皮，羞答答地，怎到人家去趁飯⑫？不去，不去。」王小四發箇猴急，便道：「你不去時，我沒處尋飯養你。」賈涉見他說話湊巧，便詐推解手，卻吩咐家童將言語勾搭他道：「大伯，你花枝般娘子，怎捨得他往別人家去？」王小四道：「小哥，你不曉得我窮漢家事體：一日不識羞，三日不忍餓。卻比不得大戶人家，喫安閒茶飯。似此喬模喬樣⑬，委的⑭我家住不了。」家童道：「假如有箇大戶人家，肯出錢鈔，討你這位小娘子去，你捨得麼？」王小四道：「有甚捨不得！」家童道：「只我家相公要討一房側室，你若情願時，我攛掇多把幾貫錢鈔與你。」王小四應允。家童將言語回覆了賈涉，賈涉便教家童與王小四講就四十兩銀子身價。王小四在村中央箇教授⑮來，寫了賣妻文契，落了十字花押。一面將銀子兌過，王小四收了銀子，賈涉收了契書。王小四還只怕婆娘不肯，甜言勸諭，誰知那婦人與賈涉先有意了。也是

⑫趁飯：混飯吃。
⑬喬模喬樣：裝模作樣。
⑭委的：真的。
⑮教授：教官，即教書先生。

天配姻緣，自然情投意合。

當晚，賈涉主僕二人就在王小四家歇了。王小四也打鋪在外間相伴，婦人自在裡面鋪上獨宿。明早賈涉起身，催婦人梳洗完了，喫了早飯，央王小四在村中另雇箇牲口，馱那婦人一路往臨安去。有詩為證：

夫妻配偶是前緣，千里紅繩暗自牽。況是榮華封兩國⑯，村農豈得伴終年？

賈涉領了胡氏住在臨安寓所，約有半年，謁選得九江萬年縣丞，迎接了孺人唐氏，一同到任。原來唐氏為人妒悍，賈涉平昔有箇懼內的毛病；今日唐氏見丈夫娶了小老婆，不勝之怒，日逐在家淘氣。又聞胡氏有了三箇月身孕，思想道：「丈夫向來無子，若小賤人生子，必然寵用，那時我就爭他不過了。我就是養得出孩兒，也讓他做哥哥，日後要被他欺侮。不如及早除了禍根方妙。」乃尋箇事故，將胡氏毒打一頓，剝去衣衫，貶他在使婢隊裡，一般燒茶煮飯，掃地揩臺，鋪床疊被。又禁住丈夫不許與他睡。每日尋事打罵，要想墮落他的身孕。賈涉滿肚子惡氣，無可奈何。

一日，縣宰陳履常請賈涉飲酒。賈涉與陳履常是同府人，平素通家往來，相處得極好的。陳履常請得賈涉到衙，飲酒中間，見他容顏不悅，叩其緣故。賈涉抵諱不得，將家中妻子妒妾事情，細細告訴了一遍。又道：「賈門宗嗣，全賴此婦。不知堂尊有何妙策，可以保全此妾？倘日後育得一男，實為萬幸，賈氏祖宗也當銜恩於地下。」陳履常想了一會，便道：「要保全卻也容易，只怕足下捨不得他離身。」

⑯ 兩國：兩國夫人。

賈涉道：「左右如今也不容相近，咫尺天涯一般，有甚捨不得處？」陳履常附耳低言：「若要保全身孕，只除如此如此……」乃取紅帛花一朵，悄悄遞與賈涉，教他把與胡氏為暗記。這箇計策，就在這朵花上，後來便見。有詩為證：

喫醋撚酸從古有，覆宗絕嗣甘出醜。紅花定計有堂尊，巧婦怎出男子手？

忽一日，陳縣宰打聽得丞廳⑰請醫，云是唐孺人有微恙。待其病痊，乃備了四盒茶菓之類，教奶奶到丞廳問安。唐孺人留之寬坐，整備小飯相款，諸婢羅侍在側。說話中間，奶奶道：「貴廳有許多女使服侍，且是伶俐。寒舍苦於無人，要一箇會答應的也沒有，甚不方面，急切沒尋得，若借得一箇小娘子與寒舍相幫幾時，等討得箇替力的來，即便送還何如？」唐氏道：「通家怎說箇『借』字？只怕粗婢不中用；奶奶看得如意，但憑選擇，即當奉贈。」奶奶稱謝了，看那諸婢中間，有一箇生得齊整，鬢邊正插著這朵紅帛花，心知是胡氏，便指定了他，說道：「借得此位小娘子甚好。」唐氏正在喫醋，巴不得送他遠遠離身。卻得此句言語，正合其意，加添縣宰之勢，丞廳怎敢不從？料道丈夫也難埋怨。連聲答應道：「這小婢姓胡，在我家也不多時。奶奶既中意時，即今便教他跟隨奶奶去。」當時席散，奶奶告別。胡氏拜了唐氏四拜，收拾隨身衣服，跟了奶奶轎子，到縣衙去訖。唐氏方纔對賈涉說知，賈涉故意歎惜。正是：

⑰ 丞廳：縣丞衙門。

算得通時做得凶，將他瞞在鼓當中。縣衙此去方安穩，絕勝存孤趙氏宮。

胡氏到了縣衙，奶奶將情節細說，另打掃箇房鋪與他安息。光陰似箭，不覺十月滿足，到八月初八日，胡氏腹痛，產下一箇孩兒。奶奶只說他婢所生，不使丞廳知道。那時賈涉適在他郡去檢校⑱一件公事，到九月方歸，與縣宰陳履常相見。陳公悄悄的報箇喜信與他，賈涉感激不盡，對陳公說，要見新生的孩兒一面。陳公教丫鬟去請胡氏立於簾內，丫鬟抱出小孩子，遞與賈涉。賈涉抱了孩兒，心中雖然歡喜，覷著簾內，不覺墮下淚來。兩下隔簾說了幾句心腹話兒。胡氏教丫鬟接了孩子進去，賈涉自回。自此背地裡不時送些錢鈔與胡氏買東買西，闔家通知，只瞞過唐氏一人。

光陰荏苒，不覺二載有餘。那縣宰任滿陞遷，要赴臨安。賈涉只得將情告知唐氏，要領他母子回家。唐氏聽說，一時亂將起來，聒噪箇不住。連縣宰的奶奶，也被他「奉承」⑲了幾句。亂到後面，定要丈夫將胡氏嫁出，方許把小孩兒領回。賈涉聽說嫁出胡氏一件，倒也罷了；單只怕領回兒子，被唐氏故意謀害，或是絕其乳食，心下懷疑不決。

正在兩難之際，忽然門上報道：「台州有人相訪。」賈涉忙去迎時，原來是親兄賈濡。他為朝廷妙擇⑳良家女子，養育宮中，以備東宮嬪嬙之選；女兒賈氏玉華，已選入數內。賈濡思量要打劉八太尉的

---

⑱ 檢校：查察。

⑲ 奉承：同「奉敬」。在此作反詞，罵的意思。

⑳ 妙擇：精選。

關節㉑，扶持女兒上去，因此特到兄弟任所，與他商議。賈涉在臨安聽選時，賃的正是劉八太尉的房子，所以有舊。賈涉見了哥哥，心下想道：「此來十分湊巧。」便將娶妾生子，並唐氏嫉妒事情，細細與賈濡說了。「如今陳公將次離任，把這小孩子沒送一頭處㉒。哥哥若念賈門宗嗣，領他去養育成人，感恩非淺。」賈濡道：「我今尚無子息，同氣連枝，不是我領去，教誰看管？」賈涉大喜，私下雇了妳娘，問宰衙要了孩子，交付妳娘。囑咐哥哥：好生撫養。就寫了劉八太尉書信一封，賫發㉓些路費送哥哥賈濡起身。胡氏托與陳公領去，任從改嫁。

那賈涉、胡氏雖然兩不相捨，也是無可奈何。唐孺人聽見丈夫說子母都發開㉔，十分像意㉕了。只是苦了胡氏，又去了小孩子，又離了丈夫，跟隨陳縣宰的上路，好生悽慘，一路上只是悲哭。奶奶也勸解他不住，陳履常也厭煩起來。行至維揚，吩咐水手，就地方喚箇媒婆，教他尋箇主兒，把胡氏嫁去。只要對頭老實忠厚，一分財禮也不要。你說白送人老婆，那一箇不肯上樁？不多時，媒婆領一箇漢子到來，說是箇細工石匠，誇他許多志誠老實。你說偌大一箇維揚，難道尋不出箇好對頭？偏只有這石匠？是有箇緣故。常言道：「三姑六婆，嫌少爭多。」那媒婆最是愛錢的，多許了他幾貫謝禮，就玉成其事

㉑打關節：即賄賂、走門路。
㉒沒送一頭處：沒地方送去。
㉓賫發：資助。
㉔發開：打發離開。
㉕像意：滿意；稱心。

了。石匠見了陳縣宰，磕了四箇頭，站在一邊。陳履常看他衣衫濟楚，年力少壯，又是從不曾婚娶的，且有手藝，養得老婆過活，便將胡氏許他。石匠真箇不費一錢，白白裡領了胡氏去，成其夫婦。不在話下。

再說賈涉自從胡氏母子兩頭分散，終日悶悶不樂。忽一日，唐孺人染病上床，服藥不痊，嗚呼哀哉死了。賈涉買棺入殮已畢，棄官扶柩而回。到了故鄉，一喜一悲：喜者是見那小孩子比前長大，悲者是胡氏嫁與他人，不得一見。正是：

花開遭雨打，雨止又花殘。世間無全美，看花幾箇歡？

卻說賈家小孩子長成七歲，聰明過人，讀書過目成誦。父親取名似道，表字師憲。賈似道到十五歲，無書不讀，下筆成文。不幸父親賈涉，伯伯賈濡，相繼得病而亡，殯葬已過。自此無人拘管，恣意曠蕩，呼盧㉖六博㉗，鬬雞走馬，飲酒宿娼，無所不至。不勾四五年，把兩分家私蕩盡。初時聽得家中說道：嫡母胡氏嫁在維揚，為石匠之妻。姐姐賈玉華，選入宮中。思量：「維揚路遠，又且石匠手藝沒甚出產。聞得姐姐選入沂王府中，今沂王做了皇帝，寵一箇妃子姓賈。不知是姐姐不是？且到京師，覷其動靜。」此時理宗端平初年，也是賈似道時運將至，合當發跡。將家中剩下家火，變賣幾貫錢鈔，收拾行李，逕往臨安。

㉖ 呼盧：骰子的點子有「盧」和「雉」，所以賭博叫做「呼盧喝雉」。

㉗ 六博：古代的博戲，有六白六黑共十二棋子，兩人對博，故曰六博。

那臨安是天子建都之地，人山人海；況賈似道初到，並無半箇相識，沒處討箇消息。鎮日只在湖上遊蕩，閒時未免又在賭博場中頑耍，也不免平康巷㉘中走走。不勾幾日，行囊一空，衣衫藍縷，只在西湖幫閒趁食。

一日醉倦，小憩於棲霞嶺下，遇一箇道人，布袍羽扇，從嶺下經過。見了賈似道，站定腳頭，瞪目看了半晌，說道：「官人可自愛重，將來功名不在韓魏公之下。」那箇韓魏公是韓蘄王諱世忠的，他位兼將相，夷夏欽仰，是何等樣功名，古今有幾箇人及得他？賈似道聞此言，只道是戲侮之談，全不準信。那道人自去了。過了數日，賈似道在平康巷趙二媽家，酒後與人賭博相爭，失足跌於堦下，磕損其額，血流滿面。雖然沒事，額下結下一箇瘢痕。一日在酒肆中，又遇了前日的道人，頓足而歎，說道：「可惜，可惜！天堂破損，雖然功名蓋世，不得善終矣。」賈似道扯住道人衣服，問道：「我果有功名之分，若得一日稱心滿意，就死何恨。但目今流落無依，怎得箇遭際？富貴從何而來？」道人又看了氣色，便道：「滯色已開，只在三日內自有奇遇，平步登天。但官人得意之日，休與秀才作對，切記切記。」說罷，道人自去了。賈似道半信不信。

看看捱到第三日，只見賭博場中的陳二郎來尋賈似道，對他說道：「朝廷近日冊立了賈貴妃，十分寵愛，言無不從。賈貴妃自言家住台州，特差劉八太尉往台州訪問親族。你時常說有箇姐姐在宮中，莫非正是貴妃？特此報知，果有瓜葛，可去投劉八太尉，定有好處。」賈似道聞言，如夢初覺，想道：「我父親存日，常說曾在劉八太尉作寓，往來甚厚。姐姐入宮近御，也虧劉八太尉扶持。一到臨安，就該投

---

㉘ 平康巷：妓院所在地。

奔他纔是。卻閒蕩過許多日子，豈不好笑！雖然如此，我身上藍縷，怎好去見劉八太尉？」心生一計：在典鋪裡賃件新鮮衣服穿了，折一頂新頭巾；大模大樣，搖擺在劉八太尉府中去。自稱故人之子台州姓賈的，有話求見。

劉八太尉正待打點動身，往台州訪問賈貴妃親族。聞知此言，又只怕是冒名而來的。喚箇心腹親隨，先叩來歷分明，方准相見。不一時，親隨回話道：「是賈涉之子賈似道。」劉八太尉道：「快請進。」原來內相衙門，規矩最大。尋常只是呼喚而已，那箇「請」字，也不容易說的。此乃是貴妃面上。當時賈似道見了劉八太尉，慌忙下拜。太尉雖然答禮，心下尚然懷疑。細細盤問，方知是實。留了茶飯，送在書館中安宿。

次早入宮，報與賈貴妃知道。貴妃向理宗皇帝說了，宣似道入宮，與貴妃相見。說起家常，姊弟二人，抱頭而哭。貴妃引賈似道就在宮中見駕，哭道：「妾只有這箇兄弟，無家無室，伏乞聖恩重瞳㉙看覷。」理宗御筆，除授籍田令。即命劉八太尉在臨安城中，撥置甲第一區；又選宮中美女十人，賜為妻妾；黃金三千兩，白金十萬兩，以備家資。似道謝恩已畢，同劉八太尉出宮去了。似道叮囑劉八太尉道：「蒙聖恩賜我住宅，必須近西湖一帶，方稱下懷。」此時劉八太尉在貴妃面上，巴不得奉承賈似道。只揀湖上大宅院，自賠錢鈔，倍價買來，與他做第宅。奴僕器用，色色皆備。次日，宮中發出美女十名，貴妃又私贈金銀寶玩器皿，共十餘車。似道一朝富貴，將百金賞了陳二郎，謝了報信之故。又將百金賞賜典鋪中，償其賃衣。典鋪中那裡敢受？反備盛禮來賀喜。自此賈貴妃不時宣召似道入宮相會，聖駕遊

---

㉙ 重瞳：雙眸子。舜有雙眸子，故以重瞳喻帝王。

湖，也時常幸其私第。或同飲博游戲，相待如家人一般，恩倖無比。似道恃著椒房㉚之寵，全然不惜體面，每日或轎或馬，出入諸名妓家。遇著中意時，不拘一五一十，總拉到西湖上與賓客乘舟遊玩。若賓客眾多，分船並進。另有小艇往來，載酒肴不絕。你說賈似道起自寒微，有甚賓客？有句古詩說得好，道是：「貧賤親戚離，富貴他人合。」賈似道做了國戚，朝廷恩寵日隆，那一箇不趨奉他？只要一人進身，轉相薦引，自然其門如市了。文人如廖瑩中、翁應龍、趙分如等，武臣如夏貴、孫虎臣等，這都是門客中出色有名的，其餘不可盡述也。

一日，理宗皇帝遊苑，登鳳皇山，至夜望見西湖內燈火輝煌，一片光明。向左右說道：「此必賈似道也。」命飛騎探聽，果然是似道遊湖。天子對貴妃說了，又將金帛一車，贈為酒資。以此似道愈加肆恣，全無忌憚。詩曰：

天子偷安無遠猷，縱容貴戚恣遨遊。問他無賽㉛西湖景，可是安邊第一籌？

那時宋朝仗蒙古兵力，滅了金人。又聽了趙范、趙葵之計，與蒙古構難，要守河據關，收復三京。蒙古引兵入寇，責我敗盟，淮漢騷動，天子憂惶。賈似道自思無功受寵，怎能勾超官進爵？又恐被人彈議；要立箇蓋世功名，以取大位，除非是安邊遏寇，方是目前第一箇大題目。乃自薦素諳韜略，願往淮揚招兵破賊，為天子保障東南。理宗大喜，遂封為兩淮制置大使，建節淮揚。賈似道謝恩辭朝，攜了妻

㉚ 椒房：漢代皇后所居之宮殿。此代指皇后。

㉛ 無賽：無比。

妾賓客，來淮揚赴任。

三日後，密差門下心腹訪問生母胡氏，果然跟箇石匠，在廣陵驛東首住居。訪得親切，回覆了似道，似道即差轎馬人夫擺著儀從去迎接。本衙門聽事官率領人夫，向胡氏磕頭，倒把胡氏險些唬倒。聽事官致了制使之命，方纔心下安穩。胡氏道：「身既從夫，不可自專。」急教人去尋石匠回家，對他說了。石匠也要跟去，胡氏不能阻擋，只得同行。胡氏乘轎在前，石匠騎馬在後，前呼後擁，來到制使府。似道請母親進私衙相見，抱頭而哭。算來母子分散時，似道止三歲，胡氏二十餘歲，到今又三十多年了，方纔會面相識，豈不傷感？似道聞得石匠也跟隨到來，不好相見。即將白金三百兩，差箇心腹人伴他往江上興販。暗地授計，半途中將石匠灌醉，推墜江中，只將病死回報。胡氏也感傷了一場。自此母子團圓，永無牽帶。

似道鎮守淮揚六年，僥倖東南無事。天子因貴妃思想兄弟，乃欽取似道還朝，加同樞密院事。此時丁大全罷相，吳潛代之。那吳潛號履齋，為人豪雋自喜，引進兄弟，俱為顯職。賈似道忌他位居己上，乃造成飛謠，教宮中小內侍於天子面前歌之。謠云：

大蜈公，小蜈公，盡是人間業毒蟲。夤緣攀附百蟲叢，若使飛天便食龍。

天子聞得，乃問似道云：「聞街坊小兒盡歌此謠，主何凶吉？」似道奏道：「謠言皆熒惑星[32]化為小兒，教人問童子歌之。此乃天意，不可不察。『蜈』與『吳』同，以臣愚見推之，『大蜈公，小蜈公』，乃指吳

[32] 熒惑星：即「火星」。古人視其為災星。

潛兄弟，專權亂國。若使養成其志，必為朝廷之害。陛下飛龍在天，故天意以食龍示警。為今之計，不若罷其相位，另擇賢者居之，可以免咎。」天子聽信了，即命翰林草制，貶吳潛循州安置㉝，弟兄都削去官職。似道即代吳潛為右丞相，又差心腹人命循州知府劉宗申，日夜拾摭其短。吳潛被逼不過，服毒而死。此乃似道狠毒處。

卻說蒙古主蒙哥屯合州城下，遣太弟忽必烈，分兵圍鄂州、襄陽一帶，人情洶懼。樞密院一日間連接了三道告急文書，朝廷大驚，乃以賈似道兼樞密使京湖宣撫大使，進師漢陽，以救鄂州之圍。似道不敢推辭，只得拜命。聞得大學生鄭隆文武兼全，遣人招致於門下。鄭隆素知似道奸邪，怕他難與共事，乃具名刺，先獻一詩云：

收拾乾坤一擔擔，上肩容易下肩難。勸君高著擎天手，多少旁人冷眼看。

這首詩明說似道位高望重，要他虛己下賢，小心做事。他若見了詩欣然聽納，不枉在他門下走動一番。誰知似道見詩中有規諫之意，罵為狂生，把詩扯得粉碎。不在話下。

再說賈似道同了門下賓客，文有廖瑩中、趙分如等，武有夏貴、孫虎臣等，精選羽林軍二十萬，器仗鎧甲，任意取辦，擇日辭朝出師。真箇是威風凜凜，殺氣騰騰。不一日，來到漢陽駐札。此時蒙古攻城甚急，鄂州將破，似道心膽俱裂，那敢上前？乃與廖瑩中諸人商議，修書一封，密遣心腹人宋京詣蒙古營中，求其退師，情願稱臣納幣。忽必烈不許，似道遣人往復三四次。適值蒙古主蒙哥死於合州釣魚

㉝ 安置：宋代對官吏的一種貶謫。

山下，太弟忽必烈一心要篡大位，無心戀戰，遂從似道請和，每年納幣稱臣奉貢。兩下約誓已定，遂拔寨北去，奔喪即位。賈似道打聽得蒙古有事北歸，鄂州圍解，遂將議和稱臣納幣之事瞞過不題，上表誇張己功。只說蒙古懼己威名，聞風遠遁，使廖瑩中撰為露布㉞，又撰福華編，以記鄂州之功。蒙古差使人來議歲幣，似道怕他破壞己事，命軟監於真州地方。只要蒙蔽朝廷，那顧失信夷虜？理宗皇帝謂似道有再造之功，下詔褒美，加似道少師，賜予金帛無算；又賜葛嶺周圍田地，以廣其居，母胡氏封兩國夫人。

似道偃然以中興功臣自任，居之不疑。日夕引歌姬舞妾，於湖上取樂。四方貢獻，絡繹不絕。凡門客都布置顯要，或為大郡，掌握兵權。真箇是：一人之下，萬人之上。每年八月八日，似道生辰，作詞頌美者，以數千計。似道一一親覽，第其高下。一時傳誦謄寫，為之紙貴。時陸景思八聲甘州一詞，稱為絕唱。詞云：

> 滿清平世界，慶秋成，看斗米三錢。論從來，活國掄功第一，無過豐年。辦得民間安飽，餘事笑談間。若問平戎策，微妙難傳。　玉帝要留公住，把西湖一曲，分入林園。有茶爐丹竈，更有釣魚船。覺秋風未曾吹著，但砌蘭長倚北堂萱。千千歲，上天將相，平地神仙。

其他諂諛之詞，不可盡述。

一日，似道同諸姬在湖上倚樓閒玩，見有二書生，鮮衣羽扇，豐致翩翩，乘小舟遊湖登岸。旁一姬低聲贊道：「美哉，二少年！」似道聽得了，便道：「汝願嫁彼二人，當使彼聘汝。」此姬惶恐謝罪。

---

㉞露布：軍中報捷的文書。

不多時，似道喚集諸姬，令一婢捧盒至前。似道說道：「適聞某姬愛湖上書生，我已為彼受聘矣。」眾姬不信，啟盒視之，乃某姬之首也，眾姬無不股慄。其待姬妾慘毒，悉如此類。

又常差人販鹽百般㉟，至臨安發賣。太學生有詩云：

昨夜江頭長碧波，滿船都載相公鹺㊱。雖然要作調羹㊲用，未必調羹用許多。

似道又欲行富國強兵之策，御史陳堯道獻計，要措辦軍餉，便國便民，無如限田之法。怎叫做限田之法？如今大戶田連阡陌，小民無立錐之地，有田者不耕，欲耕者無田；宜以官品大小，限其田數。某等官戶止該田若干，其民戶止該田若干。餘在限外者，或回買，或派買，或官買。回買者：原係其人所賣，不拘年遠，許其回贖。派買者：揀殷實人戶，不滿限者派去，要他用價買之。官買者：官出價買之，名為「公田」，雇人耕種，收租以為軍餉之費。先行之浙右，候有端緒，然後各路照式舉行。大率回買、派買的都是下等之田，又要照價抽稅入官；其上等好田，官府自買，又未免虧損原價。浙中大擾，無不破家者，其時怨聲載道。太學生又詩云：

胡塵暗日鼓鼙鳴，高臥湖山不出征。不識咽喉形勢地，公田枉自害蒼生。

㉟ 般：「船」之誤字。
㊱ 鹺：鹽。
㊲ 調羹：此為雙關語，意指宰相治理國家。

賈似道恐其法不行，先將自己浙田萬餘畝入官為公田。朝中官員要奉承宰相，人人聞風獻產。翰林院學士徐經孫條具公田之害，似道諷御史舒有開劾奏罷官。又有著作郎陳著亦上疏論似道欺君瘠民之罪，似道亦尋事黜之於外。公田官陳茂濂目擊其非，棄官而去。又有錢塘人葉李者，字太白，素與似道相知，上書切諫。似道大怒，黥其面流之於漳州。自此滿朝箝口，誰敢道箇不字？

似道又立推排打量之法。何為推排打量之法？假如一人有田若干，要他契書查勘買賣來歷，及質對四址明白。若對不來時，即係欺誑，沒入其田。這便是推排。又去丈量尺寸，若是有餘，即名隱匿田數，也要沒入，這便是打量。行了這法，白白的沒入人產，不知其數。太學生又有詩云：

三分天下二分亡，猶把山河寸寸量。縱使一坵添一畝，也應不似舊封疆。

又有人作沁園春詞云：

道過江南，泥牆粉壁㊳，右具在前。述何縣何鄉里，住何人地，佃何人田。氣象蕭條，生靈憔悴，經界從來未必然。惟何甚？為官為己，不把人憐。　思量幾許山川，況土地分張又百年。西蜀巉巖，雲迷鳥道；兩淮清野，日警狼煙。宰相弄權，奸人罔上，誰念干戈未息肩？掌大地，何須經理，萬取千焉。

似道屢聞太學生譏訕，心中大怒，與御史陳伯大商議，奏立士籍。凡科場應舉，及免舉人州縣，給

㊳泥牆粉壁：朝廷設在民間農村，專寫告示的牆壁。

曆一道，親書年貌世系，及所肄業於曆首，執以赴舉。過省參對筆跡異同，以防偽濫。乃密令人四下查訪，凡有詞華文采，能詩善詞者，便疑心他造言生謗，就於參對時尋其過誤，故意黜罷。由是諂諛進身，文人喪氣。時人有詩云：

戎馬掀天動地來，荊襄一路哭聲哀。平章❸❾束手全無策，卻把科場惱秀才。

又有人作沁園春詞云：

士籍令行，條件分明，逐一排連。問子孫何習？父兄何業？明經詞賦？右具如前。最是中間，娶妻某氏，試問於妻何與焉？鄉保舉，那堪著押，開口論錢。　祖宗立法於前，又何必更張萬萬千？算行關改會❹⓿，限田放羅。生民凋瘁，膏血俱朘；只有士心，僅存一脈，今又艱難最可憐。誰作俑？陳伯大附勢專權！

陳伯大收得此詞，獻與似道。似道密訪其人不得，知是秀才輩所為，乘理宗皇帝晏駕，奏停是年科舉。自此太學、武學❹❶、宗學❹❷三處秀才，恨入骨髓。其中又有一班無恥的，倡率眾人，稱功頌德，似

❸❾ 平章：宋代官名，即「同中書門下平章事」，等同宰相。
❹⓿ 行關改會：關子和會子原都是宋代紙幣，賈似道改成銀關子，以銀為幣。
❹❶ 武學：朝廷設立的軍事學校。
❹❷ 宗學：專門教育皇室子弟的學校。

道欲結好學校，一一厚酹，一般也有感激賈平章之恩，願為之用的。此見秀才中人心不一，所以公論不伸，也不在話下。

卻說理宗皇帝傳位度宗，改元咸淳。那度宗在東宮時，似道曾為講官，兼有援立之恩。及即位，加似道太師。封魏國公。每朝見，天子必答拜，稱為師相而不名。又詔他十日一朝，赴都堂議事，其餘聽從自便。大小朝政，皆就私第取決。當時傳下兩句口號，道是：

朝中無宰相，湖上有平章。

一日，似道招右丞相馬廷鸞，樞密使葉夢鼎，於湖中飲酒。似道行令，要舉一物，送與一箇古人，那人還詩一聯。似道首令㊸云：

我有一局棋，送與古人奕秋。奕秋得之，予我一聯詩：「自出洞來無敵手，得饒人處且饒人。」

馬廷鸞云：

我有一竿竹，送與古人呂望。呂望得之，予我一聯詩：「夜靜水寒魚不食，滿船空載月明歸。」

葉夢鼎云：

我有一張犁，送與古人伊尹。伊尹得之，予我一聯詩：「但存方寸地，留與子孫耕。」

---

㊸ 首令：賦詩連吟時，第一箇開頭行令，叫做首令。

似道見二人所言，俱有譏諷之意，明日尋事，奏知天子，將二人罷官而去。

那時蒙古強盛，改國號曰元，遣兵圍襄陽、樊城，已三年了，滿朝盡知，只瞞著天子一人而已。似道心知國勢將危，乃汲汲為行樂之計。嘗於清明日遊湖，作絕句云：

寒食家家插柳枝，留春春亦不多時。人生有酒須當醉，青塚兒孫幾箇悲？

於葛嶺起建樓臺亭榭，窮工極巧。凡民間美色，不拘娼尼，都取來充實其中。聞得宮人葉氏色美，勾通了穿宮太監，逕取出為妾，晝夜淫樂無度。又造多寶閣，凡珍奇寶玩，百方購求，充積如山。每日登閣一遍，任意取玩，以此為常。有人言及邊事者，即加罪責。忽一日，度宗天子問道：「聞得襄陽久困，奈何？」似道對云：「北兵久已退去，陛下安得此語？」天子道：「適有女嬪言及，料師相必知其實。」似道奏云：「此訛言，陛下不必信之。萬一有事，臣當親率大軍，為陛下誅盡此虜耳。」說罷退朝。似道乃令穿宮太監，審查女嬪名姓，將他事誣陷他，賜死宮中。正是：

是非只為多開口，煩惱皆因強出頭。堪笑當時眾臺諫，不如女嬪肯分憂。

自宮嬪死後，內外相戒，無言及邊事者。養成虜患，非一朝一夕之故也。

似道又造半間堂，命巧匠塑己像於其中。旁室數百間，招致方術之士及雲水道人㊹，在內停宿。似道暇日，到中堂打坐，與術士道人談講。門客中獻詞，頌那半間堂的極多。只有一篇名糖多令，最為似

---

㊹ 雲水道人：遊方道士。

道所稱賞，詞云：

天上摘星班，青牛度關㊺。幻出蓬萊新院宇，花外竹，竹邊山。　軒冕倘來間，人生閒最難，算真閒不到人間。一半神仙先占取，留一半，與公閒。

有一術士，號富春子，善風角鳥占㊻，賈似道招之，欲試其術，問以來日之事。富春子乃密寫一紙，封固囑道：「至晚方開。」次日，似道宴客湖山，晚間於船頭送客，偶見明月當頭，口中歌曹孟德「月明星稀，烏鵲南飛」二句，時廖瑩中在旁說道：「此際可拆書觀之矣。」紙中更無他事，惟寫「月明星稀，烏鵲南飛」八箇字。似道大驚，方知其術神驗，遂叩以終身禍福。富春子道：「師相富貴，古今莫及，但與姓鄭人不相宜，當遠避之。」原來似道少時，曾夢自己乘龍上天，卻被一勇士打落，墮於坑塹之中，那勇士背心上繡成「滎陽」二字。「滎陽」卻是姓鄭的郡名，與富春子所言相合，怎敢不信？似道自此檢閱朝籍，凡姓鄭之人，極力擠排，不容他在位，宦籍中竟無一姓鄭者。有門客揣摩似道之意，說道：「太學生鄭隆慣作詩詞，譏訕朝政，此人不可不除。」似道想起昔日獻詩規諫之恨，吩咐太學博士，尋他沒影的罪過，將他黥配恩州。鄭隆在路上嘔氣而死。又有一人善能拆字，決斷如神。似道富貴已極，漸蓄不臣之志，又恐虜信漸迫，瞞不到頭，朝廷必須見責，於是欲行董卓、曹操之事。召拆字者，以杖畫地，作「奇」字，使決休咎。拆字的相了一回，說道：「相公之事不諧矣；道是『立』，又不『可』；

㊺ 青牛度關：老子曾西遊，騎青牛過函谷關。

㊻ 風角鳥占：古代的占卜術。以風聲驗吉凶是「風角」；以鳥的飛鳴驗吉凶是「鳥占」。

道是『可』，又不『立』。」似道默然無語，厚贈金帛而遣之；恐他泄漏機關，使人於中途謀害。自此反謀遂沮。富春子見似道舉動非常，懼禍而逃，可謂見機而作者矣。

卻說兩國夫人胡氏，受似道奉養，將四十年，直到咸淳十年三月某日，壽八十餘方死。衣衾棺槨，窮極華侈，齋醮追薦，自不必說。過了七七四十九日，扶柩到台州，與賈涉合葬。舉襄之日，朝廷以鹵簿[47]送之。自皇太后以下，凡貴戚朝臣，一路擺設祭饌，爭高競勝。有累高至數丈者，裝祭之次，至攧死數人。百官俱戴孝，追送百里之外，天子為之罷朝。那時天降大雨，平地水深三尺。送喪者，都冒雨踏水而行，水沒及腰膝，泥滓滿面，無一人敢退後者。葬畢，又飯僧三萬口，以資冥福。有一僧飯罷，將缽盂覆地而去。眾人揭不起來，報與似道。似道不信，親自來看，將手輕輕揭起，見缽盂內覆著兩行細字，乃白土寫成，字畫端楷。似道大驚，看時卻是兩句詩，道是：

得好休時便好休，開花結子在綿州。

正驚訝間，字跡忽然滅沒不見。似道遍召門客，問其詩意，都不能解。直到後來，死於木綿菴，方應其語。大凡大富貴的人，前世來歷必奇，非比等閒之輩。今日聖僧來點化似道，要他回頭免禍；誰知他富貴薰心，迷而不悟。從來有權有勢的，多不得善終，都是如此。

閒話休題。再說似道葬母事畢，寫表謝恩。天子下詔，起復似道入朝。似道假意乞許終喪，卻又諷御史們上疏，虛相位以待己。詔書連連下來，催促起程。七月初，似道應命，入朝面君，復居舊職。其

[47] 鹵簿：古代帝王、后妃、太子、王公、大臣外出時，在其前後的導護隊。也作「鹵部」。

月下旬，度宗晏駕，皇太子顯即位，是為恭宗。此時元左丞相史天澤，右丞相伯顏，分兵南下，襄、鄧、淮、揚，處處告急。賈似道料定恭宗年少膽怯，故意將元兵消息，張皇其事，奏聞天子，自請統軍行邊。卻又私下吩咐御史們上疏留己，說道：「今日所恃，只師臣一人。若統軍行邊，顧了襄漢一路，顧不得淮揚；若顧了淮揚一路，顧不得襄漢。不如居中以運天下，運籌帷幄之中，方能決勝於千里之外，倘師臣出外，陛下有事商量，與何人議之？」恭宗准奏道：「師相豈可一日離吾左右耶？」

不隔幾月，樊城陷了，鄂州破了。呂文煥死守襄陽五年，聲援不通，城中糧盡，力不能支，只得以城降元。元師乘勝南下，賈似道遮瞞不過，只得奏聞。恭宗聞報，大驚，對似道說道：「元兵如此逼近，非師相親行不可。」似道奏道：「臣始初便請行邊，陛下不許；若早聽臣言，豈容胡人得志若此？」恭宗於是下詔，以賈似道都督諸路軍馬。似道薦呂師夔參贊都督府軍事。其明年為恭宗皇帝德祐元年，似道上表出師，旌旗蔽天，舳艫千里，水陸並進。領著兩箇兒子，並妻妾輜重，凡百餘舟。門客俱帶家小而行。參贊呂師夔先到江州以城降元，元兵乘勢破了池州。似道聞此信，不敢前進，遂次於魯港。步軍招討使孫虎臣，水軍招討使夏貴，都是賈似道門客，平昔間談天說地，似道倚之為重，其實原沒有張、韓、劉、岳的本事；今日遇了大戰陣，如何僥倖得去？

卻說孫虎臣屯兵於丁家洲，元將阿朮來攻，孫虎臣抵敵不過，先自跨馬逃命，步軍都四散奔潰。阿朮遣人繞宋舟大呼道：「宋家步軍已敗，你水軍不降，更待何時？」水軍見說，人人喪膽，箇箇心驚，不想廝殺，只想逃命。一時亂將起來，舳艫簸蕩，乍分乍合，溺死者不可勝數。似道禁押不住，急召夏貴議事，夏貴道：「諸軍已潰，戰守俱難。為師相計，宜入揚州，招潰兵，迎駕海上。貴不才，當為師相死守淮西一路。」說罷自去。少頃，孫虎臣下船，撫膺慟哭道：「吾非不欲血戰，奈手下無一人用命者，奈何？」似道尚未及對，哨船㊽來報道：「夏招討舟已解纜先行，不知去向。」時軍中更鼓正打四更，似道茫然無策，又見哨船報道：「元兵四圍殺將來也。」急得似道面如土色，慌忙擊鑼退師，諸軍大潰。孫虎臣扶著似道，乘單舸奔揚州。堂吏翁應龍搶得都督府印信，奔還臨安。到次日，潰兵蔽江而下。似道使孫虎臣登岸，揚旗招之，無人肯應者。只聽得罵聲嘈雜，都道：「賈似道奸賊，欺蔽朝廷，養成賊勢，誤國害民，害得我們今日好苦！」又聽得說道：「今日先殺了那夥奸賊，與萬民出氣。」說聲未絕，船上亂箭射來，孫虎臣中箭而倒。似道看見人心已變，急催船躲避，走入揚州城中，托病不出。

話分兩頭。卻說右丞相陳宜中，平昔諂事似道，無所不至，似道扶持他做到相位。宜中見翁應龍奔還，問道：「師相何在？」應龍回言不知。宜中只道已死於亂軍之中，首上疏論似道喪師誤國之罪，乞族誅以謝天下。於是御史們又趨奉宜中，交章劾奏。恭宗天子方悟似道奸邪誤國，乃下詔暴其罪，略云：

大臣具四海之瞻，罪莫大於誤國；都督專閫外之寄㊾，律尤重於喪師。具官賈似道，小才無取，大道未聞。歷相兩朝，曾無一善：變田制以傷國本，立士籍以阻人才，匿邊信而不聞，曠戰功而不舉。至於寇偪，方議師征，謂當纓冠㊿而疾趨，何為抱頭而鼠竄？遂致三軍解體，百將離心，

---

㊽ 哨船：巡哨的船隻。

㊾ 閫外之寄：託以軍國大任。閫，國都城門。

㊿ 纓冠：冠和帶齊戴頭上，喻心急。纓，冠之繫帶。

社稷之勢綴旒51，臣民之言切齒。姑示薄罰，俾爾奉祠52。嗚呼！膺狄懲荊53，無復周公之望；放兜殛鯀54，尚寬虞典之誅。可罷平章軍馬重事及都督諸路軍馬。

廖瑩中舉家亦在揚州，聞似道褫職，特造府中問慰。相見時一言不能發，但索酒與似道相對痛飲，悲歌雨泣，直到五鼓方罷。瑩中回至寓所，遂不復寢，命愛姬煎茶，茶到，又遣愛姬取酒去，私服冰腦55一握。那冰腦是最毒之物，服之無不死者。藥力未行，瑩中只怕不死，急催熱酒到來，袖中取出冰腦，連進數握，愛姬方知喫的是毒藥，向前奪救，已不及了，乃抱瑩中而哭。瑩中含著雙淚，說道：「休哭，休哭！我從丞相二十年，安享富貴，今日事敗，得死於家中，也算做善終了。」說猶未畢，九竅流血而死。可憐廖瑩中聰明才學，詩字皆精，做了權門犬馬，今日死於非命。詩云：

不作無求蚓，甘為逐臭蠅。試看風樹倒，誰復有榮藤？

再說賈似道罷相，朝中議論紛紛，謂其罪不止此。臺臣復交章劾奏，請加斧鉞之誅。天子念他是三朝元老，不忍加刑，謫為高州團練副使，仍命於循州安置。其田產園宅，盡數籍沒，以充軍餉。謫命下

---

51 綴旒：冠上珠子下垂，比喻情況危急。此指國勢垂危。

52 奉祠：即「祠祿官」。宋代官制，命退休官僚管領道宮道觀，食俸而不仕事。

53 膺狄懲荊：詩魯頌閟宮：「戎狄是膺，荊舒是懲。」膺，擊也。孟子滕文公上引此詩，云是周公之事。

54 放兜殛鯀：舜放逐驩兜到崇山，誅死鯀於羽山。

55 冰腦：即「冰片」，中藥名。與酒同服即中毒。

日，正是八月初八日，值似道生辰建醮，乃自撰青詞56祈祐，略云：

老臣無罪，何眾議之不容？上帝好生，奈死期之已迫。適當懸弧57之旦，預陳易簀58之詞。竊念臣似道際遇三朝，始終一節，為國任怨，遭世多艱。屬醜虜之不恭，驅孱兵而往禦。士不用命，功竟無成。眾口皆詆其非，百喙難明此謗。四十年勞悴，悔不效留侯之保身；三千里流離，猶恐置霍光於赤族。仰慚覆載59，俯愧劬勞。伏望皇天后土之鑒臨，理考60度宗之昭格。三宮霽怒，收瘴骨於江邊；九廟闡靈，掃妖氛於境外。

故宋時立法，凡大臣安置遠州，定有箇監押官，名為護送，實則看守，如押送犯人相似。今日似道安置循州，朝議斟酌箇監押官，須得有力量的，有手段的，又要平日有怨隙的，方纔用得。只因循州路遠，人人怕去。獨有一位官員，慨然請行，那官員是誰？姓鄭名虎臣，官為會稽尉，任滿到京。此人乃是太學生鄭隆之子，鄭隆被似道黥配而死，虎臣銜恨在心，無門可報，所以今日願去。朝中察知其情，遂用為監押官。似道雖然不知虎臣是鄭隆之子，卻記得幼年之夢，和那富春子的說話，今日正遇了姓鄭

56 青詞：道教祭神的禱詞用青紙書寫，叫做「青詞」。

57 懸弧：喻生男。古人生男，則懸掛弓箭於門前。弧，弓箭。

58 易簀：曾子將死，囑門人更換床席。後比喻人之將死。簀，竹席。

59 覆載：天覆地載。此指天地。

60 理考：指宋理宗。

的人，如何不慌。臨行時，備下盛筵，款待虎臣。虎臣巍然上坐，似道稱他是天使，自稱為罪人，將上等寶玩，約值數萬金獻上，為進見之禮，含著兩眼珠淚，淒淒惶惶的哀訴，述其幼時所夢，「願天使大發菩薩之心，保全螻蟻之命，生生世世，不敢忘報。」說罷，屈膝跪下。鄭虎臣微微冷笑，答應道：「團練且起，這寶玩是殃身之物，下官如何好受？有話途中再講。」似道再三哀求，虎臣只是微笑，似道心中愈加恐懼。

次日，虎臣催促似道起程。金銀財寶，尚十餘車，婢妾童僕，約近百人。虎臣初時並不阻當，行了數日，嫌他行李太重，擔誤行期，將他童僕輩日漸趕逐，其金寶之類，一路遇著寺院，逼他布施。似道不敢不依。約行半月，止剩下三箇車子，老年童僕數人，又被虎臣終日打罵，不敢親近。似道所坐車子，插箇竹竿，扯帛為旗，上寫著十五箇大字，道是「奉旨監押安置循州誤國奸臣賈似道」。似道羞愧，每日以袖掩面而行。一路受鄭虎臣淩辱，不可盡言。

又行了多日，到泉州洛陽橋上，只見對面一箇客官，匆匆而至，見了旗上題字，大呼：「平章久違了。一別二十餘年，何期在此相會。」似道只道是箇相厚的故人，放下衣袖看時，卻是誰來？那客官姓葉，名李，字太白，錢塘人氏，因為上書切諫似道，被他黥面流於漳州。似道事敗，凡被其貶竄者，都赦回原籍。葉李得赦還鄉，路從泉州經過，正與似道相遇，故意叫他。似道羞慚滿面，下車施禮，口稱得罪。葉李問鄭虎臣，討紙筆來，作詞一首相贈，詞云：

君來路，吾歸路，來來去去何曾住？公田關子竟何如？國事當時誰與誤？ 雷州戶，厓州戶，人生會有相逢處。客中頗恨乏蒸羊，聊贈一篇長短句。

當初北宋仁宗皇帝時節，宰相寇準有澶淵退虜61之功，卻被奸臣丁謂所譖，貶為雷州司戶。未幾，丁謂奸謀敗露，亦貶於厓州。路從雷州經過，寇準遣人送蒸羊一隻，聊表地主之禮。丁謂慚愧，連夜偷行過去，不敢停留。今日葉李詞中，正用這箇故事，以見天道反覆，冤家不可做盡也。似道得詞，慚愧無地，手捧金珠一包，贈與葉李，聊助路資，葉李不受而去。鄭虎臣喝道：「這不義之財，犬豕不顧，誰人要你的！」就似道手中奪來，拋散於地，喝教車仗快走，口內罵聲不絕。似道流淚不止。

鄭虎臣的主意，只教賈似道受辱不過，自尋死路，其如似道貪戀餘生。比及到得漳州，童僕逃走俱盡，單單似道父子三人，真箇是身無鮮衣，口無甘味，賤如奴隸，窮比乞兒，苦楚不可盡說。漳州太守趙分如，正是賈似道舊時門客，聞得似道到來，出城迎接，看見光景淒涼，好生傷感。又見鄭虎臣顏色不善，不敢十分殷勤。是日，趙分如設宴館驛，管待鄭虎臣，意欲請似道同坐。虎臣不許，似道也謙讓道：「天使在此，罪人安敢與席？」倒教趙分如過意不去，只得另設一席於別室，使通判陪侍似道，自己陪虎臣。飲酒中間，分如察虎臣口氣，銜恨頗深，乃假意問道：「天使今日押團練至此，想無生理，何不教他速死，免受萬惱，卻不乾淨？」虎臣笑道：「便是這惡物事，偏受得許多苦惱，要他好死卻不肯死。」趙分如不敢再言。次日五鼓，不等太守來送，便催趲起程。

離城五里，天尚未大明，到箇菴院。虎臣教歇腳，且進菴梳洗早膳。似道看這菴中扁額寫著「木綿

61 澶淵退虜：指宋真宗景德元年，真宗率寇準親征遼，破敵於澶州，訂立和約，稱為「澶淵之盟」。

菴」三字，大驚道：「二年前，神僧缽盂中贈詩，有『開花結子在綿州』句，莫非應在今日？我死必矣！」進菴，急呼二子吩咐說話，已被虎臣拘囚於別室。似道自分必死，身邊藏有冰腦一包，因洗臉，就掬水吞之。覺腹中痛極，討箇虎子㉒坐下，看看命絕。虎臣料他服毒，乃罵道：「奸賊，奸賊！百萬生靈死於汝手，汝延捱許多路程，卻要自死，到今日老爺偏不容你！」將大槌連頭連腦打下二三十，打得希爛，嗚呼死了。卻教人報他兩箇兒子說道：「你父親中惡，快來看視。」兒子見老子身死，放聲大哭。虎臣憤怒，一槌一箇，都打死了。卻教手下人拖去一邊，只說逃走去了。虎臣投槌於地，歎道：「吾今日上報父仇，下為萬民除害，雖死不恨矣。」就用隨身衣服，將草薦捲之，埋於木綿菴之側。埋得定當，方將病狀關白㉓太守趙分如。趙分如明知是虎臣手腳，見他凶狠，那敢盤問？只得依他開病狀，申報各司去訖。直待虎臣動身去後，方纔備下棺木，掘起似道屍骸，重新殯殮，埋葬成墳，為文祭之，辭曰：

嗚呼！履齋死蜀，死於宗申；先生死閩，死於虎臣。哀哉，尚饗！

那履齋是誰？姓吳名潛，是理宗朝的丞相。因賈似道謀代其位，造下謠言，誣之以罪，害他循州安置，卻教循州知州劉宗申逼他服毒而死。今日似道下貶循州，未及到彼，先死於木綿菴，比吳潛之禍更慘。這四句祭文，隱隱說天理報應。趙分如雖然出於似道門下，也見他良心不泯處。

閒話休題。再說似道既貶之後，家私田產，雖說入官，那葛嶺大宅，誰人管業？高臺曲池，日就荒

---

㉒ 虎子：便桶。

㉓ 關白：稟告；陳述。

落，牆頹壁倒；遊人來觀者，無不感歎。多有人題詩於門壁，今錄得二首，詩云：

深院無人草已荒，漆屏金字尚輝煌。底知事去身宜去？豈料人亡國亦亡？理考發身端有自，鄭人應夢果何祥？臥龍不肯留渠住，空使晴光滿畫牆。

又詩云：

事到窮時計亦窮，此行難符鄂州功。木綿菴裡千年恨，秋壑亭中一夢空。石砌苔稠猿步月，松亭葉落鳥呼風。客來不用多惆悵，試向吳山望故宮。

# 第二十三卷 張舜美燈宵得麗女

太平時節元宵夜，千里燈毬映月輪。多少王孫并士女，綺羅叢裡盡懷春。

話說東京汴梁，宋天子徽宗放燈買市，十分富盛。且說在京一箇貴官公子，姓張名生，年方十八，生得十分聰俊，未娶妻室。因元宵到乾明寺看燈，忽於殿上拾得一紅綃帕子，帕角繫一箇香囊。細看帕上，有詩一首云：

囊裡真香心事封，鮫綃一幅淚流紅。殷勤聊作江妃佩❶，贈與多情置袖中。

詩尾後又有細字一行云：「有情者拾得此帕，不可相忘。請待來年正月十五夜，於相籃❷後門一會，車前有鴛鴦燈是也。」張生吟諷數次，歎賞久之，乃和其詩曰：

濃麝因知玉手封，輕綃料比杏腮紅。雖然未近來春約，已勝襄王魂夢中。

❶ 江妃佩：江妃，江水女神。傳說鄭交甫遊江邊，遇江妃二女，解佩相贈。
❷ 相籃：北宋汴京著名的大相國寺。

自此之後，張生以時捱日，以日捱月，以月捱年。倏忽間烏飛雷走，又換新正。將近元宵，思赴去年之約，乃於十四日晚，候於相籃後門。果見車一輛，燈掛雙鴛鴦，呵衛❸甚眾。張生驚喜無措，無因問答，乃誦詩一首，或先或後，近車吟詠，云：

何人遺下一紅綃？暗遣吟懷意氣饒。料想佳人初失去，幾回纖手摸裙腰。

車中女子聞生吟諷，默念昔日遺香囊之事諧矣，遂啟簾窺生，見生容貌皎潔，儀度閒雅，愈覺動情。遂令侍女金花者，通達情款，生亦會意。須臾，香車遠去，已失所在。

次夜，生復伺於舊處。俄有青蓋舊車，迤邐而來，更無人從，車前掛雙鴛鴦燈。生覩車中，非昨夜相遇之女，乃一尼耳。車夫連稱：「送師歸院去。」生遲疑間，見尼轉手而招生。生潛隨之，至乾明寺，老尼迎門謂曰：「何歸遲也？」尼入院，生隨入小軒，軒中已張燈列宴。尼乃卸去道裝，忽見綠鬟堆雲，紅裳映月。生女聯坐，老尼侍旁。酒行之後，女曰：「願見去年相約之媒。」生取香囊紅綃，付女視之。女方笑曰：「京都往來人眾，偏落君手，豈非天賜爾我姻緣耶？」生曰：「當時得之，亦曾奉和。」因舉其詩。女喜曰：「真我夫也。」於是與生就枕，極盡歡娛。頃而雞聲四起，謂生曰：「妾乃霍員外家第八房之妾。員外老病，經年不到妾房。妾每夜焚香祝天，願遇一良人，成其夫婦。幸得見君子，足慰平生。妾今用計脫身，不可復入。此身已屬之君，情願生死相隨；不然，將置妾於何地也？」生曰：「我非木石，豈忍分離？但尋思無計。若事發相連，不若與你懸梁同死，雙雙做風流之鬼耳。」說罷，相抱悲泣。老尼從外來，曰：「你等要成夫婦，

❸ 呵衛：呵導護衛。

但恨無心耳，何必做沒下梢事！」生女雙雙跪拜求計。老尼曰：「汝能遠涉江湖，變更姓名於千里之外，可得盡終世之情也。」女與生俯首受計。老尼遂取出黃白❹一包，付生曰：「此乃小娘子平日所寄，今送還官人，以為路資。」生亦回家，收拾細軟，打做一包。是夜，拜別了老尼，雙雙出門，走到通津邸中借宿。次早雇舟，自汴涉淮，直至蘇州平江，創第而居。兩情好合，諧老百年。正是：

意似鴛鴦飛比翼，情同鸞鳳舞和鳴。

今日為甚說這段話？卻有箇波俏❺的女子，也因燈夜遊玩，撞著箇狂蕩的小秀才，惹出一場奇奇怪怪的事來。未知久後成得夫婦也否？且聽下回分解。正是：

燈初放夜人初會，梅正開時月正圓。

且道那女子遇著甚人？那人是越州人氏，姓張，雙名舜美，年方弱冠，是一箇輕俊標致的秀士，風流未遇的才人。偶因鄉試來杭，不能中選，遂淹留邸舍中，半年有餘。正逢著上元佳節，舜美不免關閉房門，遊玩則箇。況杭州是箇熱鬧去處，怎見得杭州好景？柳耆卿有首望海潮詞，單道杭州好處，詞云：

東南形勝，三吳都會，錢塘自古繁華。煙柳畫橋，風簾翠幙，參差十萬人家。雲樹遶堤沙，怒濤

---

❹ 黃白：金銀。

❺ 波俏：俏麗。

捲霜雪，天塹無涯。市列珠璣，戶盈羅綺，競奢華。　重湖疊巘清佳，有三秋桂子、十里荷花。絃管弄晴，菱歌泛夜，嬉嬉的釣叟蓮娃。千騎擁高牙❻，乘時聽簫鼓，吟賞煙霞。異日圖將好景，歸到鳳池賒。

舜美觀看之際，勃然興發，遂口占如夢令一詞以解懷，云：

明月娟娟篩柳，春色溶溶如酒。今夕試華燈，約伴六橋❼行走。回首，回首，樓上玉人知否？

且誦且行之次❽，遙見燈影中，一箇丫鬟，肩上斜挑一盞彩鸞燈，後面一女子，冉冉而來，那女子生得鳳髻鋪雲，蛾眉掃月，生成媚態，出色嬌姿。舜美一見了那女子，沉醉頓醒，竦然整冠，湯瓶❾樣搖擺過來。為甚的做如此模樣？元來調光❿的人，只在初見之時，就便使箇手段。凡萍水相逢，有幾般討探⓫之法。做子弟⓬的，聽我把調光經表白幾句：

❻高牙：軍中大旗。
❼六橋：西湖蘇堤的六座橋名，即映波、鎖瀾、望山、壓堤、東浦、跨虹。
❽次：之際；當兒。
❾湯瓶：煮茶用的水瓶。
❿調光：調情。
⓫討探：勾引。
⓬子弟：嫖客；浪子。

雅容賣俏，鮮服誇豪。遠覷近觀，只在雙眸傳遞；捱肩擦背，全憑健足跟隨。我既有意，自當送情；他肯留心，必然答笑。點頭須會，咳嗽便知。緊處不可放遲，閒中偏宜著鬧。訕語⑬時，口要緊；刮涎處，臉須皮。冷面撇清⑭，還察其中真假；回頭攬事，定知就裡應承。說不盡百計討探，湊成來十分機巧。假饒心似鐵，弄得意如糖。

說那女子被舜美撩弄，禁持⑮不住，眼也花了，心也亂了，腿也蘇了，腳也麻了。癡呆了半晌，四目相睃，面面有情。那女子走得緊，舜美也跟得緊；走得慢，也跟得慢；但不能交接一語。不覺又到眾安橋，橋上做賣做買，東來西去的，挨擠不過。過得眾安橋，失卻了女子所在，只得悶悶而回。開了房門，風兒又吹，燈兒又暗，枕兒又寒，被兒又冷，怎生睡得？心裡丟不下那箇女子，思量再得與他一會也好。你看世間有這等的癡心漢子，實是好笑。正是：

半窗花影模糊月，一段春愁著摸⑯人。

舜美甫能夠⑰捱到天明，起來梳裹了，三餐已畢，只見街市上人，又早收拾看燈。舜美身心按捺不

⑬ 訕語：搭訕；調笑。
⑭ 撇清：表示清白。
⑮ 禁持：把持；忍耐。
⑯ 著摸：沾惹。
⑰ 甫能夠：剛好能夠。

下，急忙關閉房門，逕往夜來相遇之處。立了一會，轉了一會，尋了一會，靠了一會，呆了一會，只是等不見那女子來。遂調如夢令一詞消遣，云：

燕賞良宵無寐，笑倚東風殘醉。未審那人兒，今夕玩遊何地？留意，留意，幾度欲歸還滯。

吟畢，又等了多時，正爾要回，忽見小鬟挑著彩鸞燈，同那女子從人叢中挨將出來。那女子瞥見舜美，笑容可掬，況舜美也約摸著有五六分上手⑱。那女子逕往鹽橋，進廣福廟中拈香。禮拜已畢，轉入後殿。舜美隨於後，那女子偶爾回頭，不覺失笑一聲。舜美呆著老臉，陪笑起來。他兩箇挨挨擦擦，前前後後，不復顧忌。那女子回身捽⑲袖中，遺下一箇同心方勝兒⑳。舜美會意，俯而拾之，就於燈下拆開一看，乃是一幅花箋紙。不看萬事全休，只因看了，直教一箇秀才，害了一二年鬼病相思，險些送了一條性命。你道花箋上寫的甚麼文字？原來也是箇如夢令，詞云：

邂逅相逢如故，引起春心追慕。高掛彩鸞燈，正是兒家庭户。那步㉑，那步，千萬來宵垂顧。

---

⑱ 上手：得手。

⑲ 捽：扯。

⑳ 同心方勝兒：一種由兩個菱形結合成的女子頭飾。用紙或布折疊而成。喻愛情忠貞。同心，同心結。方勝，兩菱形相聯。

㉑ 那步：挪步。

詞後復書云：「女之敝居，十官子巷中，朝南第八家。明日父母兄嫂趕江干舅家燈會，十七日方歸，止妾與侍兒小英在家。敢邀仙郎惠然枉駕，少慰鄙懷，妾當焚香掃門迎候翹望。妾劉素香拜柬。」舜美看了多時，喜出望外。那女子已去了，舜美步歸邸舍，一夜無眠。

次早又是十五日。舜美捱至天晚，便至其處，不敢造次突入。乃成如夢令一詞，來往歌云：

漏滴銅壺聲唱咽，風送金猊㉒香烈。一見彩鸞燈，頓使狂心煩熱。應說，應說，昨夜相逢時節。

女子聽得歌聲，掀簾而出，果是燈前相見可意人兒。遂迎迓到於房中，吹滅銀燈，解衣就枕。他兩箇正是曠夫怨女，相見如餓虎逢羊，蒼蠅見血，那有工夫問名敘禮？且做一班半點兒事。有南鄉子詞一首，單題著交歡趣向，道是：

粉汗濕羅衫，為雨為雲底事忙，兩隻腳兒肩上閣，難當，顰蹙春山入醉鄉。　忒殺太顛狂，口口聲聲叫我郎，舌送丁香嬌欲滴，初嘗，非蜜非糖滋味長。

兩箇講歡已罷，舜美曰：「僕乃途路之人，荷承垂盼，以凡遇仙。自思白面書生，愧無纖毫奉報。」素香撫舜美背曰：「我因愛子胸中錦繡，非圖你囊裡金珠。」舜美稱謝不已。素香忽然長歎，流淚而言曰：「今日已過，明日父母回家，不能復相聚矣，如之奈何？」兩箇沉吟半晌，計上心來，素香曰：「你我莫若私奔他所，免使兩地永抱相思之苦，未知郎意何如？」舜美大喜曰：「我有遠族，見在鎮江五條

㉒ 金猊：香爐。

街開箇招商客店，可往依焉。」素香應允。

是夜素香收拾了一包金珠，也粧做一箇男兒打扮，與舜美攜手迤邐而行。將及二鼓，方纔行到北關門下。你道因何三四里路，走了許多時光？只為那女子小小一雙腳兒，只好在屧廊㉓緩步，芳徑輕移，擎抬繡閣之中，出沒湘裙之下，腳又穿著一雙大靴，教他跋長途，登遠道，心中又慌，怎地的拖得動？且又城中人要出城，城外人要入城，兩下不免撒手。前後隨行，出得第二重門，被人一湧，各不相顧。那女子逕出城門，從半塘橫去了。舜美慮他是婦人，身體柔弱，挨擠不出去，還在城裡，也不見得，急回身尋問把門軍士。軍士說道：「適間有箇少年秀才，尋問同輩，回未半里多地。」舜美自思：一條路往錢塘門，一條路往師姑橋，一條路往褚家堂，三四條叉路，往那一條好？躊躇半晌，只得依舊路趕去。至十官子巷，那女子家中，門已閉了，悄無人聲。急急回至北關門，門又閉了。整整尋了一夜。

巴到天明，挨門而出。至新馬頭，見一夥人圍得緊緊的，看一隻繡鞋兒。舜美認得是女子脫下之鞋，不敢開聲。眾人說：「不知何人家女孩兒，為何事來，溺水而死，遺鞋在此？」舜美聽罷，驚得渾身冷汗。復到城中探信，滿城人喧嚷，皆說十官子巷內劉家女兒，被人拐去，又說投水死了，隨處做公的緝訪。這舜美自因受了一晝夜辛苦，不曾喫些飯食，況又痛傷那女子死於非命，回至店中，一臥不起，寒熱交作，病勢沉重將危。正是：

相思相見知何日？多病多愁損少年。

---

㉓屧廊：本指「響屧廊」，為春秋吳國廊名。廊中地面鋪以梓木，行走有聲。此泛指屋前的走廊。

且不說舜美臥病在床，卻說劉素香自北關門失散了舜美，從二更直走到五更，方至新馬頭。自念舜美尋我不見，必然先往鎮江一路去了，遂暗暗地脫下一隻繡花鞋在地。為甚的？他惟恐家中有人追趕，故托此相示，以絕父母之念。素香乘天未明，賃舟沿流而去。數日之間，雖水火㉔之事，亦自謹慎，梢人㉕亦不知其為女人也。比至鎮江，打發舟錢登岸，隨路物色，訪張舜美親族。又忘其姓名居止，問來問去，看看日落山腰，又無宿處。偶至江亭，少憩之次，此時乃是正月二十二日，況是月出較遲，是夜夜色蒼然，漁燈隱映，不能辨認咫尺。素香自思，為他拋離鄉井父母兄弟，又無消息，不若從浣紗女㉖遊於江中。哭了多時，只恨那人不知妾之死所。不覺半夜光景，亭隙中射下月光來。遂移步凭欄，四顧澄江，渺茫千里。正是：

一江流水三更月，兩岸青山六代都。

素香嗚嗚咽咽，自言自語，自悲自歎，不覺亭角暗中，走出一箇尼師，向前問曰：「人耶？鬼耶？何自苦如此？」素香聽罷，答曰：「荷承垂問，敢不實告。妾乃浙江人也，因隨良人之任，前往新豐。卻不思慢藏誨盜，梢子因瞰良人囊金，賤妾容貌，輒起不仁之心。良人、婢僕皆被殺害，獨留妾一身。梢子欲淫汙妾，妾誓死不從。巿日梢子飲酒大醉，妾遂著先夫衣冠，脫身奔逃，偶然至此。」素香難以

㉔ 水火：大小便的隱語。

㉕ 梢人：船家。

㉖ 浣紗女：春秋時伍員逃吳，遇一浣紗女，伍向之求食，並求勿洩，浣紗女乃投江死。此喻自殺。

私奔相告，假托此一段說話。尼師聞之，愀然曰：「老身在施主家，渡江歸遲，天遣到此亭中與娘子相遇，真是前緣。娘子肯從我否？」素香曰：「妾身回視家鄉，千山萬水，得蒙提挈，乃再生之賜。」尼師曰：「出家人以慈悲方便為本，此分內事，不必慮也。」素香拜謝。

天明，隨至大慈菴。屏去俗衣，束髮簪冠，獨處一室。諸品經呪，目過輒能成誦。旦夕參禮神佛，拜告白衣大士，并持大士經文，哀求再會。尼師見其貞順，自謂得人，不在話下。

再說舜美在那店中，延醫調治，日漸平復。不肯回鄉，只在邸舍中溫習經史。光陰荏苒，又逢著上元燈夕。舜美追思去年之事，仍往十官子巷中一看，可憐景物依然，只是少箇人在目前。悶悶歸房，因誦秦少游學士所作生查子詞云：

> 去年元夜時，花市燈如晝。月在柳梢頭，人約黃昏後。　今年元夜時，月與燈依舊。不見去年人，淚濕春衫袖。

舜美無情無緒，洒淚而歸。慚愧物是人非，悵然絕望，立誓終身不娶，以答素香之情。

在杭州倏忽三年，又逢大比，舜美得中首選解元㉗。赴鹿鳴宴㉘罷，馳書歸報父母，親友賀者填門。數日後，將帶琴劍書箱，上京會試。一路風行露宿，舟次鎮江江口，將欲渡江，忽狂風大作。移舟傍岸，少待風息。其風數日不止，只得停泊在彼。

㉗ 解元：鄉試第一名叫做解元。

㉘ 鹿鳴宴：鄉試放榜後舉行的慶功宴。

且說劉素香在大慈菴中，荏苒首尾三載。是夜，忽夢白衣大士報云：「爾夫明日來也。」恍然驚覺，汗流如雨。自思：平素未嘗如此，真是奇怪！不言與師知道。

舜美等了一日又是一日，心中好生不快，遂散步獨行，沿江閒看。行至一松竹林中，中有小菴，題曰「大慈之菴」，清雅可愛。趨身入內，菴主出迎，拉至中堂供茶。也是天使其然，劉素香向窗楞中一看，認得目睜口呆，宛如酒醒夢覺。尼師忽入換茶，素香乃具道其由。尼師出問曰：「相公莫非越州張秀才乎？」舜美駭然曰：「僕與吾師素昧平生，何緣垂識？」尼師又問曰：「曾娶妻否？」舜美簌簌淚下，乃應曰：「曾有妻劉氏素香，因三載前元宵夜觀燈失去，未知存亡下落。今僕雖不才，得中解元，便到京得進士，終身亦誓不再娶也。」師遂呼女子出見，兩箇抱頭慟哭。多時，收淚而言曰：「不意今生再得相見！」悲喜交集，拜謝老尼。乃沐浴更衣，詣大士前，焚香百拜。次以白金百兩，段絹二端，奉尼師為壽。兩下相別，雙雙下舟。真箇似缺月重圓，斷絃再續，大喜不勝。

一路至京，連科進士，除授福建興化府莆田縣尹。謝恩回鄉，路經鎮江，二人復訪大慈菴，贈尼師金一笏㉙。回至杭州，逕到十官子巷，投帖拜望。劉公看見車馬臨門，大紅帖子上寫著「小壻張舜美」，只道誤投了。正待推辭，只見少年夫婦，都穿著朝廷命服，雙雙拜於庭下。父母兄嫂見之大驚，悲喜交集。丈母道：「因元宵失卻我兒，聞知投水身死，我們苦得死而復生。不意今日再得相會，況得此佳壻，劉門之幸。」乃大排筵會，作賀數日，令小英隨去。二人別了丈人、丈母，到家見了父母。舜美告知前事，令妻出拜公姑。張公、張母大喜過望，作宴慶賀。不數日，同妻別父母，上任去訖。久後，舜美官

㉙ 一笏：五十兩銀為一笏。

至天官侍郎，子孫貴盛。有詩為證：

間別三年死復生，潤州城下念多情。今宵然燭頻頻照，笑眼相看分外明。

# 第二十四卷　楊思溫燕山逢故人

一夜東風，不見柳梢殘雪。御樓煙煖，對鰲山綵結。簫鼓向晚，鳳輦初回宮闕。千門燈火，九衢風月。　繡閣人人，乍嬉遊困又歇。豔粧初試，把珠簾半揭。嬌羞向人，手撚玉梅❶低說。相逢長是，上元時節。

這一首詞，名傳言玉女。乃胡浩然先生所作。道君❷皇帝朝宣和年間，元宵最盛。每年上元：正月十四日，車駕幸五嶽觀凝祥池，每常駕出，有紅紗貼金燭籠二百對；元夕加以琉璃玉柱掌扇，快行客❸各執紅紗珠珞燈籠。至晚還內，駕入燈山。御輦院人員，輦前唱隨竿媚來。御輦旋轉一遭，倒行觀燈山，謂之「鵓鴿旋」，又謂「踏五花兒」，則輦官有賞賜矣。駕登宣德樓，遊人奔赴露臺❹下。十五日，駕幸上清宮，至晚還內。上元後一日，進早膳訖，車駕登門捲簾，御座臨軒，宣百姓，先到門下者，得瞻天表。

❶ 玉梅：宋代元宵節時，婦人頭上所戴的飾物。
❷ 道君：宋徽宗趙佶自號「道君皇帝」。
❸ 快行客：皇帝前快速傳遞信息的使者。
❹ 露臺：搭在空地上的戲臺。

小帽紅袍獨坐，左右侍近，簾外金扇執事之人。須臾下簾，則樂作，縱萬姓遊賞。華燈寶燭，月色光輝，霏霏融融，照耀遠邇。至三鼓，樓上以小紅紗燈綠索而至半，都人皆知車駕還內。當時御製夾鍾宮小重山詞，道：

羅綺生香嬌豔呈，金蓮開陸海，繞都城。寶輿四望翠峰青。東風急，吹下半天星。　萬井賀昇平。行歌花滿路，月隨人，紗籠一點御燈明。簫韶遠，高晏在蓬瀛。

今日說一箇官人，從來只在東京看這元宵；誰知時移事變，流寓在燕山❺看元宵。那燕山元宵卻如何？

雖居北地，也重元宵。未聞鼓樂喧天，只聽胡笳聒耳。家家點起，應無陸地金蓮；處處安排，那得玉梅雪柳？小番❻鬢邊挑大蒜，岐婆❼頭上帶生蔥。漢兒誰負一張琴，女們盡敲三棒鼓。

每年燕山市井，如東京製造，到己酉歲方成次第。當年那燕山裝那鰲山，也賞元宵，士大夫百姓皆得觀看。這箇官人，本身是肅王府使臣，在貴妃位❽掌牋奏，姓楊，雙名思溫，排行第五，呼為楊五官人。因靖康年間，流寓在燕山；猶幸相逢姨夫張二官人，在燕山開客店，遂寓居焉。楊思溫無可活計，每日

❺燕山：宋宣和四年改燕京為燕山府。後以指燕京，即今北京市。
❻小番：番兵。
❼岐婆：番婆。
❽貴妃位：貴妃屬下。

肆前與人寫文字，得些胡亂度日。忽值元宵，見街上的人皆去看燈，姨夫也來邀思溫看燈，同去消遣旅況。思溫情緒索然，辭姨夫道：「看了東京的元宵，如何看得此間元宵？姨夫自穩便先去，思溫少刻追陪。」張二官人先去了。

楊思溫挨到黃昏，聽得街上喧鬧，靜坐不過，只得也出門來看燕山元宵。但見：

蓮燈燦爛，只疑吹下半天星；士女駢闐，便是列成王母隊。一輪明月嬋娟照，半是京華流寓人。

見街上往來遊人無數。思溫行至昊天寺前，只見真金身鑄五十三參❾；銅打成旛竿十丈，上有金書「勅賜昊天憫忠禪寺」。思溫入寺看時，佛殿兩廊，盡皆點照。信步行到羅漢堂，乃渾金鑄成五百尊阿羅漢。入這羅漢堂，有一行者，立在佛座前化香油錢，道：「諸位看燈檀越，布施燈油之資，祝延福壽。」思溫聽其語音，類東京人，問行者道：「參頭❿，仙鄉何處？」行者答言：「某乃大相國寺河沙院行者，今在此間復為行者，請官人坐於凳上，閒話則箇。」思溫坐凳上，正看來往遊人，覩一簇婦人，前遮後擁，入羅漢堂來。內中一箇婦人與思溫四目相盼，思溫覩這婦人打扮，好似東京人。但見：

輕盈體態，秋水精神。四珠環勝內家粧⓫，一字冠成宮裡樣。未改宣和粧束，猶存帝里風流。

---

❾ 五十三參：五十三尊菩薩。

❿ 參頭：原為寺院中的一種僧職，作為一般僧侶的尊稱。

⓫ 內家粧：宮廷女子的妝扮。

思溫認得是故鄉之人，感慨情懷，悶悶不已，因而困倦，假寐片時。那行者叫得醒來，開眼看時，不見那婦人。楊思溫嗟呀道：「我卻待等他出來，恐有親戚在其間，相認則箇，又挫過了。」對行者道：「適來⓬入院婦女何在？」行者道：「婦女們施些錢去了，臨行道：『今夜且歸，明日再來做些功德⓭，追薦親戚則箇。』」官人莫悶，明日卻來相候不妨。」思溫見說，也施些油錢，與行者相辭了，離羅漢院。遶寺尋遍，忽見僧堂壁上，留題小詞一首，名浪淘沙：

盡日倚危欄，觸目淒然，乘高望處是居延。忽聽樓頭吹畫角，雪滿長川。　荏苒又經年，暗想南園，與民同樂午門前。僧院猶存宣政字，不見鰲山。

楊思溫看罷留題，情緒不樂。歸來店中，一夜睡不著。巴到天明起來，當日無話得說。至晚，吩咐姨夫，欲往昊天寺，尋昨夜的婦人。走到大街上，人稠物攘，正是熱鬧。正行之間，忽然起一陣雷聲，思溫恐下雨，驚而欲回。抬頭看時，只見：

銀漢現一輪明月，天街點萬盞華燈。寶燭燒空，香風拂地。

仔細看時，卻見四圍人從，擁著一輪大車，從西而來。車聲動地，跟隨番官，有數十人。但見：

---

⓬ 適來：剛才。

⓭ 功德：為死者做佛事。

呵殿⑭喧天，儀仗塞路。前面列十五對紅紗照道，燭焰爭輝；兩下擺二十柄畫桿金鎗，寶光交際。香車似箭，侍從如雲。

車後有侍女數人，其中有一婦女穿紫者，腰佩銀魚，手持淨巾，以帛擁項。思溫於月光之下，仔細看時，好似哥哥國信所掌儀⑮韓思厚妻，嫂嫂鄭夫人意娘。這鄭夫人，原是喬貴妃養女，嫁得韓掌儀，與思溫都是同里人，遂結拜為表兄弟，思溫呼意娘為嫂嫂。自後睽離，不復相問。著紫的婦人，見思溫四目相覷，不敢公然招呼。思溫隨從車子到燕市秦樓住下，車盡入其中。貴人上樓去，番官人從樓下來。原來秦樓最廣大，便似東京白樊樓一般；樓上有六十箇閣兒⑯，下面散鋪七八十副桌凳。當夜賣酒，合堂熱鬧。

楊思溫等那貴家入酒肆，去秦樓裡面坐地，叫過賣至前。那人見了思溫便拜，思溫扶起道：「休拜。」打一認時，卻是東京白樊樓過賣陳三兒。思溫甚喜，就教三兒坐，三兒再三不敢，思溫道：「彼此都是京師人，就是他鄉遇故知，同坐不妨。」唱喏了方坐。思溫取出五兩銀子與過賣，吩咐收了銀子，好好供奉數品葷素酒菜上來，與三兒一面喫酒說話。三兒道：「自丁未年至此，拘在金吾宅作奴僕。後來鼎建秦樓，為思舊日樊樓過賣，乃日納買工錢八十，故在此做過賣。幸與官人會面。」正說話間，忽聽得

⑭ 呵殿：大官出門，隨從殿後呵道。

⑮ 國信所掌儀：官名，專管遼使者來往之事。

⑯ 閣兒：小房間。

一派樂聲。思溫道：「何處動樂？」三兒道：「便是適來貴人上樓飲酒的韓國夫人宅眷。」思溫問韓國夫人事體，三兒道：「這夫人極是照顧人，常常夜間將帶宅眷來此飲酒，和養娘各坐。三兒常上樓供過服侍，常得夫人賞賜錢鈔使用。」思溫又問三兒：「適間路邊遇韓國夫人，車後宅眷叢裡，有一婦人，似我嫂嫂鄭夫人，不知是否？」三兒道：「即要復官人，三兒每上樓，供過眾宅眷時，常見夫人，又恐不是，不敢廝認。」思溫遂告三兒道：「我有件事相煩你，你如今上樓供過韓國夫人宅眷時，就尋鄭夫人。做我傳語道：『我在樓下專候夫人下來，問哥哥詳細。』」三兒應命上樓去，思溫就座上等一時。只見三兒下樓，以指往下唇，思溫曉得京師人市語⑰，恁地乃了事也。思溫問：「事如何？」三兒道：「上樓得見鄭夫人，說道：『五官人在下面等夫人下來，問哥哥消息。』夫人聽得，便垂淚道：『叔叔原來也在這裡。傳與五官人，少刻便下樓，自與叔叔說話。』」思溫謝了三兒，打發酒錢，乃出秦樓門前，佇立懸望。不多時，只見祗候人從入去，少刻番官人從簇擁一輛車子出來。思溫候車子過，後面宅眷也出來，見紫衣佩銀魚、項纏羅帕婦女，便是嫂嫂。思溫進前，共嫂嫂敘禮畢，遂問道：「嫂嫂因何與哥哥相別在此？」鄭夫人搵淚道：「妾自靖康之冬，與兄賃舟下淮楚，將至盱眙，不幸箭穿篙手，刀中梢公，妾有樂昌破鏡⑱之憂，汝兄被縲絏纏身之苦，為虜所掠，其酋撒八太尉相逼，我義不受辱，為其執虜至燕山。撒八太尉恨妾不從，見妾骨瘦如柴，遂鬻妾身於祖氏之家。後知是娼戶。自思是品官妻，命官女，

⑰ 市語：隱語；暗號。

⑱ 樂昌破鏡：樂昌公主為陳後主妹。陳將亡，樂昌公主與其夫徐德言將鏡子破為二，各執其一。陳亡，夫婦分散，後再團圓。

生如蘇小卿⑲何榮？死如孟姜女何辱？暗抽裙帶自縊粱間。被人得知，將妾救了。撒八太尉妻韓夫人聞而憐我，亟令救命，留我隨侍。項上瘡痕，至今未癒，是故項纏羅帕。倉皇別良人，不知安往？新得良人音耗：當時更衣遁走，今在金陵，復還舊職，至今四載，未忍重婚。妾燃香煉頂⑳，問卜求神，望金陵之有路，脫生計以無門。今從韓國夫人至此遊宴，既為奴僕之軀，不敢久語。叔叔叮嚀，驀遇江南人，請教傳箇音信。」楊思溫欲待再問其詳，俄有番官手持八稜抽攘，向思溫道：「我家奴婢，更夜之間，怎敢引誘？」拏起抽攘，迎臉便打。思溫一見來打，連忙急走。那番官腳蹪㉑行遲，趕不上。走得脫，一身冷汗。慌忙歸到姨夫客店。張二官見思溫走回喘吁吁地，問道：「做甚麼直恁慌張？」思溫將前事一一告訴。張二官見說，嗟呀不已。安排三杯與思溫囉索㉒。思溫想起哥哥韓忠翊，嫂嫂鄭夫人，那裡喫得酒下。

愁悶中過了元宵，又是三月，張二官向思溫道：「我出去兩三日即歸，你與我照管店裡則箇。」思溫問：「出去何幹？」張二官人道：「今兩國通和，奉使至維揚，買些貨物便回。」楊思溫見姨夫張二官出去，獨自無聊，晝長春困，散步大街至秦樓。入樓閒望一晌，乃見一過賣至前唱喏，便叫：「楊五官！」思溫看時，好生面熟，卻又不是陳三，是誰？過賣道：「男女東京寓仙酒樓過賣小王。前時陳三

⑲ 蘇小卿：原為妓女，與書生雙漸相愛，後被鴇母所賣。雙漸成名後，得回蘇小卿，結為夫婦。

⑳ 燃香煉頂：在身上燃香，在頭上燒灼，佛教徒以此表示虔誠。

㉑ 腳蹪：距離遠。

㉒ 囉索：即喝酒。囉借作「喝」。

兒被左金吾叫去，不令出來。」思溫不見三兒在秦樓，心下越悶，胡亂買些點心喫，便問小王道：「前次上元夜韓國夫人來此飲酒，不知你識韓國夫人住處麼？」小王道：「男女也曾問他府中來，道是天王寺後。」說猶未了，思溫抬頭一看，壁上留題墨跡未乾。仔細讀之，題道：「昌黎韓思厚舟發金陵，過黃天蕩，因感亡妻鄭氏，船中作相弔之詞」，名御堦行：

合和朱粉千餘兩，捻一箇，觀音樣。大都㉓卻似兩三分，少付玲瓏五臟。等待黃昏，尋好夢底，終夜空勞攘。　香魂媚魄知何往？料只在，船兒上。無言倚定小門兒，獨對滔滔雪浪。若將愁淚，還做水算，幾箇黃天蕩。

楊思溫讀罷，駭然魂不附體。「題筆正是哥哥韓思厚，恁地是嫂嫂沒了。我正月十五日秦樓親見，共我說話，道在韓國夫人宅為侍妾，今卻沒了。這事難明。」驚疑未決，遂問小王道：「墨跡未乾，題筆人何在？」小王道：「不知。如今兩國通和，奉使至此，在本道館驛安歇。適來四五人來此飲酒，遂寫於此。」說話的，錯說了！使命入國，豈有出來閒走買酒喫之理？按夷堅志載：那時法禁未立，奉使官聽從與外人往來。當日是三月十五日，楊思溫問本道館在何處，小王道：「在城南。」思溫還了酒錢下樓，急去本道館，尋韓思厚。到得館道，只見蘇許二掌儀在館門前閒看。二人都是舊日相識，認得思溫，近前唱喏，還禮畢。問道：「楊兄何來？」思溫道：「特來尋哥哥韓掌儀。」二人道：「在裡面會文字㉔，容

㉓ 大都：大凡；總共。

㉔ 會文字：幾箇人會聚一起討論文章。又叫「會文」。

人去喚他出來。」二人遂入去，叫韓掌儀出到館前。思溫一見韓掌儀，連忙下拜，一悲一喜，便是他鄉遇契友，燕山逢故人。思溫問思厚：「嫂嫂安樂？」思厚聽得說，兩行淚下，告訴道：「自靖康之冬，與汝嫂雇船，將下淮楚，路至盱眙，不幸箭穿篙手，刀中梢公，爾嫂嫂有樂昌破鏡之憂，兄被縲絏纏身之苦。我被虜執於野寨，夜至三鼓，以苦告得脫，然亦不知爾嫂嫂存亡。後有僕人周義，伏在草中，見爾嫂被虜撒八太尉所逼，爾嫂義不受辱，以刀自刎而死。我後奔走行在，復還舊職。」思溫問道：「此事還是哥哥目擊否？」思厚道：「此事周義親自報我。」思溫道：「只恐不死。今歲元宵，我親見嫂嫂同韓國夫人出遊，宴於秦樓。思溫使陳三兒上樓寄信，下樓與思溫相見。所說事體，前面與哥哥一同，也說道：哥哥復還舊職，到今四載，未忍重婚。」思厚聽得說，理會不下。思溫道：「容易決其死生。何不同往天王寺後韓國夫人宅前打聽，問箇明白？」思厚道：「也說得是。」乃入館中，吩咐同事，帶當直㉕隨後，二人同行。

倏忽之間，走至天王寺後。一路人悄無人跡，只見一所空宅，門生蛛網，戶積塵埃，荒草盈堦，綠苔滿地，鎖著大門。楊思溫道：「多是後門。」沿牆且行數十步，牆邊只有一家，見一箇老兒在裡面打絲線，向前唱喏道：「老丈，借問韓國夫人宅那裡進去？」老兒稟性躁暴，舉止粗疎，全不睬人。二人再四問他，只推不知。頃間，忽有一老嫗提著飯籃，口中喃喃埋冤，怨暢那大伯㉖。二人遂與婆婆唱喏，婆子還箇萬福，語音類東京人。二人問韓國夫人宅在那裡，婆子正待說，大伯又埋怨多口。婆子不管大

㉕ 當直：輪值；值班。

㉖ 大伯：對一般老人的通稱。

伯，向二人道：「媳婦是東京人，大伯是山東拗蠻㉗，老媳婦㉘沒興㉙嫁得此畜生，全不曉事；逐日送些茶飯，嫌好道歹㉚且是得人憎。便做到㉛官人問句話，就說何妨？」那大伯口中又嘵嘵的不住，婆子不管他，向二人道：「韓國夫人宅前面鎖著空宅便是。」二人喫一驚，問：「韓夫人何在？」婆子道：「韓夫人前年化去了，他家搬移別處，韓夫人埋在花園內。官人不信時，媳婦同去看一看，好麼？」大伯又說：「莫得㉜入去，官府知道，引惹事端帶累我。」婆子不睬，同二人便行。路上就問：「韓國夫人宅內有鄭義娘，今在否？」婆子便道：「官人不是國信所韓掌儀，名思厚，這官人不是楊五官，名思溫麼？」二人大驚，問：「婆婆如何得知？」婆子道：「媳婦見鄭夫人說。」思厚又問：「婆婆如何認得？拙妻今在甚處？」婆婆道：「二年前時，有撒八太尉，曾於此宅安下。其妻韓國夫人崔氏，仁慈恤物，極不可得。當晚媳婦入宅，見夫人說：撒八太尉自盱眙掠得一婦人，姓鄭，小字義娘，甚為太尉所喜。義娘誓不受辱，自刎而死。夫人憫其貞節，與火化，收骨盛匣。以後韓夫人死，因隨葬在此園內。雖死者與活人無異，媳婦入園內去，常見鄭夫人出來。初時也有些怕，夫人道：『婆婆莫怕，不來損害婆婆，有些衷曲問告訴則箇。』夫人說道是京師人，姓鄭，名義娘。幼年進入喬貴妃位做養女，後出嫁

---

㉗ 拗蠻：個性固執而不通事理的人。

㉘ 媳婦：婦人自稱。

㉙ 沒興：倒霉。

㉚ 嫌好道歹：多方挑剔。

㉛ 便做到：即使。

㉜ 莫得：休得。

忠翊郎韓思厚。有結義叔叔楊五官，名思溫，一一與老媳婦說。又說盱眙事跡，『丈夫見在金陵為官，我為他守節而亡。』尋常陰雨時，我多入園中，與夫人相見閒話。官人要問仔細，見了自知。」

三人走到適來鎖著的大宅，婆婆踰牆而入；二人隨後，也入裡面去，只見打鬼淨淨㉝的一座敗落花園。三人行步間，滿地殘英芳草；尋訪婦人，全沒蹤跡。正面三間大堂，堂上有箇屏風，上面山水，乃郭熙所作。思厚正看之間，忽然見壁上有數行字。思厚細看字體柔弱，全似鄭義娘夫人所作。看了大喜道：「五弟，嫂嫂只在此間。」思溫問：「如何見得？」思厚打一看，看其筆跡，乃一詞，詞名好事近：

往事與誰論？無語暗彈淚血。何處最堪憐？腸斷黃昏時節。　倚樓凝望又徘徊，誰解此情切？何計可同歸鴈？趁江南春色。

後寫道：「季春望後一日作。」二人讀罷道：「嫂嫂只今日寫來，可煞驚人。」行至側首，有一座樓，二人共婆婆扶著欄杆登樓。至樓上，又有巨屏一座，字體如前，寫著憶良人一篇，歌曰：

孤雲落日春雲低，良人窅窅羈天涯。東風蝴蝶相交飛，對景令人益慘悽。盡日望郎郎不至，素質香肌轉憔悴。滿眼韶華似酒濃，花落庭前鳥聲碎。孤幃悄悄夜迢迢，漏盡燈殘香已銷。鞦韆院落久停戲，雙懸彩索空搖搖。眉兮眉兮春黛蹙，淚兮淚兮常滿掬。無言獨步上危樓，倚遍欄竿十二曲。荏苒流光疾似梭，滔滔逝水無迴波；良人一去不復返，紅顏欲老將如何？

---

㉝打鬼淨淨：形容清淨得連個鬼影子都沒有。

韓思厚讀罷，以手拊壁而言：「我妻不幸為人驅虜。」正看之間，忽聽楊思溫急道：「嫂嫂來也！」思厚回頭看時，見一婦人，項擁香羅而來。思溫仔細認時，正是秦樓見的嫂嫂。那婆婆也道：「夫人來了！」三人大驚，急走下樓來尋，早轉身入後堂左廊下，趨入一閣子內去。二人驚懼，婆婆道：「既已到此，可同去閣子裡看一看。」婆子引二人到閣前，只見關著閣子門，門上有牌面寫道：「韓國夫人影堂㉞。」婆子推開槅子㉟，三人入閣中看時，卻是安排供養著一箇牌位，上寫道：「亡室韓國夫人之位。」側邊有一軸畫，是義娘也；牌位上寫著：「侍妾鄭義娘之位。」面前供桌，塵埃尺滿。韓思厚看見影神㊱上衣服容貌，與思溫元夜所見的無二，韓思厚淚下如雨。婆子道：「夫人骨匣，只在桌下，夫人常提起，教媳婦看，是箇黑漆匣，有兩箇鍮石㊲環兒。每遍提起，夫人須哭一番，和我道：『我與丈夫守節喪身，死而無怨。』」思厚聽得說，乃懇婆子同揭起磚，取骨匣歸葬金陵，當得厚謝。婆婆道：「不妨。」三人同掇起供桌，揭起花磚，去掇匣子。用力掇之，不能得起，越掇越牢。思溫急止二人：「莫掇，莫掇！哥哥須曉得嫂嫂通靈，今既取去，也要成禮。且出此間，備些祭儀，作文以白嫂嫂，取之方可。」韓思厚道：「也說得是。」三人再踰牆而去，到打線婆婆家，令僕人張謹買下酒脯、香燭之物，就婆婆家做祭文。等至天明，一同婆婆、僕人搬挈祭物，踰牆而入。在韓國大人影堂內，鋪排供養訖。

㉞ 影堂：懸掛遺像的靈堂。
㉟ 槅子：古時落地長窗，上半部裝有槅眼。
㊱ 影神：遺像。
㊲ 鍮石：黃銅。

等至三更前後，香殘燭盡，盃盤零落，星宿渡河漢之候，酌酒奠饗，三奠已畢。思厚當靈筵下披讀祭文，讀罷流淚如傾；把祭文同紙錢燒化，忽然起一陣狂風。這風吹得燭有光似無光，燈欲滅而不滅，三人渾身汗顫。風過處，聽得一陣哭聲，風定燭明，三人看時，燭光之下，見一婦女，媚臉如花，香肌似玉，項纏羅帕，步蹙金蓮，斂袂向前，道聲：「叔叔萬福。」二人大驚，敘禮。韓思厚執手向前，哽咽流淚。哭罷，鄭夫人向著思厚道：「昨者盱眙之事，我夫今已明矣。只今元夜秦樓，與叔叔相逢，不得盡訴衷曲。當時妾若貪生，必須玷辱我夫。幸而全君清德若瑾瑜，棄妾性命如土芥；致有今日，生死之隔，終天之恨。」說罷，又哭一次。婆婆勸道：「休哭，且理會遷骨之事。」鄭夫人收哭而坐，三人進些飲饌，夫人略饗些氣味。思溫問：「元夜秦樓下相逢，嫂嫂為韓國夫人宅眷，車後許多人，是人是鬼？」鄭夫人道：「太平之世，人鬼相分；今日之世，人鬼相雜。當時隨車，皆非人也。」思厚道：「賢妻為吾守節而亡，我當終身不娶，以報賢妻之德。今願遷賢妻之香骨，共歸金陵可乎？」夫人不從道：「婆婆與叔叔在此，聽奴說。今蒙賢夫念妾孤魂在此，豈不願歸從夫？然須得常常看我，庶幾此情不隔冥漠。倘若再娶，必不我顧，則不如不去為強。」三人再三力勸，夫人只是不肯，向思溫道：「叔叔豈不知你哥哥心性，我在生之時，他風流性格，難以拘管。今妾已作故人，若隨他去，憐新棄舊，必然之理。」思溫再勸道：「嫂嫂聽思溫說，哥哥今來㊳不比往日，感嫂嫂貞節而亡，決不再娶。今哥哥來取，安忍不隨回去？願從思溫之言。」夫人向二人道：「謝叔叔如此苦苦相勸，若我夫果不昧心，願以一言為誓，即當從命。」說罷，思厚以酒瀝地為誓：「若負前言，在路盜賊殺戮，在水巨浪覆舟。」夫人急

㊳ 今來：如今。

止思厚：「且住，且住，不必如此發誓。我夫既不重娶，願叔叔為證見。」道罷，忽地又起一陣香風，香過遂不見了夫人。三人大驚訝，復添上燈燭，去供桌底下揭起花磚，款款掇起匣子，全不費力。收拾踰牆而出，至打絲婆婆家。次晚，以白銀三兩，謝了婆婆；又以黃金十兩，贈與思溫，思溫再辭方受。思厚別了思溫，同僕人張謹帶骨匣歸本驛。俟月餘，方得回書，令奉使歸。思溫將酒餞別，再三叮嚀：「哥哥無忘嫂嫂之言。」

思厚同一行人從，負夫人骨匣，出燕山豐宜門，取路而歸，月餘方抵盱眙。思厚到驛中歇泊，忽一人唱喏便拜。思厚看時，乃是舊僕人周義，今來謝天地，在此做箇驛子。遂引思厚入房，只見掛一幅影神，畫著箇婦人；又有牌位兒上寫著：「亡主母鄭夫人之位。」思厚怪而問之，周義道：「夫人貞節，為官人而死，周義親見，怎的不供奉夫人？」思厚因把燕山韓夫人宅中事，從頭說與周義，取出匣子，教周義看了，周義展拜啼哭。思厚是夜與周義抵足而臥。

至次日天曉，周義與思厚道：「舊日二十餘口，今則惟影是伴，情願服侍官人去金陵。」思厚從其請，將帶周義歸金陵。思厚至本所，將回文呈納。周義隨著思厚，卜地於燕山之側，備禮埋葬夫人骨匣畢。思厚不勝悲感，三日一詣墳所饗祭，至暮方歸，遂令周義守墳塋。

忽一日，蘇掌儀、許掌儀說：「金陵土星觀觀主劉金壇，雖是箇女道士，德行清高，何不同往觀中，做些功德，追薦令政？」思厚依從，選日，同蘇、許二人到土星觀來訪劉金壇時，你說怎生打扮？但見：

頂天青巾，執象牙簡，穿白羅袍，著翡翠履。不施朱粉，分明是梅蕚凝霜；淡竚精神，彷彿如蓮花出水。儀容絕世，標致非凡。

思厚一見，神魂散亂，目睜口呆。敘禮畢，金壇吩咐一面安排做九幽醮，且請眾官到裡面看靈芝。三人同入去，過二清殿、翠華軒，從八卦壇房內，轉入絳綃館，原來靈芝在絳綃館。眾人去看靈芝，惟思厚獨入金壇房內閒看。但見明窗淨几，鋪陳玩物。書案上文房四寶，壓紙界方㊴下露出些紙，信手取看時，是一幅詞，上寫著浣溪沙：

標致清高不染塵，星冠雲氅紫霞裙，門掩斜陽無一事，撫瑤琴。　虛館幽花偏惹恨，小窗閒月最消魂。此際得教還俗去，謝天尊！

韓思厚初觀金壇之貌，已動私情；後觀紙上之詞，尤增愛念。乃作一詞，名西江月，詞道：

玉貌何勞朱粉？江梅豈類群花？終朝隱几論黃芽㊵，不顧花前月下。　冠上星簪北斗，杖頭經掛南華。不知何日到仙家，曾許彩鸞同跨。

拍手高唱此詞。金壇變色焦躁說：「是何道理？欺我孤弱，亂我觀宇！」命人取轎來，我自去見恩官，與你理會。蘇、許二人再四勸住，金壇不允。韓思厚就懷中取出金壇所作之詞，教眾人看，說：「觀主

㊴ 界方：即「界尺」，一種壓紙用的文具。

㊵ 黃芽：煉丹家稱鉛精為「黃芽」。

不必焦躁，這箇詞兒是誰做的？」誂得金壇安身無地，把怒色都變做笑容，安排筵席，請眾官共坐，飲酒作樂，都不管做功德追薦之事。酒闌，二人各有其情，甚相愛慕，盡醉而散。這劉金壇原是東京人，丈夫是樞密院馮六承旨。因靖康年間同妻劉氏雇舟避難，來金陵，去淮水上，馮六承旨被冷箭落水身亡。其妻劉氏發愿，就土星觀出家，追薦丈夫，朝野知名，差做觀主。此後韓思厚時常往來劉金壇處。

忽一日，蘇、許二掌儀醵金備禮，在觀中請劉金壇、韓思厚。酒至數巡，蘇、許二人把盞勸思厚與金壇道：「哥哥既與金壇相愛，乃是宿世因緣。今外議藉藉，不當穩便。何不還了俗，用禮通媒，娶為嫂嫂，豈不美哉！」思厚、金壇從其言。金壇以錢買人告還俗，思厚選日下定，娶歸成親。一箇也不追薦丈夫，一箇也不看顧墳墓。倚窗攜手，惆悵論心。

成親數日，看墳周義不見韓官人來上墳，自詣宅前探聽消息。見當直在門前，問道：「官人因甚這幾日不來墳上？」當直道：「官人娶了土星觀劉金壇做了孺人，無工夫上墳。」周義是北人，性直，聽說氣忿忿地。恰好撞見思厚出來，周義唱喏畢，便著言語道：「官人，你好負義！鄭夫人為你守節喪身，你怎下得別娶孺人？」一頭罵，一頭哭夫人。韓思厚與劉金壇新婚，恐不好看，喝教當直們打出周義。周義悶悶不已，先歸墳所。當日是清明，周義去夫人墳前哭著告訴許多。是夜睡至三更，鄭夫人叫周義道：「你韓掌儀在那裡住？」周義把思厚辜恩負義娶劉氏事，一一告訴他一番：「如今在三十六丈街住，夫人自尋他理會。」夫人道：「我去尋他。」周義夢中驚覺，一身冷汗。

且說那思厚共劉氏新婚歡愛，月下置酒賞翫。正飲酒間，只見劉氏柳眉剔豎，星眼圓睜，以手捽住思厚不放，道：「你忒煞虧我，還我命來！」身是劉氏，語音是鄭夫人的聲氣㊶。諕得思厚無計可施，道：「告賢妻饒恕。」那裡肯放。正擺撥㊷不下，忽報蘇、許二掌儀步月而來望思厚，見劉氏捽住思厚不放。二人解脫得手，思厚急走出，與蘇、許二人商議，請笪橋鐵索觀朱法官來救治。即時遣張謹請到朱法官，法官見了劉氏道：「此冤抑不可治之，只好勸諭。」劉氏自用手打摑其口與臉上，哭著告訴法官以燕山蹤跡。又道：「望法官慈悲做主。」朱法官再三勸道：「當做功德追薦超生，如堅執不聽，冒犯天條。」劉氏見說，哭謝法官：「奴奴且退。」少刻劉氏方甦。法官書符與劉氏喫，又貼符房門上，法官辭去。當夜無事。

次日，思厚賫香紙請笪橋謝法官，方坐下，家中人來報，說孺人又中惡。思厚再告法官同往家中救治，法官云：「若要除根好時，須將燕山墳發掘，取其骨匣，棄於長江，方可無事。」思厚只得依從所說，募土工人等，同往掘開墳墓，取出鄭夫人骨匣，到揚子江邊，拋放水中。自此劉氏安然。恁地時，負心的無天理報應，豈有此理！

思厚負了鄭義娘，劉金壇負了馮六承旨。至紹興十一年，車駕幸錢塘，官民百姓皆從。思厚亦挈家離金陵，到於鎮江。思厚因想金山勝景，乃賃舟同妻劉氏江岸下船，行到江心，忽聽得舟人唱好事近詞，道是：

---

㊶ 聲氣：口氣。

㊷ 擺撥：擺脫。

往事與誰論？無語暗彈淚血。何處最堪憐？腸斷黃昏時節。倚門凝望又徘徊，誰解此情切？何

計可同歸鴈？趁江南春色。

思厚審聽所歌之詞，乃燕山韓國夫人鄭氏義娘題屏風者，大驚，遂問梢公：「此曲得自何人？」梢公答曰：「近有使命入國至燕山，滿城皆唱此詞，乃一打線婆婆自韓國夫人宅中屏上錄出來的。說是江南一官人渾家，姓鄭名義娘，因貞節而死，後來鄭夫人丈夫私挈其骨歸江南，此詞傳播中外。」思厚聽得說，如萬刃攢心，眼中淚下。須臾之間，忽見江中風浪俱生，煙濤並起，異魚出沒，怪獸掀波，見水上一人波心湧出，頂萬字巾㊸，把手揪劉氏雲鬢，擲入水中。侍妾高聲喊叫：「孺人落水！」急喚思厚教救，那裡救得！俄頃，又見一婦人，項纏羅帕，雙眼圓睜，以手捽思厚，拽入波心而死。舟人欲救不能，遂惆悵而歸。歎古今負義人皆如此，乃傳之於人。詩曰：

一負馮君罹水厄，一虧鄭氏喪深淵。宛如孝女尋屍㊹死，不若三閭為主愆㊺。

㊸ 萬字巾：頭巾的一種，形如萬字。

㊹ 孝女尋屍：漢時上虞女子曹娥，父溺死，曹娥投江，抱父屍而出。

㊺ 三閭為主愆：屈原為楚國三閭大夫，為諫國君親秦政策之錯，投江而死。愆，錯也。

# 第二十五卷　晏平仲二桃殺三士

大禹塗山御座開，諸侯玉帛走如雷。防風謾有專車骨，何事茲辰最後來？

此篇言語，乃胡僧詩。昔三皇禪位，五帝相傳；舜之時，洪水滔天，民不聊生。舜使鯀治水，鯀無能，其水橫流。舜怒，將鯀殛於羽山。後使其子禹治水，禹疏通九河，皆流入海。三過其門而不入。會天下諸侯於會稽塗山，遲到誤期者斬。惟有防風氏後至，禹怒而斬之，棄其屍於原野。後至春秋時，越國於野外，掘得一骨專車，——言一車只載得一骨節，——諸人不識，問於孔子。孔子曰：「此防風氏骨也。」被禹王斬之，其骨尚存，有如此之大人也，當時防風氏正不知長大多少。古人長者最多，其性極淳，醜陋如獸者亦多，神農氏頂生肉角。豈不聞昔人有云：「古人形似獸，卻有大聖德；今人形似人，獸心不可測。」

今日說三箇好漢，被一箇身不滿三尺之人，聊用微物，都斷送了性命。昔春秋列國時，齊景公朝有三箇大漢，一人姓田，名開疆，身長一丈五尺。其人生得面如噀血❶，目若朗星，雕嘴魚腮，板牙無縫。比時❷曾隨景公獵於桐山，忽然於西山之中，趕起一隻猛虎來。其虎奔走，逕撲景公之馬。馬見虎來，驚倒

❶ 噀血：噴血。

❷ 比時：當時。

景公在地。田開疆在側，不用刀鎗，雙拳直取猛虎。左手揪住項毛，右手揮拳而打，用腳望面門上踢，一頓打死那隻猛虎，救了景公。文武百官，無不畏懼。景公回朝，封為壽寧君，是齊國第一箇行霸道的。卻說第二箇，姓顧名治子，身長一丈三尺，面如潑墨，腮吐黃鬚，手似銅鉤，牙如鋸齒。此人曾隨景公渡黃河，忽大雨驟至，波浪洶湧，舟船將覆。景公大驚，見雲霧中火塊閃爍，戲於水面。顧治子在側，言曰：「此必是黃河之蛟也。」景公曰：「如之奈何？」顧治子曰：「主公勿慮，容臣斬之。」拔劍裸衣下水。少刻風浪俱息，見顧治子手提蛟頭，躍水而出。景公大駭，封為武安君，這是齊國第二箇行霸道的。第三箇姓公孫名接，身長一丈二尺，頭如累塔，眼生三角，板肋猿背，力舉千斤。一日秦兵犯界，景公引軍馬出迎，被秦兵殺敗，引軍趕來，圍住在鳳鳴山。公孫接用鐵闋一條，約至一百五十觔，殺入秦兵之內。秦兵十萬，措手不及，救出景公。封為威遠君，這是齊國第三箇行霸道的。這三箇結為兄弟，誓說生死相托。三箇不知文墨禮讓，在朝廷橫行，視君臣如同草木。景公見三人上殿，如芒刺在背。

一日，楚國使中大夫靳尚前來本國求和。原來齊、楚二邦乃是鄰國，二國交兵二十餘年，不曾解和。楚王乃命靳尚為使，入見景公，奏曰：「齊、楚不和，交兵歲久，民有倒懸之患。今特命臣入國講和，永息刀兵。俺楚國襟三江而帶五湖，地方千里，粟支數年，足食足兵，可為上國❸。王可裁之，得名獲利。」卻說田、顧、公孫三人大怒，叱靳尚曰：「量汝楚國，何足道哉！吾三人親提雄兵，將楚國踐為平地，人人皆死，箇箇不留。」喝靳尚下殿，教金瓜❹武士斬訖報來。堦下轉過一人，身長三尺八寸，

❸ 上國：宗主國。

❹ 金瓜：一種古時衛士所執的兵仗。銅製，金色，棒端如瓜形。

眉濃目秀，齒白唇紅，乃齊國丞相，姓晏名嬰，字平仲，前來喝住武士，備問其詳。靳尚說了，晏子便教放了靳尚，先回本國，吾當親至講和。乃上殿奏知景公。三人大怒曰：「吾欲斬之，汝何故放還本國？」晏子曰：「豈不聞『兩國戰爭，不斬來使』？他獨自到這裡，擒住斬之，鄰國知道，萬世笑端。晏嬰不才，憑三寸舌，親到楚國，令彼君臣，皆頓首謝罪於堦下，尊齊為上國，並不用刀兵士馬，此計若何？」三士怒髮衝冠，皆叱曰：「汝乃黃口侏儒小兒，國人無眼，命汝為相，擅敢亂開大口！吾三人有誅龍斬虎之威，力敵萬夫之勇，親提精兵，平吞楚國，要汝何用？」景公曰：「丞相既出大言，必有廣學❺。且待入楚之後，若果獲利，勝似典兵。」三士曰：「且看侏儒小兒這回為使，若折了我國家氣概，回來時砍為肉泥！」三士出朝。景公曰：「丞相此行，不可輕忽。」晏子曰：「主上放心，至楚邦，視彼君臣如土壤耳。」遂辭而行，從者十餘人跟隨。

車馬已至郢都，楚國臣宰奏知，君臣商議曰：「齊晏子乃舌辨之士，可定下計策，先塞其口，令不敢來下說詞。」君臣定計了，宣晏子入朝。晏子到朝門，見金門不開，下面匣板止留半段，意欲令晏子低頭鑽入，以顯他矮小辱之。晏子望見下面便鑽，從人急止之曰：「彼見丞相矮小，故以辱之，何中其計？」晏子大笑曰：「汝等豈知之耶？吾聞人有人門，狗有狗竇。使於人，即當進人門；使於狗，即當進狗竇。有何疑焉？」楚臣聽之，火急開金門而接。晏子旁若無人，昂然而入。

至殿下，禮畢，楚王問曰：「汝齊國地狹人稀乎？」晏子曰：「臣齊國東連海島，西跨魏秦，北拒趙燕，南吞吳楚，雞鳴犬吠相聞，數千里不絕，安得為地狹耶？」楚王曰：「地土雖闊，人物卻少。」

❺ 廣學：廣大的學問。

晏子曰：「臣國中人呵氣如雲，沸汗如雨，行者摩肩，立者並跡，金銀珠玉，堆積如山，安得人物稀少耶？」楚王曰：「既然地廣人稠，何故使一小兒來吾國中為使耶？」晏子答曰：「使於大國者，則用大人；使於小國者，則當用小兒。因此特命晏嬰到此。」楚王視臣下，無言可答。請晏嬰上殿，命座。侍臣進酒，晏子欣然暢飲，不以為意。

少刻，金瓜簇擁一人至筵前，其人口稱冤屈。晏子視之，乃齊國帶來從者。問得何罪，楚臣對曰：「來筵前作賊，盜酒器而出，被戶尉所獲，乃真贓正犯❻也。」其人曰：「實不曾盜，乃戶尉圖賴。」晏子曰：「真贓正犯，尚敢抵賴，速與吾牽出市曹斬之。」楚臣曰：「丞相遠來，何不帶誠實之人？令從者作賊，其主豈不羞顏？」晏子曰：「此人自幼跟隨，極知心腹，今日為盜，有何難見？昔在齊國是箇君子，今到楚國，卻為小人，乃風俗之所變也。吾聞江南洞庭有一樹，生一等果，其名曰橘，其色黃而香，其味甜而美；若將此樹移於北方，結成果木，乃名枳實，其色青而臭，其味酸而苦。名謂南橘北枳，便分兩等，乃風俗之不等也。以此推之，在齊不為盜，在楚為盜，更復何疑？」

楚王大慚，急離御座，拱手於晏子曰：「真乃賢士也。吾國中大小公卿，萬不及一。願賜見教，一聽嚴命。」晏子曰：「王上安坐，聽臣一言。齊國中有三士，皆萬夫不當之勇，久欲起兵來吞楚國。吾力言不可：齊楚不睦，蒼生受害，心何忍焉？今臣特來講和，王上可親詣齊國和親，結為唇齒之邦，歃血❼為盟。若鄰國加兵，互相救應，永無侵擾，可保萬年之基業。若不聽臣，禍不遠矣。非臣相誑，願

❻ 真贓正犯：賊犯、賊物等犯罪的確實證據。

❼ 歃血：把血塗在口旁，古時結盟時一種儀式。

王裁之。」王曰：「聞公之才，寡人情願和親。但所患者，齊三士皆無仁義之人，吾不敢去。」晏子曰：「王上放心，臣願保駕，聊施小計，教三士死於大王之前，以絕兩國之患。」楚王曰：「若三士俱亡，吾寧為小邦，年朝歲貢而無怨。」晏子許之。楚王乃大設筵席，送令先去，隨後收拾進獻禮物而至。

晏子先使人歸報，齊景公聞之大喜，令大小公卿，盡隨吾出郭迎接丞相。三士聞之，轉怒。晏子至，景公下車而迎，慰勞已畢，同載而回，齊國之人看者塞途。晏子辭景公回府。次日入宮，見三士在閣下博戲。晏子進前施禮，三士亦不回顧，傲忽之氣，旁若無人。晏子侍立久之，方自退，入見景公，說三士如此無禮。景公曰：「此三人如常帶劍上殿，視吾如小兒，久必篡位矣。素欲除之，恨力不及耳。」晏子曰：「主上寬心，來朝楚國君臣皆至，可大張御宴。待臣於筵間，略施小計，令三士皆自殺何如？」景公曰：「計將安出？」晏子曰：「此三人者皆一勇匹夫，並無謀略，若……如此如此，禍必除矣。」景公喜。

次日，楚王引文武官僚百餘員，車載金珠翫好之物，親至朝門。景公請入，楚王先下拜，景公忙答禮罷，二君分賓主而坐。楚王令群臣羅拜堦下。楚王拱手伏罪曰：「二十年間，多有凶犯。今因丞相之言，特來請罪。薄禮上貢，望乞恕納。」齊景公謝訖，大設筵宴，二國君臣相慶。三士帶劍立於殿下，昂昂自若。晏子進退揖讓，並不諂於三士。

酒至半酣，景公曰：「御園金桃已熟，可採來筵間食之。」須臾，一宮監金盤內捧出五枚。齊王曰：「園中桃樹，今歲止收五枚，味甜氣香，與他樹不同。丞相捧盃進酒以慶此桃。」上古之時，桃樹難得，今園中有此五枚，為希罕之物。晏子捧玉爵行酒，先進楚王。飲畢，食其一桃，又進齊王，飲畢，食其一桃。齊王曰：「此桃非易得之物，丞相合二國和好，如此大功，可食一桃。」晏子跪而食之，賜酒一爵。齊王曰：「齊、楚二國，公卿之中，言其功勳大者，當食此桃。」田開疆挺身而出，立於筵上而言曰：「昔從主公獵於桐山，力誅猛虎，其功若何？」齊王曰：「擎王❽保駕，功莫大焉。」晏子慌忙進酒一爵，食桃一枚，歸於班部。顧冶子奮然便出，曰：「誅虎者未為奇，吾曾斬長蛟於黃河，救主上回故國，覷洪波巨浪，如登平地，此功若何？」王曰：「此蓋世之功也，進酒賜桃，又何疑哉？」晏子慌忙進酒賜桃。公孫接撩衣破步而出，曰：「吾曾於十萬軍中，手揮鐵闋，救主公出，軍中無敢近者，此功若何？」齊王曰：「據卿之功，極天際地，無可比者；爭奈無桃可賜，賜酒一盃，以待來年。」晏子曰：「將軍之功最大，可惜言之太遲，以此無桃，掩其大功。」公孫接按劍而言曰：「誅龍斬虎，小可事耳。吾縱橫於十萬軍中，如入無人之境，力救主上，建立大功，反不能食桃，受辱於兩國君臣之前，為萬代之恥笑，安有面目立於朝廷耶？」言訖，遂拔劍自刎而死。田開疆大驚，亦拔劍而言曰：「我等微功而食桃，兄弟功大反不得食，吾之羞恥，何日可脫？」言訖，自刎而死。顧冶子奮氣大呼曰：「吾三人義同骨肉，誓同生死；二人既亡，吾安能自活？」言訖，亦自刎而亡。晏子笑曰：「非二桃不能殺三士，今已絕慮，吾計若何？」楚王下坐，拜伏而嘆曰：「丞相神機妙策，安敢不服耶？自今以後，永尊上國，誓無侵犯。」齊王將三士勑葬於東門外。

自此齊、楚連和，絕其士馬❾。齊為霸國。晏子名揚萬世，宣聖❿亦稱其善。後來諸葛孔明曾為梁

---

❽ 擎王：即「勤王」。謂臣子盡力為王室掃除災難。

❾ 士馬：兵馬。比喻戰爭。

父吟，單道此事。吟曰：

步出齊城門，遙望湯陰里；里中有三墳，纍纍正相似。問是誰家塚？田疆顧冶氏。力能排南山，文能絕地理；一朝被讒言，二桃殺三士。誰能為此謀？相國齊晏子。

又滿江紅詞一篇，古人單道此事，詞云：

齊景雄風，因習戰海濱畋獵。正驅馳忽逢猛獸，眾皆驚絕。壯士開疆能奮勇，雙拳殺虎身流血。救君危拜寵恩榮，真豪傑！　顧冶子，除妖孽；強秦戰，公孫接。笑三人恃勇，在齊猖獗。只被晏嬰施小巧，二桃中計皆身滅。齊東門纍纍有三墳，荒郊月。

⑩ 宣聖：指孔子。

# 第二十六卷　沈小官一鳥害七命

飛禽惹起禍根芽，七命相殘事可嗟。奉勸世人須鑑戒，莫教兒女不當家。

話說大宋徽宗朝，宣和三年，海寧郡武林門外北新橋下，有一機戶，姓沈名昱，字必顯。家中頗為豐足，娶妻嚴氏，夫婦恩愛。單生一子，取名沈秀，年長一十八歲，未曾婚娶。其父專靠織造段疋為活，不想這沈秀不務本分生理，專好風流閒耍，養畫眉過日。父母因惜他一子，以此教訓他不下。街坊鄰里取他一箇渾名，叫做「沈鳥兒」。每日五更，提了畫眉，奔入城中柳林裡來拖❶畫眉，不只一日。忽至春末夏初，天氣不煖不寒，花紅柳綠之時。當時沈秀侵晨起來，梳洗罷，喫了些點心，打點籠兒，盛著箇無比賽的畫眉。這畜生只除天上有，果係世間無，將他各處去鬭，俱鬭他不過，成百十貫贏得。因此十分愛惜他，如性命一般，做一箇金漆籠兒，黃銅鉤子，哥窯❷的水食罐兒，綠紗罩兒。提了在手，搖搖擺擺，逕奔入城，往柳林裡去拖畫眉。不想這沈秀一去，死於非命。好似：

❶ 拖：訓練禽鳥。

❷ 哥窯：宋時龍泉縣有章姓兄弟善造窯，兄所造為哥窯，弟所造為章窯。

豬羊進入宰生❸家，一步步來尋死路。

當時沈秀提了畫眉，逕到柳林裡來。不意來得遲了些。眾拖畫眉的俱已散了，淨蕩蕩黑陰陰，沒一箇人往來。沈秀獨自一箇，把畫眉掛在柳樹上，叫了一回。沈秀自覺沒情沒緒，除了籠兒，正要回去，不想小肚子一陣疼，滾將上來，一塊兒蹲到在地上。原來沈秀有一件病在身上，叫做「主心餛飩」❹，一名「小腸疝氣」，每常一發一箇小死。其日想必起得早些，況又來遲，眾人散了，沒些情緒，悶上心來，這一次甚是發得凶。一跤倒在柳樹邊，有兩箇時辰不醒人事。

你道事有輳巧，物有偶然，這日有箇箍桶的，叫做張公，挑著擔兒，逕往柳林裡，穿過褚家堂做生活。遠遠看見一箇人，倒在樹邊，三步那做兩步，近前歇下擔兒。看那沈秀臉色臘查❺黃的，昏迷不醒，身邊並無財物，止有一箇畫眉籠兒，這畜生此時越叫得好聽。所以一時見財起意，窮極計生，心中想道：「終日括得這兩分銀子，怎地得快活？」只是這沈秀當死，這畫眉見了張公，分外叫得好。張公道：「別的不打緊，只這箇畫眉，少也值二三兩銀子。」便提在手，卻待要走。不意沈秀正甦醒，開眼見張公提著籠兒，要鬮❻身子不起，只口裡罵道：「老忘八，將我畫眉那裡去？」張公聽罵，「這小狗人的，忒也嘴尖❼！我便拿去，他倘爬起趕來，我倒反喫他虧。一不做，二不休，左右是歹了。」卻去那桶裡取一

❸ 宰生：屠宰。
❹ 主心餛飩：小腸氣。
❺ 臘查：臘的渣子色黃，用來比喻人的病容。查，通「渣」。
❻ 鬮：同「掙」。
❼ 嘴尖：說話尖利。

把削桶的刀來，把沈秀按住一勒，那灣刀又快，力又使得猛，那頭早滾在一邊。張公也慌張了，東觀西望，恐怕有人撞見。卻抬頭見一株空心楊柳樹，連忙將頭提起，丟在樹中。將刀放在桶內，籠兒掛在擔上，也不去褚家堂做生活，一道煙逕走。穿街過巷，投一箇去處，你道只因這箇畫眉，生生的害了幾條性命。正是：

人間私語，天聞若雷。暗室虧心，神目如電。

當時張公一頭走，一頭心裡想道：「我見湖州墅裡客店內，有箇客人，時常要買蟲蟻❽，何不將去賣與他？」一逕望武林門外來。也是前生注定的劫數，卻好見三箇客人，兩箇後生跟著，共是五人，正要收拾貨物回去，卻從門外進來客人，俱是東京汴梁人，內中有箇姓李名吉，販賣生藥。此人平昔也好養畫眉，見這箍桶擔上，好箇畫眉，便叫張公，借看一看。張公歇下擔子，那客人看那畫眉毛衣並眼，生得極好，聲音又叫得好，心裡愛他，便問張公：「你肯賣麼？」此時張公巴不得脫禍，便道：「客官，你出多少錢？」李吉轉看轉好❾，便道：「與你一兩銀子。」張公自道著手❿了，便道：「本不當計較，只是愛者如寶，添些便罷。」那李吉取出三塊銀子，秤秤看到有一兩二錢，道：「也罷。」遞與張公。張公接過銀子，看一看，將來放在荷包裡，將畫眉與了客人，別了便走。口裡道：「發脫得這禍根，也

❽ 蟲蟻：宋人凡昆蟲、鳥類都叫做「蟲蟻」。

❾ 轉看轉好：愈看愈好。

❿ 著手：得手。

是好事了。」不上街做生理，一直奔回家去，心中也自有些不爽利⓫。正是：

作惡恐遭天地責，欺心猶怕鬼神知。

原來張公正在湧金門城腳下住，止婆老⓬兩口兒，又無兒子。婆兒見張公回來，便道：「簏子一條也不動，緣何又回來得早？有甚事幹？」張公只不答應，挑著擔子，逕入門歇下，轉身關上大門，道：「阿婆，你來，我與你說話。恰纔……」如此如此，「謀得這一兩二錢銀子，與你權且快活使用。」兩口兒歡天喜地，不在話下。

卻說柳林裡無人來往，直至巳牌⓭時分，兩箇挑糞莊家，打從那裡過，見了這沒頭屍首，攛在地上，喫了一驚，聲張起來。當坊里甲鄰佑，一時嚷動。本坊申呈本縣，本縣申府。次日，差官吏仵作人等，前來柳陰裡，檢驗得渾身無些傷痕，只是無頭，又無苦主⓮。官吏回覆本府，本府差應捕⓯挨獲⓰凶身。城裡城外，紛紛亂嚷。

卻說沈秀家到晚不見他回來，使人去各處尋不見。天明，央人入城尋時，只見湖州墅嚷道：「柳林

---

⓫ 不爽利：不自在。
⓬ 婆老：老婆子和老頭子。
⓭ 巳牌：巳時。上午九點至十一點。
⓮ 苦主：被害人的家屬。
⓯ 應捕：負責緝捕的官兵。
⓰ 挨獲：搜捕。

裡殺死無頭屍首。」沈秀的娘聽得說，想道：「我的兒子昨日入城拖畫眉，至今無尋他處，莫不得是他？」連叫丈夫：「你必須自進城打聽。」沈昱聽了一驚，慌忙自奔到柳林裡。看了無頭屍首，仔細定睛上下看了衣服，卻認得是兒子，大哭起來。本坊里甲道：「苦主有了，只無凶身。」其時沈昱逕到臨安府告說：「是我的兒子，昨日五更入城拖畫眉，不知怎的被人殺了？望老爺做主！」本府發放各處應捕及巡捕官，限十日內要捕凶身著。

沈昱具棺木盛了屍首，放在柳林裡，一逕回家，對妻說道：「是我兒子，被人殺了，只不知將頭何處去了。我已告過本府，本府著捕人各處捉獲凶身。我且自買棺木盛了，此事如何是好？」嚴氏聽說，大哭起來，一交跌倒。不知五臟何如，先見四肢不舉。正是：

身如五鼓銜山月，氣似三更油盡燈。

當時眾人灌湯，救得甦醒，哭道：「我兒日常不聽好人之言，今日死無葬身之地。我的少年的兒，死得好苦！誰想我老來無靠！」說了又哭，哭了又說，茶飯不喫。丈夫再三苦勸，只得勉強。過了半月，並無消息。沈昱夫妻二人商議，兒子平昔不依教訓，致有今日禍事，喫人殺了，沒捉獲處，也只得沒奈何，但得全屍也好。不若寫箇帖子，告稟四方之人，倘得見頭，全了屍首，待後又作計較。二人商議已定，連忙便寫了幾張帖子，滿城去貼，上寫：「告知四方君子，如有尋獲得沈秀頭者，情願賞錢一千貫；捉得凶身者，願賞錢二千貫。」將此情告知本府，本府亦限捕人尋獲，亦出告示道：「如有人尋得沈秀頭者，官給賞錢五百貫；如捉獲凶身者，賞錢一千貫。」告示一出，滿城哄動不題。

且說南高峰腳下，有一箇極貧老兒，姓黃，渾名叫做黃老狗，一生為人魯拙，抬轎營生⑰。老來雙目不明，止靠兩箇兒子度日，大的叫做大保，小的叫做小保。父子三人，正是衣不遮身，食不充口，巴巴急急，口食不敷。一日，黃老狗叫大保、小保到來，「我聽得人說，甚麼財主沈秀喫人殺了，沒尋頭處。今出賞錢，說有人尋得頭者，本家賞錢一千貫，本府又給賞五百貫。我今叫你兩箇別無話說，我今左右老了，又無用處，又不看見，又沒趁錢⑱。做我著⑲，教你兩箇發跡快活。你兩箇今夜將我的頭割了，埋在西湖水邊。過了數日，待沒了認色⑳，卻將去本府告賞，共得一千五百貫錢，卻強似今日在此受苦。此計大妙，不宜遲，倘被別人先做了，空折了性命。」只因這老狗失志㉑，說了這幾句言語，況兼兩箇兒子，又是愚蠢之人，不省法度的。正是：

口是禍之門，舌是斬身刀。閉口深藏舌，安身處處牢。

當時兩箇出到外面商議，小保道：「我爺設這一計大妙，便是做主將元帥，也沒這計策。好便好了，只是可惜沒了一箇爺。」大保做人，又狠又獃，道：「看他左右只在早晚要死，不若趁這機會殺了，去山

---

⑰ 營生：謀生。

⑱ 趁錢：賺錢。

⑲ 做我著：拼著我，即犧牲了我之意。

⑳ 認色：辨認的標誌。

㉑ 失志：心地糊塗。

下掘箇坑埋了，又無蹤跡，那裡查考？這箇叫做『趁湯推㉒』又喚做『一抹光㉓』。天理人心，又不是我們逼他，他自叫我們如此如此。」小保道：「好倒好，只除等睡熟了，方可動手。」

二人計較已定，卻去東奔西走，賒得兩瓶酒來，父子三人喫得大醉，東倒西歪。一覺直到三更，兩人爬將起來，看那老子正齁齁睡著。大保去灶前摸了一把廚刀，去爺的項上一勒，早把這顆頭割下了。連忙將破衣包了，放在床邊。便去山腳下掘箇深坑，扛去埋了。也不等天明，將頭去南屏山藕花居湖邊淺水處埋了。

過半月入城，看了告示，先走到沈昱家報說道：「我二人昨日因捉蝦魚，在藕花居邊，看見一箇人頭，想必是你兒子頭。」沈昱見說道：「若果是，便賞你一千貫錢，一分不少。」便去安排酒飯喫了，同他兩箇逕到南屏山藕花居湖邊。淺土隱隱蓋著一頭，提起看時，水浸多日，澎漲了，也難辨別。想必是了，若不是時，那裡又有這箇人頭在此？沈昱便把手帕包了，一同兩箇逕到府廳告說：「沈秀的頭有了。」知府再三審問，二人答道：「因捉蝦魚，故此看見，並不曉別項情由。」本府准信，給賞五百貫，二人領了，便同沈昱將頭到柳林裡，打開棺木，將頭湊在項上，依舊釘了，就同二人回家。嚴氏見說兒子頭有了，心中歡喜，隨即安排酒飯，管待二人，與了一千貫賞錢。二人收了，作別回家，便造房屋，買農具家生㉔。二人道：「如今不要似前抬轎，我們勤力耕種，挑賣山柴，也可度日。」不在話下。正

㉒ 趁湯推：趁湯水熱時把毛推光。比喻一下子收拾乾淨。

㉓ 一抹光：一下子收拾乾淨。

㉔ 家生：器具。

是光陰似箭，日月如梭，不覺過了數月，官府也懈了，日遠日疎，俱不題了。

卻說沈昱是東京機戶，輪該㉕解段疋到京。待各機戶段疋完日，到府領了解批㉖，回家吩咐了家中事務起身。此一去，只因沈昱看見了自家蟲蟻，又屈害了一條性命。正是：

非理之財莫取，非理之事莫為。明有刑法相繫，暗有鬼神相隨。

卻說沈昱在路，饑餐渴飲，夜住曉行，不只一日，來到東京。把段疋一一交納過了，取了批回，心下思量：「我聞京師景致，比別處不同，何不閒看一遭，也是難逢難遇之事。」其名山勝槩，庵觀寺院，出名的所在，都走了一遭。偶然打從御用監禽鳥房㉗門前經過，那沈昱心中是愛蟲蟻的，意欲進去一看。因門上用了十數箇錢，得放進去閒看。只聽得一箇畫眉，十分叫得巧好，仔細看時，正是兒子不見的畫眉。那畫眉見了沈昱眼熟，越發叫得好聽，又叫又跳，將頭顛沈昱數次。沈昱見了，想起兒子，千行淚下，心中痛苦，不覺失聲，叫起屈來，口中只叫：「得有這等事！」那掌管禽鳥的校尉喝道：「這廝好不知法度，這是甚麼所在，如此大驚小怪起來！」沈昱痛苦難伸，越叫得響了。

那校尉恐怕連累自己，只得把沈昱拏了，送到大理寺。大理寺官便喝道：「你是那裡人，敢進內御用之處，大驚小怪？有何冤屈之事？好好直說，便饒你罷。」沈昱就把兒子拖畫眉被殺情由，從頭訴說

㉕ 輪該：輪到。

㉖ 解批：解送人犯或貨物的批文。

㉗ 御用監禽鳥房：朝廷專管皇帝御用禽鳥的宦官。

了一遍。大理寺官聽說，呆了半晌，想這禽鳥是京民李吉進貢在此，緣何有如此一節隱情。便差人火速捉拏李吉到官，審問道：「你為何在海寧郡將他兒子謀殺了，卻將他的畫眉來此進貢？一一明白供招，免受刑罰。」李吉道：「先因往杭州買賣，行至武林門裡，撞見一箇箍桶的擔上，掛著這箇畫眉，是吉因見他叫得巧，又生得好，用價一兩二錢，買將回來。因他好巧，不敢自用，以此進貢上用。並不知人命情由。」勘官問道：「你卻賴與何人！這畫眉就是實跡了，實招了罷。」李吉再三哀告道：「委的㉘是問箇箍桶的老兒買的，並不知殺人情由，難以屈招。」勘官又問：「你既是問老兒買的，那老兒姓甚名誰？那裡人氏？供得明白，我這裡行文拿來，問理得實，既便放你。」李吉道：「小人是路上逢著買的，實不知姓名，那裡人氏。」勘官罵道：「這便是含糊了，將此人命推與誰償？據這畫眉，便是實跡，這廝不打不招！」再三拷打，打得皮開肉綻。李吉痛苦不過，只得招做「因見畫眉生得好巧，一時殺了沈秀，將頭拋棄」情由。遂時李吉送下大牢監候，大理寺官具本奏上朝廷，聖旨道：李吉委的殺死沈秀，畫眉見存，依律處斬。將畫眉給還沈昱，又給了批迴㉙，放還原籍，將李吉押發㉚市曹斬首。正是：

老龜煮不爛，移禍於枯桑。

當時恰有兩箇同與李吉到海寧郡來做買賣的客人，蹀躞不下㉛，「有這等冤屈事！明明是買的畫眉，

---

㉘ 委的：確實。

㉙ 批迴：批狀。

㉚ 押發：押到。

㉛ 蹀躞不下：形容心中焦慮不安，放心不下。

我欲待替他申訴，爭奈賣畫眉的人雖認得，我亦不知其姓名，況且又在杭州。冤倒不辯得，和我連累了，如何出豁㉜？只因一箇畜生，明明屈殺了一條性命。除我們不到杭州，若到，定要與他討箇明白。」也不在話下。

卻說沈昱收拾了行李，帶了畫眉，星夜奔回。到得家中，對妻說道：「我在東京替兒討了命了。」嚴氏問道：「怎生得來？」沈昱把在內監見畫眉一節，從頭至尾，說了一遍。嚴氏見了畫眉，大哭了一場，覩物傷情，不在話下。

次日沈昱提了畫眉，本府來銷批，將前項事情，告訴了一遍。知府大喜道：「有這等巧事。」正是：

勸君莫作虧心事，古往今來放過誰。

休說人命關天，豈同兒戲。知府發放㉝道：「既是凶身獲得斬首，可將棺木燒化。」沈昱叫人將棺木燒了，就撒了骨殖㉞，不在話下。

卻說當時同李吉來杭州賣生藥的兩箇客人，一姓賀，一姓朱，有些藥材，逕到杭州湖墅客店內歇下，將藥材一一發賣訖。當為心下不平，二人逕入城來，探聽這箇箍桶的人。尋了一日，不見消耗。二人悶悶不已，回歸店中歇了。次日，又進城來，卻好遇見一箇箍桶的擔兒。二人便叫住道：「大哥，請問你，

㉜ 出豁：脫身。

㉝ 發放：發落；處置。

㉞ 骨殖：骨灰。

這裡有一箇箍桶的老兒，……」這般這般模樣，「不知他姓甚名誰，大哥你可認得麼？」那人便道：「客官，我這箍桶行裡，只有兩箇老兒，一箇姓李，住在石榴園巷內；一箇姓張，住在西城腳下。不知那一箇是？」二人謝了，逕到石榴園來尋，只見李公正在那裡劈篾。二人看了，卻不是他。又尋他到西城腳下，二人來到門首，便問：「張公在麼？」張婆道：「不在，出去做生活去了。」二人也不打話，一逕且回。正是未牌時分，二人走不上半里之地，遠遠望見一箇箍桶擔兒來。有分直教此人償了沈秀的命，明白了李吉的事。正是：

恩義廣施，人生何處不相逢？冤讎莫結，路逢狹處難迴避。

其時張公望南回來，二人朝北而去，卻好劈面撞見。張公不認得二人，二人卻認得張公，便攔住問道：「阿公高姓？」張公道：「小人姓張。」又問道：「莫非是在西城腳下住的？」張公道：「便是，問小人有何事幹？」二人便道：「我店中有許多生活要箍，要尋箇老成的做，因此問你。你如今那裡去？」張公道：「回去。」三人一頭走，一頭說，直走到張公門首。張公道：「二位請坐喫茶。」二人道：「今日晚了，明日再來。」張公道：「明日我不出去了，專等專等。」

二人作別，不回店去，逕投本府首告。正是本府晚堂㉟，直入堂前跪下。把沈昱認畫眉一節，李吉被殺一節，撞見張公買畫眉一節，一一訴明。「小人兩箇不平，特與李吉討命，望老爺細審張公。不知怎地得畫眉？」府官道：「沈秀的事，俱已明白了，凶身已斬了，再有何事？」二人告道：「大理寺官不

㉟ 晚堂：舊時官署長官於傍晚申時升堂理事，稱「晚堂」。也稱「晚衙」。

明，只以畫眉為實，更不推詳㊱來歷，將李吉明白屈殺了。小人路見不平，特與李吉討命。如不是實，怎敢告擾？望乞憐憫做主。」知府見二人告得苦切，隨即差捕人連夜去捉張公。好似：

數隻皁雕追紫燕，一群猛虎啖羊羔。

其夜眾公人奔到西城腳下，把張公背剪綁了，解上府去，送大牢內監了。次日，知府升堂，公人於牢中取出張公跪下。知府道：「你緣何殺了沈秀，反將李吉償命？今日事露，天理不容。」喝令好生打著。直落㊲打了三十下，打得皮開肉綻，鮮血淋漓。再三拷打，不肯招承。兩箇客人，並兩箇伴當齊說：「李吉便死了，我四人見在，眼同㊳將一兩二錢銀子，買你的畫眉。你今推卻何人？你若說不是你，你便說這畫眉從何來？實的虛不得，支吾有何用處？」張公猶自抵賴，知府大喝道：「畫眉是真贓物，這四人是真證見，若再不招，取夾棍來夾起。」張公驚慌了，只得將前項盜取畫眉，勒死沈秀一節，一一供招了。知府道：「那頭彼時放在那裡？」張公道：「小人一時心慌，見側邊一株空心柳樹，將頭丟在中間。隨提了畫眉，逕出武林門來，偶撞見三箇客人，兩箇伴當，問小人買了畫眉，得銀一兩二錢，歸家用度。所供是實。」知府令張公畫了供，又差人去拘沈昱，一同押著張公，到於柳林裡尋頭。哄動街市上之人無數，一齊都到柳林裡來看尋頭。只見果有一株空心柳樹，眾人將鋸放倒，眾人發一聲喊，果

㊱推詳：仔細推究。
㊲直落：接連不斷。
㊳眼同：親自會同。

有一箇人頭在內。提起看時，端然不動。沈昱見了這頭，定睛一看，認得是兒子的頭，大哭起來，昏迷倒地，半晌方醒。遂將帕子包了，押著張公，逕上府去。知府道：「既有了頭，情真罪當。」取具大枷枷了，腳鐐手杻釘了，押送死囚牢裡，牢固監候。

知府又問沈昱道：「當時那兩箇黃大保、小保，又那裡得這人頭來請賞？事有可疑。今沈秀頭又有了，那頭卻是誰人的？」隨即差捕人去拿黃大保兄弟二人，前來審問來歷。沈昱眼同公人，逕到南山黃家，捉了弟兄兩箇，押到府廳，當廳跪下。知府道：「殺了沈秀的凶身，已自捉了，沈秀的頭見已追出。你弟兄二人謀死何人，將頭請賞？一一承招，免得喫苦。」大保、小保被問，口隔心慌㊴，答應不出。知府大怒，喝令吊起拷打半日，不肯招承，又將燒紅烙鐵燙他，二人熬不過死去，將水噴醒，只得口吐真情，說道：「因見父親年老，有病伶仃，一時不合將酒灌醉，割下頭來，埋在西湖藕花居水邊，含糊請賞。」知府道：「你父親屍骸埋在何處？」兩箇道：「就埋在南高峰腳下。」當時押發二人到彼，掘開看時，果有沒頭屍骸一副，埋藏在彼。依先押二人到於府廳回話，道：「南山腳下，淺土之中，果有沒頭屍骸一副。」知府道：「有這等事，真乃逆天之事，世間有這等惡人！口不欲說，耳不欲聞，筆不欲書，就一頓打死他倒乾淨，此恨怎的消得！」喝令手下不要計數，先打一會，打得二人死而復醒者數次。討兩面大枷枷了，送入死囚牢裡，牢固監候。沈昱併原告人，寧家聽候。

隨即具表申奏，將李吉屈死情由奏聞。奉聖旨，著刑部及都察院，將原問李吉大理寺官好生勘問，隨貶為庶人，發嶺南安置。李吉平人屈死，情實可矜，著官給賞錢一千貫，除子孫差役。張公謀財故殺，

㊴ 口隔心慌：形容心懷鬼胎，焦急慌張。

屈害平人，依律處斬，加罪凌遲，剮割二百四十刀，分屍五段。黃大保、小保，貪財殺父，不分首從，俱各凌遲處死，剮二百四十刀，分屍五段，梟首示眾。正是：

湛湛青天不可欺，未曾舉意早先知。勸君莫作虧心事，古往今來放過誰？

一日文書到府，差官吏仵作人等，將三人押赴木驢❹上，滿城號令三日，律例凌遲分屍，梟首示眾。其時張婆聽得老兒要剮，來到市曹上，指望見一面。誰想仵作見了行刑牌，各人動手碎剮，其實凶險，驚得婆兒魂不附體，折身便走。不想被一絆，跌得重了，傷了五臟，回家身死。正是：

積善逢善，積惡逢惡。仔細思量，天地不錯。

❹ 木驢：古代一種釘有橫木，裝有輪軸的刑具。處決囚犯時，先把受刑人綁在木驢上，遊街示眾。

# 第二十七卷　金玉奴棒打薄情郎

枝在牆東花在西，自從落地任風吹。枝無花時還再發，花若離枝難上枝。

這四句，乃昔人所作棄婦詞，言婦人之隨夫，如花之附於枝；枝若無花，逢春再發；花若離枝，不可復合。勸世上婦人，事夫盡道，同甘同苦，從一而終；休得慕富嫌貧，兩意三心，自貽後悔。

且說漢朝一箇名臣，當初未遇時節，其妻有眼不識泰山，棄之而去，到後來，悔之無及。你說那名臣何方人氏？姓甚名誰？那名臣姓朱，名買臣，表字翁子，會稽郡人氏。家貧未遇，夫妻二口，住於陋巷蓬門。每日買臣向山中砍柴，挑至市中，賣錢度日。性好讀書，手不釋卷，肩上雖挑卻❶柴擔，手裡兀自擒❷著書本，朗誦咀嚼，且歌且行。市人聽慣了，但聞讀書之聲，便知買臣挑柴擔來了，可憐他是箇儒生，都與他買。更兼買臣不爭價錢，憑人估值，所以他的柴比別人容易出脫。一般❸也有輕薄少年，及兒童之輩，見他又挑柴，又讀書，三五成群，把他嘲笑戲侮，買臣全不為意。一日其妻出門汲水，見群兒隨著買臣柴擔，拍手共笑，深以為恥。買臣賣柴回來，其妻勸道：「你要讀書，便休賣柴；要賣柴，

❶ 挑卻：挑著。

❷ 擒：拿。

❸ 一般：照例。

便休讀書。許大❹年紀，不癡不顛，卻做出恁般行徑，被兒童笑話，豈不羞死！」買臣答道：「我賣柴以救貧賤，讀書以取富貴，各不相妨，由他笑話便了。」其妻笑道：「你若取得富貴時，不去賣柴了。自古及今，那見賣柴的人做了官？卻說這沒把鼻的話！」買臣道：「富貴貧賤，各有其時。有人算我八字，到五十歲上，必然發跡。常言『海水不可斗量』，你休料我。」其妻道：「那算命先生，見你癡顛模樣，故意耍笑你，你休聽信。到五十歲時，連柴擔也挑不動，餓死是有分的，還想做官！除是閻羅王殿上，少箇判官，等你去做！」買臣道：「姜太公八十歲，尚在渭水釣魚，遇了周文王，以後車載之，拜為尚父。本朝公孫弘丞相，五十九歲上還在東海牧豕，整整六十歲，方纔際遇今上，拜將封侯。我五十歲上發跡，比甘羅❺雖遲，比那兩箇還早，你須耐心等去。」其妻道：「你休得攀今吊古，那釣魚牧豕的，胸中都有才學；你如今讀這幾句死書，便讀到一百歲，只是這箇嘴臉，有甚出息？晦氣做了你老婆！你被兒童恥笑，連累我也沒臉放。你不聽我言拋卻書本，我決不跟你終身，各人自去走路，休得兩相擔誤了。」買臣道：「我今年四十三歲了，再七年，便是五十。前長後短，你就等耐，也不多時。直恁薄情，捨我而去，後來須要懊悔！」其妻道：「世上少甚挑柴擔的漢子，懊悔甚麼來？我若再守你七年，連我這骨頭不知餓死於何地了。你倒放我出門，做箇方便，活了我這條性命。」買臣見其妻決意要去，留他不住，嘆口氣道：「罷，罷，只願你嫁得丈夫，強似❻朱買臣的便好。」其妻道：「好歹強似一分

---

❹ 許大：偌大；這麼大。

❺ 甘羅：戰國秦人，十二歲拜為上卿。

❻ 強似：勝過。

兒。」說罷，拜了兩拜，欣然出門而去，頭也不回，買臣感慨不已，題詩四句於壁上云：

嫁犬逐犬，嫁雞逐雞。妻自棄我，我不棄妻。

買臣到五十歲時，值漢武帝下詔求賢，買臣到西京上書，待詔公車❼。同邑人嚴助薦買臣之才，天子知買臣是會稽人，必知本土民情利弊，即拜為會稽太守，馳驛赴任。會稽長吏聞新太守將到，大發人夫，修治道路。買臣妻的後夫亦在役中，其妻蓬頭跣足，隨伴送飯，見太守前呼後擁而來，從旁窺之，乃故夫朱買臣也。買臣在車中，一眼瞧見，還認得是故妻，遂使人招之，載於後車。到府第中，故妻羞慚無地，叩頭謝罪。買臣教請他後夫相見。不多時，後夫喚到，拜伏於地，不敢仰視。買臣大笑，對其妻道：「似此人，未見得強似我朱買臣也。」其妻再三叩謝，自悔有眼無珠，願降為婢妾，伏事終身。買臣命取水一桶，潑於階下，向其妻說道：「若潑水可復收，則汝亦可復合。念你少年結髮之情，判後園隙地，與汝夫婦耕種自食。」其妻隨後夫走出府第，路人都指著說道：「此即新太守夫人也。」於是羞愧無顏，到於後園，遂投河而死。有詩為證：

漂母尚知憐餓士，親妻忍得棄貧儒。早知覆水難收取，悔不當初任讀書。

又有一詩，說欺貧重富，世情皆然，不止一買臣之妻也。詩曰：

盡看成敗說高低，誰識蛟龍在汙泥？莫怪婦人無法眼，普天幾箇負羈妻❽？

---

❼ 待詔公車：公車，漢官署名。公車署以官車接引應徵的人入居，等待詔令。

這箇故事，是妻棄夫的。如今再說一箇夫棄妻的，一般是欺貧重富，背義忘恩，後來徒落得箇薄倖之名，被人講論。

話說故宋紹興年間，臨安雖然是箇建都之地，富庶之鄉，其中乞丐的依然不少。那丐戶中有箇為頭的，名曰「團頭❾」，管著眾丐。眾丐叫化得東西來時，團頭要收他日頭錢。若是雨雪時，沒處叫化，團頭卻熬些稀粥，養活這夥丐戶，破衣破襖，也是團頭照管。所以這夥丐戶，小心低氣，服著團頭，如奴一般，不敢觸犯。那團頭見成收些常例錢，一般在眾丐戶中放債盤利，若不闞❿不賭，依然做起大家事⓫來。他靠此為生，一時也不想改業。只是一件：「團頭」的名兒不好。隨你掙得有田有地，幾代發跡，終是箇叫化頭兒，比不得平等百姓人家。出外沒人恭敬，只好閉著門，自屋裡做大。雖然如此，若數著「良賤」二字，只說娼、優、隸、卒，四般為賤流，倒數不著那乞丐。看來乞丐只是沒錢，身上卻無疤癩。假如⓬春秋時伍子胥逃難，也曾吹簫於吳市中乞食；唐時鄭元和做歌郎⓭，唱「蓮花落」；後來富貴發達，一床錦被遮蓋，這都是叫化中出色的。可見此輩雖然被人輕賤，倒不比娼、優、隸、卒。

---

❽ 負羈妻：晉公子重耳逃難至曹國，曹國大夫僖負羈之妻預知重耳必為晉王，而深交結納重耳。重耳立為晉文公後，入侵曹國，僖負羈一族得以不死。

❾ 團頭：乞丐的頭子。

❿ 闞：即「嫖」字。指嫖妓。

⓫ 大家事：家庭富裕。

⓬ 假如：譬如。

⓭ 歌郎：即輓歌郎。替喪家唱輓歌的人。

閒話休題，如今且說杭州城中一箇團頭，姓金，名老大。祖上到他，做了七代團頭了，掙得箇完完全全的家事。住的有好房子，種的有好田園，穿的有好衣，喫的有好食；真箇廒⑭多積粟，囊有餘錢，放債使婢。雖不是頂富，也是數得著的富家了。那金老大有志氣，把這團頭讓與族人金癩子做了，自己見成受用，不與這夥丐戶歪纏⑮，然雖如此，里中口順，還只叫他是團頭家，其名不改。金老大年五十餘，喪妻無子，止存一女名喚玉奴。那玉奴生得十分美貌，怎見得？有詩為證：

無瑕堪比玉，有態欲羞花。只少宮粧扮，分明張麗華⑯。

金老大愛此女如同珍寶，從小教他讀書識字。到十五六歲時，詩賦俱通，一寫一作，信手而成。更兼女工精巧，亦能調箏弄管，事事伶俐。金老大倚著女兒才貌，立心要將他嫁箇士人。論來就名門舊族中，急切要這一箇女子也是少的，可恨生於團頭之家，沒人相求。若是平常經紀人家，沒前程的，金老大又不肯扳他了。因此高低不就，把女兒直捱到一十八歲，尚未許人。

偶然有箇鄰翁來說：「太平橋下有箇書生，姓莫名稽，年二十歲，一表人才，讀書飽學。只為父母雙亡，家窮未娶。近日考中，補上太學生，情願入贅人家。此人正與令愛相宜，何不招之為壻？」金老大道：「就煩老翁作伐何如？」鄰翁領命，逕當太平橋下，尋那莫秀才，對他說了：「實不相瞞，祖宗

⑭ 廒：即「廒」字。指糧倉。

⑮ 歪纏：無理取鬧。

⑯ 張麗華：陳後主後宮妃子，長得十分美麗。

曾做箇團頭的，如今久不做了。只貪他好箇女兒，又且家道富足。秀才若不棄嫌，老漢即當玉成其事。」莫稽口雖不語，心下想道：「我今衣食不周，無力婚娶，何不俯就他家，一舉兩得？也顧不得恥笑。」乃對鄰翁說道：「大伯所言雖妙，但我家貧乏聘，如何是好？」鄰翁道：「秀才但是允從，紙也不費一張，都在老漢身上。」鄰翁回覆了金老大，擇箇吉日，金家倒送一套新衣穿著，莫秀才過門成親。莫稽見玉奴才貌，喜出望外，不費一錢，白白的得了箇美妻，又且豐衣足食，事事稱懷。就是朋友輩中，曉得莫稽貧苦，無不相諒，倒也沒人去笑他。

到了滿月，金老大備下盛席，教女壻請他同學會友飲酒，榮耀自家門戶，一連喫了六七日酒，何期惱了族人金癩子。那癩子也是一班正理，他道：「你也是團頭，我也是團頭，只你多做了幾代，掙得錢鈔在手，論起祖宗一脈，彼此無二。姪女玉奴招壻，也該請我喫盃喜酒。如今請人做滿月，開宴六七日，並無三寸長一寸闊的請帖兒到我。你女壻做秀才，難道就做尚書、宰相，我就不是親叔公？坐不起櫈頭？直恁不覷人在眼裡！我且去蒿惱他一場，教他大家沒趣！」叫起五六十箇丐戶，一齊奔到金老大家裡來。但見：

> 開花帽子，打結衫兒。舊席片對著破毡條，短竹根配著缺糙碗。叫爹叫娘叫財主，門前只見喧嘩；弄蛇弄狗弄猢猻，口內各呈伎倆。敲板唱楊花，惡聲聒耳；打磚搽粉臉，醜態逼人。一班潑鬼聚成群，便是鍾馗收不得。

金老大聽得鬧吵，開門看時，那金癩子領著眾丐戶，一擁而入，嚷做一堂。癩子逕奔席上，揀好酒好食只顧喫，口裡叫道：「快教姪壻夫妻來拜見叔公！」唬得眾秀才站腳不住，都逃席去了，連莫稽也隨著眾朋友躲避。金老大無可奈何，只得再三央告道：「今日是我女壻請客，不干我事。改日專治一盃，與你陪話。」又將許多錢鈔分賞眾丐戶，又抬出兩甕好酒和些活雞、活鵝之類，教眾丐戶送去癩子家，當箇折席。直亂到黑夜，方纔散去。玉奴在房中氣得兩淚交流。這一夜，莫稽在朋友家借宿，次早方回。金老大見了女壻，自覺出醜，滿面含羞，莫稽心中未免也有三分不樂，只是大家不說出來。正是：

痖子嘗黃柏，苦味自家知。

卻說金玉奴只恨自己門風不好，要掙箇出頭，乃勸丈夫刻苦讀書。凡古今書籍，不惜價錢，買來與丈夫看；又不吝供給之費，請人會文會講；又出貲財，教丈夫結交延譽。莫稽由此才學日進，名譽日起，二十三歲發解⑰，連科及第。這日瓊林宴罷，烏帽宮袍，馬上迎歸。將到丈人家裡，只見街坊上一群小兒爭先來看，指道：「金團頭家女壻做了官也。」莫稽在馬上聽得此言，又不好攬事，只得忍耐。見了丈人，雖然外面盡禮，卻包著一肚子忿氣，想道：「早知有今日富貴，怕沒王侯貴戚招贅成婚？卻拜箇團頭做岳丈，可不是終身之玷！養出兒女來，還是團頭的外孫，被人傳作話柄。如今事已如此，妻又賢慧，不犯七出之條，不好決絕得。正是事不三思，終有後悔。」為此心中怏怏，只是不樂。玉奴幾遍問而不答，正不知甚麼意故。好笑那莫稽，只想著今日富貴，卻忘了貧賤的時節，把老婆資助成名一段功勞，化為春水，這是他心術不端處。

⑰ 發解：明清稱考上舉人為「發解」。

不一日，莫稽謁選⑱，得授無為軍司戶，丈人治酒送行。此時眾丐戶，料也不敢登門鬧吵了。喜得臨安到無為軍是一水之地，莫稽領了妻子，登舟赴任。行了數日，到了采石江邊，維舟北岸。其夜月明如晝，莫稽睡不能寐，穿衣而起，坐於船頭玩月。四顧無人，又想起團頭之事，悶悶不悅。忽然動一箇惡念，除非此婦身死，另娶一人，方免得終身之恥。心生一計，走進船艙，哄玉奴起來看月華。玉奴已睡了，莫稽再三逼他起身。玉奴難逆丈夫之意，只得披衣，走至馬門⑲口，舒頭⑳望月，被莫稽出其不意，牽出船頭，推墮江中。悄悄喚起舟人，吩咐快開船前去，重重有賞，不可遲慢。舟子不知明白，慌忙稱篙蕩槳，移舟於十里之外，住泊㉑停當，方纔說：「適間奶奶因玩月墜水，撈救不及了。」卻將三兩銀子賞與舟人為酒錢。舟人會意，誰敢開口？船中雖跟得有幾箇蠢婢子，只道主母真箇墜水，悲泣了一場，丟開了手，不在話下。有詩為證：

只為團頭號不香，忍因得意棄糟糠。天緣結髮終難解，贏得人呼薄倖郎。

你說事有湊巧，莫稽移船去後，剛剛有箇淮西轉運使許德厚，也是新上任的，泊舟於采石北岸，正是莫稽先前推妻墜水處。許德厚和夫人推窗看月，開懷飲酒，尚未曾睡。忽聞岸上啼哭，乃是婦人聲音，

⑱ 謁選：官吏到吏部應選。
⑲ 馬門：船艙門。
⑳ 舒頭：伸頭。
㉑ 住泊：停泊。

其聲哀怨，好生不忍。忙呼水手打看，果然是箇單身婦人，坐於江岸。便教喚上船來，審其來歷。原來此婦正是無為軍司戶之妻金玉奴，初墜水時，魂飛魄蕩，已拚著必死。忽覺水中有物，托起兩足，隨波而行，近於江岸。玉奴掙扎上岸，舉目看時，江水茫茫，已不見了司戶之船，纔悟道丈夫貴而忘賤，故意欲溺死故妻，別圖良配。如今雖得了性命，無處依棲，轉思苦楚，以此痛哭。見許公盤問，不免從頭至尾，細說一遍。說罷，哭之不已，連許公夫婦都感傷墮淚。勸道：「汝休得悲啼，肯為我義女，再作道理。」玉奴拜謝。許公吩咐夫人取乾衣替他通身換了，安排他後艙獨宿。教手下男女都稱他小姐，又吩咐舟人，不許洩漏其事。

不一日，到淮西上任。那無為軍正是他所屬地方，許公是莫司戶的上司，未免隨班參謁。許公見了莫司戶，心中想道：「可惜一表人才，幹恁般薄倖之事。」約過數月，許公對僚屬說道：「下官有一女，頗有才貌，年已及笄，欲擇一佳壻贅之。諸君意中，有其人否？」眾僚屬都聞得莫司戶青年喪偶，齊聲薦他才品非凡，堪作東床之選。許公道：「此子吾亦屬意久矣，但少年登第，心高望厚，未必肯贅吾家。」眾僚屬道：「彼出身寒門，得公收拔，如蒹葭倚玉樹，何幸如之，豈以入贅為嫌乎？」許公道：「諸君既酌量可行，可與莫司戶言之。但云出自諸君之意，以探其情，莫說下官，恐有妨礙。」眾人領命，遂與莫稽說知此事，要替他做媒。莫稽正要攀高，況且聯姻上司，求之不得，便欣然應道：「此事全仗玉成，當效銜結之報。」眾人道：「當得，當得。」隨即將言回覆許公。許公道：「雖承司戶不棄，但下官夫婦，鍾愛此女，嬌養成性，所以不捨得出嫁。只怕司戶少年氣槩，不相饒讓，或致小有嫌隙，有傷下官夫婦之心。須是預先講過，凡事容耐些，方敢贅入。」眾人領命，又到司戶處傳話，司戶無不依允。

此時司戶不比做秀才時節，一般用金花綵幣為納聘之儀，選了吉期，皮鬆骨癢㉒，整備做轉運使的女壻。

卻說許公先教夫人與玉奴說，老相公憐你寡居，欲重贅一少年進士，你不可推阻。玉奴答道：「奴家雖出寒門，頗知禮數。既與莫郎結髮，從一而終。雖然莫郎嫌貧棄賤，忍心害理，奴家各盡其道，豈肯改嫁，以傷婦節？」言畢，淚如雨下。夫人察他志誠，乃實說道：「老相公所說少年進士，就是莫郎。老相公恨其薄倖，務要你夫妻再合，只說有箇親生女兒，要招贅一壻，卻教眾僚屬與莫郎議親，莫郎欣然聽命，只今晚入贅吾家。等他進房之時，須是……」如此如此，「與你出這口嘔氣。」玉奴方纔收淚，重勻粉面，再整新粧，打點結親之事。

到晚，莫司戶冠帶齊整，帽插金花，身披紅錦，跨著雕鞍駿馬，兩班鼓樂前導，眾僚屬都來送親。一路行來，誰不喝采！正是：

鼓樂喧闐白馬來，風流佳壻實奇哉。團頭喜換高門眷，采石江邊未足哀。

是夜，轉運司鋪氈結綵，大吹大擂，等候新女壻上門。莫司戶到門下馬，許公冠帶出迎，眾官僚都別去。莫司戶直入私宅，新人用紅帕覆首，兩箇養娘扶將出來。掌禮人在檻外喝禮，雙雙拜了天地，又拜了丈人、丈母，然後交拜禮畢，送歸洞房做花燭筵席。莫司戶此時心中，如登九霄雲裡，歡喜不可形容，仰著臉，昂然而入。纔跨進房門，忽然兩邊門側裡走出七八箇老嫗、丫鬟，一箇箇手執籬竹細棒，劈頭劈腦打將下來，把紗帽都打脫了，肩背上棒如雨下，打得叫喊不迭，正沒想一頭處。莫司戶被打，

㉒ 皮鬆骨癢：太高興而覺得渾身騷癢，露出輕狂的樣子。

慌做一堆蹭倒，只得叫聲：「丈人，丈母，救命！」只聽房中嬌聲宛轉吩咐道：「休打殺薄情郎，且喚來相見。」眾人方纔住手，七八箇老嫗、丫鬟，扯耳朵，拽胳膊，好似六賊戲彌陀㉓一般，腳不點地，擁到新人面前。司戶口中還說道：「下官何罪？」開眼看時，畫燭輝煌，照見上邊端端正正坐著箇新人，不是別人，正是故妻金玉奴。莫稽此時魂不附體，亂嚷道：「有鬼！有鬼！」眾人都笑起來。只見許公自外而入，叫道：「賢壻休疑，此乃吾采石江頭所認之義女，非鬼也。」莫稽心頭方纔住了跳，慌忙跪下，拱手道：「我莫稽知罪了，望大人包容之。」許公道：「此事與下官無干，只吾女沒說話就罷了。」玉奴唾其面，罵道：「薄倖賊！你不記宋弘有言：『貧賤之交不可忘，糟糠之妻不下堂。』當初你空手贅入吾門，虧得我家資財，讀書延譽，以致成名，僥倖今日。奴家亦望夫榮妻貴，何期你忘恩負本，就不念結髮之情，恩將仇報，將奴推墮江心。幸然天天可憐，得遇恩爹提救，收為義女。倘然葬江魚之腹，你別娶新人，於心何忍？今日有何顏面，再與你完聚？」說罷，放聲而哭，千薄倖，萬薄倖，罵不住口。莫稽滿面羞慚，閉口無言，只顧磕頭求恕。

許公見罵得夠了，方纔把莫稽扶起，勸玉奴道：「我兒息怒，如今賢壻悔罪，料然不敢輕慢你了。你兩箇雖然舊日夫妻，在我家只算新婚花燭，凡事看我之面，閑言閑語，一筆都勾罷。」又對莫稽說道：「賢壻，你自家不是，休怪別人。今宵只索忍耐，我教你丈母來解勸。」說罷，出房去。少刻夫人來到，又調停了許多說話，兩箇方纔和睦。

次日許公設宴，管待新女壻，將前日所下金花綵幣，依舊送還，道：「一女不受二聘，賢壻前番在

㉓ 六賊戲彌陀：六賊，即色、聲、香、味、觸、法「六塵」。彌陀有空性，六賊雖戲弄他，毫不動心。

金家已費過了，今番下官不敢重疊收受。」莫稽低頭無語，許公又道：「賢壻常恨令岳翁卑賤，以致夫婦失愛，幾乎不終。今下官備員如何？只怕爵位不高，尚未滿賢壻之意。」莫稽漲得面皮紅紫，只是離席謝罪。有詩為證：

癡心指望締高姻，誰料新人是舊人？打罵一場羞滿面，問他何取岳翁新？

自此莫稽與玉奴夫婦和好，比前加倍。許公共夫人待玉奴如真女，待莫稽如真壻，玉奴待許公夫婦，亦與真爹媽無異。連莫稽都感動了，迎接團頭金老大在任所，奉養送終。後來許公夫婦之死，金玉奴皆制重服，以報其恩。莫氏與許氏世世為通家兄弟，往來不絕。詩云：

宋弘守義[24]稱高節，黃允休妻[25]罵薄倖。試看莫生婚再合，姻緣前定枉勞爭。

---

[24] 宋弘守義：宋弘，後漢人。光武帝欲嫁其姐予他，他說：「貧賤之交不可忘，糟糠之妻不下堂。」

[25] 黃允休妻：後漢黃允休妻另娶袁隗姪女。

# 第二十八卷　李秀卿義結黃貞女

暇日攀今弔古，從來幾箇男兒，履危臨難有神機，不被他人算計？　男子儘多慌錯，婦人反有權奇。若還智量❶勝蛾眉，便帶頭巾何媿？

常言有智婦人，賽過男子，古來婦人賽男子的也儘多。除著呂太后、武則天，這一班大手段❷的歹人不論；再除卻衛莊姜❸、曹令女❹，這一班大賢德、大貞烈的好人也不論；再除卻曹大家❺、班婕妤❻、蘇若蘭❼、沈滿願❽、李易安❾、朱淑真，這一班大學問、大才華的文人也不論；再除卻錦車夫人馮氏❿、

❶ 智量：智謀。
❷ 大手段：大本領。
❸ 衛莊姜：春秋時衛莊公夫人。
❹ 曹令女：魏曹文叔妻，夫死誓不再嫁。
❺ 曹大家：漢班彪女班昭，嫁曹世叔為妻，博學多才。
❻ 班婕妤：漢成帝宮人，能作詩，後為趙飛燕所讒，失寵。
❼ 蘇若蘭：晉竇滔妻。曾作迴文詩以諫丈夫納妾。
❽ 沈滿願：南朝梁人，沈約孫女，為范靖妻，善作詩。
❾ 李易安：宋人，名清照，為趙明誠妻，工詩文，擅作詞。
❿ 錦車夫人馮氏：西漢馮嫽，宣帝徵為使節，錦車持節，出使烏孫國，嫁烏孫國右大將軍，故稱為「錦車夫人」。

浣花夫人任氏⑪、錦繖夫人洗氏⑫和那軍中娘子⑬、繡旗女將⑭，這一班大智謀、大勇略的奇人也不論。如今單說那一種奇奇怪怪、蹊蹊蹺蹺，沒陽道的假男子，帶頭巾的真女人，可欽可愛，可笑可歌。正是：

說處裙釵添喜色，話說男子減精神。

據唐人小說，有箇木蘭女子，是河南睢陽人氏。因父親被有司點做邊庭戍卒，木蘭可憐父親多病，扮女為男，代替其役，頭頂兜鍪，身披鐵鎧，手執戈矛，腰懸弓矢，擊柝提鈴⑮，餐風宿草，受了百般辛苦。如此十年，役滿而歸，依舊是箇童身。邊廷上萬千軍士，沒一人看得出他是女子。後人有詩贊云：

緹縈救父⑯古今稀，代父從戎事更奇。全孝全忠又全節，男兒幾箇不虧移？

又有箇女子，叫做祝英臺，常州義興人氏，自小通書好學，聞餘杭文風最盛，欲往遊學。其哥嫂止之曰：「古者男女七歲不同席，不共食，你今一十六歲，卻出外遊學，男女不分，豈不笑話！」英臺道：「奴家自有良策。」乃裹巾束帶，扮作男子模樣，走到哥嫂面前，哥嫂亦不能辨認。英臺臨行時，正是

---

⑪ 浣花夫人任氏：唐西川節度使崔寧之妾，曾助丈夫擊敗反賊陽子琳。

⑫ 錦繖夫人洗氏：南北朝時馮寶之妻，夫死後，洗氏統領嶺南，披甲騎馬，張掛錦繖，故稱為「錦繖夫人」。

⑬ 軍中娘子：指唐高祖李淵女兒平陽公主，與夫君柴紹隨李淵起兵，號為「娘子軍」。

⑭ 繡旗女將：金朝人，宋寧宗時，曾持繡旗大敗宋將李全。

⑮ 擊柝提鈴：指巡更。

⑯ 緹縈救父：漢文帝時淳于意有罪受肉刑，其女緹縈上書救父，文帝免淳于意罪，並廢除肉刑。

夏初天氣，榴花盛開，乃手摘一枝，插於花臺之上，對天禱告道：「奴家祝英臺出外遊學，若完名全節，此枝生根長葉，年年花發；若有不肖之事，玷辱門風，此枝枯萎。」禱畢出門，自稱祝九舍人。遇箇朋友，是箇蘇州人氏，叫做梁山伯，與他同館讀書，甚相愛重，結為兄弟。日則同食，夜則同臥，如此三年，英臺衣不解帶，山伯屢次疑惑盤問，都被英臺將言語支吾過了。讀了三年書，學問成就，相別回家，約梁山伯二箇月內，可來見訪。英臺歸時，仍是初夏，那花臺上所插榴枝，花葉並茂，哥嫂方信了。同鄉三十里外，有箇安樂村，那村中有箇馬氏，大富之家。聞得祝九娘賢慧，尋媒與他哥哥議親。哥哥一口許下，納綵問名都過了，約定來年二月娶親。原來英臺有心於山伯，要等他來訪時，露其機括⑰；誰知山伯有事，稽遲在家。英臺只恐哥嫂疑心，不敢推阻。山伯直到十月，方纔動身，過了六箇月了。到得祝家莊，問祝九舍人時，莊客說道：「本莊只有祝九娘，並沒有祝九舍人。」山伯心疑，傳了名刺進去，只見丫鬟出來，請梁兄到中堂相見。山伯走進中堂，那祝英臺紅粧翠袖，別是一般粧束了。山伯大驚，方知假扮男子，自愧愚魯，不能辨識。寒溫已罷，便談及婚姻之事。英臺將哥嫂做主，已許馬氏為辭。山伯自恨來遲，懊悔不迭。分別回去，遂成相思之病，奄奄不起，至歲底身亡。囑咐父母，可葬我於安樂村路口，父母依言葬之。明年，英臺出嫁馬家，行至安樂村路口，忽然狂風四起，天昏地暗，輿人都不能行。英臺舉眼觀看，但見梁山伯飄然而來，說道：「吾為思賢妹，一病而亡，今葬於此地。賢妹不忘舊誼，可出轎一顧。」英臺果然走出轎來，忽然一聲響亮，地下裂開丈餘，英臺從裂中跳下。眾人扯其衣服，如蟬脫一般，其衣片片而飛。頃刻天清地明，那地裂處，只如一線之細。歇轎處，正是梁

⑰ 機括：機密。

山伯墳墓。乃知生為兄弟，死作夫妻。再看那飛的衣服碎片，變成兩般花蝴蝶，傳說是二人精靈所化，紅者為梁山伯，黑者為祝英臺。其種到處有之，至今猶呼其名為梁山伯、祝英臺也。後人有詩贊云：

三載書幃共起眠，活姻緣作死姻緣。非關山伯無分曉，還是英臺志節堅。

又有一箇女子，姓黃名崇嘏，是西蜀臨邛人氏。生成聰明俊雅，詩賦俱通，父母雙亡，亦無親族。時宰相周庠鎮蜀，崇嘏假扮做秀才，將平日所作詩卷呈上。周庠一見，篇篇道好，字字稱奇，乃薦為郡掾⑱。吏事精敏，地方凡有疑獄，累年不決者，一經崇嘏剖斷，無不洞然。屢攝府縣之事，到處便有聲名，胥徒畏服，士民感仰。周庠首薦於朝，言其才可大用，欲妻之以女，央太守作媒，崇嘏只微笑不答。周庠乘他進見，自述其意，崇嘏索紙筆，作詩一首獻上。詩曰：

一辭拾翠⑲碧江湄，貧守蓬茅但賦詩；自服藍袍居郡掾，永拋鸞鏡畫蛾眉。立身卓爾青松操，挺志堅然白璧姿。幕府若教為坦腹，願天速變作男兒。

周庠見詩，大驚，叩其本末，方知果然是女子。因將女作男，事關風化，不好聲張其事，教他辭去郡掾隱於郭外，乃於郡中擇士人嫁之。後來士人亦舉進士及第，位致通顯，崇嘏累封夫人。據如今搬演春桃記傳奇，說黃崇嘏中過女狀元，此是增藻之詞。後人亦有詩贊云：

---

⑱ 郡掾：郡守屬官。

⑲ 拾翠：古代婦女春天採擷百草，以為遊戲，稱為「拾翠」。

珠璣滿腹綵生毫，更服烹鮮⑳手段高。若使生時逢武后，君臣一對女中豪。

那幾箇女子，都是前朝人，如今再說箇近代的，是大明朝弘治年間的故事。南京應天府上元縣有箇黃公，以販線香為業，兼帶賣些雜貨，慣走江北一帶地方。江北人見他買賣公道，都喚他做「黃老實」。家中止一妻二女，長女名道聰，幼女名善聰。道聰年長，嫁與本京青溪橋張二哥為妻去了。止有幼女善聰在家，方年一十二歲。母親一病而亡，殯葬已畢。黃老實又要往江北賣香生理，思想：「女兒在家，孤身無伴，況且年幼未曾許人，怎生放心得下？待寄在姐夫家，又不是箇道理。若不做買賣，撇了這走熟的道路，又那裡尋幾貫錢鈔養家度日？」左思右想，去住兩難。香貨俱已定下，只有這女兒沒安頓處。一連想了數日，忽然想著道：「有計了，我在客邊沒人作伴，何不將女假充男子，帶將出去？且待年長，再作區處。只是一件，江北主顧人家，都曉得我沒兒，今番帶著孩子去，倘然被他盤問，露出破綻，卻不是箇笑話？我如今只說是張家外甥，帶出來學做生理，使人不疑。」計較已定，與女兒說通了，製副道袍淨襪，教女兒穿著，頭上裹箇包巾，粧扮起來，好一箇清秀孩子。正是：

眉目生成清氣，資性那更伶俐。若還伯道相逢，十箇九箇過繼。

黃老實爹女兩人，販著香貨，趁船來到江北廬州府，下了主人家。主人家見善聰生得清秀，無不誇獎，問黃老實道：「這箇孩子，是你什麼人？」黃老實答道：「是我家外甥，叫做張勝。老漢沒有兒子，

⑳ 烹鮮：治理國家。語出道德經：「治大國，若烹小鮮。」

帶他出來走走，認了這起主顧人家，後來好接管老漢的生意。」眾人聽說，並不疑惑。黃老實下箇單身客房，每日出去發貨討帳，留下善聰看房。善聰目不妄視，足不亂移。眾人都道，這張小官比外公愈加老實，箇箇歡喜。

自古道：「天有不測風雲，人有旦夕禍福。」黃老實在廬州，不上兩年，害箇病症，醫藥不痊，嗚呼哀哉。善聰哭了一場，買棺盛殮，權寄於城外古寺之中；思想年幼孤女，往來江湖不便。間壁客房中下著的，也是箇販香客人，又同是應天府人氏，平昔間看他少年誠實，問其姓名來歷，那客人答道：「小生姓李，名英，字秀卿，從幼跟隨父親出外經紀。今父親年老，受不得風霜辛苦，因此把本錢與小生，在此行販。」善聰道：「我張勝跟隨外祖在此，不幸外祖身故，孤寡無依。足下若不棄，願結為異姓兄弟，合夥生理，彼此有靠。」李英道：「如此最好。」李英年十八歲，長張勝四年，張勝因拜李英為兄，甚相友愛。過了幾日，弟兄兩箇商議，輪流一人往南京販貨，一人住在廬州發貨討帳；一來一去，不致耽誤了生理，甚為兩便。善聰道：「兄弟年幼，況外祖靈柩，無力奔回，何顏歸於故鄉？讓哥哥去販貨罷。」於是收拾貲本，都交付與李英。李英剩下的貨物，和那帳目，也交付與張勝。但是兩邊買賣，毫釐不欺。從此李英、張勝兩家行李，併在一房。李英到廬州時，只在張勝房住，日則同食，夜則同眠。但每夜張勝只是和衣而睡，不脫衫袴，亦不去鞋襪，李英甚以為怪。張勝答道：「兄弟自幼得了箇寒疾，纔解動裡衣，這病就發作，所以如此睡慣了。」李英又問道：「你耳朵子上，怎的有箇環眼？」張勝道：「幼年間爹娘與我算命，說有關煞㉑難養，為此穿破兩耳。」李英是箇誠實君子，這句話便被他瞞過，

㉑ 關煞：命中註定的厄運。

更不疑惑。張勝也十分小心在意，雖洩溺亦必等到黑晚，私自去方便，不令人瞧見。以此客居雖久，並不露一些些馬腳。有詩為證：

女相男形雖不同，全憑心細謹包籠㉒。只憎一件難遮掩，行步蹺蹊三寸弓。

黃善聽假稱張勝，在廬州府做生理，初到時只十二歲，光陰似箭，不覺一住九年，如今二十歲了。這幾年勤苦營運，手中頗頗活動，比前不同。思想父親靈柩暴露他鄉，親姐姐數年不會，況且自己終身也不是箇了當，乃與李英哥哥商議，只說要搬外公靈柩，回家安葬。李英道：「此乃孝順之事，只靈柩不比他件，你一人如何擔帶？做哥的相幫你同走，心中也放得下。待你安葬事畢，再同來就是。」張勝道：「多謝哥哥厚意。」當晚定議，擇箇吉日，雇下船隻，喚幾箇僧人，做箇起靈功德㉓，抬了黃老實的靈柩下船。一路上風順則行，風逆則止，不一日到了南京，在朝陽門外，覓箇空閒房子，將柩寄頓，俟吉下葬。

閒話休敘。再說李英同張勝進了城門，東西分路。李英問道：「兄弟高居何處？做哥的好來拜望。」張勝道：「家下傍著秦淮河清溪橋居住，來日專候哥哥降臨茶話。」兩下分別。張勝本是黃家女子，那認得途徑？喜得秦淮河是箇有名的所在，不是箇僻地，還好尋問。張勝行至清溪橋下，問著了張家，敲門而入。其日姐夫不在家，望著內裡便走。姐姐道聽罵將起來，道：「是人家各有內外，甚麼花子，一

㉒包籠：包藏；隱藏。

㉓起靈功德：撤除靈位前所做的佛事。

些體面不存，直入內室，是何道理？男子漢在家時，瞧見了，好歹一百孤拐㉔奉承你，還不快走！」張勝不慌不忙，笑嘻嘻的作一箇揖下去，口中叫道：「姐姐，你自家嫡親兄弟，如何不認得了？」姐姐罵道：「油嘴光棍！我從來那有兄弟？」張勝道：「姐姐九年前之事，你可思量得出？」姐姐道：「思量甚麼？前九年我還記得。我爹爹並沒兒子，止生下我姊妹二人，我妹子小名善聰，九年前爹爹帶往江北販香，一去不回。至今音問不通，未審死活存亡。你是何處光棍，卻來冒認別人做姐姐！」張勝道：「你要問善聰妹子，我即是也。」說罷，放聲大哭。姐姐還不信是真，問道：「你既是善聰妹子，緣何如此粧扮？」張勝道：「父親臨行時，將我改扮為男，只說是外甥張勝，帶出來學做生理。不期兩年上父親一病而亡，你妹子雖然殯殮，卻恨孤貧，不能扶柩而歸。有箇同鄉人李秀卿，志誠君子，你妹子萬不得已，只得與他八拜為交，合夥營生。淹留江北，不覺又六七年，今歲始辦歸計。適纔到此，便來拜見姐姐，別無他故。」姐姐道：「原來如此，你同箇男子合夥營生，男女相處許多年，一定配為夫婦了。自古明人不做暗事，何不帶頂鬏兒㉕？還好看相。恁般喬打扮回來，不雌不雄，好不羞恥人！」張勝道：「不欺姐姐，奴家至今，還是童身，豈敢行苟且之事，玷辱門風。」道聰不信，引入密室驗之。你說怎麼驗法？用細細乾灰鋪放餘桶㉖之內，卻教女子解了下衣，坐於桶上。用綿紙條棲入鼻中，要他打噴嚏。若是破身的，上氣泄，下氣亦泄，乾灰必然吹動；若是童身，其灰如舊。朝廷選妃，都用此法，道聰生

㉔ 孤拐：腳骨。

㉕ 鬏兒：婦女頭上束髮用的裝飾品。

㉖ 餘桶：便桶。

長京師，豈有不知？當時試那妹子，果是未破的童身。於是姊妹兩人，抱頭而哭。道聽慌忙開箱，取出自家裙襖，安排妹子香湯沐浴，教他更換衣服。妹子道：「不欺姐姐，我自從出去，未曾解衣露體。今日見了姐姐，方纔放心耳。」那一晚，張二哥回家，老婆打發在外廂安歇。姊妹二人，同被而臥，各訴衷腸，整整的敘了一夜說話，眼也不曾合縫。

次日起身，黃善聰梳妝打扮起來，別自一箇模樣。與姐夫姐姐重新敘禮。道聽在丈夫面前，誇獎妹子貞節，連李秀卿也稱贊了幾句：「若不是箇真誠君子，怎與他相處得許多時？」話猶未絕，只聽得門外咳嗽一聲，問道：「裡面有人麼？」黃善聰認得是李秀卿聲音，對姐姐說：「教姐夫出去迎他，我今番不好相見了。」道聽道：「你既與他結義過來，又且是箇好人，就相見也不妨。」善聰顛倒怕羞起來，不肯出去。道聽只得先教丈夫出去迎接，看他口氣，覺也不覺。張二哥連忙趨出，見了李秀卿，敘禮已畢，分賓而坐。秀卿開言道：「小生是李英，特到此訪張勝兄弟，不知閣下是他何人？」張二哥笑道：「是在下至親，只怕他今日不肯與足下相會，枉勞尊駕。」李秀卿道：「說那裡話？我與他是異姓骨肉，最相愛契，約定我今日到此。特特而來，那有不會之理？」張二哥道：「其中有箇緣故，容從容奉告。」秀卿性急，連連的催促，遲一刻只待發作出來了。慌得張二哥便往內跑，教老婆苦勸姨姐㉗，與李秀卿相見，善聰只是不肯出房。他夫妻兩口躲過一邊，倒教人將李秀卿請進內宅。秀卿一見了黃善聰，看不仔細，倒退下七八步。善聰叫道：「哥哥不須疑慮，請來敘話。」秀卿聽得聲音，方纔曉得就是張勝，重走上前作揖道：「兄弟，如何恁般打扮？」善聰道：「一言難盡，請哥哥坐了，容妹子從容告訴。」

㉗ 姨姐：妻子的姐妹。

兩人對坐了，善聽將十二歲隨父出門始末根由，細細述了一遍，又道：「一向承哥哥帶挈提攜，感謝不盡。但在先有兄弟之好，今後有男女之嫌，相見只此一次，不復能再聚矣。」秀卿聽說，駭了半晌，自思五六年和他同行同臥，竟不曉得他是女子，好生懵懂！便道：「妹子聽我一言，我與你相契許久，你知我知，往事不必說了。如今你既青年無主，我亦壯而未娶，何不推八拜之情，合二姓之好？百年諧老，永遠團圓，豈不美哉！」善聽羞得滿面通紅，便起身道：「妾以兄長高義，今日不避形跡，厚顏請見。兄乃言及於亂，非妾所以待兄之意也。」說罷，一頭走進去，一頭說道：「兄宜速出，勿得停滯，以招物議。」

秀卿被發作一場，好生沒趣。回到家中，如癡如醉，顛倒割捨不下起來。乃央媒嫗去張家求親說合。張二哥夫婦，倒也欣然。無奈善聽立意不肯，道：「嫌疑之際，不可不謹。今日若與配合，無私有私，把七年貞節，一旦付之東流，豈不惹人嘲笑？」媒嫗與姐姐兩口交勸，只是不允。那邊李秀卿執意定要娶善聽為妻，每日纏著媒嫗，要他奔走傳話。三回五轉，徒惹得善聽焦燥，並不見鬆了半分口氣。似恁般說，難道這頭親事就不成了？且看下回分解。正是：

七年兄弟意慇懃，今日重逢局面新。欲表從前清白操，故甘薄倖拒姻親。

天下只有三般口嘴，極是利害：秀才口，罵遍四方；和尚口，喫遍四方；媒婆口，傳遍四方。且說媒婆口，怎地傳遍四方？那做媒的有幾句口號：

東家走，西家走，兩腳奔波氣常吼。牽三帶四有商量，走進人家不怕狗。前街某，後街某，家家戶戶皆朋友。相逢先把笑顏開，慣報新聞不待叩。說也有，話也有，指長話短舒開手。一家有事百家知，何曾留下隔宿口？要騙茶，要喫酒，臉皮三寸三分厚。若還羨他說作高，拌乾涎沫七八斗。

那黃善聰女扮男粧，千古奇事，又且恁地貞節，世世罕有，這些媒嫗，走一遍，說一遍，一傳十，十傳百，霎時間滿京城通知道了。人人誇美，箇箇稱奇，雖縉紳之中，談及此事，都道：「難得，難得。」有守備太監李公，不信其事，差人緝訪，果然不謬。乃喚李秀卿來盤問，一一符合。因問秀卿天下美婦人儘多，何必黃家之女？秀卿道：「七年契愛，意不能捨，除卻此女，皆非所願。」李公意甚憫之，乃藏秀卿於衙門中。次日喚前媒嫗來，吩咐道：「聞知黃家女貞節可敬，我有箇姪兒欲求他為婦，汝去說合，成則有賞。」那時守備太監，正有權勢，誰敢不依？媒嫗回覆，親事已諧了。李公自出己財，替秀卿行聘；又賃下一所空房，密地先送秀卿住下。李公親身到彼，主張花燭，笙簫鼓樂，取那黃善聰進門成親。交拜之後，夫妻相見，一場好笑。善聰明知落了李公圈套，事到其間，推阻不得。李公就認秀卿為姪，大出貲財，替善聰備辦粧奩。又對合城官府說了，五府六部及府尹縣官，各有所助。一來看李公面上，二來都道是一樁奇事，人人要玉成其美。秀卿自此遂為京城中富室，夫妻相愛，連育二子，後來讀書顯達。有好事者，將此事編成唱本說唱，其名曰販香記。有詩為證，詩曰：

七載男粧不露針，歸來獨守歲寒心。編成小說垂閨訓，一洗桑間濮上音㉘。

㉘ 桑間濮上音：一種淫靡的音樂。古代儒者以之為亡國之音。

又有一首詩，單道太監李公的好處，詩曰：

節操恩情兩得全，宦官誰似李公賢？雖然沒有風流分，種得來生一段緣。

# 第二十九卷　月明和尚度柳翠

萬里新墳盡少年，修行莫待鬢毛斑。前程黑暗路頭險，十二時中自著研。

這四句詩，單道著禪和子❶打坐參禪，得成正果，非同容易，有多少先作後修、先修後作的和尚。自家今日說這南渡宋高宗皇帝在位，紹興年間，有箇官人，姓柳，雙名宣教，祖貫溫州府永嘉縣崇陽鎮人氏。年方二十五歲，胸藏千古史，腹蘊五車書。自幼父母雙亡，蚤年孤苦，宗族又無所依，隻身篤學，贅於高判使家。後一舉及第，御筆授得寧海軍臨安府府尹。恭人❷高氏，年方二十歲，生得聰明智慧，容貌端嚴。新贅柳府尹在家，未及一年，欲去上任。遂帶一僕，名賽兒，一日辭別了丈人、丈母，前往臨安府上任。饑餐渴飲，夜住曉行，不則一日，已到臨安府接官亭。蚤有所屬官吏師生，糧里耆老，住持僧道，行首人等，弓兵隸卒，轎馬人夫，俱在彼處，迎接入城。到府中，搬移行李什物，安頓已完，這柳府尹出廳到任。廳下一應人等，參拜已畢。柳府尹遂將參見人員花名手本❸，逐一點過不缺，止有城南

❶ 禪和子：和尚。

❷ 恭人：太太。

❸ 手本：官場寫履歷的帖子，為屬員拜見上官時所用。

水月寺竹林峰住持玉通禪師，乃四川人氏，點不到。府尹大怒道：「此禿無禮！」遂問五山十剎禪師：「何故此僧不來參接？拿來問罪！」當有各寺住持稟覆相公：「此僧乃古佛出世，在竹林峰修行已五十二年，不曾出來。每遇迎送，自有徒弟。望相公方便。」柳府尹雖依僧言不拿，心中不忿。各人自散。

當日府堂公宴，承應歌妓，年方二八，花容嬌媚，唱韻悠揚。府尹聽罷，大喜，問妓者何名，答言：「賤人姓吳，小字紅蓮，專一在上廳祗應。」當日酒筵將散，柳府尹喚吳紅蓮，低聲吩咐：「你明日用心去水月寺內，哄那玉通和尚雲雨之事。如了事，就將所用之物前來照證❹，我這裡重賞，判你從良；如不了事，定當記罪。」紅蓮答言：「領相公鈞旨。」出府一路自思，如何是好？眉頭一蹙，計上心來。回家將柳府尹之事，一一說與娘知，娘兒兩箇商議一夜。

至次日午時，天陰無雨，正是十二月冬盡天氣。吳紅蓮一身重孝，手提羹飯，出清波門。走了數里，將及近寺，已是申牌時分，風雨大作。吳紅蓮到水月寺山門下，倚門而立，進寺，又無人出。直等到天晚，只見箇老道人出來關山門。紅蓮向前道箇萬福，那老道人回禮道：「天色晚了，娘子請回，我要關山門。」紅蓮雙眼淚下，拜那老道人：「望公公可憐，妾在城住，夫死百日，家中無人，自將羹飯祭奠。哭了一回，不覺天晚雨下，關了城門，回家不得，只得投宿寺中。望公公慈悲，告知長老，容妾寺中過夜，明蚤入城，免虎傷命。」言罷兩淚交流，拜倒於山門地下，不肯走起。那老道人乃言：「娘子請起，我與你裁處。」紅蓮見他如此說，便立起來。那老道人關了山門，領著紅蓮到僧房側首一間小屋，乃是老道人臥房，教紅蓮坐在房內。那老道人連忙走去長老禪房裡法座下，稟覆長老道：「山門下有箇年少

❹ 照證：作證。

婦人，一身重孝，說道丈夫死了，今日到墳上做羹飯，風雨大作，關了城門，進城不得，要在寺中權歇，明蚤入城，特來稟知長老。」長老見說，乃言：「此是方便之事，天色已晚，你可教他在你房中過夜，明日五更打發他去。」道人領了言語，來說與紅蓮知道，紅蓮又拜謝：「公公救命之恩，生死不忘大德。」言罷，坐在老道人房中板櫈上。那老道人自去收拾，關門閉戶已了，來房中土榻上和衣而睡。這老道人日間辛苦，一覺便睡著。

原來水月寺在桑菜園裡，四邊又無人家，寺裡有兩箇小和尚都去化緣，因此寺中冷靜，無人走動。這紅蓮聽得更鼓已是二更，心中想道：「如何事了？」心亂如麻，遂乃輕移蓮步，走至長老房邊。那間禪房關著門，一派是大槅窗子，房中掛著一碗琉璃燈，明明亮亮。長老在禪椅之上打坐，也看見紅蓮在門外。紅蓮看著長老，遂乃低聲叫道：「長老慈悲為念，救度妾身則箇。」長老道：「你可去道人房中權宿，來蚤入城，不可在此攪擾我禪房，快去，快去！」紅蓮在窗外深深拜了十數拜道：「長老慈悲為本，方便為門，妾身衣服單薄，夜寒難熬，望長老開門，借與一兩件衣服，遮蓋身體。救得性命，自當拜謝。」道罷，哽哽咽咽哭將起來。這長老是箇慈悲善人，心中思忖道：「倘若寒禁❺，身死在我禪房門首，不當穩便❻。自古道：『救人一命，勝造七級浮屠。』」從禪床上走下來，開了槅子門，放紅蓮進去。長老取一領破舊禪衣把與他，自己依舊上禪床上坐了。紅蓮走到禪床邊深深拜了十數拜，哭哭啼啼道：「肚疼死也。」這長老並不睬他，自己瞑目而坐。怎當紅蓮哽咽悲哀，將身靠在長老身邊，哀聲叫

---

❺ 寒禁：寒氣逼迫。

❻ 穩便：妥當。

疼叫痛，就睡倒在長老身上，或坐在身邊，或立起叫喚不止。約莫也是三更，長老忍口不住，乃問紅蓮曰：「小娘子，你如何只顧哭泣？那裡疼痛？」紅蓮告長老道：「妾丈夫在日，有此肚疼之病，我夫脫衣將妾摟於懷內，將熱肚皮貼著妾冷肚皮，便不疼了。不想今夜疼起來，又值寒冷，妾死必矣。怎地得長老肯救妾命，將熱肚皮貼在妾身上，便得痊可。若救得妾命，實乃再生之恩。」長老見他苦告不過，只得解開衲衣，抱那紅蓮在懷內。這紅蓮賺得長老肯時，便慌忙解了自的衣服，赤了下截身體，倒在懷內道：「望長老一發去了小衣，將熱肚皮貼一貼，救妾性命。」長老初時不肯，次後三回五次，被紅蓮用尖尖玉手解了裙褲，一把撮那長老玉莖在手捻動，弄得硬了，將自己陰戶相輳，此時不由長老禪心不動。這長老看了紅蓮如花如玉的身體，春心蕩漾起來，兩箇就在禪床上兩相歡洽。正是：

豈顧如來教法，難遵佛祖遺言，一箇色眼橫斜，一箇氣喘聲嘶，好似鶯穿柳影，一箇淫心蕩漾，言嬌語澀，渾如蝶戲花陰，和尚枕邊訴雲情雨意，紅蓮枕上說海誓山盟，玉通房內，番為快活道場，水月寺中，變作極樂世界。

長老摟著紅蓮問道：「娘子高姓何名？那裡居住？因何到此？」紅蓮曰：「不敢隱諱，妾乃上廳行首，姓吳，小字紅蓮，在於城中南新橋居住。」長老此時被魔障纏害，心歡意喜，吩咐道：「此事只可你知我知，不可洩於外人。」少刻，雲收雨散，被紅蓮將口扯下白布衫袖一隻，抹了長老精汙，收入袖中，這長老困倦不知。長老雖然如此，心中疑惑，乃問紅蓮曰：「姐姐此來，必有緣故，你可實說。」再三逼迫，要問明白。紅蓮被長老催逼不過，只得實說：「臨安府新任柳府尹，怪長老不出寺迎接，心中大惱，因此使妾來與長老成其雲雨之事。」長老聽罷大驚，悔之不及，道：「我的魔障到了，吾被你賺騙，使我破了色戒，墮於地獄。」此時東方已白，長老教道人開了寺門，紅蓮別了長老，急急出寺回去了。

卻說這玉通禪師教老道人燒湯：「我要洗浴。」老道人自去廚下燒湯，長老磨墨撚筆，便寫下八句辭世頌❼，曰：

自入禪門無掛礙，五十二年心自在，只因一點念頭差，犯了如來淫色戒。
你使紅蓮破我戒，我欠紅蓮一宿債；我身德行被你虧，你家門風還我壞。

寫畢摺了，放在香爐足下壓著。道人將湯入房中，服侍長老洗浴罷，換了一身新禪衣，叫老道人吩咐道：「臨安府柳府尹差人來請我時，你可將香爐下簡帖把與來人，教他回覆，不可有誤。」道罷，老道人自去殿上燒香掃地，不知玉通禪師已在禪椅上圓寂❽了。

話分兩頭。卻說紅蓮回到家中，喫了蚤飯，換了色衣，將著布衫袖，逕來臨安府見柳府尹。府尹正坐廳，見了紅蓮，連忙退入書院中，喚紅蓮至面前，問和尚事了得否。紅蓮將夜來事備細說了一遍，袖中取出衫袖遞與看了。柳府尹大喜，教人去堂中取小小墨漆盒兒一箇，將白布衫袖子放在盒內，上面用封皮封了。撚起筆，寫一簡子❾，乃詩四句，其詩云：

---

❼ 辭世頌：佛徒的遺囑。

❽ 圓寂：和尚死亡稱「圓寂」。

❾ 簡子：便札。

水月禪師號玉通，多時不下竹林峰；可憐數點菩提水，傾入紅蓮兩瓣中。

寫罷，封了簡子，差一箇承局⑩，送與水月寺玉通和尚，要討回字，不可遲誤。承局去了。柳府尹賞紅蓮錢五百貫，免他一年官唱。紅蓮拜謝，將了錢自回去了，不在話下。

卻說承局賫著小盒兒併簡子，來到水月寺中，只見老道人在殿上燒香。承局問長老在何處，老道人遂領了承局，逕到禪房中時，只見長老已在禪椅上圓寂去了。老道人言：「長老吩咐道：『若柳相公差人來請我，將香爐下簡子去回覆。』」承局大驚道：「真是古佛，預先已知此事。」當下承局將了回簡並小盒兒，再回府堂，呈上回簡併原簡，說長老圓寂一事。柳宣教打開回簡一看，乃是八句辭世頌，看罷喫了一驚，道：「此和尚乃真僧也，是我壞了他德行。」懊悔不及。差人去叫匠人合一箇龕子⑪，將玉通和尚盛了，教南山淨慈寺長老法空禪師，與玉通和尚下火⑫。

卻說法空逕到柳府尹廳上，取覆相公，要問備細。柳府尹將紅蓮事情說了一遍，法空禪師道：「可惜，可惜，此僧差了念頭，墮落惡道矣。此事相公壞了他德行，貧僧去與他下火，指點教他歸於正道，不墮畜生之中。」言罷，別了府尹，逕到水月寺，吩咐抬龕子出寺後空地。法空長老手捻火把，打箇圓相⑬，口中道：

---

⑩ 承局：官差。

⑪ 龕子：佛教徒用以盛屍體的塔狀器具。

⑫ 下火：佛教徒火葬時舉行燃火的儀式。

⑬ 圓相：佛家參禪時，在地上或空中劃一箇圓圈叫「圓相」。

自到川中數十年，曾在毘盧⑭頂上眠。欲透趙州關捩子⑮，好姻緣做惡姻緣。桃紅柳綠還依舊，石邊流水冷溪溪。今朝指引菩提路，再休錯意念紅蓮。

恭惟圓寂玉通大和尚之覺靈曰：惟靈五十年來古拙，心中皎如明月，有時照耀當空，大地乾坤清白。可惜法名玉通，今朝作事不通，不去靈山參佛祖，卻向紅蓮貪淫慾。本是色即是空，誰想空即是色？無福向獅子光⑯中，享天上之逍遙；有分去駒兒隙⑰內，受人間之勞碌。雖然路徑不迷，爭奈去之太速。大眾莫要笑他，山僧指引不俗。咦！

一點靈光透碧霄，蘭堂畫閣添澡浴。

法空長老道罷，擲下火把，焚龕將盡。當日，看的人不知其數，只見火焰之中，一道金光沖天而去了。法空長老與他拾骨入塔，各自散去。

卻說柳宣教夫人高氏，於當夜得一夢，夢見一箇和尚，面如滿月，身材肥壯，走入臥房。夫人喫了一驚，一身香汗驚醒。自此不覺身懷六甲。光陰似箭，看看十月滿足。夫人臨盆分娩，生下一箇女兒。當時侍妾報與柳宣教，且喜夫人生得一箇小姐。三朝滿月，取名喚做翠翠。百日週歲，做了多少筵席。

正是：

---

⑭ 毘盧：佛的真身。

⑮ 關捩子：機關。

⑯ 獅子光：佛光。

⑰ 駒兒隙：即「白駒過隙」。喻人生短暫。

窗外日光彈指過，席前花影座間移。

這柳翠翠長成八歲，柳宣教官滿將及，收拾還鄉。端的是：

世間好物不堅牢，彩雲易散琉璃脆。

柳宣教感天行⑱時疫病，無旬日而故。這柳府尹做官清如水，明似鏡，不貪賄賂，囊篋淡薄。夫人具棺木盛貯，掛孝看經，將靈柩寄在柳州寺內。夫人與僕賽兒並女翠翠欲回溫州去，路途遙遠，又無親族投奔，身邊些小錢財，難供路費。乃於在城白馬廟前，賃一間房屋，三口兒搬來住下。又無生理，一住八年，囊篋消疎，那僕人逃走。這柳翠翠長成，年紀一十六歲，生得十分容貌。這柳媽媽家中娘兒兩箇，日不料生，口食不敷，乃央間壁王媽媽，問人借錢。借得羊壩頭楊孔目⑲課錢⑳，借了三千貫錢，過了半年，債主索取要緊。這柳媽媽被討不過，出於無奈，只得央王媽媽做媒，情願把女兒與楊孔目為妾，言過我要他養老。不數日，楊孔目入贅在柳媽媽家，說：「我養你母子二人，豐衣足食，做箇外宅。」不覺過了兩月，這楊孔目因蚤晚不便，又兩邊家火㉑，忽一日回家，與妻商議，欲搬回家。其妻之父，告女壻停妻取妾，臨安府差人捉柳媽媽並女兒一干人到官，要追原聘財禮。柳媽媽訴說貧乏無措，

⑱ 天行：流行病。

⑲ 孔目：官名。掌管文書、簿籍。

⑳ 課錢：稅錢。

㉑ 家火：家中開支。

因此將柳翠翠官賣。卻說有箇工部鄒主事，聞知柳翠翠丰姿貌美，聰明秀麗，去問本府討了，另買一間房子，在抱劍營街，搬那柳媽媽並女兒去住下，養做外宅。又討箇妳子並小廝，伏事走動。這柳翠翠改名柳翠。

原來南渡時，臨安府最盛。只這通和坊這條街，金波橋下，有座花月樓，又東去為熙春樓、南瓦子，又南去為抱劍營、漆器牆、沙皮巷、融和坊，其西為太平坊、巾子巷、獅子巷，這幾箇去處都是瓦子㉒。這柳翠是玉通和尚轉世，天生聰明，識字知書。詩詞歌賦，無所不通；女工針黹，無有不會。這鄒主事十日半月，來得一遭，千不合，萬不合，住在抱劍營，是箇行首㉓窟裡。這柳翠每日清閒自在，學不出好樣兒，見鄰妓家有孤老來往，他心中歡喜，也去門首賣俏，引惹子弟們來觀看。眉來眼去，漸漸來家宿歇。柳媽媽說他不下，只得隨女兒做了行首。多有豪門子弟愛慕他，飲酒作樂，殆無虛日。鄒主事看見這般行徑，好不雅相，索性與他箇決絕，再不往來。這邊柳翠落得無人管束，公然大做起來。只因柳宣教不行陰隲，折了女兒，此乃一報還一報，天理昭然。後人觀此，不可不戒。有詩為證，詩曰：

用巧計時傷巧計，愛便宜處落便宜㉔。莫道自身僥倖免，子孫必定受人欺。

後來直使得一尊古佛，來度柳翠，歸依正道，返本還原，成佛作祖。你道這尊古佛是誰？正是月明

---

㉒ 瓦子：宋、元、明都市中的娛樂場所。此指妓院。

㉓ 行首：妓女。

㉔ 落便宜：吃虧。

和尚。他從小出家，真箇是五戒㉕具足，一塵不染，在皋亭山顯孝寺住持。當先與玉通禪師，俱是法門契友。聞知玉通圓寂之事，呵呵大笑道：「阿婆立腳跟不牢，不免又去做媳婦也。」後來聞柳翠在抱劍營，色藝擅名，心知是玉通禪師轉世，意甚憐之。一日，淨慈寺法空長老到顯孝寺來看月明和尚，坐談之次，月明和尚謂法空曰：「老通墮落風塵已久，恐積漸沉迷，遂失本性，可以相機度他出世，不可遲矣。」

原來柳翠雖墮娼流，卻也有一種好處，從小好的是佛法。所得纏頭金帛之資，盡情布施，毫不吝惜。況兼柳媽媽親生之女，誰敢阻擋？在萬松嶺下，造石橋一座，名曰柳翠橋；鑿一井於抱劍營中，名曰柳翠井。其他方便濟人之事，不可盡說。又製下布衣一襲，每逢月朔月望，卸下鉛華，穿著布素，閉門念佛；雖賓客如雲，此日斷不接見，以此為常。那月明和尚只為這節上，識透他根器不壞，所以立心要度他。正是：

慳貪二字能除卻，終是西方路上人。

卻說法空長老，當日領了月明和尚言語，到次日，假以化緣為因，直到抱劍營柳行首門前，敲著木魚，高聲念道：

慾海輪迴，沉迷萬劫。眼底榮華，空花易滅。

㉕ 五戒：佛家的戒律：不殺生、不偷盜、不邪淫、不妄語、不飲酒食肉。

一旦無常，四大消歇。及早回頭，出家念佛。

這日正值柳翠西湖上遊耍剛回，聽得化緣和尚聲口不俗，便教丫鬟喚入中堂，問道：「師父，你有何本事，來此化緣？」法空長老道：「貧僧沒甚本事，只會說些因果。」柳翠問道：「何為因果？」法空長老道：「前為因，後為果；作者為因，受者為果。假如種瓜得瓜，種荳得荳，種是因，得是果。不因種下，怎得收成？好因得好果，惡因得惡果。所以說：要知前世因，今生受者是；要知後世因，今生作者是。」柳翠見說得明白，心中歡喜，留他喫了齋飯。又問道：「自來佛門廣大，也有我輩風塵中人成佛作祖否？」法空長老道：「當初觀音大士，見塵世慾根深重，化為美色之女，投身妓館，一般接客。凡王孫公子，見其容貌，無不傾倒。一與之交接，慾心頓淡。因彼有大法力故，自然能破除邪網。後來無疾而死，里人買棺埋葬。有胡僧見其塚墓，合掌作禮，口稱：『善哉，善哉！』里人說道：『此乃娼妓之墓，師父錯認了。』胡僧道：『此非娼妓，乃觀世音菩薩化身，來度世上淫慾之輩，歸於正道。如若不信，破土觀之，其形骸必有奇異。』里人果然不信，忙劚土破棺，見骨節聯絡，交鎖不斷，色如黃金，方始驚異。因就塚立廟，名為黃金鎖子骨菩薩。這叫做清淨蓮花，汙泥不染。小娘子今日混於風塵之中，也因前生種了慾根，所以今生墮落。若今日仍復執迷不悔，把倚門獻笑認作本等生涯，將生生世世，浮沉慾海，永無超脫輪迴之日矣。」這席話，說得柳翠心中變喜為愁，翻熱作冷，頓然起追前悔後之意，便道：「奴家聞師父因果之說，心中如觸。倘師父不棄賤流，情願供養在寒家，朝夕聽講，不知允否？」法空長老道：「貧僧道微德薄，不堪為師；此間皋亭山顯孝寺，有箇月明禪師，是活佛度世，能知人過去未來之事，小娘子若堅心求道，貧僧當引拜月明禪師。小娘子聽其講解，必能洞了夙因，立地明心見性。」柳翠道：「奴家素聞月明禪師之名，明日便當專訪，有煩師父引進。」法空長老道：「貧僧當得。明日侵晨，在顯孝寺前相候，小娘子休得失言。」柳翠舒出尖尖玉手，向烏雲鬢邊拔下一對赤金鳳頭釵，遞與長老道：「些須小物，權表微忱，乞師父笑納。」法空長老道：「貧僧雖則募化，一飽之外，別無所需，出家人要此首飾何用？」柳翠道：「雖然師父用不著，留作山門修理之費，也見奴家一點誠心。」法空長老那裡肯受，合掌辭謝而去。有詩為證：

追歡賣笑作生涯，抱劍營中第一家。終是法緣前世在，立談因果倍嗟呀。

再說柳翠自和尚去後，輾轉尋思，一夜不睡。次早起身，梳洗已畢，渾身上下換了一套新衣。只說要往天竺進香，媽媽誰敢阻擋？教丫鬟喚箇小轎，一逕抬到皋亭山顯孝寺來。那法空長老早在寺前相候，見柳翠下轎，引入山門，到大雄寶殿，拜了如來，便同到方丈，參謁月明和尚。正值和尚在禪床上打坐，柳翠一見，不覺拜倒在地，口稱：「弟子柳翠參謁。」月明和尚也不回禮，大喝道：「你二十八年煙花債，還償不夠，待要怎麼？」唬得柳翠一身冷汗，心中恍惚，如有所悟。再要開言問時，月明和尚又大喝道：「恩愛無多，冤仇有盡，只有佛性，常明不滅。你與柳府尹打了平火㉖，該收拾自己本錢回去了。」說得柳翠肚裡恍恍惚惚，連忙磕頭道：「聞知吾師大智慧、大光明，能知三生因果；弟子至愚無識，望吾師明言指示則箇。」月明和尚又大喝道：「你要識本來面目，可去水月寺中，尋玉通禪師，與你證明。

㉖ 打了平火：眾人湊錢聚餐。引申為兩不吃虧。

快走，快走！走遲時，老僧禪杖無情，打破你這粉骷髏。」這一回話，喚做「顯孝寺堂頭㉗三喝」。正是：

欲知因果三生事，只在高僧棒喝中。

柳翠被月明師父連喝三遍，再不敢開言，慌忙起身。依先出了寺門，上了小轎，吩咐轎夫，逕抬到水月寺中，要尋玉通禪師證明。

卻說水月寺中行者，見一乘女轎遠遠而來，內中坐箇婦人。看看抬入山門，急忙喚集火工道人㉘，不容他下轎。柳翠問其緣故，行者道：「當初被一箇婦人，斷送了我寺中老師父性命，至今師父們吩咐，不容婦人入寺。」柳翠又問道：「甚麼婦人？如何有恁樣做作？」行者道：「二十八年前，有箇婦人，夜來寺中投宿，十分哀求，老師父發起慈心，容他過夜。原來這婦人不是良家，是箇娼妓，叫做吳紅蓮，奉柳府尹鈞旨，特地前來，哄誘俺老師父。當夜假裝肚疼，要老師父替他偎貼，因而破其色戒。老師父慚愧，題了八句偈語，就圓寂去了。」柳翠又問道：「你可記得他偈語麼？」行者道：「還記得。」遂將偈語八句，念了一遍。柳翠聽得念到「我身德行被你虧，你家門風還我壞」。心中豁然明白，恰像自家平日做下的一般。又問道：「那位老師父喚甚麼法名？」行者道：「是玉通禪師。」柳翠點頭會意，急喚轎夫抬回抱劍營家裡，吩咐丫鬟：「燒起香湯，我要洗澡。」當時丫鬟服侍，沐浴已畢。柳翠挽就烏雲，取出布衣穿了，掩上房門。桌上見列著文房四寶，拂開素紙，題下偈語二首。偈云：

㉗ 堂頭：方丈。

㉘ 火工道人：寺院裡的廚工。

本因色戒翻招色，紅裙生把緇衣革。今朝脫得赤條條，柳葉蓮花總無跡。

又云：

壞你門風我亦羞，冤冤相報甚時休？今朝卸卻恩仇擔，廿八年前水月遊。

後面又寫道：「我去後隨身衣服入殮，送到皋亭山下，求月明師父一把無情火燒卻。」寫畢，擲筆而逝。丫鬟推門進去，不見聲息。向前看時，見柳翠盤膝坐於椅上。叫呼不應，已坐化去了。慌忙報知柳媽媽。柳媽媽喫了一驚，呼兒叫肉，啼哭將來。亂了一回，念了二首偈詞，看了後面寫的遺囑，細細問丫鬟天竺進香之事，方曉得在顯孝寺參師，及水月寺行者一段說話。分明是丈夫柳宣教不行好事，破壞了玉通禪師法體，以致玉通投胎柳家，敗其門風。冤冤相報，理之自然，今日被月明和尚指點破了，他就脫然而去。他要送皋亭山下，不可違之。但遺言火厝㉙，心中不忍。所遺衣飾儘多，可為造墳之費，當下買棺盛殮，果然只用隨身衣服，不用錦繡金帛之用。入殮已畢，合城公子王孫平昔往來之輩，都來探喪弔孝。聞知坐化之事，無不嗟嘆。柳媽媽先遣人到顯孝寺，報與月明和尚知道，就與他商量埋骨一事。月明和尚將皋亭山下隙地一塊，助與柳媽媽，擇日安葬。合城百姓，聞得柳翠死得奇異，都道活佛顯化，盡來送葬。造墳已畢，月明和尚向墳合掌作禮，說偈四句。偈云：

二十八年花柳債，一朝脫卸無拘礙。紅蓮柳翠總虛空，從此老通長自在。

㉙ 火厝：火葬。

至今皋亭山下，有箇柳翠墓古蹟。有詩為證：

柳宣教害人自害，通和尚因色墮色。顯孝寺三喝機鋒，皋亭山青天白日。

# 第三十卷 明悟禪師趕五戒

昔為東土寰中客，今作菩提會上人。手把楊枝臨淨土，尋思往事是前身。

話說昔日唐太祖，姓李名淵，承隋天下，建都陝西長安，法令一新。仗著次子世民，掃清七十二處狼煙，收伏一十八處蠻洞，改號武德，建文學館以延一十八學士，造淩煙閣以繪二十三功臣，相魏徵、杜如晦、房玄齡等輩，以治天下。貞觀、治平、開元，這幾箇年號，都是治世。只因玄宗末年，寵任奸臣李林甫、盧杞、楊國忠等，以召安祿山之亂。後來雖然平定，外有藩鎮專制，內有宦官弄權，君子退，小人進，終唐之世，不得太平。

且說洛陽有一人，姓李名源，字子澄，乃飽學之士，腹中記誦五車書，胸內包藏千古史。因見朝政顛倒，退居不仕，與本處慧林寺首僧❶圓澤為友，交游甚密。澤亦詩名遍洛，德行滿野，乃宿世古佛，一時豪傑，皆敬慕之。每與源游山玩水，弔古尋幽，賞月吟風，怡情遣興，詩賦文詞，山川殆遍。忽一日，相約同舟往瞿塘三峽，遊天開圖畫寺。源帶一僕人，澤擕一弟子，共四人發舟。不半月間，至三峽，舟泊於岸，振衣而起。忽見一婦人，年約三旬，外服舊衣，內穿錦襠，身懷六甲，背負瓦罌而汲清泉。

❶ 首僧：當家和尚。

圓澤一見，愀然不悅，指謂李源曰：「此孕婦乃某托身之所也，明早吾即西行矣。」源愕然曰：「吾師此言，是何所主也？」圓澤曰：「吾今圓寂，自有相別言語。」四人乃入寺，寺僧接入。茶畢，圓澤備道所由，眾皆驚異。澤乃香湯沐浴，吩咐弟子已畢，乃與源訣別。說道：「澤今幸生四旬，與君交游甚密；今大限到來，只得分別。後三日，乞到伊家相訪，乃某托身之所。三日浴兒，以一笑為驗，此晚吾亦卒矣。再後十二年，到杭州天竺寺相見。」乃取紙筆，作辭世頌曰：

四十年來體性空，多於詩酒樂心胸。今朝別卻故人去，日後相逢下竺峰。

咦！

幻身復入紅塵內，贏得君家再與逢。

偈畢，跏趺❷而化。本寺僧眾具衣龕，送入後山巖中，請本寺月峰長老下火。僧眾誦經已畢，月峰坐在轎上，手執火把，打箇問訊，念云：

三教從來本一宗，吾師全具得靈通。今朝覺化歸西去，且聽山僧道本風。

恭惟圓寂圓澤禪師堂頭大和尚之覺靈曰：惟靈生於河南，長在洛陽。自入空門，心無掛礙。酒吞江海，詩泣鬼神。惟思玩水尋山，不厭粗衣藜食。交至契之李源，遊瞿塘之三峽。因見孕婦而負嬰，乃思托身而更出。再世杭州相見，重會今日交契。如今送入離宮，聽取山僧指祕。咄！

❷ 跏趺：佛徒盤足而坐。

三生共會下竺峰，葛洪井畔尋蹤跡。

頌畢，荼毗❸之次，見火中一道青煙，直透雲端，煙中顯出圓澤全身本相，合掌向空而去。少焉，舍利❹如雨。眾僧收骨入塔，李源不勝悲愴。

首僧留源在寺，閒住數日。至第三日，源乃至寺前，訪於居民。去寺不半里，有一人家，姓張，已於三日前生一子。今正三朝，在家浴兒。源乃懇求一見，其人不許。源告以始末，賄以金帛，乃令源至中堂。婦人抱子正浴，小兒見源，果然一笑，源大喜而返。是晚，小兒果卒。源乃別長老回家不題。

日往月來，星移斗換，不覺又十載有餘。時唐十六帝僖宗乾符三年，黃巢作亂，天下騷動，萬姓流離。君王幸蜀，民舍官室悉遭兵火，一無所存。虧著晉王李克用，興兵滅巢，僖宗龍歸舊都，天下稍定，道路始通。源因貨殖，來至江浙路杭州地方。時當清明，正是良辰美景，西湖北山，遊人如蟻。源思十二年前圓澤所言：下天竺相會。乃信步隨眾而行，見兩山夾川，清流可愛，賞心不倦。不覺行入下竺寺西廊，看葛洪煉丹井。轉入寺後，見一大石臨溪，泉流其畔。源心大喜，少坐片時。

忽聞隔川歌聲，源見一牧童，年約十二三歲，身騎牛背，隔水高歌。源心異之，側耳聽其歌云：

三生石上舊精魂，賞月吟風不要論。慚愧情人遠相訪，此身雖異性常存。

❸ 荼毗：梵語音譯。意為火葬。

❹ 舍利：佛身火化後所結成的珠狀物。

又云：

身前身後事茫茫，欲話當時恐斷腸。吳越山川遊已遍，卻尋煙棹上瞿塘。

歌畢，只見小童遠遠的看著李源，拍手大笑。源驚異之，急欲過川相問而不可得。遙望牧童，度柳穿林，不知去向。李源不勝惆悵，坐於石上久之。問於僧人，答道：「此乃葛稚川石也。」源深詳其詩，乃十二年圓澤之語，並月峰下火文記。至此在下竺相會，恰好正是三生。訪問小兒住處，並言無有，源心怏怏而返。後人因呼源所坐葛稚川之石為「三生石」，至今古蹟猶存。後來瞿宗吉有詩云：

清波下映紫襠鮮，邂逅相逢峽口船。身後身前多少事？三生石上說姻緣。

王元瀚又有詩云：

處世分明一夢魂，身前身後孰能論？夕陽山下三生石，遺得荒唐跡尚存。

這段話文，叫做「三生相會」。如今再說箇兩世相逢的故事，乃是「明悟禪師趕五戒」。又說是「佛印長老度東坡」。

話說大宋英宗治平年間，去那浙江路寧海軍錢塘門外，南山淨慈孝光禪寺，乃名山古剎。本寺有兩箇得道高僧，是師兄師弟，一箇喚做五戒禪師，一箇喚作明悟禪師。這五戒禪師，年三十一歲，形容古怪，左邊瞽一目，身不滿五尺。本貫西京洛陽人，自幼聰明，舉筆成文，琴棋書畫，無所不通。長成出家，禪宗釋教，如法了得，參禪訪道。俗姓金，法名五戒。且問何謂之「五戒」？

第一戒者，不殺生命；

第二戒者，不偷盜財物；

第三戒者，不聽淫聲美色；

第四戒者，不飲酒茹葷；

第五戒者，不妄言造語。

此謂之「五戒」。忽日雲遊至本寺，訪大行禪師。禪師見五戒佛法曉得，留在寺中，做了上色徒弟❺。不數年，大行禪師圓寂，本寺僧眾立他做住持，每日打坐參禪。那第二箇喚做明悟禪師，年二十九歲，生得頭圓耳大，面闊口方，眉清目秀，丰彩精神，身長七尺，貌類羅漢。本貫河南太原府人氏，俗姓王，自幼聰明，筆走龍蛇，參禪訪道，出家在本處沙陀寺，法名明悟。後亦雲遊至寧海軍，到淨慈寺來訪五戒禪師。禪師見他聰明了得，就留於本寺做師弟。二人如一母所生，且是好。但遇著說法，二人同升法座，講說佛教，不在話下。

忽一日冬盡春初，天道嚴寒，陰雲作雪，下了兩日。第三日雪霽天晴，五戒禪師清早在方丈禪椅上坐，耳內遠遠的聽得小孩兒啼哭聲，當時便叫身邊一箇知心腹的道人，喚做清一，吩咐道：「你可去山門外各處看，有甚事來與我說。」清一道：「長老，落了兩日雪，今日方晴，料無甚事。」長老道：「你可快去看了來回話。」清一推托不過，只得走到山門邊。那時天未明，山門也不曾開。叫門公開了山門，

❺ 上色徒弟：首座弟子。

清一打一看時，喫了一驚，道：「善哉，善哉！」正所謂：

日日行方便，時時發道心。但行平等事，不用問前程。

當時清一見山門外松樹根雪地上，一塊破蓆，放一箇小孩兒在那裡，口裡道：「苦哉，苦哉！甚人家將這箇孩兒丟在此間？不是凍死，便是餓死。」走向前仔細一看，卻是五六箇月一箇女兒，將一箇破衲頭❻包著，懷內揣著箇紙條兒，上寫生年月日時辰。清一口裡不說，心下思量：「古人有云：『救人一命，勝造七級浮屠。』」連忙走回方丈，稟覆長老道：「不知甚人家，將箇五七箇月女孩兒，破衣包著，撇在山門外松樹根頭。這等寒天，又無人來往，怎的做箇方便，救他則箇！」長老道：「善哉，善哉！清一，難得你善心。你如今抱了回房，早晚把些粥飯與他，餵養長大，把與人家，救他性命，勝做出家人。」

當時清一急急出門去，抱了女兒到方丈中，回覆長老。長老看道：「清一，你將那紙條兒我看。」清一遞與長老，長老看時，卻寫道：「今年六月十五日午時生，小名紅蓮。」長老吩咐清一，好生抱去房裡，養到五七歲，把與人家去，也是好事。清一依言，抱到千佛殿後，一帶三間四椽平屋房中，放些火，在火囤內烘他，取些粥餵了。似此日往月來，藏在空房中，無人知覺，一向長老也忘了。不覺紅蓮已經十歲，清一見他生得清秀，諸事見便❼，藏匿在房裡。出門鎖了，入門關了，且是謹慎。光陰似箭，日月如梭，倏忽這紅蓮女長成一十六歲，這清一如自生的女兒一般看待。雖然女子，卻

---

❻ 衲頭：衲衣；出家人穿的破衣服。

❼ 見便：聰明伶俐，隨機應便。

只打扮如男子，衣服鞋襪，頭上頭髮，前齊眉，後齊項，一似箇小頭陀，且是生得清楚，在房內茶飯針線。清一指望尋箇女壻，要他養老送終。

一日時遇六月炎天，五戒禪師忽想十數年前之事，洗了浴，喫了晚粥，逕走到千佛閣後來。清一道：「長老希行❽。」長老道：「我問你：那年抱的紅蓮，如今在那裡？」清一不敢隱匿，引長老到房中一見，喫了一驚，卻似：

分開八塊頂陽骨❾，傾下半桶冰雪來。

長老一見紅蓮，一時差訛了念頭，邪心遂起，嘻嘻笑道：「清一，你今晚可送紅蓮到我臥房中來，不可有誤。你若依我，我自抬舉你。此事切不可洩漏，只教他做箇小頭陀，不要使人識破他是女子。」清一口中應允，心內想道：「欲待不依長老又難，依了長老，今夜去到房中，必壞了女身，千難萬難。」長老見清一應不爽利，便道：「清一，你鎖了房門跟我到房裡去。」清一跟了長老，逕到房中。長老去衣箱裡，取出十兩銀子，把與清一道：「你且將這些去用，我明日與你討道度牒，剃你做徒弟，你心下如何？」清一道：「多謝長老抬舉。」只得收了銀子，別了長老，回到房中，低低說與紅蓮道：「我兒，卻纔來的，是本寺長老。他見你，心中喜愛。你今等夜靜，我送你去服侍長老。你可小心仔細，不可有誤。」紅蓮見父親如此說，便應允了。

---

❽ 希行：難得光臨，很少來走動。

❾ 頂陽骨：頭蓋骨。

到晚，兩箇喫了晚飯。約莫二更天氣，清一領了紅蓮，逕到長老房中，門窗無些阻擋。原來長老有兩箇行者在身邊服侍，當晚吩咐：「我要出外間走乘涼，門窗且未要關。」因此無阻。長老自在房中等清一送紅蓮來。候至二更，只見清一送小頭陀來房中。長老接入房內，吩咐清一：「你到明日此時來領他回房去。」清一自回房中去了。

且說長老關了房門，滅了琉璃燈，攜住紅蓮手，一將將到床前，教紅蓮脫了衣服，長老向前一摟，摟在懷中，抱上床去。

戲水鴛鴦，穿花鸞鳳，喜孜孜枝生連理，美甘甘帶綰同心，恰恰鶯聲，不離耳畔，津津甜唾，笑吐舌尖，楊柳腰脈脈春濃，櫻桃口微微氣喘，星眼朦朧，細細汗流香，玉體酥胸蕩漾，涓涓露滴牡丹心，一箇初侵女色，猶如餓虎吞羊，一箇乍遇男兒，好似渴龍得水，可惜菩提甘露水，傾入紅蓮兩瓣中。

當日長老與紅蓮雲收雨散，卻好五更，天色將明。長老思量一計，怎生藏他在房中。房中有口大衣櫥，長老開了鎖，將廚內物件都收拾了，卻教紅蓮坐在廚中，吩咐道：「飯食我自將來與你喫，可放心寧耐⑩則回。」紅蓮是女孩兒家，初被長老淫勾，心中也喜，躲在衣櫥內，把鎖鎖了。少間，長老上殿誦經畢，入房，閉了房門，將廚開了鎖，放出紅蓮，把飲食與他喫了，又放些菓子在櫥內，依先鎖了。至晚，清一來房中領紅蓮回房去了。

⑩ 寧耐：忍耐。

卻說明悟禪師，當夜在禪椅上入定回來，慧眼已知五戒禪師差了念頭，犯了色戒，淫了紅蓮，把多年清行，付之東流。「我今勸省他，不可如此。」也不說出。至次日，正是六月盡，門外撇骨池⓫內，紅白蓮花盛開。明悟長老令行者採一朵白蓮花，將回自己房中，取一花瓶插了，教道人備盃清茶在房中，卻教行者去請五戒禪師：「我與他賞蓮花，吟詩談話則箇。」不多時，行者請到五戒禪師。兩箇長老坐下，明悟道：「師兄，我今日見蓮花盛開，對此美景，折一朵在瓶中，特請師兄吟詩清話。」五戒道：「多蒙清愛。」行者捧茶至，茶罷，明悟禪師道：「行者，取文房四寶來。」行者取至面前，五戒道：「將何物為題？」明悟道：「便將蓮花為題。」五戒捻起筆來，便寫四句詩道：

一枝菡萏瓣初張，相伴葵榴花正芳。似火石榴雖可愛，爭如翠蓋芰荷香？

五戒詩罷，明悟道：「師兄有詩，小僧豈得無語乎？」落筆便寫四句詩曰：

春來桃杏盡舒張，萬蕊千花鬬豔芳。夏賞芰荷真可愛，紅蓮爭似白蓮香？

明悟長老依韻詩罷，呵呵大笑。

五戒聽了此言，心中一時解悟，面皮紅一回、青一回，便轉身辭回臥房，對行者道：「快與我燒桶湯來洗浴。」行者連忙燒湯與長老洗浴罷，換了一身新衣服，取張禪椅到房中，將筆在手，拂開一張素紙，便寫八句辭世頌曰：

⓫ 撇骨池：寺院裡，人火葬後撇骨的池塘。

吾年四十七，萬法本歸一；只為念頭差，今朝去得急。

傳與悟和尚，何勞苦相逼？幻身如雷電，依舊蒼天碧。

寫罷辭世頌，教焚一爐香在面前，長老上禪椅上，左腳壓右腳，右腳壓左腳，合掌坐化。

行者忙去報與明悟禪師。禪師聽得大驚，走到房中看時，見五戒師兄已自坐化去了。看了面前辭世頌，道：「你好卻好了，只可惜差了這一著。你如今雖得箇男子身，長成不信佛、法、僧三寶，必然滅佛謗僧，後世卻墮落苦海，不得皈依佛道，深可痛哉！真可惜哉！你道你走得快，我趕你不著不信！」當時也教道人燒湯洗浴，換了衣服，到方丈中，上禪椅跏趺而坐，吩咐徒眾道：「我今去趕五戒和尚，汝等可將兩箇龕子盛了，放三日一同焚化。」囑罷圓寂而去。眾僧皆驚，有如此異事！城內城外聽得本寺兩箇禪師同日坐化，各皆驚訝，來燒香禮拜，布施者，人山人海，男子婦人不計其數。嚷了三日，抬去金牛寺焚化，拾骨撇了。

這清一遂浼人說議親事，將紅蓮女嫁與一箇做扇子的劉待詔為妻，養了清一在家，過了下半世，不在話下。

且說明悟一靈真性，直趕至四川眉州眉山縣城中，五戒已自托生在一箇人家。這箇人家，姓蘇名洵，字明允，號老泉居士，詩禮之人。院君王氏，夜夢一瞽目和尚，走入房中，喫了一驚。明旦分娩一子，生得眉清目秀，父母皆喜。三朝滿月，百日一週，不在話下。

卻說明悟一靈，也托生在本處，姓謝名原，字道清。妻章氏，亦夢一羅漢，手持一印，來家抄化⓬。因驚醒，遂生一子。年長，取名謝瑞卿。自幼不喫葷酒，一心只愛出家。父母是世宦之家，怎麼肯？勉強送他學堂攻書，資性聰明，過目不忘，吟詩作賦，無不出人頭地。喜看的是諸經內典，一覽輒能解會。隨你高僧講論，都不如他。可惜一肚子學問，不屑應舉求官，但說著功名之事，笑而不答。這也不在話下。

卻說蘇老泉的孩兒，年長七歲，教他讀書寫字，十分聰明，目視五行書。行至⓭十歲來，五經三史，無所不通，取名蘇軾，字子瞻。此人文章冠世，舉筆珠璣，從幼與謝瑞卿同窗相厚，只是志趣不同。那東坡志在功名，偏不信佛法，最惱的是和尚，常言：「不禿不毒，不毒不禿；轉毒轉禿，轉禿轉毒。我若一朝管了軍民，定要滅了這和尚們，方遂吾願。」見謝瑞卿不用葷酒，便大笑道：「酒肉乃養生之物，依你不殺生，不喫肉，羊、豕、雞、鵝，填街塞巷，人也沒處安身了。況酒是米做的，又不害性命，喫些何傷？」每常二人相會，瑞卿便勸子瞻學佛，子瞻便勸瑞卿做官。瑞卿道：「你那做官，是不了之事，不如學佛三生結果。」子瞻道：「你那學佛，是無影之談，不如做官，實在事業。」終日議論，各不相勝。

仁宗天子嘉祐改元，子瞻往東京應舉，要拉謝瑞卿同去，瑞卿不從。子瞻一舉成名，御筆除翰林學士，錦衣玉食，前呼後擁，富貴非常。思念窗友謝瑞卿，不肯出仕。「吾今接他到東京，他見我如此富貴，必然動了功名之念。」於是修書一封，差人到眉山縣接謝瑞卿到來。謝瑞卿也恐怕子瞻一旦富貴，果然謗佛滅僧，也要勸化他回心改念，遂隨著差人到東京，與子瞻相見。兩人終日談論，依舊各執己見，不

⓬ 抄化：募化。

⓭ 行至：等到。

相上下。

你說事有湊巧，物有偶然。適值東京大旱，赤地千里。仁宗天子降旨，特於內庭修建七日黃羅大醮⑭，為萬民祈雨。仁宗一日親自行香二次，百官皆素服奔走執事。翰林官專管撰青詞，子瞻奉旨修撰，要拉瑞卿同去，共觀勝會，瑞卿心中卻不願行。子瞻道：「你平昔最喜佛事，今日朝廷請下三十六處名僧，建下祈場，誦經設醮，你不去隨喜，卻不錯過？」瑞卿道：「朝廷設醮，雖然儀文好看，都是套數⑮，那有什麼高僧談經說法，使人傾聽？」看起來也是瑞卿法緣該到，自然生出機會來。當日子瞻定要瑞卿作伴同往，瑞卿拗他不過，只得從命。二人到了佛場⑯，子瞻隨班效勞。瑞卿打扮箇道人模樣，往來觀看法事。

忽然仁宗天子駕到，眾官迎入，在佛前拈香下拜。瑞卿上前一步，偷看聖容，被仁宗龍目觀見。瑞卿生得面方耳大，丰儀出眾，仁宗金口玉言，問道：「這漢子何人？」蘇軾一時著了忙，使箇急智，跪下奏道：「此乃大相國寺新來一箇道人，為他深通經典，在此供香火之役。」仁宗道：「好箇相貌，既然深通經典，賜你度牒一道，欽度為僧。」謝瑞卿自小便要出家做和尚，恰好聖旨吩咐，正中其意，當下謝恩已畢，奏道：「既蒙聖恩剃度，願求御定法名。」仁宗天子問禮部取一道度牒，御筆判定「佛印」二字。瑞卿領了度牒，重又叩謝。候聖駕退了，瑞卿就於醮壇佛前祝髮，自此只叫佛印，不叫謝瑞卿了。

---

⑭ 黃羅大醮：設醮祭祀，召告天地神祇、人鬼，以示懺悔。

⑮ 套數：俗套、套子的意思。

⑯ 佛場：做佛事的地方。

那大相國寺眾僧，見佛印參透佛法，又且聖旨剃度，蘇學士的鄉親好友，誰敢怠慢？都稱他做「禪師」，不在話下。

且說蘇子瞻特地接謝瑞卿來東京，指望勸他出仕，誰知帶他到醮壇行走，累他落髮改名為僧，心上好不過意。謝瑞卿向來勸子瞻信心學佛，子瞻不從，今日倒是子瞻作成他落髮，豈非天數，前緣注定？那佛印雖然心愛出家，故意埋怨子瞻許多言語，子瞻惶恐無任，只是謝罪，再不敢說做和尚的半箇字兒不好。任憑佛印談經說法，只得悉心聽受；若不聽受時，佛印就發惱起來。聽了多遍，漸漸相習，也覺佛經講得有理，不似向來水火不投的光景了。朔望日，佛印定要子瞻到相國寺中禮佛奉齋，子瞻只得依他。又子瞻素愛佛印談論，日常無事，便到寺中與佛印問講，或分韻吟詩。佛印不動葷酒，子瞻也隨著喫素，把箇毀僧謗佛的蘇學士，變做了護法敬僧的蘇子瞻了。佛印乘機又勸子瞻棄官修行。子瞻道：「待我宦成名就，築室寺東，與師同隱。」因此別號東坡居士，人都稱為蘇東坡。

那蘇東坡在翰林數年，到神宗皇帝熙寧改元，差他知貢舉，出策題內譏誚了當朝宰相王安石，安石在天子面前譖他恃才輕薄，不宜在史館，遂出為杭州通判。與佛印相別，自去杭州赴任。一日，在府中閒坐，忽見門吏報說，有一和尚說是本處靈隱寺住持，要見學士相公。東坡教門吏出問何事要見相公，佛印見問，於門吏處借紙筆墨來，便寫四字送入府去。東坡看其四字：「詩僧謁見。」東坡取筆來批一筆云：「詩僧焉敢謁王侯？」教門吏把與和尚，和尚又寫四句詩道：

大海尚容蛟龍隱，高山也許鳳皇遊；笑卻小人無度量，「詩僧焉敢謁王侯」。

東坡見此詩，方纔認出字跡，驚訝道：「他為何也到此處？快請相見。」你道那和尚是誰？正是佛印禪師，因為蘇學士謫官杭州，他辭下大相國寺，行腳⑰到杭州靈隱寺住持，又與東坡朝夕往來。後來東坡自杭州遷任徐州，又自徐州遷任湖州，佛印到處相隨。

神宗天子元豐二年，東坡在湖州做知府，偶感觸時事，做了幾首詩，詩中未免含著譏諷之意。御史李定、王珪等交章劾奏蘇軾誹謗朝政，天子震怒，遣校尉拿蘇軾來京，下御史臺獄，就命李定勘問。李定是王安石門生，正是蘇家對頭，坐他大逆不道，問成死罪。東坡在獄中，思想著甚來由⑱，讀書做官，今日為幾句詩上，便喪了性命？乃吟詩一首自歎，詩曰：

人家生子願聰明，我為聰明喪了生；但願養兒皆愚魯，無災無禍到公卿。

吟罷，淒然淚下，想道：「我今日所處之地，分明似雞鴨到了庖人手裡，有死無活。想雞鴨得何罪，時常烹宰他來喫？只為他不會說話，有屈莫伸。今日我蘇軾枉了能言快話，又向那處伸冤？豈不苦哉！記得佛印時常勸我戒殺持齋，又勸我棄官修行，今日看來，他的說話，句句都是，悔不從其言也。」

歎聲未絕，忽聽得數珠索落一聲，念句「阿彌陀佛」。東坡大驚，睜眼看時，乃是佛印禪師。東坡忘其身在獄中，急起身迎接，問道：「師兄何來？」佛印道：「南山淨慈孝光禪寺，紅蓮花盛開，同學士去玩賞。」東坡不覺相隨而行，到於孝光禪寺。進了山門，一路僧房曲折，分明是熟遊之地；法堂中擺

---

⑰ 行腳：遊方；行走。

⑱ 甚來由：什麼原因。

設鐘磬經典之類，件件認得，好似自家家裡一般，心下好生驚怪。寺前寺後，走了一回，並不見有蓮花，乃問佛印禪師道：「紅蓮在那裡？」佛印向後一指道：「這不是紅蓮來也？」東坡回頭看時，只見一箇少年女子，從千佛殿後，冉冉而來，走到面前，深深道箇萬福。東坡看那女子，如舊日相識。那女子向袖中摸出花箋一幅，求學士題詩。佛印早取到筆硯，東坡遂信手寫出四句，道是：

四十七年一念錯，貪卻紅蓮甘墮卻。孝光禪寺曉鐘鳴，這回抱定如來腳。

那女子看了詩，扯得粉碎，一把抱定東坡，說道：「學士休得忘恩負義！」東坡正沒奈何，卻得佛印劈手拍開，驚出一身冷汗。醒將轉來，乃是南柯一夢，獄中更鼓正打五更。東坡尋思，此夢非常，四句詩一字不忘，正不知甚麼緣故。忽聽得遠遠曉鐘聲響，心中頓然開悟：「分明前世在孝光寺出家，為色慾墮落，今生受此苦楚。若得佛力覆庇，重見天日，當一心護法，學佛修行。」

少頃天明，只見獄官進來稱賀，說聖旨赦學士之罪，貶為黃州團練副使。東坡得赦，纔出獄門，只見佛印禪師在於門首，上前問訊，道：「學士無恙？貧僧相候久矣！」原來被逮之日，佛印也離了湖州，重來東京大相國寺住持，看取東坡下落。聞他問成死罪，各處與他分訴⑲求救，卻得吳充、王安禮兩箇正人，在天子面前竭力保奏。太皇太后曹氏，自仁宗朝便聞蘇軾才名，今日也在宮中勸解。天子回心轉意，方有這道赦書。東坡見了佛印，分明是再世相逢，倍加歡喜。東坡到五鳳樓下，謝恩過了，便來大相國寺，尋佛印說其夜來之夢。說到中間，佛印道：「住了，貧僧昨夜亦夢如此。」也將所夢說出後一

⑲ 分訴：辯解。

段，與東坡夢中無二，二人互相歎異。

次日，聖旨下，蘇軾謫守黃州。東坡與佛印相約，且不上任，迂路先到寧海軍錢塘門外來訪孝光禪寺。比及到時，路徑門戶，一如夢中熟識。訪問僧眾，備言五戒私汙紅蓮之事。那五戒臨化去時，所寫辭世頌，寺僧兀自藏著。東坡索來看了，與自己夢中所題四句詩相合，方知佛法輪迴，並非誑語，佛印乃明悟轉生無疑。此時東坡便要削髮披緇，跟隨佛印出家。佛印倒不允從，說道：「學士宦緣未斷，二十年後，方能脫離塵俗。但願堅持道心，休得改變。」東坡聽了佛印言語，復來黃州上任。自此不殺生，不多飲酒，渾身內外，皆穿布衣，每日看經禮佛。在黃州三年，佛印仍朝夕相隨，無日不會。

哲宗皇帝元祐改元，取東坡回京，陞做翰林學士，經筵講官。不數年，陞做禮部尚書，端明殿大學士。佛印又在大相國寺相依，往來不絕。

到紹聖年間，章惇做了宰相，復行王安石之政，將東坡貶出定州安置。東坡到相國寺相辭佛印，佛印道：「學士宿業⑳未除，合有幾番勞苦。」東坡問道：「何時得脫？」佛印說出八箇字來，道是：

逢永而返，逢玉而終。

又道：「學士牢記此八字者㉑！學士今番跋涉忒大，貧僧不得相隨，只在東京等候。」東坡怏怏而別。到定州未及半年，再貶英州；不多時，又貶惠州安置；在惠州年餘，又徙儋州；又自儋州移廉州；自廉

⑳ 宿業：前世種下的業障。
㉑ 者：相等於「吧」、「呀」等。

州移永州；蹤跡無定，方悟佛印「跋涉忘大」之語。

在永州不多時，赦書又到，召還提舉玉局觀。想著：『逢永而返』，此句已應了；『逢玉而終』，此乃我終身結局矣。」乃急急登程，重到東京，再與佛印禪師相會。佛印道：「貧僧久欲回家，只等學士同行。」東坡此時大通佛理，便曉得了。當夜兩箇在相國寺，一同沐浴了畢，講論到五更，分別而去。這裡佛印在相國寺圓寂，東坡回到寓中，亦無疾而逝。

至道君皇帝時，有方士道：「東坡已作大羅仙。虧了佛印相隨一生，所以不致墮落。佛印是古佛出世。」這兩世相逢，古今罕有，至今流傳做話本㉒。有詩為證：

禪宗法教豈非凡，佛祖流傳在世間。鐵樹開花千載易，墜落阿鼻㉓要出難。

---

㉒ 話本：講故事所用的腳本。

㉓ 阿鼻：梵語音譯。即「阿鼻地獄」。是佛教八大地獄中最苦、最下的地方。

# 第三十一卷　鬧陰司司馬貌斷獄

擾擾勞生，待足何時是足？據見定，隨家豐儉，便堪龜縮。得意濃時休進步，須防世事多翻覆。枉教人白了少年頭，空碌碌。誰不願，黃金屋？誰不願，千鍾粟？算五行，不是這般題目。枉使心機閒計較，兒孫自有兒孫福。又何須採藥訪蓬萊？但寡慾。

這篇詞，名滿江紅，是晦菴和尚所作，勸人樂天知命之意。凡人萬事莫逃乎命，假如命中所有，自然不求而至；若命裡沒有，枉自勞神，只索罷休。你又不是司馬重湘秀才，難道與閻羅王尋鬧不成？說話的，就是司馬重湘，怎地與閻羅王尋鬧？畢竟那箇理長，那箇理短？請看下回便見。詩曰：

世間屈事萬千千，欲覓長梯問老天。休怪老天公道少，生生世世宿因緣。

話說東漢靈帝時，蜀郡益州，有一秀才，複姓司馬，名貌，表字重湘。資性聰明，一目十行俱下。八歲縱筆成文，本郡舉他應神童，起送至京。因出言不遜，沖突了試官，打落下去。及年長，深悔輕薄之非，更修端謹之行，閉戶讀書，不問外事。雙親死，廬墓六年，人稱其孝。鄉里中屢次舉他孝廉、有道及博學宏詞，都為有勢力者奪去，悒悒不得志。自光和元年，靈帝始開西邸，賣官鬻爵，視官職尊卑，入錢多少，各有定價：欲為三公者，價千萬；欲為卿者，價五百萬。崔烈討了傅母❶的人情，入錢五百萬，得為司徒。後受職謝恩之日，靈帝頓足懊悔道：「好箇官，可惜賤賣了。若小小作難❷，千萬必可得也。」又置鴻都門學，敕州、郡、三公，舉用富家郎為諸生。若入得錢多者，出為刺史，入為尚書，士君子恥與其列。司馬重湘家貧，因此無人提挈，淹滯至五十歲，空負一腔才學，不得出身，屈埋於眾人之中，心中怏怏不平。乃因酒醉，取文房四寶，且吟且寫，遂成怨詞一篇，詞曰：

天生我才兮，豈無用之？豪杰自期兮，奈此數奇。五十不遇兮，因跡蓬虆。紛紛金紫兮，彼何人斯？胸無一物兮，囊有餘貲。富者乘雲兮，貧者墮泥。賢愚顛倒兮，題雄為雌。世運淪夷兮，俾我嶔崎❸。天道何知兮，將無有私？欲叩末曲兮，悲涕淋漓。

寫畢，諷詠再四。餘情不盡，又題八句：

得失與窮通，前生都注定；問彼注定時，何不判忠佞？善士歎沉埋，凶人得暴橫；我若作閻羅，世事皆更正。

不覺天晚，點上燈來，重湘於燈下，將前詩吟哦了數遍，猛然怒起，把詩稿向燈焚了，叫道：「老天，

❶ 傅母：保姆。
❷ 作難：為難。
❸ 嶔崎：坎坷。

老天！你若還有知，將何言抵對❹？我司馬貌一生鯁直，並無奸佞，便提我到閻羅殿前，我也理直氣壯，不怕甚的！」說罷，自覺身子困倦，倚桌而臥。

只見七八箇鬼卒，青面獠牙，一般的三尺多長，從桌底下鑽出，向重湘戲侮了回，說道：「你這秀才，有何才學，輒敢怨天尤地，毀謗陰司！如今我們來拿你去見閻羅王，只教你有口難開。」重湘道：「你閻羅王自不公正，反怪他人謗毀，是何道理！」眾鬼不由分說，一齊上前，或扯手，或扯腳，把重湘拖下坐來，便將黑索子望他頸上套去。重湘大叫一聲，醒將轉來，滿身冷汗。但見短燈一盞，半明半滅，好生悽慘。

重湘連打幾箇寒噤，自覺身子不快，叫妻房汪氏點盞熱茶來吃。汪氏點茶來，重湘吃了，轉覺神昏體倦，頭重腳輕。汪氏扶他上床，次日昏迷不醒，叫喚也不答應，正不知什麼病症。捱至黃昏，口中無氣，直挺挺的死了。汪氏大哭一場，見他手腳尚軟，心頭還有些微熱，不敢移動他，只守在他頭邊，哭天哭地。

話分兩頭。原來重湘寫了怨詞，焚於燈下，被夜遊神體察，奏知玉帝。玉帝見了大怒，道：「世人爵祿深沉，關係氣運。依你說，賢者居上，不肖者居下；有才顯榮，無才者黜落；天下世世太平，江山也永不更變了，豈有此理！小儒見識不廣，反說天道有私。速宜治罪，以儆妄言之輩。」時有太白金星啟奏道：「司馬貌雖然出言無忌，但此人因才高運蹇，抑鬱不平，致有此論。若據福善禍淫的常理，他所言未為無當，可諒情而恕之。」玉帝道：「他欲作閻羅，把世事更正，甚是狂妄。閻羅豈凡夫可做？

❹ 抵對：回答。

陰司案牘如山，十殿閻君，食不暇給；偏他有甚本事，一一更正來？」金星又奏道：「司馬貌口出大言，必有大才。若論陰司，果有不平之事，幾百年滯獄，未經判斷的，往往地獄中怨氣上衝天庭。以臣愚見，不若押司馬貌到陰司，權替閻羅王半日之位，凡陰司有冤枉事情，著他剖斷。若斷得公明，將功恕罪；倘若不公不明，即時行罰，他心始服也。」玉帝准奏，即差金星奉旨，到陰司森羅殿，命閻君即勾司馬貌到來，權借王位與坐。只限一晚六箇時辰，容他放告理獄。若斷得公明，來生注他極富極貴，以酬其今生抑鬱之苦；倘無才判問，把他打落酆都地獄，永不得轉人身。閻君得旨，便差無常小鬼，將重湘勾到地府。

重湘見了小鬼，全然無懼，隨之而行。到森羅殿前，小鬼喝教下跪，重湘問道：「上面坐者何人？我去跪他！」小鬼道：「此乃閻羅天子。」重湘聞說，心中大喜，叫道：「閻君，閻君，我司馬貌久欲見你，吐露胸中不平之氣，今日幸得相遇。你貴居王位，有左右判官，又有千萬鬼卒，牛頭、馬面，幫扶者甚眾；我司馬貌只是箇窮秀才，孑然一身，生死出你之手。你休得把勢力相壓，須是平心論理，理勝者為強。」閻君道：「寡人忝為陰司之主，凡事皆依天道而行，你有何德能，便要代我之位？所更正者何事？」重湘道：「閻君，你說奉天行道，天道以愛人為心，以勸善懲惡為公。如今世人有等慳吝的，偏教他財積如山；有等肯做好事的，偏教他手中空乏；有等刻薄害人的，偏教他處富貴之位，得肆其惡；有等忠厚肯扶持❺人的，偏教他喫虧受辱，不遂其願。作善者常被作惡者欺瞞，有才者反為無才者淩壓。有冤無訴，有屈無伸，皆由你閻君判斷不公之故。即如我司馬貌，一生苦志讀書，力行孝弟，有甚不合

❺ 扶持：幫助。

天心處，卻教我終身蹭蹬，屈於庸流之下？似此顛倒賢愚，要你閻君何用？若讓我司馬貌坐於森羅殿上，怎得有此不平之事？」閻君笑道：「天道報應，或遲或早，若明若暗；或食報於前生，或留報於後代。假如富人慳吝，其富乃前生行苦所致；今年慳吝，不種福田，來生必受餓鬼之報矣。貧人亦由前生作業，或橫用非財，受享太過，以致今生窮苦；若隨緣作善，來生依然豐衣足食。由此而推，刻薄者雖今生富貴，難免墮落；忠厚者雖暫時虧辱，定注顯達。此乃一定之理，又何疑焉？人見目前，天見久遠。人每不能測天，致汝紛紜議論，皆由淺見薄識之故也。」重湘道：「既說陰司報應不爽，陰間豈無冤鬼？你敢取從前案卷，與我一一稽查麼？若果事事公平，人人心服，我司馬貌甘服妄言之罪。」閻君道：「上帝有旨，將閻羅王位權借你六箇時辰，容放告理獄。若斷得公明，還你來生之富貴；倘無才判問，永墮酆都地獄，不得人身。」重湘道：「玉帝果有此旨，是吾之願也。」

當下閻君在御座起身，喚重湘入後殿，戴平天冠❻，穿蟒衣，束玉帶，裝扮出閻羅天子氣象。鬼卒打起升堂鼓，報道：「新閻君升殿！」善惡諸司，六曹❼法吏，判官小鬼，齊齊整整，分立兩邊。重湘手執玉簡，昂然而出，升於法座。諸司吏卒，參拜已畢，稟問要抬出放告牌❽。重湘想道：「五嶽四海，多少生靈？上帝只限我六箇時辰管事，倘然判問不結，只道我無才了，取罪不便❾。」心生一計，便教

---

❻ 平天冠：「冕」的俗稱。即古時天子、諸侯臣子所戴的禮帽。

❼ 六曹：功曹、倉曹、戶曹、兵曹、法曹、士曹。

❽ 放告牌：官府接受人民訴訟時所頒的告示牌。

❾ 取罪不便：得罪不妥。

判官吩咐：「寡人奉帝旨管事，只六箇時辰，不及放告。你可取從前案卷來查，若有天大疑難事情，累百年不決者，寡人判斷幾件，與你陰司問事的做箇榜樣。」判官稟道：「只有漢初四宗文卷，至今三百五十餘年，未曾斷結，乞我王拘審。」重湘道：「取卷上來看。」判官捧卷呈上，重湘揭開看時：

一宗屈殺忠臣事，

原告：韓信、彭越、英布。

被告：劉邦、呂氏。

一宗恩將仇報事，

原告：丁公。

被告：劉邦。

一宗專權奪位事，

原告：戚氏。

被告：呂氏。

一宗乘危逼命事，

原告：項羽。

被告：王翳、楊喜、夏廣、呂馬童、呂勝、楊武。

重湘覽畢，呵呵大笑道：「恁樣大事，如何反不問決？你們六曹吏司，都該究罪。這都是向來閻君因循耽擱之故，寡人今夜都與你判斷明白。」隨叫值日鬼吏，照單開四宗文卷原被告姓名，一齊喚到，挨次聽審。那時振動了地府，鬧遍了陰司。有詩為證：

每逢疑獄便因循，地府陽間事體均。今日重湘新氣象，千年怨氣一朝伸。

鬼吏稟道：「人犯已拘齊了，請爺發落。」重湘道：「帶第一起上來。」判官高聲叫道：「第一起犯人聽點！」原被共五名，逐一點過，答應：

原告：韓信有，彭越有，英布有。

被告：劉邦有，呂氏有。

重湘先喚韓信上來，問道：「你先事項羽，位不過郎中，言不聽，計不從；一遇漢祖，築壇拜將，捧轂推輪，後封王爵以酬其功。如何又起謀叛之心，自取罪戮？今日反告其主！」韓信道：「閻君在上，韓信一一告訴。某受漢王築壇拜將之恩，使盡心機，明修棧道，暗度陳倉，與漢王定了三秦；又救漢皇於滎陽，虜魏王豹，破代兵，禽趙王歇；北定燕，東定齊，下七十餘城；南敗楚兵二十萬，殺了名將龍且；九里山排下十面埋伏，殺盡楚兵；又遣六將，逼死項王於烏江渡口。造下十大功勞，指望子子孫孫世享富貴。誰知漢祖得了天下，不念前功，將某貶爵。呂后又與蕭何定計，哄某長樂宮，不由分說，叫武士縛某斬之；誣以反叛，夷某三族。某自思無罪，受此慘禍，今三百五十餘年，銜冤未報，伏乞閻君明斷。」重湘道：「你既為元帥，有勇無謀，豈無商量幫助之人？被人哄誘，如縛小兒，今日卻怨誰來？」韓信道：「曾有一箇軍師，姓蒯，名通，奈何有始無終，半途而去。」

重湘叫鬼吏，快拘蒯通來審。霎時間，蒯通喚到。重湘道：「韓信說你有始無終，半途而逃，不盡軍師之職，是何道理？」蒯通道：「非我有始無終，是韓信不聽忠言，以致於此。當初韓信破走了齊王田廣，是我進表洛陽，與他討箇假王名號，以鎮齊人之心。漢王罵道：『胯下夫，楚尚未滅，便想王位！』其時張子房在背後，輕輕躡漢皇之足，附耳低言：『用人之際，休得為小失大。』漢皇便改口道：『大丈夫要便為真王，何用假也？』乃命某齎印封信為三齊王。某察漢王，終有疑信之心，後來必定負信，勸他反漢，與楚連和，三分天下，以觀其變。韓信道：『築壇拜將之時，曾設下大誓：漢不負信，信不負漢。今日我豈可失信於漢皇？』某反覆陳說利害，只是不從，反怪某教唆謀叛。某那時懼罪，假裝風魔⑩，逃回田里。後來助漢滅楚，果有長樂宮之禍，悔之晚矣。」重湘問韓信道：「你當初不聽蒯通之言，是何主意？」韓信道：「有一算命先生許復，算我有七十二歲之壽，功名善終，所以不忍背漢。誰知殀亡，只有三十二歲。」

重湘叫鬼吏，再拘許復來審問，道：「韓信只有三十二歲，你如何許他七十二歲？你做術士的，妄言禍福，只圖哄人錢鈔，不顧誤人終身，可恨，可恨！」許復道：「閻君聽稟：常言『人有可延之壽，亦有可折之壽』。所以星家偏有壽命難定。韓信應該七十二歲，是據理推算。何期他殺機太深，虧損陰騭，以致短折，非某推算無準也。」重湘問道：「他那幾處陰騭虧損？可一一說來。」許復道：「當初韓信棄楚歸漢時，迷蹤失路，虧遇兩箇樵夫，指引他一條徑路，往南鄭而走。韓信恐楚王遣人來追，被樵夫走漏消息，拔劍回步，將兩箇樵夫都殺了。雖然樵夫不打緊，卻是有恩之人；天條負恩忘義，其罰最重。

詩曰：

⑩ 風魔：瘋癲。

亡命心如箭離絃，迷津指引始能前。有恩不報反加害，折墮青春一十年。」

重湘道：「還有三十年呢？」許復道：「蕭何丞相三薦韓信，漢皇欲重其權，築了三丈高壇，教韓信上坐，漢皇手捧金印，拜為大將，韓信安然受之。詩曰：

大將登壇閫外專，一聲軍令賽皇宣。微臣受卻君皇拜，又折青春一十年。」

重湘道：「臣受君拜，果然折福。還有二十年呢？」許復道：「辯士酈生，說齊王田廣降漢。田廣聽了，日日與酈生飲酒為樂。韓信乘其無備，襲擊破之。田廣只道酈生賣己，烹殺酈生。韓信得了大功勞，辜負了齊王降漢之意，掩奪了酈生下齊之功。詩曰：

說下三齊功在先，乘機掩擊勢無前。奪他功績傷他命，又折青春一十年。」

重湘道：「這也說得有理。還有十年？」許復道：「又有折壽之處。漢兵追項王於固陵，其時楚兵多，漢兵少，又項王有拔山舉鼎之力，寡不敵眾，弱不敵強。韓信九里山排下絕機陣，十面埋伏，殺盡楚兵百萬，戰將千員，逼得項王匹馬單鎗，逃至烏江口，自刎而亡。詩曰：

九里山前怨氣纏，雄兵百萬命難延。陰謀多殺傷天理，共折青春四十年。」

韓信聽罷許復之言，無言可答。重湘問道：「韓信，你還有辯麼？」韓信道：「當初是蕭何薦某為將，後來又是蕭何設計，哄某入長樂宮害命；成也蕭何，敗也蕭何，某心上至今不平。」重湘道：「也罷，一發喚蕭何來與你審箇明白。」少頃，蕭何當面，重湘問道：「蕭何，你如何反覆無常，又薦他，又害他？」蕭何答道：「有箇緣故。當初韓信懷才未遇，漢皇缺少大將，兩得其便。誰知漢皇心變，忌韓信了得⓫，後因陳豨造反，御駕親征，臨行時，囑咐娘娘，用心防範。漢皇行後，娘娘有旨，宣某商議，說韓信謀反，欲行誅戮。某奏道：『韓信是第一箇功臣，謀反未露，臣不敢奉命。』娘娘大怒道：『卿與韓信敢是同謀麼？卿若沒誅韓信之計，待聖駕回時，一同治罪。』其時某懼怕娘娘威令，只得畫下計策，假說陳豨已破滅了，賺韓信入宮稱賀，喝教武士拿下斬訖。某並無害信之心。」重湘道：「韓信之死，看來都是劉邦之過。」吩咐判官，將眾人口詞⓬錄出。「審得漢家天下，大半皆韓信之力；功高不賞，千古無此冤苦，轉世報冤明矣。」立案且退一邊。

再喚大梁王彭越聽審：「你有何罪，呂氏殺你？」彭越道：「某有功無罪。只為高祖征邊去了，呂后素性淫亂，問太監道：『漢家臣子，誰人美貌？』太監奏道：『只有陳平美貌。』娘娘道：『陳平在那裡？』太監道：『隨駕出征。』呂后道：『還有誰來？』太監道：『大梁王彭越，英雄美貌。』呂后聽說，即發密旨，宣大梁王入朝。某到金鑾殿前，不見娘娘。太監道：『娘娘有旨，宣入長信宮議機密事。』某進得宮時，宮門落鎖，只見呂后降堦相迎，邀某入宮賜宴。三盃酒罷，呂后淫心頓起，要與某講枕席之歡。某懼怕禮法，執意不從。呂后大怒，喝教銅錐亂下打死，煮肉作醬，梟首懸街，不許收葬。

⓫ 了得：了不起、利害之意。

⓬ 口詞：口供。

漢皇歸來，只說某謀反，好不冤枉！」呂后在旁聽得，叫起屈來，哭告道：「閻君，休聽彭越一面之詞，世間只有男戲女，那有女戲男？那時妾喚彭越入宮議事，彭越見妾宮中富貴，輒起調戲之心。臣戲君妻，理該處斬。」彭越道：「呂后在楚軍中，慣與審食其私通；我彭越一生剛直，那有淫邪之念！」重湘道：「彭越所言是真，呂氏是假飾之詞，不必多言。審得彭越，乃大功臣，正直不淫，忠節無比，來生仍作忠正之士，與韓信一同報仇。」存案。

再喚九江王英布聽審。英布上前訴道：「某與韓信、彭越三人，同功一體，漢家江山，都是我三人掙下的，並無半點叛心。一日某在江邊玩賞，忽傳天使到來，呂娘娘懿旨，賜某肉醬一瓶。某謝恩已畢，正席嘗之，覺其味美。偶喫出人指一箇，心中疑惑，盤問來使，只推不知。某當時發怒，將來使拷打，說出真情，乃大梁王彭越之肉也。某聞言淒慘，便把手指插入喉中，向江中吐出肉來，變成小小螃蟹。至今江中有此一種，名為『蟚蚏⑬』，乃怨氣所化。某其時無處洩怒，即將使臣斬訖。呂后知道，差人將三般朝典，寶劍、藥酒、紅羅三尺，取某首級回朝。某屈死無申，伏望閻君明斷。」重湘道：「三賢果是死得可憐，寡人做主，把漢家天下三分與你三人，各掌一國，報你生前汗馬功勞，不許再言。」畫招而去。

第一起人犯權時退下，喚第二起聽審。第二起恩將仇報事，

原告：丁公有。被告：劉邦有。

丁公訴道：「某在戰場上圍住漢皇，漢皇許我平分天下，因此開放。何期立帝之後，反加殺害。某心中

⑬ 蟚蚏：音ㄆㄥˊ ㄩㄝˋ。沙蟹。蚏，亦作「[illegible]」。

不甘，求閻爺作主。」重湘道：「劉邦怎麼說？」漢皇道：「丁公為項羽愛將，見仇不取，有背主之心，朕故誅之，為後人為臣不忠者之戒，非枉殺無辜也。」丁公辯道：「你說我不忠，那紀信在滎陽替死，是忠臣了，你卻無一爵之贈，可見你忘恩無義。那項伯是項羽親族，鴻門宴上，通同樊噲，拔劍救你，是第一箇不忠於項氏，如何不加殺戮，反得賜姓封侯？還有箇雍齒，也是項家愛將，你平日最怒者，後封為什方侯；偏與我做冤家，是何意故？」漢皇頓口無言。重湘道：「此事我已有處分了，可喚項伯、雍齒與丁公做一起，聽候發落。暫且退下。」

再帶第三起上來。第三起專權奪位事，

原告：戚氏有。被告：呂氏有。

重湘道：「戚氏，那呂氏是正宮，你不過是寵妃，天下應該歸於呂氏之子，你如何告他專權奪位，此何背理？」戚氏訴道：「昔日漢皇在睢水大戰，被丁公、雍齒趕得無路可逃，單騎走到我戚家莊，吾父藏之。其時妾在房鼓瑟，漢皇聞而求見，悅妾之貌，要妾衾枕，妾意不從。漢皇道：『若如我意時，後來得了天下，將你所生之子立為太子。』扯下戰袍一幅，與妾為記，奴家方纔依允。後生一子，因名如意。漢皇原許萬歲之後，傳位如意為君。因滿朝大臣，都懼怕呂后，其事不行。未幾漢皇駕崩，呂后自立己子，封如意為趙王，妾母子不敢爭。誰知呂后心猶不足，哄妾母子入宮飲宴，將酖酒賜與如意，如意九竅流血，登時身死。呂后假推酒醉，只做不知。妾心懷怨恨，又不敢啼哭，斜看了他一看。他說我一雙鳳眼，迷了漢皇，即叫宮娥，將金針刺瞎雙眼；又將紅銅鎔水，灌入喉中，斷妾四肢，拋於坑廁。妾母子何罪，枉受非刑？至今含冤未報，乞閻爺做主。」說罷，哀哀大哭。重湘道：「你不須傷情，寡人還你箇公道，教你母子來生為后為君，團圞到老。」畫招而去。

再喚第四起乘危逼命事，人犯到齊，唱名⓮已畢。重湘問項羽道：「滅項興劉，都是韓信，你如何不告他，反告六將？」項羽道：「是我空有重瞳之目⓯，不識英雄，以致韓信棄我而去，實難怪他。我兵敗垓下，潰圍逃命，遇了箇田夫，問他左右兩條路，那一條是大路，田夫回言：『左邊是大路。』某信其言，望左路而走，不期走了死路，被漢兵追及。那田夫乃漢將夏廣，裝成計策。某那時仗生平本事，殺透重圍，來到烏江渡口，遇了故人呂馬童，指望他念故舊之情，放我一路。他同著四將，逼我自刎，分裂支體，各去請功。以此心中不服。」重湘點頭道是。「審得六將原無鬭戰之功，止乘項羽兵敗力竭，逼之自刎，襲取封侯，僥倖甚矣。來生當發六將，仍使項羽斬首，以報其怨。」立案訖，且退一邊。

喚判官將冊過來，一一與他判斷明白：恩將恩報，仇將仇報，分毫不錯。重湘口裡發落⓰，判官在旁用筆填注，何州何縣何鄉，姓甚名誰，幾時生，幾時死，細細開載。將人犯逐一喚過，發去投胎出世：「韓信，你盡忠報國，替漢家奪下大半江山，可惜銜冤而死，發你在樵鄉曹嵩家托生，姓曹，名操，表字孟德，先為漢相，後為魏王，坐鎮許都，享有漢家山河之半。那時威權蓋世，任從你謀報前世之仇。當身不得稱帝，明你無叛漢之心。子受漢禪，追尊你為武帝，償十大功勞也。」又喚過漢祖劉邦發落：「你來生仍投入漢家，立為獻帝，一生被曹操欺侮，膽戰魂驚，坐臥不安，度日如年。因前世君負其臣，

⓮ 唱名：點名。

⓯ 重瞳之目：眼中有兩個瞳仁。相傳舜和項羽都是重瞳。

⓰ 發落：判決。

來生臣欺其君以相報。」喚呂后發落：「你在伏家投胎，後日仍做獻帝之后，被曹操千磨百難，將紅羅勒死宮中，以報長樂宮殺信之仇。」韓信問道：「蕭何發落何處？」重湘道：「蕭何有恩於你，又有怨於你。」叫蕭何發落：「你在楊家投胎，姓楊，名修，表字德祖。當初沛公入關之時，諸將爭取金帛，偏你只取圖籍，許你來生聰明蓋世，悟性絕人，官為曹操主簿，大俸大祿，以報三薦之恩。不合參破曹操兵機，為操所殺，前生你哄韓信入長樂宮，來生償其命也。」判官寫得明白。又喚九江王英布上來，「發你在江東孫堅家投胎，姓孫，名權，表字仲謀。先為吳王，後為吳帝，坐鎮江東，享一國之富貴。」又喚彭越上來，「你是箇正直之人，發你在涿郡樓桑村劉弘家為男，姓劉，名備，字玄德。千人稱仁，萬人稱義。後為蜀帝，撫有蜀中之地，與曹操、孫權三分鼎足。曹氏滅漢，你續漢家之後，乃表汝之忠心也。」彭越道：「三分天下，是大亂之時，西蜀一隅之地，怎能敵得吳、魏？」重湘道：「我判幾箇人扶助你就是。」乃喚蒯通上來：「你足智多謀，發你在南陽托生，複姓諸葛，名亮，表字孔明，號為臥龍。為劉備軍師，共立江山。」又喚許復上來，「你算韓信七十二歲之壽，只有三十二歲，雖然陰隲折墮，也是命中該載的。如今發你在襄陽投胎，姓龐，名統，表字士元，號為鳳雛，幫劉備取西川。注定三十二歲，死於落鳳坡之下，與韓信同壽，以為算命不準之報。今後算命之人，胡言哄人，如此折壽，必然警醒了。」彭越道：「軍師雖有，必須良將幫扶。」重湘道：「有了。」喚過樊噲，「發你范陽涿州張家投胎，名飛，字翼德。」又喚項羽上來，「發你在蒲州解良關家投胎，只改姓不改名，姓關，名羽，字雲長。你二人都有萬夫不當之勇，與劉備桃園結義，共立基業。樊噲不合縱妻呂須幫助呂后為虐，妻罪坐夫。項羽不合殺害秦王子嬰，火燒咸陽，二人都注定凶死。但樊噲生前忠勇，並無諂媚；項羽不殺太公，不汙呂后，不於酒席上暗算人；有此三德，注定來生俱義勇剛直，死而為神。」再喚紀信過來，「你前生盡忠劉家，未得享受一日富貴，發你來生在常山趙家出世，名雲，表字子龍，為西蜀名將。當陽長坂百萬軍中救主，大顯威名。壽年八十二，無病而終。」又喚戚氏夫人，「發你在甘家出世，配劉備為正宮。呂氏當初慕彭王美貌，求淫不遂，又妒忌漢皇愛你，今斷你與彭越為夫婦，使他妬不得也。趙王如意，仍與你為子，改名劉禪，小字阿斗，嗣位為後主，安享四十二年之富貴，以償前世之苦。」又喚丁公上來，「你去周家投胎，名瑜，字公瑾。發你孫權手下為將，被孔明氣死，壽止三十五而卒。原你事項羽不了，來生事孫權亦不了也。」再喚項伯、雍齒過來，「項伯背親向疏，貪圖富貴，雍齒受仇人之封爵，你兩人皆項羽之罪人；發你來生一箇改名顏良，一箇改名文醜，皆為關羽所斬，以洩前世之恨。」項羽問道：「六將如何發落？」重湘發六將於曹操部下，守把關隘。楊喜改名卞喜，王翳改名王植，夏廣改名孔秀，呂勝改名韓福，楊武改名秦琪，呂馬童改名蔡陽，關羽過五關，斬六將，以洩前生烏江逼命之恨。重湘判斷明白已畢，眾人無不心服。

重湘又問楚、漢爭天下之時，有兵將屈死不甘者，懷才未盡者，有恩欲報、有怨欲伸者，一齊許他自訴，都發在三國時投胎出世。其刻薄害人，陰謀慘毒，負恩不報者，變作戰馬，與將帥騎坐。如此之類，不可細述。判官一一細注明白，不覺五更雞叫。

重湘退殿，卸了冠服，依舊是箇秀才。將所斷簿籍，送與閻羅王看了。閻羅王嘆服，替他轉呈上界，取旨定奪。玉帝見了，贊道：「三百餘年久滯之獄，虧他六箇時辰斷明，方見天地無私，果報不爽，真乃天下之奇才也。眾人報冤之事，一一依擬。司馬貌有經天緯地之才，今生屈抑不遇，來生宜賜王侯之位，改名不改姓，仍托生司馬之家，名懿，表字仲達。一生出將入相，傳位子孫，併吞三國，國號曰晉。曹操雖係韓信報冤，所斷欺君弒后等事，不可為訓。只怕後人不悟前因，學了歹樣，就教司馬懿欺凌曹氏子孫，一如曹操欺凌獻帝故事，顯其花報⑰，以警後人，勸他為善不為惡。」玉帝頒下御旨，閻王開讀罷，備下筵席，與重湘送行。重湘啟告閻王：「荊妻汪氏，自幼跟隨窮儒，受了一世辛苦，有煩轉乞天恩，來生仍判為夫妻，同享榮華。」閻王依允。

那重湘在陰司，與閻王作別，這邊床上，忽然翻身，掙開雙眼，見其妻汪氏，兀自坐在頭邊啼哭。司馬貌連叫怪事，便將大鬧陰司之事，細說一遍：「我今已奉帝旨，不敢久延，喜得來生復得與你完聚。」說罷，瞑目而逝。汪氏已知去向，心上倒也不苦了，急忙收拾後事。殯殮方畢，汪氏亦死。到三國時，司馬懿夫妻，即重湘夫婦轉生。至今這段奇聞，傳留世間。後人有詩為證：

半日閻羅判斷明，冤冤相報氣皆平。勸人莫作虧心事，禍福昭然人自迎。

⑰ 花報：因果報應。

# 第三十二卷　遊酆都胡母迪吟詩

自古機深禍亦深，休貪富貴昧良心。簷前滴水毫無錯，報應昭昭自古今。

話說宋朝第一箇奸臣，姓秦名檜，字會之，江寧人氏。生來有異相，腳面連指長一尺四寸，在太學時，都喚他做「長腳秀才」。後來登科及第，靖康年間，累官至御史中丞。其時金兵陷汴，徽、欽二帝北遷，秦檜亦陷在虜中，與金酋撻懶郎君相善，對撻懶說道：「若放我南歸，願為金邦細作❶。僥倖一朝得志，必當主持和議，使南朝割地稱臣，以報大金之恩。」撻懶奏知金主，金主教四太子兀朮與他私立了約誓，然後縱之南還。

秦檜同妻王氏，航海奔至臨安行在❷，只說道殺了金家監守之人，私逃歸宋。高宗皇帝信以為真，因而訪問他北朝之事。秦檜盛稱金家兵強將勇，非南朝所能抵敵。高宗果然懼怯，求其良策，秦檜奏道：「自石晉臣事夷敵，中原至今喪氣，一時不能振作。靖康之變，宗社幾絕，此殆天意，非獨人力也。今行在草創，人心惶惶，而諸將皆握重兵在外，倘一人有變，陛下大事去矣。為今之計，莫若息兵講和，

❶ 細作：奸細。

❷ 行在：古代皇帝出巡駐守的地方。南宋以杭州為「行在」。

以南北分界，各不侵犯，罷諸將之兵權，陛下高枕而享富貴，生民不致塗炭，豈不美哉。」高宗道：「朕欲講和，只恐金人不肯。」秦檜道：「臣在虜中，頗為金酋所信服。陛下若以此事專委之臣，臣自有道理，保為陛下成此和議，可必萬全不失。」高宗大喜，即拜秦檜為尚書僕射。未幾，遂為左丞相。檜乃專主和議，用勾龍如淵為御史中丞，凡朝臣諫沮和議者，上疏擊去之。趙鼎、張浚、胡銓、晏敦復、劉大中、尹焞、王居正、吳師古、張九成、喻樗等，皆被貶逐。

其時岳飛累敗金兵，殺得兀朮四太子奔走無路。兀朮情急了，遣心腹王進，蠟丸內藏著書信，送與秦檜。書中寫道：「既要講和，如何邊將卻又用兵？此乃丞相之不信也。必須殺了岳飛，和議可成。」秦檜寫了回書，許以殺飛為信，打發王進去訖。一日發十二道金牌，召岳飛班師。軍中皆憤怒，河南父老百姓，無不痛哭。飛既還，罷為萬壽觀❸使。秦檜必欲置飛於死地，與心腹張俊商議，訪得飛部下統制❹王俊，與副都統制張憲有隙，將厚賞誘致王俊，教他妄告張憲謀據襄陽，還飛兵權。王俊依言出首，檜將張憲執付大理獄，矯詔遣使召岳飛父子，與張憲對理。御史中丞何鑄，鞫審無實，將冤情白知秦檜。檜大怒，罷去何鑄不用，改命万俟卨。那万俟卨素與岳飛有隙，遂將無作有，構成其獄，說岳飛、岳雲父子，與部將張憲、王貴通謀造反。大理寺卿薛仁輔等訟飛之冤；判宗正寺❺士㒟，請以家屬百口，保飛不反；樞密使韓世忠憤憤不平，親詣檜府爭論：俱各罷斥。獄既成，秦檜獨坐於東窗之下，躊躇此事：

❸ 萬壽觀：南宋杭州城內道觀名。

❹ 統制：南宋官名，節制軍馬為其職務。

❺ 宗正寺：官名，掌管皇帝族譜。

「欲待不殺岳飛，恐他阻撓和議，失信金邦，後來朝廷覺悟，罪歸於我；欲待殺之，奈眾人公論有礙。」心中委決不下。其妻長舌夫人王氏適至，問道：「相公有何事遲疑？」秦檜將此事與之商議，王氏向袖中，摸出黃柑一隻，雙手劈開，將一半奉與丈夫，說道：「此柑一劈兩開，有何難決？豈不聞古語云『擒虎易縱虎難』乎？」只因這句話，提醒了秦檜，其意遂決。將片紙寫幾箇密字封固，送大理寺獄官，是晚就獄中縊死了岳飛。其子岳雲與張憲、王貴，皆押赴市曹處斬。

金人聞飛之死，無不置酒相賀，從此和議遂定。以淮水中流，及唐、鄧二州為界。北朝為大邦，稱伯父；南朝為小邦，稱姪。秦檜加封太師魏國公，又改封益國公，賜第於望仙橋，壯麗比於皇居。其子秦熺，十六歲上狀元及第，除授翰林學士，專領史館。熺生子名塤，繈褓中便注下翰林之職。熺女方生，即封崇國夫人。一時權勢，古今無比。

且說崇國夫人六七歲時，愛弄一箇獅貓。一日偶然走失，責令臨安府府尹，立限挨訪。府尹曹泳差人遍訪，數日間拿到獅貓數百，帶累貓主喫苦使錢，不可盡述。押送到相府，檢驗都非。乃圖形千百幅，張掛茶坊酒肆，官給賞錢一千貫。此時鬧動了臨安府，亂了一月有餘，那貓兒竟無踪影。相府遣官督責，曹泳心慌，乃將黃金鑄成金貓，重賂妳娘，送與崇國夫人，方纔罷手。只這一節，檜賊之威權，大概可知。

晚年謀篡大位，為朝中諸舊臣未盡，心懷疑忌，欲興大獄，誣陷趙鼎、張浚、胡銓等五十三家，謀反大逆。吏寫奏牘已成，只待秦檜署名進御。是日，檜適遊西湖，正飲酒間，忽見一人披髮而至，視之乃岳飛也。厲聲說道：「汝殘害忠良，殃民誤國，吾已訴聞上帝，來取汝命。」檜大驚，問左右都說不見。檜因此得病歸府。次日，吏將奏牘送覽。眾人扶檜坐於格天閣下，檜索筆署名，手顫不止，落墨汙壞了奏牘。立刻教重換來，又復汙壞，究竟寫不得一字。長舌妻王夫人在屏後搖手道：「勿勞太師！」須臾檜仆於几上，扶進內室，已昏憒了，一語不能發，遂死。此乃五十三家不該遭在檜賊手中，亦見天理昭然也。有詩為證：

忠簡流亡武穆誅，又將善類肆陰圖。格天閣下名難署，始信忠良有嘿扶❻。

檜死不多時，秦熺亦死。長舌王夫人設醮追薦，方士伏壇奏章，見秦熺在陰府荷鐵枷而立。方士問：「太師何在？」秦熺答道：「在酆都。」方士逕至酆都，見秦檜、万俟卨、王俊披髮垢面，各荷鐵枷，眾鬼卒持巨梃驅之而行，其狀甚苦。檜向方士說道：「煩君傳語夫人，東窗事發矣。」方士不知何語，述與王氏知道。王氏心下明白，喫了一驚；果然是人間私語，天聞若雷，暗室虧心，神目如電。因這一驚，王氏亦得病而死。未幾，秦塤亦死。不過數年，秦氏遂衰。後因朝廷開浚運河，畚土堆積府門。有人從望仙橋行走，看見丞相府前，縱橫堆著亂土，題詩一首於牆上，詩曰：

格天閣在人何在？偃月堂深恨亦深。不向洛陽圖白髮，卻於郿鄔貯黃金。咲談便解興羅織，咫尺那知有照臨？寂寞九原今已矣，空餘泥濘積牆陰。

宋朝自秦檜主和，誤了大計，反面事仇，君臣貪於佚樂；元太祖鐵木真起自沙漠，傳至世祖忽必烈

❻ 嘿扶：暗中扶助。嘿，同「默」。

滅金及宋。宋丞相文天祥，號文山，天性忠義，召兵勤王。有志不遂，為元將張弘範所執，百計說他投降不得。至元十九年，斬於燕京之柴市。子道生、佛生、環生，皆先丞相而死。其弟名璧，號文溪，以其子陞嗣天祥之後，璧、陞父子俱附元貴顯。當時有詩云：

江南見說好溪山，兄也難時弟也難。可惜梅花各心事，南枝向煖北枝寒。

元仁宗皇帝皇慶年間，文陞仕至集賢閣大學士。

話分兩頭。且說元順宗至元初年間，錦城有一秀才，複姓胡母，名迪。為人剛直無私，常說：「我若一朝際會風雲，定要扶持善類，驅盡奸邪，使朝政清明，方遂其願。」何期時運未利，一氣走了十科❼不中，乃隱居威鳳山中，讀書治圃，為養生計。然感憤不平之意，時時發露，不能自禁於懷也。

一日，獨酌小軒之中。飲至半酣，啟囊探書而讀，偶得秦檜東窗傳，讀未畢，不覺赫然大怒，氣湧如山，大罵奸臣不絕。再抽一書觀看，乃文文山丞相遺藁，朗誦了一遍，心上愈加不平，拍案大叫道：「如此忠義之人，偏教他殺身絕嗣，皇天，皇天，好沒分曉！」悶上心來，再取酒痛飲，至於大醉。磨起墨來，取筆題詩四句於東窗傳上，詩云：

長腳邪臣長舌妻，忍將忠孝苦誅夷。愚生若得閻羅做，剝此奸雄萬劫皮！

吟了數遍，撇開一邊。再將文丞相集上，也題四句：

❼ 十科：十次科選。

隻手擎天志已違，帶間遺讚日爭輝。獨憐血胤同時盡，飄泊忠魂何處歸？

吟罷，餘興未盡，再題四句於後：

檜賊奸邪得善終，羨他孫子顯榮同；文山酷死兼無後，天道何曾識佞忠！

寫罷擲筆，再吟數過，覺得酒力湧上，和衣就寢。

俄見皁衣二吏，至前揖道：「閻君命僕等相邀，君宜速往。」胡母迪正在醉中，不知閻君為誰，答道：「吾與閻君素昧平生，今見召，何也？」皁衣吏笑道：「君到彼自知，不勞詳問。」胡母迪方欲再拒，被二吏挾之而行。離城約行數里，乃荒郊之地，煙雨霏微，如深秋景象。再行數里，望見城郭，居人亦稠密，往來貿易不絕，如市廛之狀。行到城門，見榜額乃「酆都」二字，迪纔省得是陰府。業已至此，無可奈何。既入城，則有殿宇崢嶸，朱門高敞，題曰「曜靈之府」，門外守者甚嚴。皁衣吏令一人為伴，一人先入。少頃復出，招迪曰：「閻君召子。」迪乃隨吏入門，行至殿前，榜曰「森羅殿」。殿上王者，袞衣冕旒，類人間神廟中繪塑神像。左右列神吏六人，綠袍皁履，高幞❽廣帶，各執文簿。堦下侍立百餘人，有牛頭馬面，長喙朱髮，猙獰可畏。胡母迪稽顙於堦下，冥王問道：「子即胡母迪耶？」迪應道：「然也。」冥王大怒道：「子為儒流，讀書習禮，何為怨天怒地，謗鬼侮神乎？」胡母迪答道：「迪乃後進之流，早習先聖先賢之道，安貧守分，循理修身，並無怨天尤人之事。」冥王喝道：「你說

❽ 高幞：高幞頭。幞，頭巾。

『天道何曾識佞忠』，豈非怨謗之談乎？」迪方悟醉中題詩之事，再拜謝罪道：「賤子酒酣，罔能持性，偶讀忠奸之傳，致吟忿憾之辭。顒望神君，特垂寬宥。」冥王道：「子試自述其意，怎見得天道不辨忠佞？」胡母迪道：「秦檜賣國和番，殺害忠良，一生富貴善終，其子秦熺，狀元及第，孫秦塤，翰林學士，三代俱在史館；岳飛精忠報國，父子就戮；文天祥宋末第一箇忠臣，三子俱死於流離，遂至絕嗣；其弟降虜，父子貴顯。福善禍淫，天道何在？賤子所以拊心致疑，願神君開示其故。」冥王呵呵大笑：「子乃下土腐儒，天意微渺，豈能知之？那宋高宗原係錢鏐王第三子轉生，當初錢鏐獨霸吳越，傳世百年，並無失德。後因錢俶入朝，被宋太宗留住，逼之獻土。到徽宗時，顯仁皇后有孕，夢見一金甲貴人，怒目言曰：『我吳越王也。汝家無故奪我之國，吾今遣第三子托生，要還我疆土。』醒後遂生皇子構，是為高宗。他原索取舊疆，所以偏安南渡，無志中原，秦檜會逢其適，力主和議，亦天數當然也；但不該誣陷忠良，故上帝斬其血胤。秦熺非檜所出，其為妻兄王煥之子，長舌妻冒認為兒，雖子孫貴顯，秦氏魂魄，豈得享異姓之祭哉？岳飛係三國張飛轉生，忠心正氣，千古不磨。一次托生為張巡，改名不改姓；二次托生為岳飛，改姓不改名。雖然父子屈死，子孫世代貴盛，血食萬年。文天祥父子夫妻，一門忠孝節義，傳揚千古。文陞嫡姪為嗣，延其宗祀，居官清正，不替家風，豈得為無後耶？夫天道報應，或在生前，或在死後；或福之而反禍，或禍之而反福。須合幽明古今而觀之，方知毫釐不爽。子但據目前，譬如以管窺天，多見其不知量矣。」胡母迪頓首道：「承神君指教，開示愚蒙，如撥雲見日，不勝快幸。但愚民但據生前之苦樂，安知身後之果報哉？以此冥冥不可見之事，欲人趨善而避惡，如風聲水月，無所忌憚。宜乎惡人之多，而善人之少也。賤子不才，願得遍遊地獄，盡觀惡報，傳語人間，使知儆懼自修，未審允否？」冥王點頭道是，即呼綠衣吏，以一白簡書云：「右仰普掠獄官，即啟狴牢❾，引此儒生，遍觀泉扃❿報應，毋得違錯。」

吏領命，引胡母迪從西廊而進。過殿後三里許，有石垣高數仞，以生鐵為門，題曰「普掠之獄」。吏將門鐶叩三下，俄頃門開，夜叉數輩突出，將欲擒迪。吏叱道：「此儒生也，無罪。」便將閻君所書白簡，教他看了。夜叉道：「吾輩只道罪鬼入獄，不知公是書生，幸勿見怪。」乃揖迪而入。其中廣袤五十餘里，日光慘淡，風氣蕭然。四圍門牌，皆牓名額：東曰「風雷之獄」，南曰「火車之獄」，西曰「金剛之獄」，北曰「溟泠之獄」。男女荷鐵枷者千餘人。又至一小門，則見男子二十餘人，皆被髮裸體，以巨釘釘其手足於鐵床之上，項荷鐵枷，舉身皆刀杖痕，膿血腥穢不可近。旁一婦人，裳而無衣，罩於鐵籠中。一夜叉以沸湯澆之，皮肉潰爛，號呼之聲不絕。綠衣吏指鐵床上三人，對胡母迪說道：「此即秦檜、万俟卨、王俊。這鐵籠中婦人，即檜妻長舌王氏也。其他數人，乃章惇、蔡京父子、王黼、朱勔、耿南仲、丁大全、韓侂胄、史彌遠、賈似道，皆其同奸黨惡之徒。王遣施刑，令君觀之。」即驅檜等至風雷之獄，縛於銅柱，一卒以鞭扣其環，即有風刀亂至，遶刺其身。檜等體如篩底。良久，震雷一聲，擊其身如齏粉，血流凝地。少頃，惡風盤旋，吹其骨肉，復聚為人形。吏向迪道：「此震擊者陰雷也，吹者業風也。」又呼卒驅至金剛、火車、溟泠等獄，將檜等受刑尤甚，飢則食以鐵丸，渴則飲以銅汁。吏說道：「此曹凡三日，則遍歷諸獄，受諸苦楚。三年之後，變為牛、羊、犬、豕，生於世間，為人宰

❾ 狴牢：監獄。

❿ 泉扃：陰司。泉，黃泉，即陰間。扃，指門戶。

殺，剝皮食肉。其妻亦為牝豕，食人不潔，臨終亦不免刀烹之苦。今此眾已為畜類於世五十餘次了。」迪問道：「其罪何時可脫？」吏答道：「除是天地重復混沌，方得開除耳。」復引迪到西垣一小門，題曰「奸回之獄」。荷桎梏者百餘人，舉身插刃，渾類蝟形。迪問此輩皆何等人，吏答道：「是皆歷代將相，奸回黨惡，欺君罔上，蠹國害民，如梁冀、董卓、盧杞、李林甫之流，皆在其中。每三日，亦與秦檜等同受其刑。三年後，變為畜類，皆同檜也。」復至南垣一小門，題曰「不忠內臣⓫之獄」。內有牝牛數百，皆以鐵索貫鼻，繫於鐵柱，四圍以火炙之。迪問道：「牛畜類也，何罪而致是耶？」吏搖手道：「君勿言，姑俟觀之。」即呼獄卒，以巨扇拂火，須臾烈焰亙天，皆不勝其苦，哮吼躑躅，皮肉焦爛。良久，大震一聲，皮忽綻裂，其中突出箇人來。視之俱無鬚髯，寺人⓬也。吏呼夜叉擲於鑊湯中烹之，但見皮肉消融，止存白骨。少頃，復以冷水沃之，白骨相聚，仍復人形。吏指道：「此皆歷代宦官，秦之趙高，漢之『十常侍』，唐之李輔國、仇士良、王守澄、田令孜，宋童貫之徒，從小長養禁中，錦衣玉食，欺誘人主，妬害忠良，濁亂海內。今受此報，累劫無已。」復至東壁，男女數千人，皆裸體跣足，或烹剝刳心，或剉燒舂磨，哀呼之聲，徹聞數里。吏指道：「此皆在生時為官為吏，貪財枉法，刻薄害人，及不孝不友，悖負師長，不仁不義，故受此報。」迪見之大喜，歎曰：「今日方知天地無私，鬼神明察，吾一生不平之氣始出矣。」吏指北面云：「此去一獄，皆僧尼哄騙人財，奸淫作惡者。又一獄，皆淫婦、妬婦、逆婦、狠婦等輩。」迪答道：「果報之事，吾已悉知，不消去看了。」吏笑攜迪手偕出，仍入森

⓫ 內臣：宦官。

⓬ 寺人：宦官。

羅殿。迪再拜，叩首稱謝，呈詩四句。詩曰：

權奸當道任恣睢，果報原來總不虛。冥獄試看刑法慘，應知今日悔當初。

迪又道：「奸回受報，僕已目擊，信不誣矣。其他忠臣義士，在於何所？願希一見，以適鄙懷，不勝欣幸。」冥王俯首而思，良久，乃曰：「諸公皆生人道，為王公大人，享受天祿。壽滿天年，仍還原所，以俟緣會，又復托生。子既求見，吾躬導之。」於是登輿而前，吩咐從者，引迪後隨。行五里許，但見瓊樓玉殿，碧瓦參橫，朱牌金字，題曰「天爵之府」。既入，有仙童數百，皆衣紫綃之衣，懸丹霞玉珮，執彩幢絳節，持羽葆花旌，雲氣繽紛，天花飛舞，龍吟鳳吹，仙樂鏗鏘，異香馥郁，襲人不散。殿上坐者百餘人，頭帶通天之冠⑬，身穿雲錦之衣，足躡朱霓之履，玉珂瓊珮，光彩射人。絳綃玉女五百餘人，或執五明之扇⑭，或捧八寶之盂，環侍左右。見冥王來，各各降堦迎迓，賓主禮畢，分東西而坐。仙童獻茶已畢，冥王述胡母迪來意，命迪致拜，諸公皆答之盡禮，同聲贊道：「先生可謂『仁者，能好人，能惡人矣』。」乃別具席於下，命迪坐，迪謙讓再三不敢。王曰：「諸公以子斯文，能持正論，故加優禮，何用苦辭？」迪乃揖謝而坐。冥王拱手道：「座上皆歷代忠良之臣，節義之士，在陽則流芳史冊，在陰則享受天樂。每遇明君治世，則生為王侯將相，扶持江山，功施社稷。今天運將轉，不過數十年，真人當出，撥亂反正。諸公行且先後出世，為創功立業之名臣矣。」迪即席又呈詩四句。詩曰：

---

⑬ 通天之冠：古代王者之冠。

⑭ 五明之扇：帝王儀仗中所用的掌扇。

時從窗下閱遺編，每恨忠良福不全；目擊冥司天爵貴，皇天端不負名賢。

諸公皆舉手稱謝。冥王道：「子觀善惡報應，忠佞分別不爽。假令子為閻羅，恐不能復有所加耳。」迪離席下拜謝罪。諸公齊聲道：「此生好善嫉惡，出於至性，不覺見之吟咏，不足深怪。」冥王大笑道：「諸公之言是也。」迪又拜問道：「僕尚有所疑，求神君剖示。僕自小苦志讀書，並無大過，何一生無科第之分？豈非前生有罪業乎？」冥王道：「方今胡元世界，天地反覆。子秉性剛直，命中無夷狄之緣，不應為其臣子。某冥任將滿，想子善善惡惡，正堪此職。某當奏知天廷，薦子以自代。子暫回陽世，以享餘齡，更十餘年後，耑當奉迎耳。」言畢，即命朱衣二吏送迪還家。迪大悅，再拜稱謝。及辭諸公而出，約行十餘里，只見天色漸明。朱衣吏指向迪道：「日出之處，即君家也。」迪挽住二吏之衣，欲延歸謝之，二吏堅卻不允。迪再三挽留，不覺失手，二吏已不見了。迪即展臂而寤，殘燈未滅，日光已射窗紙矣。

迪自此絕意干進，修身樂道。再二十三年，壽六十六，一日午後，忽見冥吏持牒來，迎迪赴任。車馬儀從，儼若王者。是夜迪遂卒。又十年，元祚遂傾，天下仍歸於中國，天爵府諸公已知出世為卿相矣。後人有詩云：

王法昭昭猶有漏，冥司隱隱更無私。不須親見酆都景，但請時吟胡母詩。

# 第三十三卷 張古老種瓜娶文女

長空萬里彤雲作，迤邐祥光遍齋閣。未教柳絮舞千毬，先使梅花開數萼。入簾有韻自颼颼，點水無聲空漠漠。夜來閣向古松梢，向曉朔風吹不落。

這八句詩題雪，那雪下相似三件物事：似鹽，似柳絮，似梨花。雪怎地似鹽？謝靈運曾有一句詩詠雪道：「撒鹽空中差可疑❶。」蘇東坡先生有一詞，名江神子：

黃昏猶自雨纖纖，曉開簾，玉平簷。江闊天低，無處認青帘❷。獨坐閒吟誰伴我？呵凍手，撚衰髯。 使君留客醉懨懨，水晶鹽❸，為誰甜？手把梅花，東望憶陶潛。雪似古人人似雪，雖可愛，有人嫌。

這雪又怎似柳絮？謝道韞曾有一句詠雪道：「未若柳絮因風起。」黃魯直有一詞，名踏莎行：

❶ 疑：為「擬」的誤字。

❷ 青帘：青布做的酒旗。

❸ 水晶鹽：石鹽。

堆積瓊花，鋪陳柳絮，曉來已沒行人路。長空尤未綻彤雲，飄颻尚逐回風舞。　對景銜盃，迎風索句，回頭卻笑無言語。為何終日未成吟？前山尚有青青處。

又怎見得雪似梨花？李易安夫人曾道：「行人舞袖拂梨花。」晁叔用有一詞，名臨江仙：

萬里彤雲密布，長空瓊色交加。飛如柳絮落泥沙。前村歸去路，舞袖拂梨花。　此際堪描何處景？江湖小艇漁家。旋斟香醞過年華。披簑乘遠興，頂笠過溪沙。

雪似三件物事，又有三箇神人掌管。那三箇神人？姑射真人、周瓊姬、董雙成。周瓊姬掌管芙蓉城；董雙成掌管貯雪琉璃淨瓶，瓶內盛著數片雪；每遇彤雲密布，姑射真人用黃金筯敲出一片雪來，下一尺瑞雪。當日紫府真人安排筵會，請姑射真人、董雙成，飲得都醉。把金筯敲著琉璃淨瓶，待要唱隻曲兒。錯敲破了琉璃淨瓶，傾出雪來，當年便好大雪。曾有隻曲兒，名做憶瑤姬：

姑射真人，宴紫府，雙成擊破瓊苞。零珠碎玉，被蕋宮仙子，撒向空拋。乾坤皓彩中宵，海月流光色共交。向曉來，銀壓琅玕，數枝斜墜玉鞭梢。　荊山隈，碧水曲，際晚飛禽，冒寒歸去無巢。簷前為愛成簪筯，不許兒童使杖敲。待傚他當日袁安❹謝女❺，才詞咏嘲。

❹ 袁安：後漢人，貧得無衣穿，僵臥雪地不起。
❺ 謝女：指謝道韞。謝安姪女。

姑射真人是掌雪之神。又有雪之精，是一匹白騾子，身上抖下一根毛，下一丈雪。卻有箇神仙是洪厓先生管著，用葫蘆兒盛著白騾子。赴罷紫府真人會，飲得酒醉，把葫蘆塞得不牢，走了白騾子，卻在番人界裡退毛。洪厓先生因走了白騾子，下了一陣大雪。

且說一箇官人，因雪中走了一匹白馬，變成一件蹊蹺神仙的事，舉家白日上昇，至今古跡尚存。蕭梁武帝普通六年，冬十二月，有箇諫議大夫姓韋名恕，因諫蕭梁武帝奉持釋教得罪，貶在滋生駟馬監做判院。這官人：

中心正直，秉氣剛強。有回天轉日之言，懷逐佞去邪之見。

這韋官人受得滋生駟馬監判院，這座監在真州六合縣界上。蕭梁武帝有一匹白馬，名作「照殿玉獅子」：

蹄如玉削，體若瓊粧。盪胷一片粉鋪成，擺尾萬條銀縷散。能馳能載，走得千里程途；不喘不嘶，跳過三重闊澗。渾似狻猊生世上，恰如白澤❻下人間。

這匹白馬，因為蕭梁武帝追趕達摩禪師，到今時長蘆界上有失，罰下在滋生駟馬監，教牧養。當日大雪下，早晨起來，只見押槽來稟覆韋諫議道：「有件禍事，——昨夜就槽頭不見了那照殿玉獅子。」諕得韋諫議慌忙叫將一監養馬人來，卻是如何計結❼？就中一箇押槽出來道：「這匹馬容易尋。只看他雪中

❻ 白澤：傳說中的神獸。

❼ 計結：解決。

腳跡，便知著落。」韋諫議道：「說得是。」即時差人隨著押槽，尋馬腳跡。迤邐間行了數里田地，雪中見一座花園，但見：

> 粉粧臺榭，瓊鎖亭軒。兩邊斜壓玉欄杆，一徑平鋪銀綬帶。太湖石陷，恍疑鹽虎深埋；松柏枝盤，好似玉龍高聳。徑裡草枯難辨色，亭前梅綻只聞香。

卻是一座籬園。押槽看著眾人道：「這匹馬在這莊裡。」即時敲莊門，見一箇老兒出來。押槽相揖道：「借問則箇。昨夜雪中滋生駟馬監裡，走了一匹白馬。這匹白馬是梁皇帝騎的御馬，名喚做『照殿玉獅子』。看這腳跡時，卻正跳入籬園內來。老丈若還收得之時，卻教諫議自備錢酒相謝。」老兒聽得道：「不妨，馬在家裡。眾人且坐，老夫請你們食件物事了去。」眾人坐定，只見大伯子去到籬園根中，去那雪裡面，用手取出一箇甜瓜來。看這瓜時，真箇是：

> 綠葉和根嫩，黃花向頂開。香從辛裡得，甜向苦中來。

那甜瓜藤蔓枝葉都在上面。眾人心中道：「莫是大伯子收下的？」看那瓜顏色又新鮮。大伯取一把刀兒，削了瓜皮，打開瓜頂，一陣異氣噴人。請眾人喫了一箇瓜，又再去雪中取出三箇瓜來，道：「你們做❽老拙傳話諫議，道張公教送這瓜來。」眾人接了甜瓜。大伯從籬園後地，牽出這匹白馬來，還了押槽。押槽攏了馬兒，謝了公公，眾人都回滋生駟馬監。見韋諫議，道：「可煞作怪！大雪中如何種得這甜瓜？」

❽ 做：替。

即時請出恭人❾來，和這十八歲的小娘子都出來，打開這瓜，合家大小都食了。恭人道：「卻罪過這老兒，與我收得馬，又送瓜來，著箇甚道理❿謝他？」

撚指過了兩月，至次年春半，景色清明。恭人道：「今日天色晴和，好去謝那送瓜的張公，謝他收得馬。」諫議即時教安排酒樽食壘⓫，暖盪⓬撩鍋⓭，辦幾件食次⓮。叫出十八歲女兒來，道：「我今日去謝張公，一就⓯帶你母子去遊翫閒走則箇。」諫議乘著馬，隨兩乘轎子，來到張公門前，使人請出張公來。大伯連忙出來唱喏。恭人道：「前日相勞你收下馬，今日諫議置酒，特來相謝。」就草堂上鋪陳酒器，擺列盃盤，請張公同坐。大伯再三推辭，掇條櫈子，橫頭坐地。酒至三盃，恭人問張公道：「公公貴壽？」大伯言：「老拙年已八十歲。」恭人又問：「公公幾口？」大伯道：「子然一身。」恭人說：「公公也少不得箇婆婆相伴。」大伯應道：「便是沒恁麼巧頭腦⓰。」恭人道：「也是說箇七十來歲的婆婆。」大伯道：「年紀須老，道不得箇：

❾ 恭人：宋代婦女的封號。後多用作對官員妻子的尊稱。

❿ 著箇甚道理：用箇什麼辦法。

⓫ 食壘：放食物的多層提盒。也作「食罍」。

⓬ 暖盪：暖酒的工具。

⓭ 撩鍋：一種湯鍋。

⓮ 食次：食物。

⓯ 一就：順便。

⓰ 巧頭腦：適合的對象。

百歲光陰如撚指，人生七十古來稀。」

恭人道：「也是說一箇六十來歲的。」大伯道：「老也，

月過十五光明少，人到中年萬事休。」

恭人道：「也是說一箇五十來歲的。」大伯又道：「老也，

三十不榮，四十不富，五十看看尋死路。」

恭人忍不得，自道，看我取笑他：「公公說箇三十來歲的。」大伯道：「老也。」恭人說：「公公，如今要說幾歲的？」大伯抬起身來，指定十八歲小娘子道：「若得此女以為匹配，足矣。」韋諫議當時聽得說，怒從心上起，惡向膽邊生，卻不聽他說話，叫那當直的都來要打那大伯。恭人道：「使不得，特地來謝他，卻如何打他？這大伯年紀老，說話顛狂，只莫管他。」收拾了酒器自歸去。

話裡卻說張公，一併三日不開門，六合縣裡有兩箇撲花的⑰，一箇喚做王三，一箇喚做趙四，各把著大蒲簍來，尋張公打花⑱。見他不開門，敲門叫他，見大伯一行⑲說話，一行咳嗽，一似害癆病相思，

⑰ 撲花的：賣花的人。

⑱ 打花：採花。

⑲ 一行：一面。

氣絲絲地。怎見得？曾有一夜遊宮詞：

四百四病人皆有，只有相思難受。不疼不痛在心頭，魆魆地⓴教人瘦。　愁逢花前月下，最怕黃昏時候。心頭一陣痒將來，一兩聲咳嗽咳嗽。

看那大伯時，喉嚨啞颯颯地出來道：「罪過你們來，這兩日不歡，要花時打些箇去，不要你錢。有件事相煩你兩箇：與我去尋兩箇媒人婆子，若尋得來時，相贈二百足錢，自買一角酒喫。」二人打花了自去，一時之間，尋得兩箇媒人來。這兩箇媒人：

開言成匹配，舉口合和諧。掌人間鳳隻鸞孤，管宇宙孤眠獨宿。折莫㉑三重門戶，選甚㉒十二樓中？男兒下惠也生心，女子麻姑須動意。傳言玉女，用機關把手拖來；侍香金童，下說辭攔腰抱住。引得巫山㉓偷漢子，唆教織女害相思。

叫得兩箇媒婆來，和公公廝叫。張公道：「有頭親相煩說則箇。這頭親曾相見，則是難說。先各與你三兩銀子，若討得回報，各人又與你五兩銀子。說得成時，教你兩人撰箇小小富貴。」張媒、李媒便問：

⓴魆魆地：暗暗地。
㉑折莫：縱使。
㉒選甚：管什麼。
㉓巫山：指巫山神女。

「公公，要說誰家小娘子？」張公道：「滋生駟馬監裡韋諫議有箇女兒，年紀一十八歲，相煩你們去與我說則箇。」兩箇媒婆含著笑笑，接了三兩銀子出去，行半里田地㉔，到一箇土坡上。張媒看著李媒道：「怎地去韋諫議宅裡說？」張媒道：「容易，我兩人先買一角酒喫，教臉上紅拂拂地，走去韋諫議門前旋一遭，回去說與大伯，只道說了，還未有回報。」道猶未了，則聽得叫道：「且不得去！」回頭看時，卻是那張公趕來。說道：「我猜你兩箇買一角酒，喫得臉上紅拂拂地，韋諫議門前旋一遭回來，說與我道未有回報，還是恁地麼？你如今要得好，急速便去，千萬討回報。」兩箇媒人見張公恁地說道，做著只得去。

兩人同到滋生駟馬監，請人傳報與韋諫議，諫議道：「教入來。」張媒、李媒見了，諫議道：「你兩人莫是來說親麼？」兩箇媒人笑嘻嘻的，怕得開口。韋諫議道：「我有箇大的兒子，二十二歲，見隨王僧辯征北，不在家中；有箇女兒，一十八歲，清官家貧，無錢嫁人。」兩箇媒人則在堦下拜，不敢說。韋諫議道：「不須多拜，有事但說。」張媒道：「有件事，欲待不說，為他六兩銀；欲待說，恐激惱諫議，又有些箇好笑。」韋諫議問如何。張媒道：「種瓜的張老，沒來歷㉕，今日使人來叫老媳婦兩人，要說諫議的小娘子。得他六兩銀子，見在這裡。」懷中取出那銀子，教諫議看，道：「諫議周全時，得這銀；若不周全，只得還他。」諫議道：「大伯子莫是風？我女兒纔十八歲，不曾要說親。如今要我如何周全你這六兩銀子？」張媒道：「他說來，只問諫議覓得回報，便得六兩銀子。」諫議聽得說，用指

㉔ 田地：路程。

㉕ 沒來歷：沒有什麼道理。

頭指著媒人婆道：「做我傳話那沒見識的老子：要得成親，來日辦十萬貫見錢為定禮，並要一色小錢，不要金錢准折。」教討酒來勸了媒人，發付他去。

兩箇媒人拜謝了出來，到張公家，見大伯伸著頸項，一似望風宿鵝。等得兩箇媒人回來道：「且坐，生受不易！」且取出十兩銀子來，安在桌上，道：「起動㉖你們，親事圓備㉗。」張媒問道：「如何了？」大伯道：「我丈人說，要我十萬貫錢為定禮，並要小錢，方可成親。」兩箇媒人道：「猜著了，果是諫議恁地說。公公，你卻如何對付？」那大伯取出一掇㉘酒來開了，安在桌子上，請兩箇媒人各喫了四盞。將這媒人轉屋山頭㉙邊來，指著道：「你看！」兩箇媒人用五輪八光左右兩點瞳仁，打一看時，只見屋山頭堆垛㉚著一便價㉛十萬貫小錢兒。道：「你們看，先準備在此了。」只就當日，教那兩箇媒人先去回報諫議，然後發這錢來。媒人自去了。

這裡安排車仗，從裡面叫出幾箇人來，都著紫衫，盡戴花紅㉜銀揲子㉝，推數輛太平車：

㉖起動：煩勞。
㉗圓備：圓滿。
㉘一掇：一小罎。
㉙屋山頭：房子兩頭的屋簷。
㉚堆垛：堆積。
㉛一便價：一式的。
㉜花紅：喜事時披掛的紅綢。
㉝銀揲子：一種銀製的飾物。宋代做喜事的人家常用以犒賞從人。

平川如雷吼，曠野似潮奔。猜疑地震天搖，彷彿星移日轉。初觀形象，似秦皇塞海鬼驅山；乍見威儀，若夏禹行舟臨陸地。滿川寒鴈叫，一隊錦雞鳴。

車子上旗兒插著，寫道：「張公納韋諫議宅財禮。」眾人推著車子，來到諫議宅前，喝起三聲喏來，排著兩行車子，使人入去，報與韋諫議。諫議出來看了車子，開著口則合不得。使人入去，說與恭人，卻怎地對付？恭人道：「你不合勒他討十萬貫見錢，不知這大伯如今那裡擘劃㉞將來？待不成親，是言而無信；待與他成親，豈有衣冠女子，嫁一園叟乎？」夫妻二人倒斷不下，恭人道：「且叫將十八歲女兒前來，問這事卻是如何。」女孩兒懷中取出一箇錦囊來。原來這女子七歲時，不會說話。一日，忽然間道出四句言語來：

天意豈人知？應於南楚畿。寒灰熱如火，枯楊再生稊。

自此後便會行文，改名文女。當時著錦囊盛了這首詩，收十二年。今日將來教爹爹看道：「雖然張公年紀老，恐是天意，卻也不見得。」恭人見女兒肯，又見他果有十萬貫錢，此必是奇異之人，無計奈何，只得成親。揀吉日良辰，做起親來。張公喜歡。正是：

旱蓮得雨重生藕，枯木無芽再遇春。

㉞ 擘劃：籌劃。

做成了親事，捲帳回，帶那兒女歸去了。韋諫議戒約㉟家人，不許一人去張公家去。普通七年，夏六月間，諫議的兒子，姓韋名義方，文武雙全，因隨王僧辯北征回歸，到六合縣。當日天氣熱，怎見得？

萬里無雲駕六龍，千林不放鳥飛空。地燃石裂江湖沸，不見南來一點風。

相次㊱到家中。只見路傍籬園裡，有箇婦女。頭髮蓬鬆，腰繫青布裙兒，腳下拖雙靸鞋，在門前賣瓜。這瓜：

西園摘處香和露，洗盡南軒暑。莫嫌坐上適無蠅，只恐怕寒難近玉壺冰。　井花浮翠金盆小，午夢初回了。詩翁自是不歸來，不是青門㊲無地可移栽。

韋義方覺走得渴，向前要買箇瓜喫。抬頭一覷，猛叫一聲道：「文女，你如何在這裡？」文女叫：「哥哥，我爹爹嫁我在這裡。」韋義方道：「我路上聽得人說道，爹爹得十萬貫錢，把你賣與賣瓜人張公，卻是為何？」那文女把那前面的來歷，對著韋義方從頭說一遍。韋義方道：「我如今要與他相見如何？」文女道：「哥哥要見張公，你且少待。我先去說一聲，卻相見。」文女移身，已挺腳步入去房裡，說與

㉟戒約：約束。
㊱相次：將近。
㊲青門：漢長安城東的第一座門，以產瓜出名。

張公。復身出來道：「張公道你性如烈火，意若飄風，不肯教你相見。哥哥，如今要相見卻不妨，只是勿生惡意。」說罷，文女引義方入去相見。大伯即時抹著腰㊳出來。韋義方見了，道：「卻不叵耐！恁麼模樣，卻有十萬貫錢娶我妹子，必是妖人。」一會子掣出太阿寶劍，覷著張公，劈頭便剁將下去。只見劍靶搭在手裡，劍卻折做數段。張公道：「可惜又減了一箇神仙！」文女推那哥哥出來，道：「教你勿生惡意，如何把劍剁他？」韋義方歸到家中，參拜了爹爹媽媽，便問如何將文女嫁與張公。韋諫議道：「這大伯是箇作怪人。」韋義方道：「我也疑他：把劍剁他不著，倒壞了我一把劍。」

次日早，韋義方起來，洗漱罷，繫裹停當，向爹爹媽媽道：「我今日定要取這妹子歸來；若取不得這妹子，定不歸來見爹爹媽媽。」相辭了，帶著兩箇當直，行到張公住處，但見平原曠野，蹤跡荒涼。問那當方住的人，道：「是有箇張公，在這裡種瓜。住二十來年，昨夜一陣烏風猛雨，今日不知所在。」韋義方大驚抬頭，只見樹上削起樹皮，寫著四句詩道：

兩枚篋袋世間無，盛盡瓜園及草廬。要識老夫居止處，桃花莊上樂天居。

韋義方讀罷了書，教當直四下搜尋。當直回來報道：「張公騎著匹蹇驢，小娘子也騎著匹蹇驢兒，帶著兩枚篋袋，取真州路上而去。」韋義方和當直三人，一路趕上，則見路上人都道：「見大伯騎著蹇驢，女孩兒也騎驢兒。那小娘子不肯去，哭告大伯道：『教我歸去相辭爹媽。』那大伯把一條杖兒在手中，一路上打將這女孩兒去。好恓惶人！令人不忍見。」韋義方聽得說，兩條忿氣，從腳板灌到頂門；心上

㊳ 抹著腰：彎著腰。

一把無明火，高三千丈，按捺不下。帶著當直，迤邐去趕。約莫去不得數十里，則是趕不上。直趕到瓜洲渡口，人道見他方過江去，韋義方教討船渡江。直趕到茅山腳下，問人時，道他兩箇上茅山去。韋義方吩咐了當直，寄下行李，放客店中了，自趕上山去。

行了半日，那裡得見桃花莊？正行之次，見一條大溪攔路，但見：

寒溪湛湛，流水泠泠。照人清影澈冰壺，極目浪花翻瑞雪。垂楊掩映長堤岸，世俗行人絕往來。

韋義方到溪邊，自思量道：「趕了許多路，取不得妹子歸去，怎地見得爹爹媽媽？不如跳在溪水裡死休。」遲疑之間，著眼看時，則見溪邊石壁上，一道瀑布泉流將下來，有數片桃花，浮在水面上。韋義方道：「如今是六月，怎得桃花片來？上面莫是桃花莊，我那妹夫張公住處？」則聽得溪對岸一聲哨笛兒響，看時，見一箇牧童騎著蹇驢，在那裡吹這哨笛兒，但見：

濃綠成陰古渡頭，牧童橫笛倒騎牛。笛中一曲昇平樂，喚起離人萬種愁。

牧童近溪邊來，叫一聲：「來者莫是韋義方？」義方應道：「某便是。」牧童說：「奉張真人法旨，教請舅舅過來。」牧童教蹇驢渡水，令韋官人坐在驢背上渡過溪去。牧童引路，到一所莊院。怎見得？有臨江仙為證：

快活無過莊家好，竹籬茅舍清幽。春耕夏種及秋收，冬間觀瑞雪，醉倒被蒙頭。門外多栽榆柳樹，楊花落滿溪頭。絕無閒悶與閒愁，笑他名利客，役役市塵遊。

到得莊前，小童入去，從籬園裡走出兩箇朱衣吏人來，接見這韋義方，道：「張真人方治公事，未暇相待，令某等相款。」遂引到一箇大四望亭子上，看這牌上寫著「翠竹亭」，但見：

茂林鬱鬱，修竹森森。翠陰遮斷屏山，密葉深藏軒檻。煙鎖幽亭仙鶴唳，雲迷深谷野猿啼。

亭子上鋪陳酒器，四下裡都種夭桃豔杏，異卉奇葩，簇著這座亭子。朱衣吏人與義方就席飲宴，義方欲待問張公是何等人，被朱衣吏人連勸數杯，則問不得。及至筵散，朱衣相辭自去，獨留韋義方在翠竹軒，只教少待。

韋義方等待多時無信，移步下亭子來。正行之間，在花木之外，見一座殿屋，裡面有人說話聲。韋義方把舌頭舔開朱紅毬路㊴亭隔㊵看時，但見：

朱欄玉砌，峻宇彫牆。雲屏與珠箔齊開，寶殿共瓊樓對峙。靈芝叢畔，青鸞彩鳳交飛；琪樹陰中，白鹿玄猿並立。玉女金童排左右，祥煙瑞氣散氤氳。

見這張公頂冠穿履，佩劍執圭，如王者之服，坐於殿上。殿下列兩行朱衣吏人，或神或鬼。兩面鐵枷：

---

㊴ 毬路：窗戶的格眼。

㊵ 亭隔：「亭」疑為「亮」之誤。亮隔，透光的窗櫺。

上手枷著一箇紫袍金帶的人，稱是某州城隍，因境內虎狼傷人，有失檢舉；下手枷著一箇頂盔貫甲，稱是某州某縣山神，虎狼損害平人，部轄不前。看這張公書斷，各有罪名。韋義方就窗眼內望見，失聲叫道：「怪哉，怪哉！」殿上官吏聽得，即時差兩箇黃巾力士，捉將韋義方來，驅至堦下。官吏稱韋義方不合漏泄天機，合當有罪，急得韋義方叩頭告罪。真人正恁麼說，只見屏風後一箇婦人，鳳冠霧帔㊶，珠履長裙，轉屏風背後出來，正是義方妹子文女，跪告張公道：「告真人，念是妾親兄之面，可饒恕他。」張公道：「韋義方本合為仙，不合以劍剁吾，吾以親戚之故，不見罪。今又窺覷吾之殿宇，欲洩天機，看你妹妹面，饒你性命。我與你十萬錢，把件物事㊷與你為照去支討。」張公移身，已挺脚步入殿裡。去不多時，取出一箇舊蓆帽兒㊸，付與韋義方，教往揚州開明橋下，尋開生藥鋪申公，憑此為照，取錢十萬貫。張公道：「仙凡異路，不可久留。」令吹哨笛的小童，送韋舅乘蹇驢，出這桃花莊去。到溪邊，小童就驢背上把韋義方一推，頭掉脚掀，攧將下去。義方如醉醒夢覺，卻在溪岸上坐地。看那懷中，有箇帽兒。似夢非夢，遲疑未決。且只得攜著蓆帽兒，取路下山來。

回到昨所寄行李店中，尋兩箇當直不見。只見店二哥出來，說道：「二十年前有箇韋官，寄下行李，上茅山去耽擱，兩箇當直等不得，自歸去了。如今恰好二十年，是隋煬帝大業二年。」韋義方道：「昨日纔過一日，卻是二十年。我且歸去六合縣滋生駟馬監，尋我二親。」便別了店主人。來到六合縣，問

㊶ 霧帔：「霧」為「霞」之誤。霞帔，宋代以後命婦的禮服。

㊷ 物事：東西。

㊸ 蓆帽兒：用藤、蓆做成的帽子。

人時，都道二十年前滋生駟馬監裡，有箇韋諫議，一十三口白日上昇，至今昇仙臺古跡尚存；道是有箇直閣㊹，去了不歸。韋義方聽得說，仰面大哭：二十年則一日過了，父母俱不見，一身無所歸。如今沒計奈何，且去尋申公討這十萬貫錢。

當時從六合縣取路，迤邐直到揚州，問人尋到開明橋下，果然有箇申公，開生藥鋪。韋義方來到生藥鋪前，見一箇老兒：

生得形容古怪，裝束清奇。頷邊銀剪蒼髯，頭上雪堆白髮。鳶肩龜背，有如天降明星；鶴骨松形，好似化胡老子。多疑商嶺逃秦客㊺，料是磻溪執釣人㊻。

在生藥鋪裡坐。韋義方道：「老丈拜揖！這裡莫是申公生藥鋪？」公公道：「便是。」韋義方著眼看生藥鋪廚裡：

四箇茖茖㊼三箇空，一箇盛著西北風。

韋義方肚裡思量道：「卻那裡討十萬貫錢支與我？」且問大伯，買三文薄荷。公公道：「好薄荷！本草

---

㊹ 直閣：原為官名，宋、元間亦稱貴族家子弟為「直閣」。

㊺ 商嶺逃秦客：指商山四皓，即東園公、綺里季、夏黃公、甪里先生。

㊻ 磻溪執釣人：指呂尚。傳說他七十多歲垂釣於磻溪，後遇周文王。

㊼ 茖茖：即「栲栳」。竹或柳條所製的盛物器具。

上說涼頭明目，要買幾文?」韋義方道：「回㊽三錢。」公公道：「恰恨缺。」韋義方道：「回些箇百藥煎㊾。」公公道：「百藥煎能消酒麵，善潤咽喉，要買幾文?」韋義方道：「回三錢。」公公道：「恰恨賣盡。」韋義方道：「回些甘草。」公公道：「好甘草！性平無毒，能隨諸藥之性，解金石草木之毒，市語叫做『國老』，要買幾文?」韋義方道：「問公公回五錢。」公公道：「好教官人知，恰恨也缺。」韋義方對著公公道：「我不來買生藥，一箇人傳語，是種瓜的張公。」申公道：「張公卻沒事，傳語我做甚麼?」韋義方道：「教我來討十萬貫錢。」申公道：「錢卻有，何以為照㊿?」韋義方去懷裡摸索一和[51]，把出蓆帽兒來。申公看著青布簾裡，叫渾家出來看。青布簾起處，見箇十七八歲的女孩兒出來，道：「丈夫叫則甚?」韋義方心中道：「卻和那張公一般，愛娶後生老婆。」申公教渾家看這蓆帽兒，是也不是?女孩兒道：「前日張公騎著蹇驢兒，打門前過，蓆帽兒綻了，教我縫。當時沒皂線，我把紅線縫著頂上。」翻過來看時，果然紅線縫著頂。申公即時引韋義方入去家裡，交還十萬貫錢。韋義方得這項錢，把來修橋作路，散與貧人。

忽一日，打一箇酒店前過。見箇小童，騎隻驢兒。韋義方認得是當日載他過溪的，問小童道：「張公在那裡?」小童道：「見在酒店樓上，共申公飲酒。」韋義方上酒店樓上來，見申公與張公對坐，義

---

㊽ 回：買。

㊾ 百藥煎：藥名。褐色味苦的液體，可治瘰癧。

㊿ 照：憑據。

[51] 一和：一會兒。

方便拜。張公道：「我本上仙長興張古老，文女乃上天玉女，只因思凡，上帝恐被凡人點汙，故令吾托此態取歸上天。韋義方本合為仙，不合殺心太重，止可受揚州城隍都土地。」道罷，用手一招，叫兩隻仙鶴。申公與張古老各乘白鶴，騰空而去。則見半空遺下一幅紙來，拂開看時，只見紙上題著八句詩，道是：

一別長興二十年，鋤瓜隱蹟暫居塵。因嗟世上凡夫眼，誰識塵中未遇仙？授職義方封土地，乘鸞文女得昇天。從今跨鶴樓前景，壯觀維揚尚儼然。

# 第三十四卷　李公子救蛇獲稱心

勸人休誦經，念甚消災呪？經呪總慈悲，冤業如何救？種麻還得麻，種荳還得荳；報應本無私，作了還自受。

這八句言語，乃徐神翁所作，言人在世，積善逢善，積惡逢惡。古人有云：積金以遺子孫，子孫未必能守；積書以遺子孫，子孫未必能讀；不如積陰德於冥冥之中，以為子孫長久之計。昔日孫叔敖曉出，見兩頭蛇一條，橫截其路。孫叔敖用磚打死而埋之，歸家告其母曰：「兒必死矣。」母曰：「何以知之？」敖曰：「嘗聞人見兩頭蛇者必死，兒今日見之。」母曰：「何不殺乎？」叔敖曰：「兒已殺而埋之，免使後人再見，以傷其命，兒寧一身受死。」母曰：「兒有救人之心，此乃陰隲，必然不死。」後來叔敖官拜楚相。今日說一箇秀才，救一條蛇，亦得後報。

南宋神宗朝熙寧年間，汴梁有箇官人，姓李，名懿，由杞縣知縣，除僉杭州判官。本官世本陳州人氏，有妻韓氏。子李元，字伯元，學習儒業。李懿到家收拾行李，不將妻子，只帶兩箇僕人，到杭州赴任。在任倏忽一年，猛思子李元在家攻書，不知近日學業如何？寫封家書，使王安往陳州，取孩兒李元來杭州，早晚作伴，就買書籍。王安辭了本官，不一日，至陳州，參見恭人，呈上家書。書院中喚出李元，令讀了父親家書，收拾行李。李元在前曾應舉不第，近日琴書意懶，只遊山玩水，以自娛樂。聞父命呼召，收拾琴劍書箱，拜辭母親，與王安登程。沿路覓船，不一日，到揚子江。李元看了江山景物，觀之不足，乃賦詩曰：

西出崑崙東到海，驚濤拍岸浪掀天。月明滿耳風雷吼，一派江聲送客船。

渡江至潤州，迤邐到常州，過蘇州，至吳江。

是日申牌時分，李元舟中看見吳江風景，不減瀟湘圖畫❶，心中大喜，令梢公泊舟近長橋之側。元登岸上橋，來垂虹亭上，凭欄而坐，望太湖晚景。李元觀之不足，忽見橋東一帶粉牆中有殿堂，不知何所。卻值漁翁捲網而來，揖而問之，橋東粉牆，乃是何家。漁人曰：「此三高士祠。」李元問曰：「三高何人也？」漁人曰：「乃范蠡、張翰、陸龜蒙三箇高士。」元喜，尋路渡一橫橋，至三高士祠。入側門，觀石碑。上堂，見三人列坐，中范蠡，左張翰，右陸龜蒙。李元尋思間，一老人策杖而來，問之，乃看祠堂之人。李元曰：「此祠堂幾年矣？」老人曰：「近千餘年矣。」元曰：「吾聞張翰在朝，曾為顯官，因思鱸魚蓴菜之美，棄官歸鄉，徹老不仕，乃是急流中勇退之人，世之高士也。陸龜蒙絕代詩人，隱居吳淞江上，惟以養鴨為樂，亦世之高士。此二人立祠，正當其理。范蠡乃越國之上卿，因獻西施於吳王夫差，就中取事，破了吳國。後見越王義薄，扁舟遨遊五湖，自號鴟夷子。此人雖賢，乃吳國之讐人，如何於此受人享祭？」老人曰：「前人所建，不知何意。」李元於老人處借筆硯，題詩一絕於壁間，以明鴟夷子不可於此受享。詩曰：

---

❶ 瀟湘圖畫：宋代畫家宋迪，工山水，畫有「瀟湘八景」。

地靈人傑誇張、陸，共預清祠事可宜；千載難消亡國恨，不應此地著鴟夷。

題罷，還了老人筆硯，相辭出門。見數箇小孩兒，用竹杖於深草中戲打小蛇。李元近前視之，見小蛇生得奇異，金眼黃口，赭身錦鱗，體如珊瑚之狀，腮下有綠毛，可長寸餘。其蛇長尺餘，如瘦竹之形。元見尚有遊氣，慌忙止住小童休打，「我與你銅錢百文，可將小蛇放了，賣與我。」小童簇定❷要錢，李元將朱蛇用衫袖包裹，引小童到船邊，與了銅錢自去。喚王安開書箱取艾葉煎湯，少等溫貯於盤中，將小蛇洗去汙血。命梢公開船，遠望岸上草木茂盛之處，急無人到，就那裡將朱蛇放了。蛇乃回頭數次，看著李元。元曰：「李元今日放了你，可於僻靜去處躲避，休再教人見。」朱蛇游入水中，穿波底而去。李元令移舟望杭州而行。

三日已到，拜見父親，言訖家中之事，父問其學業，李元一一對答，父心甚喜。在衙中住了數日，李元告父曰：「母親在家，早晚無人侍奉，兒欲歸家，就赴春選❸。」父乃收拾俸餘之資，買些土物，令元回鄉，又令王安送歸。行李已搬下船，拜辭父親，與王安二人離了杭州。出東新橋官塘大路，過長安壩，至嘉禾，近吳江。從舊歲所觀山色湖光，意中不捨。到長橋時，日已平西，李元教暫住行舟，且觀景物，宿一宵來早去。就橋下灣❹住船，上岸獨步。上橋，登垂虹亭，凭闌佇目。遙望湖光瀲灩，山

❷ 簇定：簇擁著。

❸ 春選：考選進士，皆在春天，故稱為「春選」。

❹ 灣：停泊。

色空濛；風定漁歌聚，波搖鴈影分。

正觀玩間，忽見一青衣小童，進前作揖，手執名榜❺一紙曰：「東人❻有名榜在此，欲見解元❼，未敢擅便。」李元曰：「汝東人何在？」青衣曰：「在此橋左，拱聽呼喚。」李元看名榜紙上一行書云：「學生朱偉謹謁。」元曰：「汝東人莫非誤認我乎？」青衣曰：「正欲見解元，安得誤耶！」李元曰：「我自來江左，並無相識，亦無姓朱者來往為友，多敢同姓者乎？」青衣曰：「正欲見通判相公李衙內李伯元，豈有誤耶！」李元曰：「既然如此，必是斯文，請來相見何礙。」青衣去不多時，引一秀才至，眉清目秀，齒白唇紅，飄飄然有淩雲之氣。那秀才見李元先拜，元慌忙答禮。朱秀才曰：「家尊與令祖相識甚厚，聞先生自杭而回，特命學生伺候已久。倘蒙不棄，少屈文旆❽，至舍下與家尊略敘舊誼，可乎？」李元曰：「元年幼，不知先祖與君家有舊，失於拜望，幸乞恕察。」朱秀才曰：「蝸居只在咫尺，幸勿見卻。」李元見朱秀才堅意叩請，乃隨秀才出垂虹亭，至長橋盡處，柳陰之中，泊一畫舫，上有數人，容貌魁梧，衣裝鮮麗。邀元下船，見船內五彩裝畫，裀褥鋪設，皆極富貴，元早驚異。朱秀才教開船，從者蕩槳，舟去如飛，兩邊攪起浪花，如雪飛舞。

須臾之間，船已到岸，朱秀才請李元上岸。元見一帶松柏，亭亭如蓋，沙草灘頭，擺列著紫衫銀帶

---

❺ 名榜：名片。

❻ 東人：主人。

❼ 解元：鄉試第一，稱為「解元」。

❽ 文旆：有文采的旗幟。古稱帝王的儀仗，後通用為對文人蒞臨的敬稱。旆，正字作「旆」，音ㄆㄟˋ。

約二十餘人，兩乘紫藤兜轎。李元問曰：「此公吏何府第之使也？」朱秀才曰：「此家尊之所使也。請上轎，咫尺便是。」李元驚惑之甚，不得已上轎。左右呵喝入松林，行不一里，見一所宮殿，背靠青山，面朝綠水。水上一橋，橋上列花石欄干，宮殿上蓋琉璃瓦，兩廊下皆搗紅泥牆壁。朱門三座，上有金字牌，題曰「玉華之宮」。轎至宮門，請下轎。李元不敢那步，戰慄不已。宮門內有兩人出迎，皆頭頂貂蟬冠❾，身披紫羅襴，腰繫黃金帶，手執花紋簡，進前施禮，請曰：「王上有命，謹請解元。」李元半晌不能對答。朱秀才在側曰：「吾父有請，慎勿驚疑。」李元曰：「此何處也？」秀才曰：「先生到殿上便知也。」李元勉強隨二臣宰行，從東廊歷階而進，上月臺❿，見數十箇人皆錦衣，簇擁一老者出殿上。其人蟬冠大袖，朱履長裾，手執玉圭，進前迎迓。李元慌忙下拜，王者命左右扶起。王曰：「坐邀文旆，甚非所宜，幸沐來臨，萬乞情恕。」李元但只唯唯答應而已。

左右迎引入殿，王升御座，左手下設一繡墩⓫，請解元登席。元再拜於地，曰：「布衣寒生，王上御前，安敢侍坐？」王曰：「解元於吾家有大恩，今令長男邀請至此，坐之何礙。」二臣宰請曰：「王上敬禮，先生勿辭。」李元再三推卻，不得已低首躬身，坐於繡墩，王乃喚小兒來拜恩人。

少頃，屏風後宮女數人，擁一郎君至。頭戴小冠，身穿絳衣，腰繫玉帶，足躡花靴，面如傅粉，唇似塗脂，立於王側。王曰：「小兒外日⓬遊於水際，不幸為頑童所獲；若非解元一力救之，則身為齏粉

---

❾ 貂蟬冠：以貂尾和蟬為飾物的冠，為古代達官貴臣所戴。

❿ 月臺：正房、正殿突出連著前階的平臺。

⓫ 繡墩：宮中用的坐具。

⓬ 外日：前日。

矣。眾族感戴，未嘗忘報。今既至此，吾兒可拜謝之。」小郎君近前下拜，李元慌忙答禮。王曰：「君是吾兒之大恩人也，可受禮。」命左右扶定，令兒拜訖。

李元仰視王者滿面虯髯，目有神光，左右之人，形容皆異，方悟此處是水府龍宮，所見者龍君也；傍立年少郎君，即向日三高士祠後所救之小蛇也。元慌忙稽顙，拜於堦下。王起身曰：「此非待恩人處，請入宮殿後，少進杯酌之禮。」李元隨王轉玉屏，花磚之上，皆鋪繡褥，兩傍皆絪錦步障⑬。出殿後，轉行廊⑭，至一偏殿。但見金碧交輝，內列龍燈鳳燭，玉爐噴沉麝之香，繡幕飄流蘇之帶。中設二座，皆是蛟綃擁護，李元驚怕而不敢坐。王命左右扶李元上座，兩邊仙音繚繞，數十美女，各執樂器，依次而入。前面執寶杯盤進酒獻果者，皆絕色美女。但聞異香馥郁，瑞氣氤氳，李元不知手足所措，如醉如癡。王命二子進酒，二子皆捧觴再拜。臺上果桌，盱目觀之，器皿皆是玻璃、水晶、琥珀、瑪瑙為之，曲盡巧妙，非人間所有。王自起身與李元勸酒，其味甚佳，肴饌極多，不知何物。王令諸宰臣輪次舉杯相勸，李元不覺大醉，起身拜王曰：「臣實不勝酒矣。」俯伏在地而不能起。王命侍從扶出殿外，送至客館安歇。

李元酒醒，紅日已透窗前。驚起視之，房內床榻帳幔，皆是蛟綃圍繞。從人安排洗漱已畢，見夜來朱秀才來房內相邀，並不穿世之儒服，裹毬頭帽，穿絳綃袍，玉帶皁靴，從者各執斧鉞。李元曰：「夜來大醉，甚失禮儀。」朱偉曰：「無可相款，幸乞情恕。父王久等，請恩人到偏殿進膳。」引李元見王

---

⑬ 步障：遮塵土的帳幕。

⑭ 行廊：走廊。

曰：「解元且寬心懷，住數日去亦不遲。」李元再拜曰：「荷王上厚意。家尊令李元歸鄉侍母，就赴春選，日已逼近。更兼僕人久等，不見必憂；倘回杭報父得知，必生遠慮。因此不敢久留，只此告退。」王曰：「既解元要去，不敢久留。雖有纖粟之物，不足以報大恩，但欲者當一一奉納。」李元曰：「安敢過望，平生但得稱心足矣。」王笑曰：「解元既欲吾女為妻，敢不奉命。但三載後，須當復回。」王乃傳言，喚出稱心女子來。

須臾，眾侍女簇擁一美女至前，元乃偷眼視之，霧鬢雲鬟，柳眉星眼，有傾國傾城之貌，沉魚落雁之容。王指此女曰：「此是吾女稱心也。君既求之，願奉箕箒。」李元拜於地曰：「臣所欲稱心者，但得一舉登科，以稱此心，豈敢望天女為配偶耶？」王曰：「此女小名稱心，既以許君，不可悔矣。若欲登科，只問此女，亦可辦也。」王乃喚朱偉送此妹與解元同去。李元再拜謝。朱偉引李元出宮，同到船邊，見女子已改素粧，先在船內。朱偉曰：「塵世阻隔，不及親送，萬乞保重。」李元曰：「君父王，何賢聖也？願乞姓名。」朱偉曰：「吾父乃西海群龍之長，多立功德，奉玉帝敕命，令守此處。幸得水潔波澄，足可榮吾子孫。君此去切不可洩漏天機，恐遭大禍，吾妹處亦不可問仔細。」元拱手聽罷，作別上船，朱偉又將金珠一包相送。但耳畔聞風雨之聲，不覺到長橋邊。從人送女子並李元登岸，與了金珠，火急開船，兩槳如飛，倏忽不見。

李元似夢中方覺，回觀女子在側，驚喜。元語女子曰：「汝父令汝與我為夫婦，你還隨我去否？」女子曰：「妾奉王命，令吾侍奉箕箒，但不可以告家中人，若洩漏則妾不能久住矣。」李元引女子同至船邊，僕人王安驚疑，接入舟中曰：「東人一夜不回，小人何處不尋？竟不知所在。」李元曰：「吾見一友人，邀於湖上飲酒，就以此女與我為婦。」王安不敢細問情由，請女子下船，將金珠藏於囊中，收拾行船。

一路涉河渡壩，看看來到陳州。升堂參見老母，說罷父親之事，跪而告曰：「兒在途中娶得一婦，不曾得父母之命，不敢參見。」母曰：「男婚女聘，古之禮也。你既娶婦，何不領歸？」母命引稱心女子拜見老母，合家大喜。自搬回家，不過數日，已近試期。李元見稱心女子聰明智慧，無有不通，乃問曰：「前者汝父曾言，若欲登科，必問於汝。來朝吾入試院，你有何見識教我？」女子曰：「今晚吾先取試題，汝在家中先做了文章，來日依本去寫。」李元曰：「如此甚妙，此題目從何而得？」女子曰：「吾閉目作用，慎勿窺戲。」李元未信。女子歸房，堅閉其門。但聞一陣風起，簾幕皆捲。約有更餘，女子開戶而出，手執試題與元。元大喜，恣意檢本，做就文章。來日入院，果是此題，一揮而出。後日亦如此，連三場皆是女子飛身入院，盜其題目。待至開榜，李元果中高科，初任江州僉判，閭里作賀，走馬上任。一年，改除奏院⓯。三年任滿，除江南吳江縣令，引稱心女子，並僕從五人，辭父母來本處之任。

到任上不數日，稱心女子忽一日辭李元曰：「三載之前，為因小弟蒙君救命之恩，父母教奉箕箒。今已過期，即當辭去，君宜保重。」李元不捨，欲向前擁抱，被一陣狂風，女子已飛於門外，足底生雲，冉冉騰空而去。李元仰面大哭。女子曰：「君勿誤青春，別尋佳配。官至尚書，可宜退步。妾若不回，必遭重責。聊有小詩，永為表記。」空中飛下花箋一幅，有詩云：

---

⓯ 奏院：官名。掌頒詔令、章奏等。

三載酧思已稱心，妾身歸去莫沉吟。玉華宮內浪埋雪，明月滿天何處尋？

李元終日悒快。後三年官滿，回到陳州，除祕書，王丞相招為壻，累官至吏部尚書。直至如今，吳江西門外有龍王廟尚存，乃李元舊日所立。有詩云：

昔時柳毅傳書信，今日李元逢稱心。惻隱仁慈行善事，自然天降福星臨。

# 第三十五卷　簡帖僧巧騙皇甫妻

白苧輕衫入嫩涼，春蠶食葉響長廊。禹門已準桃花浪，月殿先收桂子香。鵬北海❶，鳳朝陽❷，又攜書劍路茫茫。明知此日登雲去，卻笑人間舉子忙。

長安京北有一座縣，喚做咸陽縣，離長安四十五里。一箇官人，複姓宇文，名綬，離了咸陽縣，來長安趕試，一連三番試不遇。有箇渾家王氏，見丈夫試不中歸來，把複姓為題，做一箇詞兒嘲笑丈夫，名喚做望江南，詞道是：

公孫恨，端木筆俱收。枉念西門分手處，聞人寄信約深秋，拓拔淚交流。　宇文棄，悶駕獨孤舟。不望手勾龍虎榜，慕容顏好一齊休，甘分守閭丘。

那王氏意不盡，看著丈夫，又做四句詩兒：

❶ 鵬北海：莊子逍遙遊：「北海有魚，其名為鯤，化為大鳥，其名為鵬，摶扶搖而上九萬里。」故以北海之鵬喻前程遠大。

❷ 鳳朝陽：詩曰：「鳳凰鳴矣，于彼高崗；梧桐生矣，于彼朝陽。」喻人官祿有望。

良人得意負奇才，何事年年被放回？君面從今羞妾面，此番歸後夜間來。

宇文解元從此發憤道：「試不中，定是不回。」到得來年，一舉成名了，只在長安住，不肯歸去。渾家王氏，見丈夫不歸，理會得，道：「我曾作詩嘲他，可知道不歸。」修一封書，叫當直王吉來，「你與我將這書去四十五里，把與官人。」書中前面略敘寒暄，後面做隻詞兒，名喚南柯子，詞道：

鵲喜噪晨樹，燈開半夜花。果然音信到天涯，報道玉郎登第出京華。 舊恨消眉黛，新歡上臉霞。從前都是誤疑他，將謂經年狂蕩不歸家。

這詞後面，又寫四句詩道：

長安此去無多地，鬱鬱葱葱佳氣浮。良人得意正年少，今夜醉眠何處樓？

宇文綬接得書，展開看，讀了詞，看罷詩，道：「你前回做詩，教我從今歸後夜間來；我今試遇了，卻要我回！」就旅邸中取出文房四寶，做了隻曲兒，喚做踏莎行：

足躡雲梯，手攀仙桂，姓名高掛登科記。馬前喝道狀元來，金鞍玉勒成行綴。 宴罷歸來，恣遊花市，此時方顯平生志。修書速報鳳樓人，這回好箇風流壻。

做畢這詞，取張花牋，摺疊成書，待要寫了付與渾家。正研墨，覺得手重，惹翻硯，水滴兒打濕了紙。

再把一張紙摺疊了，寫成一封家書，付與當直王吉，教吩咐家中孺人：「我今在長安試遇了，到夜了歸來。急去傳與孺人，不到夜我不歸來。」王吉接得書，唱了喏，四十五里田地，直到家中。

話裡且說宇文綬發了這封家書，當日天晚，客店中無甚的事，便去睡。方纔朦朧睡著，夢見歸去，到咸陽縣家中，見當直王吉在門前一壁❸脫下草鞋洗腳。宇文綬問道：「王吉，你早歸了？」再四問他不應。宇文綬焦躁，抬起頭來看時，見渾家王氏，把著蠟燭入去房裡。宇文綬趕上來，叫：「孺人，我歸了。」渾家不睬他。又說一聲，渾家又不睬。宇文綬不知身是夢裡，隨渾家入房去，看這王氏放燭在桌子上，取早間這一封書，頭上取下金篦兒❹，一剔剔開封皮看時，卻是一幅白紙。渾家含笑，就燭下把起筆來，於白紙上寫了四句：

碧紗窗下啟緘封，一紙從頭徹底空。知汝欲歸情意切，相思盡在不言中。

寫畢，換箇封皮，再來封了。那渾家把金篦兒去剔那燭燼，一剔剔在宇文綬臉上，喫了一驚，撒然睡覺，卻在客店裡床上睡，燭猶未滅。桌子上看時，果然錯封了一幅白紙歸去，取一幅紙寫這四句詩。到得明日早飯後，王吉把那封回書來，拆開看時，裡面寫著四句詩，便是夜來夢裡見那渾家做的一般。當便安排行李，即時回家去。

這便喚做「錯封書」，下來❺說的便是「錯下書」：有箇官人，夫妻兩口兒，正在家坐地，一箇人送

❸ 一壁：一面。

❹ 金篦兒：梳髮的飾物。

❺ 下來：下面。

封簡帖兒來，與他渾家。只因這封簡帖兒，變出一本蹺蹊作怪的小說來，正是：

塵隨馬足何年盡？事繫人心早晚休。

有鷓鴣詞一首，單道著佳人：

淡畫眉兒斜插梳，不歡拈弄繡工夫。雲窗霧閣深深處，靜拂雲牋學草書。　多豔麗，更清姝，神仙標格世間無。當時只說梅花似，細看梅花卻不如。

東京汴州開封府棗槊巷裡，有箇官人，複姓皇甫，單名松，本身是左班殿直。年二十六歲，有箇妻子楊氏，年二十四歲。一箇十三歲的丫鬟，名喚迎兒。只這三口，別無親戚。當時皇甫殿直官差去押衣襖上邊❻，回來是年節了。

這棗槊巷口一箇小小的茶坊，開茶坊的喚做王二。當日茶市已罷，已是日中，只見一箇官人入來，那官人生得：

濃眉毛，大眼睛，蹶鼻子，略綽口❼。頭上裹一頂高樣大桶子頭巾，著一領大寬袖斜襟褶子❽，

❻押衣襖上邊：送衣物到邊境。

❼綽口：闊口。

❽褶子：古人所穿的長袍。又名「海青」。

下面襯貼衣裳，甜鞋淨襪❾。

入來茶坊裡坐下。開茶坊的王二拿著茶盞，進前唱喏奉茶。那官人接茶喫罷，看著王二道：「少借這裡等箇人。」王二道：「不妨。」等多時，只見一箇男女，名叫僧兒，托箇盤兒，口中叫賣鵪鶉餶飿兒❿。官人把手打招，叫：「買餶飿兒。」僧兒見叫，托盤兒入茶坊內，放在桌上，將條篾黃穿那餶飿兒，捏些鹽放在官人面前，道：「官人，喫餶飿兒。」官人道：「我喫，先煩你一件事。」僧兒道：「不知要做甚麼？」那官人指著棗槊巷裡第四家，問僧兒：「認得這人家麼？」僧兒道：「認得，那裡是皇甫殿直家裡。殿直押衣襖上邊，方纔回家。」官人問道：「他家有幾口？」僧兒道：「只是殿直，一箇小娘子，一箇小養娘。」官人道：「你認得那小娘子也不？」僧兒道：「小娘子尋常不出簾兒外面，有時叫僧兒買餶飿兒，常去認得，問他做甚麼？」官人去腰裡取下版金線篋兒，抖下五十來錢，安在僧兒盤子裡。僧兒見了，可煞喜歡，叉手不離方寸⓫：「告官人，有何使令？」官人道：「我相煩你則箇。」袖中取出一張白紙，包著一對落索環兒，兩雙短金釵子，一箇簡帖兒，付與僧兒，道：「這三件物事，煩你送去適間問的小娘子。你見殿直，不要送與他。見小娘子時，你只道官人再三傳話，將這三件物來與小娘子，萬望笑留。你便去，我只在這裡等你回報。」那僧兒接了三件物事，把盤子寄在王二茶坊櫃上，

❾ 甜鞋淨襪：乾淨的鞋襪。

❿ 鵪鶉餶飿兒：一種麵製點心。

⓫ 叉手不離方寸：方寸，指心。拱手緊掩心胸，表示非常恭敬。

僧兒托著三件物事，入棗槊巷來。到皇甫殿直門前，把青竹簾掀起，探一探。當時皇甫殿直正在前面交椅上坐地，只見賣餶飿兒的小廝掀起簾子，猖猖狂狂，探了一探，便走。皇甫殿直看著那廝，震威一喝，便是：

當陽橋上張飛勇，一喝曹公百萬兵。

喝那廝一聲，問道：「做甚麼？」那廝不顧便走。皇甫殿直拽開腳，兩步趕上，捽那廝回來，問道：「甚意思，看我一看了便走？」那廝道：「一箇官人，教我把三件物事與小娘子，不教把來與你。」殿直問道：「甚麼物事？」那廝道：「你莫問，不要把與你。」皇甫殿直捻得拳頭沒縫，去頂門上屑那廝一暴⓬，道：「好好的把出來教我看！」那廝喫了一暴，只得懷裡取出一箇紙裹兒，口裡兀自道：「教我把與小娘子，又不教把與你，你卻打我則甚？」皇甫殿直劈手奪了紙包兒，打開看，裡面一對落索環兒，一雙短金釵，一箇簡帖兒。皇甫殿直接得三件物事，拆開簡帖，看時：

某惶恐再拜，上啟小娘子粧前：即日孟春初時，恭惟懿處起居萬福。某外日荷蒙持杯之款，深切仰思，未嘗少替。某偶以薄幹⓭，不及親詣，聊有小詞，名訴衷情，以代面稟，伏乞懿覽。

詞道是：

⓬ 一暴：在頭頂上打一下。

⓭ 薄幹：小事。

知伊夫壻上邊回，懊惱碎情懷。落索環兒一對，簡子與金釵。 伊收取，莫疑猜，且開懷。自從別後，孤幃冷落，獨守書齋。

皇甫殿直看了簡帖兒，劈開眉下眼，咬碎口中牙。問僧兒道：「誰教你把來？」僧兒用手指著巷口王二哥茶坊裡道：「有箇粗眉毛、大眼睛、蹷鼻子、略綽口的官人，教我把來與小娘子，不教我把與你。」皇甫殿直一隻手捽住僧兒狗毛，出這棗槊巷，徑奔王二哥茶坊前來。僧兒指著茶坊道：「恰纔在這裡面打的床鋪上坐地的官人，教我把來與小娘子，又不教把與你，你卻打我！」皇甫殿直見茶坊沒人，罵聲：「鬼話！」再捽僧兒回來，不由開茶坊的王二分說。

當時到家裡，殿直把門來關上，搌來搌了⑭，諕得僧兒戰做一團。殿直從裡面叫出二十四歲花枝也似渾家出來，道：「你且看這件物事！」那小娘子又不知上件因依⑮，去交椅上坐地。殿直把那簡帖兒和兩件物事度與渾家看，那婦人看著簡帖兒上言語，也沒理會處。殿直道：「你見我三箇月日押衣襖上邊，不知和甚人在家中喫酒？」小娘子道：「我和你從小夫妻，你去後，何曾有人和我喫酒？」殿直道：「既沒人，這三件物從那裡來？」小娘子道：「我怎知？」殿直左手指，右手舉，一箇漏風掌打將去。小娘子則叫得一聲，掩著面，哭將入去。皇甫殿直再叫將十三歲迎兒出來，去壁上取下一把箭簳子竹⑯

---

⑭ 搌來搌了：把門閂拴上了。搌，同「拴」。

⑮ 上件因依：上項緣由。

⑯ 箭簳子竹：一種小竹，可做箭桿或筆桿。

來，放在地上，叫過迎兒來。看著迎兒，生得：

短肐膊，琵琶腿，劈得柴，打得水，會喫飯，能窩屎。

皇甫松去衣架上取下一條絲來，把妮子縛了兩隻手，掉過屋梁去，直下⑰打一抽，吊將妮子起去。拿起箭簝子竹來，問那妮子道：「我出去三箇月，小娘子在家中和甚人喫酒？」妮子道：「不曾有人。」皇甫殿直拿起箭簝子竹，去妮子腿下便摔，摔得妮子殺豬也似叫。又問又打，那妮子喫不得打，口中道出一句來：「三箇月殿直出去，小娘子夜夜和箇人睡。」皇甫殿直道：「好也！」放下妮子來，解了絲，道：「你且來，我問你，是和兀誰睡？」那妮子指著眼淚道：「告殿直，實不敢相瞞，自從殿直出去後，小娘子夜夜和箇人睡，不是別人，卻是和迎兒睡。」皇甫殿直道：「這妮子，卻不弄我！」喝將過去。帶一管鎖，走出門去，拽上那門，把鎖鎖了。走去轉灣巷口，叫將四箇人來，是本地方所由，如今叫做「連手」，又叫做「巡軍」。張千、李萬、董超、薛霸四人，來到門前，用鑰匙開了鎖，推開門。從裡面扯出賣餶飿的僧兒來，道：「煩上名⑱收領這廝。」四人道：「父母官使令，領臺旨。」殿直道：「未要去，還有人哩。」從裡面叫出十三歲的迎兒，和二十四歲花枝的渾家，道：「和他都領去。」四人唱喏道：「告父母官，小人怎敢收領孺人？」殿直發怒道：「你們不敢領他，這件事干人命。」諕倒四箇所由，只得領小娘子和迎兒并賣餶飿的僧兒三箇同去，解到開封錢大尹廳下。

⑰ 直下：向下。

⑱ 上名：公差。

皇甫殿直就廳下唱了大尹喏，把那簡帖兒呈覆了。錢大尹看罷，即時教押下一箇所屬去處，叫將山前行⑲山定來。當時山定承了這件文字，叫僧兒問時，應道：「則是茶坊裡見箇粗眉毛、大眼睛、蹙鼻子、略綽口的官人，他把這封簡子來與小娘子，打殺也只是恁地供招。」問這迎兒，迎兒道：「即不曾有人來同小娘子喫酒，亦不知付簡帖兒來的是何人，打殺也只是恁地供招。」卻待問小娘子，小娘子道：「自從少年夫妻，都無一箇親戚往來，只有夫妻二人，亦不知把簡帖兒來的是何等人。」山前行山定看著小娘子，生得恁地瘦弱，怎禁得打勘⑳？怎地訊問他？從裡面交拐將過來兩箇獄卒，押出一箇罪人來，看這罪人時：

面長皴輪骨，胲生滲瀨㉑腮。猶如行病鬼，到處降人災。

這罪人原是箇強盜頭兒，綽號「靜山大王」。小娘子見這罪人，把兩隻手掩著面，那裡敢開眼。山前行喝著獄卒道：「還不與我施行！」獄卒把枷梢㉒一紐，枷梢在上，罪人頭向下，拏起把荊子來，打得殺豬也似叫。山前行問道：「你曾殺人也不曾？」靜山大王應道：「曾殺人！」又問：「曾放火不曾？」應道：「曾放火！」教兩箇獄卒把靜山大王押入牢裡去。山前行回轉頭來，看著小娘子道：「你見靜山大王，喫不得幾杖子，殺人放火都認了。小娘子，你有事，只好供招了。你卻如何喫得這般杖子？」小娘

⑲ 前行：一般官吏的美稱。
⑳ 打勘：刑訊。
㉑ 滲瀨：醜陋、可怕。
㉒ 枷梢：枷板。

子簌地兩行淚下，道：「告前行，到這裡隱諱不得。覓幅紙和筆，只得與他供招。」小娘子供道：「自從少年夫妻，都無一箇親戚來往，即不知把簡帖兒來的是甚色樣人。如今看要待兒喫甚罪名，皆出賜大尹筆下。」便恁麼說，五回三次問他，供說得一同。

似此三日，山前行正在州衙門前立，倒斷不下。猛抬頭看時，卻見皇甫殿直在面前相揖，問及這件事，如何三日理會這件事不下？莫是接了寄簡帖的人錢物，故意不與決這件公事？山前行聽得，道：「殿直，如今臺意要如何？」皇甫松道：「只是要休離了。」當日山前行入州衙裡，到晚衙，把這件文字呈了錢大尹。大尹叫將皇甫殿直來，當廳問道：「捉賊見贓，捉姦見雙，又無證見，如何斷得他罪？」皇甫松告錢大尹：「松如今不願同妻子歸去，情願當官休了。」大尹台判：聽從夫便。殿直自歸。僧兒、迎兒喝出，各自歸去。只有小娘子見丈夫不要他，把他休了，哭出州衙門來，口中自道：「丈夫又不要我，又沒一箇親戚投奔，教我那裡安身？不若我自尋箇死休。」至天漢州橋，看著金水銀堤汴河，恰待要跳將下去。則見後面一箇人，把小娘子衣裳一捽捽住。回轉頭來看時，恰是一箇婆婆，生得：

眉分兩道雪，髻挽一窩絲。眼昏一似秋水微渾，髮白不若楚山雲淡。

婆婆道：「孩兒，你卻沒事尋死做甚麼？你認得我也不？」小娘子道：「不識婆婆。」婆婆道：「我是你姑姑，自從你嫁了老公，我家寒，攀陪你不著，到今不來往。我前日聽得你與丈夫官司，我日逐在這裡伺候。今日聽得道休離了，你要投水做甚麼？」小娘子道：「我上無片瓦，下無立錐，丈夫又不要我，又無親戚投奔，不死更待何時？」婆婆道：「如今且同你去姑姑家裡，看後如何。」婦女自思量道：「這婆子知他是我姑姑也不是，我如今沒投奔處，且只得隨他去了，卻再理會。」即時隨這姑姑家去看時，家裡莫㉓甚麼活計，卻好一箇房舍，也有粉青帳兒，有交椅、桌櫈之類。

在這姑姑家裡過了兩三日，當日方纔喫罷飯，則聽得外面一箇官人，高聲大氣叫道：「婆子，你把我物事去賣了，如何不把錢來還？」那婆子聽得叫，失張失志，出去迎接來叫的官人，請入來坐地。小娘子著眼看時，見入來的人：

粗眉毛，大眼睛，蹙鼻子，略綽口。頭上裹一頂高樣大桶子頭巾，著一領大寬袖斜襟褶子，下面襯貼衣裳，甜鞋淨襪。

小娘子見了，口喻心，心喻口，道：「好似那僧兒說的寄簡帖兒官人。」只見官人入來，便坐在櫈子上，大驚小怪道：「婆子，你把我三百貫錢物事去賣了，今經一箇月日，不把錢來還。」婆子道：「物事自賣在人頭，未得錢。支得時，即便付還官人。」官人道：「尋常交關㉔錢物東西，何嘗捱許多日了？討得時，千萬送來。」官人說了自去。婆子入來，看著小娘子，簌地兩行淚下，道：「卻是怎好？」小娘子問道：「有甚麼事？」婆子道：「這官人原是蔡州通判姓洪，如今不做官，卻賣些珠翠頭面。前日一件物事教我把去賣，喫人交加㉕了，到如今沒這錢還他，怪他焦躁不得。他前日央我一件事，我又不曾

㉓ 莫：沒。

㉔ 交關：關說。

㉕ 交加：吞沒。

與他幹得。」小娘子問道：「卻是甚麼事？」婆子道：「教我討箇細人㉖，要生得好的。若得一箇似小娘子模樣去嫁與他，那官人必喜歡。小娘子你如今在這裡，老公又不要你，終不然罷了？不若聽姑姑說合，你去嫁了這官人，你終身不致擔誤，挈帶姑姑也有箇倚靠，不知你意如何？」小娘子沉吟半晌，不得已，只得依允。婆子去回覆了。不一日，這官人娶小娘子來家，成其夫婦。

逡巡過了一年，當年是正月初一日。皇甫殿直自從休了渾家，在家中無好況。正是：

時間風火性，燒了歲寒心。

自思量道：「每年正月初一日，夫妻兩箇，雙雙地上本州大相國寺裡燒香。我今年卻獨自一箇，不知我渾家那裡去了？」簌地兩行淚下，悶悶不已。只得勉強著一領紫羅衫，手裡把著銀香盒，來大相國寺裡燒香。到寺中燒了香，恰待出寺門，只見一箇官人領著一箇婦女。看那官人時，粗眉毛，大眼睛，蹶鼻子，略綽口；領著的婦女，卻便是他渾家。當時丈夫看著渾家，渾家又覷著丈夫，兩箇四目相視，只是不敢言語。那官人同婦女兩箇入大相國寺裡去。皇甫松在這山門頭正沉吟間，見一箇打香油錢的行者，正在那裡打香油錢。看見這兩人入去，口裡道：「你害得我苦，你這漢，如今卻在這裡！」大踏步趕入寺來。皇甫殿直見行者趕這兩人，當時呼住行者道：「五戒，你莫待要趕這兩箇人上去？」那行者道：「便是。說不得，我受這漢苦，到今日抬頭不起，只是為他。」皇甫殿直道：「你認得這箇婦女麼？」行者道：「不識。」殿直道：「便是我的渾家。」行者問：「如何卻隨著他？」皇甫殿直把送簡帖兒和

㉖ 細人：姨太太。

休離的上件事，對行者說了一遍。行者道：「卻是怎地！」行者卻問皇甫殿直：「官人認得這箇人麼？」殿直道：「不認得。」行者道：「這漢原是州東墦臺寺裡一箇和尚，苦行㉗便是墦臺寺裡行者。我這本師，卻是墦臺寺裡監院㉘，手頭有百十錢，剃度這廝做小師㉙。一年以前時，這廝偷了本師二百兩銀器，逃走了，累我喫了好些拷打。如今趕出寺來，沒討飯喫處。罪過這大相國寺裡知寺㉚廝認，留苦行在此間打化香油錢。今日撞見這廝，卻怎地休得！」方纔說罷，只見這和尚將著他渾家，從寺廊下出來。行者牽衣拔步，卻待去捽這廝。皇甫殿直扯住行者，閃那身已在山門一壁，道：「且不要捽他，我和你尾這廝去，看那裡著落，卻與他官司。」兩箇後地尾將來。

話分兩頭。且說那婦人見了丈夫，眼淚汪汪，入去大相國寺裡燒了香出來。這漢一路上卻問這婦人道：「小娘子，如何你見了丈夫便眼淚出？我不容易得你來。我當初從你門前過，見你在簾子下立地，見你生得好，有心在你處。今日得你做夫妻，也非通容易。」兩箇說來說去，恰到家中門前，入門去，那婦人問道：「當初這箇簡帖兒，卻是兀誰把來？」這漢道：「好教你得知，便是我教賣餶飿的僧兒把來你的。你丈夫中了我計，真箇便把你休了。」婦人聽得說，捽住那漢，叫聲屈，不知高低。那漢見那婦人叫將起來，卻慌了，就把隻手去剋著他脖項，指望壞他性命。外面皇甫殿直和行者尾著他，兩人來

㉗ 苦行：寺院中做雜役的人。

㉘ 監院：即「監寺」。佛寺中主持寺務之僧，地位次於方丈。

㉙ 小師：受戒未滿十年的僧侶，叫做「小師」。

㉚ 知寺：僧職名，寺院中管事的僧人。

到門首，見他們入去，聽得裡面大驚小怪，搶將入去看時，見剋著他渾家，鬭閙性命。皇甫殿直和這行者兩箇，即時把這漢來捉了，解到開封府錢大尹廳下。這錢大尹是誰？

出則壯士攜鞭，入則佳人捧臂。世世靴蹤不斷，子孫出入金門。他是兩浙錢王子，吳越國王孫。

大尹陞廳，把這件事解到廳下。皇甫殿直和這渾家，把前面說過的話，對錢大尹歷歷從頭說了一遍。錢大尹大怒，教左右索長枷把和尚枷了。當廳訊一百腿花㉛，押下左司理院，教盡情根勘這件公事。勘正了，皇甫松責領渾家歸去，再成夫妻，行者當廳給賞。和尚大情小節，一一都認了：不合設謀奸騙，後來又不合謀害這婦人性命。准雜犯㉜斷，合重杖處死，這婆子不合假粧姑姑，同謀不首，亦合編管鄰州。當日推出這和尚來，一箇書會先生㉝看見，就法場上做了一隻曲兒，喚做南鄉子：

怎見一僧人，犯濫舖摸㉞受典刑。案款已成招狀了，遭刑，棒殺髠囚示萬民。　沿路眾人聽，猶念高王觀世音。護法喜神齊合掌，低聲，果謂金剛不壞身。

㉛ 腿花：刑罰的一種，用木棍打腿。

㉜ 雜犯：古代指各專類罪名以外的其他罪名。

㉝ 書會先生：指書會裡的成員。書會，宋代作家、藝人組成的團體。

㉞ 犯濫舖摸：作姦犯科的意思。

# 第三十六卷　宋四公大鬧禁魂張

錢如流水去還來，恤寡周貧莫吝財。試覽石家金谷地，於今荊棘昔樓臺。

話說晉朝有一人，姓石名崇，字季倫。當時未發跡時，專一在大江中，駕一小船，只用弓箭射魚為生。

忽一日，至三更，有人扣船言曰：「季倫救吾則箇！」石崇聽得，隨即推篷，探頭看時，只見月色滿天，照著水面；月光之下，水面上立著一箇年老之人。石崇問老人：「有何事故，夜間相懇？」老人又言：「相救則箇！」石崇當時就令老人上船，問有何緣故。老人答曰：「吾非人也，吾乃上江老龍王。年老力衰，今被下江小龍欺我年老，與吾鬪敵，累輸與他，老拙無安身之地。又約我明日大戰，戰時又要輸與他。今特來求季倫：明日午時彎弓在江面上，江中兩箇大魚相戰，前走者是我，後趕者乃是小龍；但望君借一臂之力，可將後趕大魚一箭，壞了小龍性命，老拙自當厚報重恩。」石崇聽罷，謹領其命。那老人相別而回，湧身一跳，入水而去。

石崇至明日午時，備下弓箭。果然將傍午時，只見大江水面上，有二大魚追趕將來。石崇扣上弓箭，望著後面大魚，颾地一箭，正中那大魚腹上。但見滿江紅水，其大魚死於江上。此時風浪俱息，並無他事。夜至三更，又見老人扣船來謝道：「蒙君大恩，今得安跡。來日午時，你可將船泊於蔣山腳下南岸第七株楊柳樹下相候，當有重報。」言罷而去。

石崇明日依言，將船去蔣山腳下楊柳樹邊相候。只見水面上有鬼使三人出，把船推將去。不多時，船回，滿載金銀珠玉等物。又見老人出水，與石崇曰：「如君再要珍珠寶貝，可將空船來此相候取物。」相別而去。

這石崇每每將船於柳樹下等，便是一船珍寶，因致敵國之富。將寶玩買囑權貴，累陞至太尉之職，真是富貴兩全。遂買一所大宅於城中，宅後造金谷園，園中亭臺樓館。用六斛大明珠，買得一妾，名曰綠珠。又置偏房婢奶侍婢，朝歡暮樂，極其富貴。結識朝臣國戚，宅中有十里錦帳，天上人間，無比奢華。

忽一日排筵，獨請國舅王愷，這人姐姐是當朝皇后。石崇與王愷飲酒半酣，石崇喚綠珠出來勸酒，端的十分美貌。王愷一見綠珠，喜不自勝，便有姦淫之意。石崇相待宴罷，王愷謝了自回，心中思慕綠珠之色，不能夠得會。王愷常與石崇鬬寶，王愷寶物，不及石崇，因此陰懷毒心，要害石崇。每每受石崇厚待，無因為之。

忽一日，皇后宣王愷入內御宴。王愷見了姐姐，就流淚，告言：「城中有一財主富室，家財巨萬，寶貝奇珍，言不可盡。每每請弟設宴鬬寶，百不及他一二。姐姐可憐與弟爭口氣，於內庫內那借奇寶，賽他則箇。」皇后見弟如此說，遂召掌內庫的太監，內庫中借他鎮庫之寶，乃是一株大珊瑚樹，長三尺八寸。不曾啟奏天子，令人扛抬往王愷之宅。王愷謝了姐姐，便回府用蜀錦做重罩罩了。

翌日，廣設珍羞美饌，使人移在金谷園中，請石崇會宴，先令人扛抬珊瑚樹去園上閒空閒閣子裡安了。王愷與石崇飲酒半酣，王愷道：「我有一寶，可請一觀，勿笑為幸。」石崇教去了錦衭，看著微笑，用杖一擊，打為粉碎。王愷大驚，叫苦連天道：「此是朝廷內庫中鎮庫之寶，自你賽我不過，心懷妬恨，將來打碎了，如何是好？」石崇大笑道：「國舅休慮，此亦未為至寶。」石崇請王愷到後園中看珊瑚樹，大小三十餘株，有長至七八尺者。內一株一般三尺八寸，遂取來賠王愷填庫，更取一株長大的送與王愷。王愷羞赧而退，自思國中之寶，敵不得他過，遂乃生計嫉妬。

一日，王愷朝於天子，奏道：「城中有一富豪之家，姓石名崇，官居太尉，家中敵國之富。奢華受用，雖我王不能及他快樂。若不早除，恐生不測。」天子准奏，口傳聖旨，便差駕上人❶去捉拿太尉石崇下獄，將石崇應有家資，皆沒入宮。王愷心中只要圖謀綠珠為妾，使兵圍遶其宅欲奪之。綠珠自思道：「丈夫被他誣害性命，不知存亡。今日強要奪我，怎肯隨他？雖死不受其辱！」言訖，遂於金谷園中墜樓而死，深可憫哉。王愷聞之，大怒，將石崇戮於市曹。石崇臨受刑時歎曰：「汝輩利吾家財耳。」劊子曰：「你既知財多害己，何不早散之？」石崇無言可答，挺頸受刑。胡曾先生有詩曰：

一自佳人墜玉樓，晉家宮闕古今愁。惟餘金谷園中樹，已向斜陽歎白頭。

方纔說石崇因富得禍，是誇財炫色，遇了王愷國舅這箇對頭。如今再說一箇富家，安分守己，並不惹事生非；只為一點慳吝未除，便弄出非常大事，變做一段有笑聲的小說。這富家姓甚名誰？聽我道來：這富家姓張名富，家住東京開封府，積祖❷開質庫❸，有名喚做張員外。這員外有件毛病，要去那

❶ 駕上人：皇帝侍衛。

虱子背上抽筋，鷺鷥腿上割股，
古佛臉上剝金，黑豆皮上刮漆，
痰唾留著點燈，捋松將來炒菜。

這箇員外平日發下四條大願：

一願衣裳不破，二願喫食不消，三願拾得物事，四願夜夢鬼交。

是箇一文不使的真苦人。他還❹地上拾得一文錢，把來磨做鏡兒，捍做磬兒，搯做鋸兒，叫聲「我兒」，做箇嘴兒❺，放入篋兒。人見他一文不使，起他一箇異名，喚做「禁魂張員外」。

當日是日中前後，員外自入去裡面，白湯泡冷飯喫點心，兩箇主管在門前數見錢。只見一箇漢，渾身赤膊，一身錦片也似文字，下面熟白絹裩拽扎著❻，手把著箇笊籬❼，覷著張員外家裡，唱箇大喏了教化。口裡道：「持繩把索，為客週全。」主管見員外不在門前，把兩文撇在他笊籬裡。張員外恰在水

❷積祖：好幾代。
❸質庫：當鋪。
❹還：如果。
❺做箇嘴兒：吻一下。
❻拽扎著：斂束衣裳。
❼笊籬：用竹篾或鐵絲編成蛛網狀供撈物瀝水的器具。笊，音ㄓㄠˋ。

瓜心❽布簾後望見，走將出來道：「好也，主管！你做甚麼，把兩文撇與他？一日兩文，千日便兩貫。」大步向前，趕上捉笊籬的，打一奪，把他一笊籬錢都傾在錢堆裡，卻教眾當直打他一頓。路行人看見也不忿。那捉笊籬的哥哥喫打了，又不敢和他爭，在門前指著了罵。只見一箇人叫道：「哥哥，你來我與你說句話。」捉笊籬的回過頭來，看那箇人，卻是獄家院子❾打扮一箇老兒。兩箇唱了喏，老兒道：「哥哥，這禁魂張員外，不近道理，不要共他爭。我與你二兩銀子，你一文價賣生蘿蔔，也是經紀人。」捉笊籬的得了銀子，唱喏自去，不在話下。

那老兒是鄭州奉寧軍人，姓宋，排行第四，人叫他做宋四公，是小番子❿閒漢。宋四公夜至三更前後，向金梁橋上四文錢買兩隻焦酸餡⓫，揣在懷裡，走到禁魂張員外門前。路上沒一箇人行，月又黑。宋四公取出蹊蹺作怪的動使⓬，一掛掛在屋簷上，從上面打一盤盤在屋上，從天井裡一跳跳將下去。兩邊是廊屋，去側首見一碗燈。聽著裡面時，只聽得有箇婦女聲道：「你看三哥恁麼早晚，兀自未來。」宋四公道：「我理會得了，這婦女必是約人在此私通。」看那婦女時，生得：

　　黑絲絲的髮兒，白瑩瑩的額兒，翠彎彎的眉兒，溜度度的眼兒，正隆隆的鼻兒，紅豔豔的腮兒，

---

❽ 水瓜心：「水」為「木」之譌。木瓜心，一種布的名稱。

❾ 獄家院子：獄卒。

❿ 小番子：衙役的助手。

⓫ 酸餡：以蔬菜為餡的包子。

⓬ 動使：日常應用的器具。

香噴噴的口兒，平坦坦的胸兒，白堆堆的妳兒，玉纖纖的手兒，細梟梟的腰兒，弓彎彎的腳兒。

那婦女被宋四公把兩隻衫袖掩了面，走將上來。婦女道：「三哥，做甚麼遮了臉子諕我？」被宋四公向前一捽，捽住腰裡，取出刀來道：「悄悄地！高則聲，便殺了你！」那婦女顫做一團道：「告公公，饒奴性命。」宋四公道：「小娘子，我來這裡做不是⑬，我問你則箇，他這裡到上庫有多少關閉⑭？」婦女道：「公公出得奴房，十來步有箇陷馬坑，兩隻惡狗；過了便有五箇防土庫⑮的，在那裡喫酒賭錢，一家⑯當一更，便是土庫；入得那土庫，一箇紙人，手裡托著箇銀毬，底下做著關棙子⑰，踏著關棙子，銀毬脫在地下，有條合溜⑱，直滾到員外床前，驚覺，教人捉了你。」宋四公道：「卻是恁地。小娘子，背後來的是你兀誰？」婦女不知是計，回過頭去，被宋四公一刀，從肩頭上劈將下去，見道血光倒了。那婦女被宋四公殺了。宋四公再出房門來，行十來步，沿西手走過陷馬坑，只聽得兩箇狗子吠。宋四公懷中取出酸餡，著些箇不按君臣⑲作怪的藥，入在裡面，覷得近了，撇向狗子身邊去。狗子聞得又香又

---

⑬ 做不是：做壞事。

⑭ 關閉：猶言機關、埋伏。

⑮ 土庫：有錢人家的庫房。

⑯ 一家：一人。

⑰ 關棙子：能轉動的機械裝置。

⑱ 合溜：水槽。

⑲ 不按君臣：中醫稱藥方中主要的藥材為「君」，次要的藥材為「臣」。不按君臣指不依正規方式配藥，引申為使用毒藥的隱語。

軟，做兩口喫了，先擺翻兩箇狗子。又行過去，只聽得人喝么么六六，約莫也有五六人在那裡擲骰。宋四公懷中取出一箇小罐兒，安些箇作怪的藥在中面，把塊撇火石，取些火燒著，噴鼻馨香。那五箇人聞得道：「好香！員外日早晚兀自燒香。」只管聞來聞去，只見腳在下頭在上，一箇倒了，又一箇倒。看見那五箇男女，聞那香，一霎間都擺番了。宋四公走到五人面前，見有半掇兒喫剩的酒，也有菓菜之類，被宋四公把來喫了。只見五箇人眼睜睜地，只是則聲不得。便走到土庫門前，見一具肐膊來大三簧鎖，鎖著土庫門。宋四公懷裡取箇鑰匙，名喚做「百事和合」，不論大小粗細鎖都開得。把鑰匙一鬪，鬪開了鎖，走入土庫裡面去。入得門，一箇紙人手裡，托著箇銀毬。宋四公先拏了銀毬，把腳踏過許多關棙子，覓了他五萬貫鎖贓物，都是上等金珠，包裹做一處。懷中取出一管筆來，把津唾潤教濕了，去壁上寫著四句言語，道：

宋國逍遙漢，四海盡留名。曾上太平鼎，到處有名聲。

寫了這四句言語在壁上，土庫也不關，取條路出那張員外門前去。宋四公思量道：「梁園雖好，不是久戀之家⓴。」連更徹夜，走歸鄭州去。

且說張員外家，到得明日天曉，五箇男女甦醒，見土庫門開著，藥死兩箇狗子，殺死一箇婦女，走去覆了員外。員外去使臣房㉑裡下了狀，滕大尹差王七殿直王遵，看賊蹤由。做公的看了壁上四句言語，數中一箇老成的叫做周五郎周宣，說道：「告觀察，不是別人，是宋四。」觀察道：「如何見得？」周

⓴ 梁園雖好二句：謂異鄉雖好，卻不是久留的地方。梁園，原指梁孝王兔園，此指汴京。

㉑ 使臣房：緝捕罪犯的捕官官房。

五郎周宣道：「『宋國逍遙漢』，只做著上面箇『宋』字；『四海盡留名』，只做著箇『四』字；『曾上太平鼎』，只做著箇『曾』字；『到處有名聲』，只做著箇『到』字。上面四字道：『宋四曾到』。」王殿直道：「我久聞得做道路的㉒的，有箇宋四公，是鄭州人氏，最高手段，今番一定是他了。」便教周五郎周宣，將帶一行做公的去鄭州幹辦宋四。

眾人路上離不得饑餐渴飲，夜住曉行。到鄭州，問了宋四公家裡，門前開著一箇小茶坊。眾人入去喫茶，一箇老子上竈點茶。眾人道：「一道㉓請四公出來喫茶。」老子道：「公公害些病未起在㉔，等老子入去傳話。」老子走進去了，只聽得宋四公裡面叫起來道：「我自頭風發，教你買三文粥來，你兀自不肯。每日若干錢養你，討不得替心替力，要你何用？」刮刮地把那點茶老子打了幾下。只見點茶的老子，手把粥椀出來道：「眾上下㉕少坐，宋四公教我買粥，喫了便來。」眾人等箇意休不休㉖，買粥的也不見回來，宋四公也竟不見出來。眾人不奈煩㉗入去他房裡看時，只見縛著一箇老兒。眾人只道宋四公，來收㉘他。那老兒說道：「老漢是宋公點茶的，恰纔把椀去買粥的，正是宋四公。」眾人見說，

㉒ 做道路的：做那一行的。比喻做盜賊的。
㉓ 一道：順便。
㉔ 在：等於「著」。
㉕ 上下：對公差的稱呼。
㉖ 意休不休：無休無歇，無法忍受。
㉗ 不奈煩：即「不耐煩」。
㉘ 收：拘捕。

喫了一驚，歎口氣道：「真箇是好手，我們看不仔細，卻被他瞞過了。」只得出門去趕，那裡趕得著？眾做公的只得四散，分頭各去，挨查緝獲，不在話下。

原來眾人喫茶時，宋四公在裡面，聽得是東京人聲音，悄地打一望，又像箇幹辦公事的模樣，心上有些疑惑，故意叫罵埋怨。卻把點茶老兒的兒子衣服，打換㉙穿著，低著頭，只做買粥，走將出來，因此眾人不疑。

卻說宋四公出得門來，自思量道：「我如今卻是去那裡好？我有箇師弟，是平江府人，姓趙名正。曾得他信道：如今在謨縣。我不如去投奔他家也罷。」宋四公便改換色服，粧做一箇獄家院子打扮，把一把扇子遮著臉，假做瞎眼，一路上慢騰騰地，取路要來謨縣。來到謨縣前，見箇小酒店，但見：

雲拂煙籠錦旆揚，太平時節日舒長。能添壯士英雄膽，會解佳人愁悶腸。三尺曉垂楊柳岸，一竿斜刺杏花傍。男兒未遂平生志，且樂高歌入醉鄉。

宋四公覺得肚中饑餒，入那酒店去，買些箇酒喫。酒保安排將酒來，宋四公喫了三兩盃酒。只見一箇精精緻緻的後生，走入酒店來。看那人時，卻是如何打扮？

磚頂背繫帶頭巾，皂羅文武帶背兒，下面寬口袴，側面絲鞋。

叫道：「公公拜揖。」宋四公抬頭看時，不是別人，便是他師弟趙正。宋四公人面前，不敢師父師弟廝

㉙ 打換：調換。

叫，只道：「官人少坐。」趙正和宋四公敘了間闊就坐，教酒保添隻盞來篩酒，喫了一盃。趙正卻低低地問道：「師父一向疎闊。」宋四公道：「二哥，幾時有道路也沒？」趙正道：「是道路卻也自有，都只把來風花雪月使了。聞知師父入東京去，得拳㉚道路。」宋四公道：「也沒甚麼，只有得箇四五萬錢。」又問趙正道：「二哥，你如今那裡去？」趙正道：「師父，我要上東京閒走一遭，一道賞翫則箇，歸平江府去做話說。」宋四公道：「二哥，你去不得。」趙正道：「我如何上東京不得？」宋四公道：「有三件事，你去不得。第一，你是浙右人，不知東京事，行院㉛少有認得你的，你去投奔阿誰？第二，東京百八十里羅城，喚做『臥牛城』。我們只是草寇，常言：『草入牛口，其命不久。』第三，是東京有五千箇眼明手快做公的人，有三都捉事使臣㉜。」趙正道：「這三件事都不妨，師父你只放心，趙正也不到得胡亂喫輸。」宋四公道：「二哥，你不信我口，要去東京時，我覔㉝得禁魂張員外的一包兒細軟，我將歸客店裡去，安在頭邊，枕著頭；你覔得我的時，你便去上東京。」趙正道：「師父，恁地時不妨。」兩箇說罷，宋四公還了酒錢，將著趙正歸客店裡。店小二見宋四公將著一箇官人歸來，唱了喏，趙正同宋四公入房裡走一遭，道了安置，趙正自去。當下天色晚，如何見得？

暮煙迷遠岫，薄霧捲晴空。群星共皓月爭光，遠水與山光鬭碧。深林古寺，數聲鐘韻悠揚；曲岸

---

㉚ 得拳：得到一筆錢財。

㉛ 行院：行幫；同行。

㉜ 捉事使臣：宋朝專管緝捕的武官。

㉝ 覔：音ㄇㄧˋ。偷竊。

小舟，幾點漁燈明滅。枝上子規啼夜月，花間粉蝶宿芳叢。

宋四公見天色晚，自思量道：「趙正這漢手高，我做他師父，若還真箇喫他覓了這般細軟，好喫人笑！不如早睡。」宋四公卻待要睡，又怕喫趙正來後如何，且只把一包細軟安放頭邊，就床上掩臥。只聽得屋梁上知知茲茲地叫，宋四公道：「作怪！未曾起更，老鼠便出來打鬧人。」仰面向梁上看時，脫些箇屋塵下來，宋四公打兩箇噴涕。少時老鼠卻不則聲，只聽得兩箇貓兒，乜凹乜凹地廝咬了叫，溜些尿下來，正滴在宋四公口裡，好臊臭！宋四公漸覺困倦，一覺睡去。

到明日天曉起來，頭邊不見了細軟包兒。正在那裡沒擺撥，只見店小二來說道：「公公，昨夜同公公來的官人來相見。」宋四公出來看時，卻是趙正。相揖罷，請他入房裡，去關上房門。趙正從懷裡取出一箇包兒，納還師父。宋四公道：「二哥，我問你則箇，壁落共門都不曾動，你卻是從那裡來，討了我的包兒？」趙正道：「實瞞不得師父，房裡床面前一帶黑油紙檻窗，把那學書紙糊著。喫我先在屋上，學一和老鼠；脫下來屋塵，便是我的作怪藥，撒在你眼裡鼻裡，教你打幾箇噴涕；後面貓尿，便是我的尿。」宋四公道：「畜生，你好沒道理！」趙正道：「是喫我盤到你房門前，揭起學書紙，把小鋸兒鋸將兩條窗柵下來；我便挨身而入，到你床邊，偷了包兒；再盤出窗外去，把窗柵再接住，把小釘兒釘著，再把學書紙糊了，恁地便沒蹤跡。」宋四公道：「好，好！你使得，也未是你會處。你還今夜再覓得我這包兒，我便道你會。」趙正道：「不妨，容易的事。」趙正把包兒還了宋四公道：「師父，我且歸去，明日再會。」漾34了手自去。

34 漾：丟開。

宋四公口裡不說，肚裡思量道：「趙正手高似我，這番又喫他覓了包兒，越不好看，不如安排走休！」宋四公便叫將店小二來說道：「店二哥，我如今要行，二百錢在這裡，煩你買一百錢爊肉㉟，多討椒鹽，買五十錢蒸餅，剩五十錢，與你買椀酒喫。」店小二謝了公公，便去譔縣前買了爊肉和蒸餅，卻待回來。離客店十來家，有箇茶坊裡，一箇官人叫道：「店二哥，那裡去？」店二哥抬頭看時，便是和宋四公相識的官人。店二哥道：「告官人，公公要去，教男女買爊肉共蒸餅。」趙正道：「且把來看。」打開荷葉看了一看，問道：「這裡幾文錢肉？」店二哥道：「一百錢肉。」趙正就懷裡取出二百錢來道：「哥哥，你留這爊肉蒸餅在這裡，我與你二百錢，一道相煩，依這樣與我買來，與哥哥五十錢買酒喫。」店二哥道：「謝官人。」道了便去。不多時，便買回來。趙正道：「甚勞煩哥哥，與公公再裹了那爊肉。見公公時，做我傳語他，只教他今夜小心則箇。」店二哥唱喏了自去。到客店裡，將肉和蒸餅遞還宋四公。宋四公接了道：「罪過哥哥。」店二哥道：「早間來的那官人，教再三傳語，今夜小心則箇。」

宋四公安排行李，還了房錢，脊背上背著一包被臥㊱，手裡提著包裹，便是覓得禁魂張員外的細軟，離了客店。行一里有餘，取八角鎮路上來。到渡頭看那渡船，卻在對岸，等不來。肚裡又飢，坐在地上，放細軟包兒在面前，解開爊肉裹兒，擘開一箇蒸餅，把四五塊肥底爊肉多蘸些椒鹽，捲做一捲，嚼得兩口，只見天在下，地在上，就那裡倒了。宋四公只見一箇丞局㊲打扮的人，就面前把了細軟包兒去。宋

㉟ 爊肉：烤肉。

㊱ 被臥：被頭。

㊲ 丞局：宋代為殿前司屬下將校的名稱。亦泛指衙役。

四公眼睜睜地見他把去，叫又不得，趕又不得，只得由他。那箇丞局挐了包兒，先過渡去了。宋四公多樣時㊳甦醒起來，思量道：「那丞局是阿誰？捉我包兒去。店二哥與我買的爊肉裡面有作怪物事！」宋四公忍氣吞聲走起來，喚渡船過來，過了渡，上了岸，思量那裡去尋那丞局好。肚裡又悶，又有些飢渴，只見箇村酒店，但見：

柴門半掩，破旆低垂。村中量酒，豈知有滌器相如？陋質蠶姑，難傚彼當爐卓氏。壁間大字，村中學究醉時題；架上麻衣，好飲芒郎留下當。酸醨破甕土床排，彩畫醉仙塵土暗。

宋四公且入酒店裡去，買些酒消愁解悶則箇。酒保唱了喏，排下酒來。一盃兩盞，酒至三盃，宋四公正悶裡喫酒，只見外面一箇婦女入酒店來：

油頭粉面，白齒朱脣。錦帕齊眉，羅裙掩地。鬢邊斜插些花朵，臉上微堆著笑容。雖不比閨裡佳人，也當得壚頭少婦。

那箇婦女入著酒店，與宋四公道箇萬福，拍手唱一隻曲兒。宋四公仔細看時，有些箇面熟，道這婦女是酒店擦桌兒的㊴，請小娘子坐則箇。婦女在宋四公根底㊵坐定，教量酒添隻盞兒來，喫了一盞酒。宋四

---

㊳ 多樣時：很久。

㊴ 擦桌兒的：在酒店賣唱的歌妓。

㊵ 根底：跟前；面前。

公把那婦女抱一抱，撮一撮，拍拍惜惜，把手去摸那胸前道：「小娘子，沒有妳兒。」又去摸他陰門，只見纍纍垂垂一條價。宋四公道：「熱牢，你是兀誰？」那箇粧做婦女打扮的，叉手不離方寸道：「告公公，我不是擦桌兒頂老㊶，我便是蘇州平江府趙正。」宋四公道：「打脊的檢才㊷！我是你師父，卻教我摸你爺頭！原來卻纔丞局便是你。」趙正道：「可知便是趙正。」宋四公道：「二哥，我那細軟包兒，你卻安在那裡？」趙正叫量酒道：「把適來我寄在這裡包兒還公公。」量酒取將包兒來，宋四公接了道：「二哥，你怎地拏下我這包兒？」趙正道：「我在客店隔幾家茶坊裡坐地，見店小二哥提一裹爊肉。我討來看，便使轉他也與我去買，被我安些汗藥在裡面裹了，依然教他把來與你。我粧做丞局，後面踏㊸將你來，你喫擺番了。被我拿得包兒，到這裡等你。」宋四公道：「恁地你真箇會，不枉了上得東京去。」即時還了酒錢，兩箇同出酒店。去空野處除了花朵，溪水裡洗了面，換一套男子衣裳著了，取一頂單青紗頭巾裹了。宋四公道：「你而今要上京去，我與你一封書，去見箇人，也是我師弟。他家住汴河岸上，賣人肉饅頭。姓侯，名興，排行第二，便是侯二哥。」趙正道：「謝師父。」到前面茶坊裡，宋四公寫了書，吩咐趙正，相別自去。宋四公自在謨縣。

趙正當晚去客店裡安歇，打開宋四公書來看時，那書上寫道：

---

㊶ 頂老：江湖上稱呼妓女的隱語。
㊷ 打脊的檢才：罵人的話，指該打的壞人。檢才，壞人。
㊸ 踏：跟隨。

師父信上賢師弟二郎、二娘子：別後安樂否？今有姑蘇賊人趙正，欲來京做買賣，我特地使他來投奔你。這漢與行院無情，一身線道㊹，堪作你家行貨使用。我喫他三次無禮，可千萬勦除此人，免為我們行院後患。

趙正看罷了書，伸著舌頭縮不上。「別人便怕了，不敢去；我且看他，如何對副㊺我！我自別有道理。」再把那書摺疊，一似原先封了。

明日天曉，離了客店，取八角鎮；過八角鎮，取板橋，到陳留縣。沿那汴河行，到日中前後，只見汴河岸上，有箇饅頭店。門前一箇婦女，玉井欄手巾勒著腰，叫道：「客長，喫饅頭點心去。」門前牌兒上寫著：「本行侯家，上等饅頭點心。」趙正道：「這裡是侯興家裡了。」走將入去，婦女叫了萬福，問道：「客長用點心？」趙正道：「少待則箇。」就脊背上取將包裹下來。一包金銀釵子，也有花頭的，也有連二連三的，也有素的，都是沿路上覓得的。侯興老婆看見了，動心起來，道：「這客長，有二三百隻釵子！我雖然賣人肉饅頭，老公雖然做贊老子㊻，倒沒許多物事。你看少間問我買饅頭喫，我多使些汗火㊼，許多釵子都是我的。」趙正道：「嫂嫂，買五箇饅頭來。」侯興老婆道：「著！」楦箇碟子，盛了五箇饅頭，就竈頭合兒裡多撮些物料在裡面。趙正肚裡道：「這合兒裡便是作怪物事了。」趙正懷

---

㊹ 線道：「肉」的隱語。

㊺ 對副：對付。

㊻ 贊老子：盜賊的首領。

㊼ 汗火：蒙汗藥。

裡取出一包藥來，道：「嫂嫂，覓些冷水吃藥。」侯興老婆將半碗水來，放在桌上。趙正道：「我吃了藥，卻喫饅頭。」趙正喫了藥，將兩隻筯一撥，撥開饅頭餡，看了一看，便道：「嫂嫂，我爺說與我道：『莫去汴河岸上買饅頭喫，那裡都是人肉的。』嫂嫂，你看這一塊有指甲，便是人的指頭；這一塊皮上許多短毛兒，須是人的不便處❹❽。」侯興老婆道：「官人休耍，那得這話來！」趙正喫了饅頭，只聽得婦女在竈前道：「倒也！」指望攧翻趙正，卻又沒些事。趙正道：「嫂嫂，更添五箇。」侯興老婆道：「想是恰才汗火少了，這番多把些藥傾在裡面。」趙正懷中又取包兒，喫些箇藥。侯興老婆道：「官人喫甚麼藥？」趙正道：「平江府提刑散的藥，名喚做『百病安丸』，婦女家八般頭風，胎前產後，脾血氣痛，都好服。」侯興老婆道：「就官人覓得一服喫也好。」趙正去懷裡別搠換❹❾包兒來，撮百十丸與侯興老婆喫了，就竈前攧翻了。趙正道：「這婆娘要對副我，卻倒喫我攧番。別人漾了去，我卻不走。」特骨地❺⓿在那裡解腰捉虱子。

不多時，見箇人挑一擔物事歸。趙正道：「這箇便是侯興，且看他如何？」侯興共趙正兩箇唱了喏，侯興道：「客長喫點心也未？」趙正道：「喫了。」侯興叫道：「嫂子，會錢也未？」尋來尋去，尋到竈前，只見渾家倒在地下，口邊溜出痰涎，說話不真，喃喃地道：「我喫攧翻了。」侯興道：「我理會得了，這婆娘不認得江湖上相識，莫是喫那門前客長攧翻了？」侯興向趙正道：「法兄，山妻眼拙，不

❹❽ 不便處：小說中用來借喻人的性器官。
❹❾ 搠換：調換。
❺⓿ 特骨地：特地。

識法兄，切望恕罪。」趙正道：「尊兄高姓？」侯興道：「這裡便是侯興。」趙正道：「這裡便是姑蘇趙正。」兩箇相揖了，侯興自把解藥與渾家吃了。趙正道：「二兄，師父宋四公有書上呈。」侯興接著，拆開看時，書上寫著許多言語，末梢[51]道：「可勦除此人。」侯興看罷，怒從心上起，惡向膽邊生，道：「師父兀自三次無禮，今夜定是壞他性命！」向趙正道：「久聞清德，幸得稍會！」即時置酒相待，晚飯過了，安排趙正在客房裡睡，侯興夫婦在門前做夜作。

趙正只聞得房裡一陣臭氣，尋來尋去，床底下一箇大缸。探手打一摸，一顆人頭；又打一摸，一隻人手共人腳。趙正搬出後門頭，都把索子縛了，掛在後門屋簷上。關了後門，再入房裡，只聽得婦女道：「二哥，好下手！」侯興道：「二嫂，使未得！更等他落忽[52]些箇。」婦女道：「二哥，看他今日把出金銀釵子，有二三百隻。今夜對副他了，明日且把來做一頭戴，教人喝采則箇。」趙正聽得道：「好也！他兩箇要恁地對副我性命，不妨得。」侯興一箇兒子，十來歲，叫做伴哥，發脾寒[53]，害[54]在床上。趙正去他房裡，抱那小的安在趙正床上，把被來蓋了，先走出後門去。不多時，侯興渾家把著一椀燈，侯興把一把劈柴大斧頭，推開趙正房門，見被蓋著箇人在那裡睡，和被和人，兩下斧頭，砍做三段。侯興揭起被來看了一看，叫聲：「苦也！二嫂，殺了的是我兒子伴哥！」兩夫妻號天洒地哭起來。趙正在後

[51] 末梢：末端。

[52] 落忽：方言。指熟睡。

[53] 發脾寒：發瘧疾。

[54] 害：生病。

門叫道：「你沒事自殺了兒子則甚？趙正卻在這裡。」侯興聽得焦燥，拏起劈柴斧趕那趙正，慌忙走出後門去，只見撲地撞著侯興額頭，看時卻是人頭、人腳、人手掛在屋簷上，一似鬧竿兒[55]相似。侯興教渾家都搬將入去，直上[56]去趕。趙正見他來趕，前頭是一派谿水。趙正是平江府人，會弄水，打一跳，跳在溪水裡，後頭侯興也跳在水裡來趕。趙正一分一蹬，頃刻之間，過了對岸。侯興也會水，來得遲些箇。趙正先走上岸，脫下衣裳擰教乾。侯興趕那趙正，從四更前後，到五更二點時候，趕十一二里，直到順天新鄭門一箇浴堂。趙正入那浴堂裡洗面，一道烘衣裳。正洗面間，只見一箇人把兩隻手去趙正兩腿上打一掣，掣翻趙正。趙正見侯興來掣他，把兩禿膝椿翻侯興，倒在下面，只顧打。

只見一箇獄家院子打扮的老兒進前道：「你門[57]看我面放手罷。」趙正和侯興抬頭看時，不是別人，卻是師父宋四公，一家唱箇大喏，直下便拜。宋四公勸了，將他兩箇去湯店[58]裡吃盞湯。侯興與師父說前面許多事，宋四公道：「如今一切休論。則是趙二哥明朝入東京去，那金梁橋下，一箇賣酸餡的，也是我們行院，姓王，名秀，這漢走得樓閣沒賽[59]，起箇渾名，喚做『病貓兒』。他家在大相國寺後面院子裡住。他那賣酸餡架兒上一箇大金絲罐，是定州中山府窰變[60]了燒出來的，他惜似氣命[61]。你如何去拏

---

[55] 鬧竿兒：竹竿上綁著各種玩意兒的兒童玩具。

[56] 直上：向前。

[57] 你門：即「你們」。

[58] 湯店：賣藥茶的店鋪。

[59] 沒賽：極好；無可比擬。

[60] 窰變：指製造瓷器時，由於窯裡高溫度的火焰使釉發生化學變化，開窯後出現意外的新奇顏色和花樣。

得他的？」趙正道：「不妨。」等城門開了，到日中前後，約師父只在侯興處。

趙正打扮做一箇磚頂背繫帶頭巾，皂羅文武帶背兒，走到金梁橋下，見一抱架兒，上面一箇大金絲罐，根底立著一箇老兒：

鄆州單青紗現頂兒頭巾，身上著一領筌楊柳子布衫。腰裡玉井欄手巾，抄著腰62。

趙正道：「這箇便是王秀了。」趙正走過金梁橋來，去米鋪前撮幾顆紅米，又去菜擔上摘些箇葉子，和米和葉子，安在口裡，一處嚼教碎。再走到王秀架子邊，漾下六文錢，買兩箇酸餡，特骨地脫一文在地下。王秀去拾那地上一文錢，被趙正吐那米和菜在頭巾上，自把了酸餡去。卻在金梁橋頂上立地，見箇小的跳將來，趙正道：「小哥，與你五文錢，你看那賣酸餡王公頭巾上一堆蟲蟻屎，你去說與他，不要道我說。」那小的真箇去說道：「王公，你看頭巾上。」王秀除下頭巾來，只道是蟲蟻屎，入去茶坊裡揩抹了。走出來架子上看時，不見了那金絲罐。原來趙正見王秀入茶坊去揩那頭巾，等他眼慢63，拿在袖子裡便行，一逕走往侯興家去。宋四公和侯興看了，喫一驚。趙正道：「我不要他的，送還他老婆休！」趙正去房裡換了一頂搭颯64頭巾，底下舊麻鞋，著領舊布衫，手把著金絲罐，直走去大相國寺後院子裡。

---

61 氣命：性命。

62 抄著腰：叉著腰。

63 眼慢：沒留神；不注意。

64 搭颯：破舊。

見王秀的老婆，唱箇喏了道：「公公教我歸來，問婆婆取一領新布衫、汗衫、袴子、新鞋襪，有金絲罐在這裡表照[65]。」婆子不知是計，收了金絲罐，取出許多衣裳，吩咐趙正。趙正接得了，再走去見宋四公和侯興道：「師父，我把金絲罐去他家換許多衣裳在這裡。我們三箇少間同去送還他，博箇笑聲。我且著了去閒走一回耍子。」

趙正便把王秀許多衣裳著了，再入城裡，去桑家瓦裡，閒走一回，買酒買點心喫了，走出瓦子外面來。

卻待過金梁橋，只聽得有人叫：「趙二官人！」趙正回過頭來看時，卻是師父宋四公和侯興。三箇同去金梁橋下，見王秀在那裡賣酸餡。宋四公道：「王公拜茶。」王秀見了師父和侯二哥，看了趙正，問宋四公道：「這箇客長[66]是兀誰？」宋四公恰待說，被趙正拖起去，教宋四公「未要說我姓名，只道我是你親戚，我自別有道理。」王秀又問師父：「這客長高姓？」宋四公道：「是我的親戚，我將他來京師閒走。」王秀道：「如此，……」即時寄了酸餡架兒在茶坊，四箇同出順天新鄭門外僻靜酒店，去買些酒喫。入那酒店去，酒保篩酒來，一盃兩盞，酒至三巡。王秀道：「師父，我今朝嘔氣。方纔挑那架子出來，一箇人買酸餡，脫一錢在地下。我去拾那一錢，不知甚蟲蟻屙在我頭巾上。我入茶坊去揩頭巾出來，不見了金絲罐，一日好悶！」宋四公道：「那人好大膽，在你跟前賣弄得，也算有本事了。你休要氣悶，到明日閒暇前，大家和你查訪這金絲罐。又沒三件兩件，好歹要討箇下落，不到得失脫。」

---

[65] 表照：作證。

[66] 客長：舊時客店主人對客人的尊稱。

趙正肚裡，只是暗暗的笑。四箇都喫得醉，日晚了，各自歸。

且說王秀歸家去，老婆問道：「大哥，你恰纔教人把金絲罐歸來？」王秀道：「不曾。」老婆取來道：「在這裡，卻把了幾件衣裳去。」王秀沒猜道是誰，猛然想起今日宋四公的親戚，身上穿一套衣裳，好似我家的。心上委決不下，肚裡又悶，提一角酒，索性和婆子喫箇醉，解衣卸帶了睡。王秀道：「婆婆，我兩箇多時不曾做一處。」婆子道：「你許多年紀了，兀自鬼亂[67]！」王秀道：「婆婆，你豈不聞：『後生猶自可，老的急似火。』」王秀早移過共頭，在婆子頭邊，做一班半點兒事，兀自未了當。原來趙正見兩箇醉，撥開門躲在床底下，聽得兩箇鬼亂，把尿盆去房門上打一攧。王秀和婆子喫了一驚，鬼慌起來。看時，見箇人從床底下鑽將出來，手提一包兒。王秀就燈光下仔細認時，卻是和宋四公、侯興同喫酒的客長。王秀道：「你做甚麼？」趙正道：「宋四公教還你包兒。」王公接了看時，卻是許多衣裳，再問：「你是甚人？」趙正道：「小弟便是姑蘇平江府趙正。」王秀道：「如此，久聞清名。」因此拜識。便留趙正睡了一夜。

次日，將著他閒走。王秀道：「你見白虎橋下大宅子，便是錢大王府，好一拳財。」趙正道：「我們晚些下手。」王秀道：「也好。」到三鼓前後，趙正打箇地洞，去錢大王土庫偷了三萬貫錢正贓，一條暗花盤龍羊脂白玉帶。王秀在外接應，共他歸去家裡去躲。明日，錢大王寫封簡子與滕大尹，大尹看了，大怒道：「帝輦之下，有這般賊人！」即時差緝捕使臣馬翰，限三日內要捉錢府做不是的賊人。

馬觀察馬翰得了臺旨，吩咐眾做公的落宿，自歸到大相國寺前，只見一箇人背繫帶磚頂頭巾，也著

---

67 鬼亂：做不能為人看見的事，指發生性行為。

上一領紫衫，道：「觀察拜茶。」同入茶坊裡，上竈㊳點茶來。那著紫衫的人懷裡取出一裹松子胡桃仁，傾在兩盞茶裡。觀察問道：「尊官高姓？」那箇人道：「姓趙，名正，昨夜錢府做賊的便是小子。」馬觀察聽得，脊背汗流，卻待等眾做公的過捉他。喫了盞茶，只見天在下，地在上，喫攧翻了。趙正道：「觀察醉也。」扶住他，取出一件作怪動使剪子，剪下觀察一半衫褖㊴，安在袖裡，還了茶錢。吩咐茶博士道：「我去叫人來扶觀察。」趙正自去。

兩碗飯間，馬觀察肚裡藥過了，甦醒起來。看趙正不見了，馬觀察走歸去。睡了一夜，明日天曉，隨大尹朝殿。大尹騎著馬，恰待入宣德門去，只見一箇人裹頂彎角帽子，著上一領皂衫，攔著馬前，唱箇大喏，道：「錢大王有箚目㊵上呈。」滕大尹接了，那箇人唱喏自去。大尹就馬上看時，腰裹金魚帶不見撻尾㊶。簡上寫道：「姑蘇賊人趙正，拜稟大尹尚書：所有錢府失物，係是正偷了。若是大尹要來尋趙正家裡，遠則十萬八千，近則只在目前。」大尹看了越焦燥，朝殿回衙，即時升廳，引放民戶詞狀㊷。詞狀人拋箱㊸，大尹看到第十來紙狀，有狀子上面也不依式論訴甚麼事，去那狀上只寫一隻西江月曲兒，道是：

---

㊳ 上竈：茶房裡的雜役。

㊴ 衫褖：袖子。

㊵ 箚目：公牘；公文。

㊶ 撻尾：古代官吏腰帶向下垂插的帶頭。

㊷ 詞狀：告狀。

㊸ 拋箱：把狀紙拋進官府所設的箱子裡。即「告狀」。

是水歸於大海，閒漢總入京都。三都捉事馬司徒，衫褙74難為作主。盜了親王玉帶，剪除大尹金魚。要知閒漢姓名無？小月傍邊疋土。

大尹看罷道：「這箇又是趙正，直恁地手高。」即喚馬觀察馬翰來，問他捉賊消息。馬翰道：「小人因不認得賊人趙正，昨日當面錯過。這賊委的手高，小人訪得他是鄭州宋四公的師弟；若拿得宋四，便有了趙正。」滕大尹猛然想起，那宋四因盜了張富家的土庫，見告失狀未獲。即喚王七殿直王遵，吩咐他協同馬翰訪捉賊人宋四、趙正。王殿直王遵稟道：「這賊人蹤跡難定，求相公寬限時日。又須官給賞錢，出榜懸掛，那貪著賞錢的便來出首，這公事便容易了辦。」滕大尹聽了，立限一箇月緝獲；依他寫下榜文，如有緝知真贓來報者，官給賞錢一千貫。馬翰和王遵領了榜文，徑到錢大王府中，稟了錢大王，求他添上賞錢，錢大王也注了一千貫。兩箇又到禁魂張員外家來，也要他出賞。張員外見在失了五萬貫財物，那裡肯出賞錢？眾人道：「員外休得為小失大。捕得著時，好一主大贓追還你。府尹相公也替你出賞，錢大王也注了一千貫；你卻不肯時，大尹知道，卻不好看相。」張員外說不過了，另寫箇賞單，勉強寫足了五百貫。馬觀察將去府前張掛，一面與王殿直約會，分路挨查。

那時府前看榜的人山人海，宋四公也看了榜，去尋趙正來商議。趙正道：「可奈75王遵、馬翰，日前無怨，定要加添賞錢，緝獲我們；又可奈張員外慳吝，別的都出一千貫，偏你只出五百貫，把我們看

---

74 衫褙：即「背兒」。武士所穿的半臂衣。此指武士。

75 可奈：怎奈。有怨恨之意。

得恁賤！我們如何去蒿惱他一番，纔出得氣。」宋四公也怪前番王七殿直領人來拿他，又怪馬觀察當官稟出趙正是他徒弟，當下兩人你商我量，定下一條計策，齊聲道：「妙哉！」趙正便將錢大王府中這條暗花盤龍羊脂白玉帶遞與宋四公，四公將禁魂張員外家金珠一包就中檢出幾件有名的寶物，遞與趙正。兩下分別各自去行事。

且說宋四公纔轉身，正遇著向日張員外門首捉笊籬的哥哥，一把扯出順天新鄭門，直到侯興家裡歇腳。便道：「我今日有用你之處。」那捉笊籬的便道：「恩人有何差使？並不敢違。」宋四公道：「作成你趁一千貫錢養家則箇。」那捉笊籬的倒喫一驚，叫道：「罪過76！小人沒福消受。」宋四公道：「你只依我，自有好處。」取出暗花盤龍羊脂白玉帶，教侯興扮作內官77模樣，「把這條帶去禁魂張員外解庫78裡去解錢。這帶是無價之寶，只要解他三百貫，卻對他說：『三日便來取贖，若不贖時，再加絕二百貫。你且放在鋪內，慢些子收藏則箇。』」侯興依計去了。張員外是貪財之人，見了這帶，有些利息，不問來由，當去三百貫足錢。侯興取錢回覆宋四公，宋四公卻教捉笊籬的到錢大王門上揭榜出首。錢大王聽說獲得真贓，便喚捉笊籬的面審。捉笊籬的說道：「小的去解庫中當錢，正遇那主管，將白玉帶賣與北邊一箇客人，索價一千五百兩。有人說是大王府裡來的，故此小的出首。」錢大王差下百十名軍校，教捉笊籬的做眼，飛也似跑到禁魂張員外家，不由分說，到解庫中一搜，搜出了這條暗花盤龍羊脂白玉帶。

76 罪過：多謝。
77 內官：禁衛之官。
78 解庫：當鋪。解，音ㄐㄧㄝˋ。典當；抵押。

張員外走出來分辯時，這些箇眾軍校，那裡來管你三七二十一，一條索子扣頭，和解庫中兩箇主管，都拿來見錢大王。錢大王見了這條帶，明是真贓，首人不虛，便寫箇鈞帖，付與捉笊籬的，庫上支一千貫賞錢。錢大王打轎，親往開封府拜滕大尹，將玉帶及張富一干人送去拷問。大尹自己緝獲不著，倒是錢大王送來，好生慚愧，便罵道：「你前日到本府告失狀，開載許多金珠寶貝。我想你庶民之家，那得許多東西？卻原來放線(79)做賊！你實說這玉帶甚人偷來的？」張富道：「小的祖遺財物，並非做賊窩贓。這條帶是昨日申牌時分，一箇內官拿來，解了三百貫錢去的。」大尹道：「錢大王府裡失了暗花盤龍羊脂白玉帶，你豈不曉得？怎肯不審來歷，當錢與他？如今這內官何在？明明是一派胡說！」喝教獄卒，將張富和兩箇主管一齊用刑，都打得皮開肉綻，鮮血迸流。張富受苦不過，情願責限三日，要出去挨獲當帶之人。三日獲不著，甘心認罪。滕大尹心上也有些疑慮，只將兩箇主管監候。卻差獄卒押著張富，准他立限三日回話。

張富眼淚汪汪，出了府門，到一箇酒店裡坐下，且請獄卒喫三盃。方纔舉盞，只見外面踱箇老兒入來，問道：「那一箇是張員外？」張富低著頭，不敢答應。獄卒便問：「閣下是誰？要尋張員外則甚？」那老兒道：「老漢有箇喜信要報他，特到他解庫前，聞說有官事在府前，老漢跟尋至此。」張富方纔起身道：「在下便是張富，不審有何喜信見報？請就此坐講。」那老兒捱著張員外身邊坐下，問道：「員外土庫中失物，曾緝知下落否？」張員外道：「在下不知。」那老兒道：「老漢倒曉得三分，特來相報員外。若不信時，老漢願指引同去起贓。見了真正贓物，老漢方敢領賞。」張員外大喜道：「若起得這

(79) 放線：盜賊外出搶劫偷盜。

五萬貫贓物，便賠償錢大王，也還有餘。拚些上下使用，身上也得乾淨。」便問道：「老丈既然的確，且說是何名姓？」那老兒向耳邊低低說了幾句，張員外大驚道：「怕沒此事。」老兒道：「老漢情願到府中出箇首狀，若起不出真贓，老漢自認罪。」張員外大喜道：「且屈老丈同在此喫三盃，等大尹晚堂，一同去稟。」當下四人飲酒半醉，恰好大尹陞廳，張員外買張紙，教老兒寫了首狀，四人一齊進府出首。滕大尹看了王保狀詞，卻是說馬觀察、王殿直做賊，偷了張富家財，心中想道：「他兩箇積年捕賊，那有此事？」便問王保道：「你莫非挾仇陷害麼？有甚麼證據？」王保老兒道：「小的在鄭州經紀，見兩箇人把許多金珠在彼兌換。他說家裡還藏得有，要換時再取來。小的認得他是本府差來緝事的，他如何有許多寶物？心下疑惑。今見張富失單，所開寶物相像，小的情願眼同張富到彼搜尋。如若沒有，甘當認罪。」滕大尹似信不信，便差李觀察李順，領著眼明手快的公人，一同王保、張富前去。

此時馬觀察馬翰與王七殿直王遵，俱在各縣挨緝兩宗盜案未歸。眾人先到王殿直家，發聲喊，逕奔入來。王七殿直的老婆，抱著三歲的孩子，正在窗前喫棗糕，引著耍子。見眾人囉唣，喫了一驚，正不知甚麼緣故。恐怕嚇壞了孩子，把袖裙子掩了耳朵，把著進房。眾人隨著腳跟兒走，圍住婆娘問道：「張員外家贓物，藏在那裡？」婆娘只光著眼，不知那裡說起。眾人見婆娘不言不語，一齊掀箱傾籠，搜尋了一回。雖有幾件銀釵飾和衣服，並沒贓證。李觀察卻待埋怨王保，只見王保低著頭，向床底下鑽去，在貼壁床腳下解下一箇包兒，笑嘻嘻的捧將出來。眾人打開看時，卻是八寶嵌花金盃一對，金鑲玳瑁盃十隻，北珠念珠一串。張員外認得是土庫中東西，還痛起來，放聲大哭。連婆娘也不知這物事那裡來的，慌做一堆，開了口合不得，垂了手抬不起。眾人不由分說，將一條索子，扣了婆娘的頸。婆娘哭哭啼啼，將孩子寄在鄰家，只得隨著眾人走路。眾人再到馬觀察家，混亂了一場。又是王保點點搠搠[80]在屋簷瓦櫺內搜出珍珠一包，嵌寶金釧等物，張員外也都認得。兩家妻小都帶到府前，滕大尹兀自坐在廳上，專等回話。見眾人蜂擁進來，堦下列著許多贓物，說是床腳上、瓦櫺內搜出，見有張富識認是真。滕大尹大驚道：「常聞得捉賊的就做賊，不想王遵、馬翰真箇做下這般勾當！」喝教將兩家妻小監候，立限速拿正賊，所獲贓物暫寄庫。首人在外聽候，待贓物明白，照額領賞。張富磕頭稟道：「小人是有碗飯吃的人家，錢大王府中玉帶跟由，小人委實不知。今小的家中被盜贓物，既有的據，小人認了晦氣，情願將來賠償錢府。望相公方便，釋放小人和那兩箇主管，萬代陰德。」滕大尹情知張富冤枉，許他召保在外。王保跟張員外到家，要了他五百貫賞錢去了。原來王保就是王秀，渾名「病貓兒」，他走得樓閣沒賽。宋四公定下計策，故意將禁魂張員外家土庫中贓物，預教王秀潛地埋藏兩家床頭屋簷等處，卻教他改名王保，出首起贓，官府那裡知道？

卻說王遵、馬翰正在各府緝獲公事，聞得妻小喫了官司，急忙回來見滕大尹。滕大尹不由分說，用起刑法，打得希爛，要他招承張富贓物，二人那肯招認？大尹教監中放出兩家的老婆來，都面面相覷，沒處分辯，連大尹也委決不下，都發監候。次日又拘張富到官，勸他且將己財賠了錢大王府中失物，待從容退贓還你。張富被官府逼勒不過，只得承認了。歸家思想，又惱又悶，又不捨得家財，在土庫中自縊而死。可惜有名的禁魂張員外，只為「慳吝」二字，惹出大禍，連性命都喪了。那王七殿直王遵、馬觀察馬翰，後來俱死於獄中。這一班賊盜，公然在東京做歹事，飲美酒，宿名娼，沒人奈何得他。那時

[80] 點點搠搠：在背後指點示意。

節東京擾亂，家家戶戶，不得太平。直待包龍圖相公做了府尹，這一班賊盜，方纔懼怕，各散去訖，地方始得寧靜。有詩為證，詩云：

只因貪吝惹非殃，引到東京盜賊狂。虧殺龍圖包大尹，始知官好自民安。

# 第三十七卷　梁武帝累修歸極樂

香雨琪園百尺梯，不知窗外曉鶯啼；覺來悟定胡蘇❶熟，十二峰前月未西。

這詩為齊明帝朝盱眙縣光化寺一箇修行的，姓范，法名普能而作。這普能，前世原是一條白頸曲蟮，生在千佛寺大通禪師關房❷前天井裡面。那大通禪師坐關時刻，只誦法華經。這曲蟮偏有靈性，聞誦經便舒頭而聽。那禪師誦經三載，這曲蟮也聽經三載。忽一日，那禪師關期完滿出來，修齋禮佛。偶見關房前草深數尺，久不芟除，乃喚小沙彌將鋤去草。小沙彌把庭中的草去盡了，到牆角邊，這一鋤去得力大，入土數寸。卻不知曲蟮正在其下，揮為兩段。小沙彌叫聲：「阿彌陀佛！今日傷了一命，罪過，罪過！」掘些土來埋了曲蟮，不在話下。

這曲蟮得了聽經之力，便討得人身，生於范家。長大時，父母雙亡，捨身於光化寺中，在空谷禪師座下，做一箇火工道人。其人老實，居香積廚❸下，煮茶做飯，殷勤服侍長老。便是眾僧，也不分彼此，

❶ 胡蘇：仙家胡蘇飯。

❷ 關房：僧侶坐關用的房間。

❸ 香積廚：寺裡的廚房。取香積佛國香飯之意。

一體相待。普能雖不識字，卻也硬記得些經典。只有法華經一部，背誦如流，晨昏早晚，一有閒空之時，著實念誦修行。在寺三十餘年，聞得千佛寺大通禪師坐化去了，去得甚是脫洒，動了箇念頭，來對長老說：「范道在寺多年，一世奉齋，並不敢有一毫貪慾，也不敢狼籍天物。今日拜辭長老回首❹，煩乞長老慈悲，求箇安身去處。」說了下拜跪著。長老道：「你起來，我與你說。你雖是空門修行，還不曉得靈覺門戶❺。你如今回首去，只從這條寂靜路上去，不可落在富貴套子裡。差了念頭，求箇輪迴也不可得。」范道受記❻了，相辭長老，自來香積廚下沐浴，穿些潔淨衣服，禮拜諸佛天地父母，又與眾僧作別，進到龕子裡，盤膝坐了，便閉著雙眼去了。眾僧都與他念經，叫工人扛這龕子到空地上，正要去請長老下火。只聽得殿上撞起鐘來，長老忙使人來說道：「不要下火。」長老隨即也抬乘轎子，來到龕子前。叫人開了龕子門，只見范道又醒轉來了，依先開了眼，只立不起來，合掌向長老說：「適纔弟子到一箇好去處，進在紅錦帳中，且是安穩。又聽得鐘鳴起來，有箇金身羅漢，把弟子一推，跌在一箇大白蓮池裡。喫這一驚就醒轉來，不知有何法旨？」長老說道：「因你念頭差了，故投落在物類。我特地喚醒你來，再去投胎。」又與眾僧說：「山門外銀杏樹下掘開那青石來看。」眾僧都來到樹下，掘起那青石來看，只見一條小火赤蜨蛇，纔生出來的，死在那裡。眾僧見了，都驚異不已，來回覆長老，說果有此事。長老叫上首徒弟，與范道說：「安淨堅守，不要妄念，去投箇好去處。輪迴轉世，位列侯王帝主，

❹ 回首：死亡。

❺ 靈覺門戶：禪悟途徑。

❻ 受記：接受記別。師父用手摸著要求出家者的頭，並為之授戒。佛弟子來生因果為記別。

修行不怠，方登極樂世界。」范道受記了，闡著高高的念聲「南無阿彌陀佛」，便合了眼。眾僧來請長老下火，長老穿上如來法衣，一乘轎子，抬到范道龕子前，吩咐范道如何？偈曰：

范道范道，每日廚竈。火裡金蓮，顛顛倒倒。

長老念畢了偈，就叫人下火，只見括括雜雜的著將起來。眾僧念聲佛，只見龕子頂上一道青煙，從火裡捲將出來，約有數十丈高，盤旋迴繞，竟往東邊一箇所在去了。

說這盱眙縣東，有箇樂安村，村中有箇大財主，姓黃名岐，家資殷富，不用大秤小斗，不違例剋剝人財，坑人陷人，廣行方便，普積陰功。其妻孟氏，身懷六甲，正要分娩。范道乘著長老指示，這道靈光竟投到孟氏懷中。這裡范道圓寂，那裡孟氏就生下這箇孩兒來。說這孩兒相貌端然，骨格秀拔，黃員外四十餘歲無子，生得這箇孩兒，就如得了若干珍寶一般，舉家歡喜。好卻十分好了，只是一件，這孩兒生下來，晝夜啼哭，乳也不肯喫。夫妻二人憂惶，求神祈佛，全然不驗。

家中有箇李主管對員外說道：「小官人啼哭不已，或有些緣故，不可知得。離此間二十里，山裡有箇光化寺，寺裡空谷長老，能知過去未來，見在活佛。員外何不去拜求？他必然有箇道理。」黃員外聽說，連忙備盒禮信香，起身往光化寺來。其寺如何？詩云：

山寺鐘鳴出谷西，溪陰流水帶煙齊。野花滿地閒來往，多少遊人過石堤。

進到方丈裡，空谷禪師迎接著，黃員外慌忙下拜說：「新生小孩兒，晝夜啼哭，不肯喫乳，危在須臾。

煩望吾師慈悲，沒世不忘。」長老知是范道要求長老受記，故此晝夜啼哭，長老不說出這緣故來。長老對黃員外說道：「我須親自去看他，自然無事。」就留黃員外在方丈裡喫了素齋，與黃員外一同乘轎，連夜來到黃員外家裡。請長老在廳上坐了，長老叫抱出令郎來。黃員外自抱出來，長老把手摸著這小兒的頭，在著小兒的耳朵，輕輕的說幾句，眾人都不聽得。長老又把手來摸著這小兒的頭，說道：「無災無難，利益雙親，道源不替。」只見這小兒便不哭了。眾人驚異，說道：「何曾見這樣異事！真是活佛超度。」黃員外說：「待週歲送到上剎，寄名出家。」長老說：「最好。」就與黃員外別了，自回寺裡來。黃員外幸得小兒無事，一家愛惜撫養。

光陰撚指，不覺又是週歲。黃員外說：「我曾許小兒寄名出家。」就安排盒子表禮❼，叫養娘抱了孩兒，兩乘轎子，抬往寺裡。來到方丈內，請見長老拜謝，送了禮物。長老與小兒取箇法名，叫做黃復仁，送出一件小法衣、僧帽，與復仁穿戴，喫些素齋，黃員外仍與小兒自回家去。來來往往，復仁不覺又是六歲。員外請箇塾師教他讀書。這復仁終是有根腳的，聰明伶俐，一村人都曉得他是光化寺裡范道化身來的，日後必然富貴。

這縣裡有箇童太尉，見復仁聰明俊秀，又見黃家數百萬錢財，有箇女兒，與復仁同年，使媒人來說，要把女兒許聘與復仁。黃員外初時也不肯定這太尉的女兒，被童太尉再三強不過，只得下三百箇盒子，二百兩金首飾，一千兩銀子，若干段疋色絲❽定了。也是一緣一會，說這女子聰明過人，不曾上學讀書，

❼ 表禮：作禮品用的布疋。
❽ 色絲：有色的絲綢。

便識得字，又喜誦諸般經卷。為何能得如此？他卻是摩訶迦葉祖師身邊一箇女侍，降生下來了道緣的。初時男女兩箇幼小，不理人事。到十五六歲，年紀漸長，兩箇一心只要出家修行，各不願嫁娶。黃員外因復仁年長，選日子要做親。童小姐聽得黃家有了日子，要成親，心中慌亂，忙寫一封書，使養娘送上太太。書云：

> 切惟詩重摽梅⑨，禮端合巹。奈世情不一，法律難齊。紫玉志向禪門，不樂唱隨之偶；心懸覺岸，寧思伉儷之偕？一慮百空，萬緣俱盡。禪燈一點，何須花燭之輝煌；梵磬數聲，奚取琴瑟之嘹亮？破盂甘食，敝衲為衣。泯色象於兩忘，齊生死於一徹。伏望母親大人，大發慈悲，優容苦志。永謝為雲神女，寧追奔月嫦娥。佛果倘成，親恩可報。莫問瓊簫之響⑩，長塞玉杵之盟⑪。千冒台慈，幸惟憐鑒。

養娘拿著小姐書，送上太太。太太接得這書，對養娘道：「連日因黃家要求做親，不曾著人來看小姐。我女兒因甚事，叫你送書來？」養娘把小姐不肯成親，閒常只是看經念佛要出家的事，說了一遍。太太聽了話，心中不喜，就使人請老爺來看書。太太把小姐的書，送與太尉。太尉看了，說道：「沒教訓的婢子！男婚女嫁，人倫常道。只見孝弟通於神明，那曾見修行做佛？」把這封書扯得粉碎，罵道：「放

---

⑨ 摽梅：落梅。詩經篇名，喻女子當嫁之期。

⑩ 瓊簫之響：指春秋時秦穆公女兒弄玉嫁給蕭史，蕭史善吹簫，作鳳鳴。兩人一起昇天而去。

⑪ 玉杵之盟：唐裴航以玉杵臼為聘物，娶雲英，兩人都飛昇成仙。

屁，放屁！」太尉只依著黃家的日子，把小姐嫁過去。黃復仁與童小姐兩箇，那日拜了花燭，雖同一房，二人各自歇宿。一連過了半年有餘，夫婦相敬相愛，就如賓客一般。黃復仁要辭了小姐，出去雲遊，小姐道：「官人若出去雲遊，我與你正好同去出家。自古道：『婦人嫁了從夫。』身子決不敢壞了。」復仁見小姐堅意要修行，又不肯改嫁，與小姐說道：「恁的，我與你結拜做兄姊，一同雙修罷。」小姐歡喜，兩箇各在佛前禮拜，誓畢，二人換了粗布衣服，粗茶淡飯，在家修行。黃員外看見這箇模樣，都不歡喜。恐怕被人笑恥，員外只得把復仁夫妻二人，連一箇養娘，兩箇梅香，都打發到山裡西莊上冷落去處住下。夫妻二人，只是看經念佛，參禪打坐。

三年有餘，兩箇正在佛前長明燈下坐禪，黃復仁忽然見箇美貌佳人，妖嬌嬝娜，走到復仁面前，道箇萬福，說道：「妾是童太尉府中唱曲兒的如翠，太太因大官人不與小姐同床，必然絕了黃家後嗣，二來不礙大官人修行，並無一人知覺。」說罷，與復仁眷戀起來。復仁被這美貌佳人親近如此，又聽說道絕了黃門後嗣，不覺也有些動心。隨又想道：「童小姐比他十分嬌美，我尚且不與他沾身，怎麼因這箇女子，壞了我的道念？」纔然自忖，只聽得一聲響亮，萬道火光，飛騰繚繞。復仁驚醒來，這小姐也卻好放參⑫。復仁連忙起來禮拜菩薩，又來禮拜小姐，說道：「復仁道念不堅，幾乎著魔，望姐姐指迷。」說這小姐，聰明過人，智慧圓通，反勝復仁。小姐就說道：「兄弟被色魔迷了，故有此幻象。我與你除是去見空谷祖師，求箇解脫。」次日兩箇來到光化寺中，來見長老。空谷說道：「慾念一興，四大無著。再求轉脫，方始圓明。」因與復仁夫妻二人口號，如何？

⑫ 放參：放免坐禪。

跳出愛慾淵，渴飲靈山泉。夫也亡去住，妻也履福田。休休同泰寺，荷荷極樂天。

夫妻二人拜辭長老，回到西莊來，對養娘、梅香說：「我姊妹二人，今夜與你們別了，各要回首。」養娘說道：「我服侍大官人小姐數載，一般修行，如何不帶挈養娘同回首？」復仁說道：「這箇勉強不得，恐你緣分不到。」養娘回話道：「我也自有分曉。」夫妻二人沐浴了，各在佛前禮拜，一對兒坐化了，這養娘也在房裡不知怎麼也回首去了。黃員外聽得說，自來收拾，不在話下。

且說黃大官人精靈，竟來投在蕭家，小姐來投在支家。漁湖有箇蕭二郎，在齊為世胄之家，蕭懿、蕭坦之俱是一族。蕭二郎之妻單氏，最仁慈積善，懷娠九箇月，將要分娩之時，這裡復仁卻好坐化。單氏夜裡夢見一箇金人，身長丈餘，袞服冕旒，旌旗羽雉，輝耀無比。一夥緋衣人，車從簇擁，來到蕭家堂上歇下。這箇金身人，獨自一箇，進到單氏房裡，望著單氏下拜。單氏驚惶，正要問時，恍惚之間，單氏夢覺來，就生下一箇孩兒來。這孩兒生下來便會啼嘯，自與常兒不群，取名蕭衍。八九歲時，身上異香不散。聰明才敏，文章書翰，人不可及。亦且長於談兵，料敵制勝，謀無遺策。衍以五月五日生，齊時俗忌傷剋父母，多不肯舉。其母密養之，不令其父知之，至是始令見父。父親說道：「五月兒刑剋父母，養之何為？」衍對父親說道：「若五月兒有損父母，則蕭衍已生九歲，九年之間，曾有害於父母麼？九歲之間，不曾傷剋父母，則九歲之後，豈能刑剋父母哉？請父親勿疑。」其父異其說，其惑稍解。其叔蕭懿聞之，說道：「此兒識見超卓，他日必大吾宗。」由此知其為不凡，每事亦與計議。

時有刺史李賁謀反，僭稱越帝，置立官屬，朝命將軍楊嘌討賁。楊嘌見李賁勢大，恐不能取勝，每每來問計於蕭懿，懿說：「有姪蕭衍，年雖幼小，智識不凡，命世之才。我著人去請來，與他計議，必有箇善處⓭。」蕭懿忙使人召蕭衍來見楊㯹，㯹見衍舉止不常，遂致禮敬，虛心請問，要求破賁之策。衍說：「李賁蓄謀已久，兵馬精強，士眾歸向。足下以一旅之師與彼交戰，猶如以肉投虎，立見其敗。聞賁跨據淮南，近逼廣州。孫冏逗留取罪，子雄失律賜死。賁志驕意滿，不復顧忌。足下引大軍屯於淮南，以一軍與陳霸先抄賁之後，略出數千之眾，與賁接戰，勿與爭強，佯敗而走，引至淮南大屯之所，且淮南蘆葦深曲，更兼地濕泥濘，不易馳騁，足下深溝高壘，不與接戰，坐斃其銳；候得天時，因風縱火，霸先從後斷其歸路，詐為賁軍逃潰，襲取其城。賁進退無路，必成擒矣。」㯹聞衍言，歎異驚伏，拜辭而去。楊㯹依衍計策，隨破了李賁。蕭衍名譽益彰，遠近羨慕，人樂歸向。

衍有大志。一日，齊明帝要起兵滅魏，又恐高歡這支人馬強眾，不敢輕發，特遣黃門⓮召衍入朝問計。蕭衍隨著使者進到朝裡，見明帝，拜舞已畢。明帝雖聞蕭衍大名，卻見衍年紀幼小，說道：「卿年幼望重，何才而能？」蕭衍回奏道：「學問無窮，智識有限，臣不敢以才事陛下。」明帝悚然起敬，不以小兒待之。因與衍計議：「要伐魏，滅爾朱氏，只是高歡那廝士眾兵強，故與卿商議。」衍奏道：「所謂眾者，得眾人之死；所謂強者，得天下之心。今爾朱氏凶暴狡猾，淫惡滔天，高歡反覆挾詐，竊窺不軌，名雖得眾，實失士心。況君臣異謀，各立黨與，不能固守其常也。陛下選將練兵，聲言北伐，便攻其東，彼備其東，我罷其戰。今年一師，明年一旅，日肆侵擾，使彼不安，自然困斃。且上下不和，國

⓭ 善處：好辦法。

⓮ 黃門：宦官。

必內亂；陛下因其亂而乘之，蔑不勝矣。」明帝聞言大悅，留衍在朝，引入宮內，皇后妃嬪時常相見，與衍日親日近。衍贊畫既多，勩⑮勞日積，累官至雍州刺史。

後至齊主寶卷，惟喜遊嬉，荒淫無度，不接朝士，親信宦官。蕭衍聞之，謂張弘策曰：「當今始安王遙光、徐孝嗣等，六貴⑯同朝，勢必相亂。況主上慓虐嫌忌，趙王倫反跡已形，一朝禍發，天下土崩，不可不為自備。」於是衍乃密脩武備，招聚驍勇數萬，多伐竹木，沉之檀溪，積茅如岡阜。齊主知蕭衍有異志，與鄭植計議，欲起兵誅衍。鄭植奏道：「蕭衍圖謀日久，士馬精強，未易取也。莫若聽臣之計，外假加爵溫旨，衍必見臣，因而刺殺之，一匹夫之力耳，省了許多錢糧兵馬。」齊主大喜，即便使鄭植到雍州來，要刺殺蕭衍。驚動了光化寺空谷長老，知道此事，就托箇夢與蕭衍。長老拿著一卷天書，書裡夾著一把利刃，遞與蕭衍。衍醒來，自想道：「明明的一箇僧人，拏這夾刃的一卷天書與我，莫非有人要來刺我麼？明日且看如何。」只見次日有人來報道，朝廷使鄭植賫詔書要加爵一事，蕭衍自說道：「是了。」且不與鄭植相見，先使人安排酒席，在寧蠻長史鄭紹叔家裡，都埋伏停當了，與鄭植相見，說道：「朝廷使卿來殺我，必有詔書。」鄭植賴道：「沒有此事。」蕭衍喝一聲道：「與我搜看。」只見帳後跑出三四十箇力士，就把鄭植拏下，身邊搜出一把快刀來，又有殺衍的密詔。蕭衍大怒，說道：「我有甚虧負朝廷，如何要刺殺我？」連夜召張弘策計議起兵，建牙樹旗，選集甲士二萬餘人，馬千餘

---

⑮ 勩：音ㄧˋ。辛勤；勞苦。

⑯ 六貴：指南朝齊的六大貴人。包括揚州刺史始安王遙光、尚書令徐孝嗣、右僕射江祐、右將軍蕭坦之、侍中江祀、衛尉劉暄。

匹，船三十餘艘，一齊殺出檀溪來。昔日所貯下竹木茅草，葺束立辦。又命王茂、曹景宗為先鋒，軍至漢口，乘著水漲，順流進兵，就襲取了嘉湖地方。

且說郢城與魯城，這兩箇城是嘉湖的護衛，建康的門戶。今被王先鋒襲取了嘉湖，這兩處守城官，心膽驚落，料道敵不過，彼此相約投降。這建康就如沒了門戶的一般，無人敢敵，勢如破竹，進克建康。兵至近郊，齊主遊騁如故，遣將軍王珍國等，將精兵十萬陳於朱雀航。被呂僧珍縱火焚燒其營，曹景宗大兵乘之，將士殊死戰，鼓譟震天地。珍國等不能抗，軍遂大敗。衍軍長驅進至宣陽門，蕭衍兄弟子姪皆集，將軍徐元瑜以東府城降，李居士以新亭降。十二月，齊人遂弒寶卷。蕭衍以太后令，追廢寶卷為東昏侯，加衍為大司馬，迎宣德太后入宮稱制⑰。衍尋自為國相，封梁國公，加九錫⑱。黃復仁化生之時，卻原來養娘轉世為范雲，二女侍一轉世為沈約，一轉世為任昉，與梁公同在竟陵王西府為官，也是緣會⑲，自然義氣相合。至是梁公引雲為諮議，約為侍中，昉為參謀。二年夏四月，梁公蕭衍受禪，稱皇帝，廢齊主為巴陵王，遷太后於別宮。

梁主雖然馬上得了天下，終是道緣不斷，殺中有仁，一心只要修行。梁主因兵興多故，與魏連和。一日，東魏遣散騎常侍李諧來聘。梁主與諧談久，命李諧出得朝，更深了不及還宮，就在便殿齋閣中宿歇。散了宮嬪諸官，獨自一箇默坐，在閣兒裡開著窗看月。約莫三更時分，只見有三五十箇青衣使人，

---

⑰ 稱制：太后臨朝叫做「稱制」。

⑱ 九錫：皇帝賜給功臣的九種輿服器具。

⑲ 緣會：緣分。

從甬巷中走到閤前來，內有一箇口裡唱著歌，歌：

從入牢籠羈絆多，也曾罹畢走洪波。可憐明日庖丁解，不復遼東白蹢歌⑳。

梁主聽這歌，心中疑惑，這一班人走近，朝著梁主叩頭奏道：「陛下仁民愛物，惻隱慈悲，我等俱是太廟中祭祀所用牲體，百萬生靈，明日一時就殺。伏願陛下慈悲，赦宥某等苦難，陛下功德無量。」梁主與青衣使人說道：「太廟一祭，朕如何知道殺戮這許多牲體？朕實不忍。來日朕另有處。」這青衣人一齊叩頭哀祈，涕泣而去。梁主次日早朝，與文武各官說昨夜齋閤中見青衣之事，又說道：「宗廟致敬，固不可已；殺戮屠毒，朕亦不忍。自今以後，把粉麵代做犧牲，庶使祀典不廢，仁惻亦存，兩全無害。」永為定制，誰敢違背？

梁主每日持齋奉佛，忽夜間夢見一夥絳衣神人，各持旌節，祥麟鳳輦，千百諸神，各持執事護衛，請梁主去遊冥府。遊到一箇大寶殿內，見箇金冠法服神人，相陪遊覽。每到一殿，各有主事者都來相見。有等善人，安樂從容，優游自在，仙境天堂，並無罣礙；有等惡人，受罪如刀山血海，拔舌油鍋，蛇傷虎咬，諸般罪孽。又見一夥藍縷貧人，蓬頭跣足，瘡毒遍體，種種苦惱，一齊朝著梁主哀告：「乞陛下慈悲超救！某等俱是無主孤魂，饑餓無食。久沉地獄。」梁主見說，回曰：「善哉，善哉！待朕回朝，即超度汝等。」諸罪人皆哀謝。末後到一座大山，山有一穴，穴中伸出一箇大蟒蛇的頭來，如一間殿屋相似，對著梁主昂頭而起。梁主見了，喫一大驚，正欲退走，只見這蟒蛇張開血池般口，說起話來，叫

⑳ 白蹢歌：語出詩經：「有豕白蹢。」白蹢，指豬。蹢，同「蹄」。

道：「陛下休驚，身乃郗后也。只為生前嫉妬心毒，死後變成蟒身，受此業報。因身軀過大，旋轉不便，每苦腹饑，無計求飽。陛下如念夫婦之情，乞廣作佛事，使妾脫離此苦，功德無量。」原來郗后是梁主正宮，生前最妬，凡帝所幸宮人，百般毒害，死於其手者，不計其數。梁主無可奈何，聞得鶬鶊鳥作羹，飲之可以治妬，乃命獵戶每月責取鶬鶊百頭，日日煮羹，充入御饌進之，果然其妬稍減。後來郗后聞知其事，將羹潑了不喫，妬復如舊。今日死為蟒蛇，陰靈見帝求救。梁主道：「朕回朝時，當與汝懺悔前業。」蟒蛇道：「多謝陛下仁德，妾今送陛下還朝，陛下勿驚。」說罷那蟒蛇舒身出來，大數百圍，其長不知幾百丈。梁主嚇出一身冷汗，醒來乃南柯一夢，咨嗟到曉。次日朝罷，與眾僧議設盂蘭盆大齋㉑，又造梁皇寶懺。說這盂蘭盆大齋者，猶中國言普食也，蓋為無主餓鬼而設也。梁皇懺者，梁主所造，專為郗后懺悔惡業，兼為眾生解釋其罪。冥府罪人，因梁主設齋造經二事，即得超救一切罪業，地獄為彼一空。夢見郗后如生前裝束，欣然來謝道：「妾得陛下寶懺之力，已脫蟒身生天，特來拜謝。」又夢見百萬獄囚，皆朝著梁主拜謝，齊道：「皆賴陛下功德，幸得脫離地獄。」

梁主以此奉佛益專，屢詔尋訪高僧禮拜，闡明其教，未得其人。聞得有箇榼頭和尚，精通釋典，遣內侍降敕，召來相見。榼頭和尚隨著使命而來，武帝在便殿，正與侍中沈約弈棋，內侍稟道：「奉敕喚榼頭師已在午門外聽旨。」適值武帝用心在圍棋上，算計要殺一段棋子，這裡連稟三次，武帝全不聽得，手持一箇棋子下去，口裡說道：「殺了他罷。」武帝是說殺那棋子，內侍只道要殺榼頭和尚。應道：「得旨。」便傳旨出午門外，將榼頭和尚斬訖。武帝完了這局圍棋，沈約奏道：「榼頭師已喚至，聽宣久矣。」武帝忙呼內侍教請和尚進殿

㉑ 盂蘭盆大齋：農曆七月十五日所做的佛事，叫做「盂蘭盆齋」。

相見，內侍奏道：「已奉旨殺了。」武帝大驚，方悟殺棋時誤聽之故，乃問內侍道：「和尚臨刑有何言語？」內侍奏道：「和尚說前刧為小沙彌時，將鋤去草，誤傷一曲蟮之命。帝那時正做曲蟮，今生合償他命，乃理之當然也。」武帝歎惜良久，益信輪迴報應之理，乃傳旨厚葬榼頭和尚。一連數日，心中怏怏不樂。

沈約窺知帝意，乃遣人遍訪名僧。忽聞得有箇聖僧法號道林支長老，在建康十里外結茅而居，在那裡修行。乃奏知梁主，梁主即命侍中沈約去訪其僧。約旌旗車馬，僕從都盛，勢如山岳，驚動遠近。一路傳呼，道林自在菴中打坐，寂然不動。沈約走到榻前說道：「和尚知侍中來乎？」道林張目說道：「侍中知和尚坐乎？」沈約又說道：「和尚安身處所那裡得來的？」道林回話道：「出家人去住無礙。」只說得這一聲，這箇菴連裡面僧人一切都不見了，只剩得一片白地。沈約喫這一驚不小，曉得真是聖僧，慌忙望空下拜道：「弟子肉眼凡庸，煩望吾師慈悲。非約僭妄，乃朝廷所使，約不得不如此。」支公仍見沈約，就留沈約喫些齋飯。沈約懇求禪旨指迷，支公與沈約口號云：

栗事護前，斷舌何緣？欲解陰事，赤章奏天。

紙後又寫十來箇「隱」字。為何支公有此四句口號？一日，豫州獻二寸五分大栗子，梁主與沈約各默書栗子故事，沈約故意少書三事，乃云：「不及陛下。」出朝語人曰：「此公護前。」蓋言梁主護短也。後梁主知道，以此憾約。斷舌之事：約與范雲勸武帝受禪，約病中夢齊和帝以劍割其舌。約恐懼，命道士密為赤章奏天，以禳其孽㉒。都是沈約的心事，無人知得，被支公說著了。沈約驚得一身冷汗，魂不

㉒ 以禳其孽：祈禱以求消除罪孽。

附體，木呆了一會，又再三拜問「隱」字之義。支公為何連寫這十來箇「隱」字？日後沈約身死，朝議欲謚沈約為文侯。梁主恨約，不肯謚為文侯，說道：「情懷不盡為『隱』。」改其謚為隱侯。支公所書前二事，是沈約已往之事；後謚法一事，是沈約未來之事，沈約如何便悟得出來？再三拜求，定要支公明示。支公說道：「天機不可盡洩，侍中日後自應。」說罷，依先閉著眼坐去了。

沈約悵然而歸，回見武帝，把支公變化之事，備細奏上武帝。武帝說道：「世上真有仙佛，但俗人未曉耳。」武帝傳旨，來日鑾輿幸其菴，命集文武大臣，起二萬護衛兵，儀從鹵簿，旗旛鼓吹，一齊出城，竟到菴裡來迎支公。支公已先知了，菴裡都收拾停當，似有箇起行的模樣。武帝與沈約到得菴裡，相見支公，武帝屈尊下拜，尊禮支公為師。行禮已畢，支公說道：「陛下請坐，受和尚的拜。」武帝說道：「那曾見師拜弟？」支公答道：「亦不曾見妻抗夫。」只這一句話頭，武帝聽了，就如提一桶冷水，從頂門上澆下來，遍身蘇麻。此時武帝心地不知怎地忽然開明，就省悟前世黃復仁、童小姐之事，二人點頭解意，眷眷不已。武帝就請支公一同在鑾輿裡回朝，供養在便殿齋閣裡。武帝每日退朝，便到閣子中，與支公參究禪理，求解了悟。支公與武帝道：「我在此終是不便，與陛下別了，仍到菴裡去住。」武帝道：「離此間三十里，有箇白鶴山，最是清幽仙境之所。朕去建造箇寺剎，請師傅到那裡去住。」支公應允了。武帝差官督造這箇山寺，大興工作，極土木之美，殿剎禪房，數千百間，資費百萬，取名同泰寺，夫婦同登佛地之意。四方僧人來就食者，千百餘人。支公供養在同泰寺，一年有餘。

梁主有箇昭明太子㉓，年方六歲，能默誦五經，聰明仁孝。一日，忽然四肢不舉，口眼緊閉，不知

㉓ 昭明太子：梁武帝長子蕭統，死後謚為昭明。

人事。合宮慌張，來告梁主。遍召諸醫，皆不能治。梁主道：「朕得此子聰明，若是不醒，朕亦不願生了。」舉朝驚恐，東宮一班宮嬪官屬奏道：「太子雖然不省人事，身體猶溫，陛下何不去見支太師，問箇備細如何？」武帝忙排駕，到同泰寺見支公，說太子死去緣故。支公道：「陛下不須驚張，太子非死也，是尸蹶也。昔秦穆公曾遊天府，聞鈞天之樂，七日而甦。趙簡子亦遊於天，五日而甦。射熊之事，符契扁鵲之言，命董安于書於宮。今太子亦在天上已四日矣，因忉利天㉔有恆伽阿做青梯優迦會，為聽仙樂忘返，被三足神烏啄了一口，西王母已殺是烏。太子還在天上。我為陛下取來。」梁主下拜道：「若得太子更生，朕情願與太子一同捨身在寺出家。」支公言：「陛下第還宮，太子已甦矣。」梁主急回朝，見太子復生，摟抱太子，父子大哭起來。又說道：「我兒，因你蹶了這幾日，驚得我死不得死，生不得生，好苦！」太子回話道：「我在天上看做會，被神烏啄了手，上帝命天醫與我敷藥。正要在那裡耍，被箇僧人抱了下來。」梁主說道：「這箇師傅，是支長老，明日與你去禮拜長老。」又說捨身之事。梁主致齋三日，先著天廚官來寺裡辦下大齋，普濟群生，報答天地。梁主與太子就捨身在寺裡。太子有詩一首云：

粹宇迎閶闔，天衢尚未央。鳴輅和鸞鳳，飛旆入羊腸。谷靜泉通峽，林深樹奏琅。火樹含日炫，金剎接天長。月迴塔全見，煙生樓半藏。法雨香林澤，仁風頌聖王。皈依惟上乘，宿化喜陶唐。且進香胡飯，山櫻處處芳。長生容有外，諸福被遐方。

㉔ 忉利天：佛經上所說的三十三天。

梁主、太子在寺裡一住二十餘日，文武臣僚耆老百姓都到寺裡請梁主回朝，梁主不允。太后又使宦官來請回朝，梁主也不肯回去。支公夜裡與梁主說道：「愛慾一念，輾轉相侵，與陛下還有數年魔債未完，如何便能解脫得去？陛下必須還朝，了這孽緣，待時日到來，自無住礙。」梁主見說依允。次日，各官又來請梁主回朝。梁主與各官說：「朕已發誓捨身，今日又沒緣故，便回了朝，這是虛語。朕有箇善處：如要朕回朝，須是各出些錢財，贖朕回去纔可。朕捨得一萬兩，各官捨一萬兩，太后捨一萬兩，都送在寺裡來供佛齋僧，朕方可與太子回朝。」各官太后都送銀子在寺裡，梁主也發一萬銀子，送到寺裡來，梁主纔回朝。

無多時，適有海西一箇大秦犁鞬國，轄下有箇條枝國，其人長八九尺，食生物，最猛悍，如禽獸一般；又善為妖妄眩惑，如吞刀吐火，屠人截馬之術。聞得梁主受禪，他卻要起傾國人馬，來與大梁歸併。邊海守備官聞知這箇消息，飛報與梁主知道。梁主見報，與文武官員商議：「別的要廝殺都不打緊，若說這條枝國人馬，怎生與他對敵？如何是好？各官有能為朕領兵去敵得他，重加官職。」各官聽得說，都面面相看，無人敢去迎敵。侍中范雲奏道：「臣等去同泰寺與道林長老求箇善處道理。」梁主道：「朕須自去走一遭。」梁主慌忙命駕來到寺裡，禮拜支長老，把條枝國要來廝殺歸併，備說一遍。支公說道：「不妨事，條枝國要過西海方纔轉洋入大海，一千七百里到得明州；明州過二三條江，纔到得建康。明州有箇釋迦真身舍利塔，是阿育王所造，藏釋迦佛爪髮舍利於塔中。這塔寺非是無故而設，專為鎮西海口子，使彼不得來暴中國，說不盡的好處。今塔已倒壞了，陛下若把這塔依先修起來，鎮壓風水，老僧上祝釋迦阿育王佛力護持，條枝國人馬，如何過得海來？」梁主見說，連忙差官修造釋迦塔，要增高做九十丈，剎高十丈，與金陵長干塔一般。錢糧工力，不計其數。

這裡正好修造，說這大秦犁鞬王，催促條枝國，興起十萬人馬，海船千艘，精兵猛將，都過大海，要來廝併㉕。道林長老入定時，見這景象。次日，來請梁主在寺裡，打箇釋迦阿育王大會。長老拜佛懺祝，武帝也釋去御服，持法衣，行清淨大捨，素床瓦器，親為禮拜講經。你看這佛力浩大，非同小可！這裡祈佛做會，那條枝國人馬，下得海，開船不到三四日，就阻了颶風，各船幾乎覆沒。躲得在海中一箇阿耨嶼島裡住下，等了十餘日，風息了，方敢開船。不到一會間，風又發了，白浪滔天，如何過得來？仍舊回洋，躲在島裡。不開船便無風，若要開船就有風。條枝國大將軍乾篤說道：「卻不是古怪！不開船便無風，一要開船風就發起來，還是中國天子福分。天若容我們去廝併，看這光景，便過得海，也未必取勝他們，不若回了兵罷。」把船回得洋時，風也沒了，順順的放回去。乾篤領著眾頭目，來見大秦國王滿屈，備說這緣故。滿屈說道：「中國天子弘福，我們終是小邦，不可與大國抗禮。」令乾篤領幾箇頭目，修一通降表，進貢獅子、犀牛、孔雀、三足雉、長鳴雞，一班夷官來朝拜進貢。梁主見乾篤說阻風不敢過海一事，自知修塔的佛力，以此深信釋教，奉事益謹。

梁王恃中國財力，欲併二魏，遂納侯景之降。景事東魏高歡，景左足偏短，不長弓馬，而謀算諸將莫及，嘗與高歡言：「願得精兵三萬，橫行天下，渡江縛取蕭老，公為太平主。」歡大喜，使將兵十萬，專制河南。適歡死，梁主因歡子高澄素與景不和，用反間高澄，澄果疑景，詐為歡書召景，景發書知澄詐，遂據河南叛魏。景遂使郎中丁和奉降表於梁主，舉河南十三州歸附。梁主正月丁卯夜，夢中原牧守

㉕廝併：相拚。併，即「拚」。

皆以地來降。次日，見朱异說夢中之事，异奏道：「此宇內混一之兆也。」及丁和奉降表見梁主，言景定降計，實是正月乙卯。梁主益神其事，遂納景降，封景為河南王，又發兵馬助景。那裡曉得侯景反覆凶人，他知道臨賀王蕭正德，屢以貪暴得罪於梁主，正德陰養死士，只願國家有變，景因致書於正德，書云：

> 天子年尊，奸臣亂國。大王屬當儲貳㉖，今被廢黜，景雖不才，實思自效。

正德得書大喜，暗地與景連和，又致書與景，書云：

> 僕為其內，公為其外，何為不濟？事機在速，今其時矣。

說這侯景與正德密約，遂詐稱出獵起兵。十月，襲譙州，執刺史蕭泰。又攻破歷陽，太守莊鐵以城投降，因說侯景曰：「國家承平歲久，人不習戰鬭，大王舉兵，內外震駭。宜乘此際，速趨建康，兵不血刃，而成大功。若使朝廷徐得為備，使羸兵㉗千人，直據采石，雖有精甲百萬，不能濟矣。」景聞大悅，遂以鐵為導引。梁主不知正德與景暗通，反令正德督軍屯丹陽。正德遣大船數十艘，詐稱載荻，暗濟景眾。侯景得渡，遂圍臺城，晝夜攻城不息。被董勛引景眾登城，就據了臺城。把梁主拘於太極東堂，以五百甲士防衛內外，周圍鐵桶相似。

---

㉖ 儲貳：太子。

㉗ 羸兵：謂疲弱之兵。羸，音ㄌㄟˊ。疲弱。

景遂入宮，恣意肆取宮中寶玩珍鼎前代法器之類，又選美好宮嬪，名姬千數，悉歸於己。景陰體弘壯，淫毒無度，夜御數十人，猶不遂其所欲。聞溧陽公主音律超眾，容色傾國，欲納為妃。遂使小黃門田香兒，以紫玉軟絲同心結兒一奩，並合歡水果，盛以金泥小盒，密封遺公主。公主啟看，左右皆怒，勸主碎其盒，拒而不納。公主曰：「不然，非爾輩所知。侯王天下豪傑，父王昔曾夢獮猴升御榻，正應今日。我不束身歸侯王，則蕭氏無遺類矣。」遂以雙鳳名錦被，珊瑚嵌金交蓮枕，遺侯景。景見田香兒回奏，大悅，遣親近左右數十人迎公主。定情之夕，景雖狎毒萬端，主亦曲為忍受。日親不移，致景寵結，得以顛倒是非，妨於朝務，保全公族，主之力也。後王偉勸景廢立，盡除衍族，主與偉忤，愛弛。

梁主既為侯景所制，不得來見支公。所求多不遂意，飲膳亦為所裁節。憂憤成疾，口苦索蜜不得，荷荷而殂，年八十六歲。景祕不發喪，支長老早已知道，況時節已至，不可待也，在寺裡坐化了。

且說梁湘東王繹痛梁主被景幽死，遂自稱假黃鉞㉘大都督中外諸軍，承制起兵，來誅侯景。先使竟陵太守王僧辯領五千人馬，來復臺城。軍到湘州地方，僧辯暗令趙伯超來探聽侯景消息。伯超恐路上不好行，裝做箇平常商人，行到栢桐尖山邊深林裡走過，望見梁主與支公二人，各倚著一杖，緩緩的行來。伯超走近，見了梁主，喫這一驚不小，連忙跪下奏道：「陛下與長老因甚到此？今要往何處去？」梁主回答道：「朕功行已滿，與長老往西天竺極樂國去。有封書寄與湘東王，正沒人可寄，卿可仔細收好，與朕寄去。」說了，梁主就袖中取出書，遞與趙伯超。伯超剛接得書，就不見了梁主與支公。後伯超探聽侯景消息，回覆王僧辯，忙將書送上湘東王，說見梁主一事。湘東王拆開書看，是一首古風，詩云：

㉘ 假黃鉞：謂得到天子儀仗。黃鉞，金斧；帝王儀仗。

奸虜竊神器，毒痛流四海。嗟哉蕭正德，為景所愚賣。凶逆賊君父，不復為翊戴。惟彼湘東王，憤起忠勤在。落星霸先謀，使景臺城敗；竄身依荅仁，為鴟所屠害；身首各異處，五子誅夷外；暴尸陳市中，爭食民心快！今我脫敝屣，去住兩無礙；極樂為世尊，自在兜利界㉙。篡逆安在哉？鈇鉞誅千載。

湘東王讀罷是詩，淚涕潸流，不勝嗚咽。後王僧辯、陳霸先攻破侯景，景竟欲走吳依荅仁。羊鴟殺之，暴景屍於市，民爭食之，並骨亦盡。溧陽公主亦食其肉，雪冤於天，期以自死。景五子皆被北齊殺盡。於詩無一不驗。詩曰：

堪笑世人眼界促，只就目前較禍福。臺城去路是西天，累世證明有空谷。

---

㉙ 兜利界：即「兜率天」。佛經裡欲界六天的第四天。

# 第三十八卷　任孝子烈性為神

參透「風流」二字禪，好姻緣作惡姻緣。癡心做處人人愛，冷眼觀時箇箇嫌。閒花野草且休拈，贏得身安心自然。山妻本是家常飯，不害相思不費錢。

這首詞，單道著色慾乃忘身之本，為人不可苟且。

話說南宋光宗朝紹熙元年，臨安府在城清河坊南首昇陽庫前有箇張員外，家中巨富，門首開箇川廣生藥鋪。年紀有六旬，媽媽已故。止生一子，喚著張秀一郎，年二十歲，聰明標致。每日不出大門，只務買賣。父母見子年幼，抑且買賣其門如市，打發不開。鋪中有箇主管，姓任名珪，年二十五歲。母親早喪，只有老父，雙目不明，端坐在家。任珪大孝，每日辭父出，到晚纔歸參父，如此孝道。祖居在江干牛皮街上。是年冬間，憑媒說合，娶得一妻，年二十歲，生得大有顏色，係在城內日新橋河下做涼傘的梁公之女兒，小名叫做聖金。自從嫁與任珪，見他篤實本分，只是心中不樂，怨恨父母：千不嫁萬不嫁，把我嫁在江干，路又遠，早晚要歸家不便。終日眉頭不展，面帶憂容，粧飾皆廢。這任珪又向早出晚歸，因此不滿婦人之意。原來這婦人未嫁之時，先與對門周待詔之子名周得有姦。此人生得丰姿俊雅，專在三街兩巷，貪花戀酒，趨奉得婦人中意。年紀三十歲，不要娶妻，只愛偷婆娘❶。周得與梁姐姐暗約偷期，街坊鄰里，那一箇不曉得。因此梁公、梁婆又無兒子，沒奈何只得把女兒嫁在江干，省得人是非。這任珪是箇樸實之人，不曾打聽仔細，胡亂娶了。不想這婦人身雖嫁了任珪，一心只想周得，兩人餘情不斷。

荏苒光陰，正是：

看見垂楊柳，回頭麥又黃。蟬聲猶未斷，孤雁早成行。

忽一日，正值八月十八日潮生日❷。滿城的佳人才子，皆出城看潮。這周得同兩箇弟兄，俱打扮出候潮門。只見車馬往來，人如聚蟻。周得在人叢中丟撇了兩箇弟兄，潮也不看，一逕投到牛皮街那任珪家中來。原來任公每日只閉著大門，坐在樓簷下念佛。周得將扇子柄敲門，任公只道兒子回家，一步步摸出來，把門開了。周得知道是任公，便叫聲：「老親家，小子施禮了。」任公聽著不是兒子聲音，便問：「足下何人？有何事到舍下？」周得道：「老親家，小子是梁涼傘姐姐之子。有我姑表妹嫁在宅上，因看潮特來相訪。令郎姐夫在家麼？」任公雙目雖不明，見說是媳婦的親，便邀他請坐。就望裡面叫一聲：「娘子，有你阿舅在此相訪。」這婦人在樓上正納悶，聽得任公叫，連忙濃添脂粉，插戴釵環，穿幾件色服，三步那做兩步，走下樓來。布簾內瞧一瞧：「正是我的心肝情人！多時不曾相見。」走出布簾外，笑容可掬，向前相見。這周得一見婦人，正是：

❶ 偷婆娘：與別人家婦女有不正當的關係。

❷ 潮生日：錢塘江潮，每年農曆八月十八日最盛，叫做「潮生日」。

分明久旱逢甘雨，賽過他鄉遇故知。只想洞房歡會日，那知公府獻頭時？

兩箇並肩坐下。這婦人見了周得，神魂飄蕩，不能禁止。遂攜周得手揭起布簾，口裡胡說道：「阿舅，上樓去說話。」這任公依舊坐在樓簷下板櫈上念佛。

這兩箇上得樓來，就抱做一團。婦人罵道：「短命的！教我思量得你成病，因何一向不來看我？負心的賊！」周得笑道：「姐姐，我為你嫁上江頭來，早晚不得見面，害了相思病，爭些兒不得見你。我如常要來，只怕你老公知道，因此不敢來望你。」一頭說，一頭摟抱上床，解帶卸衣，敘舊日海誓山盟，雲情雨意。正是：

情興兩和諧，摟定香肩臉貼腮，手捻香酥妳，綿軟實奇哉。退了袴兒脫繡鞋，玉體靠郎懷，舌送丁香口便開，倒鳳顛鸞雲雨罷，囑多才明早千萬早些來。

這詞名南鄉子，單道其日間雲雨之事。這兩箇霎時雲收雨散，各整衣巾。婦人摟住周得在懷裡道：「我的老公早出晚歸，你若不負我心，時常只說相訪，老子又瞎，他曉得甚麼！只顧上樓和你快活，切不可做負心的。」周得答道：「好姐姐，心肝肉，你既有心於我，我決不負於你，我若負心，教我墮阿鼻地獄，萬劫不得人身。」這婦人見他設呪，連忙捧過周得臉來，舌送丁香，放在他口裡道：「我心肝，我不枉了有心愛你。從今後頻頻走來相會，切不可使我倚門而望。」道罷，兩人不忍分別。只得下樓別了任公，一直去了。婦人對任公道：「這箇是我姑娘的兒子，且是本分淳善，話也不會說，老實的人。」

任公答道：「好，好。」婦人去竈前安排中飯與任公喫了，自上樓去了，直睡到晚。任珪回來，參了父親，上樓去了。夫妻無話，睡到天明。辭了父親，又入城而去。俱各不題。

這周得自那日走了這遭，日夜不安，一心想念。歇不得兩日，又去相會，正是情濃似火。此時牛皮街人煙稀少，因此走動，只有數家鄰舍，都不知此事。不想周得為了一場官司，有兩箇月不去相望。這婦人淫心似火，巴不得他來。只因周得不來，懨懨成病，如醉如癡。正是：

烏飛兔劫，朝來暮往何時歇？女媧只會煉石補青天，豈會熬膠粘日月？

倏忽又經元宵，臨安府居民門首，扎縛❸燈棚❹，懸掛花燈，慶賀元宵。不期這周得官事已了，打扮衣巾，其日巳牌時分，逕來相望。卻好任公在門首念佛，與他施禮罷，逕上樓來。袖中取出燒鵝熟肉，兩人喫了，解帶脫衣上床。如糖似蜜，如膠似漆，恁意顛鸞倒鳳，出於分外綢繆。日久不曾相會，兩箇摟做一團，不捨分開。耽擱長久了，直到申牌時分，不下樓來。這任公肚中又饑，心下又氣，想道：「這阿舅今日如何在樓上這一日？」便在樓下叫道：「我肚饑了，要飯喫！」婦人應道：「我肚裡疼痛，等我便來。」任公忍氣吞聲，自去門前坐了，心中暗想：「必有蹊蹺，今晚孩兒回來問他。」這兩人只得分散，輕輕移步下樓，款款開門，放了周得去了。那婦人假意叫肚痛，安排些飯與任公喫了，自去樓上思想情人，不在話下。

❸ 扎縛：綑縛。

❹ 燈棚：元宵節紮花燈的棚架。

卻說任珪到晚回來，參見父親。任公道：「我兒且休要上樓去，有一句話要問你。」任珪立住腳聽，任公道：「你丈人丈母家，有箇甚麼姑舅的阿舅，自從舊年八月十八日看潮來了這遭，以後不時來望，逕直上樓去說話，也不打緊；今日早間上樓，直到下午，中飯也不安排我喫。我忍不住叫你老婆，那阿舅聽見我叫，慌忙去了。我心中十分疑惑，往日常要問你，只是你早出晚回，因此忘了。我想男子漢與婦人家在樓上一日，必有姦情之事。我自年老，眼又瞎，管不得，我兒自己慢慢訪問則箇。」任珪聽罷，心中大怒，火急上樓。端的是：

口是禍之門，舌為斬身刀。閉口深藏舌，安身處處牢。

當時任珪大怒上樓，口中不說，心下思量：「我且忍住，看這婦人分豁❺。」只見這婦人坐在樓上，便問道：「父親喫飯也未？」答應道：「喫了。」便上樓點燈來，鋪開被，脫了衣裳，先上床睡了。任珪也上床來，卻不倒身睡去，坐在枕邊問那婦人道：「我問你家那有箇姑長阿舅，時常來望你？你且說是那箇。」婦人見說，爬將起來，穿起衣裳，坐在床上。柳眉剔豎，嬌眼圓睜，應道：「他便是我爹爹結義的妹子養的兒子，我的爹娘記掛我，時常教他來望我。有甚麼半絲麻線❻！」便焦躁發作道：「兀誰在你面前說長道短來？老娘不是善良君子，不裹頭巾的婆婆！洋❼塊塼兒也要落地，你且說是誰說黃道

❺ 分豁：分辯。

❻ 半絲麻線：些微的私弊和嫌疑。絲和線是「私」和「嫌」的雙關語。

❼ 洋：即「漾」。有丟、抛的意思。

黑，我要和你會同問得明白。」任珪道：「你不要嚷！卻纔父親與我說，今日甚麼阿舅，在樓上一日，因此問你則箇。沒事便罷休，不消得便焦躁。」一頭說，一頭便脫衣裳自睡了。那婦人氣喘氣促，做神做鬼❽假意兒裝妖作勢，哭哭啼啼道：「我的父母沒眼睛，把我嫁在這裡。沒來由教他來望，卻教別人說是道非。」又哭又說。任珪睡不著，只得爬起來，那婦人頭邊摟住了，撫恤道：「便罷休，是我不是。看往日夫妻之面，與你陪話便了。」那婦人倒在任珪懷裡，兩箇雲情雨意，狂了半夜，俱不題了。

任珪天明起來，辭了父親入城去了。每日巴巴結結，早出晚回。那癡婆一心只想要偷漢子，轉轉尋思：「要待何計脫身？只除尋事回到娘家，方纔和周得做一塊兒，要箇滿意。」日夜掛心，撚指又過了半月。

忽一日飯後，周得又來，拽開門兒逕入，也不與任公相見，一直上樓。那婦人向前摟住，低聲說道：「叵耐這瞎老驢，與兒子說道你常來樓上坐定說話，教我分說得口皮都破，被我葫蘆提❾瞞過了。你從今不要來，怎地教我捨得你？可尋思計策，除非回家去與你方纔快活。」周得聽了，眉頭一簇，計上心來：「如今屋上貓兒正狂，叫來叫去。你可漏屋處抱得一箇來，安在懷裡，必然抓碎你胸前。卻放了貓兒，睡在床上啼哭。等你老公回來，必然問你。你說：『你的好爺，卻來調戲我；我不肯順他，他將我胸前抓碎了。』你放聲哭起來，你的丈夫必然打發你歸家去。我每日得和你同歡同樂，卻強如偷雞吊狗，暫時相會。且在家中住了半年三箇月，卻又再處。此計大妙！」婦人伏❿道：「我不枉了有心向你，好

❽做神做鬼：裝模作樣。

❾葫蘆提：糊裡糊塗。

❿伏：佩服。

心腸，有見識！」二人和衣倒在床上調戲了。雲雨罷，周得慌忙下樓去了。正是：

老龜烹不爛，移禍於枯桑。

那婦人伺候了幾日，忽一日，捉得一箇貓兒，解開胸膛，包在懷裡。這貓兒見衣服包籠，舒腳亂抓。婦人忍著疼痛，由他抓得胸前兩妳粉碎。解開衣服，放他自去。此是申牌時分，不做晚飯，和衣倒在床上，把眼揉得緋紅，哭了叫，叫了哭。將近黃昏，任珪回來，參了父親。到裡面不見婦人，叫道：「娘子，怎麼不下樓來？」那婦人聽得回了，越哭起來。任珪逕上樓，不知何意，問道：「喫晚飯也未？怎地又哭？」連問數聲不應。那淫婦巧生言語，一頭哭，一頭叫道：「問甚麼！說起來粧你娘的謊子⓫。快寫休書，打發我回去，做不得這等豬狗樣人！你若不打發我回家去，我明日尋箇死休！」說了又哭。任珪道：「你且不要哭，有甚事對我說。」這婦人爬將起來，抹了眼淚，擗開胸前，兩妳抓得粉碎，有七八條血路，教丈夫看了道：「這是你好親爺幹下的事！今早我送你出門，回身便上樓來。不想你這老驢老畜生，輕手輕腳跟我上樓，一把雙手摟住，摸我胸前，定要行姦。喫我不肯，他便將手把我胸前抓得粉碎，那裡肯放！我慌忙叫起來，他沒意思，方纔摸下樓去了。教我眼巴巴地望你回來。」說罷，大哭起來，道：「我家不見這般沒人倫畜生驢馬的事。」任珪道：「娘子低聲！鄰舍聽得，不好看相。」婦人道：「你怕別人得知，明日討乘轎子，抬我回去便罷休。」任珪雖是大孝之人，聽了這篇妖言，不由得：

---

⓫ 粧謊子：比喻出醜。

怒從心上起，惡向膽邊生。

「正是『畫虎畫皮難畫骨，知人知面不知心』。罷罷，原來如此！可知道前日說你與甚麼阿舅有姦，眼見得沒巴鼻，在我面前胡說。今後眼也不要看這老禽獸！娘子休哭，且安排飯來喫了睡。」這婦人見丈夫聽他虛說，心中暗喜，下樓做飯，喫罷去睡了。正是：

嬌妻喚做枕邊靈⑫，十事商量九事成。

這任珪被這婦人情色昏迷，也不問爺卻有此事也無。過了一夜，次早起來，喫飯罷，叫了一乘轎子，買了一隻燒鵝，兩瓶好酒，送那婦人回去。婦人收拾衣包，也不與任公說知，上轎去了。抬得到家，便上樓去。周得知道便過來，也上樓去，就摟做一團，倒在梁婆床上，雲情雨意。周得道：「好計麼？」婦人道：「端的你好計策！今夜和你放心快活一夜，以遂兩下相思之願。」兩箇狂罷，周得下樓去要買辦些酒饌之類。婦人道：「我帶得有燒鵝美酒，與你同喫。你要買時，只覓些魚菜時菓足矣。」周得一霎時買得一尾魚，一隻豬蹄，四色時新菓兒，又買下一大瓶五加皮酒，拿來家裡，教使女春梅安排完備，已是申牌時分。婦人擺開桌子，梁公梁婆在上坐了，周得與婦人對席坐了，使女篩酒，四人飲酒，直至初更。喫了晚飯，梁公梁婆二人下樓去睡了。這兩箇在樓上，正是：歡來不似今日，喜來更勝當初。正要稱意停眠整宿，只聽得有人敲門。正是：

⑫ 枕邊靈：喻妻子慫恿丈夫，容易發生效力。

日間不做虧心事，半夜敲門不喫驚。

這兩箇指望做一夜快活夫妻，誰想有人敲門。春梅在竈前收拾未了，聽得敲門，執燈去開門。見了任珪，驚得呆了，立住腳頭，高聲叫道：「任姐夫來了！」周得聽叫，連忙穿衣逕走下樓。思量無處躲避，想空地裡有箇東廁，且去東廁躲閃。這婦人慢慢下樓道：「你今日如何這等晚來？」任珪道：「便是出城得晚，關了城門。欲去張員外家歇，又夜深了，因此來這裡歇一夜。」婦人道：「喫晚飯了未？」任珪道：「喫了，只要些湯洗腳。」春梅連忙掇腳盆來，教任珪洗了腳。婦人先上樓，任珪卻去東廁裡淨手。時下有人攔住，不與他去便好，只因來上廁，爭些兒死於非命。正是：

恩義廣施，人生何處不相逢？冤仇莫結，路逢狹處難迴避。

任珪剛跨上東廁，被周得劈頭揪住，叫道：「有賊！」梁公、梁婆、婦人、使女各拿一根柴來亂打。任珪大叫道：「是我，不是賊！」眾人不由分說，將任珪痛打一頓。周得就在鬧裡一逕走了。任珪叫得喉嚨破了，眾人方纔放手。點燈來看，見了任珪，各人都呆了。任珪道：「我被這賊揪住，你們顛倒打我，被這賊走了。」眾人假意埋冤道：「你不早說！只道是賊，賊倒卻走了。」說罷，各人自去。任珪忍氣吞聲道：「莫不是藏甚麼人在裡面，被我沖破，倒打我這一頓？且不要慌，慢慢地察訪。」聽那更鼓已是三更，去梁公床上睡了。心中胡思亂想，只睡不著。捱到五更，不等天明，起來穿了衣服便走。梁公道：「待天明喫了早飯去。」任珪被打得渾身疼痛，那有好氣？也不應他，開了大門，拽上了，趁星光之下，直望候潮門來。

卻忒早了些，城門未開。城邊無數經紀行販，挑著鹽擔，坐在門下等開門。也有唱曲兒的，也有說閒話的，也有做小買賣的。任珪混在人叢中，坐下納悶。你道事有湊巧，物有偶然，正所謂：

喫食少添鹽醋，不是去處休去。要人知重勤學，怕人知事莫做。

當時任珪心下鬱鬱不樂，與決不下。內中忽有一人說道：「我那裡有一鄰居梁涼傘家，有一件好笑的事。」這人道：「有甚麼事？」那人道：「梁家有一箇女兒，小名聖金，年二十餘歲。未曾嫁時，先與對門周待詔之子周得通姦。舊年嫁在城外牛皮街賣生藥的主管叫做任珪。這周得一向去那裡來往，被瞎阿公識破，去那裡不得了。昨日歸在家裡，昨晚周得買了嗄飯好酒，喫到更盡。兩箇正在樓上快活，有這等的巧事，不想那女壻更深夜靜，趕不出城，逕來丈人家投宿。姦夫驚得沒躲避處，走去東廁裡躲了。任珪卻去東廁淨手，你道好笑麼？那周得好手段，走將起來劈頭將任珪揪住，倒叫：『有賊！』丈人、丈母、女兒，一齊把任珪爛醬打了一頓，姦夫逃走了。世上有這樣的異事！」眾人聽說了，一齊拍手笑起來，道：「有這等沒用之人！被姦夫淫婦安排，難道不曉得？」這人道：「若是我，便打一把尖刀，殺做兩段！那人必定不是好漢，必是箇煨膿爛板烏龜。」又一箇道：「想那人不曉得老婆有姦，以致如此。」說了又笑一場。正是：

情知語是鉤和線，從頭釣出是非來。

當時任珪卻好聽得備細，城門正開，一齊出城，各分路去了。此時任珪不出城，復身來到張員外家裡來，取下三五錢銀子，到鐵鋪裡買了一柄解腕尖刀⑬，和鞘插在腰間。思量錢塘門晏公廟神明最靈，買了一隻白公雞，香燭紙馬，提來廟裡，燒香拜告：「神聖顯靈！任珪妻梁氏，與鄰人周得通姦，夜來……」如此如此，前話一一禱告罷，將刀出鞘，提雞在手，問天買卦：「如若殺得一箇人，殺下的雞在地下跳一跳；殺他兩箇人，跳兩跳。」說罷，一刀剁下雞頭，那雞在地下一連跳了四跳，重復從地跳起，直從梁上穿過，墜將下來，卻好共是五跳。當時任珪將刀入鞘，再拜望神明，助力報仇，化紙出廟。上街，東行西走，無計可施，到晚回張員外家歇了。沒情沒緒，買賣也無心去管。次日早起，將刀插在腰間，沒做理會處⑭。欲要去梁家幹事，又恐撞不著周得，只殺得老婆也無用，又不了事。轉轉尋思，恨不得咬他一口。逕投一箇去處，有分教任珪小膽番為大膽，苦心改作惡心；大鬧了日新橋，鼎沸了臨安府。正是：

青龍與白虎同行，吉凶事全然未保。

這任珪東撞西撞，逕到美政橋姐姐家裡，見了姐姐說道：「你兄弟這兩日有些事故，爹在家沒人照管，要寄托姐姐家中住幾時，休得推故。」姐姐道：「老人家多住些時也不妨。」姐姐果然教兒去接任公，扶著來家。

這日任珪又在街坊上串了一回，走到姐姐家，見了父親，將從前事，一一說過，道：「兒子被這潑

⑬ 解腕尖刀：日常用的小刀。

⑭ 沒做理會處：沒有辦法。

淫婦虛言巧語，反說父親如何如何，兒子一時被惑，險些墮他計中。這口氣如何消得？」任公道：「你不要這淫婦便了，何須嘔氣？」任珪道：「有一日撞在手裡，決無干休！」任公道：「不可造次。從今不要上他門，休了他，別討箇賢慧的便罷。」任珪道：「兒子自有道理。」辭了父親並姐姐，氣忿忿的入城。恰好是黃昏時候，走到張員外家，將上件事一一告訴：「只有父親在姐姐家，我也放得心下。」張員外道：「你且忍耐，此事須要三思而行。自古道：『捉姦見雙，捉賊見贓。』倘或不了事，枉受了苦楚。若下在死囚牢中，無人管你。你若依我說話，不強如殺害人性命。冤家只可解，不可結。」任珪聽得勸他，低了頭，只不言語。員外教養娘安排酒飯相待，教去房裡睡，明日再作計較。任珪謝了。到房中寸心如割，和衣倒在床上，翻來覆去，延捱到四更盡了，越想越惱，心頭火按捺不住。起來抓扎⑮身體急捷⑯，將刀插在腰間，摸到廚下，輕輕開了門，靠在後牆。那牆苦不甚高，一步爬上牆頭。其時夏末秋初，其夜月色正明如晝。將身望下一跳，跳在地上。道：「好了！」一直望丈人家來。

隔十數家，黑地裡立在屋簷下，思量道：「好卻好了，怎地得他門開？」躊躇不決。只見賣燒餅的王公，挑著燒餅擔兒，手裡敲著小小竹筒過來。忽然丈人家門開，走出春梅，叫住王公。將錢買燒餅。任珪自道：「那廝當死！」三步作一步，奔入門裡，逕投胡梯邊梁公房裡來。撥開房門，拔刀在手，見丈人、丈母俱睡著。心裡想道：「周得那廝必然在樓上了。」按住一刀一箇，割下頭來，丟在床前。正要上樓，卻好春梅關了門，走到胡梯邊。被任珪劈頭揪住，道：「不要高聲！若高聲，便殺了你。你且

⑮ 抓扎：紮縛。

⑯ 急捷：動作俐落、快速。

說，周得在那裡？」那女子認得是任珪聲音，情知不好了，見他手中拿刀，大叫：「任姐夫來了！」任珪氣起，一刀砍下頭來，倒在地下，慌忙大踏步上樓去殺姦夫淫婦。正是：

種瓜得瓜，種荳得荳。天網恢恢，踈而不漏。

當時任珪跨上樓來。原來這兩箇正在床上狂蕩，聽得王公敲竹筒，喚起春梅買燒餅，房門都不閉，桌上燈尚明。逕到床邊，婦人已知，聽得春梅叫，假做睡著。任珪一手按頭，一手將刀去咽喉下切下頭來，丟在樓板上。口裡道：「這口怒氣出了，只恨周得那廝不曾殺得，不滿我意。」猛想神前殺雞五跳，殺了丈人、丈母、婆娘、使女，只應得四跳。那雞從梁上跳下來，必有緣故。抬頭一看，卻見周得赤條條的伏在梁上。任珪叫道：「快下來，饒你性命！」那時周得心慌，爬上去了，一見任珪，戰戰兢兢，慌了手腳，禁了⑰爬不動。任珪性起，從床上直爬上去，將刀亂砍，可憐周得從梁上倒撞下來。任珪隨勢跳下，踏住胸脯，搠了十數刀。將頭割下，解開頭髮，與婦人頭結做一處。將刀入鞘，提頭下樓。到胡梯邊，提了使女頭，來尋丈人、丈母頭，解開頭髮，五箇頭結做一塊，放在地上。

此時東方大亮，心中思忖：「我今殺得快活，稱心滿意。逃走被人捉住，不為好漢。不如挺身首官，便喫了一剮，也得名揚於後世。」遂開了門，叫兩邊鄰舍，對眾人道：「婆娘無禮，人所共知。我今殺了他一家，並姦夫周得。我若走了，連累高鄰喫官司，如今起煩⑱和你們同去出首。」眾人見說未信，

---

⑰ 禁了：被巫術禁住。

⑱ 起煩：相煩。

慌忙到梁公房裡看時，老夫妻兩口俱沒了頭。胡梯邊使女屍倒在那裡。上樓看時，周得被殺死在樓上，遍身刀搠傷痕數處，尚在血裡，婦人殺在床上。眾人喫了一驚，走下樓來。只見五顆頭結做一處，都道：「真好漢子！我們到官，依直與他講就是。」道猶未了，嚷動鄰舍、街坊、里正、緝捕人等，都來縛住任珪。任珪道：「不必縛我，我自做自當，並不連累你們。」說罷，兩手提了五顆頭，出門便走。眾鄰舍一齊跟定，滿街男子婦人，不計其數來看，哄動滿城人，只因此起，有分教任珪，正是：

生為孝子肝腸烈，死作明神姓字香。

眾鄰舍同任珪到臨安府，大尹聽得殺人公事，大驚，慌忙升廳。兩下公吏人等排立左右，任珪將五箇人頭，行凶刀一把，放在面前，跪下告道：「小人姓任名珪，年二十八歲，係本府百姓，祖居江頭牛皮街上。母親早喪，只有老父，雙目不明。前年冬間，憑媒說合，娶到在城日新橋河下梁公女兒為妻，一向到今。小人因無本生理，在賣生藥張員外家做主管。早去晚回，日常間這婦人只是不喜。至去年八月十八日，父親在樓下坐定念佛。原來梁氏未嫁小人之先，與鄰人周得有姦。其日本人來家，稱是姑舅哥哥來訪，逕自上樓說話。日常來往，痛父眼瞎不明。忽日父與小人說道：『甚麼阿舅常常來樓上坐，必有姦情之事。』小人聽得說，便罵婆娘。一時小人見不到，被這婆娘巧語虛言，說道老父上樓調戲。因此三日前，小人打發婦人回娘家去了。至日，小人回家晚了，關了城門，轉到妻家投宿。不想姦夫見我去，逃躲東廁裡。小人臨睡，去東廁淨手，被他劈頭揪住，喊叫有賊。當時丈人、丈母、婆娘、使女，一齊執柴亂打小人，此時姦夫走了。小人忍痛歸家，思想這口氣沒出處。不合夜來提刀入門，先殺丈人、丈母，次殺使女，後來上樓殺了淫婦。猛抬頭，見姦夫伏在梁上，小人爬上去，亂刀砍死。今提五箇首級首告，望相公老爺明鏡。」大尹聽罷，呆了半晌。遂問排鄰⑲，委果⑳供認是實。所供明白，大尹鈞旨，令任珪親筆供招。隨即差箇縣尉，併公吏仵作人等，押著任珪到屍邊檢驗明白。其日人山人海來看。

險道神㉑脫了衣裳，這場話非同小可。

當日一齊同到梁公家，將五箇屍首一一檢驗訖，封了大門。縣尉帶了一干人犯，來府堂上回話道：「檢得五箇屍，並是凶身自認殺死。」大尹道：「雖是自首，難以免責。」交㉒打二十下，取具長枷枷了，上了鐵鐐手肘，令獄卒押下死囚牢裡去。一干排鄰回家。教地方公同作眼，將梁公家家財什物變賣了，買下五具棺材，盛下屍首。聽候官府發落。

且說任珪在牢內，眾人見他是箇好男子，都愛敬他。早晚飯食，有人管顧。不在話下。臨安府大尹，與該吏㉓商量：任珪是箇烈性好漢，只可惜下手忒狠了，周旋他不得。只得將文書做過，申呈刑部，刑部官奏過天子，令勘官勘得本犯姦夫淫婦，理合殺死。不合殺了丈人、丈母、使女，

⑲排鄰：鄰居。

⑳委果：確實；果然。

㉑險道神：人死出殯時的開路神。

㉒交：同「教」。

㉓該吏：當值官吏。

一家非死三人。著令本府待六十日限滿，將犯人就本地方凌遲示眾。梁公等屍首燒化，財產入官。文書到府數日，大尹差縣尉率領仵作、公吏、軍兵人等，當日去牢中取出任珪。大尹將朝廷發落文書，教任珪看了。任珪自知罪重，低頭伏死。大尹教去了鎖枷鐐肘，上了木驢。只見：

四道長釘釘，三條蔴索縛。兩把刀子舉，一朵紙花搖。

縣尉人等，兩棒鼓，一聲鑼，簇擁推著任珪，前往牛皮街示眾。但見犯由牌㉔前引，棍棒後隨。當時來到牛皮街，圍住法場，只等午時三刻。其日看的人，兩行如堵。將次午時，真可作怪，一時間天昏地黑，日色無光，狂風大作，飛砂走石，播土揚泥，你我不能相顧。看的人驚得四分五落，魄散魂飄。少頃，風息天明，縣尉並劊子眾人看任珪時，挪索長釘，俱已脫落，端然坐化在木驢之上。眾人一齊發聲道：「自古至今，不曾見有這般奇異的怪事。」監斬官驚得木廝，慌忙令仵作、公吏人等，看守任珪屍首。自己忙拍馬到臨安府，稟知大尹。大尹見說，大驚，連忙上轎，一同到法場看時，果然任珪坐化了。大尹逕來刑部稟知此事，著令排鄰地方人等，看守過夜。明早奏過朝廷，憑聖旨發落。次日巳牌時分，刑部文書到府，隨將犯人任珪屍首，即時燒化，以免凌遲。縣尉領旨，就當街燒化。城裡城外人，有千千萬萬來看，都說：「這樣異事，何曾得見？何曾得見？」

卻說任公與女兒，知得任珪死了，安排些羹飯，外甥挽了瞎公公，女兒抬著轎子，一齊逕到當街祭祀了，痛哭一場。任珪的姐姐，教兒子挽扶著公公，同回家奉親過世。

㉔ 犯由牌：古代處決犯人時，公布罪狀的告示牌。

話休絮煩，過了兩月餘，每遇黃昏，常時出來顯靈。來往行人看見者，回去便患病，備下羹飯紙錢當街祭獻，其病即痊。忽一日，有一小兒來牛皮街閒耍，被任珪附體起來。眾人一齊來看，小兒說道：「玉帝憐吾是忠烈孝義之人，各坊城隍、土地保奏，令做牛皮街土地。汝等善人可就我屋基立廟，春秋祭祀，保國安民。」說罷，小兒遂醒。當坊鄰佑，看見如此顯靈，那敢不信？即日斂出財物，買下木植，將任珪基地蓋造一所廟宇。連忙請一箇塑佛高手，塑起任珪神像，坐於中間，虔備三牲福禮㉕祭獻。自此香火不絕，祈求必應，其廟至今尚存。後人有詩題於廟壁，讚任珪坐化為神之事，詩云：

鐵銷石朽變更多，只有精神永不磨。除卻奸淫拚自死，剛腸一片賽閻羅。

㉕ 福禮：祭神的牲禮。

# 第三十九卷　汪信之一死救全家

白髮蘇隄老嫗，不知生長何年？相隨寶駕共南遷，往事能言舊汴。　前度君王遊幸，一時詢舊悽然。魚羹妙製味猶鮮，雙手擎來奉獻。

話說大宋乾道淳熙年間，孝宗皇帝登極，奉高宗為太上皇。那時金邦和好，四郊安靜，偃武修文，與民同樂。孝宗皇帝時常奉著太上乘龍舟來西湖玩賞。湖上做買賣的，一無所禁，所以小民多有乘著聖駕出遊，趕趁生意。只賣酒的也不止百十家。

且說有箇酒家婆姓宋，排行第五，喚做宋五嫂。原是東京人氏，造得好鮮魚羹，京中最是有名的。建炎中隨駕南渡，如今也僑寓蘇隄趕趁。一日太上遊湖，泊船蘇隄之下，聞得有東京人語音，遣內官召來，乃一年老婆婆。有老太監認得他是汴京樊樓下住的宋五嫂，善煮魚羹，奏知太上。太上題起舊事，悽然傷感，命製魚羹來獻。太上嘗之，果然鮮美，即賜金錢一百文。此事一時傳遍了臨安府，王孫公子，富家巨室，人人來買宋五嫂魚羹喫。那老嫗因此遂成巨富。有詩為證：

一碗魚羹值幾錢？舊京遺製動天顏。時人倍價來爭市，半買君恩半買鮮。

又一日，御舟經過斷橋。太上捨舟閒步，看見一酒肆精雅。坐啟內設箇素屏風，屏風上寫風入松詞一首，詞云：

一春常費買花錢，日日醉湖邊。玉驄慣識西湖路，驕嘶過沽酒樓前。紅杏香中歌舞，綠楊影裡鞦韆。煖風十里麗人天，花壓鬢雲偏。畫船載得春歸去，餘情付湖水湖煙。明日重移殘酒，來尋陌上花鈿。

太上覽畢，再三稱賞，問酒保此詞何人所作？酒保答言：「此乃太學生于國寶醉中所題。」太上笑道：「此詞雖然做得好，但末句『重移殘酒』，不免帶寒酸之氣。」因索筆就屏上改云：「明日重扶殘醉」。即日宣召于國寶見駕，欽賜翰林待詔。那酒家屏風上添了御筆，遊人爭來觀看，因而飲酒，其家亦致大富。後人有詩，單道于國寶際遇❶太上之事，詩曰：

素屏風上醉題詞，不道君王盼睞奇。若問姓名誰上達？酒家即是魏無知。

又有詩讚那酒家云：

御筆親刪墨未乾，滿城聞說盡爭看。一般酒肆偏騰湧，始信皇家雨露寬。

那時南宋承平之際，無意中受了朝廷恩澤的不知多少。同時又有文武全才，出名豪俠，不得際會風

❶ 際遇：風雲際會；有很好的遭遇。

雲，被小人誣陷，激成大禍，後來做了一場沒撻煞❷的笑話，此乃命也，時也，運也。正是：

時來風送滕王閣，運退雷轟薦福碑。

話說乾道年間，嚴州遂安縣有箇富家，姓汪名孚，字師中，曾登鄉薦❸，有財有勢，專一武斷鄉曲，把持官府，為一鄉之豪霸。因殺死人命，遇了對頭，將汪孚問配吉陽軍去。他又夤緣魏國公張浚，假以募兵報效為由，得脫罪籍回家，益治貲產，復致大富。他有箇嫡親兄弟汪革，字信之，是箇文武全才。從幼只在哥哥身邊居住，因與哥哥汪孚酒中爭論一句閒話，彆口氣隻身逕走出門，口裡說道：「不致千金，誓不還鄉！」身邊只帶得一把雨傘，並無財物，思想：「那裡去好？我聞得人說，淮慶一路有耕冶可業，甚好經營；且到彼地，再作道理。」只是沒有盤纏。心生一計：自小學得些鎗棒拳法在身，那時抓縛衣袖，做箇把勢模樣。逢著馬頭聚處，使幾路空拳，將這傘權為鎗棒，撇箇架子。一般有人喝采，賫發幾文錢，將就買些酒飯用度。

不一日，渡了揚子江。一路相度地勢，直至安慶府。過了宿松，又行三十里，地名麻地坡。看見荒山無數，只有破古廟一所，絕無人居，山上都是炭材。汪革道：「此處若起箇鐵冶❹，炭又方便，足可擅一方之利。」於是將古廟為家，在外糾合無籍之徒❺，因山作炭，賣炭買鐵，就起箇鐵冶。鑄成鐵器，

---

❷ 沒撻煞：沒著落。撻煞，有結局、有著落之意。

❸ 鄉薦：唐宋應試進士，由州縣薦舉，稱「鄉薦」。後稱考中鄉試為「登鄉薦」或「領鄉薦」。

❹ 鐵冶：煉鐵工場。

❺ 無籍之徒：遊民。

出市發賣。所用之人，各有職掌，恩威並著，無不欽服。數年之間，發箇大家事起來。遣人到嚴州取了妻子，來麻地居住。起造廳屋千間，極其壯麗。又占了本處酤坊，每歲得利若干。又打聽望江縣有箇天荒湖，方圓七十餘里，其中多生魚蒲之類。汪革承佃為己業，湖內漁戶數百，皆服他使喚，每歲收他魚租，其家益富。獨霸麻地一鄉，鄉中有事，俱由他武斷。出則佩刀帶劍，騎從如雲，如貴官一般。四方窮民，歸之如市。解衣推食，人人願出死力。又將家財交結附近郡縣官吏，若與他相好的，酒杯來往；若與他作對的，便訪求他過失。輕則遣人訐訟，敗其聲名；重則私令亡命等於沿途劫害，無處踪跡。以此人人懼怕，交驩恐後，分明是：

郭解重生，朱家再出。氣壓鄉邦，名聞郡國。

話分兩頭。卻說江淮宣撫使皇甫倜，為人寬厚，頗得士心。招致四方豪傑，就中選驍勇的，厚其資糧，朝夕訓練，號為「忠義軍」。宰相湯思退忌其威名，要將此缺替與門生劉光祖。乃陰令心腹御史，劾奏皇甫倜靡費錢糧，招致無賴凶徒，不戰不征，徒為他日地方之害。朝廷將皇甫倜革職，就用了劉光祖代之。那劉光祖為人又畏懦，又刻薄，專一阿奉宰相，乃悉反皇甫倜之所為，將忠義軍散遣歸田，不許占住地方生事。可惜皇甫倜幾年精力，訓練成軍，今日一朝而散。這些軍士，也有歸鄉的，也有結夥走綠林中道路的。

就中單表二人，程彪、程虎，荊州人氏。弟兄兩箇，都學得一身好武藝。被劉光祖一時驅逐，平日有的請受❻都花消了，無可存活，思想投奔誰好。猛然想起洪教頭洪恭，今住在太湖縣南門倉巷口，開

❻ 請受：官俸；薪給。

箇茶坊。他也曾做軍校，昔年相處得好，今日何不去奔他，共他商議資身之策？二人收拾行李，一逕來太湖縣尋取洪恭。洪恭恰好在茶坊中，相見了，各敘寒溫，二人道其來意。洪恭自思家中蝸窄，難以相容。當晚殺雞為黍，管待二人，送在近處菴院歇了一晚。次日，洪恭又請二人到家中早飯，取出一封書信，說道：「多承二位遠來，本當留住幾時，爭奈家貧怠慢。今指引到一箇去處，管取情投意合，有箇小小富貴。」二人謝別而行，將書札看時，上面寫道：「此書送至宿松縣麻地坡汪信之十二爺開拆。」二人依言來到麻地坡，見了汪革，將洪恭書札呈上。汪革拆開看時，上寫道：

侍生洪恭再拜，字達信之十二爺閣下：自別台顏，時切想念。茲有程彪、程虎兄弟，武藝超群，向隸籍忠義軍。今為新統帥散遣不用，特奉薦至府，乞留為館賓，令郎必得其資益。外敝縣有湖蕩數處，頗有出產，閣下屢約來看，何遲遲耶？專候撥冗一臨。若得之，亦美業也。

汪革看畢大喜，即喚兒子汪世雄出來相見。置酒款待，打掃房屋安歇。自此程彪、程虎住在汪家，朝夕與汪世雄演習弓馬，點撥鎗棒。

不覺三月有餘，汪革有事欲往臨安府去。二程聞汪革出門，便欲相別。汪革問道：「二兄今往何處？」二程答道：「還到太湖會洪教頭則箇。」汪革寫下一封回書，寄與洪恭，正欲賫發二程起身，只見汪世雄走來，向父親說道：「鎗棒還未精熟，欲再留二程過幾時，講些陣法。」汪革依了兒子言語，向二程說道：「小兒領教未全，且屈寬住一兩箇月，待不才回家奉送。」二程見汪革苦留，只得住了。

卻說汪革到了臨安府，幹事已畢。朝中訛傳金虜敗盟，詔議戰守之策。汪革投匭⑦上書，極言向來和議

---

⑦ 投匭：指古代臣吏、百姓向皇帝上書。匭，匣子；小箱子。

之非。且云：「國家雖安，忘戰必危。江淮乃東南重地，散遣忠義軍，最為非策。」末又云：「臣雖不才，願倡率兩淮忠勇，為國家前驅，恢復中原，以報積世之仇，方表微臣之志。」天子覽奏，下樞密院會議。這樞密院官都是怕事的，只曉得臨渴掘井，那會得未焚徙薪？況且布衣上書，誰肯破格薦引？又未知金韃子真箇殺來也不，且不覆奏，只將溫言好語，款留汪革在本府候用。汪革因此逗留臨安，急切未回。正是：

將相無人國內虛，布衣有志枉嗟吁。黃金散盡貂裘敝，悔向咸陽去上書。

話分兩頭。再說程彪、程虎二人住在汪家，將及一載，胸中本事傾倒得授與汪世雄，指望他重重相謝。那汪世雄也情願厚贈，奈因父親汪革，一去不回。二程等得不耐煩，堅執要行。汪世雄苦苦相留了幾遍，到後來，畢竟留不住了。一時手中又值空乏，打并❽得五十兩銀子，分送與二人，每人二十五兩，衣服一套，置酒作別。席上汪世雄說道：「重承二位高賢屈留賜教，本當厚贈，只因家父久寓臨安，二位又堅執要去，世雄手無利權，只有些小私財，權當路費。改日兩位若便道光顧，尚容補謝。」二人見銀兩不多，大失所望。口雖不語，心下想道：「洪教頭說得汪家父子，萬分輕財好義，許我箇小富貴。特特而來，淹留一載，只這般賫發起身，比著忠義軍中請受，也爭不多。早知如此，何不就汪革在家時，即便相辭，也少不得助些盤費。如今汪革又不回來，欲待再住些時，又喫過了送行酒了。」只得怏怏而別。臨行時，與汪世雄討封回書與洪教頭。汪世雄文理不甚通透，便將父親先前寫下這封書，遞與二程，托他致意，二程收了。汪世雄又送一程，方纔轉去。

---

❽ 打并：湊合。

當日二程走得困乏，到晚尋店歇宿，沽酒對酌，各出怨望之語。程虎道：「汪世雄不是箇三歲孩兒，難道百十貫錢鈔，做不得主？直恁裝窮推故，將人小覷！」程彪道：「那孩子雖然輕薄，也還有些面情。可恨汪革特地相留，不將人為意，數月之間，書信也不寄一箇。只說待他回家奉送，難道十年不回，也等他十年？」程虎道：「那些倚著財勢，橫行鄉曲，原不是什麼輕財好客的孟嘗君。只看他老子出外，兒子就支不動錢鈔，便是小家樣子。」程彪道：「那洪教頭也不識人，難道別沒箇相識，偏薦到這三家村去處？」二箇一遞一句，說了半夜，喫得有八九分酒了，程虎道：「汪革寄與洪教頭書，書中不知寫甚言語，何不拆來一看？」程彪真箇解開包裹，將書取出，濕開封處看時，上寫道：

侍生汪革再拜，覆書子敬教師門下：久別懷念，得手書如對面，喜可知也。承薦二程，即留與小兒相處。奈彼欲行甚促，僕又有臨安之遊，不得厚贈。有負來意，慚愧，慚愧！

書尾又寫細字一行，云：

別諭俟從臨安回即得踐約，計期當在秋涼矣。革再拜。

程虎看罷，大怒道：「你是箇富家，特地投奔你一場，便多將金帛結識我們，久後也有相逢處。又不是雇工代役，算甚日子久近！卻說道欲行甚促，不得厚贈，主意原自輕了。」程虎便要將書扯碎燒毀，卻是程彪不肯，依舊收藏了。說道：「洪教頭薦我兄弟一番，也把箇回信與他，使他曉得沒甚湯水❾。」

❾ 湯水：油水；好處。

程虎道：「也說得是。」當夜安歇無話。

次早起身，又行了一日，第三日趕到太湖縣，見了洪教頭，洪恭在茶坊內坐下，各敘寒溫。原來洪恭向來娶下箇小老婆，喚做細姨，最是幫家做活，看蠶織絹，不辭辛苦，洪恭十分寵愛。只是一件，那婦人是勤苦作家的人，水也不捨得一盃與人喫的。前次程彪、程虎兄弟來時，洪恭雖然送在菴院安歇，卻費了他朝暮兩餐，被那婦人絮聒❿了好幾日。今番二程又來，洪恭不敢延款了，又乏錢相贈；家中存得幾疋好絹，洪恭要贈與二程。料是細姨不肯，自到房中，取了四疋，揣在懷裡。剛出房門，被細姨撞見，攔住道：「老無知，你將這絹往那裡去？」洪恭遮掩不過，只得央道：「程家兄弟，是我好朋友。今日遠來別我還鄉，無物表情。你只當權借這絹與我，休得違拗。」細姨道：「老娘千辛萬苦，織成這絹，不把來白送與人的。你自家有絹，自家做人情，莫要干涉老娘。」洪恭又道：「他好意遠來看我，酒也不留他喫三杯了，這四疋絹怎省得？我的娘，好歹讓我做主這一遭兒，待送他轉身，我自來陪你的禮。」說罷就走。細姨扯住衫袖，道：「你說他遠來，有甚好意？前番白白裡喫了兩頓，今番又做指望。這幾疋絹，老娘自家也不捨得做衣服穿；他有甚親情往來，卻要送他？他要絹時，只教他自與老娘取討。」洪恭見小老婆執意不肯，又怕二程等久，只得發箇狠，灑脫袖子，逕奔出茶坊來。惹得細姨猴急，發起話來道：「甚麼沒廉恥的光棍，非親非眷，不時到人家蒿惱！各人要達時務便好，我們開茶坊的人家，有甚大出產？常言道：『貼人不富自家窮。』有我們這樣老無知老禽獸，不守本分，慣一招引閒神野鬼⓫

❿ 絮聒：嘮叨。

⓫ 閒神野鬼：比喻不務正業，到處遊逛、尋事生非的人。

上門鬧吵！看你沒飯在鍋裡時節，有那箇好朋友，把一斗五升來資助你？」故意走到屏風背後，千禽獸萬禽獸的罵。原來細姨在內爭論時，二程一句句都聽得了，心中十分焦燥。又聽得後來罵詈，好沒意思，不等洪恭作別，取了包裹便走。洪恭隨後趕來，說道：「小妾因兩日有些反目，故此言語不順，二位休得計較。這粗絹四疋，權折一飯之敬，休嫌微鮮。」程彪、程虎那裡肯受，抵死推辭。洪恭只得取絹自回，細姨見有了絹，方纔住口。正是：

從來陰性吝嗇，一文割捨不得。剝盡老公面皮，惡斷朋友親戚。

大抵婦人家勤儉惜財，固是美事，也要通乎人情。比如細姨一味慳吝，不存丈夫體面，他自躲在房室之內，做男子的免不得出外，如何做人？為此恩變為仇，招非攬禍，往往有之。所以古人說得好，道是：「妻賢夫禍少，子孝父心寬。」

閒話休題。再說程彪、程虎二人，初意來見洪教頭，指望照前款留，他便細訴心腹，再求他薦到箇好去處，又作道理。不期反受了一場辱罵，思量沒處出氣。所帶汪革回書未投，想起：「書中有別諭候秋涼踐約等話，不知何事？心裡正恨汪革，何不陷他謀叛之情，兩處氣都出了？好計，好計！只一件，這書上原無實證，難以出首，除非……如此如此。」二人離了太湖縣，行至江州，在城外覓箇旅店，安放行李。

次日，弟兄兩箇改換衣裝，到宣撫司衙門前趦了一回。回來喫了早飯，說道：「多時不曾上潯陽樓，今日何不去一看？」兩箇鎖上房門，帶了些散碎銀兩，逕到潯陽樓來。那樓上遊人無數，二人倚欄觀看。

忽有人扯著程彪的衣袂，叫道：「程大哥，幾時到此？」程彪回頭看，認得是府內慣緝事的⓬，諢名叫做「張光頭」。程彪慌忙叫兄弟程虎，一齊作揖，說道：「一言難盡。且同坐喫三杯，慢慢的告訴。」當下三人揀副空座頭坐下，吩咐酒保取酒來飲。張光頭道：「聞知二位在安慶汪家做教師，甚好際遇！」程彪道：「甚麼際遇！幾乎弄出大事來！」便附耳低言道：「汪革久霸一鄉，漸有謀叛之意。從我學弓馬戰陣，莊客數千，都教演精熟了，約太湖洪教頭洪恭，秋涼一同舉事。教我二人糾合忠義軍舊人為內應，我二人不從，逃走至此。」張光頭道：「有甚證驗？」程虎道：「見有書札托我回覆洪恭，我不曾替他投遞。」張光頭道：「書在何處？借來一看。」程彪道：「在下處。」三人飲了一回，還了酒錢。張光頭直跟二程到下處，取書看了道：「這是機密重情，不可洩漏。不才即當稟知宣撫司，一位定有重賞。」說罷，作別去了。

次日，張光頭將此事密密的稟知宣撫使劉光祖。光祖即捕二程兄弟置獄，取其口詞，並汪革復洪恭書札，密地飛報樞密府。樞密府官大驚，商量道：「汪革見在本府候用，何不擒來鞫問？」差人去拿汪革時，汪革已自走了。原來汪革素性輕財好義，樞密府裡的人，一箇箇和他相好。聞得風聲，預先報與他知道，因此汪革連夜逃回。樞密府官見拿汪革不著，愈加心慌，便上表奏聞天子。天子降詔，責令宣撫使捕汪革、洪恭等。宣撫司移文安慶李太守，轉行太湖、宿松二縣，拿捕反賊。

卻說洪恭在太湖縣廣有耳目，聞風先已逃避無獲。只有汪革家私浩大，一時難走。此時宿松縣令正缺，只有縣尉姓何名能，是他權印。奉了郡檄，點起土兵⓭二百餘人，望麻地進發。行未十里，何縣尉

⓬ 慣緝事的：善於拘捕犯人的人。

⓭ 土兵：民兵。

在馬上思量道：「聞得汪家父子驍勇，更兼治戶魚戶，不下千餘。我這一去可不枉送了性命？」乃與土兵都頭商議，向山谷僻處屯住數日，回來稟知李太守道：「汪革反謀，果是真的。莊上器械精利，整備拒捕。小官寡不敵眾，只得回軍。伏乞鈞旨，別差勇將前去，方可成功。」李公聽信了，便請都監郭擇商議。郭擇道：「汪革武斷一鄉，目無官府，已非一日。若說反叛，其情未的。據稱拒捕，何曾見官兵殺傷？依起愚見，不須動兵，小將不才，情願挺身到彼，覷其動靜。若彼無叛情，要他親到府中分辨。他若不來，勦除未晚。」李公道：「都監所言極當，即煩一行。須體察仔細，不可被他瞞過。」郭擇道：「小將理會得。」李公又問道：「將軍此行，帶多少人去？」郭擇道：「只親隨十餘人足矣。」李公道：「下官將一人幫助。」即喚緝捕使臣王立到來。王立朝上唱箇喏，立於旁邊。李公指著道：「此人膽力頗壯，將軍同他去時，緩急有用。」原來郭擇與汪革素有交情，此行輕身而往，本要勸諭汪革，周全其事。不期太守差王立同去，他倚著上官差遣，便要誇才賣智⓮，七嘴八張，連我也不好做事了。欲待推辭不要他去，又怕太守疑心。只得領諾，怏怏而別。

次早，王立抓扎停當，便去催促郭擇起身。又向郭擇道：「郡中捕賊文書，須要帶去。汪革這廝，來便來，不來時，小人帶著都監一條蔴繩扣他頸皮。王法無親，那怕他走上天去！」郭擇早有三分不樂，便道：「文書雖帶在此，一時不可說破，還要相機而行。」王立定要討文書來看，郭擇只得與他看了。王立便要拿起，卻是郭擇不肯，自己收過，藏在袖裡。當日郭擇和王立都騎了馬，手下跟隨的，不上二十箇人，離了郡城，望宿松而進。

⓮ 誇才賣智：賣弄才能。

卻說汪革自臨安回家，已知樞密院行文消息，正不知這場是非，從何而起。卻也自恃沒有反叛實跡，跟腳牢實，放心得下。前番何縣尉領兵來捕，雖不曾到麻地，已自備細知道。這番如何不打探消息？聞知郡中又差郭都監來，帶不滿二十人，只怕是誘敵之計，預戒莊客，人作準備。吩咐兒子汪世雄，埋伏壯丁伺候。倘若官兵來時，只索抵敵。卻說世雄妻張氏，乃太湖縣鹽賈張四郎之女，平日最有智數。見其夫裝束，問知其情，乃出房對汪革說道：「公公素以豪俠名，積漸為官府所忌。若其原非反叛，官府亦自知之。為今之計，不若挺身出辨，得罪猶小，尚可保全家門。倘一有拒捕之名，弄假成真，百口難訴，悔之無及矣。」汪革道：「郭都監，吾之故人，來時定有商量。」遂不從張氏之言。

再說郭擇到了麻地，逕至汪革門首，汪革早在門外迎候，說道：「不知都監駕臨，荒僻失於遠接。」郭擇道：「郭某此來，甚非得已，信之必然相諒。」兩箇揖讓升廳，分賓坐定，各敘寒溫。郭擇看見兩廂廊莊客往來不絕，明晃晃擺著刀鎗，心下頗懷悚懼。又見王立跟定在身傍，不好細談。汪革開言問道：「此位何人？」郭擇道：「此乃太守相公所遣王觀察也。」汪革起身，重與王立作揖，道：「失瞻⑮，休罪！」便請王立在廳側小閣兒內坐下，差箇主管相陪，其餘從人俱在門首空房中安扎。一時間備下三席大酒：郭擇客位一席，汪革主位相陪；一席王立；另自一席餘從，滿盤肉，大甕酒，儘他醉飽。飲酒中間，汪革又移席書房中小坐，卻細叩郭擇來意。郭擇隱卻郡檄內言語，只說道：「太守相公深知信之被誣，命郭某前來勸諭。信之若藏身不出，便是無絲有線⑯了；若肯至郡分辨，郭某一力擔當。」汪革

⑮ 失瞻：失敬。

⑯ 無絲有線：指雖無私情，仍有嫌疑。絲為「私」的諧音，線指線索。

道：「且請寬飲，卻又理會。」郭擇真心要周全汪革，乘王立不在眼前，正好說話，連次催併⑰汪革決計。汪革見逼得慌，愈加疑惑。此時六月天氣，暑氣蒸人，汪革要郭擇解衣暢飲，郭擇不肯。郭擇連次要起身，汪革也不放。只管斟著大觥相勸，自巳牌至申牌時分，席還不散。郭擇見天色將晚，恐怕他留宿，決意起身，說道：「適郭某所言，出於至誠，並無半字相欺。從與不從，早早裁決，休得兩相擔誤。」汪革帶著半醉，喚郭擇的表字道：「希顏是我故人，敢不吐露心腹。某無辜受謗，不知所由。今即欲入郡參謁，又恐郡守不分皁白，阿附上官，強入人罪。鼠雀貪生，人豈不惜命？今有楮券⑱四百，聊奉希顏表意，為我轉限兩三箇月，我當向臨安借貴要之力，與樞密院討箇人情。上面先說得停妥，方敢出頭。希顏念吾平日交情，休得推委。」郭擇本不欲受，只恐汪革心疑生變，乃佯笑道：「平昔相知，自當效力，何勞厚賜？暫時領愛，容他日璧還。」卻待舒手去接那楮券，誰知王觀察王立站在窗外，聽得汪革將楮券送郭擇，自己卻沒甚賄賂，帶著九分九釐醉態，不覺大怒，拍窗大叫道：「好都監！樞密院奉聖旨著本郡取謀反犯人，乃受錢轉限，誰人敢擔這干係？」原來汪世雄率領壯丁，正伏在壁後。聽得此語，即時躍出，將郭擇一索捆番，罵道：「吾父與你何等交情，如何藏匿聖旨文書，哄騙吾父入郡。陷之死地，是何道理？」王立在窗外聽見勢頭不好，早轉身便走。正遇著一條好漢，提著朴刀攔住。那人姓劉名青，綽號「劉千斤」，乃汪革手下第一箇心腹家奴，喝道：「賊子那裡走！」王立拔出腰刀廝鬬，奪路向前，早被劉青左臂上砍上一刀。王立負痛而奔，劉青緊步趕上。只聽得莊外喊聲大舉，莊客將從人亂

⑰ 催併：催促。

⑱ 楮券：紙幣。

砍，盡皆殺死。王立肩胛上又中了一朴刀，情知逃走不脫，便隨刀仆地，裝做僵死。莊客將撓鉤拖出，和眾死屍一堆兒堆向牆邊。汪革當廳坐下，汪世雄押郭擇當面，搜出袖內文書一卷。汪革看了大怒，喝教斬首。郭擇叩頭求饒道：「此事非關小人，都因何縣尉妄稟拒捕，以致太守發怒。小人奉上官差委，不得已而來。若得何縣尉面對明白，小人雖死不恨。」汪革道：「砍下你這驢頭也罷，省得那狗縣尉沒有了證見。」吩咐權鎖在耳房中。教汪世雄即時往炭山冶坊等處，凡壯丁都要取齊⑲聽令。

卻說炭山都是村農怕事，聞說汪家造反，一箇箇都向深山中藏躲。只有冶坊中大半是無賴之徒，一呼而集，約有三百餘人。都到莊上，殺牛宰馬，權做賞軍。莊上原有駿馬三匹，日行數百里，價值千金。那馬都有名色，叫做：

惺惺騮，小驄騾，番婆子。

又平日結識得四箇好漢，都是膽勇過人的，那四箇？

龔四八，董三，董四，錢四二。

其時也都來莊上，開懷飲酒，直喫到四更盡，五更初。眾人都醉飽了，汪革扎縛起來，真像箇好漢：

頭總旋風髻，身穿白錦袍；鞾鞋兜腳緊，裹肚繫身牢；多帶穿楊箭，高擎斬鐵刀；雄威真罕見，

---

⑲ 取齊：會合。

麻地顯英豪。

汪革自騎著番婆子，控馬的用著劉青，又是一箇不良善的。怎生模樣？

剛鬚環眼威風凜，八尺長軀一片錦。千斤鐵臂敢相持，好漢逢他打寒噤。

汪革引著一百人為前鋒。董三、董四、錢四二共引三百人為中軍。汪世雄騎著小驄騍，卻教龔四八騎著惺惺騮相隨，引一百餘人，押著郭都監為後隊。分發已定，連放三箇大硫，一齊起身，望宿松進發，要拿何縣尉。正是：

人無害虎心，虎有傷人意。

離城約五里之近，天色大明。只見錢四二跑上前向汪革說道：「要拿一箇縣尉，何須驚天動地；只消數人突然而入，縛了他來就是。」汪革道：「此言有理。」就教錢四二押著大隊屯住，單領董三、董四、劉青和二十餘人前行，望見城濠邊一群小兒連臂而歌，歌曰：

二六佳人姓汪，偷箇船兒過江。過江能幾日？一杯熱酒難當。

歌之不已。汪革策馬近前叱之，忽然不見，心下甚疑。到縣前時，已是早衙時分，只見靜悄悄地，絕無動靜。汪革卻待下馬，只見一箇直宿的老門子，從縣裡面唱著哩嗹花兒⑳的走出，被劉青一把拿住問道：

⑳ 哩嗹花兒：乞丐所唱的歌曲。也作「蓮花落」。

「何縣尉在那裡？」老門子答道：「昨日往東村勾攝公事未回。」汪革就教他引路，逕出東門。約行二十餘里，來到一所大廟，喚做福應侯廟，乃是一邑之香火，本邑奉事甚謹，最有靈應。老門子指道：「每常官府下鄉，只在這廟裡歇宿，可以問之。」汪革下馬入廟，廟祝見人馬雄壯，刀仗鮮明，正不知甚人，唬得尿流屁滾，跪地迎接。汪革問他縣尉消息，廟祝道：「昨晚果然在廟安歇，今日五更起馬，不知去向。」汪革方信老門子是實話，將他放了。就在廟裡打了中火，遣人四下踪跡縣尉，並無的信。看看捱至申牌時分，汪革心中十分焦燥，教取火來，把這福應侯廟燒做白地，引眾仍回舊路。劉青道：「縣尉雖然不在，卻有妻小在官廨中。若取之為質，何愁縣尉不來。」汪革點頭道：「是。」行至東門，尚未昏黑，只見城門已閉。卻是王觀察王立不曾真死，負痛逃命入城，將事情一一稟知巡檢。那巡檢唬得面如土色，一面吩咐閉了城門，防他囉唣；一面申報郡中，說汪革殺人造反，早早發兵勦捕。再說汪革見城門閉了，便欲放火攻門。忽然一陣怪風，從城頭上旋將下來，那風好不利害！吹得人毛骨俱悚，驚得那匹番婆子也直立嘶鳴，倒退幾步。汪革在馬上大叫一聲，直跌下地來。正是：

未知性命如何，先見四肢不舉。

劉青見汪革墜馬，慌忙扶起看時，不言不語，好似中惡模樣，不省人事。劉青只得抱上雕鞍，董三、董四左右防護，劉青控馬而行。轉到南門，卻好汪世雄引著二三十人，帶著火把接應，合為一處。又行二里，汪革方纔甦醒，叫道：「怪哉！分明見一神人，身長數丈，頭如車輪，白袍金甲，身坐城堵上，腳垂至地。神兵簇擁，不計其數，旗上明寫『福應侯』三字。那神人舒左腳踢我下馬，想是神道怪我燒毀其廟，所以為禍也。明早引大隊到來，白日裡攻打，看他如何？」汪世雄道：「父親還不知道，錢四二恐防累及，已有異心，不知與眾人如何商議了，他先洋洋而去。以後眾人陸續走散，三停中已去了二停。父親不如回到家中再作計較。」汪革聽罷，懊恨不已。

行至屯兵之地，見龔四八，所言相同。郭擇還鎖押在彼，汪革一時性起，拔出佩刀，將郭擇劈做兩截。引眾再回麻地坡來，一路上又跑散了許多人。到莊點點人數，止存六十餘人。汪革歎道：「吾素有忠義之志，忽為奸人所陷，無由自明。初意欲擒拿縣尉，究問根由，報仇雪恥。因借府庫之資，招徠豪傑，跌宕江淮，驅除這些貪官汙吏，使威名蓋世。然後就朝廷恩撫，為國家出力，建萬世之功業。今吾志不就，命也。」對龔四八等道：「感眾兄弟相從不舍，吾何忍負累？今罪犯必死，此身已不足惜，眾兄弟何不將我掷去送官，自脫其禍？」龔四八等齊聲道：「哥哥說那裡話！我等平日受你看顧大恩，今日患難之際，生死相依，豈有更變？哥哥休將錢四二一例看待。」汪革道：「雖然如此，這麻地坡是箇死路，若官兵一到，沒有退步。大抵朝廷之事，虎頭蛇尾，且暫為逃難之計，倘或老天可憐，不絕盡汪門宗祀，此地還是我子孫故業。不然，我汪革魂魄，亦不復到此矣。」言訖，撲簌簌兩行淚下。汪世雄放聲大哭，龔四八等皆泣下，不能仰視。汪革道：「天明恐有軍馬來到，事不宜遲矣，天荒湖有漁戶可依，權且躲避。」乃盡出金珠，將一半付與董三、董四，教他變姓易名，往臨安行都為賈，布散流言，說何縣尉迫脅汪革，實無反情。只當公道不平，逢人分析。那一半付與龔四八，教他領了三歲的孫子，潛往吳郡藏匿。官府只慮我北去通虜，決不疑在近地。事平之後，逕到嚴州遂安縣，尋我哥哥汪師中，必然收留。乃將三匹名馬分贈三人。龔四八道：「此馬毛色非凡，恐被人識破，不可乘也。」汪革道：

「若遺與他人，有損無益。」提起大刀，一刀一匹，三馬盡皆殺死。莊前莊後，放起一把無情火，必必剝剝，燒得烈焰騰天。汪革與龔、董三人，就火光中灑淚分別。世雄妻張氏，見三歲的孩兒去了，大哭一場，自投於火而死。若汪革早聽其言，豈有今日？正是：

良藥苦口，忠言逆耳。有智婦人，賽過男子。

話分兩頭。卻說安慶李太守見了宿松縣申文，大驚，忙備文書各上司處申報。一面行文各縣，招集民兵勦賊。江淮宣撫司劉光祖將事情裝點大了，奏聞朝廷。旨意倒下樞密院，著本處統帥約會各郡軍馬，合力勦捕，毋致蔓延。劉光祖各郡調兵，到者約有四五千之數；已知汪革燒毀房舍，逃入天荒湖內，又調各處船兵水陸並進。又支會㉑平江一路，用兵邀截，以防走逸。那領兵官無非是都監、提轄、縣尉、巡檢之類，素聞汪革驍勇，黨與甚眾，人有畏怯之心。陸軍只屯住在望江城外，水軍只屯在裡湖港口，搶擄民財，消磨糧餉，那箇敢下湖捕賊？住了二十餘日，湖中並無動靜。有幾箇大膽的乘箇小舡船，哨探出去，望見蘆葦中煙火不絕，遠遠的鼓聲敲響。不敢近視，依舊舡轉，又過幾日，煙火也沒了，鼓聲也不聞了。水哨稟知軍官，移船出港，篩鑼擂鼓，搖旗吶喊而前，搨㉒入湖中。連打魚的小船都四散躲

汪革傷感不已，然無可奈何了。天色將明，吩咐莊客：不願跟隨的，聽其自便。引了妻兒老少，和劉青等心腹三十餘人，逕投望江縣天荒湖來，取五隻漁船，分載人口，搖向蘆葦深處藏躲。

㉑ 支會：知會；通知。

㉒ 搨：同「蕩」。搖動；擺動。

過，並不見一隻。向蘆葦煙起處搜看時，鬼腳跡也沒一箇了。但見幾隻破船上堆卻木屑和草根，煨得船板焦黑。淺渚上有兩三面大鼓，鼓上縛著羊，連羊也餓得半死了。原來鼓聲是羊蹄所擊，煙火乃木屑。汪革從湖入江，已順流東去，正不知幾時了。軍官懼罪，只得將船追去。行出江口，只見五箇漁船，一字兒泊在江邊，船上立著箇漢子，有人認得這船是天荒湖內的漁船。攏船去拿那漢子查問時，那漢子噙著眼淚，告訴道：「小人姓樊名速，川中人氏，因到此做些小商販，買賣已畢，與一箇鄉親同坐一隻大船，三日前來此江口，撞著這五箇漁船。船上許多好漢，自稱汪十二爺，要借我大船安頓人口，將這五箇小船相換。我不肯時，腰間拔出雪樣的刀來便要殺害，只得讓與他去了。你看這箇小船，怎過得川江？累我重復覓船，好不苦也！」船上兩箇軍官商量道：「眼見得換船的汪十二爺，便是汪革了。他人眾已散，只有兩隻大船，容易算計了，且放心趕去。」行至采石磯邊，見江面上擺列戰艦無數。卻是太平郡差出軍官，領水軍把截采石，盤詰行船，恐防反賊汪革走逸。打聽的實，兩處軍官相會。安慶軍官說起：「汪革在湖中逃走入江，劫上兩隻大客船，裝載家小之事，料他必從此過。小將跟尋下來，如何不見？」采石軍官聽說，大驚頓足道：「我被這奸賊瞞過了也！前兩日辰牌時分，果有兩隻大客船！船中滿載家小。其人冠帶來謁，自稱姓王名中一，為蜀中參軍，任滿赴行都陞補。想來『汪』字半邊是『王』字，『革』字下截是『中一』二字，此人正是汪革。今已過去，不知何往矣。」兩處軍官度道，失了汪革正賊，料瞞不過，只得從實申報上司。上司見汪革蹤跡神出鬼沒，愈加疑慮，請樞密院懸下賞格，畫影圖形，各處張掛。有能擒捕汪革者，給賞一萬貫，官陞三級；獲其嫡親家屬一口者，賞三千貫，官陞一級。

卻說汪革乘著兩隻客船，逕下太湖。過了數日，聞知官府挨捕緊急，料是藏躲不了，將客船鑿沉湖底，將家小寄頓一箇打魚人家，多將金帛相贈，約定一年後來取。卻教劉青跟隨兒子汪世雄，間道往無為州漕司㉓出首，說父親原無反情，特為縣尉何能陷害，見今逃難行都，乞押去追尋，免致興兵調餉。此乃保全家門之計，不可遲滯。世雄被父親所逼，只得去了。漕司看了汪世雄首詞，問了備細，差官鎖押到臨安府，挨獲汪革，一面稟知樞密等院衙門去訖。

卻說汪革發脫家小，單單剩得一身，改換衣裝，逕望臨安而走。在城外住了數日，不見兒子世雄消息，想起城北廂官㉔白正，係向年相識，乃夜入北關，叩門求見。白正見是汪革，大驚，便欲走避。汪革扯住說道：「兄長勿疑，某此來束手投罪，非相累也。」白正方纔心穩，開言問道：「官府捕足下甚急，何為來此？」汪革將冤情告訴了一遍，如今願借兄長之力，得詣闕自明，死亦無恨。白正留汪革住了一宿，次早報知樞密府，遂下於大理院獄中。獄官拷問他家屬何在，及同黨之人姓名，汪革道：「妻小都死於火中，只有一子名世雄，一向在外做客，並不知情。莊丁俱是村民，各各逃命去訖，亦不記姓名。」獄官嚴刑拷訊，終不肯說。

卻說白正不願領賞，記功陞官，心下十分可憐汪革，一應獄中事體，替他周旋。臨安府聞說反賊汪革投到，把做異事傳播。董三、董四知道了，也來暗地與他使錢。大尹院上官下吏都得了賄賂，汪革稍得寬展。遂於獄中上書，大略云：

---

㉓ 漕司：宋代稱轉運使為「漕司」。負責徵稅、漕運等。

㉔ 廂官：南宋臨安城設有廂官，管百姓訴訟。

臣汪革，於某年某月投匭獻策，願倡率兩淮忠義，為國家前驅破虜，恢復中原。臣志在報國，如此豈有貳心？不知何人謗臣為反，又不知所指何事。願得其人與臣面質，使臣心跡明白，雖死猶生矣。

天子見其書，乃詔九江府押送程彪、程虎二人，到行都並下大理鞫問。其時無為州漕司文書亦到，汪世雄也來了。那會審一日，好不熱鬧。汪革父子相會，一段悲傷，自不必說。看見對頭，卻是二程兄弟，出自意外，倒喫一驚，方曉得這場是非的來歷。刑官審問時，二程並無他話。只指汪革所寄洪恭之書為據。汪革辯道：「書中所約秋涼踐約，原欲置買太湖縣湖蕩，並非別情。」刑官道：「洪恭已在逃了，有何對證？」汪世雄道：「聞得洪恭見在宣城居住，只拿他來審，便知端的。」刑官一時不能決，權將四人分頭監候，行文寧國府去了。不一日，本府將洪恭解到。劉青在外面已自買囑解子，先將程彪、程虎根由備細與洪恭說了。洪恭料得沒事，大著膽進院。遂將寫書推薦二程，約汪革來看湖蕩，及汪家賚發薄了，二人不悅，並贈絹不受之故，始末根由，說了一遍。汪革回書，被程彪、程虎藏匿不付。兩頭懷恨，遂造此謀，誣陷平人，更無別故。堂上官錄了口詞，向獄中取出汪家父子、二程兄弟面證。程彪、程虎見洪恭說得的實了，無言可答。汪革又將何縣尉停泊中途，詐稱拒捕，以致上司激怒等因，說了一遍。問官再四推鞫無異，又且得了賄賂，有心要周旋其事。當時判出審單，略云：

審得犯人一名汪革，頗有俠名，原無反狀。始因二程之私怨，妄解書詞；繼因何尉之訛言，遂開兵釁。察其本謀，實非得已。但不合不行告辯，糾合凶徒，擅殺職官郭擇及土兵數人。情雖可原，罪實難宥。思其束手自投，顯非抗拒。但行凶非止一人，據革自供當時逃散，不記姓名。而郡縣申文，已有劉青名字。合行文本處訪拿治罪，不可終成漏網。革子世雄，知情與否，亦難懸斷。然觀無為州首詞與同惡相濟者不侔，似宜准自首例，姑從末減㉕。汪革照律該凌遲處死，仍梟首示眾，決不待時。汪世雄杖脊發配二千里外。程彪、程虎首事妄言，杖脊發配一千里外。俱係凶黨劉青等到後發遣。洪恭供明釋放。縣尉何能捕賊無才，罷官削籍。

獄具，覆奏天子。聖旨依擬。劉青一聞這箇消息，預先漏㉖與獄中，只勸汪革服毒自盡。汪革這一死，正應著宿松城下小兒之歌。他說「二六佳人姓汪」，汪革排行十二也；「偷箇船兒過江」，是指劫船之事；「過江能幾日？一盃熱酒難當」，汪革今日將熱酒服毒，果應其言矣。古來說童謠，乃天上熒惑星化成小兒，預言禍福。看起來汪革雖不曾成什麼大事，卻被官府大驚小怪，起兵調將，騷擾幾處州郡，名動京師，憂及天子，便有童謠預兆，亦非偶然也。

閒話休題。再說汪革死後，大理院官驗過，仍將死屍梟首懸掛國門。劉青先將屍骸藏過，半夜裡偷其頭去藁葬於臨安北門十里之外。次日私對董三說知其處，然後自投大理院，將一應殺人之事，獨自承認，又自訴偷葬主人之情。大理院官用刑嚴訊，備諸毒苦，要他招出葬屍處，終不肯言。是夜受苦不過，死於獄中。後人有詩贊云：

㉕ 末減：減刑。

㉖ 漏：透漏。

從容就獄申王法，慷慨捐生報主恩。多少朝中食祿者，幾人殉義似劉青？

大理院官見劉青死了，就算箇完局。獄中取出汪世雄及程彪、程虎，決斷發配。董三、董四在外，已自使了手腳，買囑了行杖的，汪世雄皮膚也不曾傷損。程彪、程虎著實喫了大虧，又兼解子也受了買囑，一路上將他兩箇難為。行至中途，程彪先病故了，只將程虎解去，不知下落。那解汪世雄的得了許多銀兩，剛行得三四百里，將他縱放。汪世雄躲在江湖上，使鎗棒賣藥為生，不在話下。

再說董三、董四收拾了本錢，往姑蘇尋著了龔四八，領了小孩子；又往太湖打魚人家，尋了汪家老小。三箇人扮作僕者模樣，一路跟隨，直送至嚴州遂安縣汪師中處。汪孚問知詳細，感傷不已，撥宅安頓。龔、董等都移家附近居住。卻有汪孚衛護，地方上誰敢道箇不字。

過了半載，事漸冷了。汪師中遣龔四八、董四二人，往麻地坡查理舊時產業。那邊依舊有人造炭冶鐵，問起緣故，卻是錢四二為主，倡率鄉民做事，就頂了汪革的故業。只有天荒湖漁戶不肯從順。董四大怒，罵道：「這反覆不義之賊，恁般享用得好，心下何安？我拚著性命，與汪信之哥哥報仇。」提了朴刀，便要尋錢四二賭命。龔四八止住道：「不可，不可。他既在此做事，鄉民都幫助他的。寡不敵眾，枉惹人笑。不如回覆師中，再作道理。」二人轉至宿松。何期正在郭都監門首經過，有認得董四的，閒著口，對郭都監的家人郭興說道：「這來的矮胖漢，便是汪革的心腹幫手，叫做董學，排行第四。」郭興聽罷，心下想道：「家主之仇，如何不報？」讓一步過去，出其不意，從背心上狠的一拳，將董四抑倒，急叫道：「拿得反賊汪革手下殺人的凶徒在此！」宅裡奔出四五條漢子出來，街坊上人一擁都來，唬得龔四八不敢相救，一道煙走了。郭興招引地方將董四背剪捆起，頭髮都搏得乾乾淨淨，一步一棍，解到宿松縣來。此時新縣官尚未到任，何縣尉又壞官去了，卻是典史掌印，不敢自專，轉解到安慶李太守處。李太守因前番汪革反情不實，輕事重報，被上司埋怨了一場，不勝懊悔。今日又說起汪革，頭也疼將起來，反怪地方多事，罵道：「汪革殺人事，奉聖旨處分了當。郭擇性命已償過了，如何又生事擾害？那典史與他起解，好不曉事！」囑教將董四放了。郭興和地方人等，一場沒趣而散。董四被郭家打傷，負痛奔回遂安縣去。

卻說龔四八先回。將錢四二占了炭冶生業，及董四被郭家拿住之事，細說一遍。汪孚度道必然解郡，卻待差人到安慶去替他用錢營幹㉗。忽見董四光著頭奔回，訴說如此如此，若非李太守好意，性命不保。汪孚道：「據官府口氣，此事已撇過一邊了。雖然董四哥喫了些虧，也得了箇好消息。」又過幾日，汪孚自引了家童二十餘人，來到麻地坡，尋錢四二與他說話。錢四二聞知汪孚自來，如何敢出頭？帶著妻子，連夜逃走去了，倒撇下房屋家計。汪孚道：「這不義之物，不可用之。」賞與本地炭戶等，儘他搬運，房屋也都拆去了。汪孚買起木料，燒磚造瓦，另蓋起樓房一所。將汪革先前炭冶之業，一一查清，仍舊汪氏管業。又到天荒湖拘集漁戶，每人賞賜布鈔，以收其心。這七十里天荒湖，仍為汪氏之產。又央人向郡中上下使錢，做汪孚出名，批了執照。汪孚在麻地坡住了十箇多月，百事做得停停當當，留下兩箇家人掌管，自己回遂安去。

不一日，哲宗皇帝晏駕㉘，新天子即位，頒下詔書，大赦天下。汪世雄纔敢回家，到遂安拜見了伯

---

㉗ 營幹：打通關節；斡旋。

㉘ 晏駕：皇帝死亡。

伯汪師中，抱頭而哭。聞得一家骨肉無恙，母子重逢，小孩兒已長成了，是汪孚取名，叫做汪千一。汪世雄心中一悲一喜。過了數日，汪世雄稟過伯伯，同董三到臨安走遭，要將父親骸骨奔歸埋葬。汪孚道：「此是大孝之事，我如何阻擋？但須早去早回。此間武彊山廣有隙地，風水儘好，我先與你葺理葬事。」汪世雄和董三去了。一路無事，不一日，負骨而回。重備棺木殯殮，擇日安葬。事畢，汪孚向姪兒說道：「麻地坡產業雖好，你父親在彼，挫了威風。又地方多有仇家，龔四八和董三、董四多有人認得，你去住不得了。我當初為一句閒話上，觸了你父親，彆口氣走向麻地坡去了，以致弄出許多事來。今日將我的產業盡數讓你，一來是見成事業，二來你父親墳塋在此，也好看管，也教你父親在九泉之下，消了這口怨氣。那麻地坡產業，我自移家往彼居住，不怕誰人奈何得我。」汪世雄拜謝了伯伯。當日汪孚將遂安房產帳目，盡數交付汪世雄明白，童僕也分下一半。自己領了家小，向麻地坡一路而去。從此遂安與宿松，分做二宗，往來不絕。汪世雄憑藉伯伯的財勢，地方無不信服。只為妻張氏赴火身死，終身不娶，專以訓兒為事。後來汪千一中了武舉，直做到親軍指揮使之職，子孫繁盛無比。這段話本叫做「汪信之一死救全家」。後人有詩贊云：

烈烈轟轟大丈夫，出門空手立家模。情真義士多幫手，賞薄宵人㉙起異圖。仗劍報仇因迫吏，挺身就獄為全孥。汪孚讓宅真高誼，千古傳名事豈誣？

---

㉙ 宵人：小人。

# 第四十卷　沈小霞相會出師表

閒向書齋閱古今，偶逢奇事感人心；忠臣番受奸臣制，骯髒英雄淚滿襟。休解綬，慢投簪，從來日月豈常陰？到頭禍福終須應，天道還分貞與淫。

話說國朝嘉靖年間，聖人在位，風調雨順，國泰民安。只為用錯了一箇奸臣，濁亂了朝政，險些兒不得太平。那奸臣是誰？姓嚴名嵩，號介溪，江西分宜人氏。以柔媚得幸，交通宦官，先意迎合，精勤齋醮，供奉青詞，由此驟致貴顯。為人外裝曲謹，內實猜刻。讒害了大學士夏言，自己代為首相，權尊勢重，朝野側目。兒子嚴世蕃，由官生❶直做到工部侍郎。他為人更狠，但有些小人之才，博聞強記，能思善算。介溪公最聽他的說話，凡疑難大事，必須與他商量，朝中有「大丞相」、「小丞相」之稱。他父子濟惡，招權納賄，賣官鬻爵。官員求富貴者，以重賂獻之，拜他門下做乾兒子，即得超遷顯位。由是不肖之人，奔走如市，科道❷衙門，皆其心腹牙爪。但有與他作對的，立見奇禍，輕則杖謫，重則殺戮，好不利害！除非不要性命的，纔敢開口說句公道話兒；若不是真正關龍逄❸、比干，十二分忠君愛

❶ 官生：官員子弟應鄉試的叫做「官生」。

❷ 科道：明代六科給事中十三道監察御史，統稱「科道」。

❸ 關龍逄：夏桀時之忠臣，被桀殺死。

國的，寧可誤了朝廷，豈敢得罪宰相？其時有無名子感慨時事，將神童詩改成四句云：

少小休勤學，錢財可立身。君看嚴宰相，必用有錢人。

又改四句，道是：

天子重權豪，開言惹禍苗。萬般皆下品，只有奉承高。

只為嚴嵩父子恃寵貪虐，罪惡如山，引出一箇忠臣來，做出一段奇奇怪怪的事跡，留下一段轟轟烈烈的話柄。一時身死，萬古名揚。正是：

家多孝子親安樂，國有忠臣世泰平。

那人姓沈名鍊，別號青霞，浙江紹興人氏。其人有文經武緯之才，濟世安民之志。從幼慕諸葛孔明之為人，孔明文集上有前出師表、後出師表，沈鍊平日愛誦之，手自抄錄數百遍，室中到處粘壁。每逢酒後，便高聲背誦，念到「鞠躬盡瘁，死而後已」。往往長嘆數聲，大哭而罷。以此為常，人都叫他是狂生。嘉靖戊戌年中了進士，除授知縣之職。他共做了三處知縣，那三處？溧陽、茌平、清豐。這三任官做得好，真箇是：

吏肅惟遵法，官清不愛錢。豪強皆斂手，百姓盡安眠。

因他生性伉直，不肯阿奉上官，左遷錦衣衛經歷❹。一到京師，看見嚴家贓穢狼藉，心中甚怒。忽一日值公宴，見嚴世蕃倨傲之狀，已自九分不像意。飲至中間，只見嚴世蕃狂呼亂叫，旁若無人，索巨觥飛酒，飲不盡者罰之。這巨觥約容酒斗餘，兩坐客懼世蕃威勢，沒人敢不喫。只有一箇馬給事，天性絕飲；世蕃故意將巨觥飛到他面前，馬給事再三告免，世蕃不依。馬給事略沾唇，面便發赤，眉頭打結，愁苦不勝。世蕃自去下席，親手揪了他的耳朵，將巨觥灌之。那給事出於無奈，悶著氣，一連幾口吸盡。不喫也罷，纔喫下時，覺得天在下，地在上，牆壁都團團轉動，頭重腳輕，站立不住。世蕃拍手呵呵大笑。沈鍊一肚子不平之氣，忽然揎袖而起，搶那隻巨觥在手，斟得滿滿的，走到世蕃面前說道：「馬司諫承老先生賜酒，已沾醉不能為禮，下官代他酬老先生一盃。」世蕃愕然，方欲舉手推辭，只見沈鍊聲色俱厲道：「此盃別人喫得，你也喫得。別人怕著你，我沈鍊不怕你！」也揪了世蕃的耳朵灌去。世蕃一飲而盡。沈鍊擲盃於案，一般拍手呵呵大笑。唬得眾官員面如土色，一箇箇低著頭，不敢則聲。世蕃假醉，先辭去了。沈鍊也不送，坐在椅上，歎道：「咳，『漢賊不兩立』！『漢賊不兩立』！」一連念了七八句，這句書也是出師表上的說話，他把嚴家比著曹操父子。眾人只怕世蕃聽見，倒替他捏兩把汗。沈鍊全不為意，又取酒連飲幾盃，盡醉方散。

睡到五更醒來，想道：「嚴世蕃這廝，被我使氣❺，逼他飲酒，他必然記恨來暗算我。一不做，二不休，有心只是一怪，不如先下手為強。我想嚴嵩父子之惡，神人怨怒。只因朝廷寵信甚固，我官卑職

❹ 錦衣衛經歷：明錦衣衛下設經歷司，掌公文。

❺ 使氣：使性子；意氣用事。

小，言而無益，欲待覷箇機會，方纔下手。如今等不及了，只當做張子房在博浪沙中椎擊秦始皇，雖然擊他不中，也好與眾人做箇榜樣。」就枕頭上思想疏稿，想到天明有了，起來焚香盥手，寫就表章。表上備說嚴嵩父子招權納賄，窮凶極惡，欺君誤國十大罪，乞誅之以謝天下。聖旨下道：「沈鍊謗訕大臣，沽名釣譽，著錦衣衛重打一百，發去口外❻為民。」嚴世蕃差人吩咐錦衣衛官校，定要將沈鍊打死。喜得堂上官❼，是箇有主意的人，那人姓陸名炳，平時極敬重沈公的節氣；況且又是屬官，相處得好的。因此反加周全，好生打箇出頭棍兒❽，不甚利害。戶部注籍，保安州為民。沈鍊帶著棒瘡，即日收拾行李，帶領妻子，雇著一輛車兒，出了國門❾，望保安進發。

原來沈公夫人徐氏，所生四箇兒子。長子沈襄，本府廩膳秀才，一向留家。次子沈袞、沈褒，隨任讀書。幼子沈袠，年方週歲。嫡親五口兒上路，滿朝文武，懼怕嚴家，沒一箇敢來送行。有詩為證：

一紙封章忤廟廊，蕭然行李入遐荒。相知不敢攀鞍送，恐觸權奸惹禍殃。

一路上辛苦，自不必說，且喜到了保安州了。那保安州屬宣府，是箇邊遠地方，不比內地繁華。異

---

❻ 口外：關外，指長城以外的地方。

❼ 堂上官：衙門長官。

❽ 打箇出頭棍兒：舊時犯人受杖打時，若先向衙役行賄，行刑時暗中照顧，將棍子中部著肉，可以減少痛苦，叫做「打出頭棍兒」。

❾ 國門：國都的城門。

鄉風景，舉目悽涼，況兼連日陰雨，天昏地黑，倍加慘戚。欲賃間民房居住，又無相識指引，不知何處安身是好？正在徬徨之際，只見一人打箇小傘前來，看見路旁行李，又見沈鍊一表非俗，立住了腳，相了一回，問道：「官人尊姓？何處來的？」沈鍊道：「姓沈，從京師來。」那人道：「小人聞得京中有箇沈經歷，上本要殺嚴嵩父子，莫非官人就是他麼？」沈鍊道：「正是。」那人道：「仰慕多時，幸得相會。此非說話之處，寒家離此不遠，便請攜寶眷同行到寒家權下，再作區處。」沈鍊見他十分慇勤，只得從命。行不多路便到了，看那人家，雖不是箇大大宅院，卻也精緻。那人揖沈鍊至於中堂，納頭便拜。沈鍊慌忙答禮，問道：「足下是誰？何故如此相愛？」那人道：「小人姓賈名石，是宣府衛一箇舍人⑩。哥哥是本衛千戶，先年身故無子，小人應襲；為嚴賊當權，襲職者都要重賂，小人不願為官。托賴祖蔭，有數畝薄田，務農度日。數日前聞閣下彈劾嚴氏，此乃天下忠臣義士也。又聞編管在此，小人渴欲一見，不意天遣相遇，三生有幸！」說罷又拜下去。沈公再三扶起，便教沈袞、沈褒與賈石相見。賈石教老婆迎接沈奶奶到內宅安置。交卸了行李，打發車夫等去了。吩咐莊客，宰豬買酒，管待沈公一家。賈石道：「這等雨天，料閣下也無處去，只好在寒家安歇了。請安心多飲幾盃，以寬勞頓。」沈鍊謝道：「萍水相逢，便承款宿，何以當此？」賈石道：「農莊粗糲，休嫌簡慢。」當日賓主酬酢，無非說些感慨時事的說話。兩邊說得情投意合，只恨相見之晚。

過了一宿，次早沈鍊起身，向賈石說道：「我要尋所房子，安頓老小，有煩舍人指引。」賈石道：「要什麼樣的房子？」沈鍊道：「只像宅上這一所，十分足意了，租價但憑尊教。」賈石道：「不妨事。」

⑩ 舍人：明代侍衛所承襲的武官子弟，叫做「舍人」。

出去踅了一回，轉來道：「賃房儘有，只是齷齪低窪，急切難得中意的。閣下不若就在草舍權住幾時，小人領著家小，自到外家去住。等閣下還朝，小人回來，可不穩便。」沈鍊道：「雖承厚愛，豈敢占舍人之宅？此事決不可。」賈石道：「小人雖是村農，頗識好歹。慕閣下忠義之士，想要執鞭墜鐙，尚且不能；今日天幸降臨，權讓這幾間草房與閣下作寓，也表得我小人一點敬賢之心，不須推遜。」話畢，慌忙吩咐莊客，推箇車兒，牽箇馬兒，帶箇驢兒，一夥子將細軟家私搬去，其餘家常動使家火，都留與沈公日用。沈鍊見他慨爽，甚不過意，願與他結義為兄弟。賈石道：「小人是一介村農，怎敢僭扳貴宦？」沈鍊道：「大丈夫意氣相許，那有貴賤？」賈石小沈鍊五歲，就拜沈鍊為兄，沈鍊教兩箇兒子拜賈石為義叔，賈石也喚妻子出來都相見了，做了一家兒親戚。賈石陪過沈鍊喫飯已畢，便引著妻子到外舅李家去訖。自此沈鍊只在賈石宅子內居住，時人有詩歎賈舍人借宅之事，詩曰：

傾蓋相逢意氣真，移家借宅表情親。世間多少親和友，競產爭財愧死人。

卻說保安州父老，聞知沈經歷為上本參嚴閣老貶斥到此，人人敬仰，都來拜望，爭識其面。也有運柴運米相助的，也有攜酒餚來請沈公喫的，又有遣子弟拜於門下聽教的。沈鍊每日間與地方人等，講論忠孝大節，及古來忠臣義士的故事。說到關心處，有時毛髮倒豎，拍案大叫；有時悲歌長歎，涕淚交流。地方若老若小，無不聳聽歡喜。或時唾罵嚴賊，地方人等齊聲附和，其中若有不開口的，眾人就罵他是不忠不義。一時高興，以後率以為常。又聞得沈經歷文武全材，都來合他去射箭。沈鍊教把稻草扎成三箇偶人，用布包裹，一寫「唐奸相李林甫」，一寫「宋奸相秦檜」，一寫「明奸相嚴嵩」，把那三箇偶人做箇射鵠⓫。假如要射李林甫的，便高聲罵道：「李賊看箭！」秦賊、嚴賊，都是如此。北方人性直，被沈經歷咶得熱鬧了，全不慮及嚴家知道。自古道：「若要不知，除非莫為。」世間只有權勢之家，報新聞的極多。早有人將此事報知嚴嵩父子，嚴嵩父子深以為恨，商議要尋箇事頭殺卻沈鍊，方免其患。適值宣大總督員缺，嚴閣老吩咐吏部，教把這缺與他門下乾兒子楊順做去。吏部依言，就將楊侍郎楊順差往宣大總督。楊順往嚴府拜辭，嚴世蕃置酒送行，席間屏人而語，托他要查沈鍊過失。楊順領命，唯唯而去。正是：

合成毒藥惟需酒，鑄就鋼刀待舉手。可憐忠義沈經歷，還向偶人誇大口。

卻說楊順到任不多時，適遇大同韃虜俺答，引眾入寇應州地方，連破了四十餘堡，擄去男婦無算。楊順不敢出兵救援，直待韃虜去後，方纔遣兵調將，為追襲之計。一般篩鑼擊鼓，揚旗放炮，都是鬼弄，那曾看見半箇韃子的影兒？楊順情知失機懼罪，密諭將士，搜獲避兵的平民，將他劗頭⓬斬首，充做韃虜首級，解往兵部報功，那一時不知殺死了多少無辜的百姓。沈鍊聞知其事，心中大怒，寫書一封，教中軍官送與楊順。中軍官曉得沈經歷是箇攬禍的太歲，書中不知寫甚麼說話，那裡肯與他送。沈鍊就穿了青衣小帽，在軍門伺候楊順出來，親自投遞。楊順接來看時，書中大略說道：一人功名事極小，百姓性命事極大。殺平民以冒功，於心何忍？況且遇韃賊止於擄掠，遇我兵反加殺戮，是將帥之惡，更甚於韃虜矣。書後又附詩一首，詩云：

⓫ 射鵠：射箭所用的靶。

⓬ 劗頭：刺頭。劗，音ㄘㄢˇ。刺。

殺生報主意何如？解道⓭「功成萬骨枯」。試聽沙場風雨夜，冤魂相喚覓頭顱。

楊順見書大怒，扯得粉碎。

卻說沈鍊又做了一篇祭文，率領門下子弟，備了祭禮，望空祭奠那些冤死之鬼。又作塞下吟云：

雲中一片虜烽高，出塞將軍已著勞。不斬單于誅百姓，可憐冤血染霜刀。

又詩云：

本為求生來避虜，誰知避虜反戕生？早知虜首將民假，悔不當時隨虜行。

楊總督標下有箇心腹指揮，姓羅名鎧，抄得此詩並祭文，密獻於楊順。楊順看了，愈加怨恨，遂將第一首詩改竄數字，詩曰：

雲中一片虜烽高，出塞將軍枉著勞。何以借他除佞賊，不須奏請上方刀。

寫就密書，連改詩封固，就差羅鎧送與嚴世蕃。書中說：沈鍊怨恨相國父子，陰結死士劍客，要乘機報仇。前番韃虜入寇，他吟詩四句，詩中有借虜除佞之語，意在不軌。世蕃見書大驚，即請心腹御史路楷商議。路楷曰：「不才若往按彼處，當為相國了當這件大事。」世蕃大喜，即吩咐都察院便差路楷巡按

⓭ 解道：回答說。

宣大。臨行世蕃治酒款別，說道：「煩寄語楊公，同心協力，若能除卻這心腹之患，當以侯伯世爵相酬，決不失信於二公也。」路楷領諾。不一日，奉了欽差勅令，來到宣府，到任與楊總督相見了。路楷遂將世蕃所托之語，一一對楊順說知。楊順道：「學生為此事朝思暮想，廢寢忘餐，恨無良策，以置此人於死地。」路楷道：「彼此留心，一來休負了嚴公父子的付托，二來自家富貴的機會，不可錯過。」楊順道：「說得是，倘有可下手處，彼此相報。」當日相別去了。

楊順思想路楷之言，一夜不睡。次早坐堂，只見中軍官報道：「今有蔚州衛拿獲妖賊二名，解到轅門外，伏聽鈞旨。」楊順道：「喚進來。」解官磕了頭，遞上文書，楊順拆開看了，呵呵大笑。這二名妖賊，叫做閻浩、楊胤夔，係妖人蕭芹之黨。原來蕭芹是白蓮教的頭兒，向來出入虜地，慣以燒香惑眾，哄騙虜酋俺答，說自家有奇術，能呪人使人立死，喝城使城立頹。虜酋愚甚，被他哄動，尊為國師。其黨數百人，自為一營。俺答幾次入寇，都是蕭芹等為之向導，中國屢受其害。先前史侍郎做總督時，遣通事重賂虜中頭目脫脫，對他說道：「天朝情願與你通好，將俺家布粟換你家馬，名為『馬市』，兩下息兵罷戰，各享安樂，此是美事。只怕蕭芹等在內作梗，和好不終。那蕭芹原是中國一箇無賴小人，全無術法，只是狡偽，哄誘你家，搶掠地方，他於中取事。郎主⓮若不信，可要蕭芹試其術法。委的喝得城頹。呪得人死，那時合當重用；若呪人人不死，喝城城不頹，顯是欺誑，何不縛送天朝？天朝感郎主之德，必有重賞。『馬市』一成，歲歲享無窮之利，煞強如⓯搶掠的勾當。」脫脫點頭道是，對郎主俺答說

⓮ 郎主：主人；酋長。

⓯ 煞強如：勝如。

了，俺答大喜，約會蕭芹，要將千騎隨之，從右衛而入，試其喝城之技。蕭芹自知必敗，改換服色，連夜脫身逃走，被居庸關守將盤詰，併其黨喬源、張攀隆等拿住，解到史侍郎處，招稱妖黨甚眾，山陝畿南，處處俱有。一向分頭緝捕，今日閻浩、楊胤夔亦是數內有名妖犯。楊總督看見獲解到來，一者也算他上任一功，二者要借這箇題目，牽害沈鍊，如何不喜？當晚就請路御史，來後堂商議道：「別箇題目擺布沈鍊不了，只有白蓮教通虜一事，聖上所最怒。如今將妖賊閻浩、楊胤夔招中，竄入沈鍊名字，只說浩等平日師事沈鍊，沈鍊因失職怨望，教浩等煽妖作幻，勾虜謀逆。天幸今日被擒，乞賜天誅，以絕後患。先用密稟稟知嚴家，教他叮囑刑部作速覆本。料這番沈鍊之命，必無逃矣。」路楷拍手道：「妙哉，妙哉！」

兩箇當時就商量了本稿，約齊了同時發本。嚴嵩先見了本稿及稟帖，便教嚴世蕃傳語刑部。那刑部尚書許論，是箇罷軟沒用的老兒，聽見嚴府吩咐，不敢怠慢，連忙覆本，一依楊、路二人之議。聖旨倒下，妖犯著本處巡按御史即時斬決。楊順蔭一子錦衣衛千戶，路楷紀功，陞遷三級，俟京堂⑯缺推用⑰。

話分兩頭。卻說楊順自發本之後，便差人密地裡拿沈鍊下於獄中。慌得徐夫人和沈袞、沈褒沒做理會，急尋義叔賈石商議。賈石道：「此必楊、路二賊為嚴家報仇之意，既然下獄，必然誣陷以重罪。兩位公子及今逃竄遠方，待等嚴家勢敗，方可出頭。若住在此處，楊、路二賊，決不干休。」沈袞道：「未曾看得父親下落，如何好去？」賈石道：「尊大人犯了對頭，決無保全之理。公子以宗祀為重，豈可拘

⑯ 京堂：在京城為官。

⑰ 推用：推陞。

於小孝，自取滅絕之禍？可勸令堂老夫人，早為遠害全身之計。尊大人處賈某自當央人看覷，不煩懸念。」二沈便將賈石之言，對徐夫人說知。徐夫人道：「你父親無罪陷獄，何忍棄之而去？賈叔叔雖然相厚，終是箇外人。我料楊、路二賊奉承嚴氏，亦不過與你爹爹作對，終不然累及妻子。你若畏罪而逃，父親倘然身死，骸骨無收，萬世罵你做不孝之子，何顏在世為人乎？」說罷，大哭不止。沈袞、沈褒齊聲慟哭。賈石聞知徐夫人不允，歎惜而去。

過了數日，賈石打聽的實，果然扭入白蓮教之黨，問成死罪。沈鍊在獄中大罵不止。楊順自知理虧，只恐臨時處決，怕他在眾人面前毒罵，不好看相，預先問獄官責取病狀，將沈鍊結果了性命。賈石將此報與徐夫人知道，母子痛哭，自不必說。又虧賈石多有識熟人情，買出屍首，囑咐獄卒：若官府要梟示時，把箇假的答應。卻瞞著沈袞兄弟，私下備棺盛殮，埋於隙地。事畢，方纔向沈袞說道：「尊大人遺體已得保全，直待事平之後，方好指點與你知道，今猶未可洩漏。」沈袞兄弟感謝不已。賈石又苦口勸他弟兄二人逃走，沈袞道：「極知久占叔叔高居，心上不安。奈家母之意，欲待是非稍定，搬回靈柩，以此遲延不決。」賈石怒道：「我賈某生平，為人謀而盡忠，今日之言，全是為你家門戶，豈因久占住房，說發你們起身之理？既嫂嫂老夫人之意已定，我亦不敢相強。但我有一小事，即欲遠出，有一年半載不回，你母子自小心安住便了。」覷著壁上貼得有前後出師表各一張，乃是沈鍊親筆楷書，賈石道：「這兩幅字可揭來送我，一路上做箇記念。他日相逢，以此為信。」沈袞就揭下二紙，雙手摺疊，遞與賈石。賈石藏於袖中，流淚而別。原來賈石算定楊、路二賊，設心不善，雖然殺了沈鍊，未肯干休。自己與沈鍊相厚，必然累及，所以預先逃走，在河南地方宗族家權時居住，不在話下。

卻說路楷見刑部覆本，有了聖旨，便於獄中取出閻浩、楊胤夔斬訖，並要割沈鍊之首，一同梟示。誰知沈鍊真屍已被賈石買去了，官府也那裡辨驗得出，不在話下。

再說楊順看見止於蔭子，心中不滿，便向路楷說道：「當初嚴東樓⑱許我事成之日，以侯伯爵相酬，今日失言，不知何故？」路楷沉思半晌，答道：「沈鍊是嚴家緊對頭，今止誅其身，不曾波及其子。斬草不除根，萌芽復發。相國不足我們之意，想在於此。」楊順道：「若如此，何難之有？如今再上箇本，說沈鍊雖誅，其子亦宜知情，還該坐罪，抄沒家私，庶國法可伸，人心知懼。再訪他同射草人的幾箇狂徒，併借屋與他住的，一齊拿來治罪，出了嚴家父子之氣，那時卻將前言取賞，看他有何推托？」路楷道：「此計大妙！事不宜遲，乘他家屬在此，一網而盡，豈不快哉！只怕他兒子知風逃避，卻又費力。」楊順道：「高見甚明。」一面寫表申奏朝廷，再寫稟帖到嚴府知會，自述孝順之意；一面預先行牌保安州知州，著用心看守犯屬，勿容逃逸。只等旨意批下，便去行事。詩曰：

破巢完卵從來少，削草除根勢或然。可惜忠良遭屈死，又將家屬媚當權。

再過數日，聖旨下了，州裡奉著憲牌，差人來拿沈鍊家屬，並查平素往來諸人姓名，一一挨拿。只有賈石名字，先經出外，只得將在逃開報。此見賈石見幾之明也。時人有詩贊云：

義氣能如賈石稀，全身遠避更知幾。任他羅網空中布，爭奈仙禽天外飛？

⑱ 嚴東樓：嚴世蕃字東樓。

卻說楊順見拿到沈袞、沈褒，親自鞫問，要他招承通虜實跡。二沈高聲叫屈，那裡肯招？被楊總督嚴刑拷打，打得體無完膚，沈袞、沈褒熬鍊不過，雙雙死於杖下。可憐少年公子，都入枉死城中。其同時拿到犯人，都坐箇同謀之罪，累死者何止數十人。幼子沈袠尚在襁褓，免罪隨著母徐氏，另徙在雲州極邊，不許在保安居住。

路楷又與楊順商議道：「沈鍊長子沈襄，是紹興有名秀才，他時得地，必然銜恨於我輩。不若一併除之，永絕後患，亦要相國知我用心。」楊順依言，便行文書到浙江，把做欽犯，嚴提沈襄來問罪。又吩咐心腹經歷金紹，擇取有才幹的差人，齎文前去，囑他中途伺便，便行謀害，就所在地方，討箇病狀回繳。事成之日，差人重賞，金紹許他薦本超遷。金紹領了臺旨，汲汲而回，著意的選兩名積年幹事的公差，無過是張千、李萬。金紹喚他到私衙，賞了他酒飯，取出私財二十兩相贈。張千、李萬道：「小人安敢無功受賜？」金紹道：「這銀兩不是我送你的，是總督楊爺賞你的，教你齎文到紹興去拿沈襄，一路不要放鬆他。須要……」如此如此，這般這般，「回來還有重賞。若是怠慢，總督老爺衙門不是取笑的，你兩箇自去回話！」張千、李萬道：「莫說總督老爺鈞旨，就是老爺吩咐，小人怎敢有違？」收了銀兩，謝了金經歷。在本府領下公文，疾忙上路，往南進發。

卻說沈襄，號小霞，是紹興府學廩膳秀才。他在家久聞得父親以言事獲罪，發去口外為民，甚是掛懷，欲親到保安州一看。因家中無人主管，行止兩難。忽一日，本府差人到來，不由分說，將沈襄鎖縛，解到府堂。知府教把文書與沈襄看了備細，就將回文和犯人交付原差，囑他一路小心。沈襄此時方知父親及二弟，俱已死於非命，母親又遠徙極邊，放聲大哭。哭出府門，只見一家老小，都在那裡攢做一團的啼哭。原來文書上有「奉旨抄沒」的話，本府已差縣尉封鎖了家私，將人口盡皆逐出。沈小霞聽說，真是苦上加苦，哭得咽喉無氣。霎時間親戚都來與小霞話別，明知此去多凶少吉，少不得說幾句勸解的言語。小霞的丈人孟春元，取出一包銀子，送與二位公差，求他路上看顧女壻，公差嫌少不受。孟氏娘子又添上金簪子一對，方纔收了。沈小霞帶著哭，吩咐孟氏道：「我此去死多生少，你休為我憂念，只當我已死一般，在爺娘家過活。你是書禮之家，諒無再醮之事，我也放心得下。」指著小妻聞淑女說道：「只這女子年紀幼小，又無處著落，合該教他改嫁。奈我三十無子，他卻有兩箇半月的身孕，他日倘生得一男，也不絕了沈氏香煙。娘子你看我平日夫妻面上，一發帶他到丈人家去住幾時，等待十月滿足，生下或男或女，那時憑你發遣他去便了。」話聲未絕，只見聞氏淑女說道：「官人說那裡話，你去數千里之外，沒箇親人朝夕看覷，怎生放下？大娘自到孟家去，奴家情願蓬首垢面，一路服侍官人前行。一來官人免致寂寞，二來也替大娘分得些憂念。」沈小霞道：「得箇親人做伴，我非不欲；但此去多分不幸，累你同死他鄉何益？」聞氏道：「老爺在朝為官，官人一向在家，誰人不如？便誣陷老爺有些不是的勾當，家鄉隔絕，豈是同謀？妾幫著官人到官申辨，決然罪不至死。就使官人下獄，還留賤妾在外，尚好照管。」孟氏也放丈夫不下，聽得聞氏說得有理，極力攛掇丈夫帶淑女同去。沈小霞平日素愛淑女，有才有智，又見孟氏苦勸，只得依允。

當夜眾人齊到孟春元家，歇了一夜。次早，張千、李萬催趲上路，聞氏換了一身布衣，將青布裹頭，別了孟氏，背著行李，跟著沈小霞便走。那時分別之苦，自不必說。一路行來，聞氏與沈小霞寸步不離，茶湯飯食，都親自搬取。張千、李萬初時還好言好語，過了揚子江，到徐州起旱，料得家鄉已遠，就做出嘴臉來，呼么喝六，漸漸難為他夫妻兩箇來了。聞氏看在眼裡，私對丈夫說道：「看那兩箇潑⑲差人，不懷好意，奴家女流之輩，不識路徑，若前途有荒僻曠野的所在，須是用心提防。」沈小霞雖然點頭，心中還只是半疑不信。

又行了幾日，看見兩箇差人，不住的交頭接耳，私下商量說話。又見他包裹中有倭刀一口，其白如霜，忽然心動，害怕起來，對聞氏說道：「你說這潑差人，其心不善，我也覺得有七八分了。明日是濟寧府界上，過了府去，便是大行山、梁山濼。一路荒野，都是響馬出入之所。倘到彼處，他們行凶起來，你也救不得我，我也救不得你，如何是好？」聞氏道：「既然如此，官人有何脫身之計，請自方便。留奴家在此，不怕那兩箇潑差人生吞了我。」沈小霞道：「濟寧府東門內，有箇馮主事，丁憂在家。此人最有俠氣，是我父親極相厚的同年，我明日去投奔他，他必然相納。只怕你婦人家，沒志量打發這兩箇潑差人，累你受苦，於心何安？你若有力量支持他，我去也放膽。不然與你同生同死，也是天命當然，死而無怨。」聞氏道：「官人有路儘走，奴家自會擺佈，不勞掛念。」這裡夫妻暗地商量，那張千、李萬辛苦了一日，喫了一肚酒，齁齁的熟睡，全然不覺。

次日早起上路，沈小霞問張千道：「前去濟寧還有多少路？」張千道：「只四十里，半日就到了。」沈小霞道：「濟寧東門內馮主事，是我年伯，他先前在京師時，借過我父親一百兩銀子，有文契在此。他管過北新關，正有銀子在家。我若去取討前欠，他見我是落難之人，必然慨付。取得這項銀兩，一路上盤纏，也得寬裕，免致喫苦。」張千意思有些作難，李萬隨口應承了，向張千身邊說道：「我看這沈

⑲潑：壞；卑賤。

公子，是忠厚之人，況愛妾行李都在此處，料無他故。放他去走一遭，取得銀兩，都是你我二人的造化，有何不可？」張千道：「雖然如此，到飯店安歇行李，我守住小娘子在店上，你緊跟著同去，萬無一失。」話休絮煩，看看巳牌時分，早到濟寧城外，揀箇潔淨店兒，安放了行李。沈小霞便道：「你二位同我到東門走遭，轉來喫飯未遲。」李萬道：「我同你去，或者他家留酒飯也不見得。」聞氏故意對丈夫道：「常言道：『人面逐高低，世情著冷暖。』馮主事雖然欠下老爺銀兩，見老爺死了，你又在難中，誰肯唾手交還？枉自討箇厭賤，不如喫了飯趕路為上。」沈小霞道：「這裡進城到東門不多路，好歹去走一遭，不折了什麼便宜。」李萬貪了這二百兩銀子，一力攛掇該去。沈小霞吩咐聞氏道：「耐心坐坐，若轉得快時，便是沒想頭了。他若好意留款，必然有些齎發，明日雇箇轎兒抬你去。這幾日在牲口上坐，看你好生不慣。」聞氏覷箇空，向丈夫丟箇眼色，又道：「官人早回，休教奴久待則箇。」李萬笑道：「去多少時，有許多說話，好不老氣⑳。」聞氏見丈夫去了，故意招李萬轉來囑咐道：「若馮家留飯坐得久時，千萬勞你催促一聲。」李萬答應道：「不消吩咐。」比及李萬下堦時，沈小霞已走了一段路了。李萬托著大意，又且濟寧是他慣走的熟路，東門馮主事家，他也認得，全不疑惑。走了幾步，又裡急㉑起來，覷箇毛坑上自在方便了，慢慢的望東門而去。

卻說沈小霞回頭看時，不見了李萬，做一口氣急急的跑到馮主事家。也是小霞合當有救，正值馮主事獨自在廳，兩人京中，舊時識熟，此時相見，喫了一驚。沈襄也不作揖，扯住馮主事衣袂道：「借一步說

---

⑳ 老氣：嘮叨。

㉑ 裡急：便急。

話。」馮主事已會意了，便引到書房裡面。沈小霞放聲大哭，馮主事道：「年姪有話快說，休得悲傷，誤其大事。」沈小霞哭訴道：「父親被嚴賊屈陷，已不必說了；兩箇舍弟隨任的，都被楊順、路楷殺害，只有小姪在家，又行文本府提去問罪，一家宗祀，眼見滅絕。又兩箇差人，心懷不善，只怕他受了楊、路二賊之囑，到前途大行、梁山等處暗算了性命。尋思一計，脫身來投老年伯。老年伯若有計相庇，我亡父在天之靈，必然感激。若老年伯不能遮護小姪，便就此觸堦而死，死在老年伯面前，強似死於奸賊之手。」馮主事道：「賢姪不妨。我家臥室之後，有一層複壁，儘可藏身，他人搜檢不到之處。今送你在內權住數日，我自有道理。」沈襄拜謝道：「老年伯便是重生父母。」馮主事親執沈襄之手，引入臥房之後，揭開地板一塊，有箇地道。從此鑽下，約走五六十步，便有亮光，有小小廊屋三間，四面皆樓牆困裹，果是人跡不到之處。每日茶飯，都是馮主事親自送入。他家法極嚴，誰人敢洩漏半箇字？正是：

深山堪隱豹，柳密可藏鴉。不須愁漢吏，自有魯朱家。

且說這一日，李萬上了毛坑，望東門馮家而來。到於門首，問老門公道：「主事老爺在家麼？」老門公道：「在家裡。」又問道：「有箇穿白的官人來見你老爺，曾相見否？」老門公道：「正在書房裡喫飯哩。」李萬聽說，一發放心。看看等到未牌，果然廳上走一箇穿白的官人出來。李萬急上前看時，不是沈襄。那官人逕自出門去了。李萬等得不耐煩，肚裡又饑，不免問老門公道：「你說老爺留飯的官人，如何只管坐了去，不見出來？」老門公道：「方纔出去的不是？」李萬道：「老爺書房中還有客沒有？」老門公道：「這倒不知。」李萬道：「方纔那穿白的是甚人？」老門公道：「是老爺的小舅，常常來的。」李萬道：「老爺如今在那裡？」老門公道：「老爺每常飯後，定要睡一覺，此時正好睡哩。」李萬聽得話不投機，心下早有二分慌了，便道：「不瞞大伯說，在下是宣大總督老爺差來的。今有紹興沈公子名喚沈襄，號沈小霞，係欽提人犯。小人提押到於貴府，他說與你老爺有同年叔姪之誼，要來拜望。在下同他到宅，他進宅去了，在下等候多時，不見出來，想必還在書房中。大伯，你還不知道，煩你去催促一聲，教他快快出來，要趕路走。」老門公故意道：「你說的是甚麼說話？我一些不懂。」李萬耐了氣，又細細的說一遍。老門公當面的一啐，罵道：「見鬼！何常有什麼沈公子到來？老爺在喪中，一概不接外客。這門上是我的干紀㉒，出入都是我通稟，你卻說這等鬼話！你莫非是白日撞㉓麼？強裝麼公差名色，掏摸東西的。快快請退，休纏你爺的帳㉔！」李萬聽說，愈加著急，便發作起來道：「這沈襄是朝廷要緊的人犯，不是當要的，請你老爺出來，我自有話說。」老門公道：「老爺正瞌睡，沒甚事，誰敢去稟？你這獠子㉕，好不達時務！」說罷洋洋的自去了。李萬道：「這箇門上老兒好不知事，央他傳一句話甚作難。想沈襄定然在內，我奉軍門鈞帖，不是私事，便闖進去怕怎的？」李萬一時粗莽，直撞入廳來，將照壁拍了又拍，大叫道：「沈公子好走動了。」不見答應，一連叫喚了數聲，只見裡頭走出一箇年少的家童，出來問道：「管門的在那裡？放誰在廳上喧嚷？」李萬正要叫住他說話，那家童

---

㉒ 干紀：干係。

㉓ 白日撞：白天闖進人家偷東西的盜賊。

㉔ 纏帳：糾纏不清。

㉕ 獠子：罵人蠻橫不講理。

在照壁後張了張兒，向西邊走去了。李萬道：「莫非書房在那西邊？我且自去看看，怕怎的？」從廳後轉西走去，原來是一帶長廊。李萬看見無人，只顧望前而行。只見屋宇深邃，門戶錯雜，頗有婦人走動。李萬不敢縱步，依舊退回廳上，聽得外面亂嚷。李萬到門首看時，卻是張千來尋李萬不見，正和門公在那裡鬭口。張千一見了李萬，不由分說，便罵道：「好夥計，只貪圖酒食，不幹正事！巳牌時分進城，如今申牌將盡，還在此閒蕩！不催趲犯人出城去，待怎麼？」李萬道：「呸！那有什麼酒食？連人也不見箇影兒！」張千道：「是你同他進城的！」李萬道：「我只登了箇東，被蠻子㉖上前了幾步，跟他不上。一直趕到這裡，門上說有箇穿白的官人在書房中留飯，我說定是他了。等到如今不見出來，門上人又不肯通報，清水也討不得一杯喫。老哥，煩你在此等候等候，替我到下處醫了肚皮㉗再來。」張千道：「有你這樣不幹事的人！是甚麼樣犯人，卻放他獨自行走？就是書房中，少不得也隨他進去。如今知他在裡頭不在裡頭？還虧你放慢線兒講話。這是你的干紀，不關我事！」說罷便走。李萬趕上扯住道：「人是在裡頭，料沒處去。大家在此幫說句話兒，催他出來，也是箇道理。你是吃飽的人，如何去得這等要緊？」張千道：「他的小老婆在下處，方纔雖然囑咐店主人看守，只是放心不下。這是沈襄穿鼻的索兒，有他在，不怕沈襄不來。」李萬道：「老哥說得是。」當下張千先去了。

李萬忍著肚飢守到晚，並無消息。看看日沒黃昏，李萬腹中餓極了，看見間壁有箇點心店兒，不免脫下布衫，抵當幾文錢的火燒來喫。去不多時，只聽得扛門聲響，急跑來看，馮家大門已閉上了。李萬

---

㉖ 蠻子：對南方人的罵詞。
㉗ 醫肚皮：吃東西使肚子不餓。

道：「我做了一世的公人，不曾受這般嘔氣！主事是多大的官兒，門上直恁作威作勢？也有那沈公子好笑，老婆行李都在下處，既然這裡留宿，信也該寄一箇出來。事已如此，只得在房簷下胡亂過一夜，天明等箇知事的管家出來，與他說話。」此時十月天氣，雖不甚冷，半夜裡起一陣風，楸楸的下幾點微雨，衣服都沾濕了，好生淒楚。

捱到天明雨止，只見張千又來了。卻是聞氏再三再四催逼他來的。張千身邊帶了公文解批，和李萬商議，只等開門，一擁而入，在廳上大驚小怪，高聲發話。老門公攔阻不住，一時間家中大小都聚集來，七嘴八張，好不熱鬧。街上人聽得宅裡鬧吵，也聚攏來，圍住大門外閑看。驚動了那有仁有義守孝在家的馮主事，從裡面踱將出來。且說馮主事怎生模樣？

頭帶梔子花匾摺孝頭巾，身穿反摺縫稀眼粗蔴衫，腰繫蔴繩，足著草履。

眾家人聽得咳嗽響，道一聲：「老爺來了。」都分立在兩邊。主事出廳問道：「為甚事在此喧嚷？」張千、李萬上前施禮道：「馮爺在上，小的是奉宣大總督爺公文來的，到紹興拿得欽犯沈襄，經由貴府。他說是馮爺的年侄，要來拜望。小的不敢阻擋，容他進見。自昨日上午到宅，至今不見出來，有誤程限，管家們又不肯代稟。伏乞老爺天恩，快些打發上路。」張千便在胸前取出解批和官文呈上，馮主事看了，問道：「那沈襄可是沈經歷沈鍊的兒子麼？」李萬道：「正是。」馮主事掩著兩耳，把舌頭一伸，說道：「你這班配軍㉘，好不知利害！那沈襄是朝廷欽犯，尚猶自可；他是嚴相國的仇人，那箇敢容納他在家？

㉘ 配軍：發配充軍的人。此用以罵軍人。

他昨日何曾到我家來？你卻亂話，官府聞知傳說到嚴府去，我是當得起他怪的？你兩箇配軍，自不小心，不知得了多少錢財，買放了要緊人犯，卻來圖賴我！」叫家童與他亂打那配軍出去，把大門閉了，不要惹這閑是非，嚴府知道不是當耍。馮主事一頭罵，一頭走進宅去了。大小家人，奉了主人之命，推的推，㩳㉙的㩳，霎時間被眾人擁出大門之外，閉了門，兀自聽得嘈嘈的亂罵。張千、李萬面面相覷，開了口合不得，伸了舌縮不進。張千埋怨李萬道：「昨日是你一力攛掇，教放他進城，如今你自去尋他。」李萬道：「且不要埋怨，和你去問他老婆，或者曉得他的路數，再來抓尋便了。」張千道：「說得是，他是恩愛的夫妻，昨夜漢子不回，那婆娘暗地流淚，巴巴的獨坐了兩三箇更次。他漢子的行藏，老婆豈有不知？」兩箇一頭說話，飛奔出城，復到飯店中來。

卻說聞氏在店房裡面聽得差人聲音，慌忙移步出來，問道：「我官人如何不來？」張千指李萬道：「你只問他就是。」李萬將昨日往毛廁出恭，走慢了一步，到馮主事家起先如此如此，以後這般這般，備細說了。張千道：「今早空肚皮進城，就喫了這一肚寡氣。你丈夫想是真箇不在他家了，必然還有箇去處，難道不對小娘子說的？小娘子趁早說來，我們好去抓尋。」說猶未了，只見聞氏噙著眼淚，一雙手扯住兩箇公人叫道：「好，好，還我丈夫來！」張千、李萬道：「你丈夫自要去拜什麼年伯，我們好意容他去走走，不知走向那裡去了，連累我們，在此著急，沒處抓尋。你倒問我要丈夫，難道我們藏過了他？說得好笑！」將衣袂掣開，氣忿忿地對虎一般坐下。聞氏倒走在外面，攔住出路，雙足頓地，放聲大哭，叫起屈來。老店主聽得，忙來解勸。聞氏道：「公公有所不知，我丈夫三十無子，娶奴為妾。

㉙ 㩳：音ㄙㄨㄥˇ。推。

奴家跟了他二年了，幸有三箇多月身孕，我丈夫割捨不下，因此奴家千里相從。一路上寸步不離，昨日為盤纏缺少，要去見那年伯，是李牌頭㉚同去的。昨晚一夜不回，奴家已自疑心。今早他兩箇自回，一定將我丈夫謀害了。你老人家替我做主，還我丈夫便罷休。」老店主道：「小娘子休得急性，那排長㉛與你丈夫前日無怨，往日無仇，著甚來由，要壞他性命？」聞氏哭聲轉哀道：「公公，你不知道我丈夫是嚴閣老的仇人，他兩箇必定受了嚴府的囑托來的，或是他要去嚴府請功。公公，你詳情㉜他千鄉萬里，帶著奴家到此，豈有沒半句說話，突然去了。就是他要走時，那同去的李牌頭，怎肯放他？你要奉承嚴府，害了我丈夫不打緊，教奴家孤身婦女，看著何人？公公，這兩箇殺人的賊徒，煩公公帶著奴家同他去官府處叫冤。」張千、李萬被這婦人一哭一訴，就要分析幾句，沒處插嘴。老店主聽見聞氏說得有理，也不免有些疑心，倒可憐那婦人起來，只得勸道：「小娘子說便是這般說，你丈夫未曾死也不見得，好歹再等候他一日。」聞氏道：「依公公等候一日不打緊，那兩箇殺人的凶身，乘機走脫了，這干係卻是誰當？」張千道：「若果然謀害了你丈夫要走脫時，我弟兄兩箇又到這裡則甚？」聞氏道：「你欺負我婦人家沒張智㉝，又要指望姦騙我。好好的說，我丈夫的屍首在那裡？少不得當官也要還我箇明白。」老店官見婦人口嘴利害，再不敢言語。店中閒看的，一時間聚了四五十人，聞說婦人如此苦切，人人惱

---

㉚ 牌頭：舊時對差役或軍士的尊稱。

㉛ 排長：對士兵的尊稱，和「牌頭」相同。

㉜ 詳情：審察實情。

㉝ 張智：主張。

恨那兩箇差人，都道：「小娘子要去叫冤，我們引你到兵備道㉞去。」聞氏向著眾人深深拜福，哭道：「多承列位路見不平，可憐我落難孤身，指引則箇！這兩箇凶徒，相煩列位，替奴家拿他同去，莫放他走了。」眾人道：「不妨事，在我們身上。」張千、李萬欲向眾人分剖時，未說得一言半字，眾人便道：「兩箇排長不消辨得，虛則虛，實則實，若是沒有此情，隨著小娘子到官，怕他則甚！」婦人一頭哭，一頭走，眾人擁著張千、李萬，攪做一陣的，都到兵備道前，道裡尚未開門。

那一日正是放告日期，聞氏束了一條白布裙，逕搶進柵門，看見大門上架著那大鼓，鼓架上懸著箇槌兒，聞氏搶槌在手，向鼓上亂撾，撾得那鼓振天的響。唬得中軍官失了三魂，把門吏喪了七魄，一齊跑來，將繩縛住，喝道：「這婦人好大膽！」聞氏哭倒在地，口稱潑天冤枉。只見門內么喝之聲，開了大門，王兵備坐堂，問擊鼓者何人。中軍官將婦人帶進，聞氏且哭且訴，將家門不幸遭變，一家父子三口死於非命，只剩得丈夫沈褱，昨日又被公差中途謀害，有枝有葉的細說了一遍。王兵備喚張千、李萬上來，問其緣故。張千、李萬說一句，婦人就剪一句，婦人說得句句有理，張千、李萬抵搪不過。王兵備思想道：「那嚴府勢大，私謀殺人之事，往往有之，此情難保其無。」便差中軍官押了三人，發去本州勘審。

那知州姓賀，奉了這項公事，不敢怠慢，即時扣了店主人到來，聽四人的口詞。婦人一口咬定二人謀害他丈夫；李萬招稱為出恭慢了一步，因而相失；張千、店主人都據實說了一遍。知州委決不下。那婦人又十分哀切，像箇真情；張千、李萬又不肯招認。想了一回，將四人閉於空房，打轎去拜馮主事，

㉞ 兵備道：明代官名。負責整飭兵備。

看他口氣若何。

馮主事見知州來拜，急忙迎接歸廳，茶罷，賀知州提起沈襄之事，纔說得沈襄二字，馮主事便掩著雙耳道：「此乃嚴相公仇家，學生雖有年誼，平素實無交情。老公祖休得下問，恐嚴府知道，有累學生。」說罷站起身來道：「老公祖既有公事，不敢留坐了。」賀知州一場沒趣，只得作別。在轎上想道：「據馮公如此懼怕嚴府，沈襄必然不在他家，或者被公人所害也不見得；或者去投馮公見拒不納，別走箇相識人家去了，亦未可知。」

回到州中，又取出四人來，問聞氏道：「你丈夫除了馮主事，州中還認得有何人？」聞氏道：「此地並無相識。」知州道：「你丈夫是甚麼時候去的？那張千、李萬幾時來回覆你的說話？」聞氏道：「丈夫是昨日未喫午飯前就去的，卻是李萬同出店門。到申牌時分，張千假說催趲上路，也到城中去了。天晚方回來，張千兀自向小婦人說道：『我李家兄弟跟著你丈夫馮主事家歇了，明日我早去催他出城。』今早張千去了一箇早晨，兩人雙雙而回，單不見了丈夫，不是他謀害了是誰？若是我丈夫不在馮家，昨日李萬就該追尋了，張千也該著忙，如何將好言語穩住㉟小婦人？其情可知：一定張千、李萬兩箇在路上預先約定，卻教李萬乘夜下手。今早張千進城，兩箇乘早將屍首埋藏停當，卻來回覆我小婦人。望青天爺爺明鑑！」賀知州道：「說得是。」張千、李萬正要分辯，知州相公喝道：「你做公差所幹何事？若非用計謀死，必然得財買放，有何理說！」喝教手下將那張、李重責三十，打得皮開肉綻，鮮血迸流，張千、李萬只是不招。婦人在旁，只顧哀哀的痛哭，知州相公不忍，便討夾棍將兩箇公差夾起。那公差

---

㉟穩住：安慰住。

其實不曾謀死，雖然負痛，怎生招得？一連上了兩夾，只是不招。知州相公再要夾時，張、李受苦不過，再三哀求道：「沈襄實未曾死，乞爺爺立箇限期，差人押小的捱尋㊱沈襄，還那聞氏便了。」知州也沒有定見，只得勉從其言。聞氏且發尼姑庵住下。差四名民壯，鎖押張千、李萬二人，追尋沈襄，五日一比。店主釋放寧家。將情具由申詳兵備道，道裡依繳㊲了。

張千、李萬一條鐵鏈鎖著，四名民壯，輪番監押。帶得幾兩盤纏，都被民壯搜去，為酒食之費；一把倭刀，也當酒喫了。那臨清去處又大，茫茫蕩蕩㊳來千去萬，那裡去尋沈公子？也不過一時脫身之法。聞氏在尼姑庵住下，剛到五日，準準的又到州裡去啼哭，要生要死。州守相公沒奈何，只苦得批較㊴差人張千、李萬。一連比了十數限，不知打了多少竹批㊵，打得爬走不動。張千得病身死，單單剩得李萬，只得到尼姑庵來拜求聞氏道：「小的情極㊶，不得不說了。其實奉差來時，有經歷金紹，口傳楊總督鈞旨，教我中途害你丈夫，就所在地方，討箇結狀㊷回報。我等口雖應承，怎肯行此不仁之事？不知你丈夫何故，忽然逃走，與我們實實無涉。青天在上，若半字虛情，全家禍滅。如今官府五日一比，兄弟張

---

㊱ 捱尋：追尋。

㊲ 依繳：公文批准。

㊳ 茫茫蕩蕩：形容廣闊的意思。

㊴ 批較：官差不能依限完成任務，則加以杖責，叫做批較。

㊵ 竹批：竹棒。

㊶ 情極：通「情急」。

㊷ 結狀：事情已了結的證明文件。

千，已自打死；小的又累死，也是冤枉。你丈夫的確未死，小娘子他日夫婦相逢有日。只求小娘子休去州裡啼啼哭哭，寬小的比限，完全狗命，便是陰德。」聞氏道：「據你說不曾謀害我丈夫，也難準信；既然如此說，奴家且不去稟官，容你從容查訪。只是你們自家要上緊用心，休得怠慢。」李萬喏喏連聲而去。有詩為證：

白金廿兩釀凶謀，誰料中途已失囚。鎖打禁持熬不得，尼庵苦向婦人求。

官府立限緝獲沈襄，一來為他是總督衙門的緊犯，二來為婦人日日哀求，所以上緊嚴比。今日也是那李萬不該命絕，恰好有箇機會。卻說總督楊順，御史路楷，兩箇日夜商量，奉承嚴府，指望旦夕封侯拜爵；誰知朝中有箇兵科給事中吳時來，風聞楊順橫殺平民冒功之事，把他盡情劾奏一本，並劾路楷朋奸助惡。嘉靖爺正當設醮祝釐，見說殺害平民，大傷和氣，龍顏大怒，著錦衣衛扭解來京問罪。嚴嵩見聖怒不測，一時不及救護，到底虧他於中調停，止於削爵為民。可笑楊順、路楷殺人媚人，至此徒為人笑，有何益哉？再說賀知州聽得楊總督去任，已自把這公事看得冷了；又聞氏連次不來哭稟，兩箇差人又死了一箇，只剩得李萬，又苦苦哀求不已。賀知州吩咐，打開鐵鏈，與他箇廣捕文書，只教他用心緝訪，明是放鬆之意。李萬得了廣捕文書，猶如捧了一道赦書，連連磕了幾箇頭，出得府門，一道煙走了。身邊又無盤纏，只得求乞而歸，不在話下。

卻說沈小霞在馮主事家複壁之中，住了數月，外邊消息無有不知，都是馮主事打聽將來，說與小霞知道。曉得聞氏在尼姑庵寄居，暗暗歡喜。過了年餘，已知張千、李萬都逃了，這公事漸漸懶散。馮主事特地收拾內書房三間，安放沈襄在內讀書，只不許出外，外人亦無有知者。馮主事三年孝滿，為有沈公子在家，也不去起復做官。

光陰似箭，一住八年。值嚴嵩一品夫人歐陽氏卒，嚴世蕃不肯扶柩還鄉，唆父親上本留己侍養，卻於喪中簇擁姬妾，日夜飲酒作樂。嘉靖爺天性至孝，訪知其事，心中甚是不悅。時有方士藍道行，善扶鸞[43]之術。天子召見，教他請仙，問以輔臣賢否。藍道行奏道：「臣所召乃是上界真仙，正直無阿，萬一箕下判斷有忤聖心，乞恕微臣之罪。」嘉靖爺道：「朕正願聞天心正論，與卿何涉？豈有罪卿之理？」藍道行書符念呪，神箕自動，寫出十六箇字來，道是：

高山番草，父子閣老。日月無光，天地顛倒。

嘉靖爺看了，問藍道行道：「卿可解之。」藍道行奏道：「微臣愚昧未解。」嘉靖爺道：「朕知其說。『高山』者，『山』字連『高』，乃是『嵩』字。『番草』者，『番』字『草』頭，乃是『蕃』字。此指嚴嵩、嚴世蕃父子二人也。朕久聞其專權誤國，今仙機示朕，朕當即為處分，卿不可洩於外人。」藍道行叩頭，口稱不敢，受賜而出。

從此嘉靖爺漸漸疏了嚴嵩。有御史鄒應龍，看見機會可乘，遂劾奏嚴世蕃憑藉父勢，賣官鬻爵，許多惡跡，宜加顯戮。其父嚴嵩溺愛惡子，植黨蔽賢，宜亟賜休退，以清政本。嘉靖爺見疏大喜，即升應龍為通政右參議。嚴世蕃下法司，擬成充軍之罪，嚴嵩回籍。未幾，又有江西巡按御史林潤，復奏嚴世

[43] 扶鸞：一種民間請示神明的方法。又稱「扶乩」。

蕃不赴軍伍，居家愈加暴橫，強占民間田產，畜養奸人，私通倭虜，謀為不軌。得旨三法司提問，問官勘實覆奏，嚴世蕃即時處斬，抄沒家財，嚴嵩發養濟院㊹終老。被害諸臣盡行昭雪。

馮主事得此喜信，慌忙報與沈襄知道，放他出來，到尼姑庵訪問那聞淑女。夫婦相見，抱頭而哭。聞氏離家時，懷孕三月，今在庵中生下一孩子，已十歲了。聞氏親自教他念書，五經皆已成誦，沈襄歡喜無限。馮主事方上京補官，教沈襄同去訟理父冤，聞氏暫迎歸本家園上居住。沈襄從其言，到了北京。馮主事先去拜了通政司鄒參議，將沈鍊父子冤情說了，然後將沈襄訟冤本稿送與他看，鄒應龍一力擔當。次日，沈襄將奏本往通政司掛號投遞。聖旨下，沈鍊忠而獲罪，准復原官，仍進一級，以旌其直。妻子召還原籍。所沒入財產，府縣官照數給還。沈襄食廩年久准貢㊺，敕授知縣之職。沈襄復上疏謝恩，疏中奏道：「臣父鍊向在保安，因目擊宣大總督楊順，殺戮平民冒功，吟詩感歎，適值御史路楷，陰受嚴世蕃之囑，巡按宣大，與楊順合謀，陷臣父於極刑，並殺臣弟二人，臣亦幾於不免。冤屍未葬，危宗幾絕，受禍之慘，莫如臣家。今嚴世蕃正法，而楊順、路楷安然保首領於鄉，使邊廷萬家之怨骨，銜恨無伸；臣家三命之冤魂，含悲莫控。恐非所以肅刑典而慰人心也。」聖旨准奏，復提楊順、路楷到京，問成死罪，監刑部牢中待決。

沈襄來別馮主事，要親到雲州，迎接母親和兄弟沈袠到京，依傍馮主事寓所相近居住；然後往保安州訪求父親骸骨，負歸埋葬。馮主事道：「老年嫂處適纔已打聽箇消息，在雲州康健無恙。令弟沈袠，

㊹ 養濟院：官辦的貧民收容所。

㊺ 准貢：准做貢生。

已在彼游庠了。下官當遣人迎之。尊公遺體要緊，賢姪速往訪問，到此相會令堂可也。」沈襄領命，逕往保安。一連尋訪兩日，並無踪跡。第三日，因倦借坐人家門首，有老者從內而出，延進草堂喫茶。見堂中掛一軸子，乃楷書諸葛孔明兩次出師表也。表後但寫年月，不著姓名。沈小霞看了又看，目不轉睛。老者道：「客官為何看之？」沈襄道：「動問老丈，此字是何人所書？」老者道：「此乃吾亡友沈青霞之筆也。」沈小霞道：「為何留在老丈處？」老者道：「老夫姓賈名石，當初沈青霞編管此地，就在舍下作寓。老夫與他八拜之交，最相契厚。不料後遭奇禍，老夫懼怕連累，也往河南逃避。帶得這二幅出師表，裱成一幅，時常展視，如見吾兄之面。楊總督去任後，老夫方敢還鄉。嫂嫂徐夫人和幼子沈袠，徙居雲州，老夫時常去看他。近日聞得嚴家勢敗，吾兄必當昭雪，已曾遣人去雲州報信。恐沈小官人要來移取父親靈柩，老夫將此軸懸掛在中堂，好教他認認父親遺筆。」沈小霞聽罷，連忙拜倒在地，口稱「恩叔」。賈石慌忙扶起道：「足下果是何人？」沈小霞道：「小姪沈襄，此軸乃亡父之筆也。」賈石道：「聞得楊順這廝，差人到貴府來提賢姪，要行一網打盡之計。老夫只道也遭其毒手，不知賢姪何以得全？」沈小霞將臨清事情，備細說了一遍，賈石口稱難得，便吩咐家童治飯款待。沈小霞問道：「父親靈柩，恩叔必知，乞煩指引一拜。」賈石道：「你父親屈死獄中，是老夫偷屍埋葬，一向不敢對人說知。今日賢侄來此搬回故土，也不枉老夫一片用心。」說罷，剛欲出門，只是外面一位小官人騎馬而來。賈石指道：「遇巧，遇巧！恰好令弟來也。」那小官便是沈袠。下馬相見，賈石指沈小霞道：「此位乃大令兄諱襄的便是。」此日弟兄方纔識面，恍如夢中相會，抱頭而哭。賈石領路，三人同到沈青霞墓所，但見亂草迷離，土堆隱起。賈石引二沈拜了，二沈俱哭倒在地。賈石勸了一回道：「正要商議大事，休得過傷。」二沈方纔收淚。賈石道：「二哥、三哥，當時死於非命，也虧了獄卒毛公存仁義之心，可憐他無辜被害，將他屍藁葬於城西三里之外。毛公雖然已故，老夫亦知其處，若扶令先尊靈柩回去，一起帶回，使他父子魂魄相依，二位意下何如？」二沈道：「恩叔所言，正合愚弟兄之意。」當日又同賈石到城西看了，不勝悲感。次日，另備棺木，擇吉破土，重新殯殮。二人面色如生，毫不朽敗，此乃忠義之氣所致也。二沈悲哭自不必說。當時備下車仗，抬了三箇靈柩，別了賈石起身。臨別沈襄對賈石道：「這一軸出師表，小姪欲問恩叔取去，供養祠堂，幸勿見拒。」賈石慨然許了，取下掛軸相贈。二沈就草堂拜謝，垂淚而別。沈襄先奉靈柩到張家灣，覓船裝載。

沈襄復身又到北京，見了母親徐夫人，回覆了說話，拜謝了馮主事起身。此時哀中官員，無不追念沈青霞忠義，憐小霞母子扶柩遠歸，也有送勘合㊻的，也有贈賻金的，也有餽贐儀的。沈小霞只受勘合一張，餘俱不受。到了張家灣，另換了官座船㊼，驛遞起人夫一百名牽纜，走得好不快。不一日，來到臨清，沈襄吩咐座船，暫泊河下，單身入城，到馮主事家投了主事平安書信，園上領了聞氏淑女並十歲兒子下船。先參了靈柩，後見了徐夫人。那徐氏見了孫兒如此長大，喜不可言。當初只道滅門絕戶，如今依舊有子有孫；昔日冤家，皆惡死見報。天理昭然，可見做惡人的到底喫虧，做好人的到底便宜。

閒話休題。到了浙江紹興府，孟春元領了女兒孟氏，在二十里外迎接。一家骨肉重逢，悲喜交集。將喪船停泊馬頭，府縣官員都在弔孝。舊時家產，已自清查給還。二沈扶柩葬於祖塋，重守三年之制，

---

㊻ 勘合：舊時文書加蓋印信，分為兩半，當事雙方各執一半，查驗騎縫半印，作為憑證，叫做「勘合」。

㊼ 官座船：屬於官家的船。

無人不稱大孝。撫按又替沈鍊建造表忠祠堂，春秋祭祀。親筆出師表一軸，至今供奉在祠堂之中。

服滿之日，沈襄到京受職，做了知縣。為官清正，直升到黃堂知府。聞氏所生之子，少年登科，與叔叔沈袞同年進士。子孫世世書香不絕。

馮主事為救沈襄一事，京中重其義氣，累官至吏部尚書。忽一日，夢見沈青霞來拜候道：「上帝憐某忠直，已授北京城隍之職。屈年兄為南京城隍，明日午時上任。」馮主事覺來甚以為疑，至日午，忽見轎馬來迎，無疾而逝。二公俱已為神矣。有詩為證，詩曰：

生前忠義骨猶香，魂魄為神萬古揚。料得奸魂沉地獄，皇天果報自昭彰。

# 中國古典名著

專家校注考訂　古典小說戲曲大觀

## 世俗人情類

紅樓夢　曹雪芹撰　饒彬校注

脂評本紅樓夢　曹雪芹原著　脂硯齋重評　馬美信校注

金瓶梅　笑笑生原作　劉本棟校注　繆天華校閱

老殘遊記　劉鶚撰　田素蘭校注　繆天華校閱

平山冷燕　天花藏主人編次　張國風校注　謝德瑩校閱

品花寶鑑　陳森著　徐德明校注

野叟曝言　夏敬渠著　黃珅校注

綠野仙踪　李百川著　葉經柱校注

禪真逸史　方汝浩撰　黃珅校注

海上花列傳　韓邦慶著　姜漢椿校注

九尾龜　張春帆著　楊子堅校注

醒世姻緣傳　西周生輯著　袁世碩、鄒宗良校注

三門街　清・無名氏撰　嚴文儒校注

花月痕　魏秀仁著　趙乃增校注

孽海花　曾樸撰　葉經柱校注　繆天華校閱

魯男子　曾樸著　黃珅校注

遊仙窟　玉梨魂（合刊）　張鷟、徐枕亞著　黃瑚、黃珅校注

筆生花　心如女史著　黃明校注　亓婷婷校閱

浮生六記　沈三白著　陶恂若校注　王關仕校閱

玉嬌梨　天藏花主人編撰　石昌渝校注

好逑傳　名教中人編撰　石昌渝校注

啼笑因緣　張恨水著　束忱校注

歧路燈　李綠園撰　侯忠義校注

## 公案俠義類

水滸傳　施耐庵撰　羅貫中纂修　金聖嘆批　繆天華校注

兒女英雄傳　文康撰　饒彬標點　繆天華校注
三俠五義　石玉崑著　張虹校注　楊宗瑩校閱
七俠五義　石玉崑原著　俞樾改編
楊宗瑩校注　繆天華校閱
小五義　清・無名氏編著　李宗為校注
續小五義　清・無名氏編著　文斌校注
蕩寇志　俞萬春撰　侯忠義校注
綠牡丹　清・無名氏著　劉倩校注
羅通掃北　鴛湖漁叟較訂　劉倩校注
楊家將演義　紀振倫撰　楊子堅校注　葉經柱校閱
萬花樓演義　李雨堂撰　陳大康校注
粉妝樓全傳　竹溪山人編撰　陳大康校注
七劍十三俠　唐芸洲著　張建一校注
包公案　明・無名氏撰　顧宏義校注
謝士楷、繆天華校閱
海公大紅袍全傳　清・無名氏撰
楊同甫校注　葉經柱校閱
施公案　清・無名氏編撰　黃珅校注
乾隆下江南　清・無名氏著　姜榮剛校注

## 歷史演義類

三國演義　羅貫中撰　毛宗崗批　饒彬校注
東周列國志　馮夢龍原著　蔡元放改撰
劉本楝校注　繆天華校閱
東西漢演義　甄偉、謝詔編著　朱恒夫校注
劉本楝校閱
隋唐演義　褚人穫著　嚴文儒校注　劉本楝校閱
說岳全傳　錢彩編次　金豐增訂　平慧善校注
大明英烈傳　楊宗瑩校注　繆天華校閱

## 神魔志怪類

西遊記　吳承恩撰　繆天華校注
封神演義　陸西星撰　鍾伯敬評
楊宗瑩校注　繆天華校閱
濟公傳　王夢吉等著　楊宗瑩校注　繆天華校閱
三遂平妖傳　羅貫中編　馮夢龍增補　楊東方校注
南海觀音全傳　達磨出身傳燈傳（合刊）
西大午辰走人、朱開泰著　沈傳鳳校注

## 諷刺譴責類

儒林外史　吳敬梓撰　繆天華校注
官場現形記　李伯元撰　張素貞校注　繆天華校閱

文明小史　李伯元撰　張素貞校注　繆天華校閱
鏡花緣　李汝珍撰　尤信雄校注　繆天華校閱
二十年目睹之怪現狀　吳趼人著　石昌渝校注
何典　斬鬼傳　唐鍾馗平鬼傳（合刊）
張南莊等著　鄔國平校注　繆天華校閱

## 擬話本類

拍案驚奇　凌濛初撰　劉本棟校注　繆天華校閱
二刻拍案驚奇　凌濛初原著　徐文助校注
繆天華校閱
喻世明言　馮夢龍編撰　徐文助校注　繆天華校閱
警世通言　馮夢龍編撰　徐文助校注　繆天華校閱
醒世恒言　馮夢龍編撰　廖吉郎校注　繆天華校閱
今古奇觀　抱甕老人編　李平校注　陳文華校閱
豆棚閒話　照世盃（合刊）
艾衲居士、酌元亭主人編撰
陳大康校注　王關仕校閱
石點頭　天然癡叟著　李忠明校注　王關仕校閱
十二樓　李漁著　陶恂若校注　葉經柱校閱
西湖佳話　墨浪子編撰　陳美林、喬光輝校注
西湖二集　周楫纂　陳美林校注
型世言　陸人龍著　侯忠義校注

## 著名戲曲選

竇娥冤　關漢卿著　王星琦校注
漢宮秋　馬致遠撰　王星琦校注
梧桐雨　白樸撰　王星琦校注
琵琶記　高明著　江巨榮校注　謝德瑩校閱
第六才子書西廂記　王實甫原著　金聖嘆批點
張建一校注
牡丹亭　湯顯祖著　邵海清校注
荊釵記　柯丹邱著　趙山林校注
荔鏡記　明・無名氏著　趙山林等校注
長生殿　洪昇著　樓含松、江興祐校注
桃花扇　孔尚任著　陳美林、皋于厚校注
雷峰塔　方成培編撰　俞為民校注
倩女離魂　鄭光祖著　王星琦校注